PRESQUE MORT

DU MÊME AUTEUR :

Danse avec l'ange, Lattès, 2002.
Un cri si lointain, Lattès, 2003.
Ombre et soleil, Lattès, 2004.
Je voudrais que cela ne finisse jamais, Lattès, 2005.
Voile de pierre, Lattès, 2006.
Chambre n°10, Lattès, 2007.
Ce doux pays, Lattès, 2008.

www.editions-jclattes.fr

Åke Edwardson

PRESQUE MORT

Roman

Traduit du suédois
par Marie-Hélène Archambeaud

JC Lattès

Titre de l'édition originale
NÄSTAN DÖD MAN
publiée par Norstedts Förlag, Stockholm.

ISBN : 978-2-7096-3051-1

À Rita

PREMIÈRE PARTIE

1.

La voiture était stationnée là, portières grandes ouvertes, moteur en marche, les phares trouant la nuit jusqu'à la forteresse sur la rive du fleuve. La scène avait quelque chose d'irréel. Les chaussées de bronze étaient vides. Le ciel s'élargissait à l'ouest, rougeoyant encore de la veille, comme si le crépuscule n'avait pas voulu lâcher prise.

Une autre voiture arriva, du côté nord. Le conducteur fit un écart pour éviter la première. Vingt mètres plus loin, il s'arrêta et mit pied à terre. L'air sentait l'huile et le sel. Un cri de mouette déchira le silence. Le pont suspendu lui semblait régner sur son propre monde. Il ne percevait que le ronronnement des deux moteurs. Il s'approcha. La voiture avait l'air abandonnée. Personne à l'intérieur. Le siège du conducteur était vide. Les quatre portes s'ouvraient comme des ailes. La voiture aurait pu se transformer en oiseau et s'envoler du pont. Ou alors en insecte géant, noir et luisant. Un scintillement sur la laque, comme si un brusque coup de vent avait rendu son brillant à la tôle. Il entendit une sirène de bateau, une corne de brume, ou quelque chose de ce genre. En bas, le fleuve menait sa vie. Le brouillard était fin comme du verre. Un type qui s'est jeté du pont, pensa-t-il. Un malheureux qui n'en pouvait plus. Il a roulé jusqu'ici, et s'est jeté. Il ne doit pas être le premier. Le pont d'Älvborg détient le record national des suicides. Vu la distance, enfin la hauteur, toucher l'eau, c'est comme s'écraser sur une plaque de béton. Sauter d'ici, c'est une décision irrévocable. Et non pas un appel au secours.

Il composa le numéro direct du commissariat central. Le nom comme la voix du collègue de garde lui étaient familiers :

— Bonjour, Lars Bergenhem à l'appareil.

— Salut, Lars. Déjà levé ?

— J'appelle du pont d'Älvborg. Devant une Lexus vide, au moteur allumé. Les portières ouvertes. Un type a fait le grand saut, je suppose.

— On envoie une voiture. C'est où exactement ?

— Du côté sud. Après l'arche.

— OK, c'est parti.

L'inspecteur Bergenhem s'approcha du véhicule abandonné. Il n'était pas en service, juste de passage au point du jour. Il n'était pas obligé de se justifier. Il passait là par hasard. Il aurait bien aimé que ce soit aussi simple que cela.

L'homme tâchait d'éviter les plus grosses flaques. De vraies mares, partout. L'une d'elles lui parut plus profonde. Pas de circulation dans la rue pour le moment. Depuis des heures, la nuit pesait de tout son poids sur la ville. Il traversa la chaussée. Il marchait vers un meurtre, il allait tuer. Le passé, c'est un manteau qui pèse lourd sur les épaules. Et qu'on doit porter par tous les temps. Il leva les yeux vers le ciel : une chape noire recouvrait la terre entière. Impossible de se croire à l'aube, le matin. C'était la nuit partout, sa nuit à lui. Celle d'un autre. Il sentait son pistolet dans sa poche. Le pistolet d'un autre. Pourquoi ne pas le balancer dans une de ces foutues flaques ? Avec ce temps de merde, on ne le trouverait pas avant l'été, et encore. La pluie n'est pas près de s'arrêter. La ville finira par rejoindre la mer. Déjà qu'elle n'est pas loin. Quant au fleuve, je ne l'ai jamais vu aussi large. Je marche pratiquement dessus maintenant : il a fait sauter les digues. Je marche sur l'eau. Je n'ai pas les chaussures percées mais l'eau y pénètre. J'ai les pieds trempés.

Il avait traversé le centre-ville d'ouest en est. La bagnole l'avait-elle suivi ? Au début, oui, quand il était sorti de chez lui. Ensuite, quand il avait franchi le canal. Il l'avait repérée dans Allén, pas de doute, c'était la même. Après la statue, il s'était glissé dans une ruelle. De retour sur la place, il avait constaté que la bagnole avait disparu. Les salauds. Mais ça n'avait pas de sens de pester contre eux, c'était perdre son temps. Perdre-son-temps. L'expression lui restait dans la tête tandis qu'il poursuivait son chemin entre les bâtiments noircis, au pied du grand bâtiment de la vieille université. Un jour, dans un lointain passé, il y était entré avec un sentiment d'espoir. Il avait travaillé dur pour réussir ses études. Mon Dieu. Perte-de-temps. Le pistolet pesait moins lourd dans sa poche quand il cessait d'y penser. Mais il n'avait pas cessé d'y penser. Comme à celui qu'il allait tuer. Il l'avait vu la veille, pour la première fois. Hier ! Il ne lui avait jamais adressé la parole. C'était juste un visage.

Il est presque mort. Comme moi. Je suis un homme mort qui marche dans les rues. Aux États-Unis, ils appellent ça : *Dead man walking*. Je marche vers l'exécution d'un autre. Mais c'est aussi la mienne. Le bourreau sera bientôt exécuté. L'expression lui revint encore à l'esprit. Il marmonna « perte-de-temps », on aurait pu l'entendre, mais il ne croisa personne. La pluie tombait plus drue. Il était maintenant devant le porche. Il se retourna. Pas de bagnole en vue. Bien sûr, elle était là quand même. Il leva les yeux vers la façade. La plupart des fenêtres étaient éclairées. Au troisième aussi. Il y avait un balcon, il avait vu ça la veille. L'homme était debout à son balcon, le regard perdu quelque part au-dessus des toits. Il se voyait maintenant avancer la main vers le digicode. Il composa le numéro qu'il avait obtenu la veille, par eux là encore. La porte émit un bourdonnement. Il poussa le vantail.

Debout face au véhicule abandonné, Bergenhem hésitait. Cela faisait un moment que le moteur tournait. Au-delà d'une minute, à Göteborg, c'était une infraction à la réglementation sur la circulation locale. Il enfila une paire de gants, se pencha en avant, coupa le moteur. Une seule clé, sans porte-clé. Il se tourna côté sud. Parquées non loin de là, les voitures sérigraphiées arboraient sur leur toit les cascades bleues des mélangeurs à jus. Les lumières des phares se fondaient dans le mauve du ciel. Au loin, une sirène résonnait comme un salut. Le faisceau de sa lampe-torche balaya l'intérieur du véhicule : revêtement en cuir clair, une sorte de beige. Il aperçut un trou sur le dossier du siège passager, comme un impact de balle. Il éclaira la zone. Un reflet apparut au fond. Il se pencha un peu plus. C'était bien une balle de pistolet ou de revolver. Le rembourrage l'avait stoppée, la balle semblait entière. Bon sang ! Il inspecta le reste de l'habitacle, mais ne vit pas d'autre impact. Il sortit de la voiture et rappela le commissariat.

Les techniciens de terrain n'avaient pas tardé. Erika Djurberg prenait des photos. Elle utilisait maintenant des flashs un peu moins puissants : la lumière du matin gagnait la terre comme la mer. Les collègues de la jeune femme, après avoir jeté un œil à l'intérieur du véhicule, travaillaient tout autour. Les abords comptaient autant que l'objet lui-même. Pourquoi ici ? Pourquoi pas plus loin ? Pourquoi sur le pont, et non pas sur la terre ferme ?

— Je n'ai pas vu de sang, prévint Bergenhem.

Lars Östensson s'abstint de répondre.

— Par contre, on a tiré un coup de feu.

— Je vois ça, répondit l'expert en levant les yeux. Du 9 millimètres, à vue de nez.

Bergenhem hocha la tête.

— Avec un peu de chance, ce sera un calibre moins courant, reprit Östensson. Le garage nous le dira. (Il avait déjà contacté le garage d'investigation de la police à Mölndal.) Tu as réussi à joindre le propriétaire ?

— Non.

Il n'avait pas attendu pour téléphoner au service des immatriculations. La Lexus appartenait à un certain Roger Edwards demeurant au 44 de la rue Eckra, à Västra Frölunda. C'était sur la presqu'île de Långedrag, un peu plus loin à l'ouest. On apercevait cette partie de la ville depuis le pont, ou du moins on pouvait se la représenter : après le Nouveau chantier naval, il y avait Stora Billingen, la base de la Marine du côté d'Hästevik, Tångudden, et puis Långedrag.

Bergenhem se pencha au-dessus du parapet. Au-dessus de l'abîme. Il aperçut, venant de l'ouest, la vedette blanche et bleue de la police maritime. Ils retrouveraient le cadavre, s'il y en avait un. Celui d'Edwards ? Lassé de vivre, l'homme avait peut-être essayé de se tirer une balle. Sa main aura tremblé ? Il aura donc pris une porte de sortie plus sûre ?

— Par ailleurs la voiture n'a pas fait l'objet d'une déclaration de vol, ajouta l'inspecteur.

L'appareil d'Erika Djurberg émit un flash. Postée à quelques mètres de lui, la jeune femme semblait photographier le bateau de police sur fond d'aube naissante au-dessus de l'embouchure du fleuve. Le soleil pointait à l'est derrière eux. Elle avait dû le mitrailler après ces deux ou trois semaines de pluie. On était au début de l'automne, un prologue avant les six mois d'obscurité. Il y avait de quoi vous pousser à franchir le parapet.

— Je file rue Eckra, lança Bergenhem dans l'indifférence générale.

Les bouchons n'avaient pas encore commencé aux abords du tunnel de Gnistäng. Bergenhem quitta Västerleden à la hauteur de l'échangeur et s'engagea dans la rue Torgny Segerstedt. De gros pans de brume glissaient devant ses yeux, se mêlant aux lueurs de l'aube. L'église d'Älvsborg griffait le ciel de son clocher pointu. Bergenhem fut assailli d'une pensée libertine, qu'il tenta d'écarter en prenant un CD sur le siège passager. Il le glissa dans l'appareil et la voix éraillée de Lucinda William s'enquit de sa forme : *Are You Alright* ? Non, pas vraiment. Dans le virage près de Hinsholm, le premier tram fonçait à une vitesse qui laissait penser que c'était le dernier de la journée, voire même le dernier tout court. Quelle importance ? Bergenhem fit une embardée devant chez Henkes Bar & Grill puis il ralentit au croisement avec la vieille route de Långedrag. Après avoir obliqué à droite dans Palmsundsgatan, il poursuivit en direction d'Eckragatan.

Le numéro 44 était une demeure récente dans le plus pur style nordique : une construction carrée, blanche avec quelques touches de bleu, deux trois œils-de-bœuf, une allure balnéaire. Les couleurs commençaient à ressortir dans le petit matin. Bergenhem descendit de voiture et franchit les quelques pas qui le séparaient de la porte. Le terrain n'était pas grand, mais c'était déjà bien d'avoir trouvé à construire dans un quartier si prisé. Un veinard, cet Edwards – et certainement fortuné. La chance avait-elle tourné pour lui ? Son corps flottait sans doute sur les eaux lourdes du fleuve. Par sa volonté ? Dans ce cas, ce n'était pas une question de malchance. L'inspecteur appuya sur le bouton de la sonnette qui résonna longuement dans le vide. Il sonna de nouveau sans plus de résultat. La maison paraissait déserte et abandonnée, tout comme la voiture sur le pont d'Älvsborg. Pas de lumière aux fenêtres. Pas trace de voisins. La rue Eckra dormait, Långedrag aussi. Les gens étaient encore au fond de leur lit. Cette nuit-là, Bergenhem était resté couché aussi longtemps que possible, mais il avait fini par se lever pour prendre sa voiture. Il avait quitté Torslanda en direction de la ville. Martina ne l'avait pas suivi dans la cuisine. Elle n'avait pas couru après lui dans la rue. Elle n'a pas osé, avait-il pensé en contemplant sa maison dans le rétroviseur.

Cette demeure-là était bien silencieuse. Bergenhem regagna sa voiture. Il n'était pas fatigué. Il tourna au bout de la rue et roula vers l'est. Une centaine de mètres plus loin, il croisa un homme qui marchait sur le trottoir, tête baissée, évitant son regard. L'inspecteur arrêta la voiture et mit pied à terre. L'homme poursuivit son chemin sans se retourner. Bergenhem réprima une envie de le héler. L'homme traversa la rue, puis il se retourna. Le policier ne bougeait pas. Il leva simplement la main en guise de salutation. L'homme détala. Il dépassa la maison d'Edwards, continua en direction de l'école de Långedrag et disparut derrière le premier bâtiment. Il était déjà trop loin pour que Bergenhem puisse l'appeler. L'appeler comment ? Par son nom ? Edwards ? L'inspecteur sauta dans sa voiture, fit demi-tour sur une sortie de garage et se lança à la poursuite du sprinter. Il l'aperçut dans la rue de Saltholm, marchant désormais, comme s'il avait réalisé qu'il ne lui servirait à rien de courir. Il se dirigeait vers le terrain de rugby. Le jour commençait à éclairer la Cale de Hinsholm. L'homme poursuivit en direction du petit port. Sa silhouette se découpait dans la lumière du matin. Bergenhem était à nouveau descendu de voiture et l'odeur de sel et d'algue lui monta aux narines.

— Ohé ! cria-t-il.

L'homme ne réagit pas. Il ne se retourna pas.

— Ohé ! Attendez ! cria Bergenhem en commençant à courir.

L'homme suivait le chemin piétonnier le long de l'eau. Il se retourna puis se remit à courir.

— Ohé ! Attendez, Edwards ! Roger Edwards ! Police !

Le fugitif ne détourna même pas la tête. Il se faufilait maintenant entre les quilles de bateaux tirés à terre pour l'hiver. Bergenhem aperçut des jambes à l'arrêt sous une coque. Il fit le tour du grand voilier. L'homme leva les bras, comme renonçant... à quoi ? Il le fixait d'un regard où se mêlaient frayeur et agressivité. Ils respiraient bruyamment tous les deux. L'inspecteur sortit sa carte professionnelle.

— Bergenhem, souffla-t-il. Police.

— De... de quoi s'agit-il ?

L'homme gardait les yeux rivés sur la carte.

— Vous... vous êtes bien Roger Edwards ? (Son interlocuteur parut hésiter, à croire qu'il avait oublié son nom.) C'est au sujet d'un véhicule, qui appartient à un certain Roger Edwards.

L'homme hocha la tête.

— Est-ce vous ?

— Oui... Que se passe-t-il ? Vous avez retrouvé ma voiture ?

— Retrouvé ? Comment ça ?

— On me l'a volée hier.

— Pourquoi ne pas avoir déposé plainte ?

— Pas eu le temps.

Il n'avait pas regardé l'inspecteur en prononçant ces mots. Un bobard, à l'évidence.

— Qu'est-ce qui me prouve que vous dites la vérité ?

— Où l'avez-vous trouvée ?

— Où vous l'a-t-on volée ?

— Eh bien... à Käringberg. Devant la supérette.

— Quand ça ?

— Hier soir, je vous l'ai déjà dit. Un peu avant 22 heures. Ils ferment à 22 heures. J'étais pressé, alors je me suis précipité dans le magasin. Quand je suis ressorti, la voiture avait disparu.

— Elle était fermée à clé ?

— Euh... non.

— Pourquoi ?

— Je vous l'ai dit, j'étais pressé. Je me suis garé juste devant. Jamais je n'aurais cru qu'on me la volerait.

— Pourquoi ?

— C'est tranquille comme quartier, non ? Il n'y a que des honnêtes gens.

— Dans ce cas, il s'agit d'un visiteur.

— Euh... comment... oui.

— Où se trouvaient les clés ?

— Elles... sur le tableau de bord, j'en ai peur.

— Qu'avez-vous acheté ?

— Comment ?

— Chez Konsum ?

— Des cigarettes.

— OK, en sortant du magasin, vous constatez que votre voiture a disparu. Et après ?

— Je suis rentré à pied.

— Ah bon ? Vous venez de vous faire voler votre Lexus et vous rentrez sagement à la maison ?

— J'étais pressé.

— Pourquoi donc ?

— Ça me regarde.

— Cette affaire est loin de ne regarder que vous, objecta Bergenhem.

— Mais de quoi s'agit-il ? D'accord, je n'ai pas déposé plainte. Je pensais le faire ce matin. Où est la voiture ?

Bergenhem réfléchit une minute. Quelques mouettes tournoyaient au-dessus de leur tête. Où cette histoire mènerait-elle ? Il consulta sa montre.

— Elle est probablement au laboratoire de la police scientifique à l'heure qu'il est.

— Pourquoi ?

— On a tiré un coup de feu à l'intérieur.

— Un coup de feu ? Non !

Bergenhem garda le silence.

— Ce n'était pas moi, déclara Edwards.

2.

Le commissaire de la police criminelle Erik Winter était à sa fenêtre, qui donnait sur la rivière de l'Hospice, invisible à cette heure. Les gouttes d'eau ruisselant sur la vitre formaient un rideau de perles irisées dans la lumière du soir. L'imperméable sur le dos, il s'apprêtait à partir. Ce qui le retenait depuis quelques minutes, c'étaient deux affaires représentées par deux petites piles sur son bureau. La première concernait une voiture abandonnée sur le pont d'Älvsborg, le siège passager troué par un impact de balle ; la seconde, des mouvements suspects du côté de Hising, sans doute en relation avec un trafic de drogue. On ne pouvait pas tout renvoyer à la brigade des stupéfiants.

Le téléphone retentit sur la table. Il se retourna, traversa la pièce et décrocha le combiné.

— Oui ?

Il s'en voulut de ce ton glacial.

— Je rappellerai plus tard.

— Pardonne-moi, Angela, je pensais que c'était quelqu'un d'autre.

— Qui donc ?

— Je ne sais pas, encore un collègue, avec de mauvaises nouvelles pour m'empêcher de rentrer à la maison.

— C'est tout le contraire, Erik.

— Merci.

— Te voici donc libre de rentrer chez toi.

— Bonne nouvelle !

— Je t'attendais un peu plus tôt, ajouta la jeune femme.

— Lilly dort déjà ?

— Non, mais bientôt.

— Dis-lui que j'ai fait ce que je pouvais.

— Elle comprendra.

Angela avait grandi à Leipzig et Berlin avant que la famille Hoffmann ne trouve la liberté à l'ouest, quand elle était encore petite fille. Elle exerçait maintenant comme médecin omnipraticien à l'hôpital universitaire de Sahlgrenska. Quant à Winter, il était commissaire à tout faire dans la brigade d'investigation de la police judiciaire, encore relativement jeune pour le grade de commissaire, même s'il travaillait depuis dix-neuf ans dans la police. Bientôt vingt ans de maison à fêter ! Vingt ans qui précéderaient de peu le jubilé des cinquante ans. Beaucoup de réjouissances en perspective !

Winter traversa le parc de Heden au fil des allées de gravier. Le crépuscule était passé, l'obscurité l'avait emporté. Une équipe de footballeurs amateurs s'entraînait sous l'éclairage incertain des réverbères. Leurs cris s'évanouirent vite. Winter avait fait un bon milieu de terrain quand il était junior, mais à la fin des années soixante-dix, il s'était sérieusement abîmé la rotule dans un match contre l'équipe de Skogen. Un an plus tard, le club de Sandarna BK devait se résoudre à chercher une nouvelle étoile montante. Il avait tout de même intégré l'équipe de foot de la brigade, une expérience qui devait s'achever le soir où Halders les fit virer du championnat après avoir passablement amoché l'arbitre. Un soir comme aujourd'hui. La masse sombre des nuages s'élevait à mesure que descendait la nuit, nimbant la ville d'une auréole bleue. Un vent de nord-ouest commençait à souffler. Il serra son imperméable autour de sa taille et poursuivit son chemin, face au vent, empruntant la rue Södravägen, puis Vasagatan jusqu'à Avenyn. Les gens se pressaient sous les abribus en face de la Maison de la Presse. Winter n'était plus qu'à sept cents mètres de chez lui.

Elsa lui retira la seconde chaussure.

— Merci pour le service.

— Je suis pas ta servante !

— Et qu'est-ce que tu es ?

— Une reine !

Elle lâcha la chaussure qui s'écrasa lourdement par terre.

— Chuuut ! Ne réveille pas ta sœur. La petite princesse.

— C'est une vraie marmotte !

— Tu te trompes, soupira son père.

*

Bergenhem venait de réaliser qu'il était assis à son bureau. Il se rappelait avoir pris le pont d'Älvsborg, mais après, c'était le noir complet. Il avait dû traverser le centre-ville, garer la voiture sur le parking du commissariat... Le black-out. Mon Dieu. Et ce n'était pas la première fois. Il aurait pu renverser quelqu'un. Est-ce que j'aurais un problème au cerveau ? Le contrecoup de la baffe que je me suis pris il y a dix ans, treize peut-être. Oui, treize ans. Un nombre pas très sympathique. Ils me croyaient mort. J'ai frôlé la mort. Je n'avais pas cherché à me sacrifier. J'avais juste fait une grosse connerie. Hier, en roulant sur le pont, j'ai trouvé une bagnole. Ça, je m'en souviens. Ensuite, Roger Edwards. Il n'a pas enjambé le parapet, n'a pas déposé plainte. Il n'a pas tiré, à ce qu'il prétend. Restent pas mal de questions sans réponse.

La sonnerie du téléphone le sortit brusquement de sa rêverie.

Il souleva le combiné sans un mot. Une voix éperdue retentit à son oreille.

— Pas maintenant, répondit-il. Pas ici.

La petite reine lui apportait maintenant un verre de whisky avec tout le soin qu'on accorderait à une fiole en or. On n'en était pas loin d'ailleurs, pour la couleur de la robe.

— Comment tu peux boire ça, papa ? Pouah !

Il humait le parfum de bruyère et de tourbe, de ciel et de mer.

— Ce serait trop long à t'expliquer, ma chérie.

Il avala une gorgée. Le goût ne démentait pas le parfum.

— Raconte-moi, papa !

— Dans le pays d'Écosse vivaient, il y a bien longtemps, un bonhomme et sa femme, dans une grotte près de la mer.

Elsa eut un sourire. Elle connaissait l'histoire, ou du moins l'une de ses nombreuses variantes.

— Ces deux-là s'appelaient MacGregor, continua-t-il.

— Ça veut dire fils. Mac veut dire fils.

— Exactement.

— Comme quand on s'appelle Eriksson.

— Si tu veux.

— Mais je ne suis pas un garçon ! Ça devrait faire *Eriksdotter* !

Winter opina.

— Quoique, dans ce cas, je ne m'appellerais plus Winter.
— Non, ce serait peut-être dommage.
— D'où ça vient, papa ? D'où il vient notre nom de famille ?
— Je ne sais pas vraiment, ma puce. Ton grand-père paternel portait ce nom... et il nous l'a transmis, à moi et à tante Lotta.
— Ça vient du mot hiver ?
— Sûrement.
— Mais ça ne s'écrit pas pareil ! Si j'écris *winter* au tableau, la maîtresse va me dire qu'il faut un v en suédois !
— Ça doit venir de Grande-Bretagne, expliqua Winter. C'est l'orthographe anglaise. Nous sommes nombreux dans ce cas, à Göteborg. Beaucoup d'Écossais et d'Anglais sont venus travailler ici dans le passé. Leur nom est resté.
— Alors peut-être qu'on vient de là-bas, conclut Elsa.
— C'est possible.
— D'Écosse ?
— Possible.
— On ne peut pas vérifier ?
— Si peut-être...
— Maman vient d'Allemagne et toi tu viens peut-être d'Écosse ! C'est super !

— Elle a dit « super » ?
— *Yes*.
— Je croyais que c'était passé de mode.
— Tout finit par revenir.
— J'aimerais bien avoir quelque chose de super à attendre, soupira Angela.
— Qu'est-ce qu'on attend ?
— Pour faire quoi ?
— Voyager par exemple. Que dirais-tu de l'Écosse ?
— Encore ? Ça fait trop peu de temps, Erik. Et puis la dernière fois, ça s'est mal terminé. Je préfère ne pas y penser.
— Là, ce serait pour les vacances. Uniquement. Avec les filles, bien sûr. Elsa a très envie de visiter la grotte dans laquelle les MacGregor ont inventé le whisky. Jusqu'à ce que la méchante sorcière essaye de tout gâcher.
— Elle n'a pas réussi, n'est-ce pas ?
— Non, Dieu merci. Elle était méchante, mais pas très maligne.

— Et cette grotte, où elle se trouve ? Je n'ai jamais vraiment compris.

— Sur la côte ouest, à Mallaig. Près de Skye. C'est difficile à expliquer. Faut voir sur place.

— OK.

— Ça fait un moment que je n'ai pas parlé avec Steve.

— Moi non plus je n'ai pas parlé avec Susan depuis un moment.

— Alors c'est décidé, on y va !

— Mais il y a la clinique.

Angela s'était vu renouveler une offre pour travailler à la clinique de Marbella. Ils avaient déjà passé l'hiver précédent sur la Costa del Sol. La tentation d'y retourner était forte.

— Hum, fit Winter. Si tu dis oui, il faudrait nous installer là-bas pour de bon.

— Je ne suis pas sûre d'en avoir envie.

— Et moi, je ne suis pas prêt.

Elle garda le silence.

— Tu te demandes ce qui me retient ? reprit-il, avant de boire une gorgée.

— Je n'ai rien dit.

— Mais tu te le demandes.

— C'est toi qui te poses des questions, Erik.

— Pas du tout.

Et pourtant si. Que lui restait-il à régler ? Un meurtre, encore un ? Un meurtrier, une ou des victimes, encore du malheur et des vérités à débusquer. Ces horreurs qu'il avait déjà rencontrées à l'identique lui paraissaient toujours nouvelles.

Il devait avoir ça dans le sang. Ce dernier pour l'instant coulait plus lentement, mais bientôt ses veines bouillonneraient d'une étrange force, impulsée par les prochaines horreurs. Tout revenait. Le crime n'avait pas cessé sa marche à Göteborg. Les meurtres se répéteraient, mais rien ne serait comme avant non plus. Il ne pourrait user de son expérience que dans certaines limites, car tout serait différent. Il serait seul, le sang battant à ses tempes, et c'était ce qu'il aimait. Il n'en avait pas fini avec tout ça.

— Pourquoi laisser sa bagnole sur le pont d'Älvsborg et disparaître ensuite ? lança-t-il.

— Jamais je ne ferais une chose pareille.

— Or elle a bien été abandonnée.

— Vous ne savez pas par qui ?

— Nous connaissons le propriétaire. Mais il prétend qu'on lui a volé sa voiture.

— Tu le crois ?

— Je ne crois rien. J'ai seulement lu le rapport de Bergenhem. Par un pur hasard, il roulait sur le pont cette nuit-là.

— Tiens tiens.

— Lars a vu une voiture abandonnée et il a donné l'alarme. Il n'était pas en service.

— Bizarre.

— Non.

— Comment va-t-il ? insista-t-elle.

— Je n'en sais rien, Angela. Il nous évite.

— Tu as essayé de parler avec lui ?

— Pas encore.

— Tu devrais.

— C'est prévu.

— Je trouve ça inquiétant.

Winter ne répondit pas. Il se représentait la voiture sur le pont, à l'aube, avec Lars au milieu de tout ça. Une scène de cinéma.

Le passé tel un manteau qui vous pèse sur les épaules. Qu'on doit porter par tous les temps. Peu importe comment l'horreur vous est tombée dessus. Peu importe que vous soyez responsable ou pas. Mon Dieu, pas moyen de revenir sur le passé. Il n'avait plus rien à attendre de la vie. En arriver là. Il évitait l'eau. C'est-à-dire qu'il ne supportait plus tout ce qui était étendue d'eau : flaque, mare, bassin, lac... Sous la surface, la mort. Elle ne quitterait jamais sa mémoire. Non pas vraiment comme un souvenir, mais comme une présence en lui. À cause de ce qu'il avait fait. Maintenant, d'autres savaient. Ils en savaient plus que lui. Comment était-ce possible ? Lui savait au moins une chose : à partir de maintenant, ça ne pouvait qu'être pire, pour les morts aussi. Quelle horreur.

Effondré dans un fauteuil du salon, Bertil Ringmar s'interrogeait sur l'opportunité d'aller à la cuisine pour se préparer une tartine de pâté de foie. Il pourrait l'améliorer avec du bacon et des champignons... et s'ouvrir une bière. Lui fallait-il ça pour se remonter le moral ? Il finit par se lever et se confectionna la tartine complète, puis il sortit du freezer un flacon d'Ödåkra. Il mangea et but l'aquavit qui avait l'onctuosité d'un sirop. La bouteille était recouverte de glace. Les choses se remettaient en place. Il termina son repas, puis il ouvrit une bière qu'il emporta jusqu'au fauteuil du salon. Tout en buvant, il contempla son jardin – comme depuis vingt-cinq ans, mais ces derniers temps, ça devenait plus fréquent. Pourquoi ? C'était toujours le même vieux jardin, à peine digne de ce nom, un peu d'herbe et de gravier, quelques arbres et buissons entourant sa maison de bois. La même vieille maison. Le même vieux Ringmar.

Bon sang, mais arrête ça, Bertil ! Il te reste presque dix ans. Pense à tout ce qui t'attend encore dans cette noble profession. De grands crimes. Des expériences palpitantes. Du suspense, du drame. En résumé, de l'action. Ce dont plus de quatre-vingt-dix pour cent de l'humanité se contente de rêver : l'action, la vraie. Nous sommes les seuls à connaître ça, avec les criminels. C'est notre monde. Bon Dieu, c'est fou ce qu'ils ratent, les autres ! Voilà comment on reste jeune. L'entraînement physique, c'est une obligation professionnelle chez nous. Où en serait-elle, ma bedaine, sans ça ? Bientôt soixante ans. Je serais sans doute mort, ou mourant, avec mes habitudes alimentaires et mon penchant pour l'alcool.

Il se releva. On remuait de l'autre côté de la haie. Ce con de voisin posait la déco de Noël ! Avec trois mois d'avance. Maison et jardin allaient disparaître sous les guirlandes lumineuses. Ringmar était bon pour des insomnies à partir de la mi-octobre. Il avait parlé avec ce dingue, mais ça n'avait servi à rien. Il avait gueulé : effet nul, là aussi. Il avait discuté avec les « autorités », mais dans cette foutue société, personne n'ose jamais rien faire. C'est sûr, si on ne fait rien, on ne court pas le risque de se faire critiquer. Autant ne rien faire. Il avait envisagé de court-circuiter la maison et le terrain, mais ç'aurait été trop flagrant. De retour à la cuisine, il redéboucha le flacon d'aquavit. Le téléphone sonna sur le plan de travail.

— Oui ?

— Allô ?

Une voix lointaine.

— Allô ? Bertil Ringmar à l'appareil.

Silence dans le combiné.

— Allô ?

Toujours rien.

— Allô ? Bon sang ! qui êtes-vous ?

On raccrocha lentement le combiné à l'autre bout de la ligne.

Il s'empressa de regarder par la fenêtre de sa cuisine dans celle du voisin. Il crut voir passer une silhouette. Pure coïncidence ? Non. Ça ne lui suffisait pas, à ce dingue, de semer la terreur avec ses loupiotes ?

3.

Les façades de l'autre côté de Vasaplats paraissaient plus hautes que jamais, elles bouchaient le ciel, comme pour empêcher la lumière de passer. Winter cligna des yeux. Les façades d'immeubles retombèrent, dégageant un ciel gris, mais il y voyait quand même plus clair. Il ferma de nouveau les yeux. La lumière restait forte sous ses paupières. C'était une sensation agréable même s'il savait qu'il ne pouvait pas vraiment compter sur ses yeux, ou plutôt sur ce qu'il y avait derrière : son cerveau. Jusque-là, ç'avait été un partenaire fidèle. Quand rien d'autre ne fonctionnait, il pouvait toujours compter sur son intelligence, son imagination, oui... son intelligence. Ou son intuition. Sa clairvoyance. Une qualité qui lui avait permis de faire carrière. Sauf que, pour l'instant, son crâne le faisait horriblement souffrir.

— Qu'est-ce qui ne va pas, Erik ?

Il entendait sa voix, mais ne voyait pas Angela. Il avait toujours les yeux fermés. Sous son crâne la lumière était toujours aussi forte, aussi douloureuse.

— Rien, grogna-t-il en lui tournant le dos.

— Tu viens de faire une grimace.

— Ah bon ?

— Comme si tu souffrais.

— Hmm.

— Tu souffres ?

— Seulement si je ris, sourit-il.

— Je ne t'ai pas vu rire depuis un moment, Erik.

— Vraiment ?

— Oui.

— C'est parce que j'ai peur d'avoir mal.

Il tenta un nouveau sourire, avec plus de difficulté.

— Si je comprends bien, cela fait un moment que tu as mal à la tête, conclut-elle.

— C'est épisodique.

— Mais ça ne t'est jamais arrivé auparavant. Depuis que je te connais.

— Une question de stress. Le boulot. Ça finit par monter au cerveau.

— Tu plaisantes, Erik ?

— Juste un peu.

Elle prit la tête de son mari entre ses mains. Son visage s'était rapproché. Elle a les yeux verts, songea Winter. Jamais remarqué. Mes yeux me joueraient-ils un tour ? Elle n'avait pas les yeux bleus ? Ses mains fraîches contre mes tempes, ça fait du bien. Il ferma les paupières. Angela lui massa doucement le front.

— Où est-ce que ça fait mal, Erik ?

Sa voix lui paraissait venir du fond de la pièce, comme en stéréophonie.

— Je me sens parfaitement bien, déclara-t-il.

Trop chiant, et c'était rien de le dire. Il déjeune chez Manfred, la brasserie de la rue Nordenskiöld, et voilà qu'en sortant il trouve sa portière avant gauche enfoncée. Il s'était garé le long du trottoir. Quel connard ! Comment est-ce qu'il avait pu lui rentrer dedans comme ça ?

Une voiture jaillit du parking de l'autre côté de la rue. Il releva les yeux. Bien sûr ! Le con, il avait déboulé avec un angle trop large et s'était fracassé sur sa Chrysler. Avant de prendre la fuite. Tout ce qu'il détestait. Un mec qui filait après un coup comme ça, impossible de compter dessus. Je l'avais jamais remarqué, ce parking. Pourtant, j'ai dû passer devant des centaines de fois. Là, pas moyen de le louper.

Il traversa la rue et pénétra dans le tunnel. Un gardien était posté dans sa guérite. Ça existe encore ! Qu'est-ce qu'ils foutent, les écolos ? Ce type-là, il risque sa vie.

— Vous avez bien contrôlé toutes les bagnoles qui sont sorties depuis trois quarts d'heure ?

Le gardien se pencha en avant. Il avait l'air bouché. Normal, pour accepter de respirer des vapeurs d'essence toute la journée. Un Blanc, de type nordique, plus étonnant. D'habitude, c'étaient les nègres qui récupéraient les sales boulots.

On avait dû recruter l'aryen directement après la fermeture de l'asile.

L'homme ne paraissait pas avoir saisi la question.

— Vous contrôlez bien les bagnoles qui sortent du parking ?

— Et alors ?

— Alors ? Je vais te dire. Un petit con s'est tiré d'ici y a moins d'une heure, non, dans les quarante-cinq dernières minutes, et il a percuté ma bagnole garée de l'autre côté de la rue.

Il tendit le bras et le gardien regarda dans la même direction. La sortie était en pente : on ne voyait que le deuxième étage des bâtiments d'en face, avec l'enseigne blanche et noire de chez Manfred, sa cantine, la meilleure de toute la ville. Mais pas question pour autant de se faire amocher sa bagnole. Il occupait toujours une table au fond du restau, le dos contre le mur. S'il avait pu voir la rue, il lui aurait cassé la gueule à ce mec, il ne lui aurait pas laissé le temps de filer.

— Ah bon ? fit le gardien.

— Vous notez les numéros d'immatriculation des clients ?

— Non.

— NON ? Qu'est-ce que vous foutez, alors, si vous contrôlez pas ?

— Pas besoin de crier.

— JE NE CRIE PAS ! C'est ce c...

Il finit par se taire en voyant le gardien refermer sa vitre, l'air effrayé. Quel con.

Il tourna les talons et ressortit du parking pour examiner de plus près les dommages. La portière arrière était également touchée. Il recula d'un pas. Hurlement de klaxon : une vioque en Volvo break secoua la tête dans sa direction. Il faillit suivre son impulsion, à savoir lui plaquer la gueule contre le volant. Pas besoin. Elle se crasherait toute seule, vu sa connerie.

Son portable se mit à sonner. Il le sortit de sa poche.

— Ouais ?

— T'es en route ? fit une voix tranchante.

— Non, un petit con m'a embouti la bagnole pendant que je bouffais au restau.

— Où ça ?

— Tu t'en fous. Dans le coin de Linné. Nordenskiöldsgatan.

— Nous, on est là et on t'attend.
— Il est venu ?
— Ouais. Mais il restera pas longtemps.
— J'arrive.

Il raccrocha et rangea l'appareil dans sa poche. Faudra que j'appelle les flics pour déposer plainte, sinon ça fera des problèmes avec l'assurance. Encore un débile, derrière son bureau, genre une demi-heure par phrase.

Il s'installa au volant de sa Chrysler et démarra en trombe. Il n'en avait pas fini avec ce gardien de merde. Avec le fuyard non plus. Il allait retrouver ce connard et lui dévisser la tête vite fait bien fait.

Il s'engagea dans la rue Linné.

Winter n'aimait pas son bureau, avec sa table de travail, sa lampe et son ordinateur, une pièce qu'il aurait aimé fuir, loin, très loin.

Les dégradations étaient en progression dans le centre-ville, de même que d'autres délits. Un drôle de progrès. La criminalité, organisée ou pas, était en forte croissance. Pour lui, cela ne faisait pas de différence : il devait la combattre sous toutes ses formes. Il n'était pas fatigué, ni amer, ni cynique ou désabusé, ou alors, un peu, mais presque pas. Il était encore jeune, même pas cinquante ans. Bertil va bientôt fêter ses soixante ans. Je me trompe peut-être sur son état actuel, mais à sa place, je ne me laisserais pas aller à la dépression. Plutôt partir au combat. Je suis en guerre. Une guerre impossible à gagner mais il ne faut pas le dire. Aucun policier ne prétendrait qu'il va la perdre et mourir, contrairement aux kamikazes japonais. Moi, je reviens toujours. Et maintenant que je suis le patron dans cette brigade d'investigation, j'ordonne : vas-y et rentre bien vivant.

Il venait de lire les derniers rapports concernant des dégradations sur les remparts. Dommage qu'on ne puisse plus lever le pont-levis, pour laisser les bons bourgeois vivre en paix. On pourrait cantonner les vandales dans Hagen, en les laissant détruire des stations de tram et des abribus tous les vendredis soir à 23 h 45.

Le mal de tête le frappa brutalement. BON SANG ! Il se tâta l'œil gauche. C'était là que ça se passait maintenant. On lui sonnait les cloches : ding-ding-dong. La nausée montait dans une spirale vertigineuse. Qu'est-ce que c'est que ça ? QU'EST-

CE QUE C'EST ? Le téléphone retentit sur son bureau. Sans l'entendre, il devinait qu'il sonnait. Une sorte de vibration sur la table. Tout en gardant une main pressée sur la tempe gauche, il souleva le combiné.

— Ou... Oui ?

— Allô ? fit une voix inconnue.

— Oui, allô ? Allô ? Erik Winter à l'appareil.

Silence au bout du fil.

Winter prit sa respiration.

La douleur regagnait ce foutu coin de cerveau dont elle avait jailli. L'impression de malaise reculait doucement. Il aurait pu la sentir bouger dans son diaphragme.

— Allô ? Qui êtes-vous ?

On reposa lentement le combiné.

*

L'inspecteur Bergenhem roulait sur le pont d'Älvsborg et, comme chaque fois, il était frappé par l'immensité de la ville, vue d'en haut. Ensuite, une fois qu'on y pénétrait, elle paraissait plus petite et le regard était comme rivé au sol. On ne pouvait plus contempler l'horizon tel qu'il s'offrait maintenant à ses yeux : la mer sur la droite, la plus grande partie de Göteborg sur la gauche, avec des clochers d'églises, des routes... Et soudain Phil Collins à la radio : *too many people, too many problems, this is the land of confusion*. Le pays du chaos, oui c'était vraiment ça. Il revoyait le visage de Martina, en proie au désarroi. Qu'avait-il dit ? Bergenhem sentait maintenant qu'il ne supporterait plus ces allers-retours pour Torslanda, ce panorama sur la ville : trop de surplomb, trop de ciel. Mieux valait baisser le regard. Martina. Son regard. Qu'avait-il bien pu dire encore ? Il avait un blanc. C'était comme un fichier effacé, plus rien ne restait sur son disque dur ; il n'y avait même plus de disque dur pour enregistrer les choses, pas moyen de se défendre, trop de détails, il avait la vue trop basse. Martina, je te quitte. Martina, je ne te quitterai jamais. Martina, je ne peux plus te mentir. Martina, je n'ai plus le courage. Martina, je ferai tout ce qu'il faudra. Martina, je rentrerai tard. Je rentrerai très tard. Il quitta le pont, ou plutôt il se laissa emporter dans le flux qui le ramenait vers la place Jaegerdorff. C'était l'une des plus laides de la ville, abîmée par la quatre voies d'Oscarleden, comme ces quartiers de Kungsladugård et de Majorna qui avaient eu la malchance de se trouver sur le tracé de l'autoroute. Ces idiots d'urbanistes avaient ainsi dressé comme une muraille entre le fleuve et les gens. En compensation, les résidents avaient reçu un *Systembolaget*[1], mais le magasin fournissait principalement les bourgeois qui passaient par là en rentrant sur Hagen, Långedrag, Askim ou Hovås. Bergenhem remonta la rue Slottsskog et se gara devant la pharmacie de Mariaplan. En entrant dans l'officine, il croisa un visage familier. Il ignorait si l'autre l'avait reconnu, mais sortit sans avoir rien acheté. Il revoyait le visage de sa fille tandis qu'il roulait sur Kungsladugårdsgatan en direction de Slottsskogsvallen. Sa petite Ada, bientôt onze ans, bientôt adolescente. Il n'avait pas pu assister à sa naissance. On le donnait pour mort à ce moment-là. Il avait pu mesurer le prix de la vie. Les yeux d'Ada. Il avait failli ne jamais plonger son regard dans ses yeux. À cette pensée, il fut saisi d'un tremblement. Il se rangea sur le bas-côté, quelques mètres avant le rond-point de Margreteborg, arrêta le moteur et patienta le temps de retrouver son calme. La radio était muette. Il ne pensait pas l'avoir éteinte.

1. Monopole d'État chargé de la distribution des alcools en Suède. *(N.d.T.)*

20 h 35

Les cloches sonnaient, sans doute celles de l'église, là-haut sur la colline. Il est un peu tard pour faire sonner les cloches, pensa-t-elle. Leur tintement couvrait le ciel comme une volée d'oiseaux, comme un grand nuage noir.

Elle leva les yeux : pas un nuage.

Elle apercevait les rochers, la mer bien sûr, et les enfants qui paraissaient voltiger dans les airs.

Oui, comme des anges.

Levant de nouveau les yeux, elle vit soudain le ciel envahi d'oiseaux. Ils formaient une nuée sombre tout là-haut mais elle savait qu'ils étaient blancs.

Nous planons tous.

Elle écarta les bras et se laissa porter par le vent au-dessus des rochers, vers la mer, vers l'île de l'autre côté du détroit, puis de retour ici, les pieds seulement à quelques centimètres de la surface de l'eau, puis de nouveau sur la rive.

Maintenant, elle était seule, complètement seule. Rien que moi. Cette pensée l'avait déjà souvent traversée. Quand c'était trop difficile à entendre. Trop difficile d'être là. D'entendre les coups et les cris. Alors elle faisait en sorte de se retrouver seule au monde. Dehors, sous la pluie, elle se parlait. On ne s'apercevait même pas qu'elle remuait les lèvres.

L'eau était chaude, comme dans une baignoire. À la colo, il y avait deux robinets, un pour l'eau chaude et un pour l'eau froide, il fallait mélanger soi-même. Mais la mer était déjà à température, et juste assez salée.

Elle flottait comme un bouchon dans l'eau. Le ciel était dégagé : les mouettes étaient parties. Elle ne les entendait pas. Elle n'entendait rien.

Elle se retourna sur le ventre et commença à nager vers la pleine mer. Elle voyait l'île, si proche qu'elle aurait pu la prendre entre ses doigts. Elle tendit la main, mais celle-ci ne se referma que sur de l'air et de l'eau.

Un clapotement derrière elle. Elle tourna la tête. Rien.

Elle continua à avancer. Il y avait une voile un peu plus loin, mais à moitié sous l'eau, elle n'en voyait que la moitié.

Je pourrais traverser la mer. Si j'ai la force de nager jusqu'à l'île, j'aurai traversé la mer. Je ne suis pas fatiguée.

Elle nagea encore un moment. Il lui sembla que quelqu'un l'appelait, mais le vent rapportait toutes sortes de bruits qui disparaissaient aussitôt. Sûrement les cloches encore. Pour un mariage, un enterrement. Ou n'importe quoi d'autre.

4.

Winter et Ringmar traversaient le tunnel de Göta qui contribuait à donner l'illusion que Göteborg était une grande ville. Comme la criminalité. Quoique... la criminalité avait aussi brisé nombre d'illusions. Mais le tunnel avait de l'allure. Voilà de quoi ça doit avoir l'air, un tunnel. Il débouchait à la hauteur de la gare centrale. Winter obliqua pour traverser Östra Nordstan.

— J'ai reçu un drôle de coup de fil à la maison : un type qui s'est contenté de respirer dans le combiné, déclara Ringmar tandis qu'ils attendaient au feu rouge.

— C'est marrant, il m'est arrivé la même chose hier. Sauf que c'était au commissariat.

— Ça ne veut rien dire mais... je ne sais pas. J'ai eu l'impression qu'il y avait au bout du fil quelqu'un qui voulait quelque chose. Tu comprends ?

— J'ai eu la même impression, répondit Winter.

— Tu ne te fous pas de moi, Erik ?

— Non, je te jure.

— Quelqu'un attend de nous quelque chose mais il ne veut pas nous dire quoi, hasarda Ringmar.

Winter hocha la tête et appuya sur l'accélérateur. Un jeune homme traversa malgré le bonhomme rouge, et dut se jeter sur le côté pour éviter la voiture qui lui passa à quelques dizaines de centimètres.

— Quelqu'un qui a besoin de nous, enchaîna Winter. De notre secours.

— C'est pas la même chose ?

— Si, naturellement.

— Le boulot déteint sur nous, commenta Ringmar. Trois secondes de silence au téléphone et on sait déjà à quoi s'en tenir. Enfin… je soupçonne aussi mon voisin. Je le vois bien me faire une blague téléphonique, ce dingue.

Le portable de Winter retentit.

— Oui ?

— Öberg à l'appareil. D'après les analyses, il s'agit d'une balle de 9-mm, le type de munition qu'on utilise dans un Luger ou un Parabellum, voire un Sigsauer. Mais ça pourrait être une autre arme semblable. On vous tient au courant.

— OK.

— Nous n'avons pas trouvé de sang dans la voiture. Ni vraiment d'autre trace d'ailleurs. D'après l'expertise balistique… oui, on dirait que le coup de feu a été tiré de l'extérieur du véhicule, précisa Torsten Öberg, chef intérimaire de la brigade scientifique.

— Sur le pont ? demanda Winter.

— Je ne peux pas encore le confirmer.

— Ce n'est pas un détail anodin, insista le commissaire.

— Comme la présence ou non d'une victime, répliqua l'expert. Vous avez trouvé quelque chose dans l'eau ?

— Rien.

— Un cadavre, ça peut flotter un moment. Il y a eu pas mal de vent.

— On inspecte les rives.

— Drôle d'histoire, conclut Öberg.

Ça avait commencé avec une chanson. Depuis, elles s'enchaînaient, plus débiles les unes que les autres, et chaque fois plus fort. Quand il avait emménagé ici, c'était pour le silence. Un besoin vital. Et cette rue était baignée de silence. Jusqu'à aujourd'hui. Il fallait être dingue pour écouter cette merde à plein volume. Dingue, mort, ou défoncé. Mais ce n'était pas son problème. Il sortit, franchit les quelques mètres qui le séparaient du terrain voisin et sonna à la porte. Tout ce qu'il voulait, c'était que le bruit s'arrête. Pouvoir lire et réfléchir. Juste nager dans le silence.

Il était 16 heures et cette musique de taré devait s'entendre dans toute la rue. Il aurait déjà dû y avoir la queue à la porte. Il sonna de nouveau. Impossible d'entendre la sonnerie, bien sûr. Peut-être que le type à l'intérieur était sourd comme un pot et cherchait à capter les vibrations. Ç'avait été silencieux jusque-là. Un silence de mort. Jusqu'à ces dernières semaines, il pensait la maison inoccupée. On n'avait pas coupé l'herbe de tout l'été. La petite villa en bois paraissait abandonnée. Sans doute suite au décès d'une personne âgée dont la famille n'avait pas encore opté entre la vente ou la démolition. Et maintenant, cette histoire. Une fois de plus, il appuya sans trop y croire sur le bouton de la sonnette. Il avait déjà reculé d'un pas sur le petit escalier lorsque tout à coup la porte s'ouvrit. L'homme eut l'air surpris de le voir. Il n'avait pas entendu sonner. Mon âge. L'air normal, habillé de vêtements standard, pas de tatouages sur la figure. L'homme avait tressailli. Un étranger sur le perron, ça peut se comprendre. Il avait les yeux rivés sur lui, des yeux qui sortaient de leur orbite, comme dans les dessins animés. Il n'avait pas l'air si normal que ça.

— VOUS POURRIEZ BAISSER LE VOLUME ?

Sa propre voix était à peine audible dans cet ouragan. L'homme voyait qu'il était en train de crier quelque chose, mais il ne réagissait pas.

— VOUS POURRIEZ BAISSER LE VOLUME ?

Un éclair peu sympathique passa dans son regard. Oui, il avait entendu. En guise de réponse, il se contenta d'un bref hochement de tête. Puis il recula d'un pas et referma la porte. Qu'est-ce que je fais maintenant ? J'attends. Deux minutes plus tard, rien n'avait changé. Pas un chat dans les parages. La villa qu'il louait était la dernière de l'impasse, celle-ci l'avant-dernière. Le volume ne baissait pas à l'intérieur, il aurait presque augmenté. Mon Dieu, je vais devoir vivre avec, au moins pour aujourd'hui. Si ça continue, il faudra que je déménage. Moi qui commençais à me plaire ici. J'arrive à écrire, pour la première fois depuis longtemps... J'avais besoin de silence. Au même moment, s'éleva un solo de trompette. Rien que ça. Il se dépêcha de passer la grille et de regagner son terrain. La nuit avait commencé à tomber. Elle venait vite maintenant, dans moins d'une demi-heure il ferait noir, ce qui, dans cette rue, signifiait le NOIR total. On avait dû oublier de prévoir l'éclairage. Cet isolement avait représenté un avantage. Jusqu'à maintenant. Il rentra et referma la porte derrière lui. Dans son bureau l'attendait son travail. L'ordinateur brillait comme une fenêtre bleue dans la pénombre environnante. Et la musique du voisin cognait contre les murs, autant que s'il avait lui-même mis le volume à fond. Il éteignit l'ordinateur et s'installa dans un fauteuil de la salle de séjour. Sur les quatre pièces que comptait la maison, il utilisait surtout le bureau et l'une des chambres, mais il appréciait tout de même de pouvoir flemmarder le soir, devant la télé du séjour, histoire de rassembler un peu de force pour le travail du lendemain. Si l'inspiration lui venait, si elle ne s'était pas définitivement envolée. Ces rythmes le pénétraient jusqu'à la moelle des os. Il se leva, se rendit à la cuisine, regagna le séjour et ainsi de suite pendant près d'un quart d'heure. Il errait à travers la maison les oreilles prêtes à éclater. L'autre avait monté le son. Bon sang ! Pourquoi est-ce que personne n'appelle la police ? Pourquoi est-ce que personne ne sort avec sa batte de baseball et son mégaphone ? Évidemment, il était le seul à vivre ici. Lui, et ce taré, la main collée au bouton du volume. Ils étaient seuls au monde. Il remit ses chaussures et sortit. La nuit était très sombre. Le réverbère du carrefour ne faisait que renforcer l'obscurité. Et celle-ci renforçait encore le vacarme. Il était maintenant devant la maison du voisin. C'était allumé à l'intérieur, à chaque fenêtre, comme si le niveau d'éclairage devait rejoindre celui de la musique. Ce mec est fou. Demain je fais mes valises. Encore une déveine. Même ici, dans le coin le plus reculé de la ville, aux confins du monde pour ainsi dire, je n'ai pas la paix. Le vent avait dû tourner. La musique résonnait moins fort. Mais c'étaient les mêmes rengaines, sinistres. La même chanson qu'il faisait passer en boucle, semblait-il.

— Qu'est-ce que vous voulez ?

L'autre avait dû se poster derrière le bouleau qui s'élevait au-dessus de la grille.

Il fit un pas en avant.

— Pourquoi vous traînez par ici ?

— Ce... ce n'est pas ça.

— NOON ? Alors qu'est-ce que vous faites devant chez moi ?

Il s'était rapproché d'un pas. Il restait encore quelques mètres entre eux.

— J'ai le droit de me promener comme je veux.

— Et moi, j'écoute ma musique aussi fort que je veux !

Le vent tourna de nouveau et cette foutue musique envahit la pelouse. Il entendit ce que c'était : des paroles en suédois, du rock scandinave dans une version encore pire qu'avant. Des rythmes venus du fond de l'enfer.

Il chercha à capter le regard du dingue.

— AUSSI FORT QUE JE VEUX !

— Vous devez avoir un problème.

L'homme avança de deux pas. Il n'était plus qu'à un mètre, moins encore, et comme il tendait la tête en avant, on voyait le blanc de ses yeux. Mais ils étaient injectés de sang et luisaient d'une drôle de façon.

Il recula d'un pas, puis d'un autre. Il chercha à se replier vers la rue. Il n'avait pas empiété sur le terrain du dingue, il en était sûr. Ça valait mieux.

Le dingue le suivit.

— Comment osez-vous... ?

— Quoi ? Quoi ?

— Ce n'est pas... possible de mettre la musique aussi fort.

— Bordel ! En quoi ça vous regarde ?

Il était tout près.

Il n'empestait pas l'alcool. Il ne doit pas être soûl. Défoncé peut-être. Je ne peux pas voir ses pupilles. Soûl, défoncé. Taré, c'est sûr. Il n'a pas d'arme ou d'instrument ? Non, mais des mains comme des battoirs. Les postillons lui pleuvaient sur le visage. Le dingue s'était laissé envahir par la rage. La musique hurlant dans son dos déversait la même rage : un torrent de boue dont il aurait presque senti la puanteur. Il percevait deux ou trois mots, « amour », « amoureux », un autre encore, mais pas la moindre tendresse dans cette furie. Le dingue leva la main, comme pour le frapper. Il ne le fera pas. J'ai déjà eu affaire à des types comme ça : ils n'osent pas frapper. Ils se contentent de gueuler. Enfin, je n'en suis pas si sûr.

— OK, j'y vais maintenant.

— J'écoute ma musique aussi fort que je veux ! répéta l'autre, mais un ton au-dessous.

— Et moi, pendant ce temps, j'appelle la police.

Il fit demi-tour et se dépêcha de franchir les vingt mètres qui le séparaient de chez lui. Sans se retourner. Une fois à l'intérieur, il constata que la musique avait cessé. Il n'en fallait donc pas plus : la simple menace du gendarme. Une menace en l'air, je ne les aurais pas appelés dès le premier soir, les flics. Et puis les voir débarquer ici, c'était la dernière chose dont j'avais besoin.

Maintenant que le silence était revenu, il le goûtait encore plus. Il avait choisi cet endroit pour son calme et pensait y rester jusqu'à ce que le bouquin soit terminé. Un an, moins peut-être, ou plus ; non, pas plus. S'il avait la paix et s'il avançait bien, il pourrait arriver à quelque chose de potable pour l'automne, voire l'été suivant. Il avait à moitié promis à son éditeur un nouveau roman. Mais ce ne serait pas de la fiction. Il ne savait pas encore ce que ce serait, et peu lui importait. L'essentiel était qu'on ait envie de le lire. Beaucoup de gens pouvaient, devaient s'y intéresser. Il reprit sa place dans le fauteuil. Il avait les moyens d'acheter mais, depuis son divorce, il ne voulait plus se rendre esclave d'un bien immobilier. Elle avait récupéré la baraque, elle allait sûrement vendre. Il laissait son avocat traiter avec elle. Plus commode. Cette impasse lui avait tout de suite plu. Tiens, ce serait pas mal, comme titre, pour un prochain bouquin. Il se leva, entra dans le bureau et nota « L'Impasse » sur un bout de papier. C'est toujours utile d'avoir un bon titre de départ. Je me remets devant l'ordi ? Il jeta un œil au dehors, dans la nuit. Non, ça ne donnerait rien de bon. Il était trop tard. Mais je peux toujours ouvrir une bière et tâcher d'esquisser quelques idées. « L'Impasse ». Ou alors « Une impasse ». Article défini ou indéfini… Non, défini, c'est mieux. Quelque chose à quoi se tenir, pour l'écrivain et pour le lecteur. Pas n'importe laquelle : cette impasse, et elle seule. Il regarda de nouveau par la fenêtre. Celle-ci. Et pas une autre. Le silence avait tenu, dehors et à l'intérieur. Je n'allume que la lampe au-dessus du bureau. Et je vais me chercher une bière.

Près d'une heure passa durant laquelle il resta assis devant sa feuille de papier, son stylo griffonnant à mesure que se succédaient les idées sous ses doigts et dans son cerveau. De bonnes idées, à croire que cette rencontre absurde avait remis en marche son imagination. Peut-être pourrait-il l'intégrer d'ailleurs : il y avait matière à quelques bonnes répliques. Non qu'il ressentît le besoin de se mettre à l'écoute de la prétendue réalité, mais évidemment, si l'on tombait sur quelque chose, il fallait l'utiliser. Ce visage avait quelque chose de spécial. Et cette musique ! En fait, ç'aurait été intéressant d'identifier le CD ; il n'était même plus certain que les paroles étaient en suédois. Il se leva pour éteindre la lampe de bureau. Le silence et l'obscurité se conjuguaient désormais. La rue avait beau formellement appartenir à la ville, elle aurait pu se situer dans les terres les plus reculées, une campagne lointaine ou un bois perdu dans des contrées oubliées de Dieu. Il avait d'abord envisagé de s'expatrier et puis cette maison s'était présentée. L'agent immobilier l'avait appelé au bout d'une semaine à peine. Non, maintenant j'allume pour la soirée. Il fit le tour de la maison pour éclairer partout, comme s'il avait voulu chasser les ténèbres. *Do not go gentle into that good night*, pensa-t-il, *rage, rage against the dying of the light*. Dylan Thomas écrivait avec le même talent qu'il mettait à boire. Il est mort l'année de ma naissance, une année qui vit également naître le grand Roberto Bolaño. Moi, je vais me reprendre une bière, rien qu'une, demain je m'y remets sérieusement. Une bouteille à la main, il réintégra son fauteuil pour ensuite allumer sa télévision et tâcher de suivre une série policière qu'il prenait en cours. Il regarda l'épisode jusqu'à la fin sans rien y comprendre, puis les actualités nationales, le journal des sports et enfin les actualités régionales... Il tendait la main vers la table basse pour s'emparer de la télécommande lorsqu'un bris de vitre se fit entendre, derrière le poste.

On avait identifié la balle tirée sur le pont. Bonne nouvelle.

— Un Tokarev, déclara Öberg. Calibre 7.62 × 25.

— Voilà une chose réglée.

— Ça fait le même effet que du 9-millimètres.

— Je sais.

— La mauvaise nouvelle, c'est qu'à Göteborg ça grouille de pistolets Tokarev. Mais je ne t'apprends rien. Tout ça est entré dans les mœurs. Une vraie culture, commenta l'expert.

— Comment peut-on voir ça comme de la culture ?

— Culture de la violence. Et on apprend toujours des autres cultures.

— Là, je te suis.

— OK, en ce qui concerne la position du tireur, je reviens au pont, nous pensons qu'il ou elle se tenait en dehors de la voiture. Sur la chaussée. Il y avait des éclats de balle sous la portière et sur le siège passager, mais tout semble indiquer qu'on a tiré de l'extérieur. D'assez près.

— Et seulement un coup de feu.

— Il semblerait. Nous avons passé au peigne fin cette section du pont mais nous n'avons rien trouvé d'autre. Il est possible que d'autres douilles aient fini dans l'eau, mais une seule balle a atterri dans la voiture.

— Sans blesser personne.

— Non.

*

Winter dut stopper devant des chaises qui bloquaient la rue sur le passage piétons, face à la station de tram de Hagen. Un groupe de gamins observait sa réaction. Le commissaire sortit de voiture, retira les deux chaises et reprit sa place au volant. Aussitôt, un garçon de quinze ou seize ans – il n'y avait pas de fille – se précipita pour remettre les deux chaises à barreaux, probablement volées à l'école voisine. Winter parvint à slalomer entre elles sans érafler sa Mercedes. Parfois on croirait rêver, songea-t-il, en voyant ricaner la bande dans son rétroviseur : le Gang de Hagen, ou ce qu'il en restait. Les collègues avaient coffré les pires d'entre eux après des années d'enquête. Tous des fils de bourgeois... Winter patienta au feu avant de tourner à droite dans la rue du Fleuve Göta. Il dépassa le petit centre commercial : une pharmacie, une esthéticienne, une pâtisserie, un poissonnier ambulant et une supérette. De belles voitures stationnées sur le parking. Il poursuivit sur Eckragatan et s'arrêta enfin devant la maison de Roger Edwards. Il y avait de la lumière au-dessus de la porte, ainsi qu'à une ou deux fenêtres. Une atmosphère accueillante. Il se gara sur le trottoir puis il alla sonner à la porte. Elle s'ouvrit immédiatement comme si l'homme était resté posté derrière à l'attendre.

— Roger Edwards ? (Il tendit sa carte professionnelle.) Je me présente : Erik Winter.

Edwards hocha la tête. Son regard fixait un point sur la gauche du commissaire qui se retourna, mais ne vit rien de particulier.

— Quand pourrai-je récupérer ma voiture ? s'enquit Edwards.

— Je n'en sais rien.

— Cela va durer longtemps ?

— Nous devons d'abord l'examiner.

— Qu'y a-t-il à examiner ?

— Puis-je rentrer ?

— Comment ? Oui... Oui... je vous en prie.

Edwards l'invita du geste à pénétrer dans le hall. Winter le suivit ensuite dans le séjour. L'homme avait à peu près le même âge que lui. Il parlait sans accent, dans une langue soignée et paraissait très correct, mais apeuré. Tout du moins nerveux. Peut-être s'inquiétait-il à l'idée que sa voiture ait été impliquée dans un acte criminel.

L'acte aurait pu se produire avant le vol. Öberg n'avait pas déterminé l'heure à laquelle on avait tiré le coup de feu.

S'il y a eu vol, songea Winter en observant Edwards. Ce dernier s'était assis. Winter avait pris place dans un fauteuil Berga qui, mine de rien, avait dû coûter fort cher. C'était ce qu'on appelait la classe, comme de servir un vin monstrueusement cher dans des verres ordinaires : l'élégance discrète. Une villa toute neuve, près de la mer.

Edwards regardait par les fenêtres, ou plus exactement par la baie vitrée.

Ce profil ne lui était pas inconnu.

J'ai déjà vu ce type quelque part. Où ? Son nom ne me dit rien.

— Me faudra-t-il attendre des années avant qu'on me rende ma voiture ?

— Je me demande pourquoi vous n'avez pas porté plainte, répondit Winter.

— Comme je l'ai dit à votre collègue ce matin, à l'aube, je n'en ai pas eu le temps.

— Vous étiez déjà debout.

— J'ai l'habitude de me lever tôt.

— Pourquoi ?

— Pourquoi ? Quelle importance ?

— Pourquoi ne pas avoir déclaré le vol ? insista le commissaire.

— J'étais sur un boulot. Une présentation pour le lendemain.

— Quel genre de présentation ?

— Peu importe, mais si vous y tenez, je peux vous montrer mon travail.

— Plus tard, répondit Winter. (Il se pencha en avant.) Possédez-vous une arme à feu ?

5.

Dans les minutes précédentes, juste avant de sursauter au bruit de verre brisé, l'écrivain avait songé à son voisin. Une voiture était passée dehors. Elle avait fait demi-tour au bout de l'impasse, puis elle était repassée en sens inverse, avant de disparaître. Un grondement de faible intensité, avait-il pensé. Faible et intensif, on n'y échappe pas. C'est comme un sifflement dans les oreilles. Il y avait du passage devant chez le voisin ces derniers jours. Des voitures qui s'arrêtaient, repartaient. Il n'avait vu personne, car il n'était pas allé à la fenêtre. Un sacré trafic. Sans doute cela concernait-il une autre maison dans la rue – au moins une fois ou deux – mais le dingue semblait attirer le monde, quelle qu'en fût la raison. La rue n'était pas large. Pour éviter de voir sa voiture emboutie, il l'avait garée dans le jardin. Mais ça ne suffirait plus, à l'avenir il faudrait la parquer sous un toit. Et l'avenir, c'était maintenant. Il y avait à peine trois secondes, on lui brisait la fenêtre.

Après avoir éteint le lampadaire, l'écrivain se leva d'un bond. Il ferma le poste, coupant le journaliste en plein commentaire de l'actualité.

Il fit rapidement le tour de la maison pour éteindre les lumières.

Puis il resta immobile.

Pas un bruit dehors, pas une voiture.

Seulement le bourdonnement sourd de la ville.

Pas un mouvement dans le jardin.

Est-ce qu'il attend ? Serait-il rentré chez lui ?

L'écrivain gagna le hall, mit ses bottes, ouvrit la porte d'entrée et sortit sans fermer derrière lui.

— Ohé ! lança-t-il dans le noir. Il y a quelqu'un ?

En tout cas, pas de réponse.

Il ferma la porte à clé, descendit les marches du perron et resta aux aguets, debout dans l'allée de gravier. Sa voiture était toujours en place. La carrosserie luisait à intervalles réguliers à mesure que le réverbère du carrefour oscillait dans le vent.

Il contourna la maison. La partie inférieure de la vitre avait été brisée, mais pas d'une façon habituelle. Cette espèce de trou, on aurait dit un impact de balle. Il n'avait pourtant pas entendu de coup de feu dehors ; aucune balle n'avait sifflé à l'intérieur de la pièce. Un couteau, conclut-il. Ce con y est allé au couteau. Cette fois, ça devenait dangereux. Le dingue pouvait se cacher derrière la haie qui séparait leurs deux maisons. Un couteau à la main. Il aura été assez malade pour entailler ma fenêtre, et assez maître de lui-même pour attendre la nuit.

Peut-être ne se calmera-t-il pas avant d'avoir planté son couteau dans ma poitrine. La fenêtre, c'était un premier avertissement, une simple menace. Je suis menacé. Serais-je un danger pour lui ?

L'écrivain jeta un regard circulaire. Rien ne bougeait, pas un bruit.

Allez, maintenant, je rentre. Je ne dois pas rester ici.

Est-ce que j'appelle la police ? Non, je n'ai aucune preuve. Pourtant je sais que c'est lui.

L'écrivain entendit une voiture démarrer au fond de l'impasse. Les phares balayèrent la zone. Au bruit du moteur, elle devait faire une marche arrière.

Debout dans son jardin, l'inspecteur Fredrik Halders regardait la nuit tomber sur *sa* ville. Il considérait comme siens les quartiers situés au-dessous de Lunden dans la mesure où il pouvait les contempler, voire les maîtriser, de chez lui. Non, pas les maîtriser. Il avait parfois l'impression de ne rien maîtriser. Et encore moins sa carrière. Il aurait déjà dû être nommé commissaire. C'était qu'un putain de titre, mais il le méritait. Il ne voyait pas lequel de ses collègues l'aurait mérité plus que lui. Aneta, à la rigueur, mais elle était encore jeune. C'était ce qu'il lui disait et elle paraissait accepter la chose quand ils en parlaient. À la vérité, elle n'était pas carriériste. Lui non plus ; c'était plutôt une question de reconnaissance. Une preuve en quelque sorte. Non, bien trop incertaine pour une preuve.

Il perçut un bruit dans son dos et se retourna brusquement.

— Moi qui avançais à pas de loup, sourit Aneta Djanali.

— C'est l'herbe qui t'a trahie.

— Je n'ai rien entendu.

— C'est comme ça que ça fonctionne.

— Qu'est-ce que tu veux dire ?

— Quand t'essaies de surprendre quelqu'un, t'es tellement concentré que tu ne fais même pas attention au bruit de tes propres pas.

— Ah ! ah !

— C'est la vérité.

— Sauf que je ne cherchais pas à te surprendre, objecta-t-elle.

— Personne ne peut s'approcher à moins de cinq mètres sans que je m'en aperçoive, assura Halders.

Aneta Djanali garda le silence. Comme Fredrik Halders, elle était inspectrice à la brigade criminelle. Ils faisaient équipe au travail, mais également dans la vie privée car ils habitaient maintenant sous le même toit, chez lui. Quand Fredrik avait perdu sa femme dans un accident de voiture, il en avait presque perdu la raison. Il s'était laissé aller jusqu'à devenir une loque, un mort vivant. Plus personne ne pourrait désormais l'approcher d'aussi près.

— J'essaierai pour voir ! lança Aneta Djanali.

— Comme dans *La Panthère rose*.

— Hmm ?

— Le commissaire Clouseau, Peter Sellers à l'écran. Il avait un collaborateur chinois chargé de l'attaquer à tout bout de champ, dès qu'il baissait la garde.

— La panthère rose ?

— Ne me dis pas que tu n'en as jamais entendu parler !

Aneta garda le silence.

— Non ?

— C'est peut-être une question de génération, glissa-t-elle.

— Vas-y, appelle-moi papy.

— On pourrait le louer, ce film, pour combler le fossé des générations.

— Il y en a plusieurs, répondit Halders. C'est une série.

— Alors on les loue tous.

— Prends *Le Retour de la Panthère rose*, mon préféré.

— J'en profite pour aller chercher Hannes et Magda à l'école.

— Parfait.

Il s'agissait des enfants qu'Halders avait eus de son mariage avec Margareta. Magda ressemblait de plus en plus à sa mère. La première fois qu'il s'en était fait la réflexion, il s'était dit qu'il fallait bien l'accepter. Rien ne disparaîtrait. Si. La vie disparaissait du jour au lendemain. D'une seconde à l'autre. Une seconde qui durait une vie. Qui allait tout interrompre. Est-ce que j'ai jamais réussi à faire mon deuil ? Si je l'ai fait, est-ce que je le dois à Aneta ?

Tout à coup les projecteurs s'allumèrent au-dessus du stade d'Ullevi. Il en fut presque ébloui. L'obscurité, en revanche, s'épaissit autour de lui.

— Il y a un match ce soir ? l'interrogea Aneta.

— J'en sais rien.

— Ça m'étonne.

— Je ne suis plus tellement le foot depuis que l'ÖIS s'est fait éliminer.

— Hmm.

— On ne méritait pas mieux.

— Je ne peux pas le croire.

— Une équipe de bourges.

— Alors pourquoi tu les soutiens ?

— C'est une question de loyauté envers mon quartier.

— Il n'y a pas d'autre équipe ici ?

— Les Lunden IS ? Tu parles !

— Tu sais, moi je n'y connais rien.

— Winter roule pour l'IFK, ajouta Halders.

— Ah oui ?

— L'équipe à succès.

— Tu ne serais pas en train d'insinuer quelque chose ?

— Non. Son équipe est celle qui a le plus de supporters.

— Je ne pense pas que ce soit de la faute d'Erik.

— J'en dirai pas plus.

— Il m'a parlé de toi en termes très flatteurs, reprit-elle.

— Ah bon ? Quand ça ?

— Je l'ai croisé à la cafét'. Il parlait de toi avec Ringmar. Je crois qu'il évoquait ton... intégrité. Il était positif en tout cas.

— Mon intégrité ?

— Oui.

— Autrement dit, il me trouve obstiné voire obtus.

— Il n'employait pas le mot dans ce sens-là, Fredrik.

Les projecteurs au-dessus d'Ullevi s'éteignirent aussi brusquement qu'ils s'étaient allumés.
— Fausse alarme, commenta Halders.
Le soleil jeta un éclat au-dessus de la mer, un sourire vermeil qui disparut au bout de quelques secondes.
— On va au ciné ce soir ? proposa la jeune femme.
— Rien à voir.
— Tu as vérifié ?
— Non.
— Qu'est-ce qui te prend aujourd'hui, Fredrik ?
— L'été tire à sa fin... voilà pourquoi j'ai l'âme triste ce soir.
— On dirait les paroles d'une chanson.
— John Holm.
— Jamais entendu parler.
— C'est le meilleur.
— Dans quel domaine ?
— La mélancolie.
— On n'est plus en été, Fredrik.
— C'est encore plus triste.
Le rire d'Aneta Djanali rebondit jusqu'au stade d'Ullevi.
— Et toi, tu balaies ça d'un éclat de rire.
— On sort, déclara-t-elle. On va voir *James Bond*.

Un homme montait lentement les marches. Il paraissait compter chacun des larges degrés de marbre, dans cette cage d'escalier à l'ancienne, aux motifs Jugendstil le long des murs. L'éclairage était très faible, on n'aurait pu distinguer les traits de l'inconnu.

Il s'arrêta sur le palier. Pas un bruit ne filtrait. Il se pencha en avant comme pour écouter à travers la porte.

Était-ce une voix d'enfant qui perçait ? Un cri ou bien un rire d'enfant ?

Il recula d'un pas, regarda autour de lui. Le silence était revenu. Le silence. Le visage inexpressif, l'homme paraissait s'attendre à tout, ne s'attendre à rien.

La politique, était-ce une vocation ? Ou bien plus encore ? Quelle motivation pouvait-on avoir pour une activité qui n'était la plupart du temps qu'une affaire de compromis ?

Quel type d'homme fallait-il être pour consacrer sa vie à ce jeu-là ? Un lâche ? Un trouillard ? Un faible ?

— Richardsson.

Il avait répondu sur son ton habituel. Un ton posé, pensa-t-il. La politique, c'est une chose sérieuse. Dieu aussi. Nous avons besoin de Dieu. Il nous accompagne à chaque pas.

— Richardsson, répéta-t-il. Jan Richardsson à l'appareil. À qui ai-je l'honneur ?

— C'est moi.

Richardsson ne répondit pas.

Il ne voulait pas entendre cette voix, pas ici.

— C'est moi.

— Je t'ai déjà dit de ne pas appeler au bureau.

— Pourquoi ? T'es sur écoute ?

Richardsson regarda autour de lui, comme pour vérifier que personne ne pouvait l'entendre, mais il était seul dans la pièce. Derrière la paroi vitrée, sa secrétaire était absorbée dans la lecture d'un écran d'ordinateur surdimensionné : beaucoup d'informations à collecter, sur toute la ville. Sa part dans tout cela ? Aucune importance.

— On se voit ce soir ? reprit son interlocuteur.

Il semble nerveux. Encore plus que d'habitude.

— Il s'est passé quelque chose ?

— Non... Rien d'important.

— Tu me raconteras ça ce soir.

— Même heure ?

Richardsson consulta sa montre.

— Oui.

— Tu... tu repasses chez toi avant ?

Richardsson s'abstint de répondre. Il n'aimait pas la question, l'autre le savait bien.

— Je raccroche.

Après avoir raccroché, il se leva. La secrétaire tourna la tête vers la vitre et lui décocha un sourire. Il lui rendit son sourire, avant de sortir de son bureau.

— Le directeur de l'école d'Älvsborg a appelé. Pendant que vous étiez occupé.

— Qu'est-ce qu'il voulait ?

— Encore des dégradations.

Richardsson hocha la tête. Dans ces quartiers périphériques, les dégradations devenaient monnaie courante. Mais des locaux aussi vétustes, c'étaient des pousse-au-crime.

— Je sors un moment, annonça-t-il.

— Et le directeur d'école ?

— S'il appelle, je suis occupé.

La secrétaire le suivit du regard tandis qu'il quittait les lieux.

Elle peut penser ce qu'elle veut, il y a plus important. Le Seigneur par exemple. Une idée lui passa par la tête. Il n'aurait pas aimé qu'on lise laquelle sur son visage.

Il écrivait rarement le soir. Son cerveau fatiguait dès l'après-midi. Mieux valait se mettre à son bureau après une bonne nuit de sommeil. Sauf qu'il faisait plutôt de mauvaises nuits. Ses rêves étaient peuplés de créatures sataniques, même s'ils lui laissaient un souvenir trop vague le matin pour qu'il les utilise dans ses livres. S'il avait existé une machine électromagnétique à enregistrer les rêves, en couleurs si possible, il n'aurait tout simplement pas eu besoin d'écrire. Son imagination avait déjà fait le travail. Il n'aurait pas eu de honte à le récupérer.

En revanche, le soir, il pouvait lire.

Il tenait son manuscrit dans les mains. À l'écran, ça s'appellerait docudrame, songea-t-il. On en ferait peut-être un film d'ailleurs.

Il lisait : « Elle avait nagé plus loin qu'elle ne croyait. Elle avait pratiquement traversé la baie, telle fut du moins l'impression du témoin. Du ou des témoins. On n'a pas encore déterminé combien de personnes ont vu l'adolescente dans l'eau, si on l'a bien vue. Ni quand elle a disparu. Tout à coup elle n'était plus là, indique un témoignage. Mais j'ai pu me tromper, ce n'est peut-être pas elle que j'ai vue depuis le début. Ç'aurait pu être une autre. Ce n'était peut-être pas un être humain. »

Il interrompit sa lecture.

Il venait d'entendre un grondement de moteur. Une voiture passa devant chez lui, fit demi-tour et repassa en sens inverse. Elle lui parut s'arrêter devant la maison du voisin. Il alla vérifier à la fenêtre du séjour. Effectivement. Les feux arrière luisaient de leur méchant éclat rouge.

Baissant les yeux, il revit le trou dans la fenêtre. Par chance, elle était équipée de double-vitrage, il n'était pas obligé de se précipiter chez un vitrier. Il n'avait aucune envie de se précipiter où que ce soit, surtout pas chez le voisin. Il avait choisi cet endroit par goût de la solitude, avec le projet d'écrire. Il ne comptait pas sortir, excepté pour des courses de première nécessité ou pour une rapide promenade, quand il aurait besoin d'un peu d'exercice. Les raideurs dans la nuque et les épaules relevaient de la maladie professionnelle. Il s'était attiré un mal chronique sans avoir pour autant gagné des millions. Au contraire, il tirait toujours le diable par la queue. Une expression qui sonnait bien à l'oreille, celle-là.

Il regagna sa table de travail : « Elle est devenue fantôme. Qu'est-ce, un fantôme ? Un être qui vous met sous son emprise ? Auquel on n'échappe pas ? Comment a-t-elle disparu ? Y a-t-il même une réponse à cette question ? »

Il reposa la liasse.

On avait rallumé le moteur.

Il n'aurait rien remarqué sans cette étrange altercation avec le voisin. Ce n'était pas dans ses habitudes de suivre le trafic dans la rue.

La voiture était toujours là, le moteur tournant au ralenti. Cela faisait maintenant plus d'une minute. Il n'entendait pas de bruit de portières.

Elle finit par repartir. Il respirait de nouveau. Il avait attendu ce moment comme on attend que la seconde chaussure tombe par terre, impossible de se détendre avant.

Il tenta de se détendre. Mit de côté le manuscrit. Difficile de s'abstraire de cette matière-là, qui renvoyait à un événement profondément tragique et inexplicable. *Disturbing*, comme diraient les Anglais. Perturbant, c'était le bon mot : on ne pouvait s'en débarrasser, ça vous poursuivait.

Il se releva.

Ça vous poursuivait jusqu'au fond d'une impasse.

*

Aneta Djanali et Fredrik Halders sortaient du Royal. L'avenue leur parut singulièrement déserte.

— Il y a un match ce soir ?

— Tu ne devrais pas le savoir ? s'étonna la jeune femme.

— Si, normalement... Sans doute une programmation supplémentaire.

— Qui attire toute la ville ?

— Aucune idée, Aneta.

— On peut aller voir.

— Pourquoi pas ?

Ils prirent à droite dans Vasagatan. Pas un chat sur la place rectangulaire qui s'ouvrait devant La Comète. Le restaurant semblait également vide.

— On a dit quelle heure à la baby-sitter ? demanda Halders.

Elle consulta sa montre.

— Il nous reste encore deux heures. On avait prévu large.

— On va boire un verre ?

— Pourquoi pas ?

— Le premier arrivé se fait inviter !

En moins de deux minutes, Halders avait traversé la rue et poussait la porte de l'établissement.

Aneta lutta de vitesse pour le rejoindre au bar :

— Qu'est-ce que tu prends ?

— Une pinte de forte, évidemment.

— Tu ne veux pas autre chose ?

— Pas ce soir.

— Ah bon.

— Ça va bien avec le film, ajouta-t-il.

— James Bond... ce serait plutôt un dry martini.

— Erreur : vodka martini.

— Pourquoi tu n'en prends pas alors, si tu es tellement au courant ?

Aneta commanda une bière et un verre de vin rouge.

Ils trinquèrent.

— Tu m'aimes, Fredrik ? demanda-t-elle au bout d'un moment.

Ils étaient seuls au bar. Seuls dans la ville. Il avait dû se produire quelque chose dans le pays. Halders fut assailli par un sentiment d'abandon.

— Pourquoi cette question ?

— Réponds-moi d'abord.

— C'est un interrogatoire ?

— Tu ne veux pas me répondre.

— Il s'agit donc bien un interrogatoire.

Aneta Djanali garda le silence.

— La réponse est oui, dit Halders.

Elle restait silencieuse.

— Permets-moi de te poser la même question.

— Je... je ne sais pas, répondit la jeune femme après un moment qui lui parut, à lui, une éternité. Je ne peux pas te répondre.

6.

Winter se gara devant la maison de Ringmar.

Au cinquième coup de sonnette, la porte finit par s'ouvrir.

— Je pensais que tu n'étais pas chez toi.

— Moi non plus.

— C'est-à-dire ?

— Entre.

Winter le suivit dans la pénombre du hall. Ringmar avait le dos voûté, les épaules tombantes.

— Comment va ton rhume ?

— Mon rhume ?

— Tu n'as pas pris un congé maladie ?

— Ah si, oui.

— Tu ne ferais pas l'école buissonnière, Bertil ?

— Non, je bois.

— Ça ne te ressemble pas.

— Jamais trop tard pour évoluer.

— À ton âge ?

— Eh oui, c'est pas fantastique ?

— Non, seulement intéressant.

— Je plaisantais. Mais c'est vrai que je viens de me prendre un petit whisky. Contre le rhume, bien sûr.

Ils se tenaient dans le séjour. Le crépuscule tombait. Chez le voisin, le jardin étincelait.

— Il s'y met un peu tôt cette année, commenta Winter.

— Je devrais lui envoyer les Hells Angels.

— Il suffirait d'un coup de fil bien senti.

Winter examina l'agencement lumineux au dehors. N'était-ce pas une nouvelle discipline au lycée et à l'université, le design lumineux ? Où est-ce qu'il avait lu ça ? Dans le journal de la police ? Dans le *Svenska Dagbladet* ?

— En tout cas, ce n'est pas moi qui l'appellerai. *Too risky.* Tu veux un whisky ?

— Je conduis.

— Tu peux laisser ta bagnole. Les taxis, c'est pas pour les chiens.

Winter jeta un œil à sa Mercedes, garée sur le trottoir. Il lui trouva un air lugubre. Prévoyait-elle de le lâcher ?

— Je crains la guirlande sur le capot.

Ringmar le rejoignit devant la fenêtre :

— Ça ne peut lui faire que du bien : elle me semble un peu déprimée.

— C'est drôle, j'avais la même impression.

— Nous sommes des âmes sœurs, déclara Ringmar.

— Finalement, je prendrais bien un whisky.

L'homme gravissait les marches du vieil escalier. Dans le silence, on n'entendait que le bruit sourd de ses pas.

Il tenait un pistolet, à peine visible dans sa main. Sur son visage se lisait la même concentration muette que chez un auditeur de concert. De fait, il avait l'oreille aux aguets. Savait-il où il se rendait ? Que cherchait-il ? Il était maintenant à l'étage du dessus. Pourquoi n'avait-il pas pris l'ascenseur ? Ce dernier était immobilisé ailleurs. L'homme ne voulait pas qu'il bouge, qu'il fasse du bruit. Il préférait marcher.

Il redescendit l'escalier.

La voix d'enfant à nouveau. Était-ce bien un enfant ?

Tout à coup retentit un cri, distinct, mais pas très fort, légèrement amorti : « Nooon. »

À la première gorgée, Winter fit la grimace.

— Il n'est quand même pas si dégueu, se plaignit Ringmar.

— Ce n'est pas ça.

— Quoi alors ?

— Rien.

— La tête ? Mal de crâne ?

— C'est déjà parti, répondit Winter en reprenant son verre.

— Ça reviendra. Pourquoi tu ne vas pas te faire examiner ?

— Pour quoi faire ?

— C'est quoi cette réponse de merde ?

— Je ne sais pas si c'est une réponse.

— Tu as peur de ce qu'ils pourraient trouver ?

Winter garda le silence.

— Parce que, dans ce cas, tu devrais illico prendre un taxi pour Sahlgrenska. Sans perdre une minute.

— C'est juste une migraine.

— Et tu te soignes ?

Winter secoua la tête. Ça recommençait à cogner derrière l'œil droit.

Ringmar secoua la tête, lui aussi.

— Qu'est-ce qu'elle en dit, Angela ?

— Rien.

— Rien ?

— Ça va partir. Ça finit toujours par partir. Qu'est-ce que tu crois ? Que c'est une tumeur ou un truc comme ça ?

Ringmar s'abstint de répondre.

— C'est ce que tu crois ? insista Winter.

— Il ne s'agit pas de croire ceci ou cela. C'est comme tout. Faut des preuves.

— Est-ce qu'on a droit à un whisky supplémentaire ?

— Si ça peut aider, dit Ringmar en tendant la main vers la bouteille.

— C'est un remède universel.

— Le whisky, c'est une boisson du diable, marmonna son collègue.

Il se retrouvait pour la seconde fois sur le perron de sa maison. La nuit était encore plus profonde.

Une voiture était stationnée devant chez le voisin.

La même que tout à l'heure.

Pas de musique en provenance de la maison. Une autre voiture s'approcha et fit demi-tour au bout de la rue avant de disparaître à nouveau.

Il s'agissait d'une Volvo Break. À peu près la seule marque automobile à Göteborg. Et tout le monde roulait en Volvo Break : femmes au foyer, hommes d'intérieur, prostituées, P-DG, experts-comptables ou plombiers. Écrivains. Il avait eu sa Volvo Break, d'occasion bien sûr. Une édition de poche qui s'était spécialement bien vendue lui avait permis de récupérer un peu d'argent l'année suivante. Il s'était débarrassé de la bagnole en même temps que sa femme s'était débarrassée de lui. Pour compenser, il s'était offert une Saab d'occasion.

Il y avait de la lumière chez le voisin.

Mon Dieu, il se faisait tard. L'écrivain avait réussi à lire les aiguilles de sa montre à la lueur du réverbère. Comment tant de temps avait-il pu s'écouler ?

Si je reste ici, il risque de me voir par la fenêtre et de se précipiter dehors avec une batte de base-ball. Je devrais m'équiper d'une batte.

Il était maintenant devant la grille du voisin.

Une lumière jaillit tout à coup d'une des fenêtres.

Elle avait troué l'obscurité comme le rayon d'une lampe-torche. Aussitôt apparue, elle avait disparu.

Il perçut un bruit. Un cri ?

D'où venait-il ?

L'écrivain regarda alentour, mais rien ne bougeait dans la rue. La maison était désormais plongée dans l'obscurité. Le rayon de lumière provenait peut-être du réverbère, agité par le vent. Le bruit aurait pu être le gémissement du vent. Il avait forci. La grille grinçait sous sa pression. Ce devait être ça, le cri.

Il s'approcha de la voiture, garée là depuis quelques heures maintenant. Deux trois coussins sur la banquette arrière. Un sac en plastique quelconque. Il releva les yeux. Il avait l'impression d'avoir violé l'intimité d'une demeure.

À cette pensée, la colère monta en lui.

De quel droit ce type vient-il faire des dégâts chez moi ? C'est une location, mais ça ne change rien. Je devrais lui casser une fenêtre. Évidemment, si je fais ça, c'est l'enfer assuré.

Un crépitement infernal se fit entendre.

Fredrik Halders et Aneta Djanali restaient devant la maison. Celle de la jeune femme autant que la sienne, il le lui avait souvent répété. C'était chez elle. Chez eux.

La baby-sitter était repartie. Les enfants dormaient.

— Tu veux nous quitter, Aneta ?

Il avait beau les avoir prononcés doucement, ces mots résonnèrent d'une manière épouvantable. Nous quitter. Dans ces circonstances le pronom « nous » était malvenu. Dans quelles circonstances ? Elle n'en savait rien.

— Non, répondit-elle.

Elle ne pouvait pas « nous » quitter. Elle ne « nous » abandonnerait jamais.

— Alors, qu'est-ce que tu veux dire ? (Halders lui tendit timidement la main.) Qu'est-ce que ça veut dire de n'aimer peut-être pas ?

— Je... ne sais pas, Fredrik.

Elle lui prit la main.

— Pour l'instant... tout est confus. Je ne sais pas. Je ne... sais pas ce que je ressens.

— Non ?

— On a parfois besoin de... réfléchir.

— Réfléchir à quoi ? À nous ?

Encore ce « nous », mais il sonnait moins terriblement cette fois. Il ne désignait qu'eux deux.

— Réfléchir.

— On ne fait que ça dans la vie. On n'a pas tout le temps quelque chose dans la tête ?

— Si...

— Alors, tu vois.

Alors, tu vois. Ce n'était pas si simple. Mais elle ne pouvait pas le lui dire. Elle ne savait pas.

— On rentre ? fit-il.

— J'ai envie de rester encore un peu dehors.

— D'accord.

Seule, songea-t-elle. Mais même de ça, je n'en suis pas sûre.

— Cette ville, elle a parfois quelque chose de beau, déclara-t-il.

— Hmm.

— Pense à tout ce que cachent ces lumières.

— Alors, toi aussi tu pensais à ça ? sourit-elle.

— Oui. Toutes ces pensées qui se baladent là-dessous.

— Il y a quelques années, on aurait vu les lumières d'une petite ville.

— Si tu reviens vingt ans en arrière, Göteborg n'était qu'une bourgade.

— Pas vraiment en fait.

— C'est l'impression que ça donnait, insista Halders.

— Pourquoi ?

— On connaissait tous les criminels.

— Je n'ai pas vécu cette époque.

— On fêtait Noël tous ensemble.

— Ah ! ah !

— C'était l'occasion de nouer de nouveaux contacts, poursuivit Halders.

— Tu disais que tu connaissais tout le monde.
— Presque tout le monde.
— Et pourquoi est-ce qu'elle a disparu, cette tradition ?
— La ville a grandi.
— La police aurait pu se trouver une salle des fêtes un peu plus vaste, non ?
— Laquelle ?
— Je ne sais pas, moi. (Elle pointa la tête vers les lumières du stade.) Ullevi, par exemple.
Les grands projecteurs éteints dessinaient des poings fermés sur le ciel or et noir.
— Pas de toit, objecta Halders, il ferait trop froid. On souffre pas mal d'allergies dans le banditisme. Et on attrape facilement froid.
— Tu m'apprends quelque chose.
— C'est pourtant la vérité.
— Pourquoi ?
— Aucune importance pour le moment. Je n'ai plus envie de ces soirées de Noël. Je n'apprécierais plus la compagnie.
— Je ne l'aurais jamais appréciée, moi.
— Tout est relatif. Tu aurais vu la différence.
— Comment ça ?
— Tu le sais bien, Aneta.
— Tu parles de la drogue ?
— Oui. Et puis des gangs. Mais là aussi, c'est surtout une affaire de drogue.
— L'héroïne.
— L'héroïne avant tout, mais ce n'est que le sommet de l'iceberg. Imposant, bien sûr. Un grand sommet blanc dégueu.
— On peut rentrer maintenant ? J'ai froid.
Ils habitaient les sommets, eux aussi. Le quartier de Lunden était situé assez haut au-dessus du niveau de la mer.
— Si tu me dis que tu m'aimes.
— Je t'aime, Fredrik.
On peut aimer de nombreuses manières, se disait-elle tandis qu'ils regagnaient la maison.
Son mobile se mit à sonner. Halders refermait derrière eux la porte qui donnait sur le jardin.
— Oui ?
— Salut Aneta, c'est Lars.
— Oui ?

— Un type vient juste de se faire tirer dessus, près de chez vous.

— Près de chez nous ?

Elle regarda autour d'elle, comme si le coup de feu pouvait avoir pénétré à l'intérieur de la maison.

Halders lui jeta un regard interrogateur.

— À Lunden. J'ai pensé que vous... oui, vous êtes les plus proches. Juste à quelques pâtés de maisons si j'ai bien lu la carte. Vous n'êtes pas en service, bien sûr...

— Comment vas-tu, Lars ?

— Très bien. Pourquoi ?

— Pour rien. (Elle consulta sa montre. 22 h 50.) Quand est-ce que c'est arrivé ?

— À l'instant. Je viens de recevoir un appel de l'officier de garde. On a déjà envoyé une bagnole sur place, et je me suis dit que tu...

— J'y vais, l'interrompit la jeune femme.

— Est-ce que Fredr...

— Il doit rester garder les enfants. (Elle regarda Halders. Il avait haussé les sourcils en accents circonflexes.) Un ou des blessés ?

— Je n'en sais rien, Aneta. Sois prudente. Je te retrouve là-bas.

— À quelle adresse ?

— Rue Lovisa. Numéro 6.

— Jamais entendu ce nom-là. Rue Lovisa.

— Ce doit être tout près de chez vous, répéta Bergenhem.

Halders avait déjà sorti le bottin et feuilletait les plans de quartiers.

Il releva les yeux.

— Je la connais ! Un bout de machin désert.

— Fredrik voit où c'est, ajouta-t-elle dans le combiné. (Bergenhem marmonna quelque chose.) Comment ? Tu dis ?

— Non, je n'ai rien dit. C'était dans l'autre... attends... OK, OK. (Il avait changé de ton.) OK, Aneta, j'ai un homme au bout du fil qui prétend qu'on lui a tiré dessus ; mais il n'est pas blessé.

— Qui a tiré ?

— On n'en sait rien. Il n'a vu personne.

— Qui ça *il* ?

— Celui qui s'est fait canarder.

7.

Aneta Djanali aperçut une Volvo garée sur le trottoir, et rien d'autre. La voiture de police n'était pas encore arrivée. Elle se gara devant la Volvo mais ne sortit pas de son véhicule. On était à un quart d'heure à pied de chez eux : la bonne distance pour aller au boulot. La maison était noyée dans l'obscurité. Soudain, elle aperçut du mouvement sous un arbre, devant chez le voisin, à vingt mètres de là. Une silhouette se dessina et s'avança d'un mètre dans la rue. La jeune femme resta sur son siège. Elle braqua ses phares sur l'inconnu qui leva les bras pour se protéger de la lumière. C'était un homme, en jeans et blouson de toile.

Elle baissa la vitre :

— POLICE ! NE BOUGEZ PAS.

L'homme ne bougeait pas.

— C'EST MOI QUI VOUS AI APPELÉS, lança-t-il.

Aneta Djanali aperçut des phares dans son dos, puis la voiture sérigraphiée blanche et bleue. Les collègues. Tous des supporters de l'IFK. La voiture s'arrêta à la hauteur de l'homme et l'un – ou plutôt l'une – des collègues mit pied à terre. Aneta fit de même. L'homme avait toujours un bras levé au-dessus de la tête :

— C'est sur moi qu'on a tiré.

— Asseyons-nous au calme, suggéra-t-elle. Dans ma voiture.

— Quel est votre nom ?

— Mon... Jacob Ademar. Je m'appelle Jacob Ademar.

— Où vivez-vous ?

— Je... j'habite à côté, fit-il en tournant la tête vers sa maison. Une location. Que je risque d'abréger.

— Que s'est-il passé ?

Aneta Djanali constata que sa collègue inspectrice avait sorti un calepin. Elle la reconnaissait. C'était quelqu'un de compétent. En revanche, elle ne se rappelait pas son nom... Mogren, peut-être.

— Quelqu'un a tiré.

— Reprenez tout depuis le début.

— Par quoi voulez-vous que je commence ?

— Où cela s'est-il produit ?

Ademar ne semblait pas saisir la question. Il fut pris de tremblements. Il devait être en état de choc. C'était compréhensible : on venait de lui tirer dessus.

— Où vous trouviez-vous au moment du coup de feu ?

— Devant la grille.

Il désigna d'un hochement de tête la maison à la Volvo, toujours plongée dans le silence et la pénombre. Elle paraissait inhabitée, en attente de démolition.

— Recommencez depuis le début, insista Aneta Djanali. Depuis que vous êtes sorti de chez vous.

— Je... je suis sorti de chez moi, mais ce n'était pas la première fois...

Ademar se tut.

— Que voulez-vous dire ?

— J'ai eu des mots avec le voisin en début de soirée... non, en fin d'après-midi. Plus exactement, c'est lui qui m'a cherché querelle.

La jeune femme acquiesça.

— Continuez.

— C'était... oui, il avait mis sa musique à un niveau dément pendant des heures ; j'ai fini par me plaindre. Il n'a pas apprécié. Et c'est un euphémisme. Ensuite... ce soir, on a cassé un carreau chez moi. J'ai supposé que c'était lui.

Ademar désigna du doigt la maison qu'il avait louée – mais plus pour très longtemps.

— C'est la fenêtre tout à gauche. Le carreau du bas à droite.

— Pourquoi pensiez-vous que c'était lui ?

— Qui d'autre est-ce que ça pouvait être ? On n'est pas nombreux ici. Regardez autour de vous. (Ce qu'il fit lui-même.) Un vrai désert.

Ou presque, rectifia intérieurement l'inspectrice.

— Que s'est-il passé après l'incident de la fenêtre ?

— Rien. J'ai attendu un moment et puis je suis sorti. C'est là que c'est arrivé.

— Quoi ?

— On a tiré.

— Qu'en savez-vous ?

— Quoi ? Bon sang ! J'ai entendu deux coups de feu et j'ai senti deux ou trois balles me passer tout près. (Ademar tressaillit.) Voilà comment je le sais.

— D'où venaient les coups de feu ?

— Je ne sais pas vraiment... mais je dirais de ce côté-là.

Il pointa vers la droite de la voiture. Plein ouest. Aucune lumière dans cette direction. Aneta Djanali voyait se découper les contours des arbres et des buissons dans la nuit claire. La lumière des réverbères se réfléchissait sur une sorte de bosquet. Comme le disait Ademar, l'endroit était désert. Je n'ai jamais mis les pieds ici, pensa-t-elle. Et Fredrik ?

— Je n'ai pas envie d'aller voir, ajouta-t-il.

Aneta Djanali le fixa.

— Il n'en a jamais été question.

Elle se tourna vers l'inspectrice. Britta quelque chose. Voilà : Britta Mogren. Un prénom désuet pour une jeune femme.

— Installez un périmètre de sécurité, Britta. De la route jusqu'au bout de l'impasse.

Il était terminé le temps où la police pénétrait la première sur la scène de crime – si on pouvait l'appeler comme ça. La scène de tirs. Tirer sur les gens, c'était un crime. C'était encore un crime, aurait dit Fredrik.

Elle se retourna vers l'homme. Il frissonnait moins. Il s'était réchauffé, ou alors ses tremblements n'étaient que l'effet du choc.

— Vous avez dit quelque chose ?

— Non.

— Entendu quelque chose ?

— Les coups de feu tout de même.

Il parut surpris.

— Je veux dire, avant les tirs. Ou après.

— Non...

— Vous hésitez.

— Mon Dieu, j'ai tellement sursauté quand les coups de feu ont éclaté. J'ai vraiment senti les balles me siffler aux oreilles. Elles sifflaient. Je me suis jeté au sol. Voyez vous-même. (Il leva le bras. Aneta crut discerner un accroc à son blouson.) Il s'est déchiré. Et pendant que j'étais allongé par terre... il me semble avoir entendu quelqu'un s'enfuir en courant. De l'autre côté de la rue. Mais je n'en suis pas sûr. J'étais encore sonné, si je puis dire.

— Avez-vous entendu du bruit venant d'un autre côté ?

— Que voulez-vous dire ?

— Personne n'a réagi dans cette rue ?

— Vous avez vu quelqu'un, vous ? rétorqua Ademar.

— Non.

— Moi non plus. Et avant, même chose. Je veux dire avant votre arrivée, à vous et aux autres policiers.

Aneta Djanali hocha la tête.

— Soit ils n'ont rien entendu, soit ils n'osent pas sortir, commenta-t-il.

Elle chercha à distinguer de la lumière aux fenêtres des quelques maisons qui donnaient sur l'impasse, mais tout était éteint. Bizarre. L'arrivée de la voiture de police aurait dû réveiller l'un ou l'autre des voisins, exciter la curiosité. Sans parler des coups de feu. Mais non. C'était vraiment le désert.

— Et lui, il n'a pas pointé le bout de son nez.

— Qui donc ?

— Le voisin, bien sûr. Le dingue qui vit là-dedans. (Ademar agita le bras dans la direction de la maison.) Il a dû s'enfuir par derrière d'une façon ou d'une autre.

— Qu'insinuez-vous ?

— C'est quand même évident que c'est lui !

— Vous pensez qu'il s'est caché dans ce bosquet pour vous tirer dessus ?

— C'est évident, non ? (Ademar éclata d'un rire étrange. Un peu fou, strident.) Vous ne l'avez jamais rencontré. Vous comprendrez mieux une fois que vous aurez fait sa connaissance.

— À moins qu'il n'ait rien entendu, comme tous les autres ici.

— Et j'aurais tout inventé ? C'est ce que vous croyez ?

— Je ne crois rien, répondit-elle.

— Non, non, je vois, il ne s'agit pas de croire, mais de savoir. Les faits, rien que les faits. Le fait est cependant que j'ai essuyé des coups de feu, et je suis persuadé que c'est ce dingue qui M'A CASSÉ MA FENÊTRE AVANT DE S'EMBUSQUER POUR ME TIRER DESSUS !

Ademar avait haussé le ton.

— Pourquoi aurait-il agi ainsi ?

— Parce qu'il est givré !

Aneta Djanali hocha la tête. Naturellement. C'était l'explication la plus confortable.

— Il serait temps d'aller sonner chez lui, non ? reprit Ademar. En plus, vous devriez retrouver quelques balles fichées dans le mur.

Bergenhem sonna à la porte. Ringmar se tenait à ses côtés. Il n'était plus enrhumé. Aneta avait mis ses gants en cuir. Il commençait à faire froid. Un prologue aux longs mois d'hiver après un bref été.

Elle avait appelé Fredrik.

— Sur les deux, y en a au moins un qui est fou, avait-il commenté. Sinon les deux.

— Tu la connais, cette impasse ?

— Pas vraiment. On dit que c'est une rue hantée.

— Qui dit ça ?

— Des gens bien informés : les gamins.

Bergenhem sonna de nouveau.

On percevait de la lumière à travers la vitre en verre dépoli. Comme à travers de l'eau : des lampes frontales autour d'une épave. Aneta Djanali avait déjà pratiqué la plongée, et cette maison était une épave, sauf qu'on pouvait respirer. L'air était vif, le prologue était prometteur.

— Il faudra que les techniciens vérifient les murs, déclara Bergenhem. Des balles ont pu s'y loger. (Il recula d'un pas.) Je vais quand même faire un petit tour.

Les collègues de la brigade scientifique étaient maintenant sur place. Ils en avaient pour toute la nuit. Ringmar et Aneta percevaient les échos discrets de leur travail.

— Hmm, fit Aneta Djanali.

— Tu n'y crois pas ? s'étonna Ringmar.

— Je ne crois rien, dit-elle avec un sourire.

La porte s'ouvrit.

On n'avait pas allumé à l'intérieur.

La tête de l'homme se dessinait en ombre chinoise.

— Oui ?

Ringmar fit les présentations.

— Désolés de sonner si tard à votre porte. Pouvons-nous entrer un instant ?

— Pourquoi ?

— Des coups de feu auraient été tirés devant chez vous.

— Des coups de feu ? Devant chez moi ?

Son visage restait tapi dans l'ombre ; il était difficile de déterminer le degré d'étonnement dans sa voix. Il semblait avoir reculé derrière la porte.

— Pouvons-nous rentrer ? répéta Ringmar.

— C'est vraiment nécessaire ?

Le commissaire garda le silence.

— Je sors, répondit l'homme en refermant la porte.

Ringmar se tourna vers Aneta. Il ne distinguait guère son visage, à elle non plus.

— Que dis-tu de ça ?

— Eh bien, il n'a pas envie qu'on visite chez lui.

— On attend quelques minutes. Ça m'ennuie d'appeler le procureur à une heure pareille.

Aneta Djanali jeta un œil sur la rue. Les techniciens s'affairaient de l'autre côté. Le témoin avait été autorisé à regagner sa maison. Témoin ou victime. Victime présumée. Ou simplement la mauvaise personne au mauvais endroit. Une drôle d'expression. La mauvaise personne pouvait se trouver au bon endroit, par exemple, une scène de crime déterminée par avance. Mais tout à coup se présente quelqu'un qui n'a rien à voir et qui se retrouve entraîné malgré lui dans cette affaire. La mauvaise personne au bon endroit. Ou l'inverse. Et ainsi de suite. L'enquêtrice en elle commençait déjà à chercher des alternatives.

La compagne en elle, la femme. Dans cette conversation avec Fredrik ce soir-là, était-elle la mauvaise personne au bon endroit ? La bonne personne au mauvais endroit ? Avait-elle tout juste ou tout faux ?

La porte s'ouvrit. L'homme sortit. Il n'avait pas l'air spécialement fou. En tout cas, il n'avait pas l'allure d'un dingue de décibels. Mais dans la pénombre, elle discernait à peine ses traits, d'autant qu'il portait un gros bonnet sur la tête.

— Il est possible qu'on ait tiré sur votre maison, lui dit Ringmar.

Droit au but.

— Où ça ? Comment ? Quand ?

Il manque juste un « pourquoi », nota Aneta Djanali. Pourquoi ça ? Il arrivait que les gens ne posent pas la question. En général, ils connaissaient la réponse.

— Qui vous a dit ça ? reprit-il.

— Vous n'avez rien entendu ?

— Rien.

— Il n'y a personne d'autre à l'intérieur ? demanda Ringmar.

Bonne question, se dit Aneta. Meilleure que : « Vous êtes tout seul à la maison ? »

— Personne d'autre que moi.

— Vous vivez seul ?

— C'est pas ce que je viens de dire ?

— Non.

Ringmar recula d'un pas. Il était pour l'instant impossible de repérer des impacts de balle sur les murs. Le lendemain, les techniciens passeraient tout au peigne fin, y compris le bosquet d'en face. S'ils trouvaient des traces de coups de feu, c'était à prendre au sérieux. Sinon, cela signifiait que le type qui était sorti dans la rue avait un problème psychologique.

— C'est lui qui vous a dit ça ? (L'homme pointa la maison voisine, côté sud.)

— Quel est votre nom ? l'interrogea Ringmar.

— Quoi ? Je m'appelle Bengt. Pfff !

— Votre nom de famille ?

— Quelle importance ? Bordel ! C'était pas ça que je vous demandais. Je voulais savoir si c'était ce con de voisin qui avait appelé la police.

— Votre nom. C'est la routine, intervint Aneta Djanali.

— Ouais, pfff ! Bengt Sellberg. Mon nom, c'est Bengt Sellberg.

L'inspectrice hocha la tête.

Il lui jeta un regard désagréable, qui la sommait de s'en aller. Comme si elle n'avait rien à faire là. Mauvaise personne. Au mauvais endroit. En infraction.

— Vous ne notez pas ?

— On a bonne mémoire, répliqua Ringmar. Que vouliez-vous dire à propos de « lui » ?

— Je parlais du type d'à côté. (Sellberg tendit le doigt.) Un vrai con. Il est venu se plaindre que je mettais la musique trop fort. Il m'a débité des conneries, comme quoi je l'empêchais de bosser.

— Et le volume était vraiment fort ? s'enquit Aneta Djanali.

— Quoi ? (Même expression dans le regard.) Putain, mais non ! On était en plein milieu de journée.

Elle garda le silence.

— C'est lui qui a prétendu ça ? Hein ? Il a tort, je vais..., lâcha Sellberg avant de se taire.

— Qu'allez-vous faire ? reprit Ringmar.

— Rien.

— Non, vous n'allez rien faire, déclara le commissaire. Personne ne fera quoi que ce soit. Je suppose que je n'ai pas besoin de vous expliquer pourquoi.

Aneta Djanali voyait luire la voiture dans la rue. Elle paraissait noire, comme tout le reste sous cette lumière déficiente.

— C'est votre voiture ?

— Quoi ? Pfff !

Réponse standard chez Sellberg. Les gens qui ont besoin de temps pour réfléchir sont souvent atteints de surdité provisoire.

— Est-ce votre Volvo ? insista l'inspectrice.

Elle avait déjà relevé les numéros de plaques. En général ces dernières ne recelaient pas de secrets. Elles pouvaient tout au plus se révéler mystérieuses.

Sellberg paraissait avoir besoin d'un temps supplémentaire.

Mauvaise voiture au mauvais endroit, songea la jeune femme.

— Vous ne le savez pas ? s'étonna Ringmar.

— Quoi ? C'est pas ma bagnole...

— Elle est garée devant chez vous.

— Quoi, pfff ! On a le droit de se garer où on veut. Si elle est devant chez moi, ça doit être le mec d'en face. Je ne sais pas, moi. Allez lui demander.

Tout le monde dormait lorsque Aneta rentra à la maison. Elle alla s'asseoir à la cuisine devant un verre de lait. Voilà qu'elle entendait du bruit dans la salle de bains...

— Comment ça s'est passé avec les deux tarés ?

— Il n'y en a pas un pour rattraper l'autre.

— Qu'est-ce qui leur est arrivé au juste ?

— Si ça se trouve, rien.

— Ah bon ?

— On verra demain, enfin aujourd'hui... s'il y a bien eu des coups de feu.

— Ça pourrait être un claquement quelconque.

— Hmm.

— C'était quel genre de type, celui qui nous a prévenus ?

— Un écrivain.

— Écrivain ?

— Oui.

— Connu ?

— Jacob Ademar.

— Ademar ? Un drôle de nom. Je l'aurais reconnu si je l'avais déjà entendu.

— Sûrement.

— Qu'est-ce qu'il écrit ?

— Je n'en sais rien, Fredrik. On n'a pas parlé de ça.

— Un écrivain. Ouais, ils ont l'imagination fertile, ces mecs-là.

— Il a l'air sûr de son fait. On a discuté un moment avec lui après avoir interrogé l'autre.

— L'autre ?

— Le voisin. Celui dont la maison a peut-être essuyé des coups de feu. Ils auraient eu une altercation un peu plus tôt dans la soirée.

— Qui ça ?

— Sellberg et l'écrivain. Le voisin s'appelle Sellberg.

— Plus normal, comme nom. Il était normal ?

— À quoi je reconnaîtrais ça ?

— Compare avec moi.

Elle ne put s'empêcher de sourire.

— Eh bien, dans ce cas, il était normal. Mais... il y avait quelque chose de pas... enfin, d'inhabituel.

— Quoi donc ?

— Je ne sais pas, j'ai eu l'impression qu'il manquait de... retenue. L'écrivain, Ademar, dit en avoir fait l'expérience. L'autre ne se contrôlerait pas. Je le crois volontiers sur ce point.

— Donc, on a voulu tirer sur Sellberg. Un vieux compte à régler.

— Ademar prétend qu'on lui a tiré dessus.

— Difficile de voir grand-chose la nuit. C'est une rue à l'écart. Le tireur a pu se tromper de cible. Cet Ademar était posté devant la baraque de Sellberg, si j'ai bien compris. On peut les confondre dans l'obscurité ?

— Je le suppose. Ils font à peu près la même taille. Une taille moyenne.

— Et il faisait sombre, compléta Halders. Éclairage urbain défaillant, j'imagine.

— Oui.

— On se croirait au Moyen Âge. C'est la même chose un peu partout dans cette ville. À notre époque... Enfin, de toute façon, on n'aura bientôt plus d'énergie sur terre.

— Il mentait, reprit Aneta Djanali.

— Pardon ?

— Sellberg. Il mentait. Mais je ne sais pas sur quoi.

8.

L'adolescente avait disparu. « À l'aide ! À l'aide ! » Qui pourrait l'aider ? D'où viennent ces cris ? « À l'aide ! À l'aide ! » Ce serait elle ? Ses cris à elle ? Volant au-dessus de la baie comme des oiseaux. Des oiseaux noirs. Un oiseau noir. Noir. Il leva les yeux de son clavier. Relut les mots sur l'écran. « Oiseau noir. » Qu'est-ce que ça voulait dire ? Quelle différence ? Est-ce qu'il avait besoin d'un adjectif ? C'est aussi bien avec « oiseau ». Non, ça fait planer cet oiseau trop légèrement. Ce n'est pas un cri léger, mais un cri d'angoisse. Qui le pousse ? Qui l'a poussé ? Je le sais. Ça ne peut pas s'être passé autrement.

La sonnerie du téléphone retentit.

— Ademar.

— Comment ça va ?

Son éditeur. Il appelait de temps en temps pour vérifier s'il travaillait.

— C'est laborieux.

— Ne t'inquiète pas.

— Pourquoi ça ? Pourquoi je ne devrais pas m'inquiéter ?

— Il n'y a pas de quoi.

Des paroles rassurantes, comme s'il avait besoin de réconfort. Pas question pour moi de vivre dans le confort intellectuel en tout cas.

— Si je ne te rends pas le manuscrit cet été, tu seras le premier à t'inquiéter.

— Tu l'auras terminé.

— Ah bon ? Comment tu le sais ?

— J'en suis sûr, Jacob.

— Il faut que je continue mes recherches, Stefan. Je ne me représente pas vraiment… le tableau. Je ne la vois pas devant moi. Au moment où elle a disparu. Où elle est partie. J'ai besoin de cette image. Tu me comprends ?

— Oui.

— Voir l'invisible. Ce qui peut-être n'existe pas. Tu comprends ?

— Oui.

— Je ne pense pas que tu puisses comprendre. Ni moi d'ailleurs.

— Continue tes recherches. C'est une bonne idée.

— Hmm.

— Va voir la police.

— J'ai vu la police.

— Bien.

— Pas pour ça.

— Ah bon ?

— C'est une longue histoire. Je te raconterai la prochaine fois qu'on déjeune ensemble.

— Quand ça ?

— La semaine prochaine, si tu veux.

— Qu'est-ce qui s'est passé avec la police ?

— Je n'ai pas le courage de t'en parler maintenant. J'étais en train d'écrire quand tu m'as appelé.

— D'habitude, tu décroches le combiné quand tu écris, Jacob.

— Je suis un peu inquiet, c'est pour ça.

— Mais qu'est-ce qui t'est arrivé ?

— D'abord une agression et ensuite des coups de feu.

— Mon Dieu, qu'est-ce que tu me racontes là !

— C'est la vérité. Je parle bien de la réalité. Agression, dégradation, coups de feu.

— Tu te fiches de moi ?

— Pas en ce moment.

— Mon Dieu ! Que dit la police ?

— Rien, en l'occurrence. Il n'est pas certain que tout cela soit arrivé.

— Je n'y comprends plus rien.

— Exactement. Il faut que ce soit avéré pour qu'on puisse comprendre. Mais tout ça n'existe que pour moi. Et ça ne suffit pas. Il faut que ça existe pour les autres aussi.

— De quoi tu parles ?

— Des coups de feu, bon sang !

— Tu vas bien, Jacob ? Est-ce que tu as...

— Toute ma tête ? C'est ça que tu veux dire ? Écoute, j'ai un peu de mal à écrire en ce moment, mais je n'ai pas perdu la boule.

— Où est-ce que tout ça s'est passé ?

— Quasiment devant chez moi.

— Non !

— Eh si, monsieur. Le voisin et moi, nous avons eu maille à partir, comme on dit. Je ne me trompe pas ? Tu connais mieux que moi le *Dictionnaire académique de la langue suédoise*.

— Tu ne peux pas rester dans cette maison, Jacob.

— Pourquoi ? À part ça, c'est tranquille. Presque mort.

L'éditeur n'avait rien à répondre à cela. J'ai réussi à le faire taire, se réjouit Ademar. Je n'en reviens pas.

— Je commence peut-être à devenir fou, continua-t-il. Ce pourraient être les premiers signes avant-coureurs.

— Pas plus fou qu'un autre, rétorqua l'éditeur.

— Qu'en sais-tu, Stefan ?

— Je passe mon temps à m'occuper d'écrivains.

Il avait une vie normale. Il était propriétaire de sa maison. Il avait vécu normalement. Peut-être un peu solitaire, mais il préférait ne pas y penser. Normalement, il se levait le matin, se couchait le soir ; entre-temps il travaillait. Travaillait dur. Il avait oublié. Mais quelqu'un n'avait pas oublié. Ça commence avec un coup de fil ou bien une lettre. Un mail peut-être. Une voix, cette fois-là. Son nom. Oui ? Son nom de nouveau, comme pour confirmer. De quoi s'agit-il ? Vous désirez un rendez-vous ? Où ? Quand ?

Tu te souviens ? Parmi les premiers mots prononcés. Souviens-toi de ce que tu as oublié.

Pourquoi maintenant ? Pourquoi est-ce que vous me contactez maintenant ?

Tu n'étais pas seul dans cette histoire. Ce n'était pas une question.

Je ne sais pas de quoi vous parlez.

D'autres choses de ce genre. Un grondement dans sa tête. Comme une tempête. Des vagues se brisant sur les rochers. Des rochers brisés.

La voiture sur le pont. Tout à coup, elle était là.

Tout était revenu.

C'est du chantage. Il y a des possibilités de choix, même en cas de chantage. Pas maintenant, pas ici, pas cette fois.

Même nous, nous ne savons pas ce qui s'est passé, après. On n'a pas besoin de le savoir. Si tu veux raconter, pas de problème.

Je n'ai rien à raconter. Je n'y étais pas. Le reste, je ne m'en rappelle pas.

Y en a un qui s'en rappelle. Voilà ce que tu vas faire. Ne me demande pas la raison. Il n'y en a pas.

Que va-t-il se passer ? Après ? Il sortit, le soleil l'immergea dans un bain d'huile brûlante. Il avait du mal à respirer. Il avait l'impression de couler. Devant lui, un banc. Il avait suivi la promenade le long du fleuve. Il ne se rappelait pas être descendu jusque-là. Il ne se rappelait rien. Au diable la mémoire ! Et tout le reste ! Ce foutu pont. Il le voyait d'ici, le monstre d'acier. Au diable celui qu'il était, ce qu'il avait fait ! Au diable tout le passé. Il n'était que mort. Il s'assit sur le banc. Les larmes aux yeux. Un jeune couple passa devant lui avec une poussette. Le garçon avait une courte barbe, la fille, une grande blonde, paraissait très jeune. Il leur cacha son visage. Il aurait préféré devenir aveugle. Il entendit des cris de mouettes. Il entendit un navire au loin, comme un râle de baleine. Il entendit le rire de cette fille.

Une matinée radieuse. Le ciel était bleu depuis l'Hôpital de l'Est jusqu'à Saltholm, la lumière forte. Erik Winter mit ses lunettes de soleil pour traverser Vasaplats. Le kiosque, à l'autre bout, se détachait tout en noir. Les gens allaient et venaient entre les zones d'ombre. Quant à lui, il traversait la place en direction de l'est. Un homme le salua d'un hochement de tête quand ils se croisèrent ; il lui répondit de même. Son visage ne lui était pas apparu clairement. Une vague connaissance ? Une personne qu'il avait interrogée dans la vieille salle d'audition, au rez-de-chaussée de la place Fontell ? L'éclairage électrique générait ses propres ombres. Désormais, il évitait autant que possible d'auditionner à la lumière artificielle. Les gens mentaient, dissimulaient plus difficilement sous la lumière du jour, se disait-il en traversant Avenyn. Il se fit ensuite la réflexion qu'il n'avait plus ce mal de tête. Il avait peut-être fini par s'en débarrasser.

Halders était arrivé le premier. Quand Winter pénétra dans la salle de réunion, il le salua d'un :

— Bonjour, monsieur Winter !

— On croirait le titre d'un film, sourit le commissaire en s'installant au bout de la table.

C'était sa place, celle du chef. Il occupait déjà ce siège du temps où Sture Birgersson était officiellement le patron de la crim'. Ce dernier préférait réunir ses collaborateurs dans son bureau. Maintenant qu'il était à la retraite, il ne restait plus dans la pièce vide qu'une odeur tenace de tabac froid.

Aneta Djanali franchit le seuil.

— Quelle journée ! (Elle pointa la tête vers la fenêtre, inondée de soleil.) C'est l'été indien.

— Dis plutôt l'été des gangsters, répliqua Halders en paraissant couvrir d'un geste l'ensemble de la ville. C'est ce qui nous attend dehors. (Il baissa le bras.) Et ils se multiplient, à la différence des Indiens. On n'arrive pas à les éradiquer, les gangsters. Dans le meilleur des cas, ils s'éradiquent entre eux, mais c'est rare. Faut pas rêver.

— À propos, intervint Winter, que s'est-il vraiment passé dans votre quartier hier soir ?

— Tu as parlé avec Lars ou avec Bertil ? demanda la jeune femme.

— J'avais vu Bertil en début de soirée, mais j'étais déjà rentré chez moi au moment des événements.

Aneta Djanali consulta l'horloge murale. Elle datait de la construction du bâtiment qui remontait à... quand ? Les années soixante ? Cinquante ? Comment pouvait-elle être aussi ignorante quant à son lieu de travail ? Sauf que son travail elle l'exerçait dehors, dans l'été des gangsters.

— Les techniciens sont à pied d'œuvre, dit-elle.

— Torsten grommelait un peu, ajouta Halders. Il n'était pas persuadé de la pertinence de ces recherches.

Torsten Öberg avait beau n'être que le chef intérimaire de la brigade scientifique, comme Winter auparavant, il était en pratique celui qui décidait de toute la partie opérationnelle dans sa brigade.

— On ne peut pas lui offrir un meurtre par jour, glissa Winter.

— À mon avis, c'est du sérieux, cette histoire de coups de feu, déclara Aneta Djanali. On visait peut-être quelqu'un.

— Peut-être ?

— C'est le type qui l'a compris comme ça.

— Ou alors, ces balles éventuelles étaient destinées au voisin, intervint Halders.

— Ah oui ?

— Faut voir si Torsten retrouve des balles.
— Les deux voisins ne sont pas les meilleurs amis du monde, observa l'inspectrice.
— Que dit le voisin ? demanda Winter.
— Lequel ?
— Je ne sais pas. Ce serait sympa d'éclairer ma lanterne...
— Celui qui a peut-être reçu des balles sur sa maison s'appelle Bengt Sellberg. Celui qui était dehors quand les balles ont peut-être sifflé s'appelle Jacob Ademar, précisa Aneta Djanali.
— Je comprends mieux.
— C'est pas plus compliqué que ça, commenta Halders.
— Et puis on a retrouvé le propriétaire de la voiture, ajouta la jeune femme.
— La voiture ?
— Celle qui était garée devant la maison de Sellberg, expliqua-t-elle. Une Volvo Break. Elle n'appartient ni à l'un ni à l'autre.
— À qui alors ?
— Un certain Richardsson.
— Ah bon ?
— Un politicien. Conseiller municipal chrétien-démocrate, pour être exacte.
— Connu ? demanda Winter.
— On en parle de temps en temps dans les journaux, répondit-elle. En tant que politicien.
— Il vit aussi dans le quartier ?
— Non.
— Que faisait-il là ?
— On ne sait pas. Tu crois qu'on devrait lui poser la question ?
Winter vit une mouette planer devant la fenêtre, si tant est que les mouettes puissent planer.
— Je vais d'abord faire un brin de causette avec Torsten. Si coups de feu il y a eu. Celui qui s'est retrouvé sous les balles... il vous paraît normal ?
— C'est un écrivain, répondit Aneta Djanali.
— Et la réponse à ma question ?
— Il a l'air normal. Je ne sais pas trop comment ils sont, les écrivains, normalement.
— Il écrit quel genre de bouquins ? s'enquit Winter.
— Aucune idée. Je ne lui ai pas demandé.
— Comment s'appelait-il déjà ?

— Ademar. Jacob Ademar.
— Un nom peu courant. Jamais entendu parler de lui.
— Si ça se trouve, il se prétend écrivain, et c'est tout ! intervint Halders.
— Quelle idée ! Pourquoi donc ?
— Pour faire l'important.
— Dans ce cas, il ferait mieux de choisir un autre métier, rétorqua Aneta Djanali.
— Lequel ? demanda Winter.
— Eh bien, policier par exemple, ricana Halders.
— Je monte chez Torsten, annonça le commissaire en se levant.
— Gangster, continua Halders. L'écrivain devrait choisir gangster.

La voiture de Roger Edwards était toujours entre les mains des experts et Winter lui rendit visite au garage du labo. Le soleil pénétrait par les grandes vitres du toit. Dans ce garage apparemment comme les autres, les mécaniciens s'intéressaient plus au démontage qu'au montage des voitures.
— C'est du travail bien fait, fit observer Lars Östensson, l'un des techniciens.
Winter hocha la tête :
— Comme si on voulait nous faire chercher quelque chose.
— Voilà tout ce que j'ai trouvé, continua l'expert en désignant l'établi. C'était au pied de la banquette arrière. À gauche, sous le siège qui a reçu la balle.
Le commissaire se dirigea vers la paillasse et souleva le petit objet dans son sac plastique.
— Une croix, constata-t-il.
— Oui, un truc du genre. On dirait une médaille.
L'objet ne faisait que quelques centimètres de diamètre. Il était en métal, argent, or, ou peut-être quelque chose de moins précieux ; il ne pesait pas lourd.
— Est-ce qu'il y avait une chaîne avec ? demanda Winter.
— Non.
— Il faut que j'interroge Edwards là-dessus.
Il sortit son téléphone portable de la poche de sa veste et composa un numéro. Edwards répondit au deuxième signal.
Il décrivit l'objet. La croix.
— Elle n'est pas à moi, répondit Edwards.

Winter la tenait à la lumière. Il s'aperçut qu'elle comportait un œil, un œil qui le fixait maintenant.

— L'une de vos connaissances pourrait l'avoir perdue, suggéra-t-il.

— Ça m'étonnerait.

— Pourquoi donc ?

Edwards garda le silence.

— Pourquoi donc ? répéta Winter.

— Vous ne devriez pas vous concentrer sur mon voleur de voiture ? Et sur le tireur ? Au fait, vous pouvez garder la bagnole. Je n'en veux plus.

9.

Le bar de l'Hôtel 11 était tapissé de rouge et noir. Il voyait les gens passer les portes du Café Eriksberg. C'était quoi ces charlots qui déjeunaient à 11 heures du matin ? Pour sa part, il était attablé devant un petit verre de café *latte* qui lui paraissait représenter un substantiel petit déjeuner.

La lumière se faufilait entre les nouvelles rues d'Eriksberg Ouest. Par cette matinée calme et ensoleillée, il avait longé le quai des Machines, regardant les navires se mouvoir sur le fleuve. Tout le monde disait que le port était mort, mais ce n'était pas son impression. Il connaissait autre chose qui était mort. Ou le serait bientôt. Mais il n'y pensait pas alors, sur le quai, ni quand il traversa la place Eriksberg pour entrer dans le hall de l'hôtel.

Il avait vu l'homme s'approcher avant que celui-ci ne le repère. Il consulta sa montre. Parfait.

L'homme prit place dans le fauteuil de cuir noir et pointa du menton son verre à café.

— Chaud ?

— C'était chaud quand on m'a servi.

L'homme jeta un regard circulaire.

— Ils ont du personnel ici ?

— Quelque part.

L'homme se leva puis il traversa le hall et pénétra dans la salle à manger. Pas moyen de se mettre à l'écart. Mais ils n'en avaient pas besoin. Pas encore. Et pas ici.

L'homme était de retour.

— T'as trouvé quelqu'un ?

— Le café est en route. T'en veux peut-être un autre ?

Il secoua la tête.

— Quand est-ce qu'on s'y met, Tiger ?

Il tressaillit.

— Qu'est-ce que t'as ?

— Ce que tu peux être direct, bordel.

— C'est pas ce que t'attends ?

Une serveuse arriva avec le café de l'autre. Un cappuccino. La mousse de lait débordait au-dessus de la tasse, des petits drapeaux en chocolat plantés au sommet. Un solide petit déj. Il ne se sentait pas au sommet de sa forme. Trop de cognac, tard, la veille au soir. La boisson du diable, pire encore que le whisky.

Christer Tiger, gangster. Il aimait bien ce mot. Un peu vieillot, mais il aimait ça, de temps à autre, les vieilleries. Les bonnes vieilles méthodes aussi. Aujourd'hui, le monde tournait trop vite. On n'avait plus le temps de se faire plaisir dans le boulot. Merci quand même à l'internet : une vraie bénédiction pour le crime. Des moyens techniques au service d'une bonne organisation.

— Tu te plais dans ce coin, Tiger ?

Il s'abstint de répondre. Tous ces cons qui passaient à flots continus dans la salle à manger. Une vraie usine : alimentation, voire ingestion, à la chaîne.

— Commence à y avoir du monde dans le coin, continua l'autre.

— Ils construisent comme des tarés.

— Je vois ça.

— On joue de la sonnette à pilon sous les fenêtres de ma chambre.

— Voilà ce que c'est de vivre avec son temps. Et de regarder vers l'avenir.

— On n'y est pas encore.

— Quand est-ce qu'on y sera, Tiger ?

— Dans moins de deux semaines.

— J'aurais aimé que ça vienne un peu plus vite.

— Y a d'autres... priorités.

— De quoi tu causes ?

Tiger garda le silence. Il pensait à l'homme chargé de l'une de ces priorités. Il n'avait pas répondu au téléphone, une heure auparavant. Même chose voilà un quart d'heure. Sans doute pas pour le rouler ou lui échapper. De toute façon, il n'y avait pas moyen d'y échapper. Et ça, il le savait bien. Alors, pourquoi il ne répondait pas ? Est-ce qu'il se serait déjà exécuté ? Non, dans ce cas, je le saurais.

— Tu sais qu'on m'a bousillé ma bagnole ?

Il but une gorgée de *latte*, froid, et reposa le verre avec une grimace.

— Non, j'étais pas au courant. Pas de bol pour le type qui t'a fait ça. (Sourire.) Comment c'est arrivé ?

— J'en sais rien. Il s'est tiré.

— Encore pire.

— Pour lui, ouais. Ou pour elle.

— Tu ne sais pas qui c'est ?

— Pas encore. Mais je vais pas tarder à l'apprendre.

— Comment ça ?

— Tout ce que je sais, c'est que je vais pas tarder à l'apprendre.

Exemple : il avait maintenant les noms de tous ceux qui louaient une place au parking de la rue Nordenskiöld. C'était de là que sortait la bagnole. Sûr que ça allait prendre un peu de temps, mais il avait du monde pour le seconder. Suffisait de procéder méthodiquement. Par élimination. Il les éliminerait l'un après l'autre. Sourire. Non pas dans ce sens. Juste pour un d'entre eux. Il n'aurait qu'une seule personne à éliminer dans le sens classique du terme.

— Et qu'est-ce que t'as à faire, alors ?

Tiger ne répondit pas. À travers les baies vitrées, il pouvait observer la place du marché, un peu plus loin la jetée et l'arrêt du Rapido, à savoir le petit ferry qui pratiquait une interminable traversée du fleuve pour transbahuter son monde vers le centre-ville. Il ne l'avait jamais pris et ne le prendrait jamais, ça c'était sûr. Contrairement à l'autre con.

— C'était comment la balade en bateau ?

— Sympa. Tout à l'heure, je déjeune au Shipchandler, juste à côté de la station du ferry.

— Ouais, c'est à deux pas.

— Tu veux me tenir compagnie ?

— Je ne déjeune jamais avant 18 heures.

— Ça s'appelle dîner, Tiger.

— Dis ça à un Espagnol !

— J'en connais pas.

— Un Colombien alors.

— Ouais, là j'en connais deux trois. (Nouveau sourire. Un sourire sympa, qui rappelait quelqu'un.) Imagine qu'ils se pointent ici.

— C'est ce qu'on appelle la globalisation, répondit Tiger.

— Exactement. (L'autre finit sa tasse jusqu'à la dernière goutte et se leva.) C'était sympa de se voir.

— On n'en a pas tout à fait fini, rectifia Tiger.
— Comment ça ?
— J'ai un truc à te montrer.
— Ah bon. Où donc ?
— Chez moi.
— C'est quoi ?
— Tu verras.

Winter et Öberg s'étaient retrouvés dans le bureau de ce dernier. Le commissaire de la brigade technique se grattait la tête. Un geste symbolique.

— On n'a encore rien trouvé, Erik.

— OK.

— Ni balles, ni douilles, ni rien de sensationnel en ce qui concerne les empreintes de chaussures dans le bosquet.

— C'est quoi une empreinte de chaussures sensationnelle ?

— Eh bien... une empreinte d'éléphant en après-skis par exemple.

— OK.

— Il y a peut-être eu un ou deux coups de feu, mais on n'en trouve pas trace. Pas encore, du moins. La question, c'est de savoir si nous devrions nous trimbaler dans tous les jardins avoisinants.

Winter garda le silence.

— Qu'est-ce que tu en dis, Erik ?

— On laisse tomber. Les techniciens sont toujours sur place ?

— Un seul. Mollis. Il fait un dernier tour de la baraque.

— Le propriétaire est chez lui en ce moment ?

— Aucune idée.

— Un peu bizarre, cette histoire de bagnole, reprit Winter. Pourquoi Sellberg a-t-il réagi de cette façon ?

— Il voulait sûrement éviter de dévoiler le nom du proprio.

— Un peu con.

— Il nous pensait encore plus cons. Ou plus négligents, sourit l'expert.

— Il ne connaît pas Aneta.

— Il va sans doute avoir l'occasion de mieux la connaître.

— Oui.

— Mais la voiture de Sellberg est effectivement en réparation. J'ai parlé avec Bergenhem.

Winter hocha la tête.

Le téléphone retentit sur le bureau d'Öberg qui décrocha immédiatement.

— Oui, allô ? Oui ? OK. OKY DOKY.

Il raccrocha et leva les yeux vers son collègue :

— Bingo ! Mollis a trouvé une balle fichée dans un arbre. Récemment, d'après lui.

— Bien.

— Qu'est-ce que tu vas faire ?

— Causer avec le proprio, Richardsson.

— C'est peut-être lui qui a tiré, avança l'expert.

— Et le mec ciblé, Sellberg, le protège après ça ?

— Pourquoi pas ? Et puis il y a un tiers, à ce que j'ai compris.

— Pas forcément, rectifia Winter. Au moins un tiers…

— Tu dis ça sur un ton bien guilleret.

— J'adore ce boulot, Torsten.

Jan Richardsson avait dix minutes de retard. Winter ne connaissait pas précisément les obligations d'un conseiller municipal et n'avait pas l'intention de le lui demander.

— Excusez-moi de vous avoir fait attendre.

Winter désigna d'un signe de tête la chaise en face de lui :

— Je vous en prie, asseyez-vous.

Richardsson prit place et jeta un regard circulaire.

— Je ne connaissais pas cet endroit.

— C'est une bonne alternative à mon bureau, répondit le commissaire.

— Un bar ?

— Vous prendrez quelque chose ?

— Non, merci.

Richardsson se retourna de nouveau vers la salle. Le politicien préférait sans doute éviter les personnes de sa connaissance. Il n'avait pas voulu le recevoir dans son bureau. C'était une affaire sensible pour lui. Winter se demandait pourquoi. À peine s'était-il présenté que l'autre lui avait proposé un rendez-vous en ville. Il était sur le point de sortir. Oui, oui.

— Vous aviez une question à me poser, commença Richardsson.

Il avait l'air plutôt normal : taille moyenne, calvitie ordinaire, un costume standard sans doute acheté chez Holmen

Monsieur. Winter, lui, portait un Zegna. Ça l'avait pris, ce matin-là. Peut-être pour fêter la disparition de son mal de tête.

— Que faisiez-vous hier soir entre 22 h 30 et minuit ?

— Pardon ?

Winter répéta sa question. L'autre paraissait réfléchir. C'était toujours comme ça.

— J'étais chez moi.

— OK.

La surprise se lisait sur son visage.

— C'est tout ?

— Oui. Si vous le dites, c'est que vous étiez chez vous.

— Oui.

— Mais votre voiture n'y était pas.

— Ah bon ?

— Hmm.

— Où était-elle ? demanda Richardsson.

La réponse ne lui importait pas vraiment. Quelque chose dans son regard n'était pas à sa place.

Le commissaire garda le silence. Le politicien se retourna encore une fois, comme s'ils pouvaient avoir été vus ou entendus.

Il revint à Winter :

— Ah oui ! C'est vrai. Je l'ai prêtée à quelqu'un.

— À qui ?

— Une simple connaissance.

Le jeu des devinettes, songea Winter. C'était le jeu du métier. Je dis une chose, tu en dis une autre et ensuite il s'agit de deviner ce qui se cache sous les mots.

Richardsson profitait de la pause pour réfléchir. À croire qu'il prêtait sa bagnole à des dizaines de personnes. Du reste, qui pouvait encore emprunter une bagnole ? Tout le monde avait la sienne, non ?

— À qui avez-vous prêté votre voiture ? répéta Winter.

— Que s'est-il passé ? préféra demander Richardsson. Il s'est passé quelque chose avec ma voiture ?

— Pas que je sache.

— Où est-elle ?

Winter donna l'adresse.

Richardsson opina du bonnet.

— Oui, il me l'a empruntée hier.

— Qui ?

— Il s'appelle Sellberg. Bengt Sellberg. Mais vous devez le savoir à ce stade, je suppose.

— Pourquoi vous a-t-il emprunté cette voiture ?

— Pourquoi ? Eh bien, il en avait besoin pour se déplacer. La sienne était au garage.

— Où ça ?

— Dans quel garage ? Je n'en sais rien. Demandez plutôt à Bengt.

Winter hocha la tête.

— Pourquoi toutes ces questions ?

— On a tiré des coups de feu devant la maison de Sellberg hier soir.

Richardsson ne réagit pas. À peine un mouvement de surprise, mais rien de surjoué. Les politiciens évitaient d'en faire trop, Winter avait déjà pu le constater. Sauf quand c'était soigneusement calculé.

— Des coups de feu ? reprit Richardsson.

— Oui.

— Pas de blessé ?

— Non.

— Comment c'est arrivé ?

— Vous êtes passé là-bas dans la journée d'hier ? demanda Winter.

— Moi ? Non.

— Où étiez-vous ?

— À quelle heure ?

Winter mentionna différentes étapes de la journée. Le politicien prit son temps.

— Pour ce qui est de la soirée, j'étais chez moi.

— Toute la soirée ?

— Oui.

Il mentait, en fin politicien ou pas. Ce n'était pas difficile à voir. Les politiciens n'étaient peut-être pas si bons menteurs, même s'ils avaient encore plus de problèmes à dire la vérité. Cependant, Winter ne comptait pas se laisser tromper par les préjugés dans cette affaire.

— Qui peut attester que vous étiez chez vous ?

— Devons-nous en arriver là ? C'est presque humiliant.

— Qui peut l'attester ? répéta Winter.

— Ce serait pour un alibi ?

Winter resta silencieux.

— Ma femme, répondit Richardsson en se détournant vers la fenêtre.

Il avait cessé de regarder Winter dans les yeux. Un couple d'âge mûr passait dehors. L'homme prononça quelques mots et la femme hocha la tête. Ils traversèrent la rue. Un tram glissa bientôt sur la chaussée.

Elle n'oserait pas dire le contraire, sa femme, pensa Winter. Richardsson peut compter sur elle. La soirée entière chez lui, bonne blague !

20 h 55

L'eau peut être verte ou noire. Bleue, parfois. Blanche. De toutes les couleurs, mais au fond de la mer, elle est noire. Là-dessous, il n'y avait pas d'autres couleurs. Mais le noir n'est pas une couleur, c'est le contraire. De même que le blanc n'est pas une couleur, mais le contraire de toutes les autres couleurs.

Elle aimait les couleurs. Elle n'avait même jamais envisagé le monde sans couleur. Quel ennui. Comme un film en noir et blanc, sans aucune épaisseur. Uniquement des images en mouvement avec des gens qui ne semblaient pas avoir de... comment dire ?... de vie réelle. Elle ne savait pas ce que c'était, la vie réelle. Qui le savait ?

Nager sous le ciel bleu, c'était la vraie vie. Dans une mer tiède, de plus en plus chaude à mesure qu'elle avançait dans la baie. C'était étrange. Peut-être que l'eau refroidirait de nouveau lorsqu'elle se rapprocherait de l'autre côté.

Je veux traverser jusque-là, pensait-elle. J'y suis presque.

— Comment es-tu arrivée sur cette plage ?

— À la nage.

— Ah bon ? D'où est-ce que tu es partie ?

— De l'autre côté de l'île.

Il parut impressionné.

— Tu te débrouilles bien.

— Merci.

— Personne ne t'a vue ?

— Je... je ne crois pas.

— Tu sais que tu n'as pas le droit de faire ce genre de choses ?

— Oui...

— Il aurait pu t'arriver un problème.

— Je suis une bonne nageuse. J'ai de l'endurance !

Il regarda la baie qui s'étendait devant eux. Il tenait sa main devant les yeux pour éviter d'être ébloui par le soleil. Comme si le soleil était devenu une eau blanche qui aurait rincé les rochers.

Personne ici ne lui crierait après. Elle en avait assez qu'on la demande, qu'on lui crie dessus parfois. Elle ne pouvait jamais rester tranquille. C'était ce qui lui manquait le plus, la solitude. Non pas le sentiment de solitude, mais le simple fait d'être seule. Dans sa propre chambre. Sur sa propre plage. Avec la mer pour elle toute seule.

— Je peux te ramener à la voile, dit-il. J'ai un bateau dans le coin.

— C'est loin ? Je n'ai pas de chaussures.

— Non. Et puis entre les buissons, là-bas, le sentier est sablonneux. Il n'y a pas de rochers.

Elle hocha la tête en direction des buissons.

— OK.

L'endroit dégageait un parfum de pins et de sapins, elle ne pouvait distinguer entre les deux. Un parfum de soleil, aussi étrange que cela puisse paraître. Ce genre de choses, c'est indescriptible.

On n'entendait presque rien sous le couvert de la végétation.

Il marchait devant elle, et deux ou trois fois, il se retourna avec un sourire. Elle lui sourit en retour.

— On se croirait presque dans une chambre, fit-il.

Et c'est alors qu'elle eut l'impression de le reconnaître. Au moment où il prononça ces mots. Où il sourit.

— Vous travaillez là-bas ?

Il s'arrêta et se retourna.

— Pourquoi tu me demandes ça ?

Il ne souriait plus.

— Je ne sais pas... j'avais l'impression de vous reconnaître.

— Non. Tu ne me reconnais pas.

Elle trouva ça bizarre, comme formule. Comment pouvait-il savoir qu'elle ne le reconnaissait pas ? Mais elle n'en était plus du tout sûre. Il avait comme changé de visage maintenant.

Il se retourna de nouveau si bien qu'elle ne voyait plus son visage. Elle ne voyait toujours pas la mer.

— Il est où, le bateau ?

— Après le bois de pins, là-bas.

Il pointa du doigt.

— Il existe vraiment, ce bateau ?

— Pourquoi est-ce que je l'aurais inventé ?

Il parut surpris.

— Je ne sais pas. Pourquoi vous ne l'avez pas fait mouiller de ce côté ?

— Trop de vent.

— Je n'avais pas remarqué.

Il continuait à marcher tandis qu'elle parlait. Elle lui parlait dans le dos.

— C'est encore loin ?

10.

Richardsson appela aussitôt après avoir quitté Winter. Sa cravate lui serrait la gorge.

— Qu'est-ce qu'on fait ? demanda-t-il.

— Y a rien à faire. On va rien faire du tout. Qu'est-ce que tu lui as dit ?

— Rien.

— Il ne t'a pas posé la question ?

— Non. Ça n'avait pas l'air de l'intéresser. Il a dit que je pouvais récupérer la bagnole maintenant.

— Il a dit ça ? Ouais, elle est toujours là.

— Je préférerais que tu la déposes en ville.

— Où ça ?

— À l'endroit habituel.

— OK.

— J'en ai besoin ce soir.

— Tu fais quoi ?

— Comment ? Je dois conduire mon fils à l'entraînement de hockey sur glace.

— Ils ont déjà repris ?

— Oui.

— C'est vrai que des patinoires, y en a partout maintenant. Tu peux jouer au hockey sur glace toute l'année. À propos, je passerais bien le voir un de ces soirs.

— Le voir ?

— Le voir jouer, bien sûr.

Mon Dieu, c'était bien lui qui avait tenu le pistolet ? Lui qui avait tiré ? C'était comme s'il s'était posté sur le côté et s'était regardé lui-même en train de lever l'arme.

Et l'autre... qu'est-ce qu'il faisait là ? D'où il venait ? Il avait tout à coup surgi devant lui.

Et puis ensuite, tout le reste.

Il avait gardé le pistolet.

Il ne l'avait pas vraiment utilisé.

Mais en tout cas, maintenant ils savaient. Qu'il pouvait tirer. C'était sans doute pour le mettre à l'épreuve. Et quelle épreuve... Il ne savait pas ce qu'ils voulaient tester chez lui, mais c'était un test. Il regarda l'arme. Il faut que je retourne là-bas. Ou bien ailleurs. Va-t-il comprendre l'avertissement ? S'il déménage à l'autre bout de la terre, est-ce qu'il faudra que je le poursuive ?

Christer Tiger se tenait à la fenêtre, son hôte à côté de lui. Dehors des milliers d'hommes s'activaient à construire ces nouveaux quartiers.

— Mon Dieu, combien de temps ça va durer ? demanda l'hôte.

— Des années.

— Comment tu supportes ça ?

— On s'habitue. Et puis ça te donne un certain anonymat. On peut aller et venir sans que personne en ait rien à foutre.

L'hôte pointa du doigt les fondations d'immeubles entre béton et boue, avec des surfaces béantes qu'il faudrait bientôt refermer. Au-dessus de tout cela s'élevait un monstre d'acier.

— C'est quoi, ce machin ?

— La grue portique du chantier naval d'Eriksberg.

Le soleil se réfléchissait sur la grande grue jaune vif. Elle paraissait vivante.

— Un souvenir, dit Tiger. Un souvenir du temps d'avant.

— Elle a quelque chose de beau.

— Naturellement.

— Ça ne te donne pas mauvaise conscience, ce spectacle, Christer ?

— Pourquoi ?

— Ça rappelle qu'il y a des métiers honnêtes.

— Ouais, t'as raison.

— La sueur et le sang.

— Le sang ?

— C'est dangereux de bosser sur un chantier.

— Comment tu le sais ?

— Je l'ai lu.

— T'en sais rien du tout, répliqua Tiger. T'as lu que dalle. Mon vieux était ouvrier dans la construction navale.

— Je savais pas.

— Là. À Eriksberg.

— D'accord.

— Il en est mort.

— Qu'est-ce que tu dis ?

— Il est tombé d'un échafaudage.

— C'est terrible.

— C'est pour ça que je vis là.

— C'est vrai ?

— Pourquoi ça serait faux ? Hein ?

— J'en sais rien.

— Tu crois que je m'amuse à te raconter des mensonges ?

— Mais non. Calme-toi. (L'hôte se tourna vers la fenêtre.) Tu voulais me montrer quelque chose, Christer. Je suppose que t'as un bon plan à me proposer.

Le mal de tête l'assaillit au moment où il refermait la porte derrière lui. Les murs de brique du corridor lui parurent tout à coup menaçants. Il n'avait jamais aimé, jamais compris ce revêtement. Qu'est-ce qu'avait cherché l'architecte ? Y avait-il une symbolique qui lui échappait ?

Il s'adossa contre le mur.

— Qu'est-ce qu'il y a, Erik ?

Il vit le visage d'Aneta, mais en flou. Son œil gauche ne fonctionnait pas bien, semblait-il, c'était de là que venait la douleur. Le visage de l'inspectrice dessinait à peine une ombre.

La douleur s'esquivait maintenant.

— Tout va bien, Aneta.

— Bien ? Je ne suis pas aveugle ! Comment te sens-tu ?

— Mieux qu'il y a une minute.

Il massa la zone au-dessus de l'œil gauche.

— Pourquoi tu ne retournes pas chez le médecin ?

— C'est juste une... migraine.

— Tu en as déjà eu avant ?

— Quand ça ?

— Quand tu étais jeune. Plus jeune. Tu vois ce que je veux dire.

Elle paraissait irritée. C'était inhabituel chez elle.

— Je ne sais pas, fit-il en baissant le bras.

— Qu'est-ce qu'elle en dit, Angela ?

— Qu'est-ce qu'elle pourrait en dire ?

Aneta esquissa un soupir.

— C'est parti tout de suite cet été et là, je viens juste de faire une petite attaque.

— Une petite attaque ?

Il reprit sa marche, tandis qu'elle restait figée sur place.

Winter ne ressentait plus rien désormais. Une petite attaque, qui ne reviendrait pas. Pourquoi irait-il consulter un médecin ? Il en avait un à la maison. Angela pouvait lui prescrire un truc. Ça surgit à tout âge, la migraine. Sa petite maman chérie en avait également souffert.

On commence avec une petite cuillère et on finit avec le plat en argent. C'était bien comme ça dans le proverbe ? Sa maman employait souvent l'expression. Tiger avait gardé le souvenir de la cuisine à Kungsladugård. Il se rappelait son père, assis à la table, de retour du travail. Parfois, ils allaient à sa rencontre, sur le quai de Klippan. Le ferry ramenait les ouvriers de chantier naval d'Eriksberg. Il commençait à agiter les bras bien avant que le bateau ait quitté la berge d'en face ! Ça faisait rire sa mère. Il lui faisait signe ce soir-là, bien sûr. Mais il faisait signe à un mort. Son père n'était pas dans ce convoi. Tous les voyageurs avaient débarqué, lui et sa mère étaient restés à attendre, jusqu'à ce que le ferry reparte. Comme si son père allait venir en marchant sur l'eau, depuis l'autre rive. Maman avait interrogé quelqu'un, mais elle n'avait pas compris la réponse. Pas de téléphone portable à l'époque. Ils avaient dû attendre qu'on vienne les voir chez eux. Rue du Repos. Il se rappelait encore le silence qui avait suivi. Il le portait encore en lui. Ce silence l'habitait, il ne pouvait y échapper. Même dans les décibels. Il avait déménagé près de la mer, aussi près que possible de la mer. Plus tard. Là, il avait trouvé un silence qu'il n'avait pas besoin de fuir. Il pouvait écouter la mer des heures durant. Il vivait dedans. Il y voyait la mort.

Bergenhem frappa avant d'entrer. Winter leva les yeux de son ordinateur portable. Il cherchait l'arme. Il y en avait des tas. Ils auraient pu former de nouvelles collines à Göteborg avec toutes ces armes qui affluaient en masse. De nouveaux rochers, de nouvelles crevasses. Des ravins. Le Panasonic jouait un morceau du Lars Jansson Trio, *The sky is there*. Le ciel, toujours là dehors. Le soleil était passé derrière les bâtiments, en chemin vers la mer. Winter avait pu le voir plonger derrière la ligne hérissée des immeubles de la ville. Il ne ressentait aucune douleur. Tout était calme. Il ne désirait être nulle part ailleurs, juste à ce moment, à cet instant-là.

— Tu as une minute ? demanda Bergenhem.

— Naturellement. (Winter rabaissa le couvercle de son portable.) Assieds-toi.

Bergenhem s'assit avec un sourire bref, qui semblait très provisoire. Ses yeux ne souriaient pas. Plus depuis longtemps, Winter l'avait bien remarqué. Lars paraissait marcher sous un nuage noir. Ce phénomène, jusque-là passager, avait pris de l'ampleur ces derniers temps. Le nuage s'appesantissait plus longtemps.

— Est-ce que je peux t'aider, Lars ?

Bergenhem le regarda. D'un air sombre, effectivement.

— Raconte-moi.

— On dirait une audition, répondit l'inspecteur.

Winter perçut la douleur dans le regard de Bergenhem. Ce n'était pas un mal de tête.

— Un souci professionnel, Lars ?

— Qu'est-ce que ça pourrait être d'autre ?

— Je ne sais pas. Il n'y a pas que le boulot dans la vie.

C'était au tour de Winter de sourire.

— Je suis tenté de tout arrêter, déclara Bergenhem.

C'était sorti très rapidement, comme dans l'urgence, ou comme une réflexion longtemps mûrie. Winter s'y attendait un peu. Il n'était pas ébranlé par la nouvelle. Les gens arrêtaient, dans tous les métiers. On passait à autre chose. La vie n'était pas un moule préformé qu'on intégrait à l'âge de vingt ans, elle ne devait pas être ça. Mais il ne voulait pas perdre Lars.

— Ce n'est pas la première fois que ça te prend, n'est-ce pas ?

— Non.

— Mais tu ne m'en avais rien dit les autres fois.

— Non.

— Alors pourquoi le fais-tu aujourd'hui ?

— Je ne sais pas, Erik. Vraiment pas.

— Tu serais ma première perte depuis que j'ai remplacé Sture à ce poste.

— Ça n'a rien à voir. Tu le sais bien.

— Alors, de quoi s'agit-il, Lars ?

— Je ne sais pas, comme je t'ai dit.

Bergenhem fit mine de se lever, mais il se rassit, retomba sur la chaise inconfortable. Le temps s'était brusquement accéléré. Il se passait quelque chose ici et maintenant, peut-être était-ce d'une importance vitale pour l'homme qui était assis en face de lui. Winter le voyait pratiquement tous les jours depuis dix ans et dans ces cas-là, on ne se rend pas compte que les gens vieillissent. Même s'il était loin d'être le plus jeune de la brigade, Lars serait toujours le junior dans l'équipe de ceux qui étaient là depuis le début, comme Winter. Sans doute leurs relations ne s'étaient-elles pas autant développées qu'avec Ringmar. Ce dernier l'avait pris sous son aile et il avait essayé de faire de même avec Lars. Non pas comme un père, mais comme un frère aîné. Il ignorait si Lars en avait un. Ils n'en avaient jamais parlé. Il ne connaissait rien de sa famille, de son milieu d'origine. Peut-être ai-je échoué. J'ai échoué si Lars veut me quitter. Il le prenait comme ça, de façon personnelle. On le quittait, lui, et non pas la brigade.

— J'ai perdu l'envie de travailler, expliqua Bergenhem.

— Est-ce qu'il s'est passé quelque chose de particulier ?

— Non.

— Cela fait longtemps que tu ressens cela ?

— Sans doute.

— Ce n'est pas une réponse, Lars.

— Je n'ai pas vraiment de réponse, Erik. C'est ça le problème.

— Parfois il arrive qu'il n'y en ait pas. Tant pis. Est-ce que tu veux te mettre en congé pour un certain temps ?

— Non.

— Pourquoi pas ?

— Je n'ai pas de réponse non plus.

— Rester un peu à la maison, en famille ?

Bergenhem garda le silence.

— Comment va ta famille ? s'enquit Winter aussi délicatement que possible.

— Bien.

— Ada doit approcher les onze ans ?

— Oui.

— J'ai appris qu'elle faisait du cheval au club d'Alleby.
— C'est vrai. Comment tu le sais ?
— J'ai oublié. En tout cas, Elsa aimerait bien commencer le cheval. Si tu as des tuyaux.
— Je ne crois pas, Erik.
— Personnellement j'ai peur des chevaux, sourit Winter.
— Moi aussi.
— J'espérais que tu m'aiderais.
— Désolé.
— Vous pourriez peut-être nous accompagner la première fois, Ada et toi.
— Je vais sans doute quitter la ville, annonça Bergenhem.
— Comment ?
— Je vais sans doute quitter Göteborg.
— Alors là, tu me choques. Quitter une ville pareille ?!
— J'ai du mal à plaisanter à ce sujet.
— Mais je ne plaisante pas. Où partiriez-vous ?
— Je... je serais le seul à déménager.
— Tu en as parlé avec Martina ?
— Non, pas encore.

Le téléphone se mit à sonner. Winter hésitait à répondre. Bergenhem, lui, parut soulagé. Il était venu parler, mais il n'avait plus envie de s'attarder. Winter avait échoué à prolonger la conversation. Il n'avait plus qu'à se rabattre sur le téléphone. Il souleva le combiné.

— Oui ?
— On dirait que c'est le même type de munition, Erik, lui apprit Öberg.
— Les mêmes que sur le pont ?
— Oui. Calibre 7.62. Un Tokarev. 7.62 × 25.
— Un Tokarev ?
— Oui. Ça ressemble à du 9-mm mais c'est un Tokarev.

Winter eut un regard vers son ordinateur. Il venait de lire un rapport sur ces pistolets quelques minutes auparavant. Ils étaient très présents à Göteborg.

— Tu veux dire que c'est le même type de balle dans la voiture du pont d'Älvborg que dans le mur de Sellberg ?
— On en a trouvé d'autres là-bas, précisa l'expert. Deux de plus, sur la maison et sur un arbre du jardin. Elles correspondent aussi.
— OK.
— Plus une douille dans le bosquet.
— Bien, mais c'est un peu étonnant.

— Ça sent l'amateurisme, tu veux dire ?

— Oui.

— Dans ce cas, je renvoie les balles au Labo central.

— Hmm.

— Avec un peu de chance, c'est la même arme.

— On ne sait jamais.

— Ce n'est pas fléché prioritaire, Erik. Je ne peux pas leur mettre la pression. Le Tokarev n'est pas un modèle rare, non ? On pourra peut-être en faire une priorité, tout dépend comment tourne cette affaire. On se tient au courant.

Winter raccrocha. Bergenhem était déjà debout. Winter se leva à son tour.

— Les mêmes munitions. Mais tu as dû entendre.

L'inspecteur hocha la tête.

— Ce serait triste que tu nous quittes, Lars.

Bergenhem tressaillit.

— J'ai vraiment commencé à y penser.

— Où voudrais-tu travailler ?

— Je... je quitterais la police.

— Qu'est-ce que tu envisages, alors ?

— Je n'y ai pas encore réfléchi.

— Qu'est-ce que tu détestes le plus dans ce métier ?

— C'est direct, comme question.

— Dis-moi quelque chose.

Le regard de Bergenhem glissa vers la fenêtre. Le ciel était jaune vif au-dessus des toits. Puis il revint à Winter.

— Les cadavres, répondit-il. Je ne veux plus voir de morts. Ou de gens presque morts.

— Qu'est-ce que tu veux dire par presque morts ?

— Eh bien... Parfois j'ai l'impression que dans ce métier, on passe son temps au milieu de morts ou de morts vivants. Un monde de... fantômes. La mort est partout présente. C'est comme ça que je le ressens. Si ce n'est pas la mort, c'est... une mort en sursis. Je ne peux pas t'expliquer.

— Je crois que je comprends.

— Et c'est ma vie, continua Bergenhem, comme s'il n'avait pas entendu Winter. C'est ma vie, mais elle est remplie de morts.

— J'ai déjà eu cette pensée.

— Toi, tu as pu te permettre de... faire une pause, Erik.

— Tu pourrais le faire aussi.

— Je ne suis pas sûr que ça soit suffisant dans mon cas.

— Essaie.

— Qu'est-ce que je ferais ?

— Tu pourrais prendre la maison de ma mère en Espagne.

— Tu plaisantes ?

— Non. Elle doit rentrer en Suède d'une semaine à l'autre. Elle compte rester assez longtemps. La maison est disponible.

— Tu veux te débarrasser de moi ?

— À quoi tu me sers en ce moment ?

Bergenhem garda le silence.

— Emmène ta famille : vous passez deux trois semaines là-bas et tu vois comment tu te sens une fois de retour.

— Je n'ai pas les moyens.

— Bien sûr que si.

— Tu rends les choses si simples.

— Ce n'est pas mieux comme ça ?

— Ada ne peut pas manquer l'école.

— Tu lui donneras des leçons à la maison.

— Tu rigoles ?

— Absolument pas.

— Martina a son boulot.

— Tu souhaites vraiment qu'elle vous accompagne ?

Bergenhem tressaillit de nouveau. Il était très perturbé, apparemment. Les choses n'étaient pas si simples. Jamais. On pouvait faire semblant, essayer de simplifier. La simplicité avait du bon quand ce n'était pas du simplisme. Quand c'était juste une façon d'éclaircir la situation.

Ce n'était jamais simple, jamais facile. Personne ne prétendait le contraire d'ailleurs. Elle ne s'y était jamais attendue. Elle n'avait fait que ce qui lui paraissait juste. Comme d'être avec lui. De vivre avec lui.

Ce n'était plus le cas. Elle ignorait pourquoi.

Et en même temps, tout cela paraissait faux. Ce qu'elle ressentait était incompréhensible. Surtout maintenant. Maintenant que Fredrik avait commencé à mûrir, en tant qu'homme. Ses frustrations et ses... cauchemars avaient commencé à s'effacer, laissant place à quelque chose d'autre.

C'est alors qu'elle s'était sentie incertaine. Qu'elle avait éprouvé une sorte d'insatisfaction.

Comme si elle avait subitement désiré retrouver sa solitude. Vivre seule. Aller se coucher toute seule, se réveiller seule.

Mon Dieu, comment cela fonctionnerait-il au boulot ? Est-ce que ça pourrait fonctionner tout court ?

Mais ce n'était pas le plus important.

Le plus important, c'était eux-mêmes. Fredrik et elle. Hannes et Magda. Une famille. Cette pensée la fit pleurer. Et voici qu'il entrait dans la cuisine.

— Qu'est-ce qu'il y a, Aneta ?

Elle ne répondit pas. Elle se tourna vers la fenêtre. Dehors, c'était le reste du monde. Tout ce qui comptait dans sa vie se trouvait dans cette cuisine, elle le sentait maintenant.

— Aneta ?

Elle se tourna vers lui.

— Qu'y a-t-il, Aneta ?

— Je... je ne sais pas, Fredrik.

— Il y a quelque chose, je le vois bien. Je ne suis pas si bête.

Elle garda le silence.

— C'est un truc que j'ai dit, ou fait ?

Elle secoua la tête.

— Non ? Mais tu dois me dire ce que c'est, Aneta. On ne peut pas continuer comme ça.

— Non.

— Qu'est-ce qu'on va faire ?

— Je ne sais pas, Fredrik.

— Tu ne veux plus de moi ?

Elle garda le silence.

— Tu ne veux plus de moi ?

— Ce... ce n'est pas si simple.

— Ah bon ? Tu trouves ça trop simple ? Comme si on ne pouvait pas se lasser de quelqu'un !

— Tais-toi maintenant, Fredrik.

— Non. OK. Je dis plus rien. Mais il va falloir que toi, tu me dises quelque chose, Aneta.

— Ce... je ne sais pas. Je dois... réfléchir un peu.

Elle sentait l'indigence de cette expression, si banale. Elle devinait ce qu'il pouvait ressentir à ces mots qui le mettaient en attente de... jugement. Voilà, j'ai fini de réfléchir, ce sera comme ci ou comme ça.

— Réfléchir à quoi ?

— À ce dont on est en train de parler.

— De quoi on parle ?

Elle s'abstint de répondre.

— On devrait mettre ça au clair, déclara Halders. Ce serait plus agréable pour moi. Et peut-être aussi pour toi.

— Je... je ne sais pas vraiment de quoi il s'agit, Fredrik.

— Ah bon.

— Je ne peux pas te dire ça comme ça.

— Tu veux que moi je te le dise, Aneta ?

— Me dire quoi ?

— Tu vas me quitter. Ce vieux bougon de Fredrik, ses gamins, ras le bol !

— Je ne dirais jamais ça. Ce n'est pas vrai.

Elle se remit à pleurer.

— Ah bon ! C'est pas ça ? reprit-il. Tu ne crois pas que ça y ressemble ?

Il avait baissé la voix. Il s'était assis sur une chaise.

— Tu auras besoin de combien de temps pour réfléchir ?

DEUXIÈME PARTIE

11.

Il traversa le canal sur le pont des Allemands. Derrière lui, les cloches de l'église Christina sonnèrent 17 heures. Le crépuscule tombait au rythme de leur timbre. Le vent s'engouffrait par le quai des Magasins. Winter frissonna. Il adorait Göteborg à l'exclusion de son caractère venteux. Il faisait toujours du vent. C'était ce qui l'avait empêchée de devenir une métropole plus importante : les gens finissaient par fuir. Cette nuit-là, il avait rêvé d'une voiture en feu. Sur un pont. Ce n'était pas la première fois qu'il voyait cette voiture en rêve. Le pont s'élevait très haut au-dessus de l'eau. Il avait cru reconnaître les pylônes du pont avec leurs câbles tendus. Ils paraissaient lever leurs bras vers le ciel. Plus loin, il y avait d'autres bras. Ils montaient encore plus haut dans le ciel. Ils étaient liés, comme fondus ensemble avec un énorme bras en travers. Un bras énorme. Tout était jaune vif, comme la voiture en feu. Il avait volé par-dessus la scène. Il avait des ailes. La voiture était une torche dans le noir. Il avait entendu crier. Il avait vu quelqu'un tomber. Il avait vu un navire, un ferry illuminé comme en proie aux flammes. Et puis les bras de nouveau. Ils essayaient de l'atteindre, de l'agripper pour l'entraîner au fond. Il avait vu quelqu'un nager en bas. Une jeune fille. Il s'était réveillé en sueur, s'était levé pour aller aux toilettes et boire un verre d'eau. Puis il était resté assis dans le noir à la table de la cuisine.

Il marchait maintenant à la lueur du crépuscule. Une autre nuit viendrait, de nouveaux rêves. Une autre vie plus clairvoyante.

Tandis qu'il remontait Västra Hamngatan, son téléphone mobile retentit :

— Oui ?

— Bonsoir, Erik ! C'est moi.

— Bonsoir, maman.

Sa petite maman en ligne directe depuis Nueva Andalucia. La Nouvelle Andalousie. Rien ne changeait pourtant là-bas, comme ailleurs. Certes, on avait construit des terrains de golf, certes on buvait différemment : les nouveaux Andalous carburaient au gin tonic, les anciens au sherry, au montilla et au malaga. Mais Siv avait réduit sa consommation ces dernières années, peut-être à cause du décès de Bengt Winter à l'Hospital del Sol, près de Malaga. Son fils était venu. C'était la dernière fois qu'ils se voyaient, bien sûr. Pour Winter, ç'avait été comme une première fois. Ensuite, toute autre possibilité avait disparu. Aucune alternative n'existait plus. Malgré tous les efforts d'imagination. On ne pouvait qu'être vivant ou mort. Pas de situation intermédiaire. Du moins le pensait-il. On ne pouvait être à demi mort.

— Comment vas-tu, Erik ? Comment allez-vous ?

— Bien.

— Les filles aussi ?

— Elles sont en pleine forme.

— J'ai assez envie de rentrer.

— Oui, je sais. Mais j'ignore pourquoi.

— Est-ce qu'on a besoin d'avoir une raison ?

— Non, non.

Elle avait comme un souffle dans la voix et tout à coup sortit un rire éraillé. Siv Winter avait continué à fumer ses Prince bien après qu'on eut fait imprimer sur les paquets les messages d'avertissement.

— Vous me manquez tous.

— Hmm.

— En fait, c'est vous qui devriez vous installer ici. Ils réclament Angela tous les jours à la clinique.

— Tu y vas tous les jours ?

— Tu vois ce que je veux dire.

— Et qu'est-ce que je ferais là-bas ? On en a déjà parlé, maman.

— Tu pourrais te reposer.

— On vient de passer six mois dans ce havre d'oisiveté. Je suis reposé !

— Tu ne me donnes pas cette impression, Erik.

Il ne répondit pas. Après cette conversation, il irait prendre un verre chez Morris. Le bar était à moins de cinquante mètres. Il était déjà calme, mais ça le calmerait encore plus.

Et pour plus de sécurité, il fumerait d'abord un Corps dehors. Il s'arrêta net devant la cathédrale. Il venait d'entendre les cloches sonner, là aussi. Un timbre plus sombre que celles de Christina, plus lourd. C'était peut-être un privilège de cathédrale.

— Alors tu retournes au pays, lui dit-il.

— Exactement. Je viens d'appeler Lotta et elle m'a tout de suite proposé de loger chez elle. Aussi longtemps que je voudrais.

— Bien.

Il aurait dû lui faire immédiatement la même proposition, mais il savait qu'elle savait qu'il savait qu'elle savait et les paroles étaient donc inutiles. Beaucoup de choses pouvaient rester tues. Peut-être que dans le futur on développerait une nouvelle forme de communication. Progrès ou régression... La parole, c'est l'homme dans ce qu'il a de plus grand, mais les mensonges ont perturbé la communication, songea-t-il. Personnellement, je suis un taiseux. Je préfère utiliser le langage des signes et fermer ma gueule. Peut-être que dans le futur, pour économiser du temps, les gens cesseront de parler autrement qu'avec des signes. Dans quel futur ?

— Je pensais arriver dimanche, continua Siv Winter. Ou lundi. Je viens d'appeler l'agence de voyages.

— Tu seras la bienvenue.

— Je resterai peut-être un moment.

— Bien sûr.

— Je veux dire vraiment longtemps. Je suis tentée de m'acheter un appartement.

— Ce serait formidable.

— Tu n'as pas le ton de quelqu'un qui trouve ça formidable.

— C'est pourtant ce que je pense, maman.

— Oui, on verra. Mais je... je voudrais voir les filles un peu plus souvent. Elsa et Lilly, Bim et Kristina aussi, bien sûr. C'est comme si je... comme si les choses changeaient avec l'âge. J'ai mauvaise conscience, je crois, d'avoir négligé Bim et Kristina quand elles étaient petites. Je ne veux pas faire la même erreur avec tes filles.

— Je ne pense pas qu'elles ressentent les choses comme ça. Vous vous êtes beaucoup vues, tu sais.

— Parce que vous êtes venus ici. Mais c'était exceptionnel.

— Je n'ai jamais entendu Bim ni Kristina se plaindre de ne jamais te voir.

— La preuve ! Tu viens de dire qu'on ne se voit jamais.

Il ne savait pas vraiment ce qu'il voulait dire. Lui non plus, il n'avait pas beaucoup vu les filles de Lotta ces dernières années. Il y avait déjà pensé. Il avait peut-être un peu mauvaise conscience. Avec l'âge ?

— Lotta... ça ne va pas fort en ce moment, dit Siv Winter.

— Ah bon ?

— Elle ne t'a rien dit ?

— Non. Il s'est passé quelque chose ?

— Elle ne m'a rien dit de précis, mais elle n'avait pas l'air en forme.

— Tu veux que je parle avec elle ?

— Pas tout de suite. Ce serait comme si j'avais donné l'alerte.

— J'avais pensé faire un tour chez elle cette semaine, mentit Winter.

— Dans ce cas...

— Appelle-moi quand tu sais à quelle date tu arrives, maman.

Il but un Springbank au Morris. C'était l'heure bleue. Il était seul dans le bar. Un moment qui devrait durer toujours. Seul dans un bar, à l'heure bleue, un samedi qui durerait toute la semaine. Le monde extérieur se dissolvait doucement dans l'alcool. Il n'en fallait pas beaucoup plus pour être heureux. Il appela chez lui.

— Je suis au Morris. Tu me rejoins ?

— Tu plaisantes ?

— Mais...

— J'emmène les filles ?

— Pourquoi pas ?

— Tu veux que j'emmène les filles au bar pour qu'elles voient leur père ?

— C'est très bien, comme endroit. Et désert. Pas une âme. En plus, ils ont des craies.

— Des craies ?

— Oui. Pour dessiner. Colorier des drôles de bonshommes.

Angela ne put réprimer un éclat de rire, presque aussi rauque que chez Siv, bien qu'elle n'ait jamais fumé une cigarette de sa vie.

— Alors tu vas pouvoir nous dessiner un dîner, lança-t-elle. Parce qu'ici, on n'a rien. Tu devais passer par les halles.
— On bouffe bien chez Morris.
— Tu as déjà pris combien de whiskies ?
— Juste un. Il est à peine 18 heures. Je vous appelle un taxi.
— Erik...
— Au fait, Siv a téléphoné. Elle pourrait arriver ce week-end.
— Ah bon ?
— Rattrapée par sa conscience. Elle veut voir tous ses petits-enfants.
— Ça leur fera plaisir.
— Tu as parlé avec Lotta ces derniers temps ?
— Non... oui... pourquoi ?
— Siv pensait qu'elle n'allait pas bien.
— Et toi, depuis quand tu ne l'as pas eue au téléphone ?
— Ça doit faire quelques semaines.
— Tu devrais l'appeler.
— Je vais le faire. Ce soir.
— D'où ?
— Comment ?
— Du bar ou de la maison ?

Winter fit tourner son verre dans sa main. Il était malheureusement vide. Un petit groupe s'attardait devant les grandes fenêtres. Les gens paraissaient le dévorer des yeux. Il eut tout à coup l'impression d'être une célébrité. Et il l'était d'une certaine façon. *Go away*. Ce n'est pas un endroit pour vous. On aurait dit des fonctionnaires municipaux, ou alors des publicistes, des journalistes peut-être. Aucune différence. Ils avaient tous l'air aussi con. Ils entreraient et après deux trois verres, ils troqueraient leur balai dans le cul contre une bonne humeur conventionnelle, prévisible et pareillement triste à contempler. Voici qu'ils passaient la porte. Les voix grêles de ces femmes, leurs rires secs lui glaçaient le sang.

— De la maison, fit-il. Je cours aux halles vous rapporter le veau gras.

La soirée était déjà bien avancée quand Winter se mit à préparer les escalopes de veau. Les paner, un jeu d'enfant. Mais le mal de tête lui vrilla les tempes avec une telle vigueur qu'il manqua de s'évanouir. Il s'appuya contre le plan de travail. La lumière de la cuisine lui parut tout à coup très forte, alors qu'elle se réduisait à la lampe de la cuisinière. La douleur qu'il sentait au-dessus de l'œil gauche commença soudain à balancer d'un côté à l'autre. Une partie de tennis sous son crâne. Federer contre Federer. Il n'avait eu droit à aucun avertissement cette fois-ci. On ne l'avait pas prévenu du match à venir. Pas d'éclairs ni de zigzags devant les yeux. Il entendait quelque part Angela et les enfants. Son champ de vision s'était maintenant réduit. Il se tenait au rebord tandis que des vagues de douleur lui déferlaient dessus. Il entendit à nouveau des voix.

— Ils étaient plusieurs types concernés, assez bizarrement.

— Comment cela ?

— C'est ce que j'essaie de comprendre.

Jacob Ademar reprit son verre. De l'autre côté de la baie vitrée, les gens passaient dans Avenyn. Il se sentait comme un poisson dans un aquarium, même si personne ne le regardait. Son éditeur, Stefan Fors, buvait sa Pilsner, la troisième. Le crépuscule tombait. La journée était bien finie. Le bar commençait à se remplir. Mais pour Ademar, désert ou pas, ce genre d'endroit n'avait rien de chaleureux. Celui-ci moins encore qu'un autre. Peut-être n'avait-il pas pris assez de whisky, ou alors pas de la bonne marque.

— Est-ce qu'elle a nagé tout du long ? Cette question m'obsède. (Ademar reprit son verre : c'était la dernière goutte. Il fallait qu'il en commande un deuxième.) Ou alors est-ce qu'un bateau l'a prise à son bord ?

— Personne n'en sait rien apparemment, émit Fors.

— Non.

— Que sont-ils devenus ?

— Qui ?

— Ces types. Ceux dont tu parlais.

— Aucune idée. Je ne sais pas qui c'était. Je ne suis même pas sûr que c'étaient des mecs.

— On ne peut pas retrouver ça ?

— J'essaie.

— Tu veux un autre whisky ?

— Je ne dis pas non.

— Le même ?

— Pourquoi pas ?

Fors fit signe au garçon qui s'occupait d'une table au fond de la salle. Il lui montra du doigt le verre d'Ademar. L'autre hocha la tête.

Ademar le suivit du regard.

— Et ensuite, elle a disparu ? reprit Fors.

— Complètement disparu.

Une colonne de feu traversait la nuit, non, une boule de feu. Elle atterrit dans l'eau. Winter l'entendit frapper comme une masse. Une explosion. Le pont s'était couché sur le côté. Il flottait sur le fleuve comme un porte-avions. Il y avait une voiture sur le pont du navire. Sans doute parce que c'était un rêve. Comment le savait-il ? On n'est pas censé le savoir quand on dort. L'eau était calme des deux côtés du navire. Quelqu'un nageait dans l'incendie. Il percevait une tête. En feu. La sphère, c'était une tête en feu. C'est moi, pensa-t-il. Mais c'était une femme. Il continua tout de même à penser que c'était lui. C'était elle et lui en même temps. Il reconnaissait son visage. Il ne savait d'où. Elle disparut sous la surface de l'eau. Je ne la verrai plus jamais, se dit-il. Sa tête le brûlait. La voiture prit feu sur le pont. Les portes ouvertes, le moteur en marche. Les portes avant de la voiture claquèrent au vent. Cette voiture était infiniment seule. La scène durait infiniment. Plus personne au monde. Winter était une colonne de feu illuminant la scène. Une sphère. Le soleil.

— AAAAAÏE !

Il se réveilla au bruit de son propre cri :

— NOOOON !

Il sentit une main sur son bras. Elle était fraîche contre sa peau. Sa peau toujours brûlante. C'était le noir complet autour de lui. Il avait perdu la vue.

— Erik.

— Je suis aveugle !

— Erik.

— Je ne vois plus !

Il se tourna du côté d'où provenait la voix. Une lumière se dessina : elle avait allumé la lampe de chevet.

Il avait recouvré la vue !

Elle avait toujours la main posée sur son bras. Il aurait dû souffrir de brûlures, pensa-t-il. Il était trempé de sueur. Ses cheveux lui collaient au crâne.

— Je l'ai vue, dit-il en s'essuyant le front.

Son mal de tête était passé, bien qu'il ait sans doute été à l'origine de son réveil. S'il s'asseyait, il se sentirait meurtri, comme s'il avait écopé d'une rossée pendant son sommeil, comme s'il avait été pris en pleine rixe.

— Qui est-ce que tu as vu ? demanda-t-elle.

— Je... ne sais pas.

Il se mit prudemment sur son séant. Il était nu. Il voyait ses vêtements posés sur une chaise plus loin dans l'ombre.

— Comment je suis arrivé au lit ?

— Tu ne t'en souviens pas ?

— Non. (Il se passa la main gauche sur la tête. La peau était encore chaude, et sensible. Il se passa la main sur le visage.) Je me rappelle que j'étais dans la cuisine. J'étais en train de préparer des *wiener-schnitzlers*. (Il leva les yeux.) Qu'est-ce qu'elles sont devenues, mes escalopes ?

— On en a un peu mangé, Erik.

— Tu les as panées ? Mais tu ne sais pas cuisiner les *wiener-schnitzlers* !

— Il faut maintenant qu'on fasse quelque chose contre ce mal de tête, déclara Angela. Sérieusement.

— Parce qu'avant, c'était de la rigolade ?

— Je ne plaisante pas, Erik.

— Qui a dit que j'avais un mal de tête ?

— Tu fais l'idiot ? Ou alors tu me prends pour une idiote ?

— Chhuut ! Ne réveille pas les filles.

Elle détourna brusquement la tête.

— Qu'est-ce que tu veux dire, Angela ?

— Tu ne peux plus biaiser. Encore et encore. Tu dis que ce n'est rien. Mais je sais reconnaître une crise de migraine quand j'en vois une.

— Migraine ?

— Oui, migraine.

— Ça pourrait être une tumeur.

— Ah bon ?

— Une tumeur de l'hypophyse.

— Qu'est-ce qui te le fait penser ?

— Mes lectures !

Elle s'était assise à côté de lui.

— Mon Dieu, Erik.

— Tu es médecin. Et comme tous les médecins, tu penses que non, bien sûr ! Tout va bien. Tout le monde est toujours en bonne santé. Surtout dans cette famille. Impossible que les proches soient malades.

— Tu es injuste.

— Mais c'est vrai ! Ça ne sert à rien de venir te consulter si on a quelque chose. On est trop douillet !

— Les bras m'en tombent.

— Maintenant tu parles de migraine.

— Oui, migraine. Tu m'as l'air d'avoir fait une bonne crise de migraine.

Il ne répondit pas. Elle avait probablement raison. Une migraine ? En tout cas, c'était mieux qu'une tumeur de l'hypophyse. On n'en mourait pas.

— Et comment ça se soigne ?

— Il existe des médicaments.

— Ah bon.

— Mon Dieu, Erik.

Elle posa la main sur son épaule. Une main chaude. Il comprit qu'il avait brusquement commencé à avoir froid. Il devait avoir de la fièvre.

— Qu'est-ce que tu disais ?

— Comment ça ?

— Tu as dit que tu « la » voyais.

— C'était un rêve.

— Mais qui était-ce ?

— Je ne sais pas. Dans un rêve... C'était... un souvenir. Je ne sais pas.

— Ce doit bien être quelqu'un. Quelqu'un qui t'a laissé un souvenir.

— Non, dit-il, sans en être bien sûr.

C'était en rêve. Il aurait peut-être la réponse en y retournant.

12.

Jacob Ademar rêvait d'armes. C'était tellement simple. Coup après coup, un fusil après l'autre. Il ne savait pas où il était. Peut-être s'agissait-il d'une exécution. Il se tenait face à des hommes armés de fusils. Voici qu'ils le tenaient en joue. Il était presque mort. Voici qu'ils tiraient. Il était mort.

Il s'assit dans son lit. Qu'avait-il entendu ? Ce n'était pas un rêve. Les coups de feu n'avaient pas été tirés en rêve. Mais ici. C'était maintenant, dans cette réalité-ci.

Le réveille-matin sur la table de chevet indiquait 3 heures. Les aiguilles ainsi que les points marquant les heures étaient la seule source de lumière dans la chambre. C'était l'une des dernières nuits. Plus question de vivre ici, avec ce voisin, avec ces gens qui tiraient de tous les côtés. Il aurait déjà dû partir. Mais ça ne pouvait pas recommencer. Ça n'aurait été que le début ? Avait-il entendu tirer un coup dehors ?

Il restait figé, les oreilles aux aguets. Le silence régnait maintenant dehors.

Il sauta de son lit et quitta la pièce pour se rendre dans le bureau. Il voyait la rue de là où il était. Pas un mouvement. Pas un bruit. Mon Dieu, il faut que je me calme. C'est trop bête. Perdre mon temps à ça.

Il n'y avait pas de voiture devant la maison du voisin. Tout à coup il aperçut de la lumière au bout de la rue. C'étaient des phares de voiture, deux yeux jaunes dans la nuit. Bon titre pour un roman. Des yeux jaunes dans la nuit, mouais. Des yeux dans la nuit. Cette nuit. Bonne nuit. Bonsoir la terre. Bonsoir le monde. *Goodbye cruel world*. Les phares dépassaient maintenant sa maison. Une grosse cylindrée apparemment. Il ne reconnaissait pas la marque. Les bagnoles n'étaient pas son fort. Celle-ci tourna au bout de l'impasse et repassa devant chez lui. On aurait dit qu'elle ralentissait devant la maison du voisin. Elle s'arrêtait ! Elle était à l'arrêt. Il n'en voyait que la moitié. Il crut entendre une portière s'ouvrir, mais il ne la voyait pas. La voiture redémarra. C'étaient maintenant des yeux rouges, les feux arrière. Ils finirent par disparaître.

Il pensa à sa propre voiture. Elle était dans un parking en ville pour le moment. Il l'avait utilisée pour se rendre à ce déjeuner avec Stefan la veille. Un bon déjeuner – tartare de saumon aller-retour pour sa part – mais la conversation s'était mal passée. Je ne peux quand même pas te cracher un bouquin comme ça, non ? lui avait-il lancé. Ce n'est pas n'importe quel bouquin, en plus. Je dois le laisser venir à moi. Je ne peux pas aller vers lui, tu comprends ? Son éditeur avait peut-être compris. Ils ne se connaissaient pas depuis longtemps, et même depuis très peu de temps, c'était ridicule de prétendre discuter de son livre dans ces conditions. La maison d'édition avait subi de grands changements durant les derniers mois. Chaos généralisé. Comment pouvaient-ils lui demander de produire une création artistique en plein bordel ? Après, il s'était garé à la place de parking qu'il louait toujours en ville. Qui oserait stationner sa voiture dehors avec un voisin pareil ? Il aurait été capable de la détruire une nuit à coups de batte de base-ball.

Winter se réveilla au beau milieu d'un nouveau rêve. Quelqu'un venait de prononcer des mots décisifs, et il les avait manqués. C'était la réponse à une question qu'il se posait. Il n'aurait pas su dire laquelle. Tout s'était effacé. Ses rêves étaient comme des histoires closes se succédant les unes aux autres. Un recueil de nouvelles disparates. Une histoire se déroulait au paradis, l'autre en enfer. Angela remua près de lui. Elle marmonna quelque chose, la réponse peut-être. Il ne parvenait pas à l'entendre.

Cette nuit-là, il avait… bandé comme ça ne lui était pas arrivé depuis des mois, au moins. Il n'était pas encore mort. Le mâle fonctionnait encore. Ils n'avaient pas fait de bruit pour ne pas réveiller les enfants. L'excitation n'en était que plus forte. Le plaisir s'en trouvait prolongé. C'était ça, la vraie vie. Un état tout proche de la mort. Il le comprit au moment où ils atteignaient la jouissance, tous les deux en même temps. Même s'il ne lui avait pas posé la question. Angela s'était immédiatement endormie et il s'était levé pour boire un verre d'eau. Il avait été tenté de goûter un verre de ce riesling prévu pour le dîner qu'il avait manqué, mais il laissa la bouteille à sa place dans le frigidaire. Assis à la table de cuisine, il regardait le ciel nocturne par la fenêtre. Les pâles reflets des lumières venant d'en bas, dans la cour, coloraient d'une teinte jaune le mur d'en face. Des couleurs nocturnes, jaune et noir. Mais le ciel, lui, n'était jamais complètement noir. C'était le prix à payer pour habiter dans une grande ville. Tout était calme. Il n'avait pas mal à la tête. Il n'allait pas consulter à l'hôpital pour échouer dans un programme de soins et n'en jamais sortir. Sa vie – leur vie – ne serait pas bouleversée, ne verrait pas ses fondations renversées. En tout cas pas à cause de ça. Cette chose qui n'existait pas. Et voici que la douleur frappa de nouveau au-dessus de l'œil. Sans crier gare. Il la massa, il se massa le front. Il se sentait calme. Ça partirait. La migraine, c'était désagréable, mais on n'en mourait pas. Il ne devait pas inquiéter Angela pour rien, les enfants non plus. Il n'y avait pas de quoi. Il trouverait en lui-même la solution. Comme maintenant. Il se débarrassait de la douleur à force de massages. Le portable sur la table de la cuisine vibra en éclairant la cuisine d'un étrange clignotement.

— Oui ?

Le numéro de Bertil.

Winter consulta l'horloge murale. 3 h 30. Bertil était encore de garde. Il s'était porté volontaire.

— Un homme a été tué à l'arme à feu dans une voiture à l'intérieur du parking situé au-dessous de l'Institut Pédagogique, lui apprit Ringmar.

— Vous savez qui c'est ?

— La voiture est enregistrée sous le nom de Jan Richardsson.

— Bon sang !

— Je ne sais pas si c'est Richardsson. Mais il y a fort à parier.

— Quand est-ce que c'est arrivé ?

— Hier au soir ou dans la nuit.

— Quand est-ce que tu l'as appris ?

— Il y a quelques minutes à peine. Le collègue de garde m'a appelé. C'est l'entreprise de gardiennage qui a donné l'alerte. On a bouclé les deux niveaux du parking. J'y vais.

— Moi aussi, répondit Winter en se levant d'un bond.

— Je suis à la hauteur d'Övre Husar. Je peux passer te prendre.

— Bien. Qu'est-ce que ça donne, là-bas ?

— Je ne sais pas. Les gars de Torsten sont déjà sur place. Avec Pia.

Pia E:son Fröberg était médecin légiste. Cela faisait dix ans qu'ils se côtoyaient sur toutes sortes de scènes de crime, ou lieux de découvertes. Ils formaient une bonne équipe. Ils avaient également eu une brève relation, dans un lointain passé, relation qu'ils préféraient tous les deux oublier.

— Dans cinq minutes devant chez moi.

Ce parking souterrain était une construction assez récente, à l'instar de l'Institut Pédagogique, juste au-dessus. Les pédagogues ne s'étaient pas plu sur le terrain entre Frölunda et Åby. Pas assez chic pour eux. Ils étaient maintenant installés en plein centre-ville. Winter se demandait dans quelle mesure cela pouvait influer sur la formation dispensée. En tous cas, avec ce qui venait de se produire au sous-sol, la réalité brute s'introduisait par effraction dans leur monde aseptisé.

La voiture était garée au niveau inférieur.

Winter et Ringmar attendaient que Torsten Öberg, Lars Östensson et Stefan Arnberg aient fini leur travail. C'était la police scientifique qui décidait du moment où la crim' pouvait être admise sur le lieu de découverte, à plus forte raison sur la scène de crime. On aurait dit une scène de crime. Une ou plusieurs personnes avaient tiré à travers la vitre du côté conducteur. Winter le voyait bien de là où il était. Il apercevait l'arrière d'un crâne. Richardsson avait été touché en pleine face, et probablement à la hauteur de la gorge. Winter était persuadé qu'il s'agissait du politicien. Il y avait beaucoup de sang. L'homme avait sans doute été projeté contre le dossier du siège par la force de la détonation. De fait, il avait été cloué sur place.

Öberg se retourna avec un hochement de tête. Winter et Ringmar s'avancèrent. Le parking baignait dans une lumière gris-bleu. Froide et sinistre.

— C'est Sellberg ! s'écria Ringmar.

Winter ne reconnaissait pas ce visage. Même défiguré, ce n'était cependant pas Richardsson.

Sellberg paraissait absorbé dans la contemplation d'une tache sur le mur de béton qui lui faisait face. Il avait un trou dans le front juste au-dessus de l'œil gauche. Le point douloureux que Winter avait massé moins d'une heure auparavant. Il dut retenir un geste réflexe pour se masser de nouveau.

— Plusieurs coups de feu, déclara Öberg. Je préfère ne pas me prononcer encore sur le nombre exact.

Winter opina :

— Le meurtrier voulait être sûr du résultat.

— Un vrai meurtre de gangster, commenta Ringmar.

— Pourquoi donc ? demanda l'expert.

— Règlement de compte, c'est un peu passé de mode comme expression, mais je n'en vois pas d'autre pour désigner ce type de crime.

— Ou alors des coups tirés dans un état d'exaspération intense, suggéra Winter.

— En tout cas, on a dû tirer à cette distance à peu près. Difficile à déterminer pour l'instant.

Öberg était à un mètre de la vitre brisée. Le sol du parking était jonché d'éclats de verre scintillants.

— Pas de témoin ? s'enquit Winter.

— Non, pas qu'on sache. Mais les veilleurs de nuit qui ont trouvé la bagnole doivent être quelque part dans le coin.

Il regarda autour de lui.

— Ils ne ferment pas le parking pour la nuit ? s'étonna Winter.

— Si, bien sûr, à minuit, répondit Ringmar. Ils rouvrent à 5 h 30.

— Il est donc entré ici avant minuit, conclut Winter en désignant Sellberg.

Winter examina la voiture. L'un des tirs avait touché la carrosserie juste au-dessous de la vitre.

— C'est la caisse du politicien, déclara Östensson. Celle qui était garée devant chez Sellberg quand on y est allés pour cette histoire de coups de feu.

— Celle de Richardsson, oui, précisa Winter.

— Cette fois-ci, ils n'ont pas manqué Sellberg, constata Ringmar.

— S'il était bien visé la première fois, objecta Winter.

— Ici, c'était le cas.

— Je n'en suis pas sûr, Bertil. Ce n'est pas sa voiture. Le ou les meurtriers ont pu le prendre pour Richardsson.

Ringmar hocha la tête.

— Le cadavre de Sellberg dans la voiture de Richardsson, récapitula Winter. (Il consulta sa montre.) Il va falloir déranger monsieur le conseiller municipal, même à cette heure matinale.

— On a vérifié le coffre, précisa Arnberg. Vide.

— Nous ne pouvons pas tolérer autant de règlements de compte crapuleux dans cette ville, déclara Winter.

Il jeta un regard circulaire dans le parking. Quelques voitures ici ou là, des gens qui avaient une place réservée. Ça devait coûter la peau des fesses, comme abonnement. Et il y avait sûrement d'autres véhicules au niveau supérieur.

— Nous avons besoin de renseignements sur tous les propriétaires de voiture, continua-t-il. Richardsson avait peut-être une place réservée. Ça expliquerait que Sellberg se soit garé précisément ici. (Il se tourna vers Ringmar.) On ne laisse sortir personne de toute la journée.

— Non, on va mettre une vingtaine d'hommes sur le terrain.

Ils devaient conserver le périmètre de sécurité une bonne partie de la journée. Il y aurait beaucoup de monde à interroger.

— Je fais embarquer la bagnole à Mölndal en laissant le corps à l'intérieur, annonça Öberg.

Winter hocha la tête. La voiture de Richardsson serait conduite sous escorte policière dans un camion fermé jusqu'au garage d'investigation, en un étrange cortège funèbre.

L'éclairage du parking glaçait la peau. Winter frissonna. Öberg et ses hommes avaient encore beaucoup de travail devant eux. Il leur faudrait examiner le sol et les murs, sur les deux niveaux, mais surtout au niveau inférieur. Ils passeraient toute la zone à l'aspirateur. Tout pouvait servir. Ils analyseraient les bouts de chique, les mégots, les papiers, tout.

Ils allaient chercher un indice comportemental. L'indice d'une habitude. Quelque chose qu'on fait sans y penser, quelles que soient les circonstances. Nombre d'affaires leur devaient d'être élucidées. Tous les hommes avaient leur routine, les méchants comme ceux qui avaient peur, ou ceux qu'on terrifiait.

*

Ils prirent la Mercedes de Winter. La nuit était encore loin de toucher à sa fin. Il ne ferait pas jour avant quelques heures. Dans deux mois, on serait à l'époque la plus sombre de l'année. Ils croisèrent un taxi solitaire qui se dirigeait peut-être vers l'aéroport de Landvetters. Sinon, rien que le silence et la nuit.

— C'est l'heure du réveil-pipi, fit Ringmar.

— Hmm.

— En fait, ça me plaît bien d'être réveillé avant tout le monde.

— Surtout quand on s'apprête à réveiller quelqu'un, sourit Winter.

— S'il n'est pas déjà réveillé.

— S'il est chez lui.

Richardsson vivait dans une rue tranquille, derrière l'hôpital Ekmanska, à Örgryte. Winter la connaissait pour tranquille car il s'y était déjà promené dans le passé, sans doute avec Angela. Oui. Elle avait été tentée par une maison dans le quartier. Depuis, ils avaient acheté un terrain près de la mer à Billdal. Quant à faire construire, s'installer là-bas, il en repoussait sans cesse l'idée. Les adieux à la ville se prolongeaient. Si adieux il devait y avoir.

— Il va falloir jouer en douceur, prévint Ringmar.

— Comme toujours, Bertil, répliqua Winter en quittant la rue Danoise.

— Est-ce qu'on l'arrête tout de suite ? Ça peut aussi se faire en douceur.

— On verra.

— Ce serait plus simple.

— On verra, répéta Winter.

— La première question que je me pose, c'est pourquoi Sellberg utilisait la bagnole du politicien.

— J'en ai parlé avec Richardsson hier. Il m'a dit qu'il la lui avait prêtée parce que celle de Sellberg était en révision.

— On a vérifié ?

— Oui. Bergenhem a eu confirmation.

— OK, continue.

— Il n'y a pas grand-chose de plus à en dire. Il prétendait ne pas être entré chez Sellberg : il lui avait juste prêté sa bagnole. Il n'avait pas envie d'en parler. Il semblait souhaiter que Sellberg disparaisse de l'autre côté du globe et n'avoir rien en commun avec lui.

— Comment ils se connaissent ?

— Je n'ai pas posé la question.

— Bien. On n'aura pas besoin de la répéter.

— C'est vrai.

Winter tourna à droite puis à gauche. Les lumières étaient éteintes dans toutes les villas. Il était encore trop tôt pour Örgryte.

— Nuit une, on tire sur la baraque de Sellberg, reprit Ringmar. La voiture de Richardsson est garée devant. Nuit deux, on tire sur Sellberg dans le centre-ville. Sellberg est assis dans la voiture de Richardsson.

— Cette voiture est effectivement très impliquée.

— Comment Richardsson et Sellberg pouvaient-ils se connaître ?

— Nous le saurons bientôt, répondit Winter en se garant devant la maison des Richardsson, une belle maison blanche de style moderniste.

Une fenêtre était éclairée au rez-de-chaussée.

— Nous sommes peut-être attendus, fit Ringmar.

13.

La pelouse paraissait fraîchement tondue à la lueur du réverbère posté juste devant la grille. Une allée de gravier conduisait à la maison. L'air était presque tiède. À l'est, l'aube pointait. Une belle journée en perspective : l'été indien continuait. Les gens pouvaient encore couper l'herbe. On battait sûrement des records pour le Nord. Winter revit soudain les palmiers dans le jardin de sa mère à Nueva Andalucia. Il avait toujours aimé les palmiers. Sur la petite pelouse, facilement jaunissante, ils représentaient l'été, le soleil éternel. Mais on en avait aussi à Göteborg : en pots sur le quai des ferries Stena Lines qui assuraient le trafic avec le Danemark.

De la lumière à la fenêtre. Winter crut également percevoir du mouvement derrière.

— Nous sommes observés.

— Je vois ça.

La porte s'ouvrit.

La femme les attendait sur le seuil tandis qu'ils gravissaient les marches du perron. Elle était en robe de chambre rouge. Elle n'a pas l'air apeurée, songea-t-il. Étrange. Si, peut-être. Elle paraît inquiète. Elle n'a pas dormi de la nuit.

— Qu'est-ce que vous voulez ?

Elle avait une petite voix, suffisamment audible cependant et qui semblait ne pas vouloir entendre de réponse à la question. Elle ouvre la porte à des inconnus, songea Winter. Deux étrangers dans son jardin. Elle devait savoir qu'on viendrait. Non, elle n'a pas dormi. C'est le genre de choses qu'on a appris à reconnaître.

— C'est pour Jan ?

Ils n'avaient pas encore ouvert la bouche.

Winter avait vu sa main trembler lorsqu'elle l'avait soulevée, apparemment sans raison, comme si elle avait eu des ailes. Mon Dieu, c'est comme si nous venions avec un message de mort. Et pourtant nous ne le faisons qu'indirectement. Ou alors est-ce que ce message signifierait autre chose pour elle ? Le nom de Sellberg aurait-il pour elle un sens particulier ? C'est sa voiture, celle de son mari.

Une des nécessités de ce métier : passer au scanner la personne qu'on avait devant soi avant même qu'elle ait prononcé un mot ni fait un geste, ou presque. Ensuite il était difficile de se débarrasser de cette première impression, impossible parfois. Ce pouvait être un problème. Intuition ou préjugé ?

Winter fit les présentations pour son collègue et lui-même, ce qui lui parut étrangement formel.

La femme trembla cette fois de tout son corps.

— Que lui est-il arrivé ? demanda-t-elle sans préciser son propre nom. Où est-il ?

— De qui parlez-vous ? s'étonna Ringmar.

— De Jan bien sûr ! Jan ! Mon mari. Ce n'est pas pour lui que vous êtes venus ? La police. Vous avez bien une raison pour venir ici ?

Winter et Ringmar échangèrent un regard.

— Si nous entrions pour nous asseoir un instant et pour discuter tranquillement de tout cela ? proposa Winter.

— Comment ?

Elle semblait ne pas avoir entendu la question.

— Pouvons-nous entrer ?

Jacob Ademar connaissait un sommeil agité. Les rêves se succédaient comme autant de souvenirs indécis. C'était peut-être ce qu'ils étaient. Il avait déjà envisagé d'écrire une sorte de roman qui ne consisterait qu'en une série de rêves, mais il était probable qu'il verrait encore se rétrécir le cercle de ses lecteurs. Quoi de plus ennuyeux que les gens qui racontent leurs rêves ? Un certain nombre de lecteurs le trouvaient déjà assez ennuyeux. Mais il s'en fichait bien. Prenez un autre bouquin ! Il aimait à se persuader que les vrais amateurs de littérature appréciaient ses livres, tandis que les autres n'y comprenaient rien et pouvaient aller se faire foutre.

Il se leva. La lumière de l'aube commençait à pénétrer la nuit pour en effacer la noirceur. On aurait également pu dire que le monde revenait insidieusement donner naissance à une nouvelle journée de merde. Tout dépendait dans quelle humeur on était. Personnellement, il était toujours en colère. Ce n'était sans doute qu'une posture de jeune homme romantique. Quoiqu'il ait passé l'âge, à plus de cinquante ans. En fait, il n'avait plus autant de raisons d'être en colère. Ni d'être heureux. Il n'avait pas grand-chose en somme. Pour le moment, juste cette maison de location qu'il allait bientôt quitter et une vieille Saab dans un garage, plus un bouquin qu'il avait peut-être déjà abandonné à son sort, même s'il continuait à le rédiger, comme on écrit dans un livre d'or – griffonner quelques mots et le moment pénible est passé. Un livre mort-né ? En crise de croissance ? Il ne savait plus.

Il était toujours à la fenêtre.

Une voiture s'arrêta devant chez le voisin. On aurait dit la même que tout à l'heure. Une portière s'ouvrit. Il ne voyait rien. Il eut l'impression d'entendre des pas. Mon Dieu, voilà où j'en suis. Des bruits tout ce qu'il y a de plus normaux deviennent des effets spéciaux dignes d'un thriller.

Quelqu'un courait, des talons sur le gravier. La portière claqua de nouveau. La voiture redémarra. Elle passa devant ses fenêtres, tourna au bout de la rue, avant de réapparaître. Puis elle disparut. Il avait distingué le profil du conducteur. Un profil connu ? Qui remontait du fond de sa mémoire.

Le salon n'était éclairé que par un lampadaire près de la baie vitrée qui donnait sur l'arrière du jardin. Winter aperçut, à dix mètres environ, une haie d'épineux qui cernait toute la villa. Ce n'était pas rare à Örgryte. Beaucoup vivaient comme en principauté, dans leur château, leur cour de château. Une autre Suède. Pas vraiment la Suède.

La pièce était grande, elle paraissait couvrir la majeure partie du rez-de-chaussée. La femme était assise à l'extrémité d'un canapé trois places. Un petit oiseau, se dit Winter. Elle se recroquevillait dans son peignoir comme si elle grelottait de froid dans le petit matin. On avait sûrement déposé le journal dans la boîte aux lettres à cette heure. Il aurait pu le lui apporter, en geste amical. Il n'y aurait rien sur le meurtre de Sellberg. Plus tard, oui, dans la version en ligne, mais juste le strict minimum.

Tandis qu'ils gagnaient le salon, elle lui donna son prénom : Berit. Berit Richardsson. On n'aurait pas immédiatement associé ce genre de nom avec un quartier aussi huppé qu'Örgryte ; ils avaient dû bosser pour se hisser jusque-là, après un premier appart à Högsbo par exemple. Il imaginait son mari en militant ambitieux, tandis qu'elle figurait l'infirmière assistante prometteuse. Quelque chose comme ça. Il lui faudrait peut-être savoir. Berit Richardsson se tordait les mains.

— Quand avez-vous vu Jan pour la dernière fois ? demanda Winter.

— Hier... hier.

Elle jetait des regards alentour, comme pour vérifier qu'on n'était plus le soir, ni même la nuit. La verdure commençait à apparaître derrière la baie vitrée. Il avait lu que le vert était la couleur la plus apaisante, l'idéal pour tapisser une chambre à coucher. Il en avait parlé avec Angela qui avait opiné. Il s'en occuperait un jour. Cependant la femme assise en face de lui, et qui paraissait examiner les différentes nuances du jardin, n'avait rien d'apaisé. Le vert en aurait presque acquis une dimension artificielle, une certaine fausseté.

— Vous avez donc vu votre mari hier ? intervint Ringmar.

La question avait quelque chose d'étrange. Elle supposait que Berit et Jan vivaient une curieuse relation, dans laquelle il leur arrivait seulement de se rencontrer.

Elle hocha la tête.

— Quand exactement ? s'enquit Winter.

Elle ne répondit pas. Il répéta la question.

Bizarre, songea-t-il. C'est comme si nous parlions de quelqu'un que nous ne connaîtrions pas plus l'un que l'autre. J'ai déjà rencontré cette expression dans les yeux de gens qui croient partager la vie d'une personne, sans que ce soit jamais le cas.

— Vers 21 heures, finit-elle par répondre.

— Que s'est-il passé ?

— Comment cela ? Que voulez-vous dire ?

— Votre mari était ici hier soir à 21 heures. Et ensuite ?

— Il est sorti. Comment pourrais-je savoir...

— Où est-il allé ?

Elle garda le silence.

— Où devait-il se rendre ? insista Ringmar.

— Je... je ne sais vraiment pas, répondit-elle en éclatant en sanglots.

Elle se tenait le visage dans les mains.

Elle releva les yeux. Ils étaient brillants de larmes :

— Que s'est-il passé ? Où est-il ?

— Nous n'en savons rien, répondit Winter.

— Mais pourquoi êtes-vous venus ? Comment saviez-vous...

— Comment savions-nous quoi ? reprit Winter.

— Que Jan n'était pas à la maison.

— Comment est-il parti ? demanda Ringmar.

— Je ne comprends pas.

— Il est parti à pied ? En courant ? En voiture ?

— Non... elle est toujours là.

— Vraiment ?

Elle sursauta en entendant Winter hausser le ton.

— Oui.

— Votre voiture est toujours là ? Où est-elle garée ?

— Dans le garage. Mais comment... oui, c'est ma voiture, si on peut dire. La petite.

— La petite ?

— Une Clio. C'est surtout moi qui l'utilise.

— Et la grande ?

— C'est une Volvo. Une Volvo Break. Elle n'est pas... elle est en révision.

Ringmar jeta un œil à Winter.

— Non, fit ce dernier. Elle n'est pas en révision.

— Ah bon ? (Elle ne paraissait pas étonnée.)

— Connaissez-vous un certain Sellberg ?

— Maman ? Qu'est-ce que c'est ? Maman !

Winter venait d'entendre des pas derrière lui, juste avant cette voix. Une voix d'enfant.

Il se retourna.

Une fillette se tenait à quelques pas de là, bel et bien réveillée. Apeurée. Elle devait avoir un ou deux ans de plus qu'Elsa. Dix, onze ans. Winter n'était pas encore très bon dans ce domaine. Elle avait un oreiller dans les bras et portait un pyjama bleu ciel, bleu pâle comme un ciel d'hiver.

— Qu'est-ce qu'il y a, maman ? Qu'est-ce qu'ils veulent ?

Berit Richardsson se leva. Son peignoir était serré autour de sa taille. On aurait dit un kimono. Elle avait les cheveux foncés et tout à coup Winter eut l'impression qu'elle avait des traits asiatiques, des yeux en amande. C'était peut-être cette peau tendue. Ou cette tension intérieure.

— Ce sont juste deux messieurs qui posent quelques questions, Tova, répondit-elle en traversant la pièce pour rejoindre la fillette. Viens, on remonte dans ta chambre.

— Qu'est-ce qu'ils veulent ? demanda la gamine en regardant Winter. Qu'est-ce que vous voulez ?

Sa mère se retourna, et Winter perçut le bouleversement et l'étonnement sur son visage. Ils n'avaient toujours pas évoqué la raison de leur visite.

— Où il est, papa ? Il n'est pas à la maison ?

— Je monte avec toi, répondit Berit Richardsson en lui tendant la main.

— Mais ils...

— Allons, Tova..., fit-elle en la prenant par les épaules pour la conduire vers la porte.

Winter et Ringmar les entendirent monter l'escalier.

— Est-ce qu'elle se doute de quelque chose ? La mère, je veux dire ? s'interrogea Ringmar.

— Je n'en sais rien.

— Je pense au meurtre.

— Elle savait que quelqu'un viendrait, déclara Winter.

— Comment ça ?

— Elle était déjà levée. Elle a attendu. Toute la nuit, j'en suis sûr. Quelqu'un devait venir.

— Son mari.

Winter garda le silence.

— Qui donc ?

Il entendit un bruit au-dessus. Le plancher de la chambre de la fillette. Winter crut entendre des voix.

— Ce n'est peut-être pas la première fois que notre politicien fait le mur, suggéra Ringmar.

— Pourquoi lui a-t-il menti sur la bagnole ?

— C'est peut-être elle qui nous ment.

Ils entendirent à nouveau du bruit en haut.

Berit était maintenant de retour. Winter remarqua qu'elle avait mis des chaussons. Elle leur avait ouvert la porte les pieds nus.

— Pourriez-vous partir maintenant ? Mon fils vient de se réveiller à son tour.

— Juste une ou deux questions, insista Ringmar en se levant.

— Mais que voulez-vous ? Où est Jan ? Si vous savez quelque chose, dites-le-moi !

— Votre Volvo a été retrouvée cette nuit dans un parking du centre-ville, lui apprit Winter. Avec un homme du nom de Sellberg sur le siège conducteur. Mort. On l'a abattu de plusieurs coups de feu.

Berit Richardsson regarda Winter d'un air de comprendre sans comprendre. Les mots étaient brutaux, mais le commissaire avait l'impression qu'il lui devait la vérité d'une certaine façon.

— Il est... mort ?

— Oui.

Sa main s'était posée sur la bouche.

— Croyez-vous... croyez-vous... que Jan ait quelque chose... à faire... avec ça ?

— Nous n'en savons rien, répondit Winter. Nous ne savons rien du tout hormis le fait que c'était votre voiture, et nous aimerions parler avec votre mari.

— Il n'a rien à voir ! Qu'est-ce qu'il aurait à voir avec ça ?

Sa voix se fit plus aiguë. Elle parlait bas jusque-là, d'un ton presque sombre, mais la fatigue, les soucis et autre chose encore entamaient son calme.

Winter se leva.

— Je vous ai interrogée sur Bengt Sellberg. Connaissiez-vous son nom ?

— Bengt... Bengt comment ?

— Sellberg. S-e-l-l-berg.

Elle secoua la tête. Elle a une tête à ne plus se rappeler un seul nom au monde, songea Winter.

— Reconnaissez-vous ce nom ?

— Non.

— Vous en êtes sûre ?

— Qu'est-ce que c'est que cette QUESTION ? Pourquoi est-ce que vous venez me voir, MOI ?

La voix montait d'un ton encore, jusqu'à se déchirer.

Winter perçut un pas dans l'escalier. La fillette descendait de nouveau, à moins que ce ne soit le fils, ou les deux. Ça ne va pas. Il va falloir abréger.

— Avez-vous eu un contact quelconque avec votre mari durant la soirée ou la nuit ? demanda-t-il rapidement.

— Non, je vous l'ai déjà dit !

— Ou alors pendant...

— Vous ne savez vraiment pas où il est ?

— Non.

— Maman ? Qu'est-ce qu'ils font ? entendit le commissaire derrière son dos.

Il se retourna. Le fils maintenant. Il paraissait à peu près du même âge que la fillette. Il tenait une batte de base-ball dans les mains.

14.

Christer Tiger savait quel jour il était devenu gangster. Gangster, ça lui rappelait des films. Non pas qu'il en ait vu beaucoup. Mais ces films en noir et blanc, des acteurs la cigarette au doigt, la fumée qui se répandait comme un nuage sur la toile, c'était classe ; il aimait bien. Et puis les chapeaux, il aimait bien les chapeaux. Son paternel en avait porté, il s'en rappelait. C'était le dimanche : de temps en temps, ils faisaient une sortie en ville, à Guldheden sans doute, grand-mère habitait là-bas et c'était une bonne pâtissière, il s'en rappelait aussi. C'était incroyable, tout ce qu'il se rappelait. Voici qu'il reprenait, ce foutu marteau-piqueur. Il l'entendait par la fenêtre. Il aurait aimé pouvoir oublier son existence. Devenir sourd peut-être. Mais il ne voulait pas devenir sourd. Il ne voulait d'aucun handicap et comptait bien les éviter. On courait toujours un risque dans ce boulot, mais c'était le cas de tous les boulots. Les mecs sur le chantier d'en face pouvaient se faire écraser, tomber d'un échafaudage. Comme le paternel. Ces salauds l'avaient obligé à bosser en pleine tempête, et il était tombé. Ça s'était passé comme ça. Christer Tiger savait que le vent soufflait très fort ce jour-là. Et ce jour-là, il avait décidé que jamais on ne l'obligerait à monter sur une connerie d'échafaudage. Jamais il ne recevrait d'ordre de personne. Ils étaient venus, les patrons du chantier naval, et sa mère les avait renvoyés. La mère lui avait raconté, ou bien c'était la grand-mère. Elle les avait foutus à la porte ! Il l'avait toujours admirée d'avoir fait ça. Elle avait osé. Et lui aussi il osait.

Winter traversait maintenant le Göteborg des petits matins. C'était l'heure des camions-poubelles. Un jour normal. Ils longeaient le parc d'attraction de Liseberg, avec ses tours et ses clochetons : une vraie ville dans la ville. Il inviterait les filles là-bas pour le dernier week-end de la saison. Si la saison devait jamais finir, en cet été indien.

— Bon sang, soupira Ringmar. Dire qu'on avait un petit soldat là, devant nous.

Winter gardait le silence. Il obliqua à droite dans Korsvägen. On déchargeait d'énormes caisses devant le Palais des Expositions. Chaque semaine apportait sa nouvelle foire. Tous les thèmes étaient bons pour ces grands rassemblements. Il pensa soudain qu'il n'était pas allé à l'église depuis un moment. Il faudrait qu'il emmène les filles à celle de Vasa. Elles adoreraient les chants. Lui n'hésitait pas à donner de la voix quand il chantait des psaumes. *Bénie soit la terre, Béni le ciel de Dieu !* Ils dépassaient les salles de Bergakungen, un complexe cinématographique assez récent que Winter n'avait pas encore testé, mais qui devait surtout faire dans le box-office. Ce qu'il préférait, c'étaient les films en noir et blanc. Les acteurs étaient tellement beaux en noir et blanc. Ils fumaient avec élégance. Une bouffée de cigare, voilà ce qui lui ferait du bien. Il s'en prendrait un tout à l'heure, sur le parking du commissariat.

— Bon sang, répéta Ringmar. Quand je pense à ce gosse.

— Tu crois qu'il avait déjà fait ça ?

— Menacer quelqu'un avec une batte de base-ball ? Pour défendre sa mère ?

— Les deux.

— Où peut-il bien être, le paternel ? fit Ringmar.

Ce n'était pas une question, mais plutôt le constat de quelque chose d'inévitable. Jan Richardsson n'était pas chez lui parce qu'il ne fallait pas qu'on l'y trouve. Cela faisait partie de l'histoire. Winter voyait parfois comme des histoires les affaires qu'il avait en charge. On pouvait les raconter tout en les vivant. Il rédigeait ses annales du meurtre ou du crime et pouvait ainsi plus ou moins régulièrement lire ce qu'il était en train de vivre. Parfois il pouvait ajouter ou retirer quelque chose. Parfois il pouvait reconstituer un puzzle. Mais il y avait une différence entre un puzzle et une énigme à élucider. Dans un puzzle tout existait, la solution était là si l'on pouvait replacer les pièces dans le bon ordre. Tout était accessible à ses doigts, à son cerveau, à sa pensée, son imagination. Il pouvait déplacer les morceaux, une fois, deux fois, autant qu'il le fallait, mais il conservait une impression de sécurité, une certaine sérénité peut-être : il savait devoir réussir à la fin. Une énigme, c'était autre chose. Rien à voir avec la pièce manquante dans un puzzle. C'était beaucoup plus compliqué, c'était la quête d'une réponse qui n'existait peut-être même pas. Aucune réponse à un « Pourquoi ? » ni même à un « Quoi ? ». Une énigme, c'était une frustration prolongée, tandis qu'un puzzle demandait de la patience. La disparition du politicien restait pour l'instant une énigme, à relier à d'autres événements. Mais un puzzle pouvait être constitué d'une série de petites énigmes en chaîne, formant autant de pièces. Voilà comment je dois voir les choses, songea-t-il. Tout peut finir par se combiner dans une affaire. Tout.

— Elle ignore où il se trouve, déclara-t-il, en arrêtant le moteur, sur le parking du commissariat. À moins qu'elle ne soit une excellente comédienne.

— Tu crois qu'elle a sa petite idée ?

— Possible.

— Mais elle ne veut pas nous la dire, poursuivit Ringmar.

— Non.

— Son mari n'est pas revenu de la nuit et nous avons trouvé un cadavre dans sa voiture. Elle a peut-être une idée de ce qui se cache là-dessous.

— Oui.

— Une idée de quel ordre ?

— Ce ne serait pas la première fois qu'il découche.

— Pour aller où ?

Winter ne répondit pas.

— Elle sait où il va, dit Ringmar.

— Non, je ne pense pas.

— Elle sait ce qu'il fait.

— Peut-être qu'elle a des soupçons.

— Lesquels ?

— Ça doit avoir un rapport avec Sellberg.

— Elle connaît Sellberg ?

— Non.

— Tu en es sûr ?

— Je le pense, fit Winter.

— Mais il y avait quand même quelque chose là-bas…

— Comment ça ?

— On aurait dit qu'elle savait déjà, marmonna Ringmar.

— Elle savait quoi ?

— Que Sellberg n'était qu'un nom. Tu comprends ? Ç'aurait pu être n'importe lequel, mais elle savait qu'un nom sortirait. Nous devions arriver avec un nom. Qu'elle ne reconnaîtrait pas forcément.

— Son mari serait associé, d'une manière ou d'une autre, à un nom ? Un nom qui devait rester secret. Qui devait le compromettre ? poursuivit Winter.

— Oui.

— Dans des circonstances aussi violentes ?

— Pas nécessairement. Mais ça serait mis en relation avec quelque chose.

— Richardsson avait des rendez-vous secrets, suggéra Winter.

— Oui.

— Avec des hommes.

— Sans doute.

— Des rendez-vous secrets avec des hommes, résuma Winter.

— Il est pédé quoi.

— Peut-être.

— Ce n'est pas un crime.

— Non. Dieu merci, de ce côté-là au moins, on échappe au crime.

— Alors, peut-être que Sellberg aussi était pédé, fit Ringmar.

— Oui.

— Un drame passionnel ?

— Tu trouves que ça y ressemble, Bertil ?

— À quoi c'est censé ressembler ? À n'importe quoi d'autre.

Ringmar pensait au parking. Il avait été peint en gris bleu mais l'endroit n'avait rien de romantique. Pas de passion, pas d'érotisme là-dedans. Enfin… c'était peut-être comme ça maintenant.

— Berit Richardsson soupçonnait-elle son mari de la tromper ?

— Oui.

— Avec des femmes ?

— Non, je ne crois pas.

— Pourquoi ?

— Je n'en sais rien, Erik. Juste une impression.

— Il lui en aurait parlé ?

— Non.

— C'était un secret.

— En tout cas pour elle. Mais elle sentait qu'il y avait anguille sous roche, continua Ringmar.

— Une double vie.

— Et voici qu'il a maintenant disparu. C'est ce qu'on peut appeler une triple vie.

— S'il est encore en vie tout court, rectifia Winter.

— C'est vrai. Peut-être qu'on lui a aussi tiré dessus.

— Mais où ? Là-haut à Lunden ?

Le portable de Winter se mit à sonner. Au même moment il vit Aneta Djanali qui venait à leur rencontre sur le parking.

Winter écouta Möllerström, puis il raccrocha :

— On a installé un périmètre de sécurité autour de la bagnole de Sellberg.

Aneta prit place sur la banquette arrière. Elle repoussa une mèche qui lui tombait sur le front.

Winter remit le moteur en marche Il croisa le regard de la jeune femme dans le rétroviseur.

— On a lancé un avis de recherche national, déclara-t-elle.

— Il pourrait être n'importe où dans le pays, constata Ringmar. Il aurait même eu le temps d'aller jusqu'à Osnabrück.

— Pourquoi Osnabrück ? s'étonna Winter.

— J'y suis déjà passé deux trois fois.

— Moi aussi.

— Sauf que je n'ai jamais quitté l'autoroute, ajouta Ringmar. Ça m'a tenté, mais finalement ça ne s'est pas fait. Je roulais beaucoup trop vite, comme d'habitude. On trace toujours en début de voyage. Jamais vu Brême non plus et pour la même raison.

— C'est beau, Brême. En revanche, il n'y a pas grand-chose à voir à Osnabrück.

— De quoi parlez-vous ? demanda Aneta Djanali depuis l'arrière de la voiture.

— Du bon vieux temps, répondit Ringmar.

Une lueur bleue avait baigné quelques secondes la zone entourant la maison. Une autre heure bleue. Cet endroit est vraiment désertique, songea Winter. Un désert en pleine ville. Comment a-t-on pu le laisser intouché ? Quelqu'un avait dû l'effacer des cartes. Lunden était un quartier secret. On y découvrait encore des régions insoupçonnées.

Les inspecteurs de police attendaient à côté de leur voiture. Winter était repris par ses rêveries en noir et blanc. À ses débuts, les véhicules de police étaient encore noirs et blancs. Plus élégant. Et puis c'était comme si la police travaillait à préserver le meilleur du bon vieux temps, cette distinction entre le bien et le mal.

L'aube avait cédé la place au matin, mais il ne faisait pas très clair. Le soleil n'était pas très haut dans le ciel. La journée s'annonçait magnifique.

La maison était encore plongée dans l'ombre.

— On n'a pas remonté les stores, constata Aneta.

— Ils étaient baissés ? demanda Winter.

— Oui.

Winter interrogea l'une des collègues policiers sur la situation. Il ne la reconnaissait pas. Elle se présenta mais il n'y prêta guère attention.

— Le coin est tout ce qu'il y a de plus calme, fit-elle.

— Vous n'avez croisé personne en montant sur la route ?

— Non, pas de voiture ni de piéton.

— Bien.

— Tu aurais pu venir directement, Aneta, lui dit Ringmar. Tu n'étais pas obligée de passer par le commissariat.

— Je venais du centre-ville.

— Ah bon ?

— Je n'ai pas dormi à Lunden cette nuit.

— D'accord.

Ringmar jeta un regard à Winter qui jeta un regard à Aneta. Elle préféra détourner le sien.

— Eh bien entrons, fit Winter. Tenez-vous prêts.

La grille émit un grincement plaintif lorsqu'il l'ouvrit. Il tenait son Sigsauer au poing, mais gardait la main dans la poche.

Personne ne répondit à son coup de sonnette. Le silence tomba brusquement. Un silence profond. Pas seulement dans sa tête. Il avait senti ce silence intérieur dans les dernières minutes.

Il appuya sur la poignée, mais la porte était fermée.

— Vérifiez s'il n'y a pas une fenêtre ouverte.

Quelques minutes après, les deux policiers en tenue avaient fait le tour de la maison. Elle n'était pas immense. La collègue secouait la tête.

— On fait quoi ? demanda Aneta Djanali.

— On s'introduit à l'intérieur, répondit Winter.

15.

Winter s'introduisit à l'intérieur. Rien d'extraordinaire. Au moment où il ouvrait la porte, la douleur le frappa, comme si un agresseur s'était tenu embusqué derrière et lui avait donné un coup de matraque sur la tête à la seconde où elle glissait sur ses gonds. Il était peut-être devenu un monsieur-tout-le-monde. La migraine, la douleur, ne faisait pas de vous un être d'exception, contrairement à la tumeur de l'hypophyse. Il était quelqu'un d'ordinaire, pénétrant dans une maison ordinaire. Le propriétaire était une victime ordinaire. Un matin de travail ordinaire. Il entendit Aneta et Ringmar s'approcher derrière lui. Il lança un « Ohé ! » puis un autre, sans s'attendre à une quelconque réponse. L'homme qui aurait pu lui répondre avait passé l'arme à gauche.

— C'est allumé quelque part, fit remarquer Aneta Djanali.

Winter aperçut un rayon de lumière électrique dans la pénombre insistante de l'aube. Une lampe de chevet ?

— Ohé !

C'était Ringmar.

Pas de réponse.

— On y va ou on attend les experts ? s'inquiéta Aneta Djanali.

— On ne peut quand même pas les attendre à chaque mouvement qu'on fait, répondit Ringmar.

— Chut, fit Winter.

Il avait l'impression d'avoir entendu quelque chose. Un frottement, comme un imperceptible mouvement. Le sang battait sous ses tempes. Il y a beaucoup de facteurs déclenchants pour une attaque de migraine. Le plus courant, c'est le stress. Cependant les attaques ne se produisent pas au moment du pic de stress, mais lorsqu'on se détend. Ce n'était guère le cas maintenant. Il pointa l'oreille, prêt à bondir.

— Je prends la chambre du fond, dit-il en commençant à traverser le hall.

Son système nerveux était activé. C'était le même système nerveux qui transmettait la douleur, dans le cas du mal de dents par exemple. Une interaction de nerfs et de vaisseaux sanguins. L'image de Sellberg sur le siège conducteur de la voiture de Richardsson lui revint à l'esprit. Tout était fini pour Sellberg désormais. Peut-être Richardsson était-il dans la maison à l'instant même. En train de lire dans la chambre. À la lumière de cette lampe. Un bouquin écrit par le voisin d'à côté, pourquoi pas ? Winter irait lui parler quand il en aurait fini ici. Enfin, c'était un concept tout relatif. Il n'en aurait peut-être jamais fini avec cette histoire. Cette maison... lui donnait une étrange impression... de vide. Comme si la réponse était ailleurs.

Ils se retrouvèrent dans la cuisine. Propre et bien rangée. Winter vit ça du premier coup d'œil. Pas même une assiette, un verre ou des couverts dans l'évier. Un maniaque. Vivait-il seul ? Ils n'en savaient rien. On savait juste que Sellberg avait eu un genre de dispute avec son voisin. Cela pouvait aussi bien n'avoir aucune importance et tout expliquer. On l'apprenait souvent après coup, quand les questions étaient devenues inutiles.

— Personne, constata Aneta Djanali.

Winter regarda par la fenêtre de la cuisine.

Un homme traînait dans la rue, devant la maison. Il portait un bonnet noir, des lunettes de soleil et un blouson de cuir noir. De taille moyenne, il paraissait assez robuste.

— Qui est-ce ? fit-il en pointant la tête vers lui. Un ouvrier du chantier naval ?

Pourquoi cette idée ? Je sais pourtant bien à quoi ils ressemblent, ou ressemblaient. Vu qu'ils ont pratiquement disparu.

— C'est l'écrivain, répondit l'inspectrice. Jacob Ademar.

— Il cherche quelque chose apparemment.

— Pure curiosité peut-être.

— Pourquoi ? Il écrit des polars ?

— Je n'en sais rien.

Winter sortit de la maison et s'avança vers la grille. L'écrivain était toujours là.

— Ademar ?

— Oui.
— Vous cherchez ? fit Winter.
— J'ai vu arriver tous ces gens. Qu'est-ce qui se passe ?
— Ça vous regarde ?
— Non.
— Alors pourquoi rester ici ?
— C'est interdit ?
— Nous allons bientôt vous rendre visite.
— En passant par chez le voisin ?
— Oui.
— Pourquoi ça ?
— Vous accepterez de nous recevoir un peu plus tard ?
Ademar fit mine de répondre.
— Merci de vous tenir à distance, insista le commissaire.
— Oui, mais...
— Nous passons chez vous dans un moment.

Lars Bergenhem conduisait sa fille au club de cheval. Elle n'avait pas école aujourd'hui. Les champs autour d'Alleby étaient aussi verts qu'en été, voire plus. L'été, ils jaunissaient, s'asséchaient en une sorte de steppe. Les vols à bas prix s'envolaient de l'aéroport de Säve, à l'autre bout du pâturage, mais il était bien inutile d'aller vers les pays du soleil quand il brillait aussi bien ici. Il brillait encore. L'effet de serre ? En tout cas, une pluie fraîche aurait fait du bien. Le visage offert à la pluie.

Il essaya comme d'habitude d'aider sa fille avec la bride, mais il avait peur des chevaux. Ceux d'Alleby n'étaient qu'une bande de traînards qui se désennuyaient en chahutant les parents pendant qu'on les sellait.

Bergenhem gardait l'œil sur les pattes arrière du canasson. Il ne savait pas exactement combien de personnes s'étaient fait enfoncer le crâne par un coup de sabot, mais les chiffres n'étaient pas réjouissants.

L'opération était enfin terminée. Ada sortit le cheval. On a dû lui attribuer le plus grand du club, songea-t-il. Quand je pense à cette chute durant la formation équestre à l'école de la police. Enfin, une formation, c'est beaucoup dire. Ils m'ont vite exempté de ce cours.

Les enfants s'alignaient avec leurs chevaux. Aujourd'hui, ils devaient se promener en forêt, ou plus exactement traverser l'orée du bois jusqu'au champ qui se trouvait derrière.

Bergenhem et quelques autres parents attendaient depuis le sentier. Ada montait comme une vraie cowgirl. Elle le salua d'un sourire. Bergenhem la salua en retour. La caravane se mit en route, sa fille de dix ans tout en tête. Ils approchaient du bosquet. Il aurait aimé que le temps s'arrête ici et maintenant. Il n'avait plus besoin de s'écouler. Plus jamais. C'était ici la vie dans ce qu'elle avait de plus lumineux.

En passant devant le port de Skandia, sur la route qui les ramenait à Torslanda, il retrouva l'odeur des raffineries. Cela faisait dix ans qu'il prenait cette route pour regagner leur lotissement. Ils avaient acheté la maison un peu avant la naissance d'Ada. Elle n'en avait pas connu d'autre. Elle n'avait jamais demandé pourquoi on ne lui avait pas donné de frères et sœurs.

Elle était en train de retirer ses bottes de cheval. Une opération laborieuse.

— Elles sont trop petites, papa.

— Déjà ?

— Oui.

— OK. (Il sentait l'odeur de cheval dans la voiture, mais loin de le gêner, elle accompagnait obligatoirement le moment magique.) On va t'en acheter de nouvelles.

— On peut ?

— Bien sûr.

— Et ensuite il faudra encore et encore en racheter, sourit-elle.

— Oui, si tu continues à grandir comme ça.

— Je n'arrêterai peut-être jamais de grandir.

— Une fille de quatre mètres, oui, déclara Bergenhem.

— Je pourrai être championne du monde de basket.

— Tu n'auras même pas besoin d'équipiers.

— Ce serait triste quand même.

Elle regarda le port d'Älvsborg en contrebas. Le fleuve scintillait dans la lumière de l'après-midi. Il était partout. Ils vivaient sur une île qui ne leur paraissait pas une île, malgré l'eau, les ferries et les ponts.

— On pourrait presque aller se baigner, fit-elle.

— Mmm. Ce serait sans doute un peu froid.

— Qu'est-ce qu'on fait cet été ?

— Oh, cet été ? Je ne sais pas.

— On pourrait louer des chevaux en France et partir loin, loin, loin.
— Oui, c'est une bonne idée.
— J'en ai déjà parlé avec maman.
Pourquoi pas ? S'il osait s'asseoir sur une selle. Mais ils seraient tous les deux. Martina ne serait plus dans sa vie ou plutôt lui dans la sienne, plus comme avant du moins. Ils se retrouveraient autour d'Ada. Tout à coup, il se sentit merdique. Sa fille était assise à côté de lui et elle ne savait pas que dans quelques semaines, vraisemblablement, rien ne serait plus comme avant. Comment réagirait-elle ? Vraisemblablement, quel mot terrible.
— Maman trouvait que c'était une super idée.

Christer Tiger sentait le vent du fleuve. On avait arrêté le boulot sur le chantier. C'était autre chose encore une heure avant. Il avait observé un certain nombre de manœuvres dangereuses. Des gars auraient pu perdre la vie. Perdre-la-vie, perdre-la-vie. Ces mots lui trottaient dans la tête. Un bon remède contre la migraine peut-être. Elle était revenue insidieusement, pas trop méchamment cette fois. À cause du projet de meurtre ? Quand il avait décidé d'attendre, elle s'était calmée. S'il était allé plus loin, la douleur serait devenue insupportable au bout de quelques heures. Une fois la tension retombée. Un rappel à l'ordre. Tu ne tueras point. Le paternel avait de la religion, la mère aussi. Ça ne les avait pas aidés. Dieu n'était pas sur le chantier ce jour-là, il était de repos. Tiger se retourna. L'autre se tenait à la porte du balcon. Il avait l'air pâle, comme s'il attendait toujours. Ce doit être épouvantable de passer sa vie à attendre, en sachant que tout ça finira sans doute très mal. Moi, j'aimerais pas. Je ferais quelque chose. Mais lui, il n'en est pas capable. Comme l'autre con. Il a eu le choix une fois dans sa vie, mais après, c'était trop tard.
— Voilà ce qui t'attend pour bientôt, fit Tiger.
— Comment… comment ça ?
Tiger pointa le doigt vers la fenêtre.
— Le silence bien sûr.
L'autre pointa l'oreille. Le silence était bien là. Un navire voguait sur le fleuve, mais ça restait le silence. Les mouettes criaient et riaient, mais il fallait le silence pour les entendre. Comme pour la plupart des sons dans la vie réelle. Il adorait

ce moment, le soir, quand les gars du chantier étaient rentrés chez eux : le silence revenait. Pendant la journée, soit il fermait les fenêtres, soit il évitait d'être là. Il évitait presque toujours d'être là. Si le chantier devait fonctionner la nuit, il ferait quelque chose. Il en avait les moyens.

— On m'a abîmé ma bagnole l'autre jour, déclara Tiger.

L'autre ne répondit pas.

— Ça m'a pas plu.

— Non.

— Il y a une bagnole quelque part en ville qui se balade avec ma laque sur son pare-choc, continua Tiger.

— Ouais.

— Mais, je vais la retrouver, cette bagnole.

— Hmm.

— Et ça ne va pas tarder.

— Ouais... faut que j'y aille.

— Sois prudent, conclut Tiger en éclatant de rire.

Aneta Djanali et Winter sortaient de la maison de Sellberg. Ils n'avaient rien trouvé de vivant à l'intérieur, ni de mort. Winter se frotta au-dessus de l'œil. La jeune femme restait silencieuse. Il retira la main de sa tempe.

— Comment ça se passe entre vous, Aneta ? Avec Fredrik.

Elle sursauta, comme s'il l'avait piquée d'une pointe acérée.

— Tu testes tes méthodes d'interrogatoire sur moi ?

— Non. Ça m'est venu comme ça. J'avais envie de savoir.

— Pourquoi ?

— Pourquoi ? Parce que je me soucie de vous, bien sûr. Mais tu n'es pas obligée de répondre.

Elle paraissait hésiter. Winter voyait Ringmar bouger derrière l'une des fenêtres. Il étudiait quelque chose sur le sol de la cuisine. L'écrivain avait quitté sa station devant la grille. Winter se reprochait d'avoir été maladroit avec lui. Ce n'était pas dans ses habitudes. Il devenait un autre homme. C'était un accident. Comme il peut en arriver dans tous les métiers. Non, rien à voir avec le boulot. Il traversait une crise. Pas du tout. Il perdait juste patience de temps en temps. Il fut pris d'une douleur soudaine. Elle le lâchait maintenant.

— Je ne sais pas, finit par répondre Aneta Djanali. Je ne sais pas... si j'ai déménagé par exemple. (Elle eut un rire.) C'est ce qu'on appelle être paumée, non ?

— Oui, sourit Winter.
— Mon Dieu ! Je ne sais pas ce qui nous arrive.
Winter garda le silence.
— J'ai... j'ai dormi chez une copine cette nuit. En ville. Et je ne sais même pas pourquoi.
— Il ne s'est rien passé ?
— Avec Fredrik ? Qu'est-ce que tu veux dire ?
— Est-ce qu'il s'est passé... quelque chose de spécial ?
— Non, pas vraiment. Rien de précis. C'est juste que... je ne sais pas. Vraiment pas.
— Qu'est-ce que vous allez faire maintenant ?
Elle ne répondait pas. La porte s'ouvrit et Ringmar apparut sur le seuil.
— Je vais... nous allons en parler ce soir, fit-elle.
— C'est à croire qu'on avait rangé en prévision d'une absence de longue durée, déclara Ringmar.
— Je ne suis pas très sûr de comprendre, répondit Winter.
— Comme si Sellberg avait prévu de partir. Pour un long voyage.
— C'est bien ce qui s'est passé d'une certaine façon.

Ademar ouvrit avant même qu'ils aient eu le temps de frapper à la porte.
— Je vous ai vus arriver.
Il avait devant lui Winter et Aneta. Ringmar était retourné au commissariat.
— Je vous prie de m'excuser pour ma brusquerie de tout à l'heure, fit Winter.
— Pas de problème. Ça ne doit pas toujours être facile de faire votre travail avec des badauds dans les pattes. Je vous en prie. (Il s'écarta pour les laisser pénétrer dans un grand hall.) Vous pouvez poser vos vêtements sur la chaise.
Il les fit entrer dans un salon dont les fenêtres s'ouvraient sur la rue.
— Asseyez-vous. Je vous offre du café, autre chose ?
— Non merci, répondit Aneta Djanali.
— Vous étiez poussé par la curiosité ? demanda Winter.
— Euh... vous voulez dire, tout à l'heure ? Non, pas vraiment en fait.
— Avez-vous vu ou entendu quelque chose ?
— Quand ça ?
— N'importe quand.

— Vous plaisantez ? fit Ademar.

— Non.

— Je n'ai rien vu depuis la fois où je me suis fait menacer par mon voisin.

— Racontez-nous.

Ademar raconta l'histoire, assez brève, elle avait surtout un début et une fin.

— Pourquoi êtes-vous venus me voir ? demanda-t-il ensuite.

Winter l'informa du meurtre avec beaucoup de circonspection.

— Je n'en reviens pas, fit Ademar.

Aneta avait cru le voir pâlir pendant que Winter parlait. Ç'aurait pu être moi, semblait-il penser.

— Est-ce vous ? l'interrogea Winter.

— Comment ça, moi ?

— Qui l'avez tué.

— Pourquoi j'aurais fait une chose pareille ?

— S'il vous persécutait. Vous aviez peur.

— Je n'ai pas d'arme, répondit Ademar.

Ce doit être sa méthode, raisonna-t-il. Rien d'étonnant. J'espère que je n'ai pas l'air trop calme.

Le commissaire n'avait pas l'air content. Il s'était présenté. On aurait dit qu'il avait mal quelque part. Ademar le connaissait de réputation. Il l'avait déjà vu dans les journaux, et même à la télé deux trois fois.

— Racontez-moi cette histoire de trafic automobile devant la maison.

Ademar s'exécuta.

— Vous écrivez quoi ? continua Winter.

— Pardon ?

— Vous êtes bien écrivain. Quel genre de livres écrivez-vous ?

— Toute sorte de choses.

— Comme quoi ?

— Cela fait partie de l'interrogatoire ?

— Non. Juste une question de curiosité.

— Vous lisez beaucoup ?

— Moins que je ne le voudrais.

— Avez-vous déjà lu quelque chose de moi ?

— Malheureusement non.

— Je ne fais pas dans le polar, sourit Ademar.

— Et moi, je n'en lis jamais.

— Je pensais que c'était le cas de tous les policiers.

— Mon travail me suffit, répondit Winter.

— Je travaille en fait sur quelque chose... d'assez proche. Mais dans le genre documentaire, je pense. Je n'en suis pas vraiment certain.

— Ah bon ?

— Une histoire qui s'est passée dans les îles. Dans le sud de l'archipel. Ça remonte à trente ans.

— Tiens ?

— Il y avait une colonie de vacances, l'été.

Winter hocha la tête.

— Vous la connaissiez ?

— Oui, la colonie de Brännö. Elle n'existe plus.

— Il s'est passé quelque chose là-bas, fit Ademar.

Il dépassa le marché, le café, l'hôtel. Le vent venait de se lever, il soufflait du fleuve. La surface de l'eau se ridait. Il tourna à la hauteur des docks et prit place dans la file d'attente. Le Rapido était à l'approche, il serait à quai d'ici quelques minutes.

Une fois à bord, il se retourna pour observer le quai de Sörhall tandis qu'ils avançaient vers la city. Le soleil éclairait les maisons côté ouest. On aurait dit une autre ville, un autre pays. Un autre monde. J'ai appartenu à ce monde, songea-t-il. Il n'y a pas si longtemps que ça. Maintenant, c'est du passé. Impossible de faire machine arrière. Il y en a un autre qui le sait. Je ne dois pas céder à la peur.

Le petit ferry accosta à Klippan. Il poursuivit vers l'est, en longeant le terminal pour l'Allemagne. Ce soir, le ferry de la compagnie Stena partirait pour Kiel, comme tous les soirs. Il aurait pu être à bord. C'était le meilleur moyen de s'enfuir. Mais ça ne servirait à rien. Ils le retrouveraient aussi bien, avant même que le ferry ne soit arrivé au port. Il finirait à la mer. Il était à l'eau de toute façon. Noyé.

Il remonta la rue Karl Johan. Cela faisait un moment qu'il n'était pas revenu dans les parages. Mais les choses n'avaient guère changé. Quelques commerces avaient fermé, d'autres avaient ouvert. La place Chapman était couverte de brique et de béton comme avant. La même bibliothèque. Ouverte. Il entra et dépassa le bureau d'accueil. Aucune des deux bibliothécaires ne lui prêta attention. Il aimait autant. Il aurait autant aimé disparaître aux yeux du monde. Le rayon presse était toujours au même endroit. Il se mit à lire. Sur son propre cas. Pas grand-chose. Ils ne savaient pas grand-chose. Personne, en fait. Comment aurait-on pu ? Il avait peut-être aussi la réponse à cela. Il rangea le journal et quitta l'établissement. Il y avait plus de restaurants qu'avant sur la place, bien plus. À l'un des angles, une cabine téléphonique. Il avait espéré qu'elle serait encore là. La seule qui restait dans cette ville. Il entra et constata qu'elle fonctionnait toujours. Il composa le numéro, patienta au standard. Une voix de femme lui répondit.

— Je voudrais parler au commissaire Erik Winter.

21 h 25

Elle avait froid. Ils marchaient à l'ombre maintenant, il faisait plus froid qu'on aurait cru. L'eau n'avait pas fini de sécher sur son corps.

Le soleil avait disparu, mais il faisait encore aussi clair qu'en plein jour, pas tout à fait, mais presque.

Ils finirent par quitter la zone d'ombre. Ils étaient entourés de rochers. Certains avaient l'air dur, d'autres doux comme des coussins, ou comme de longues dunes de sable. Mais il n'y avait pas de sable, aussi loin que pouvait porter son regard. Sauf sous la surface de l'eau qui scintillait dans la baie plus bas, et sur la mer au-delà. Peut-être que le soleil l'éclairait par en dessous en se couchant.

— On voit loin d'ici.

Elle hocha la tête.

— Tu as froid ?

— Non... plus maintenant.

— Tu entends ?

Il pointa le doigt vers la mer.

— Non, quoi ?

— On dirait qu'il arrive du monde.

Elle tendit l'oreille. Un bruit de moteur peut-être. Mais elle ne voyait rien.

— C'est un bateau, ajouta-t-il.

Voici qu'elle sentait un souffle de vent. Glacial, comme si l'automne s'était abattu sur elle en quelques secondes.

— On rentre, dit-elle. J'ai envie de rentrer maintenant.

— Ça fait long à pied.

— Comment faire autrement ? répondit-elle. (Elle grelottait.) J'ai froid.

Le bateau surgit tout en bas, derrière le rocher à tête de cheval. On pouvait le regarder de n'importe quel côté, il avait toujours l'air d'une tête de cheval. Elle l'appelait la Tête de Cheval, mais ce n'était pas forcément son vrai nom. S'il en avait un.

Elle vit des gens sur le bateau. Leurs visages formaient des taches claires, sans doute à cause des reflets à la surface de l'eau.

— On dirait qu'on a de la visite, commenta-t-il.

Le bateau glissa dans la petite baie. Elle entendit le moteur ralentir. Elle vit sortir une rame du plat-bord. C'était un bateau en plastique, pas plus grand qu'une barque. Le moteur était presque plus grand que le bateau lui-même.

— Vous les connaissez ? demanda-t-elle.

— Et toi ? fit-il en se penchant vers elle.

16.

Pour la cinq millième fois peut-être, Winter se retrouvait dans son ascenseur de la place Vasa. Il connaissait chacune des rides d'Harry l'ascenseur, comme l'appelaient maintenant les filles. Harry l'ascenseur, toujours habillé d'acajou. Il les hissait au quatrième étage avec moult soupirs. Merci bien, fit Winter en refermant la grille ouvragée derrière lui. Cet ascenseur capricieux était sans doute la meilleure raison qu'il avait de ne pas quitter Vasaplats. Le terrain près de la mer était une bonne plage, une plage privée ; il pouvait le rester.

Sa tête le laissait tranquille. La douleur s'était momentanément retournée contre un autre malheureux. Est-ce qu'elle tourne entre nous, comme une seule douleur ? Non, le mal est en nous-mêmes. La douleur aussi. Voilà ce que pouvait penser un commissaire de la police criminelle en passant le seuil de chez lui. Lilly l'attendait déjà dans le hall. Il la souleva et l'embrassa. Il lui souffla derrière l'oreille et elle explosa de rire.

Angela sortit de la cuisine avec une serviette sur les cheveux. On aurait dit une femme du désert.

— Où est passée Elsa ? demanda-t-il.

— Je lui ai permis d'aller dîner chez une copine.

— Laquelle ?

— Clara. Ils habitent sur Erik Dahlb…

— Je sais, l'interrompit Winter.

— Désolée.

— Il n'y a pas de quoi en faire un drame.

— Comment ça ? Ce n'est pas moi qui en fais un drame.

— Tu veux dire que c'est moi ? répondit Winter en reposant Lilly par terre.

La petite prit soudain une mine inquiète. Elle se mit quelques doigts dans la bouche pour se consoler par avance de ce qui risquait d'arriver. Un papa, une maman qui font la tête. Qu'est-ce que c'était encore ? Winter sentit une irritation lui glisser le long crâne. Pas question. Mais il ne pouvait rien pour la stopper.

— Je devrais peut-être ressortir ? fit-il.

— De quoi tu parles ? répondit Angela. Je croyais qu'on avait décidé d'en finir avec ces enfantillages.

Lilly leva les yeux vers lui. Elle ressemblait à l'enfant qu'avait été Angela : même nez, même menton. Il ne savait pas ce qu'elle tenait de lui. Les yeux peut-être, des yeux de serpent. *Snake eyes*, comme l'avait appelé un devin indien, un jour où il attendait son vol à l'aéroport de Palerme. En passant devant lui, il avait regardé Winter et lui avait lancé ces mots avec un triste sourire. Erik *Snake eyes* Winter. Il fit une grimace en direction de Lilly. Mais non, pas des yeux de serpent, bon Dieu. Il se rendit à la cuisine et posa le paquet de limandes soles sur la table :

— Je n'ai pas pris d'aneth. J'avais pensé faire revenir quelques crevettes avec du curry pour accompagner le poisson.

— Je meurs de faim, repondit Angela.

— Tu n'as pas déjeuné ?

— Juste un sandwich à la cafétéria.

— Le médecin ne sait donc pas qu'on doit manger sainement au milieu de la journée ?

— Tu veux un verre de vin ?

— En parlant de vivre sainement, oui.

Il fit griller les limandes soles, les réserva, fit revenir les crevettes avec des lamelles d'ail dans du beurre et de l'huile de tournesol additionnés d'un curry cingalais. Il répandit la sauce de crevettes sur les poissons, qui reposaient sur des assiettes chaudes. Puis il blanchit les *okras* dans un bain d'eau bouillante. Quant à Angela, elle avait coupé en deux des tomates cerises. Winter écrasait la purée de pommes de terre tout en buvant un peu de vin. Le jour avait quitté la fenêtre. Le ciel était d'un splendide bleu noir. Sans doute la plus belle teinte de l'année.

Lilly avait tout aimé.

— Même l'*okra*, sourit Angela.

— C'est ce que je préfère dans la cuisine indienne, déclara Winter.

— Hmm.

La petite était sur le point de s'endormir.

Winter se leva, la prit dans ses bras et la porta dans sa chambre. Elle avait exprimé le désir d'avoir sa propre chambre, quelques mois auparavant, et l'avait obtenue, car l'appartement était suffisamment grand. Raison de plus pour ne pas...

Angela était toujours à table.

Winter s'assit et leva son verre de gewurztraminer. Le vin commençait à perdre sa fraîcheur.

— Tu ne risques pas d'accuser le coup demain matin ? fit-elle.

— Je suis déjà fatigué.

— Ce n'est pas une réponse !

— Et j'avais l'intention de me prendre ensuite un petit whisky pour être encore plus fatigué.

— Oui oui.

— Qu'est-ce que tu veux dire avec tes oui oui ?

— Rien, Erik. Ne recommence pas, s'il te plaît.

— Rien ? Ne recommence pas ? Qu'est-ce que tu insinues ?

Il sentait de nouveau un élancement sous le crâne, comme un filet d'acier sur la nuque. Ce n'était plus la migraine. C'était une autre merde.

Angela se leva brusquement et quitta la cuisine. Il resta sur place et vida son verre, puis il le fit tourner dans sa main en se demandant s'il allait le fracasser contre les carreaux au-dessus de l'évier. Il ferma les yeux, reposa le verre sur la table et se leva.

Angela était assise dans le séjour. Il ne distinguait pas son visage. Elle n'avait pas allumé.

— Mon Dieu, Erik ! Ça se soigne.

— Quoi ?

— La migraine bien sûr. Tu n'es pas possible. Je t'ai fait une ordonnance mais tu ne vas pas chercher les médicaments.

— Ce n'est pas de la migraine en ce moment.

— Ça y ressemble.

— À quoi tu le reconnais ?

Elle ne répondit pas. Il ne la regardait toujours pas en face. Il se rassit.

— OK, OK, fit-il.

Elle se retourna dans le fauteuil. Il vit qu'elle pleurait. Il avait l'impression de se comporter en vrai salaud. Un salaud puéril. Il méritait bien ce foutu mal de tête. Viens, ma douleur, reviens sans cesse. Il ne pouvait pas bouger. Il n'aurait même pas pu se lever et s'avancer vers elle pour la serrer dans ses bras. Qu'est-ce qui m'arrive ? Qui suis-je en ce moment ? Facteurs déclenchants : trop ou trop peu de sommeil, une lumière forte ou clignotante, négligence au niveau des repas, certains aliments comme les fromages trop faits, le chocolat, les agrumes ou le vin rouge, les parfums capiteux, les variations météorologiques. Rien de tout cela ! Le téléphone retentit. La sonnerie traversait la pièce de sa stridence. Il sortit dans le hall et décrocha le combiné mural. Ce dernier figurait là depuis des années, avant même qu'Angela n'emménage, avant qu'ils ne fondent une famille. Un téléphone mural, c'était un anachronisme ; et bientôt j'en serai un, moi aussi. Cliché, cliché puéril.

Il n'y avait pas d'écran sur cette antiquité. Il n'était pas inquiet : le numéro faisait partie de ses nombreux numéros secrets.

— Oui, Erik à l'appareil.

— Papa ! Je peux rester dormir chez Clara ?

— Je... je ne sais pas, cocotte.

— S'il te plaît ! Sa maman est d'accord !

— Et son papa, qu'est-ce qu'il dit ?

— Lui aussi, il est d'accord !

— C'est vrai, cette histoire ?

— Bien sûr que c'est vrai !

— Attends un peu. Je vais poser la question à Angela.

— Ah bon, fit Elsa. Pourquoi il faut toujours que tu lui demandes ?

— Je ne le fais quand même pas à chaque fois ?

— Tu ne peux jamais rien décider tout seul !

Il consulta Angela du regard. Elle souriait car elle avait tout suivi. Peut-être en était-il ainsi. Il décidait de tout depuis si longtemps dans son travail qu'il ne voulait rien décider quand il était en famille. À la rigueur, un détail concernant le dîner, mais pas plus.

— OK, fit-il.

— Je peux ?

— Oui.

— Ouiii !

— Et je n'ai même pas demandé à Angela, précisa son père.

Il n'avait bu qu'un seul whisky, un ou deux. Des petits verres. Angela n'avait pas commenté. Mais maintenant, si :

— Tu bois plus qu'avant, Erik.

— Ah bon ?

— Tu ne t'en rendais pas compte ?

— Qui m'a proposé un verre de vin ce soir ?

Silence.

— Je ne bois pas plus qu'avant.

Nouveau silence.

Il lui arrivait de prendre un whisky de plus, mais c'était un bon médicament. Est-ce qu'il avait mal à la tête en ce moment ? Non. Par contre, ça risquait de revenir si elle continuait de râler.

— Plus de whisky pour ce soir, en tout cas. Tu es contente ?

Elle ne répondit pas. Il se rassit.

— Tu veux qu'on se dispute ? fit-elle.

— Comment ?

— On dirait que tu veux faire des histoires.

— Je ne veux pas faire d'histoires. J'ai ma dose au boulot.

— Tu as des problèmes de boulot ?

— Je n'ai pas dit de boulot. Au boulot.

— Excusez-moi, monsieur.

— Qui est-ce qui fait des histoires, là ?

— Moi, je fais des histoires ? reprit Angela.

Il ne répondit pas.

Ils étaient assis en silence. Il entendait le bruit du trafic sur Vasaplats. D'habitude, non. Cela faisait partie des bruits de son monde. De ceux qu'il avait cru ne jamais voir cesser. Mais voici qu'il s'en irritait. Pourquoi les gens ne pouvaient-ils pas rester tranquillement chez eux le soir ? Pourquoi ces cons devaient-ils rouler sous son balcon et s'obstiner à tourner autour de cette place ? Il se releva :

— Je sors.

— Qu'est-ce que tu vas faire ?

— Sortir, je te dis. J'ai besoin d'air.

— Moi aussi, fit Angela en se levant. Plus que toi. Je suis restée enfermée plus longtemps que toi. Je sors un moment.

— Qu'est-ce que tu vas faire ?

Elle garda le silence.

Quelques minutes après, il entendit claquer la porte d'entrée. Lui était resté debout. Paralysé.

— T'étais où ?

Il ne savait pas combien de temps avait duré son absence. Il était allé voir Lilly dans sa chambre, était resté assis un moment à regarder l'enfant dormir d'un sommeil innocent. Était-ce un privilège des enfants ? Peut-être étions-nous tous innocents dans le sommeil. Même lui.

— J'ai fait le tour du quartier, répondit-elle.

— Il y avait du monde dehors ?

— Pratiquement personne.

— Ce n'est pas une bonne idée de sortir seule le soir.

— Je ne suis passée que dans des endroits bien éclairés.

Impossible dans le vieux quartier de Vasastan. Les immeubles étaient trop hauts, trop serrés.

— Alors c'est à moi, dit-il.

— Comment cela ?

— De sortir. Moi aussi, j'ai besoin d'air.

— Mon Dieu, Erik !

Elle fit un pas en sa direction. Ils se tenaient dans le hall, car il sortait de la chambre de Lilly lorsque Angela avait ouvert la porte.

— Comment vas-tu ? Dis-moi la vérité ?

— Très bien, pourvu que je puisse m'aérer un peu.

— Tu ne ferais pas un petit coup de déprime, Erik ?

— C'est quoi cet interrogatoire ? Pourquoi voudrais-tu que je déprime ?

Dehors, l'air n'était pas très sain, finalement. Comme lui-même, sans doute. La déprime, en revanche, il ne connaissait pas. Les gens déprimés ne trouvaient plus goût à rien. Ce n'était pas son style. Pour lui, tout n'était qu'un défi. À chaque jour son lot d'événements passionnants, de rigolade aussi. Il ne passait pas un jour sans rire. Il jouait avec ses enfants, s'ils n'étaient pas déjà couchés quand il rentrait. Il se versait un doigt de whisky une fois que la nuit était bien entamée. Sympa.

Il arriva sur le boulevard Allén, où l'on risquait sa vie tous les jours. Les automobilistes adoraient griller ses feux rouges. En voici un ! Heureusement, Winter n'avait pas traversé au bonhomme vert. Quel con !

Il prit ensuite la rue Raoul Wallenberg qui passait au-dessus du canal, tourna à gauche dans Sahlgrensgata et poursuivit le long des anciens locaux de l'Assistance sociale. Ils avaient été transformés pour devenir l'Institut de formation des enseignants du second degré. Un bâtiment flambant neuf, de l'autre côté de la rue Viktoria. Béton et verre, avec une dominante verre. Il était éclairé comme un aquarium. Certainement tout un symbole.

Le parking était situé sous l'aquarium. Il consulta sa montre : 23 heures. Il entra. La lumière était toujours aussi glaciale. On est en plein film policier, songea-t-il.

Il passa devant des rangées de voitures, tourna à gauche, continua vers l'étage supérieur. Le périmètre de sécurité s'apparentait à un petit camp à l'autre bout de la plateforme. Il n'y avait personne à cette heure-ci. Torsten et ses hommes avaient examiné sols et murs. On avait évacué tous les véhicules, bien sûr. Le corps de la victime aussi. Bengt Sellberg. Winter se tenait devant la tente dressée au-dessus de la scène de crime. Il sortit son portable. Pas de réseau. Il regarda autour de lui. Il y avait quelque chose au coin de son œil gauche. On avait bougé. Bordel ! Derrière un pilier, on avait bougé. Winter sentit le sang lui battre les tempes. Plus question de mal de tête. Il entendit quelque chose, un grattement. Il tenait son pistolet au poing. Il se retourna doucement, comme si ce mouvement prudent pouvait ramener le calme autour de lui. Une silhouette, il avait vu une silhouette ! On l'avait suivi. Il n'avait pourtant perçu aucun bruit de pas quand il se déplaçait entre les piliers de béton.

— Ohé ! cria-t-il. Police !

Sa voix résonnait dans tout l'étage.

— Ohé ! Qui êtes-vous ?

Il savait qu'il n'y avait pas de caméras de surveillance. On n'était pas dans un film.

Là ! Un mouvement derrière un pilier, une silhouette se glissait derrière. Le meurtrier revient toujours sur les lieux du crime. Tôt ou tard. Mais Winter ne comptait pas sur une visite ce soir-là. Il pensait pouvoir réfléchir seul avec lui-même. Réfléchir à beaucoup de choses, pas seulement au boulot. Mais le boulot l'avait rattrapé.

— Montrez-vous !

Quelqu'un courait ! Winter entendit les pas avant de voir quoi que ce soit. Clap-clap-clap contre le sol en béton. Des talons qui claquaient haut et fort, comme sa voix tout à l'heure.

Là-bas !

— Arrêtez-vous !

Un dos, un manteau, on s'éloignait rapidement. Derrière lui, Winter avait les escaliers et l'ascenseur ; plus loin la sortie voitures. La silhouette se dirigeait de ce côté. Winter percevait encore le bruit des pas sur le sol. Bientôt il les entendrait à l'étage du dessus s'il ne faisait rien. Il bondit vers les portes de verre puis monta les escaliers jusqu'au niveau rue du parking. Il respirait lourdement. Non pas sous le coup de l'effort, mais de la tension.

Les portes s'ouvrirent automatiquement et il courut jusqu'à la sortie.

Trop tard. La porte qui donnait sur la Sahlgrensgata avait laissé s'échapper la silhouette. Il se précipita dans la rue. Aucun bruit de pas. L'individu pouvait s'être enfui n'importe où. Winter s'avança de quelques mètres mais il ne vit personne. Il se dirigea vers le canal et regarda s'il n'y avait rien sur l'eau. Non plus. Rien que le noir. Tout à coup, il repensa à son mal de tête. Mais non. Aucune douleur. Il entendait le bruit de sa propre respiration. Son téléphone se mit à sonner. Il avait à nouveau du réseau.

— Oui ?

— Que se passe-t-il, Erik ? (C'était Angela.)

— Comment ? articula-t-il, avec plus de difficulté qu'il n'aurait cru. Ce n'est... ce n'est rien.

— Tu cours ?

— J'ai couru.

Il marcha. Et parla au téléphone. Ringmar n'avait pas la voix ensommeillée quand il l'avait appelé.

— Ce pourrait être cet Ademar, suggéra Winter. L'écrivain.

— Pourquoi ?

Winter garda le silence.

— Mais pourquoi est-ce qu'il a filé ? s'interrogea Ringmar.

— On lui demandera. Dépêche une voiture à Lunden, s'il te plaît. Chez lui. Je n'ai plus de batterie.

— Attends, fit Ringmar avant de disparaître. (Winter entendit sa voix en arrière-fond.) C'est fait. Tu veux que je passe te chercher ?

— Tu n'es pas obligé de te déplacer, Bertil.

— Je n'avais rien de prévu, de toute façon.

— Et Birgitta, qu'est-ce qu'elle fait ?

— Aucune idée.

— Elle n'est pas à la maison ?

— Pas que je sache.

— Vous avez un problème ?

— Je passe devant chez toi d'ici dix minutes. Tu m'attends en bas ?

— Je ne remonte pas, répondit Winter.

La maison de location de l'écrivain était aussi sombre que la demeure du défunt juste à côté.

— Je serais pour qu'on évite de sonner, déclara Ringmar.

— Tu as toujours eu la trouille de te faire engueuler, Bertil, se moqua Winter en sortant de la voiture de son collègue. Il franchit la grille, se dirigea vers la porte et sonna. Il attendit un peu avant d'appuyer de nouveau sur la sonnette.

— Personne, fit-il en retournant à la voiture.

— On visite la baraque tout seuls ?

— Encore ? Bientôt on aura fait tout le quartier comme ça. Ringmar haussa les épaules.

— Je me demande où il a bien pu passer, l'écrivain.

— Pourvu qu'il ne lui soit rien arrivé.

— Tu es inquiet ?

— Pas vraiment.

— Ç'aurait pu être Richardsson, suggéra Winter. Dans le parking.

— Ou n'importe qui d'autre. Un clampin qui passait par là.

— Non. Il me suivait. Il se cachait.

— Tu aurais pu te faire détrousser. Il a dû te prendre pour un richard, un peu gris en plus.

— Là tu as raison, reconnut Winter.

— Il m'a semblé que tu sentais un peu le whisky.

— J'ai eu le temps de dessouler.

— On fait quoi maintenant ?

Winter ne répondit pas. Ringmar répéta sa question. Son collègue paraissait ailleurs.

— Tout se tient, finit-il par dire.

— Quoi donc ?

— C'est ce que j'essaie de me figurer. Il y a un lien entre tout ça, que je n'arrive pas vraiment à trouver. Mais il existe.

— C'est un puzzle, tu veux dire ?

— Oui, je le pense.

— Il nous faut juste retrouver les morceaux ?

— Oui.

— Et s'ils n'existent pas ?

— Dans ce cas, ce n'est plus un puzzle, Bertil, ça s'appelle une énigme.

— OK, qu'est-ce qui va ensemble ?

— On a une bagnole sur le pont d'Älvsborg. Volée. Aucune trace des voleurs. Aucune trace de personne. Les portières ouvertes, le moteur en marche. Pas trace d'un corps dans l'eau.

— D'un cadavre.

— Non, pas de cadavre. Pas avant qu'on ne retrouve Bengt Sellberg la tête trouée d'une balle dans la voiture de Richardsson.

— Qu'il a empruntée.

— Qu'il a effectivement empruntée.

— Et Ademar s'était querellé avec lui un peu avant, fit observer Ringmar.

— Quel rapport ?

— C'est pas toi qui disais que tout est lié ?

— Quoi d'autre encore ? continua Winter.

— La disparition de Richardsson.

— Naturellement.

— Et après ?

— Il faut qu'on discute encore un peu avec Richardsson.

— Si on peut.

— Hmm. Si on peut.

— Il pourrait être une des pièces du puzzle, avança Ringmar. Ça expliquerait pas mal de choses.

— Comme quoi ?

— Le meurtre, bien sûr. Si c'est lui qui l'a commis. Crime passionnel.

— On peut toujours espérer, répondit Winter.

— La dernière chose à quoi on renonce, fit Ringmar.

— Qu'est-ce qui se passe avec Birgitta ?

— Elle en a marre.

— De quoi ?

— De moi, entre autres.

— Oui, ça peut se comprendre.

— On y va ?

Winter, assis sur le siège passager, scrutait la nuit. C'était maintenant formellement la nuit, il était minuit passé. Le trafic se faisait rare sur Skånegatan. Avec ses projecteurs noirs, le stade d'Ullevi ressemblait au grand chantier naval désert, surplombé de grues, auquel la mer avait donné vie, dans le passé. Il pensait à la mer. Au bouquin d'Ademar. Il dit tout haut :

— Elle avait peut-être envisagé de traverser la baie. Décidé de le faire.

Ringmar passait devant les salles de Bergakungen. Le temple de ceux qui vivent par procuration. Lui avait cessé d'aller au cinéma, sauf cas exceptionnel. Mais c'était par paresse.

— Tu parles de qui, Erik ?

— D'une fille. Une fille qui a disparu de la colonie à Brännö. Il y en avait une sur l'île, quand j'étais gamin.

— J'en ai pas entendu parler de cette disparition ?

— Je n'en sais rien, Bertil. Je l'avais presque oubliée moi-même. C'est le projet d'Ademar qui m'y a fait penser.

— Il s'occupe de quoi ? Il écrit sur une disparition ?

— Oui.

— C'était qui, cette fille ?

— Elle était en colonie de vacances. Je n'y suis jamais allé, mais je naviguais parfois dans la baie. Je ne connaissais aucun des enfants ou des jeunes de la colo. Ma famille louait à Tången.

— C'était quand cette histoire ?

— En 75, je dirais. J'avais quinze ans.

— Une disparition, alors ?

— La fille est sortie nager puis elle a disparu. Tu ne travaillais pas encore à Göteborg ?

— Non. J'étais à Södertälje. Sous l'uniforme.

— On ne l'a jamais retrouvée, continua Winter.

— Ah bon ?

— Il y a eu une rumeur comme quoi elle se serait enfuie de la colo. Ça arrivait souvent, bien sûr. Ce n'était pas rigolo comme endroit.

— J'en ai entendu parler. Une sorte de camp d'internement.

— Elle a disparu.
— Pourquoi tu penses à elle, Erik ?
— Ademar essaie d'écrire un bouquin là-dessus.
— Comment tu le sais ?
— Il me l'a dit.
— Alors il doit avoir un certain nombre de réponses.
— Non, pas vraiment.
— Pas de morceaux de puzzle ?
— Ça ressemblerait plutôt à une énigme, Bertil.
— Elle s'appelait comment ?
— Beatrice. C'est tout ce que je sais d'elle.

17.

La brume du matin offrait une certaine protection. Protéger qui ? se demandait Winter, tout en obliquant à la hauteur de la place Sankt Sigfrid. Venant des bois, la brume flottait sur Örgryte, s'infiltrait entre les maisons. En se déportant vers la mer, elle céderait sans doute la place à une très belle journée. C'était dans l'ordre des choses. L'effet de serre... Il y en avait pas mal, des serres, à Örgryte. Goûtez-moi ces tomates ! Voilà ce que j'appelle du potiron, ma chérie.

La villa des Richardsson était située au cœur de ce quartier privilégié. J'ai eu la chance de naître dans une famille privilégiée. Ce qui signifiait beaucoup, maman Siv me l'a bien expliqué quand j'étais petit. Si l'on est de bonne famille, on devient quelqu'un. Je suis quelqu'un sur tout Skånegatan à Örgryte, et même dans d'autres rues de cette ville au centre du monde, bordée par l'océan Arctique.

Winter quitta le cercle enchanté pour actionner la sonnette. Le vantail était orné d'un marteau de porte doré. Le conseiller municipal chargé des questions sociales vivait dans une villa cossue. On avait envoyé des hommes interroger les autres conseillers, mais aucun ne savait vraiment quelles étaient les responsabilités de Richardsson. Ses subordonnés restaient également assez vagues. Un phénomène courant. Si personne ne sait vraiment ce que vous faites, il est plus facile de continuer à faire ce que tout le monde ignore. Vous pouvez ainsi garder les mains libres pendant assez longtemps. On parlait souvent du mépris des Suédois pour la classe politique, mais Winter n'avait pas d'avis tranché sur la question. Il était tenté de penser que les politiciens méprisaient ceux qui les avaient élus, mais il gardait pour lui cette analyse.

Il sonna de nouveau à la porte. Il avait vu bouger quelque chose derrière une fenêtre du second étage, un imperceptible mouvement de rideau.

La porte s'ouvrit sur Berit Richardsson. Elle restait dans la pénombre du hall, à croire qu'elle avait ouvert la porte avec une canne.

— Je peux entrer ? demanda Winter.

Elle ne répondit pas.

— Vous me reconnaissez ?

Elle hocha la tête.

Winter franchit le seuil. La femme s'effaça prestement. Effrayant. Comme si elle s'était sentie menacée, comme s'il arrivait avec le message qui devait bouleverser sa vie. Mais celle-ci l'était sans doute déjà, et depuis longtemps. Winter referma la porte derrière lui. Le hall s'assombrit encore. La femme se dirigea vers la lumière plus loin, le bout d'un tunnel. Winter la suivit. Elle s'était assise sur le sofa du salon. Un jour encore voilé de gris pénétrait par la fenêtre. Winter prit place dans un fauteuil. Berit Richardsson enfouit son visage dans ses mains. La maison était silencieuse. Les enfants devaient être à l'école. Les pauvres ! Leur père faisait l'objet d'un avis de recherche. Comment pouvaient-ils bien se concentrer sur un quelconque travail scolaire ?

Elle releva la tête. Winter remarqua les cernes sous ses yeux : des cercles noirs comme une coulée de mascara dans un maquillage raté.

— Au cas où vous comptiez me demander si Jan a donné de ses nouvelles, la réponse est non.

— Je ne comptais pas vous poser cette question.

— Laquelle alors ?

— Comment vont les enfants ?

— Les enfants ? Que voulez-vous dire ?

— Ils sont à l'école ?

— Oui... et non. Tova est à l'école, Erik n'a pas cours.

— Où est-il ?

— Quelle importance ?

Ce peut être d'une importance très variable, songea Winter. Mais il faut que je laisse ça pour le moment. On y reviendra. Ou pas.

— Avez-vous une idée de l'endroit où Jan pourrait bien se trouver en ce moment ?

Elle eut un rire bref.

— Cela peut sembler idiot comme question, reprit le commissaire, mais je ne sais rien de votre mari. À la différence de vous.

— Que devrais-je savoir ?

Elle parut tout à coup ne rien savoir de plus que Winter sur la vie de son époux.

— Pourrait-il se trouver quelque part ? Dans un endroit particulier ?

Elle ne répondit pas.

— Vous n'avez pas de maison de campagne ?

— Non.

— Des amis ? De la famille ?

— Je ne pense pas qu'ils le cacheraient. Ils m'auraient appelée. Aussi bien la famille... que les amis.

Elle hésita sur ce dernier point. Winter essaya de déchiffrer l'expression de son visage. Il ne devait pas y en avoir tellement, des amis. Richardsson n'aurait pas trouvé refuge de ce côté-là.

— Et s'il n'était plus en vie ? demanda-t-elle à voix basse.

Elle recherchait maintenant le regard de Winter.

— Comment expliqueriez-vous cela ?

— C'est ce que vous pensez ? Vraiment ? Qu'il n'est plus en vie ?

— Qui pourrait... comment dire... qui pourrait souhaiter sa mort ?

— Mon Dieu ! fit-elle. Quelle conversation !

— Quelqu'un a-t-il déjà menacé votre mari ? insista le commissaire.

Elle secoua la tête.

— Ou vous-même ? Votre famille ?

— Non.

— Vous ne voyez rien ? Ce pourrait être n'importe quoi. Une menace même très vague.

— Non.

— Jan a-t-il déjà mentionné une menace ? Un problème avec quelqu'un ?

— Non...

Il y avait une nuance d'hésitation dans sa voix. Soit elle avait posé la question à son mari, soit elle se l'était posée à elle-même.

— Nous nous demandons comment votre mari pouvait connaître Bengt Sellberg.

— Je n'en sais rien.

— Vous ne savez rien de lui ? Si vous y réfléchissez bien, vous n'avez jamais entendu ce nom auparavant ?

— NON !

Elle avait crié. Winter sursauta. Elle se cachait de nouveau le visage dans les mains. Comme si elle avait voulu échapper à tout cela. Mettre la tête sous le sable.

— Non, répéta-t-elle, ouvrant à peine les mains. Vous ne pouvez pas me laisser tranquille maintenant ? Je ne pourrais pas rester seule ?

Elle est déjà venue se réfugier dans cet isolement-là, devina Winter. Elle en a déjà ressenti le besoin. Toute la famille peut-être. Son fils, Erik. Sa fille. De qui ont-ils besoin de se protéger ?

— Avez-vous peur de quelque chose qui aurait à voir avec Sellberg ?

Elle ne répondit pas. Il répéta sa question. Elle secoua la tête, qu'elle avait gardée plongée dans ses mains. Des mains qui tremblaient. Winter eut soudain peur de ce qui pouvait se produire maintenant. De ce qu'il avait pu déclencher. Il se leva rapidement, se dirigea vers la femme et lui toucha l'épaule. Elle tressaillit. Puis elle retira les mains de son visage.

— Partez d'ici.

— Vous ne devriez pas rester seule.

— Erik et Tova ne vont pas tarder à rentrer.

— Vous ne pouvez pas rester seule. Vous devriez appeler un proche. Je peux demander à quelqu'un de venir.

Elle secoua la tête. Impossible de l'obliger à accepter son offre. Mais c'est étrange qu'elle reste toute seule ici. Pourquoi ? Il lui tenait toujours l'épaule. Une épaule chaude. Ou alors ce sont mes mains qui sont froides. Pourquoi a-t-elle si peur ? Il ne s'agit pas seulement de la disparition de son mari. Il y a autre chose. Elle sait quelque chose. Depuis longtemps.

Berit Richardsson esquissa un mouvement. Le regard de Winter glissa malgré lui sur sa poitrine. Il fut tenté de tendre l'autre main et d'essuyer les larmes sur sa joue, mais il lâcha son épaule et se retourna vers la fenêtre. Un visage l'observait. Erik croisa son regard. Dieu sait depuis combien de temps le gamin pouvait être là. Winter leva la main en signe de salut. Le visage s'effaça. Le soleil était enfin apparu. Encore une belle journée en perspective.

Il eut mal aux yeux en sortant de voiture. Il retourna chercher ses lunettes de soleil. La douleur disparut aussitôt.

Halders attendait devant les portes du commissariat.

— Comment ça va, ton mal de crâne ?

— Et toi ? répondit Winter en retirant ses lunettes.

— Pas de problème côté crâne. (Halders passa la main sur sa tête d'œuf.)

— Bien.

— Pas de problème dans aucun domaine.

— Bien.

— Tout va bien, reprit l'inspecteur. Je ne me suis jamais senti aussi bien dans ma vie que par ce beau matin d'automne. Putain, on dirait pas que c'est l'automne. (Il sourit.) Incroyable, tu ne trouves pas ?

— Vraiment, fit Winter.

— Tu as parlé avec Aneta ?

— Pardon ?

— Aneta. Aneta Djanali, notre collègue de la brigade criminelle. La black. Prétend être née à l'Hôpital Est. Ma concubine. Tu as parlé avec elle ? Elle t'a dit qu'elle a quitté la maison ?

— Vaguement, répondit Winter.

— Vaguement ? C'est quoi cette connerie ?

— Elle ne veut pas en parler, Fredrik.

Halders étudiait le ciel. Incroyablement bleu. Aussi incroyable que cette vie épouvantablement fantastique. Winter ne savait plus quoi dire. Ni quoi faire. Devait-il veiller à ce qu'Halders obtienne une mutation ? Il ne voulait pas faire le briseur de ménages après toutes ces années, mais les choses ne tenaient peut-être plus qu'à un fil.

— Elle a raison. Y a rien à en dire, déclara Halders.

— Fredrik...

— Je sais ce que tu vas me dire. Mais je suis professionnel, et elle aussi.

— Ce n'est pas ce que j'allais dire.

— Quel mot débile d'ailleurs, professionnel.

— D'accord avec toi, sourit le commissaire.

— Comme s'il fallait s'arrêter de cogiter. On n'est pas des machines.

— Parfois, c'est l'impression que ça me donne, soupira Winter.

— Moi non. Mais, de temps en temps, j'aimerais bien en être une. De machine.

— Qu'est-ce que tu fais ce soir ?

— Co... je suis à la maison. J'ai quand même deux gosses à charge. Pourquoi ?

— On devrait sortir un soir. Juste le temps de prendre un verre.

— Toi et moi, tu veux dire ?

— Oui.

— Bon Dieu, Erik, tu m'as déjà proposé un truc comme ça ?

— Je n'en sais rien. Sûrement.

— Pas que je m'en souvienne.

— Alors, qu'est-ce que tu en dis ? Tu trouveras une baby-sitter pour une heure ou deux ?

— Je peux demander à Aneta, fit Halders en éclatant d'un rire hystérique.

La sonnerie du téléphone retentit au moment où Winter rentrait dans son bureau. Le signal résonna dans le vide, comme si l'on avait déménagé les meubles pendant son absence. Un écho à longue distance. Mais il n'y avait pas grand-chose à déménager. C'était une pièce à usage professionnel. En dehors de cette sphère, il n'y avait qu'un lavabo et le Panasonic qui venait de passer les dix dernières années par terre, à jouer pendant qu'il travaillait.

— Winter.

C'était le standard.

— Un anonyme a cherché à vous joindre plusieurs fois.

— Quand ?

— Hier, et la veille aussi.

— Combien de fois ?

— Deux fois.

— Ce n'est pas rare, fit observer Winter.

— Non. Mais puisque vous me demandez.

— Oui. Merci.

Il raccrocha. Pour la plupart, les appels anonymes étaient renvoyés dans les brancards au niveau du standard. Mais il voulait savoir. Ce pouvait être intéressant, une fois sur des millions.

Le téléphone sonna de nouveau.

Winter se trouvait dans le saint des saints de la brigade technique, un lieu qui exerçait sur lui une certaine fascination. Son intuition, son expérience, son habileté d'enquêteur pouvaient le mener assez loin, mais elles avaient leurs limites. Il était obligé de collaborer avec les techniciens, de plus en plus à mesure que leurs méthodes évoluaient. Les techniques de recherche fondées sur l'ADN progressaient de mois en mois. Peut-être aurons-nous au moins un temps d'avance, pensait-il. Un criminel de plus qui ne nous échappera pas. Qui aura été rattrapé par son passé.

Torsten Öberg pointa du doigt des photos sur la table lumineuse :

— Le tireur se tenait près de la portière. Dehors.

Winter hocha la tête.

— Combien de coups de feu ? demanda-t-il.

— Quatre, lui montra Öberg. Là, là, là et là.

Nouveau hochement de tête.

— On dirait là aussi du 9-mm, continua l'expert. Un Tokarev.

— Bien sûr, il va falloir s'y habituer, commenta Winter.

— Ça fait un moment qu'on s'y habitue. Concernant cette maison, il nous reste quelques incertitudes. (Il regarda son collègue.) Mais trois séries de tirs en si peu de temps, ça m'interpelle. Des voitures impliquées, chaque fois de manière différente. La même voiture à deux reprises. Et la même personne, Sellberg.

— Quant aux balles ?

— Elles sont parties au Labo central, signala Öberg comme pour lui-même. Ils vérifient les éraflures.

Winter hocha de nouveau la tête. Ces éraflures résultaient du frottement de la balle dans le canon : la balle tournait sur elle-même à travers les cannelures et ce que le Labo central pouvait découvrir, c'était s'il s'agissait du même schéma, si plusieurs balles avaient été tirées avec la même arme.

In your dreams, songea-t-il.

*

John Coltrane jouait *Resolution*. Winter écoutait l'album *A Love Supreme* depuis son retour de chez Öberg. La musique faisait corps avec la pièce. Avec lui-même. Il examinait les photos qu'il avait sous les yeux : la voiture solitaire sur le pont ; la maison de Sellberg ; le cadavre de Sellberg dans la voiture de Richardsson ; de nouveau la voiture sur le pont. Elle avait un propriétaire, mais il n'avait rien à voir avec tout ça. À voir... Winter n'était sûr de rien en ce qui concernait Roger Edwards. Si la voiture avait été volée, c'était sans doute dans un but bien précis. Atteint, ou pas. Si la voiture n'avait pas été volée, elle était néanmoins en rapport avec tout ce qui allait se passer. Avec ces personnes, ces événements, ce crime. La victime. Ou les victimes. Il y en avait peut-être d'autres. Il y avait peut-être quelque chose là-dessous qui expliquerait ce pont, cette maison, ce parking, ces voitures. S'il avait bien appris une chose dans ce métier, c'était que la scène de crime n'était presque jamais choisie au hasard. Il reprit son examen. La lumière sur les photos du pont était étonnamment belle. La photographe de l'équipe technique les avait prises aux premières lueurs de l'aube. Elle se débrouillait bien, Erika Djurberg. Elle aurait pu gagner un prix comme photo-reporter. Il s'attarda plus longuement sur l'un des clichés : le pont n'en était qu'un détail. À l'arrière-plan, on voyait la grue portique de Västra Eriksberg ; la ligne des gratte-ciel à l'horizon, comme une utopie moderne ; le soleil naissant à l'est qui commençait à se glisser entre le verre et le béton et façonnait des reliefs coupants en noir, rouge et or ; et puis l'eau noire du fleuve ; enfin, le pont, magnifique. Une image d'une élégance brute. Winter en frissonnait presque, dans la sécurité de son bureau. La photo recelait des profondeurs abyssales. Il ne pensait pas à la hauteur sous le pont, mais à un autre abîme. Un abîme caché à l'arrière-plan. De l'autre côté du pont, le fleuve se jetait dans la mer. L'embouchure n'apparaissait pas sur la photo, mais elle était bien présente. La mer, l'archipel, au nord, au sud. Winter songeait aux îles de l'archipel sud. Brännö. La colonie sur Brännö. Il l'avait vue de loin dans sa prime jeunesse, comme on contemple une institution, un camp de prisonniers. Il n'était qu'un frêle adolescent, ignorant quelle serait sa place dans ce monde, ou dans un autre. Il avait alors rêvé d'autres mondes. Oui, probablement, mais il ne se rappelait pas lesquels sur le moment, et ça l'irritait. Il cligna des yeux et fixa de nouveau son regard sur le pont.

On devrait se rappeler ce genre de choses, un pas en avant dans la vie adulte, comme on se souvient de son premier jour d'école. La vie recommençait plusieurs fois, plus ou moins tard dans la vie, et ces rares occasions, on devait s'en rappeler. Tout le reste n'était pas si important, ce qui arrivait ensuite, surtout quand on vieillissait, quand tout se figeait lentement. Il le sentait bien. Il n'avait pas besoin de lever les mains, de faire rouler ses épaules. Il avait encore des forces, mais les mouvements se figeaient lentement. Combien de fois vivrait-il encore l'instant qu'on doit se rappeler ? Il ferma les yeux. Lorsqu'il les rouvrit, le soleil avait monté d'un cran dans le ciel de la photo.

Christer Tiger étudiait la liste des personnes qui détenaient une autorisation de stationnement au parking de la rue Nordenskiöld. Un abonnement en fonction des places disponibles, plus exactement.

La liste lui était parvenue quelques minutes avant le déjeuner. Façon de parler : il sauterait sans doute le déjeuner. Il dînerait tard ce soir. Trente personnes, ça faisait pas beaucoup mais c'était pas non plus gigantesque, comme parking. Et puis c'était pas donné. Fallait encore ajouter ceux qui s'étaient garés là par hasard, pour deux trois heures. Mais autant commencer par prendre le premier nom sur la liste. Une liste par ordre alphabétique. Premier Aare, deuxième Ademar, etc.

Des promenades sans fin à travers la ville, sous un ciel profond. Il ne se rappelait pas avoir vu le ciel aussi bleu avant. Était-ce un bleu d'automne ? Il aurait pu rêver là-dessus pendant des heures. Un dérivatif. Un soulagement de penser que là-haut, tout n'était pas aussi minable, miteux et insignifiant que dans le monde ici-bas. Quoiqu'on arrivait à l'effet contraire. En y pensant, on finissait par tout trouver minable ici-bas.

Il suivait les berges du fleuve en direction de l'est. Il arriverait bientôt à la jetée. Il avait du mal à savoir s'il devait le faire ou pas.

On allait lui demander une nouvelle contribution.

Il avait cru qu'ils le tueraient. Mais il leur était encore utile.

Il sentait le soleil sur son visage. Il s'engagea sur la jetée.

18.

Ringmar entra sans frapper et prit une chaise de l'autre côté du bureau. Winter lui tendit l'une des photos :

— Qu'est-ce que cette chose-là peut avoir à nous dire ?

— De quoi tu parles ?

— De cette scène. Ce motif. Cet événement.

— Un événement ?

— On laisse sa voiture volée sur le pont d'Älvborg, le moteur en marche, et on disparaît. Ça ne fait pas événement ?

— Tu as dit *sa* voiture volée ? s'étonna Ringmar.

— Quand on vole une bagnole, on la considère comme son bien.

— Ah !

Winter reposa les photos. Laissons là l'esthétique.

— Sellberg a sans doute fauché la bagnole, reprit Ringmar. Au hasard. Je parle de celle de Richardsson, bien sûr. Notre politicien n'a pas l'air fiable. Il peut très bien avoir menti en disant qu'il la lui avait prêtée.

— Pourquoi ?

— Le plus sûr moyen de prendre la tangente. Ils étaient peut-être en conflit.

— Hmm.

— Si ça se trouve, Richardsson n'est même plus de ce monde, continua Ringmar. Elle en pensait quoi, sa femme ?

— Rien. Mais ça ne signifie pas qu'elle ne sait rien.

— Elle sait quelque chose ?

— Que le mari tramait quelque chose.

— Peut-être que Richardsson avait une relation avec Sellberg, suggéra Ringmar. (Il consulta sa montre.) Bergenhem doit être en train de parler avec ses collègues à l'heure qu'il est.

Pas encore. Bergenhem traversait la place Gustav Adolf. Le roi tendait la main entière, comme d'habitude, en direction du fleuve. Göteborg était la fierté du roi, mais elle avait été construite par des ingénieurs hollandais, la même bande qu'à Jakarta. Il avait lu ça quelque part. Il n'était jamais allé en Indonésie, mais ce serait peut-être une bonne destination. Tout quitter... pour un endroit où il retrouverait quasi instantanément le centre-ville.

Est-ce que je pense différemment des autres ? s'interrogeait-il en montant les escaliers. De ces gens normaux que je croise tous les jours ?

La secrétaire de Richardsson le reçut dans son petit bureau. Elle paraissait méfiante, voire apeurée, oui, apeurée. Bergenhem avait senti les regards le suivre dans les couloirs de la mairie. Ils étaient tous au courant, bien sûr. Mon Dieu, ici ! Chez nous ! Dans quoi Jan peut-il bien être impliqué ? Où est Jan ?

— Je ne sais rien, commença-t-elle par dire.

— Je ne vous ai encore posé aucune question.

— C'est terrible.

Elle leva la main droite vers sa gorge et se mit à triturer son collier comme un chapelet.

Elle doit au moins connaître sa propre identité, se dit Bergenhem, en lui posant la question.

— Lena Jarlert. (Même en prononçant son nom, elle gardait cet air apeuré.) Je n'apparaîtrai pas dans le journal, n'est-ce pas ?

— Je ne suis pas journaliste, répondit Bergenhem.

— Mais dans... le rapport, comment dit-on ? Votre... rapport ? Si les journalistes le lisent ?

— Il est classé secret.

Une bonne expression dans les circonstances présentes. Elle parut rassurée.

— Jan Richardsson a-t-il déjà évoqué une quelconque menace ?

— Non.

— Paraissait-il sous le coup d'une menace ?

— Je ne comprends pas...

— Paraissait-il nerveux ? Inquiet ?

— Non.

— Il n'a rien dit à ce sujet ? Ces derniers temps...

— Non, jamais.

— Son comportement avait-il changé ces derniers jours ? Ce pourrait être n'importe quoi. Le moindre détail qui vous vient à l'esprit.

— Non, je ne l'ai pas beaucoup vu. Il n'était pas souvent là.

— Où était-il donc ?

Elle garda le silence.

Il répéta la question.

— Je ne peux pas tout savoir, fit-elle.

Un commentaire assez surprenant.

— Que voulez-vous dire ?

— Je prends ses rendez-vous, mais pas tous.

— Auriez-vous une liste à me montrer ?

Elle se pencha pour prendre une chemise, sur le haut d'une petite pile.

— Je m'apprêtais à l'archiver.

— Vous pourriez m'en donner des photocopies ?

— C'est indispensable ?

— Oui.

Une fois Ringmar sorti de son bureau, Winter se leva, se dirigea vers l'appareil et remit le CD de Coltrane. Au moment où il se redressait, le mal de tête le frappa comme un coup de massue. Le fin rayon de lumière qui filtrait de la fenêtre lui brûla le lobe frontal. Ce n'était plus censé se produire. Il prenait des médicaments contre la migraine. Il était allé les chercher, il avait commencé le traitement. Il n'avait donc pas la migraine. Il le savait bien ! Il avait quelque chose de plus grave, mais ils n'arrivaient pas à trouver quoi. C'était typique d'une maladie vraiment grave : elle n'existe pas au stade initial, personne ne trouve rien, tous les tests sont négatifs.

Les battements se firent progressivement plus faibles dans sa tête. Quoi ? Sa vue s'était brouillée un instant. La rivière de l'Hospice se faufilait tel un bandeau de brume entre les bâtiments de brique jaune. Les arbres du parc figuraient des silhouettes noires qui remuaient à la périphérie de son champ visuel. Il ferma les yeux et le monde devint rouge. Il les rouvrit et tout était toujours rouge. Il entendit de nouveau frapper dans sa tête, non, c'étaient les oreilles, ce n'étaient pas des coups, mais une sonnerie qui retentissait derrière lui.

Winter recula d'un pas pour s'écarter de la fenêtre et c'est alors qu'il reconnut la sonnerie du téléphone. Il ne ressentait plus aucune douleur. Cette dernière l'avait quitté aussi vite qu'elle était venue, comme l'un des rayons de soleil étincelant au dehors. Il retourna à son bureau et souleva le combiné.

— Oui ?

— Oui… c'est Jacob Ademar.

— Où étiez-vous ?

— Comment ça ? J'étais parti.

— Où ?

— Eh bien, je suis parti faire quelques recherches. Pour le bouquin. Quel est le problème ?

— Avez-vous déjà essayé de me joindre ? Dans les dernières heures ?

— Non…

— Vous étiez chez vous cette nuit ?

— Non.

— Où êtes-vous en ce moment ?

— En route pour Sto…

Et sa voix se perdit dans un grondement. Ademar était assis dans le train pour Stockholm.

Winter rappela et tomba sur un message enregistré. Il n'y avait cependant pas encore de quoi faire activer le signal d'alarme.

Nouvelle sonnerie.

— Oui ?

— Il y a une femme en bas qui voudrait te voir.

C'était l'accueil

— Son nom ?

Winter perçut des voix à l'arrière-plan. La policière revint au téléphone :

— Elle dit s'appeler Sellberg. Marie Sellberg.

— Je descends tout de suite !

La femme attendait à l'accueil, debout près d'un beau sofa en Skaï. Winter lui tendit la main.

— Erik Winter.

— Marie Sellberg.

Le même nom de famille. Pas de bague aux doigts. Elle avait son âge, autour de quarante-cinq ans, elle était grande, le visage maigre, les cheveux blonds, et rien chez elle ne rappelait son frère. Mais Winter n'avait vu que son masque mortuaire.

— Qu'est-ce qui s'est vraiment passé ? demanda-t-elle.

— Montons dans mon bureau, fit-il.

— Mais de quoi s'agit-il ?

— Par ici, lui répondit Winter avec autant de douceur que possible.

Elle ne dit rien durant tout le trajet en ascenseur, puis jusqu'au bureau, se contentant de fixer les murs de brique. Elle sait, songea Winter. D'une façon ou d'une autre, elle a réussi à savoir.

Il lui offrit la chaise en face de son bureau. Elle lui parut inutilement lourde tout à coup.

— Voulez-vous boire quelque chose ? Une tasse de café ?

Elle secoua la tête :

— Pouvez-vous me raconter ?

Winter ne lui en dit pas plus que nécessaire. Elle n'avait pas l'air de le croire.

— Toutes mes condoléances, finit-il.

Elle le regarda comme s'il se moquait d'elle. Elle avait tressailli en entendant ces derniers mots.

— Merci d'être venue, ajouta-t-il.

Elle eut un imperceptible hochement de tête.

— J'ai entendu sur le répondeur qu'il était mort.

— Oui.

Ils avaient réussi à savoir que Sellberg avait une sœur. Les parents étaient décédés. La sœur vivait à Göteborg. Möllerström avait appelé mais personne ne répondait.

— J'étais en voyage, expliqua-t-elle.

Winter hocha la tête.

— Vous êtes sûrs que c'est lui ?

— Oui.

— Je n'ai pas besoin… de l'identifier ? À la morgue, je veux dire ?

— Non, non.

Winter vit son regard se diriger vers le Panasonic par terre. Il détonnait dans cette pièce.

— Je ne l'utilise pas ici, fit-il en désignant l'appareil.

Elle ne commenta pas.

— Je voudrais que vous me parliez de votre frère.

— Que dois-je vous dire ?

— Quand est-ce que vous l'avez vu pour la dernière fois ?

— Il y a un bout de temps.

— C'est-à-dire ?

Elle garda le silence.

— Quand l'avez-vous vu pour la dernière fois ?

— Je ne m'en rappelle pas.

— Cette semaine ? La semaine dernière ? Le mois dernier ?

— L'an dernier, répondit-elle.

19.

Bergenhem traversait de nouveau la place, mais il ne voyait plus le roi. Il avait dû quitter son socle pour entrer dans l'un des cafés le long du port. Il n'y en avait pas autant à l'époque. Quel supplice d'être figé sur son socle. Tiens ! il était remonté dessus. Le roi tendait le bras en direction de l'inspecteur, comme s'il cherchait à lui montrer la voie. Bergenhem tâchait de se représenter son propre avenir, mais il n'y parvenait pas. Il suivit la rue du Port Nord, traversa le pont, dépassa le restau de poissons Fiskekrogen, poursuivit le long de la résidence du préfet en direction du fleuve, traversa le boulevard Oskar qui ne se ressemblait plus depuis qu'on avait construit le tunnel de Göta. La rumeur du trafic s'était enfin tue. Les riverains pouvaient enlever leurs masques à gaz. Longeant le fleuve et les péniches à quai, Bergenhem marcha vers l'ouest jusqu'aux rues turbulentes de Rosenlund. L'eau du fleuve se confondait avec le ciel dans une même teinte. Le Rapido l'attendait. Il venait à peine de monter à bord que le petit ferry larguait les amarres. Il resta sur le pont aux côtés d'une fille avec un vélo. Sans doute une étudiante, à peine vingt ans. Elle a encore toute la vie devant elle, songea-t-il. J'espère qu'elle le sait. Moi j'y ai cru, à son âge j'y croyais. J'espérais rencontrer quelqu'un avec qui partager ma vie, et c'est ce qui m'est arrivé, peu de temps après. Mais je n'y crois plus. Peut-être n'y ai-je jamais vraiment cru. Il vit le quai des Docks surgir au-devant du bateau. L'espace d'une seconde, il crut que le Rapido allait se fracasser contre la jetée de pierre, mais il ralentit et glissa vers l'appontement. La fille débarqua son vélo puis elle l'enfourcha et s'éloigna du côté de Sannegårdshamn. C'était Halders qui disait vouloir être réincarné en selle de vélo pour dame. Mais ça devait faire un moment. On aurait presque regretté.

Il était gagné par l'âge, comme eux tous. La fatigue peut-être. On perdait la haine. *You're losing all your highs and lows, ain't it funny how the feeling goes.* C'étaient les Eagles, *Desperado*, un groupe de la côte ouest. Côte ouest pour côte ouest, sourit Bergenhem en traversant la place Eriksberg, avant de continuer sur le quai des Machines. Les bâtiments s'arrêtaient là. Plus pour longtemps : on construisait à un rythme effréné. Il voyait les pylônes du pont d'Älvsborg au-dessus de Färjenäs. Le pont semblait grimper vers le ciel. Bergenhem entra chez Sushi et s'installa à l'une des tables. Il était le seul client. Une femme aux traits asiatiques vint lui apporter un menu. Bergenhem refusa d'un geste qui signifiait : désolé, j'attends quelqu'un.

Marie Sellberg ne voulait pas voir le corps de son frère. Elle croyait Winter sur parole. Il ne surprit aucune larme dans ses yeux. Ce qui ne voulait rien dire.

— Il avait sûrement des ennemis, fit-elle.

— Pour quelle raison ?

— C'était quelqu'un d'agressif.

— Comment cela ?

— Eh bien... il devenait fou furieux, tout simplement. Pour un rien. Il ne se contrôlait pas, comme on dit.

— Savez-vous avec qui il a pu se quereller ?

Elle éclata d'un rire bref et dur.

— Il y a eu pas mal de gens.

— Et ces derniers temps ?

— Je ne sais pas. Ça fait un an que je ne l'ai pas vu.

— Pourquoi se mettait-il à ce point en colère ?

— Je ne suis pas psychologue.

— Vous avez bien dû y réfléchir.

— Ça doit remonter à notre enfance.

— Ah bon ?

— On a morflé, je peux vous dire.

Winter garda le silence. Il attendait qu'elle poursuive. Il entendit le grondement d'un hélicoptère dans le ciel, derrière la vitre.

— Notre père nous battait.

Winter hocha la tête.

— Et notre mère ne faisait rien pour l'empêcher. (Marie Sellberg tourna son regard vers le commissaire. Jusque-là, elle avait fixé la fenêtre, le ciel bleu, la lumière du soleil, toute cette beauté dehors.) Elle n'osait pas. Elle n'avait pas le courage. Je ne sais pas. Je ne lui ai pas pardonné. Je ne sais pas pourquoi je vous dis tout ça.

— C'est moi qui vous le demande.

— Il nous... violait. Mon père.

Winter hocha de nouveau la tête.

— Ce n'est pas la première fois que vous entendez ça ?

— Non.

— On n'avait personne pour nous défendre, Bengt et moi. On était tout petits. Mais... on n'a pas pu continuer à se voir après. On n'y arrivait pas.

Winter lisait la douleur sur son visage tandis qu'elle parlait. Il y avait en elle une blessure qui jamais ne se refermerait. Aucun remède à cela. Si, la parole, mais seulement dans une certaine mesure. Elle s'était renfermée derrière une palissade qu'elle avait dressée d'elle-même, depuis sa plus tendre enfance. Non, son enfance n'avait rien eu de tendre. Elle lui avait été volée et parmi les criminels qu'il pourchassait, si Winter en haïssait certains, c'étaient bien les voleurs d'enfance.

— Où sont vos parents aujourd'hui ?

— Ils sont morts, tous les deux. Dieu merci. C'est ma seule joie dans cette vie.

*

L'hélicoptère bourdonnait toujours au-dessus du centre de Göteborg. Winter ignorait pourquoi. Il se promenait tout seul dans le parc du commissariat. La sonnerie de son portable retentit.

— Je suis arrivé, lui dit la voix dans l'appareil.

— Ça doit faire un moment.

— Qu'est-ce que vous vouliez ?

— Sellberg s'est fait tirer dessus et vous quittez la ville.

— J'étais assigné à résidence ?

— Non. Mais je vous avais demandé de vous tenir à disposition pour d'éventuelles questions.

— Vous pouvez y aller.

— Où êtes-vous ?

— Dans ma chambre d'hôtel.

— Je vous rappelle dans quelques minutes. Le nom de l'hôtel, le numéro de chambre ?

— Hôtel Stockholm. Chambre 189.

— OK.

— Vous ne me faites pas confiance ? s'étonna Ademar.

— Je ne veux pas parler dans un portable plus que nécessaire. À cause des ondes.

— Vous vous moquez de moi ?

Mais Winter avait déjà raccroché. Il regagna le commissariat et prit l'ascenseur. Il pensait à Marie Sellberg. En sortant de son bureau, elle avait l'air d'être seule au monde. Il ne restait plus qu'elle. La mort violente de son frère ne l'avait aucunement réjouie. Elle était une digne représentante de cette tragédie qu'est la vie. Winter s'était senti abattu après son départ. Une sensibilité qui ne faisait que s'accroître avec les années. Il se mettrait bientôt à pleurer en pleine audition. Le monde est trop méchant. C'étaient toutes ces pensées qu'il s'efforçait de chasser dans la solitude du parc, tout à l'heure. De faire s'envoler en même temps que la fumée de son cigare. Les Corps, c'était quand même quelque chose à quoi se raccrocher.

Il composa le numéro de l'hôtel d'Ademar et attendit d'être mis en relation.

— Oui ?

— Vous avancez dans votre bouquin ?

— Comment ça ?

— Je m'y intéresse.

— Pourquoi ?

— Rien d'étonnant : l'affaire date d'avant moi, mais c'est toujours gênant pour la police, une disparition non élucidée.

— Ça n'arrive pas couramment ? demanda Ademar.

— Non. Ça arrive, mais la plupart du temps, les gens finissent par donner de leurs nouvelles. Ou par être retrouvés, d'une manière ou d'une autre.

— Ce n'est peut-être pas un mystère, suggéra Ademar.

— Que voulez-vous dire ?

— C'est peut-être un puzzle.

— Intéressant, fit Winter. J'utilise parfois la même image. L'essentiel, dans un puzzle, c'est de trouver toutes les pièces.

— Ce n'est pas forcément suffisant.

— Qu'est-ce que vous cherchez à faire ? Réunir tous les morceaux ?

— Je ne sais pas. Vraiment pas. On ne peut jamais savoir s'ils existent tous.

— Vous en avez trouvé combien ?

— Pas beaucoup.

— Alors votre livre n'est pas très avancé ?
— Non.
— Est-ce un livre purement documentaire ?
— C'est-à-dire ?
— Je ne sais pas, reconnut Winter.
— Si vous pensez qu'il ne doit s'appuyer que sur des faits réels, alors c'est un document. Mais il n'y a pas beaucoup de faits. Je me demande encore si ça ne deviendra pas un roman.
— Je comprends.
— Bien.
— Avez-vous un lien avec cette colonie ? reprit le commissaire. Ou avec Brännö ?
— Vous voulez dire personnellement ? Non...
— Pourquoi ces recherches sur le sujet ?
Ademar garda le silence.
— Avez-vous consulté le rapport d'enquête ? continua Winter.
— Non, pas encore.
— Je peux y jeter un coup d'œil.
— Pourquoi ? Vous avez le temps de faire ce genre de chose ? Avec un meurtre à élucider ?
— Peut-être pas tout de suite. Mais... je ne sais pas. Cette affaire m'intéresse.
Quelque chose lui disait qu'il devait s'intéresser à cette disparition. Un pressentiment, une intuition. Quelque chose d'impossible à justifier de façon rationnelle, et qui relevait sans doute de l'ordre de la fiction plus que du document.
— Mais j'ai un lien avec... fit Ademar après une longue pause.
— Oui ?
— Beatrice était ma sœur.

Halders et Aneta Djanali s'évitèrent jusqu'à ce que ça devienne impossible. À savoir dans la voiture d'Aneta, en rentrant de chez Sellberg. Ils dépassèrent le carrefour dont l'une des branches menait à la maison d'Halders. Celle d'Halders et d'Aneta, comme ils avaient pris l'habitude de le dire ces dernières années. Combien d'années avaient-ils vécu ensemble dans cette maison ? Trois ? Quatre ? Il avait oublié. Il préférait éviter d'y penser.
— Qu'est-ce qui se passe ? demanda-t-il.

Elle ne répondit pas.

— Je veux que tu me répondes.

— Je ne sais pas, Fredrik.

— Je ne peux pas me contenter de ça.

— Qu'est-ce que tu veux que je te dise ?

— Dis QUELQUE CHOSE bon sang !

Elle sursauta au ton de sa voix. Elle sentit que la voiture faisait une embardée sur la chaussée et s'agrippa plus fort au volant.

— Calme-toi, Fredrik.

— Tu crois que ça m'amuse, cette histoire ?

— Pourquoi est-ce que je croirais ça ?

— Si tu veux déménager, aie le courage de le dire ! Et de le faire ! Mais te tailler le soir sans rien dire...

Elle ne dit rien.

— Qu'est-ce qu'ils en pensent, d'après toi, Hannes et Magda ? Hein ? Qu'est-ce qu'ils en pensent ?

— Je... j'y réfléchis, Fredrik.

— Ah bon ?

— Laisse-moi juste un peu de temps, fit-elle.

— Du temps pour quoi faire ? J'ai pas la patience d'attendre. Tu me connais. Non, sûrement pas. Je croyais. Tu le croyais aussi. Arrête la bagnole.

— Quoi ?

— Arrête-toi.

Elle freina et se gara sur le bas-côté. Juste devant une petite aire de jeu. Trois gamins se balançaient, chacun sur sa balançoire. Leurs rires traversaient les vitres. Halders ouvrit la portière, sortit, claqua la portière derrière lui et se mit à marcher sans dire un mot. Sans se retourner non plus. Je ne peux pas partir comme ça, conclut-elle.

Sur la route de Långedrag, Winter longea l'école de Hagen ; il prit ensuite à droite la rue Krokeback, puis tourna à gauche dans la rue Fullriggare et continua en direction de Hagen. Ces rues le ramenaient à son passé. Il avait eu droit à une enfance heureuse. Personne dans sa famille ne l'avait maltraité. Sa vie avait commencé sous de bons auspices. Il gara la Mercedes devant la maison de son enfance. Sa grande sœur Lotta l'occupait encore avec les filles, même si Bim vivrait bientôt sa propre vie. En ouvrant la grille, Winter se demandait pourquoi ses visites étaient si espacées.

Lotta comptait beaucoup pour lui. Ses filles aussi. La maison, c'était différent, pour une raison qui lui échappait. C'était une belle bâtisse de crépi blanc que Bengt et Siv avaient achetée une fois qu'ils avaient été à l'aise financièrement. Ils avaient décidé de quitter Kortedala pour se rapprocher de la mer. De fait, dans son enfance et son adolescence, Winter en avait beaucoup profité. L'été, la famille louait une maison dans l'archipel. Il avait vécu sur les rochers pour ainsi dire. Ses parents avaient possédé un voilier, lui jamais. Étonnant, sans doute. Il aurait dû s'acheter un bateau, comme il aurait déjà dû faire construire sur leur terrain de Billdal.

La porte s'ouvrit avant même qu'il n'atteigne le perron.

— Erik !

Elle l'embrassa.

— Je n'ai pas tout de suite reconnu ta voix au téléphone.

— Elle est bien bonne !

— On ne s'est pas vus depuis l'an dernier ?

— Si pour toi un mois, ça fait un an.

— Je vois plus Angela et les filles que mon propre frère.

— Qu'est-ce que tu veux !

— Mais entre donc. Tu prends du café ?

— Pourquoi pas ?

— Ou un whisky ?

— Est-ce que j'ai l'air d'avoir envie d'un whisky ?

— Je n'en suis pas sûre. Café donc. Ce sera de l'instantané : la machine à espresso est en panne.

— Tu ne dois pas l'utiliser assez souvent.

— Je sais, mais Bim et Kristina ont arrêté le café. Comme la viande. Les œufs. Et le lait. Mais surtout les espressos.

— Et les cappuccinos ?

— Espresso plus lait : c'est tout aussi nocif.

— Mon Dieu ! Où sont-ils ? Il faut que je leur parle.

— Ils ne sont pas encore rentrés de l'école.

Winter consulta sa montre. L'après-midi était bien avancée. La nuit commençait à tomber. Le ciel plongeait en lui-même pour se faire d'un bleu plus profond. Il voyait dans le jardin les vieux pommiers et les poiriers dont les branches s'étiraient de tous côtés. Il se rappelait encore l'endroit où son père avait accroché la balançoire.

— Tu devrais faire tailler les arbres, Lotta.

— Tu ne m'avais pas promis de t'en charger ? Au printemps, non, en février dernier.

— J'étais en Andalousie. Tu devrais le savoir : vous nous avez rejoints pendant les vacances scolaires.

— Alors c'était l'année d'avant.

— Je te le fais en février prochain.

— J'ai parlé avec maman.

— Oui, elle m'a appelé, moi aussi. Elle avait envie de revenir au pays.

— Pour un petit bout de temps, compléta Lotta. Elle peut habiter chez moi. Pas de problème.

— Bien.

— Elle doit se sentir isolée.

Il hocha la tête.

— C'est absurde, reprit-elle, rester toute seule dans son ghetto de Nueva Andalucia quand elle a sa famille ici, à Göteborg.

— Elle espère sans doute qu'on déménagera tous en Espagne.

— Oui. Vous, vous êtes en bonne voie !

— Non. L'hiver dernier, c'était une exception qui ne se reproduira pas. Pas avant un moment.

— Exactement ce qu'elle veut entendre : « Pas avant un moment » !

— C'est une expat'. Une autre race que toi et moi, Lotta.

Sa sœur éclata de rire.

— Je prépare du café.

— Tu m'as l'air un peu fatigué, Erik. Excuse-moi de te le dire.

— Ça ira mieux dans un an ou deux.

— Tu plaisantes ?

— Pas complètement. C'est le poids des responsabilités. Birgersson est parti à la retraite. Je dois m'occuper de toute la brigade maintenant.

— Ce n'est pas ce que tu as toujours fait ?

Il s'abstint de répondre.

— Vous êtes combien dans votre bureau ? Votre brigade, je veux dire.

— Cinquante-huit personnes.

— Combien de femmes ?

— Je... laisse-moi réfléchir... je ne sais pas. Vingt-cinq pour cent. Disons trente.

— Kristina parlait d'entrer dans la police, l'autre soir.

— Végétarienne et policière ? sourit Winter. C'est une combinaison inédite.

— Elle plaisantait peut-être.

— Dissuade-la en tout cas. Ce métier ne risque pas de devenir plus facile. Et puis il y a trop de psychopathes à l'École supérieure de la police.

— C'est la thèse officielle de la police ?

— C'est la mienne.

— Pourquoi tu n'arrêtes pas tout de suite ?

Il fit tourner sa tasse dans sa main en regardant le lait se mélanger au café en poudre. Il venait de mordre dans une brioche à la cannelle décongelée au micro-onde. Une brioche maison, mais qui brûlait la langue et qui s'émiettait après être restée dans le four quelques secondes de trop.

— J'aime toujours mon travail, répondit-il.

— On ne dirait pas à t'entendre.

— Je ne voudrais pas en faire un autre.

— Tu le détestes, ce boulot.

— On peut aimer et haïr en même temps.

— Ça me rappelle mes relations amoureuses.

Ce fut au tour de Winter d'éclater de rire.

— Comment ça se passe avec le père de tes filles ?

— Toujours aussi dingue. On a reçu une carte de Noël, venant d'Australie cette fois.

— Elles n'ont pas envie d'aller le voir ? De lui parler sérieusement ?

— Sérieusement ? Qu'est-ce que tu veux dire ?

— Pour le mettre dos au mur, pardonne-moi le cliché. Il a négligé ses gamines quand elles étaient petites et bientôt elles seront assez grandes pour le lui dire en face.

Elle ne répondit pas. Il devinait qu'elle y avait déjà pensé. Ce moment-là viendrait. Nécessairement. Elle aurait dû agir autrement. Le père aussi. Mais il était trop tard.

— J'ai tâché de leur éviter cette impression, fit-elle.

— On a peu de chances d'y échapper dans leur situation.

— Je ne suis pas sûre de comprendre, mais si Bim ou Kristina commencent à en parler sérieusement, j'essaierai de faire quelque chose.

Il hocha la tête et but une gorgée de café. L'obscurité gagnait maintenant très vite la pelouse. Les couleurs s'effaçaient. La vieille cabane de jeux sous la haie devenait grise. Il y avait souvent passé la nuit, tout comme les filles de Lotta, et les siennes. Bim et Kristina jouaient le rôle de grandes sœurs pour Elsa et Lilly. Il arrivait qu'elles ne veuillent plus partir. Il était bon pour leur construire des cabanes une fois rentré à la maison. Un parquet bien poncé, ça valait le gazon.

Ils restaient assis dans la pénombre, goûtant la tombée de la nuit. Les traits du visage de sa sœur s'estompaient. Ses pensées lui échappaient.

21 h 40

Elle les avait vus débarquer. Il leur avait fallu du temps pour amarrer le bateau à moteur. Le vent soufflait un peu plus fort, les vagues argentées s'écrasaient sur la coque.

Elle en reconnut deux.

Elle se rappelait son nom, à celui-là. Il était plutôt mignon. Il lui décocha un sourire. Étincelant, comme la surface de l'eau. Un éclair. Un éclair dans un ciel bleu, songea-t-elle. Le ciel était d'une pureté incroyable et d'un bleu plus foncé qu'une heure auparavant.

Ils étaient maintenant devant elle.

Celui qui l'avait accompagnée jusque-là commença à descendre vers le bateau.

— Ohé ! fit-elle.

Il ne se retourna pas.

Elle s'apprêtait à le suivre.

— Attends un peu, dit le beau gosse.

— Comment ça ?

Aucun des autres gars ne bougeait. Lui, il lui avait fait un signe d'interdiction avec la main. Sans la toucher. Mais ce bras tendu, c'était une barrière invisible.

— Je ne veux plus rester là. J'ai froid.

— Il n'y a pas de quoi avoir peur, lui lança un autre.

— Peur de quoi ?

Aucun ne répondit. Elle voyait de dos celui qui descendait vers le bateau. L'engin était ballotté par les vagues. Le clapotis lui parvenait aux oreilles. Il y était presque maintenant. Elle aurait voulu le rejoindre. Quitter ce bout de rocher à bord du bateau. Partir aussi loin que possible de la Tête de Cheval, jusqu'à l'autre bout du monde. Il suffisait de continuer tout droit, on y arrivait vite à cette latitude.

Tout à coup elle comprit. Comment n'ai-je pas compris avant ? Je ne suis pourtant pas idiote.

Mais non, ce n'est pas possible. Non. Je les connais, ils me connaissent. Deux d'entre eux en tout cas. Je crois que j'ai déjà vu les autres. Ils sont passés à la colo. Pour l'un d'eux, j'en suis sûre. Il était venu réparer quelque chose, avec son marteau.

Elle regarda le beau gosse qui avait élevé la main. Il n'avait pas l'air méchant. Il avait toujours la main tendue, comme offerte à la tiédeur du vent.

L'un des autres gars fit un pas en avant. Il avait les cheveux blonds. C'était lui, le type au marteau. Il en tenait un dans la main !

Le beau gosse quitta sa position et lui saisit brutalement le bras comme avec une grosse corde.

20.

Bergenhem le vit arriver de l'autre côté de la vitre. Il avait dû tourner à l'angle du quai des Machines. L'inspecteur jeta un regard circulaire dans la salle. Elle avait commencé à s'emplir. Mais qui pouvait se soucier d'eux ?

L'homme franchit la porte. Il l'avait aperçu par la baie vitrée, lui aussi. Il tendit les bras, comme pour une accolade.

— Pas ici, Samuel.

L'autre sourit :

— Tu ne pouvais pas trouver plus original comme formule ?

Bergenhem se rassit.

La serveuse revint à la charge. Elle pouvait passer pour nipponne. C'était la première fois qu'il se rendait dans un restaurant japonais. La vogue avait pourtant déferlé sur la Suède depuis un bon moment et les sushis étaient devenus presque aussi courants que les saucisse-purée, mais Lars avait un problème avec le poisson cru. Sur ce point, il était loin d'être tendance. Poisson cru, riz collant, algues poisseuses, il ne comprenait pas qu'on puisse apprécier. Surtout le saumon cru. On en avait déjà plus qu'assez sous toutes ses formes préparées.

— Qu'est-ce que tu prends ? demanda Samuel.

— Il y a autre chose que des sushis ?

La Jap lui tendit la carte. Il ne bougea pas un cil. Samuel s'en saisit.

— Du cuit, précisa Bergenhem.

— Tu es vexant.

— Tu trouves ?

Il regarda la jeune femme. Elle souriait. Samuel consulta rapidement la pochette recouverte de plastique luisant rouge et blanc.

— Prends un *maguro no teriyaki*.

— C'est quoi ?

— Du thon grillé. Revenu dans une sauce de soja et de vin japonais.

— Du thon à la poêle ? C'est pas cru au milieu ?

— Bien sûr que si, c'est immangeable sans ça.

— Je préfère éviter.

Samuel rendit la carte à la serveuse :

— Un sushi medium et un yakitori.

— C'est-à-dire ? fit Bergenhem d'un air méfiant.

— Brochettes de poulet grillé. OK ?

— Si elles sont bien cuites.

— Même ici, tu peux être tranquille.

— Bien.

— Qu'est-ce que tu bois ?

— De l'eau minérale. Plate.

Samuel commanda la même chose, et la jeune femme s'éloigna.

— Alors comme ça, tu ne manges pas de sushis ? Tu ne survivras pas longtemps dans le monde gay avec un pareil handicap.

— Je ne compte pas y vivre. Encore moins y survivre.

— Ah bon ?

— Tu as quelque chose pour moi ?

Samuel jeta un œil à l'activité des chantiers de construction de l'autre côté de la rue. On aurait dit qu'une cité entière allait sortir de terre. Ici devait se développer une ville nouvelle, séparée du vieux Göteborg par le fleuve. Peut-être évoluerait-elle mieux que la première.

— Richardsson n'est pas un inconnu, déclara Samuel, le regard toujours rivé sur les pelleteuses et les grues de chantier.

— Il me semblait bien.

— Sur l'autre, j'en sais nettement moins.

— Sellberg. Son nom, c'est Sellberg.

— Je ne peux pas te dire s'ils étaient ensemble ; ceux que j'ai interrogés non plus.

— Combien tu en as interrogé ?

— Autant qu'il y en a pour répondre à des questions, répondit Samuel en ramenant les yeux vers Bergenhem.

— Tu as déjà dû le rencontrer, ce Richardsson, non ?

— Tu me fais une crise de jalousie, Lars ?

— Pas du tout.

— Et toi, tu l'as déjà rencontré ?
— Comment ça ?
— Tu l'as peut-être croisé. Tu vois ce que je veux dire.
— Ta gueule.
— Tu veux que je la ferme ? Je croyais que tu avais besoin d'infos.
— Ferme-la et crache-moi l'info.
— Ça s'appelle faire le ventriloque.
— Revenons à Richardsson. Qu'est-ce que tu sais sur lui ?
— Il aime les garçons.
— J'avais cru comprendre.
— Les très jeunes garçons.
— Sellberg n'est pas vraiment un ado.
— Ils avaient peut-être un business ensemble.
— Un business ? De quel genre ?
— Tu ne peux pas te faire une idée tout seul ?
— On a fait des recherches sur ce vieux vicelard, répliqua Bergenhem. Il ne figure pas dans nos registres. Rien de louche non plus dans ses ordis. Et les patrouilles de quartier ne le reconnaissent pas.
— Vous avez déjà eu le temps de vérifier ?
— Oui.
— Eh bien, je ne sais pas, fit Samuel en jetant un regard à la serveuse.
De derrière le comptoir, elle lui sourit avec un hochement de tête.
— Aucun de tes potes n'a la moindre idée de l'endroit où il peut être ? reprit Bergenhem.
— Pour l'instant, aucun.
— Je pense qu'il est quelque part en ville.
Samuel leva son verre d'eau.
— On fait un break chez moi après le déjeuner ?

*

Sa sœur n'avait toujours pas allumé. Mais il connaissait bien cette cuisine. Lotta avait changé le frigo et le congélateur, la cuisinière et le four, mais il aurait pu se promener à l'aveugle entre ces murs.
— Dans le temps, on aimait bien rester assis à cette table, dit-elle d'une voix qui résonna inutilement fort dans la quiétude du soir.
— Comment ça ?

— On laissait venir la nuit. Toi et moi. Au moins une fois par semaine, on attendait que le jour tombe, sans allumer.

— On était calmes à ce point ?

— Apparemment.

— J'avais oublié.

— Vraiment ?

— Il... me semble. Je ne me rappelle pas grand-chose de cette époque-là. Ça m'ennuie. Je devrais. Sûrement.

— Toi qui te souviens de tout d'habitude.

— C'est peut-être un problème au cerveau.

— Un problème ?

— J'ai parfois sacrément mal au crâne. Ça vient et ça repart tout seul.

— Ça dure depuis longtemps ?

— Quelques mois.

— Non ? Qu'est-ce qu'elle en dit, Angela ?

— On... elle croyait que c'était la migraine. J'ai des médicaments. Mais ça m'a l'air d'être autre chose.

— Tu m'inquiètes vraiment.

— Ce n'est pas une tumeur.

— Comment tu le sais ?

Il ne répondit pas.

— Mon Dieu ! Et tu ne m'avais rien dit ! Tu en as parlé à maman ?

— Non. C'est rien.

— Ah vous, les hommes ! Bien sûr qu'il y a quelque chose, sinon tu n'aurais pas mal.

— C'est juste le stress. Personnellement je ne me sens pas stressé, mais le cerveau fait parfois sa petite crise.

— Ce genre de choses, ça peut conduire à un accident vasculaire, ou à une congestion cérébrale.

— Merci.

— C'est toi qui as commencé à en parler. Je ne peux pas rester indifférente, tu comprends bien.

— Comment on y est arrivés ?

— C'est toi qui me l'as dit. Que tu avais peut-être un problème au cerveau.

— J'avais oublié.

— Tu me fais marcher, Erik ?

— Juste un peu.

— Et pour le mal de tête ?

— Non.

— Il faut que vous fassiez quelque chose.

— Il n'y a rien à faire. C'est rien. Ça va passer.

— Quand ?

— Si je le savais, j'y serais déjà. À quand ça remonte, la dernière fois que tu as eu des nouvelles de Benny ? demanda Winter.

Il ne distinguait plus le visage de Lotta. Elle était assise trop loin de la fenêtre et l'éclairage de rue était faible. On était dans un vieux quartier isolé de la ville. Les gens d'ici préféraient se faire oublier et vivre comme dans l'ancien temps.

— Je ne veux pas parler de lui, répondit-elle. Tu le sais très bien. Je ne veux plus jamais entendre son nom.

Benny Vennerhag. L'un des vétérans de la pègre à Göteborg. À la haute époque, les gangsters étaient des Suédois, des Polonais parfois. La sœur de Winter avait eu une liaison avec Benny. C'était avant les enfants, bien sûr. Mais lui n'avait pas oublié. Il avait commis un impair envers elle qu'il ruminait depuis lors et qu'il tenait à réparer. Leur histoire avait duré quelques années avant que Lotta n'y mette fin. Cependant Benny n'en avait pas fini avec elle. Il avait tout de même cessé de lui envoyer ses « messages », comme il disait. Winter avait dû lui casser la figure dans sa propre piscine, manquant de le noyer, sept à huit ans auparavant. Ils étaient à la recherche d'Halders, kidnappé par d'autres gangsters. Benny avait au moins une petite idée de ce qui s'était passé. Maintenant encore, il pouvait savoir quelque chose sur Sellberg et Richardsson. Sur l'arme du crime. D'après les renseignements de Winter, il était encore très introduit dans le Milieu à Göteborg. Une sorte de parrain à la suédoise. Winter ne l'avait pas revu depuis cet épisode musclé. Il savait que Benny avait régulièrement affaire à la police, mais il avait pris soin de se tenir à distance de cette vieille connaissance. Voici qu'il s'intéressait de nouveau à lui.

— J'aimerais assez lui parler, déclara-t-il en espérant avoir bien amené le sujet.

— Tiens-moi à l'écart de tout ça.

— Naturellement.

— Tu penses avoir... accès à cette crapule grâce à... moi. Je n'aime pas ça, Erik. Tu ne peux pas éviter de le voir ? Fais-le pour moi. C'est vraiment nécessaire que tu le revoies ?

— Si je le fais, je ne prononcerai même pas ton nom.

— Tu crois qu'il pourra s'en empêcher, lui ?

Juste à ce moment-là, ils entendirent s'ouvrir la porte d'entrée. Une voix pénétra comme un rayon de lumière dans la pénombre de la cuisine :

— Oncle Erik !

Le vent soufflait doucement sur Saltholm. Il avait marché depuis Långedrag, en remontant la rue de Saltholm où vivaient les riches. Gamin, il aurait fait ce trajet à la course, avec les vives enjambées de celui qui s'élance vers la vie. Désormais, il avait à peine la force de marcher. À quoi bon ? N'importe lequel de ces types qui le croisaient en voiture pouvait faire partie de ses ennemis. Il était cerné. L'ennemi avait gagné sur lui. Quoi qu'il fasse, il était battu.

Il attendait le ferry. Encore un quart d'heure avant le départ. D'autres personnes attendaient de pouvoir quitter la terre ferme. Il tâcha de ne pas les regarder. On ne le reconnaissait pas, apparemment. Il jeta un regard circulaire. Ce n'est pas de la paranoïa quand on est vraiment pourchassé. Son regard se projeta au-delà de la baie, vers l'île, dont il distinguait le sommet. Cela faisait des années qu'il n'avait pas fait l'ascension. Petit, il avait l'impression d'être au sommet du monde une fois là-haut.

Il embarqua et prit l'escalier qui montait vers le pont supérieur. Personne. Le ciel au-dessus de lui était aussi bleu qu'en plein été, plus bleu même. Le ferry largua les amarres et glissa le long du chenal. Les mouettes tournoyaient au-dessus de sa tête. Il vit une silhouette, debout sur les rochers, à sa gauche. Un homme. Ce dernier leva la main. C'est moi qu'il salue, frémit-il. C'est un signe. L'homme restait posté sur le rocher, le bras en l'air. Il ne lui rendit pas son salut. Le bateau prit de la vitesse. Il sentait le vent dans ses cheveux. On se serait cru en pleine mer, sauf que la vraie mer commençait plus bas, au sud de Vrängö. Il avait envisagé de s'installer là-bas, fut un temps. De s'éloigner le plus possible, sans quitter complètement la ville. Mais c'était avant. Quand il avait encore le choix.

Il sentit vibrer son portable contre sa poitrine. Il ne l'avait pas entendu sonner. Il ne voulait pas l'entendre. Mais il était obligé de le porter.

— Oui ?

— T'es où ?

— Nulle part.

— J'entends un bruit de moteur.

— Pas moi.

— Un moteur diesel de bateau. Tu vas là-bas, c'est ça ?

Il garda le silence.

— C'est la première fois ? Depuis cette fois-là, je veux dire.

Nouveau silence.

— C'est pas ça qui t'aidera.

— Qu'est-ce qui pourra m'aider ? répliqua-t-il.

Il avait presque crié ces mots. Il y était un peu obligé. Il avait sans doute crié. Personne ne pouvait l'entendre. Dans le sud de l'archipel, personne ne t'entend crier.

— On n'en a pas fini, lui dit la voix au téléphone, une voix clairement audible. Tu n'imaginais pas que c'était fini, n'est-ce pas ?

*

Les camions se présentèrent à l'heure dite. Ils prenaient les rues de derrière pour rejoindre les entrepôts. Il s'étonnait chaque fois qu'elles existent encore, ces rues. On se serait cru dans l'ancien temps, celui du chantier naval. Quand il accompagnait le paternel. Gamin, il avait pris ces rues avec lui. Il s'en rappelait. Il devait construire des bateaux, comme papa. Ils travailleraient ensemble. Papa serait toujours là.

Il leur faudrait environ une heure pour décharger. Il voulait être sur place ce soir, il ne savait pas vraiment pourquoi. Il se sentait nerveux. Peut-être parce qu'avec un ciel dégagé comme ça, il ne ferait jamais complètement noir. Mais c'était pas nécessaire, vu que personne ne viendrait les chercher par ici. Ça l'étonnait parfois. Ils auraient pu se faire repérer. Mais la police ne se baladait pas dans le coin. Trop évident peut-être. Et trop risqué. Les portes glissèrent. Il gara la voiture à l'intérieur, mit pied à terre et jeta un regard circulaire. Il régnait une odeur de poussière et de fer qui lui rappelait son enfance. Il était juché sur les épaules de son père. Fer, poussière et feu. Des flammes gigantesques. Un boucan du diable. Un millier d'hommes bossaient ici à la sueur de leur front. Un truc qu'il n'avait jamais fait. Il se l'était juré. Il ne travaillerait jamais pour cette société de merde, pour ce pays de merde. Il travaillerait contre eux. Il se rappelait le type qui était venu chez eux de la part de la direction. Il était assez grand pour voir que le type les méprisait. Il ne pardonnerait jamais. Il se vengerait, à sa manière. Il avait plutôt bien réussi.

Personne ne causait. Les paquets luisants volaient pour ainsi dire sous la blancheur des néons. Quinze vingt gars, deux trois visages inconnus.

— Content, Tiger ?

Il sursauta presque. Il ne l'avait pas entendu s'approcher, trop occupé à suivre l'opération.

Il répondit d'un hochement de tête.

— On sera prêts d'ici un quart d'heure.

— Bien.

— Tu me rejoins à l'hôtel ?

— Non.

— Et cette bagnole ?

— Quelle bagnole ? (Il se retourna. L'autre avait le sourire aux lèvres, c'était juste une blague. Il n'appréciait pas trop.) J'ai pas de problème avec ma bagnole.

— Tu l'as retrouvé, le type qui s'est fait la malle ?

— Pas encore.

— Bonne chance.

— C'est pas une question de chance.

En rentrant de Hagen, Winter se disait qu'il aurait bien parlé avec Lotta de deux ou trois choses encore ; le temps lui avait manqué pour le faire. Ou alors il avait tellement hésité qu'à la fin il était devenu trop tard.

Mais il ne rentra pas directement. Il continua tout droit sur Sprängkullsgata puis il tourna à droite dans Allén. Il dépassa Heden, le stade d'Ullevi et remonta vers Lunden. Le ciel au-dessus de lui était bleu clair, traversé de nuages noirs. Une vraie soirée d'automne.

Il se gara devant la maison de Sellberg. Sur la droite, à la hauteur du petit bosquet, la bande-police renvoyait des reflets bleus et blancs. Les experts n'avaient pas encore abandonné le site, mais il ne pensait pas qu'on y ferait d'autre découverte. Une douille, c'était déjà bien. Winter alla se placer devant l'arbre. C'était de là que les coups étaient partis. On apercevait la rue, la maison et les arbres du jardin derrière. Il sortit son Sigsauer et le leva pour viser. Il espérait ne pas avoir de public. Il lui manquait un détail dans sa ligne de mire : l'écrivain, Jacob Ademar. S'il avait vraiment assisté à la scène. C'était peut-être faux : mensonge ou fiction. Winter baissa son arme. Pourquoi Ademar aurait-il inventé tout ça ? Pour se protéger ? L'avait-il trop vite laissé s'échapper ? Non, il n'avait pas disparu. Bien sûr, il était à Stockholm, mais ça restait dans le pays. Même si les gens de la capitale voyaient ça autrement... Winter rangea le pistolet dans son étui à l'épaule et traversa la rue. La maison était couverte de cette bande-police qui lui donnait l'air d'être parée pour une grande occasion : mariage, baptême... pour des funérailles plutôt. Quand quelqu'un meurt, la police vient poser des guirlandes bleues et blanches.

Il remonta l'allée jusqu'à la maison. Une fois sur le perron, il hésita. Winter n'avait jamais vu Sellberg vivant. Un type irascible, mais qui avait cherché une forme de paix ici. Pour échapper à ses démons peut-être. Ça ne l'avait guère aidé en tout cas.

Il avait emporté les clés de la maison. Il ouvrit la porte et pénétra dans un grand hall qui conduisait à une vaste salle de séjour donnant sur le jardin. Le faisceau de sa lampe-torche entamait largement l'obscurité régnante. Il poursuivit. Tout était silencieux. La rue était si écartée qu'on se serait cru dans une ferme isolée au fin fond de la campagne.

Tout à coup, la sonnerie de son portable déchira le silence.

— Oui ?

— Bonsoir, ici une représentante de ta famille.

— J'entends ça.

Il avait baissé le faisceau de sa lampe, braqué maintenant sur ses chaussures. Il s'achèterait une nouvelle paire à l'occasion de leur escapade à Londres. Il emmènerait Steve chez son chausseur de Mayfair. Son collègue se paierait une bonne tranche de rire à défaut de godasses. Personnellement, il ferait sa commande. Le confort plantaire, c'était trop important pour se contenter de chaussures anonymes.

— Tu es où, Erik ?

— Dans une maison vide et sombre. La maison du mort, pour tout dire.

— Sympathique.

— Je ne tarderai pas à rentrer.

— Je t'attends depuis une heure.

— Excuse-moi.

— Les filles n'en pouvaient plus, je les ai fait manger.

— On en aura d'autres, des soirées ensemble. Dès demain.

— Mais tu auras toujours de nouvelles « visites » à faire.

— J'ai eu comme... tu vois.

— Une intuition ?

— Oui.

— Qui te disait ?

— Que je devais passer ici. Chez Sellberg. Celui qui s'est fait tuer.

Il s'abstint de préciser qu'il s'était fait donner les clés au commissariat. Même si ça relevait déjà de l'intuition.

— Pourquoi ce besoin de te rendre sur place ?

— Je... je ne sais pas encore.

— Bonne nuit, Erik.

Elle raccrocha. Il contempla l'appareil qui finit par cesser de luire. Il le rangea dans la poche de sa veste et releva sa lampe-torche. Pourquoi ce besoin de venir ici ? Parce qu'il restait trop de questions autour de cette maison. Si l'on avait voulu tirer sur Sellberg... pourquoi avoir d'abord envoyé ces tirs d'avertissement contre la façade ? Winter ne pensait pas que ces tirs étaient destinés à Ademar. Pas à ce moment-là. Pas encore ? Était-il impliqué le moins du monde dans cette affaire ? Non, sinon qu'il habitait la maison voisine. Il avait dit vouloir déménager, mais ce n'était pas encore fait. Peut-être la mort de Sellberg avait-elle suffi à le tranquilliser. La mort de l'autre. On aurait dit un titre de polar. Il fallait qu'il tuyaute Ademar là-dessus. Quoique... Ademar n'écrivait pas de polar, mais des docudrames. Il écrivait sur la mort, la vraie. Sur sa sœur.

Le commissaire s'attarda dans la cuisine. Ça sentait quelque chose. Il n'avait rien remarqué en entrant dans la pièce, à part une vague odeur de poussière, de froid. Mais il flottait comme un relent... Winter fit glisser le faisceau de sa lampe le long des murs...

Une porte venait de s'ouvrir dans la maison !

Il faillit laisser tomber sa lampe. Le faisceau dessina des zigzags jaune pisseux sur les murs de la cuisine.

Il se rua dans le hall. La porte d'entrée était fermée. Il sentit un filet d'air lui passer sur le visage. Dans la pénombre, il distingua un rectangle plus clair au fond du séjour. Il braqua sa lampe-torche dans cette direction : la porte-fenêtre donnant sur la terrasse battait sous l'effet du vent. Ça commençait à souffler dehors. Winter n'avait pas senti de courant d'air en arrivant. Il l'aurait bien vu, si une porte avait été ouverte. Il se précipita dans le séjour et franchit la porte qui donnait sur la terrasse. Il balaya la zone plusieurs fois de suite avec le faisceau de sa lampe, mais n'aperçut que des arbres, des buissons, une pelouse, un bout de ciel. Rien d'autre. Il s'arrêta et s'efforça de retenir son souffle pour mieux écouter. Un bruit de pas ? Là, dans la rue ? Bon sang, mais bien sûr que oui ! Il courut sur la gauche et contourna la maison. Il vit sa voiture, garée sous un morne réverbère. Une silhouette se découpait à quelque distance de là. Elle avait déjà atteint le bosquet d'arbres qui couronnait la butte.

— Ohé ! Ohé, arrêtez-vous ! Police !

C'était évidemment inutile. L'individu qui se trouvait dans la maison savait bien qu'il y avait pénétré et se doutait sûrement qu'il était un policier. Ensuite, personne ne s'arrêtait sur un ordre de la police à moins d'y être contraint.

Winter courut à la poursuite de la silhouette. Des villas bordaient la rue des deux côtés. Il choisit la gauche, sauta par-dessus une haie, se retrouva de l'autre côté du bosquet, qui ne faisait qu'une centaine de mètres carrés. D'autres villas s'étageaient sur la butte en descendant vers la ville. Leurs lumières composaient comme un ciel étoilé. Il eut beau tendre l'oreille, il n'entendait plus rien. Cela devenait difficile de distinguer un bruit dans la rumeur confuse du trafic urbain. Le bosquet isolait le flanc nord de ce grondement. L'inconnu lui avait échappé, Winter le savait. Il poursuivit néanmoins son chemin en arc de cercle autour du petit bois. Il sortit son portable et composa le numéro du commissariat central. Il était essoufflé et ressentait des tiraillements dans les mollets. Très mauvais de ne pas faire d'échauffement avant l'effort. Quelqu'un avait pris ses quartiers dans la maison du mort. Encore un bon titre pour un polar : *La Maison du mort*. Il résuma les faits au collègue de garde, puis il composa un autre numéro.

— Ringmar.

— Je viens de courir un deux cents mètres haies.

— Quelle heure il est ?

Ringmar avait une voix ensommeillée. Déjà couché ? Winter consulta sa montre. Oh là !

— J'ai trouvé quelqu'un chez Sellberg.

— Tu es là-bas ?

— Un type qui vient de se tirer.

— Ah merde ! C'est louche !

— Tu n'aurais pas bu, Bertil ?

— Si. Alors tu dis...

— Il cherchait à se cacher, à mon avis.

— Étonnant. Un cambrioleur ?

— Peut-être. Ou un meurtrier.

— Ou alors un politicien.

— Voire une seule et même personne, glissa Winter.

— Richardsson ? Mais pourquoi choisir précisément la maison de Sellberg ?

— Il n'avait peut-être pas le choix, Bertil.

Winter repensait à cette odeur qu'il avait sentie dans la maison. Un relent de peur. Une vague odeur de sueur froide.

21.

Les deux collègues étaient debout devant le bureau de Winter. Ringmar l'avait rejoint au commissariat. Il évitait de plus en plus la position assise : problème de dos, tassement de vertèbres, à force de rester assis derrière sa table de travail. Mais c'en était fini : ils restaient désormais tous les deux debout.

— Tout semble montrer que Sellberg a été tué un peu avant minuit, annonça Ringmar. Le rapport d'Eva dit que c'est non seulement possible, mais probable.

— Il aurait pu sortir juste après.

— Le meurtrier ?

— Non, la victime, bien sûr !

— Tu veux dire avant la fermeture des portes ? continua Ringmar sans sourciller. Ouais, à moins qu'il ait fracturé la porte. Mais on n'a aucune trace d'effraction.

— Avec une clé, suggéra Winter.

— Faudrait voir avec l'entreprise de gardiennage.

— On n'a pas déjà vérifié ?

— Bien sûr que si ! sourit Ringmar.

— Et du côté des propriétaires de voitures ?

— Tu n'as pas lu les rapports, Erik ?

— Je pense à haute voix.

— Ça m'arrive aussi. OK. Nous avons soixante-douze places payantes au niveau supérieur, plus une place réservée pour l'Institut Pédagogique et deux places handicapés. Au niveau inférieur, cent vingt et une places. On peut aussi laisser sa bagnole à la journée, à condition que le parking ne soit pas complet. En ce moment, ça concerne cinquante-sept personnes, qui paient un abonnement de mille cinq cents couronnes par mois.

Winter hocha la tête.

— Pas de réaction, Erik ?

— À quoi ?

— Le prix : mille cinq cents couronnes la place de parking.

— Ce n'est pas si terrible, à mon avis.

— On ne vit pas dans le même monde ! Ils ont ouvert l'an dernier. Bon, t'es peut-être déjà au courant. Et il n'y a pas de caméras de surveillance.

— Ce qui ne fait pas notre affaire, enchaîna Winter.

— Le législateur estime qu'il faut nous laisser un peu de boulot.

— Oui, mais ça nous simplifierait la tâche qu'on généralise la télésurveillance.

— Ce serait mortel, répliqua Ringmar. D'un ennui mortel.

Winter approuva d'un hochement de tête. On perdrait tout le sel du métier. Il repensait à ce slogan qui l'avait poussé à entrer dans la police : *Deviens flic : Vois les dessous du monde*. Une caméra aurait déjà tout vu.

— Sur les cinquante-sept personnes qui détiennent un permis de stationner, poursuivit Ringmar, trente-deux avaient leur voiture au parking cette nuit-là. J'ai parlé avec Möllerström avant de passer ici et il m'a confirmé qu'on les a déjà tous auditionnés. Bien entendu, aucun ne sait quoi que ce soit.

— Aucune bagnole en rade ? Un pauvre type qui aurait laissé passer les douze coups de minuit ?

— Non.

— Dommage.

— Rien, à part la caisse de Richardsson. Et Sellberg.

— Qui pouvait bien m'espionner ? s'interrogea Winter en s'étirant le bras comme pour un salut romain. (Il se sentait ankylosé.)

— *Morituri te salutant*, fit Ringmar.

— Ne plaisante pas là-dessus, répondit Winter en rabattant le bras. (Il leva la main et se massa le front un court instant.)

— Ça te fait mal ?

— Seulement quand je pleure.

— Bien.

— Je suis sûr qu'on me suivait.

— Pourquoi ?

Winter ne répondit pas. Il écoutait les cris de mouettes derrière les vitres. Des rires de mouettes. Durant toutes ses années d'enfance et d'adolescence sur les rochers, dans le sud de l'archipel, jamais il n'avait rencontré de mouette pleureuse.

— Pourquoi selon toi, Erik ?

— Il voulait me voir.

— Pour quoi faire ?

— Il avait un message. Un message en rapport avec tout ça.

— Il ne voulait pas te tirer dessus ?

— Non, il aurait pu le faire.

— Qu'est-ce que tu entends par « tout ça » ?

Winter garda le silence. Voici qu'il entendait une sirène dehors, comme une plainte. Elle annonçait des ennuis pour quelqu'un.

Il se tourna vers Ringmar.

— Tu te rappelles ces coups de téléphone anonymes qu'on a reçus, tous les deux ? Quelqu'un cherche à nous joindre.

— Une personne en rapport avec le meurtre ?

— Oui, et avec le reste.

— Pure intuition.

Winter restait silencieux.

— Pure intuition, répéta Ringmar.

— Non...

— Le meurtre aurait à voir avec le reste ? Avec quoi exactement ?

— Les tirs contre la maison, voire les tirs sur le pont, répondit Winter en consultant sa montre. Torsten devrait recevoir des nouvelles du Labo central cet après-midi.

— Hmm.

— Dans ce cas, ça dépasserait le stade de l'intuition, sourit Winter.

— Il y a quelque chose d'effrayant dans cette histoire, déclara Ringmar.

— C'est-à-dire ?

— On voit que tu n'as jamais rencontré Bengt Sellberg. Dommage.

— Pourquoi ?

— Il était bizarre, ce type. Je ne comprends pas comment il a pu se mettre en pétard contre son voisin.

— Continue.

— Ce n'était pas vraiment son genre. J'ai eu l'impression qu'il jouait la comédie.

— D'après sa sœur, il avait du mal à se contrôler.

— Il jouait un rôle, reprit Ringmar comme s'il n'avait pas entendu son collègue.

— Pour qui ?

— Pour nous.

— Mais on n'était pas sur les lieux quand il a menacé Ademar.

— On n'a pas assisté au spectacle.

— OK, c'était du théâtre. Ou alors un puzzle, suggéra Winter.

— Non, non, ce n'est pas si simple.

— Un puzzle compliqué.

Il entendit à nouveau crier les mouettes. Elles aussi, elles avaient été trompées par cet été indien. Il pensa aux rochers, à la mer, au soleil. Il lui faudrait bientôt s'offrir une petite escapade dans l'archipel.

— Parmi les pièces visibles, il y a Richardsson et Sellberg, reprit Ringmar. L'un a disparu, l'autre est mort. À moins qu'ils ne soient tous les deux morts.

— Non.

— Si tu le dis.

— Nous n'avons toujours pas réussi à déterminer les relations exactes entre Jan et Bengt, constata Winter.

— Tu les appelles par leur petit nom ?

— Juste cette fois.

— Déterminer s'ils sont pédés, c'est ça ? Et amants ?

— Oui.

— On y travaille, mais dans ces cas-là, c'est toujours motus et bouche cousue.

— Je sais, Bertil.

— Tu t'imagines le scandale.

— De quoi il vivait, Sellberg ? demanda Winter.

Il se dirigea vers le lavabo à l'autre bout de la pièce, ouvrit le robinet et se regarda dans le miroir tout en se lavant les mains – un réflexe quand il réfléchissait. Il avait les yeux rougis : manque de sommeil. Comme n'importe quel parent d'enfants en bas âge. Sa femme était jeune et forte et lui-même n'avait pas atteint la cinquantaine. En plus, il avait limité le whisky cette semaine.

Il se retourna :

— Sellberg ne travaillait pas. Il ne touchait pas d'allocation chômage. Ni aucune aide sociale. Mais depuis cinq ans, il était propriétaire et payait régulièrement ses traites.

— Il était financé par quelqu'un, conclut Ringmar.

— Par qui ? Richardsson ?

— Pas qu'on sache. On n'a pas trouvé de virement sur son compte.

— Par qui d'autre ? La femme de Richardsson ?

Ringmar haussa les épaules.

— Ou alors c'était de l'argent sale, continua Winter. Des revenus non imposables. Ni vu ni connu.

— Mais des revenus importants.

— Il n'avait pas l'air bien riche.

— On n'en sait rien.

— Il faut fouiller son passé, déclara Winter. Remonter dix, vingt, trente ans en arrière.

— Qui s'en occupe ?

— C'est moi.

Il prit la route Danoise et s'apprêtait à tourner en direction de la rue Lovisa lorsque son téléphone se mit à sonner. Il se gara sur le bas-côté, juste devant une boulangerie artisanale. L'air embaumait le pain chaud.

C'était Öberg à l'appareil :

— Tiens-toi bien, Erik.

— Je ne bouge pas.

— La même arme. Un pistolet Tokarev.

— Contre la baraque et dans le parking ?

— Oui. Et dans la bagnole sur le pont !

— Tu rigoles ?

— Jamais sur un tel sujet.

— Tu es donc en train de me dire que la même arme a été utilisée dans les trois cas ?

— C'est le Labo central qui le dit. Je ne suis qu'un messager. Ne me tire pas dessus.

— On a déjà assez de coups de feu, sourit Winter. Mais je pense qu'il y en aura d'autres.

— C'est quand même dingue ! fit l'expert. Le Labo est en train de consulter la base de données internationale maintenant.

Winter savait ce que cela signifiait. On avait pu trouver d'autres balles ailleurs provenant de la même arme.

Mais pour l'instant, ils avaient déjà assez à faire avec ce qu'ils venaient d'apprendre.

Il pensa à Roger Edwards, le propriétaire de la Lexus abandonnée sur le pont par un beau soir d'automne. Il avait récupéré sa voiture, mais comme à contrecœur. Là aussi, c'était étrange : on aurait dit qu'elle lui rappelait un mauvais souvenir. Sans doute, s'il avait été visé par ces coups de feu. Ou s'il avait visé quelqu'un. Mais quel rapport avec Sellberg ? Et avec Richardsson ? Avec l'écrivain, Ademar ? Y avait-il plus qu'une querelle de voisinage là-dessous ? Winter savait aussi qu'il pouvait être dangereux, dans une enquête préliminaire, de chercher des liens qui n'existaient pas. Edwards s'était fait voler sa voiture et on avait commis un acte qui n'avait rien à voir avec lui. Dans le Milieu, on avait de quoi, mais il arrivait qu'on utilise le même pistolet à trois occasions différentes. De toute façon, le crime était souvent une question d'opportunité, plus qu'une opération rationnelle, telle qu'on la conçoit dans le monde « normal ».

— Merci Torsten.

Il avait dû baisser la vitre sans s'en rendre compte, car l'odeur de boulange était devenue... irrésistible. Il alla s'acheter une brioche parisienne. Une fois sur le trottoir, il la sortit de son sachet. C'était l'une de ses pâtisseries préférées : sous le glaçage, une consistance moelleuse et la surprise de la crème vanille comme une faveur supplémentaire. Il prit une bouchée. Il lui restait du sucre sur les lèvres. Quelques minutes plus tôt, il avait eu envie d'un cigare, mais voilà qui était plus sain, du moins pour ses poumons. Il prit une seconde bouchée et vit Berit Richardsson passer dans une Clio bleue.

C'était elle. Il avait reconnu son profil mais elle ne paraissait pas l'avoir vu : il s'était mis à l'ombre, sous l'auvent de la boulangerie. Le soleil tapait fort. L'asphalte reluisait. Elle ne devait pas voir grand-chose derrière son pare-soleil. Suffisamment tout de même pour s'orienter sur le rond-point et mettre le clignotant à gauche. Elle n'habite pas là-haut, s'étonna Winter. Elle se dirige vers la rue Lovisa. La maison de Sellberg. Comme moi. Il rangea dans le sachet le reste de la brioche et regagna sa voiture sous une lumière implacable. Il quitta la route Danoise et suivit la Clio de Berit qui était parvenue au sommet de la butte. Elle tourna à droite puis à gauche et encore à droite avant d'entrer dans la rue Lovisa. Winter se gara une dizaine de mètres avant le croisement, derrière une voiture en stationnement. Il voyait à travers les jardins. Berit Richardsson dépassa la maison de Sellberg, toujours empaquetée dans la bande-police, puis celle d'Ademar, et fit marche arrière au bout de l'impasse. Elle conduisait lentement. Winter ne pouvait se rendre compte si elle regardait en direction des maisons qu'elle longeait, à cause du contre-jour. Elle avait toujours le soleil dans les yeux quand elle dépassa sa voiture. Il se recroquevilla sur son siège.

Une fois qu'elle se fut éloignée, il fit faire un demi-tour à sa Mercedes.

Plus bas sur la route Danoise, il la vit passer devant l'Institut Catholique et continuer vers Bö, par le même chemin qu'elle avait dû emprunter à l'aller. Il n'y en avait pas pour longtemps de chez elle à la rue Lovisa, ni à vol d'oiseau ni par la route.

La sonnerie de son portable retentit.

— Oui ?

— Erik !

— Bonjour maman !

— C'était un peu compliqué, mais ça y est, j'ai trouvé un billet d'avion pour demain soir.

— Bien, maman.

— Il me tarde de vous revoir.

— Nous aussi.

— Comment vas-tu, Erik ? Je te sens un peu distant.

— Je suis en pleine filature, maman.

— Oh là là ! Ça se dit encore, filer quelqu'un ?

— En tout cas, la clientèle ne manque pas à Göteborg.

— Vous avez toujours beau temps ?

— Oui, à se demander quand ça finira.

— Je me sentirai moins dépaysée. En tout cas, j'arrive ! Lotta est adorable de m'héberger pour le début.

Pour le début. Il sentait que le retour serait définitif. Un sacré changement pour lui aussi. Après toutes ces années.

Il se déplaçait aussi discrètement que possible. L'autre l'avait-il repéré ? Non, il n'était pas visible. L'autre apparaissait comme une silhouette noire se découpant dans la pénombre.

Il s'éloignait : il avait tourné au bout de cent mètres puis il avait continué à monter la butte. Il n'avait pas l'air pressé : il avait fait une halte et parlait tout seul, enfin, dans le micro de son portable. Dans le temps, il n'y avait que les dingues pour parler tout seuls dans la rue.

J'ai une mission, encore une, pensa-t-il.

Je dois la remplir.

Je n'ai pas le choix.

L'autre s'était tout à coup retourné au sommet de la butte, comme s'il avait deviné qu'il était suivi.

Mais il ne me voit pas.

Personne ne me voit.

Personne ne m'entend.

Pour l'instant.

Winter dépassa la villa des Richardsson. Derrière la grille, la Clio portait le même numéro d'immatriculation.

Il fit demi-tour au carrefour suivant et se gara devant la maison.

Personne ne répondit à son coup de sonnette. Il essaya une deuxième fois, sans succès.

Un chemin pavé partait de l'escalier vers la gauche. Winter descendit les marches et le suivit jusqu'à l'arrière du bâtiment. Il déboucha sur un patio exotique, planté de bambous et d'un genre de palmiers nains.

La pelouse verte et bien entretenue s'étendait jusqu'à une grande haie qui jouxtait le terrain voisin. Winter regarda autour de lui. C'était ici qu'il avait vu l'enfant, l'espace d'un instant, comment s'appelait-il... il l'avait sur le bout de la langue.

Quelque chose bougea dans le coin de son œil droit.

Il se retourna.

Derrière la vitre, le gamin le fixait du regard.

22.

Winter se figea sur place. Le visage du gamin disparut. L'avait-il vraiment vu ? Était-ce une illusion d'optique ? Un mirage ?

Il attendait de voir réapparaître le visage. C'était la deuxième, non, la troisième fois qu'il surgissait devant lui. Il se rappelait, comme un frisson de vent glacial, la fois où l'enfant, doté de son arme, avait fait irruption dans la pièce pour protéger sa mère. S'agissait-il de la protéger, ou de se protéger lui-même ? Était-ce la première fois ?

— Qu'est-ce que vous nous voulez encore ?

Elle se tenait derrière lui. Winter ne l'avait pas entendue marcher sur les dalles de pierre. Il se retourna. Berit Richardsson était pieds nus, en tenue d'intérieur, ce qui lui donnait une allure fragile, songea-t-il. Comme si elle s'était précipitée dehors, en proie à une terreur soudaine.

— Excusez-moi, je me suis dit que je vous trouverais peut-être ici, dans le jardin.

— Que voulez-vous ?

Bonne question. Il aurait pu répondre qu'appartenant à la brigade criminelle, il avait libre accès n'importe où, n'importe quand. C'était vrai sur le papier, mais ça n'aurait pas été très habile.

— Je voulais juste parler un peu avec vous.

— De quoi ?

— De la disparition de votre mari.

— Vous l'avez retrouvé ? Où est-il ?

— Nous ne l'avons pas retrouvé.

— Je ne sais rien.

Non, elle n'était pas pieds nus, mais elle portait des tongs. La jeune femme suivit son regard puis elle releva les yeux :

— Vous ne devriez pas être en train de le chercher au lieu de venir ici ? Il n'est pas à la maison. Vous pouvez entrer et vérifier par vous-même.

— Inutile.

— Il n'est pas là, répéta-t-elle, en secouant la tête.

— J'espérais qu'il vous appellerait.

— Moi aussi.

Un oiseau vola au-dessus de leur tête, émettant un cri aigu, solitaire, comme un appel dans le désert. C'était un oiseau noir, une pie, ou alors une corneille. Winter était assez nul en ornithologie. D'ailleurs, les volatiles le mettaient mal à l'aise. Ils paraissaient le suivre où qu'il soit, pour le regarder, l'écouter, rire ou crier.

Berit Richardsson eut un frisson. Winter sentit un souffle de vent. Le soleil ne parvenait pas jusqu'ici. L'automne l'emportait.

— On pourrait rentrer un instant chez vous.

Elle se retourna sans dire un mot et reprit le chemin pavé. Winter jeta de nouveau un œil à la baie vitrée, mais le visage du gamin n'y était plus.

— Votre fils est-il à la maison ? demanda-t-il quand ils arrivèrent au bas du perron.

— Non… pourquoi ?

— Je me demandais.

— Je suis seule, répondit-elle en montant les marches.

L'ombre avait gagné le séjour maintenant. Winter était assis dans l'un des deux fauteuils, Berit avait pris place sur le sofa. Elle lui avait proposé du café. Non ? Bien. Elle n'avait pourtant aucune raison de lui faire bon accueil.

— Il faut que je vous repose cette question. Avez-vous déjà entendu parler de Bengt Sellberg ?

— Combien de fois devrai-je vous répondre ?

— Il m'arrive d'être obligé de répéter la même question plusieurs fois de suite.

— Parce que vous pensez qu'on vous ment ?

— Parfois. Ou parce que les gens ne veulent pas me dire ce qu'ils savent.

— Et dans mon cas ?

— Vous préférez vous taire.

— Et ce n'est pas la même chose que mentir ?

— Franchement, je n'en sais rien.

— Ah bon ?

— Parfois on se tait parce qu'on n'ose pas parler.

Elle garda le silence. Son regard fuyait vers le jardin. La haie, à l'autre bout de la pelouse, apparaissait désormais comme un mur noir, infranchissable. Le jardin n'offrait aucune échappée.

— Je vous ai vue, reprit le commissaire.

— Pardon ?

— Je vous ai vue devant la maison de Sellberg.

— La maison de Sellberg ? Moi ? Quand ça ?

— Il y a quarante-cinq minutes environ. Je m'y rendais. Vous étiez en voiture.

— Je ne sais même pas où elle se trouve !

— Vous y étiez.

— Mon Dieu, si vous voulez dire que j'ai pris la mauvaise rue sur la butte de Lunden, je vois. Je me suis trompée de route ! J'ai été obligée de faire demi-tour.

— J'appelle ça mentir.

— Vous pouvez appeler ça comme vous voulez, fit-elle, d'une voix blanche.

C'est fatigant de mentir, songea Winter. D'être obligée de mentir.

— Pourquoi refusez-vous d'en parler ? De Sellberg, des relations que votre mari pouvait avoir avec lui ?

Elle ne répondit pas.

— Un homme a été abattu dans la voiture de votre mari. Votre mari a disparu. Une situation on ne peut plus grave. Je veux que vous nous aidiez. Dans votre propre intérêt.

— Je ne vois pas en quoi ce serait mon intérêt.

— Vous voulez le retour de votre mari ?

Elle marmonna quelques mots incompréhensibles.

— Pardon ?

— Il ne reviendra pas.

— Elle a dit ça ? (Ringmar faisait pivoter sa chaise à roulettes. Un jour elle finirait par casser.) Vraiment ?

— Oui. Elle en était sûre.

— On peut parfois sentir ces choses-là. Une femme sent bien si elle a perdu son mari.

— Uniquement les femmes, Bertil ?

— C'est quoi ce sarcasme ?

— Perdu ? continua Winter. Perdu dans quel sens ? Pour toujours ?

— Oui.
— Mort ?
— Pas nécessairement.
— Il aurait pris le large ?
— Il a sans doute pris le large depuis longtemps, rectifia Ringmar.
— Pourquoi ne rien dire ?
— Elle a peur.
— De qui ?
Ringmar resta silencieux. Il se leva. La chaise tournait toujours, comme prête au décollage.
— De celui qui a tué Sellberg.
— Elle pense que son mari est le prochain sur la liste.
— Possible.
— À moins que ce ne soit elle, la prochaine.
— Non, disons plutôt Richardsson.
— Pourquoi ?
— Parce qu'il a fait quelque chose dont Sellberg s'est également rendu coupable. Raison pour laquelle il a été tué, déclara Ringmar.
— Une vengeance ?
— Possible.
— Des représailles ?
— Possible.
— Selon moi, Richardsson reste le suspect numéro un, objecta Winter.
— Dans ce cas, sa femme a peur de lui.
— Depuis longtemps peut-être.
— Tu es sûr qu'elle en sait plus qu'elle ne dit ?
— Elle ne s'est pas retrouvée à Lunden par hasard, Bertil.
— Elle pouvait être curieuse de voir la maison de Sellberg.
— Non. Ce n'est pas officiel, la maison. Elle devait déjà connaître l'adresse.
— OK. Elle sait que son mari fréquentait quelqu'un. Plus leur lieu de rencontre, admettons. Mais ça ne fait pas lourd.
— Elle en sait beaucoup plus, affirma Winter.

Le malade imaginaire rentra chez lui avec des crevettes, des olives, du fromage de manchego, de la poitrine d'oie fumée et deux hectos de sobrasada ; la saucisse à tartiner de Majorque n'était pas mauvaise sur du pain polaire. Winter avait également fait provision de vin, rouge et blanc :

— Je me suis dit qu'on pourrait s'offrir quelques tapas. Il fait encore beau dehors.

— On risque d'avoir froid sur le balcon.

Angela tenait dans ses bras une Lilly rouge de pleurs.

— La petite a de la fièvre.

Elsa était assise à la table de la cuisine, avec des crayons et du papier. Elle releva la tête en voyant son père déposer les bouteilles sur le plan de travail.

— Je dessine des chevaux. Lilly n'a pas arrêté de crier.

— Je peux regarder ?

Il prit l'un des dessins. Une ballerine faisait des pirouettes sur le dos d'un grand cheval. Un numéro très périlleux !

— C'est moi, commenta la fillette.

— Où est-ce que tu as appris ça ?

— Au cirque !

— Je vois. (Il commença à déballer les courses.) Tu préfères des tapas au fromage ou aux crevettes ?

— Au fromage !

— Oh là là ! Ce que tu cries fort !

— Tu as mal à la tête, papa ?

— Non, plus maintenant. C'était juste une illusion.

— Qu'est-ce que ça veut dire, une illusion ?

— C'est quand on croit à quelque chose qui n'existe pas, ma cocotte.

Encore une belle matinée d'été indien. Winter traversait Heden à vélo. Un petit garçon faisait voler un cerf-volant au-dessus des maisons blanches, de l'autre côté du parc. Il tournoyait haut dans le ciel en larges cercles. La corde devait bien faire cinq cents mètres. Le gamin sourit sur son passage. Le cerf-volant rouge se détachait sur le bleu du ciel, comme un soleil couchant.

Une fois au bureau, il composa le numéro personnel de Birgersson. Pour la première fois depuis que le patron avait pris sa retraite. Winter n'était pas sûr de le trouver chez lui. Birgersson pouvait être en Laponie, aussi bien que dans les îles de la Sonde. Il avait dit qu'il comptait voyager car « ça vous fait mourir plus lentement ».

— Allô ? fit une voix réservée, au bout de trois sonneries.

— Sture ? Bonjour, c'est Erik à l'appareil.

— Salut Erik.

— Comment vas-tu ?

— Pas mal. On m'a foutu la paix, jusqu'à présent.

— Je te dérange, Sture ?

— Tu as besoin de moi ?

— Non, Sture.

— Faut bien que je coupe les ponts un jour, Erik. À toi de grandir et d'assumer tes responsabilités. Moi je pars en virée.

— Où ça ?

— En Malaisie, pour commencer. Après, je verrai.

— Le fils de Bertil est chef cuistot dans un hôtel de Kuala Lumpur.

Birgersson s'abstint de commenter.

— Tu pars quand ?

— Demain.

— J'aurais aimé te voir un moment. J'ai quelque chose à te demander.

— Elle a disparu, déclara Birgersson en reposant sa tasse de thé. (Il suivit du regard une passante. Au bout de dix mètres, elle se retourna comme si elle avait des yeux dans le dos.) Un soir d'été. En juillet, il me semble. Faudra que tu vérifies pour les détails. Mais on ne l'a jamais retrouvée.

— Comment ça s'est passé ?

Birgersson fixait toujours la rue, à moins que ce ne soit un point au loin, bien plus loin : il était peut-être déjà sur place, à l'hôtel Eastern & Oriental de Georgetown.

Il finit par ramener les yeux vers Winter.

— Personne ne savait rien, Erik. On a été obligés de classer l'affaire. Il n'y avait pas d'affaire, d'ailleurs. Pas le temps.

— Pourquoi ?

— Pourquoi ? (Birgersson avait haussé la voix, il paraissait presque irrité.) Pas de cadavre. Personne ne savait rien de ce qui avait pu lui arriver, à la gamine.

— Beatrice.

— Elle s'appelait comme ça ? Peut-être bien. Oui, c'est ça. Beatrice. Avec un drôle de nom de famille.

— Ademar. Beatrice Ademar. Mais elle préférait le nom de Kolland.

— Elle était toute jeune. Quatorze quinze ans. Je m'en rappelle mieux que je croyais. (Birgersson se pencha en avant.) Pourquoi tu m'interroges là-dessus ? Ça date de loin. Bien avant ton arrivée.

— 1975. J'avais quinze ans moi-même.

— Je me rappelle pas avoir jamais été aussi jeune.

— Son frère écrit un bouquin sur cette histoire.

— Sur sa disparition ?

— Oui.

— Il n'y était pas, à la colo ? J'ai pas souvenir d'un frère.

— Non, Sture. Pas que je sache. Mais c'était sa sœur.

— Tu le connais ?

— Pas vraiment.

— Qu'est-ce que ça veut dire ?

— Il est à la périphérie d'une affaire sur laquelle on bosse en ce moment. Une série d'affaires. Tout part d'un meurtre dans le parking, sous l'Institut Pédagogique.

— Ah oui ! je vois. Le *GT* s'est presque fait dessus les premiers jours, à jouer la carte de la terreur. Ces journalistes ! (Birgersson but une gorgée supplémentaire, avec une grimace. Le thé avait refroidi.) Je dirais qu'il ne sera pas long, son bouquin. On n'avait presque rien. Un vrai mystère.

— Tu en es sûr ?

— Qu'est-ce que tu veux dire, Erik ?

— Je ne sais pas, Sture. Tu es sûr que c'est de l'ordre de l'inexplicable ? Je ne sais pas mais... je ne peux pas m'empêcher d'y penser. Comme si tout ça avait un lien.

— Tout est lié, mon bonhomme. Ça doit bien faire quinze ans que je te le rabâche. Mystère ou puzzle, tout est lié sous le ciel.

— Alors que s'est-il passé sur Brännö ? insista Winter. Qu'est-ce que vous avez réussi à savoir ?

— Presque rien, comme je te disais. La gamine a disparu un soir de la colonie de vacances. Du dortoir, je crois. On les couchait tôt. Je ne sais pas si ça existe toujours, mais c'était pas très sympa, comme établissement. OK. Un témoin croit l'avoir vue sur un sentier qui descend vers la mer à Sandvik et remonte ensuite vers la baie d'Husvik. En tout cas, il a vu une jeune fille marcher toute seule. Il a un nom spécial, ce sentier : la Sente de l'Amour. Ça te dit quelque chose ?

— Je l'ai pris des centaines de fois, répondit Winter.

— Ah ah ! ça ne m'étonne pas de toi. En tout cas quelqu'un a vu une gamine prendre la Sente de l'Amour, au crépuscule, en direction d'Husvik. (Birgersson leva la main, comme pour mimer un panneau stop.) Et c'est là qu'on perd sa trace.

— Aucune trace ?

— Rien. On ne l'a jamais retrouvée.

— Comment était-elle habillée au moment de sa disparition ?

— D'après le personnel, elle devait porter son maillot de bain et un peignoir de la colo. C'était tout ce qui manquait dans sa garde-robe. Ou dans son sac, est-ce que je sais ? Son maillot de bain.

— Elle allait nager, conclut Winter.

— On dirait. Elle a dû filer en douce. On n'avait pas le droit de sortir après 18 ou 19 heures, je ne me rappelle plus bien.

— Mais pourquoi n'est-elle pas restée dans la baie de Sandvik ? Il y avait un ponton aménagé à l'époque, si je me rappelle bien.

— On a cherché partout, Erik. Bon Dieu ! On a passé toute l'île au peigne fin. Sans compter les dragages dans la passe, et dans les anses, entre Husvik et Sandvik. On a fait jusqu'aux îlots et bouts de rocher dans toute la largeur du détroit : Källösund, les Södholm, Svensholm, Stenskär... Tu vois comment c'est, de ce côté de l'archipel ?

— Tu penses ! Mes parents louaient pour les vacances à Tången, sur l'île de Tyrsö. On voyait la Grande Källö de la véranda. J'en ai passé, des étés, dans ce détroit. J'y étais... *vraiment*. L'été où elle a disparu, j'y étais. Si ça se trouve, je circulais sur l'eau à bord de mon voilier, ce soir-là.

— C'est pour ça que tu t'y intéresses autant, Erik ?

— Je n'en sais rien, Sture.

— On a été obligés de lâcher l'affaire. C'était comme si elle avait été brusquement happée par la mer. Ou qu'elle s'était envolée. On se sentait mal. On n'a rien trouvé, mais j'ai toujours pensé qu'il y avait un crime là-dessous. Elle n'a pas pu disparaître comme ça, de son propre chef.

— Qu'est-ce qu'ils en pensaient, les gamins de la colo ? Enfin, les jeunes ?

— Personne ne savait rien.

— Elle n'avait pas quelqu'un de confiance ? Un copain ou une copine préférée ?

— Je ne m'en rappelle pas, Erik. Tu pourras toujours vérifier les dépositions. (Birgersson émit une sorte de soupir. Une expiration forte.) Ce n'était ni ma première, ni ma dernière disparition, mais c'était très perturbant, naturellement.

Winter hocha la tête. Un enquêteur sérieux n'oubliait pas ses disparus. Où étaient-ils, ces hommes ou ces femmes ?

Pourquoi ne les trouvait-on pas ? Était-ce la mort ou la vie qui les avait enlevés ?

— Que disait le personnel de la colo ?

— Pas grand-chose. À peu près ce que je t'ai dit. Personne ne savait ce qui avait pu se passer après son départ de l'établissement.

— Alors, que s'était-il passé avant ?

— Tu veux dire ?

— Avant sa disparition. Dans les heures ou les minutes précédentes. Est-ce qu'il s'était passé quelque chose qui l'aurait fait partir ? Fuir ? Sous l'effet du choc ou de la colère.

— Pas souvenir d'un truc comme ça, fit Birgersson. Mais quand j'y pense, ton écrivain, il pourrait peut-être répondre mieux que moi à tes questions.

Winter garda le silence. Il songeait à la jeune fille qui marchait sur le sentier quelques minutes avant de disparaître de la surface de la terre. La Sente de l'Amour serpentait sur les rochers d'une baie à l'autre. D'une mer à l'autre, d'une façon. Il l'avait empruntée à toutes les heures du jour entre enfance et adolescence. Il y retournerait. Aussi vite que possible.

— Alors ? fit Birgersson.

— Je ne sais pas ce qu'elles valent, ses réponses.

— Ah bon ?

— Je voudrais savoir qui a pu travailler là-bas, à l'époque. Dans cette colo.

— Ma mémoire n'y suffira pas, Erik. Mais tu peux consulter les archives.

— Comment s'appelait le témoin ? La dernière personne qui a vu Beatrice ?

— Je m'en rappelle pas. Je crois que c'était un jeune gars.

TROISIÈME PARTIE

23.

Le calme régnait toujours dans la rue Lovisa. Le calme après la tempête. Devant la maison d'Ademar, Winter méditait. La dispute avec Sellberg avait été violente, assurément. Mais que s'était-il vraiment passé ? L'écrivain avait-il tout inventé ? Et pourquoi ? Ademar ne pouvait savoir ce qui allait ensuite arriver à son voisin. Ou alors si, il le savait. Winter avait trouvé l'homme d'un abord difficile, mais c'était le cas de la plupart des gens qu'il rencontrait dans le cadre de son métier. Ademar. Il écrivait sur la grande tragédie de sa vie, une tragédie familiale. Son projet paraissait le perturber sur un plan personnel. Mais pas seulement parce qu'il travaillait sur la disparition de sa sœur – c'était bien la sienne, Winter avait pu le vérifier. La mère était maintenant décédée ; quant au père, il n'y en avait pas, il avait assez vite disparu dans la nature.

Pourquoi cette histoire perturbait-elle Ademar ? Savait-il quelque chose qu'il ne voulait pas écrire ? Avait-il peur d'aborder cet épisode ? Y était-il contraint par un autre ?

Winter poussa la grille rouillée. Elle rendit un son grinçant et plaintif. La maison était recouverte d'un crépi blanc qui avait viré au gris couleur de ciel nuageux l'hiver. Au-dessus de sa tête, le ciel était toujours aussi incompréhensiblement bleu. Pas un nuage. Les enfants avaient oublié ce que c'était.

Ademar sortit sur le perron. Il portait une chemise blanche sur un pantalon noir, comme pour une grande occasion. Il ne fit pas mine de le saluer. En remontant la petite allée de gravier, Winter lui trouva un air changé.

— Qu'est-ce que vous voulez ? demanda l'écrivain, sur un ton qui n'avait rien de spécialement désagréable.

— Je vous dérange ?

— Oui.

— Je ne serai pas long. Mais c'est l'objet de ma visite.

— Quoi donc ?

— Votre travail d'écriture.

— Entrez, fit Ademar en tournant les talons.

Winter gravit les quelques marches du perron et le suivit dans le hall. Ademar le conduisit dans une pièce, sur la gauche. Elle était presque vide, en dehors de la table sur laquelle reposait un Mac. Pas de papiers, ni de livres, juste une liasse de feuilles manuscrites, derrière l'ordinateur.

— Je préfère un bureau bien rangé quand je travaille, expliqua Ademar.

— Moi aussi.

— Vous écrivez ?

— Des écritures, on en fait un peu chaque jour.

— J'aimerais pouvoir en dire autant.

— C'est laborieux ?

— Laborieux... oui, on peut dire ça comme ça. (Il se tourna vers la fenêtre : derrière une haie de lilas, on devinait la maison de Sellberg, juste un angle de bâtiment anodin dans cette rue paisible.) Et de votre côté, ça avance comment ?

— Je ne sais pas. On ne peut jamais le dire quand on est en plein milieu d'une enquête.

— Vous y êtes, au milieu ?

— Je n'en sais rien non plus, sourit le commissaire.

— On croirait entendre un écrivain.

— Je ne crée pas.

— Et moi, je me pose la question.

— Je suis ici pour parler de votre livre.

— Si l'on peut déjà parler d'un livre.

— Vous voyez ce que je veux dire.

— Que savez-vous en fin de compte ? lança Ademar, les yeux toujours rivés à la fenêtre.

— Je sais que votre voisin était à la colonie de Brännö en même temps que votre sœur.

En fait de réaction, il y avait de quoi être déçu. Winter le voyait de profil, mais il n'était même pas sûr que son interlocuteur ait remué un cil.

— Vous le saviez ? (Silence.) Est-ce un pur hasard ?

Ademar se retourna vers lui. Il paraissait tout à coup vieilli. Oui, c'était cela qu'il avait senti en arrivant.

— Que voulez-vous dire ?

— Est-ce un hasard si vous habitez... à côté de chez Sellberg ?
— J'ignorais complètement.
— Quoi ?
— Qu'il était mon voisin.
— Et le reste ?
— J'ai vu son nom.
— Quand donc ?
— Il n'y a pas très longtemps. Ce n'était qu'un nom pour moi. C'est toujours le cas, finalement.
— Comment avez-vous appris que Sellberg travaillait à la colonie, cet été-là ?
— J'ai consulté la liste des employés dans les archives de la Fédération des colonies de vacances.
— Où ?
— À Stockholm. Au siège de la fédération.
— Qu'avez-vous appris d'autre sur lui ?
— Rien. Il était employé aux cuisines. Vous en savez sans doute plus que moi. Vous avez le dossier de la police.
— Vous ne pensiez pas le consulter ?
— Si...
— Je peux vous l'envoyer.
Aucune réponse.
— Avez-vous abattu Sellberg ?
Ademar fixait des yeux l'écran de son ordinateur. Winter pouvait observer son visage se refléter sur la surface noire. L'écrivain semblait chercher quelque chose à l'intérieur. Son histoire.
— Pour quoi faire ?
— Il pouvait être impliqué dans la disparition de votre petite sœur.
— Je n'en ai pas la moindre idée.
— Puis-je lire ce que vous avez écrit jusqu'à maintenant ?
— Non.
— Pourquoi ?
— C'est trop mauvais.
— Ce n'est pas mon problème.
— Vous n'en tirerez rien.
— Laissez-moi en juger.
— Je pourrais avoir détruit le manuscrit.
— Vous n'avez pas toute votre tête ?
— Non.
— Je vous propose une petite escapade.

Ils se tenaient sur le pont du Cormoran qui quittait Saltholm à 14 h 10. Neuf minutes plus tard, le ferry accostait au ponton d'Albert sur l'île d'Asperö, embarquait un homme et son vélo, larguait de nouveau les amarres et poursuivait sa route autour de l'île jusqu'à la baie de Skutvik. Winter voyait paître des moutons sur les flancs de l'île Rivö qui prenait une teinte brun-rouge à travers ses verres fumés. L'été indien semblait ne jamais devoir prendre fin. Le soleil lui cognait la tête. Ademar portait également des lunettes noires. Il n'avait pas dit un mot de tout le trajet. Rien non plus lorsqu'ils débarquèrent sur Brännö, anse de la Pierre Rouge, en même temps que deux femmes chargées de courses et deux ados qu'un troisième était venu chercher en triporteur. Ils démarrèrent avec des éclats de rire. Ademar les suivit du regard. Ils devaient avoir quatorze quinze ans. Winter ne commenta pas. Ils prirent la route de la Pierre Rouge vers le sud de l'île.

Ils avaient dépassé l'église.

— Vous êtes revenu sur les lieux, ces derniers temps ?

— Pas une seule fois, répondit l'écrivain.

— À quand remonte votre dernière visite ?

— 1975.

Winter ralentit devant l'auberge, qui s'était offert une extension flambant neuve.

— Je croyais...

— Je n'étais pas encore mûr pour y retourner, expliqua Ademar. Je ne sais pas si vous pouvez comprendre. Je ne pensais pas le faire avant d'être arrivé dans mon récit à ce moment-là.

— Lequel ?

Son compagnon garda le silence.

Ils continuèrent sur la route d'Husvik en direction du sud-ouest. Elle était bordée de vieilles bicoques en bois délabrées, dignes d'un film d'épouvante, et descendait doucement vers la baie. Winter crut reconnaître deux ou trois bâtisses qui formaient cercle autour des pontons.

— Et vous-même ? lui lança Ademar.

— Ça fait un bout de temps.

— À savoir ?

Winter s'arrêta. Ils étaient arrivés à Husvik. On avait aménagé un abri pour attendre le ferry direct de la ville au ponton de Brännö. Le ponton le plus connu du sud de l'archipel. Célébré dans tout le pays parce qu'on y danse l'été. Il se dressait sur leur droite. Winter perçut des coups de marteau. L'association des amis de l'île rénovait déjà en prévision de la prochaine saison. Dans sa jeunesse, il avait souvent laissé son bateau là-bas, du côté de Sandvik, avant de venir dans la baie d'Husvik pour regarder la foule. Il ne se rappelait pas avoir dansé. Il ne se rappelait pas grand-chose de ces chaudes soirées d'été. Si, il avait dansé avec des filles. Une fois ou deux.

— Des années.

— Je pense qu'elle a dû nager par ici, fit Ademar.

Christer Tiger ne les supportait plus, ces mecs-là. Il y a gangster et gangster. Les Albanais par exemple. Avec certains d'entre eux, c'était même pas la peine. Aucune retenue. Bien sûr, qui ne voudrait pas tout de suite mettre l'héroïne dans la rue ? Mais fallait savoir attendre. Tu fournis un peu moins au début, pour ouvrir les vannes après. Question de planning. De stratégie. Si tu veux dominer le marché.

Il quitta la route Danoise. Ça ne lui arrivait pas souvent de venir dans ces coins-là, Redbergslid, Lunden, Härlanda. Il avait quelques vieilles connaissances, enfermées à la maison d'arrêt d'Härlanda. On l'avait rénovée, en nettement plus sympa. En fait, les prisons, les asiles, c'était du passé, comme les maisons de correction et autres colonies pénitentiaires. On avait fait sortir les dingues et les voleurs. Retour au Moyen Âge ! Ha ! ha ! ha ! Il tourna dans la rue Lovisa. Il passa devant la maison. D'accord, c'est là qu'il habite. Pas de voiture sur le trottoir. Il en avait bien une, non ?

Mais voici que sa tête commença à cogner, pas très fort, pas trop vite. La douleur déferlait entre ses yeux à petites vagues. Pas si désagréable, comme sensation.

Ils s'étaient postés sur les rochers au-dessus du ponton. La pointe ressemblait au talon de la botte italienne. Le soleil de plein après-midi frappait fort. Winter cligna des yeux face au sommet rocheux de Svensholm. Plus loin, à gauche, il voyait la Grande Skällö et, derrière les quelques maisons à étages de Tången, la partie nord de Styrsö. Il retrouvait une partie de son enfance et de sa jeunesse. Ici ou là. Il avait campé sous la tente à Svensholm. Il avait circulé comme chez lui dans le détroit de Källö.

Pourquoi n'avait-il pas réfléchi à la disparition de cette fille, à l'époque ? Ou alors, il avait oublié.

Ademar pointa la tête en direction de la route, derrière eux.

— C'est par là qu'elle est arrivée.

Winter opina. Les coups de marteau se poursuivaient derrière le pan de roche, des battements d'horloge, lourds et réguliers. Il connaissait son boulot, le menuisier. Une barque de pêche faisait ronronner son moteur un peu plus loin dans le détroit. Un bruit apaisant.

— Est-ce que la police envisage de rouvrir le dossier ? demanda Ademar.

— Malheureusement, il y a prescription, répondit Winter. Mais ce n'est pas pour rien que je suis ici avec vous.

— Oui, bien sûr, il y a prescription.

— La Sente de l'Amour, fit Winter en désignant la route. Allons-y.

Ils regagnèrent la route d'Husvik qu'ils prirent en sens inverse et tournèrent à gauche dans la rue de Ramsdal, qui menait au ponton de baignade ordinaire. Celle-ci se scindait au bout d'une centaine de mètres. La Sente de l'Amour montait sur la gauche, le long de l'escarpement rocheux. Quelqu'un avait retourné le panneau, mais Winter connaissait le chemin, Ademar aussi. La Sente de l'Amour grimpait jusqu'au sommet avant de redescendre vers le vallon de Sandvik. La végétation était dense, Winter l'avait oublié – depuis plus de trente ans qu'il n'avait pas remis les pieds ici. Au sommet, un petit kiosque. Winter le reconnaissait. Mais à quoi servait-il, déjà ? Il paraissait abandonné : un refuge qui aurait perdu son utilité.

Quant au vallon de Sandvik, il avait bien changé. Au creux de la baie, les roseaux avaient envahi les zones auparavant aménagées pour la baignade. Il n'y avait plus de colonie de vacances. C'était comme si elle n'avait jamais existé. Sur le grand pré, on voyait paître de rares moutons. À l'autre bout, un terrain de pétanque. Au-dessus, quelques bateaux, la quille tournée vers le ciel. Un peu à l'écart, un terrain de tennis. Quand Winter avait regardé la colonie de vacances depuis la mer, l'établissement lui avait paru vaste, doté de plusieurs bâtiments. Il n'en restait rien.

— Ils ont tout abattu au début des années quatre-vingt, expliqua l'écrivain.

— Je ne savais pas.

— C'est fini, le temps des vacances forcées. (Ademar regarda la baie en plissant les yeux. Les roseaux formaient un véritable rideau.) Et ce n'est pas plus mal.

Une fillette de dix ans pédalait à vive allure sur l'un des sentiers qui serpentaient plus loin. Elle disparut derrière les rochers. Winter entendit des rires de mouette. Le soleil lui frappait le sommet du crâne. Pendant leur ascension, il avait commencé à sentir la douleur au-dessus d'un œil, puis d'un autre. Une douleur faible, presque douce. Il pensa à la gamine qui avait cheminé par ici, d'une baie à l'autre, peut-être, peut-être pas :

— Pourquoi ne s'est-elle pas baignée ici ? Dans cette baie.

— Je me suis souvent posé la question.

— Et votre réponse serait ?

— Elle avait un rendez-vous.

— Vous en êtes sûr ?

— Je le crois, mais je ne sais rien.

— Vous ne saviez vraiment pas que Sellberg était votre voisin ?

— Non, c'est la pure vérité.

— Je me méfie des pures vérités, répliqua Winter. Que savez-vous au sujet de Sellberg ? De son travail à la colo ?

— Presque rien. Il bossait en cuisine. Comme extra. Deux trois soirs par semaine.

— Nous sommes en train de fouiller son passé.

— Et vous avez trouvé ?

— Vous l'utiliserez dans votre livre ?

— Je ne suis pas très inspiré en ce moment, soupira Ademar.

— Sellberg n'avait pas de travail. Même pas comme extra.

— Ah bon ?

— Il venait de Göteborg. Il semblerait qu'il n'avait aucun lien avec l'établissement. Possédez-vous une liste de toutes les personnes qui y ont travaillé, cet été-là ?

— Oui. Mais pour ce que ça vaut.

— Que voulez-vous dire ?

— Je pense aux noms. Est-ce qu'on peut vraiment se fier au nom des gens ?

Ils reprirent le Cormoran depuis Brännö Pierre Rouge à 16 h 50. Sur l'île d'Asperö Nord, une femme de l'âge de Winter déchargea un vélo sur le ponton et remonta à bord. Elle hocha la tête avec un sourire en passant devant le commissaire, posté à la proue.

— Une connaissance ? fit Ademar.

— Pas que je sache.

Il se retourna mais la femme était rentrée à l'intérieur. La porte métallique blanche s'était refermée sur elle.

Ils débarquèrent à Saltholm. Au moment où il ouvrait sa voiture, Winter revit la femme. Elle se dirigeait vers l'arrêt du tramway. Il la reconnaissait vaguement, mais n'aurait pas su dire son nom.

— Est-ce que je suis soupçonné ? demanda Ademar tandis qu'ils roulaient vers le centre-ville.

— De quoi ?

— Vous n'enquêtez pas sur un meurtre ?

Il roulait sur l'avenue Allén lorsque son portable se mit à sonner.

— Oui ?

— Tu es en route, Erik ?

— Où ça, Angela ?

— Landvetter bien sûr. Ta mère atterrit dans une demi-heure.

— Mon Dieu, je savais bien qu'il y avait quelque chose !

— Je savais que tu ne saurais pas.

— J'avais oublié.

— Est-ce que je dois l'appeler tout à l'heure pour lui dire de prendre un taxi ?

— Non, non, j'y vais. Salut.

Winter se fraya un chemin dans la salle des arrivées, au milieu d'une foule de gens dont les visages, pour certains, lui paraissaient familiers. Parmi les bourgeois de Göteborg, beaucoup séjournaient régulièrement sur la Costa del Sol. Depuis un an, il faisait partie du club. Mais il ne faisait pas encore la bise à la méditerranéenne.

Siv Winter était seule au sortir de la douane, mais son chariot croulait sous les bagages. Elle pense vraiment rester, se dit-il. Elle est revenue sur la Côte de la Pluie. Même si, pour le moment, on avait du soleil, un soleil sans fin, qui rayonnait à travers tout le terminal aérien. La poussière dansait comme de la poudre d'or en rayons obliques.

— Erik !

Elle cria son nom plus fort que nécessaire. Quelques personnes se retournèrent avec un sourire. Il leva discrètement la main en signe de salut.

Elle se précipita vers lui pour l'embrasser sur les joues. Le chariot continua son chemin. Il le rattrapa de justesse.

— Erik ! Quel bonheur de rentrer au pays !

De rentrer ? Depuis quand n'avait-elle pas remis les pieds à Göteborg ? La famille en avait été quitte pour voyager dans l'autre direction, celle du soleil, et n'avait pas eu à s'en plaindre. Siv n'avait jamais rechigné à les recevoir. Mais depuis le décès de Bengt Winter, ce n'était plus la même grand-mère. Les enfants de Lotta avaient vu la différence, ils étaient assez grands pour cela. Elle avait presque échangé le shaker à cocktails contre le rouleau à pâtisserie. Elle leur avait vraiment confectionné un gâteau. Une sorte de brioche. C'était la première fois pour Winter. Dire qu'il avait pu vivre ça avant ses cinquante ans ! Tant qu'il était encore gamin.

Il pilota mère et chariot jusqu'à la voiture, garée sur le parking ouvert.

— Quel temps magnifique ! Pas un nuage !

Il hocha la tête. Deux valises trouvèrent place dans le coffre. Il entassa le reste des bagages sur la banquette arrière.

— Je ne savais pas combien de temps j'allais rester, s'excusa-t-elle.

— Aussi longtemps que tu le désires, lui lança-t-il tout en allant rapporter le chariot au terminal.

À son retour, il la trouva en train de fumer une cigarette.

— Je croyais que tu avais arrêté.

— Je ne fume presque plus.

— Presque, ça ne veut rien dire, Siv. Soit on fume, soit on ne fume plus.

— Tu peux parler, Erik, tu coupes la branche sur laquelle tu es assis...

— Couper la branche ? Ça ne se dit plus, ici, en Suède !

— Qu'est-ce que tu as, Erik ? Tu m'as l'air irrité.

Elle lâcha la cigarette à moitié consumée sur l'asphalte et l'écrasa de son talon aiguille. Jamais elle n'avait marché à moins de trois centimètres du sol. Il se rappelait sa garde-robe dans la maison familiale : des centaines d'escarpins.

Une fois, il avait essayé d'en porter et il avait failli se casser la figure en traversant la pièce.

— Mais où sont les gens ? (Siv Winter regardait autour d'elle, la Suède.) Et si peu de voitures...

Ils étaient maintenant sur l'autoroute et passaient devant l'agglomération de Landvetter, entièrement dissimulée par les panneaux antibruit.

— C'est toujours l'impression que ça me fait, quand je rentre. Un vide, un silence incroyables.

— Mais c'est vrai qu'on n'est pas nombreux. Peu d'habitants, un peu plus de voitures.

— Nous sommes la ville qui a vu naître Volvo, fit-elle dans son suédois d'expatriée, légèrement décalé. Il y a de quoi être fier.

Oui, oui, se disait Winter, une de nos gloires passées.

— C'est vrai.

— Et pourtant, Erik, tu roules en Mercedes.

— Et toi, tu es partie vivre à Marbella.

— Tu n'es pas juste.

— Non.

— Merci de le reconnaître.

— Je vais peut-être changer de marque.

— Tu feras bien.

Il montait maintenant la côte à bord de sa voiture allemande. Les rochers de part et d'autre de la route lui firent penser à la côte sud de l'Angleterre, bien escarpée, elle aussi. Il revit les falaises de craie, à Douvres. Puis la mer, au large de Göteborg. Les voiles sur la mer. L'été. Un certain été, bien longtemps auparavant.

— Est-ce qu'on louait aussi un voilier du temps de Styrsö ? demanda-t-il à sa mère, tandis qu'ils longeaient les usines Mölnlycke.

— Comment ?

— Est-ce qu'on louait un voilier ?

— Mais oui... certainement.

— Tu en es sûre ?

— Oui. Tu devrais t'en rappeler, c'est toi qui t'en servais.

— Seulement moi ?

— Lotta aussi, un petit peu. Il vous arrivait même de sortir dans le détroit.

— Dans le détroit ?

— Mais oui. Le détroit de Källö.

— Hmm. Mais je ne me rappelle pas si le bateau était à nous ou pas. C'est bizarre.

— Pourquoi est-ce que tu m'interroges là-dessus ?

— Je ne sais pas vraiment.

— Ah bon.

— Je me rappelle autre chose, fit-il alors qu'ils approchaient de Kallebäck.

— Autre chose ?

— Une sortie en mer. Je ne sais plus quel été exactement. Au milieu des années soixante-dix. Je devais entrer au lycée, je crois. Ou alors c'était l'été juste avant. Par une belle journée. Non, c'était un soir, mais on se serait cru en plein jour. Il faisait chaud. Je me rappelle avoir croisé un bateau à moteur. Je... je crois les avoir salués. Il y avait une fille à bord. C'est à elle que j'ai fait signe. Un petit bateau en plastique, avec un grand volant. J'ai eu l'impression de voir comme un drapeau rouge claquer au vent une fois qu'il m'avait dépassé. (Il fixa sa mère.) Quelque chose de rouge.

24.

Winter retrouva le nom de Richardsson dans l'enquête avortée sur la disparition de Beatrice. Il lui fallut quelques secondes pour le repérer, en tout début de lecture : même nom. Ce n'était pas un hasard.

Jan Richardsson était le témoin qui avait vu Beatrice pour la dernière fois.

Il sentit comme un frisson dans la nuque. Un jeune homme du nom de Jan Richardsson avait vu la jeune fille pendant une minute ou deux. Il descendait la route d'Husvik. Elle venait de la Sente de l'Amour. Elle avait continué vers la baie, puis elle avait disparu derrière une maison. Ensuite, il ne l'avait pas revue. Non, il ne la connaissait pas. Il ne savait pas qui c'était. Le policier qui l'avait auditionné ne lui avait pas demandé ce qu'il faisait là, d'où il venait, où il se rendait. Quel sagouin ! Trente ans plus tard, des informations de ce type pouvaient s'avérer essentielles. Hans Bergfeldt : le nom du collègue ne lui disait rien. Il souleva le combiné. À la seconde même, on frappa à sa porte. Elle s'ouvrit directement et Ringmar fit son entrée dans le bureau.

— Je m'apprêtais à t'appeler.

— Je sais. C'est pour ça que je suis venu.

— Assieds-toi au lieu de dire des conneries.

— Qu'est-ce qu'on a d'autre à dire ?

— Pas de sarcasme dans cette pièce, merci. Je ne supporte pas. (Winter souleva la feuille qu'il était en train de lire.) On pourrait parler de notre politicien, Jan Richardsson, le témoin qui a vu Beatrice pour la dernière fois.

— Beatrice ?

— La fille qui a disparu de la colonie à Brännö. Celle qu'on n'a jamais retrouvée.

— D'accord.

— Il y avait un témoin. Un jeune homme de vingt ans. Qui s'appelait Jan Richardsson.

— C'est le même ? Notre disparu à nous ?

— Bien sûr que c'est notre homme, Bertil.

— Comment sais...

— Ne reviens pas avec tes sarcasmes, j'ai dit ! Soit tu es avec nous dans cette enquête, soit tu vas...

Winter se tut.

— Soit je ?

— Excuse-moi, Bertil.

— Soit je vais me faire foutre ? Très bien.

Et il se leva.

— Sois sympa, Bertil, je te demande de m'excuser. Bien sûr qu'on va vérifier si c'est le même Richardsson. Pour l'âge, c'est bon. Mais on va regarder ça, OK ? Je voulais te demander si tu connaissais le policier qui l'a auditionné : Hans Bergfeldt. Je ne reconnais pas son nom. Où est-ce qu'il est parti ?

— Au ciel, répondit Ringmar. Je ne pense pas qu'il ait fini en enfer.

— Il est mort, quoi.

— Une tumeur au cerveau. Ça n'a pas traîné à la fin. C'était plusieurs années avant ton arrivée chez nous. Il avait à peine quarante ans.

Winter ressentit comme une barre de fer sur le front. Ça commençait à cogner au-dessus de son œil gauche. Une goutte de sueur lui coula sur sa tempe.

Il se leva.

— Qu'est-ce qu'il y a, Erik ? Tu n'as pas l'air bien.

— Je vais bien.

Winter alla se rincer la figure au lavabo. Il s'essuya le front. La barre avait relâché sa pression. Il avait l'air pâle sous ce soleil de merde, qui s'infiltrait malgré les persiennes ! Si ça continuait, il s'achèterait des rideaux opaques noirs.

— Il serait temps de le retrouver, ce foutu Richardsson, prononça-t-il dans le miroir.

Bergenhem avait reçu comme priorité de fouiller dans le passé de Richardsson. La liste de ses contacts professionnels n'avait rien donné. Winter scrutait de nouveau les photos du pont d'Älvsborg. Il n'y avait pas à dire, tout avait commencé avec cette voiture abandonnée sur un pont désert. Bergenhem était passé par là. Il avait donné l'alarme. On avait trouvé une balle dans la Lexus de Roger Edwards. Volée à Långedrag. C'était du moins ce qu'il prétendait. Une balle de calibre Tokarev. Elle revient dans les tirs contre la maison de Sellberg. Puis contre Sellberg lui-même. On a vraisemblablement utilisé la même arme. Les balles provenaient de la même arme. Nous ne savons pas encore si celle-ci a déjà été utilisée avant. Nous ne l'avons pas retrouvée. Nous ne savons pas si c'est la même main qui tenait la crosse. Quelle main ? La main d'un seul ? Sans doute. Il n'y a pas de hasard ici. Il y a un but. On ne fait quand même pas tourner le même pistolet Tokarev dans tout le Milieu de Göteborg ! Richardsson a abattu Sellberg. Querelle d'amoureux. Avec les premiers coups de feu, Richardsson voulait faire peur à son amant, qui ne s'est pas laissé effrayer. Au contraire, il a pris place dans la voiture qui l'emmenait vers sa propre mort, la voiture de Richardsson. Ce dernier l'attendait au rendez-vous, sur le parking. Et la Lexus, sur le pont d'Älvsborg ? Est-ce qu'il y était aussi, le politicard ? Et Sellberg ? Avaient-ils chipé la bagnole d'Edwards pour aller ensuite sauter dans le fleuve, main dans la main ? Est-ce que ça avait mal tourné ? Cesse de délirer, Erik. Pense au pistolet. Comment Richardsson aurait-il pu se procurer un Tokarev ? Auprès de qui ? Un gangster. Il en connaissait plusieurs, notamment ce gangster qui avait fait partie de sa famille.

Le téléphone retentit sur son bureau.

— Oui ?

C'était le standard.

— Quelqu'un qui cherche à te joindre. Un homme.

— Comment s'appelle-t-il ?

— Il ne veut pas le dire.

— OK, je le prends.

Winter perçut un raclement dans le combiné, un sifflement, puis encore un bruissement différent. Un silence sur un bruit de fond.

— Allô ? Allô ?

Silence.

— Allô, qui êtes-vous ? Ici le commissaire de la police criminelle, Erik Winter.

Il entendait respirer.

— Winter.

Une voix frêle, comme à la merci du vent. Une voix d'homme. Winter crut reconnaître un bruit de circulation. L'homme appelait sans doute d'un portable, dans la rue.

— Oui, c'est bien moi. Qui est à l'appareil ?

— Je... je ne voulais pas le faire.

— Pardon ? Je n'ai pas bien compris. Qu'est-ce que vous avez dit ?

— Je... ne veux pas le faire. Je ne veux pas ! Aidez-moi !

La voix s'éteignit. La communication était coupée.

Winter considéra le combiné avant de le remettre devant sa bouche :

— Allô ? Allô ?

Ils purent remonter jusqu'à une cabine publique de la place Chapman. Une cabine à pièces.

— Mon Dieu, ça existe encore ? s'écria Ringmar lorsqu'ils arrivèrent sur les lieux.

— Ils ont dû l'oublier.

— On va devoir installer un périmètre de sécurité.

Une femme en veste de cuir rouge se dirigeait vers eux. Pour téléphoner : elle avait déjà sorti son porte-monnaie. On utilisait donc bien ce genre d'antiquité.

— Police ! fit Ringmar. Cette cabine est fermée jusqu'à nouvel ordre.

Les experts travaillaient maintenant sur la cabine. Öberg n'avait rien dit, il avait gardé un visage imperturbable devant cette nouvelle mission.

— Des idées, merci ! lança Winter.

L'équipe s'était réunie dans la salle de conférence. Personne ne savait d'où lui venait cette dénomination, car jamais les conférences de presse n'avaient lieu à cet endroit. Cet après-midi-là, Winter en tiendrait une. Ce serait un non-événement. Il en savait à peine plus que les journalistes et le peu qu'il savait, il ne le dirait pas. L'identité de Sellberg était connue, mais jusqu'à présent ils avaient réussi à protéger l'anonymat de Richardsson. Le protéger, était-ce la bonne expression ? Le protéger de qui ?

Était-ce lui qui avait appelé ?

Winter avait enregistré la conversation, selon une routine qu'il avait appris à s'imposer.

Il la faisait maintenant écouter à ses collègues :

— *Allô ? Allô ? Allô, qui êtes-vous ? Ici le commissaire de la police criminelle, Erik Winter.*

— *Winter.*

— *Oui, c'est bien moi. Qui est à l'appareil ?*

— *Je... je ne voulais pas le faire.*

— *Pardon ? Je n'ai pas bien compris. Qu'est-ce que vous avez dit ?*

— *Je... ne veux pas le faire. Je ne veux pas ! Aidez-moi !*

— *Allô ? Allô ?*

— Il dit ton nom, constata Aneta Djanali. Il le répète.

Winter hocha la tête.

— Il cherche une confirmation auprès de toi.

— Il voulait en être sûr, enchaîna Halders. Il cherchait à joindre Erik.

— Il a peut-être choisi ce nom par hasard.

— Par hasard ? Tu connais le bottin des commissaires de police, toi ? répliqua l'inspecteur.

Il s'en mordit les lèvres. Et voilà ! Maintenant on va me dire que je rêve d'entrer dans le bottin.

— Moi aussi, j'ai l'impression que ça l'a rassuré d'être mis en relation avec Erik, déclara Ringmar.

— Admettons : il voulait me joindre, et moi seul, reprit Winter. Autre chose ?

— Il change de... temps verbal, intervint Bergenhem. D'abord il dit qu'il ne « voulai[t] » pas « le » faire et ensuite qu'il ne « veu[t] pas le faire ».

— Il répète la dernière proposition, enchérit Aneta Djanali. Qu'il ne veut pas le faire.

— D'abord, il ne voulait pas le faire, et maintenant il ne veut pas le faire, résuma Ringmar.

— Il voudrait qu'on l'aide à ne pas le faire, conclut Halders.

— À ne pas le refaire, corrigea Ringmar.

Winter opina du chef :

— Il ne veut pas le refaire.

— Il a fait quelque chose qu'il ne veut pas recommencer, murmura Aneta Djanali.

— Oui.

— Quoi donc ?

— Tuer un mec, proposa Halders.

— Ça pourrait avoir un rapport avec l'affaire Sellberg ? s'étonna Aneta Djanali.

— Pourquoi pas ? répliqua l'inspecteur.

Benny Vennerhag avait déménagé depuis la dernière fois. Il vivait maintenant dans l'une des rares habitations qui longeaient la route de Järkholm, à peine à un *drive* de distance du golf de Hovås. De l'autre côté de la piste cyclable : la mer. Dans le temps, Winter faisait la route à vélo jusqu'au ponton de Järkholm. C'était là qu'il allait se ressourcer. Il gara sa voiture et monta vers la maison de Vennerhag. Un palace qui avait dû lui coûter dans les vingt millions de couronnes. Les deux piscines étaient... vides. Une terrasse en bois courait tout le long de la maison, façon paquebot de luxe. Winter sonna à la porte. Un carillon déplaisant retentit. Personne ne vint ouvrir. Il entendit un cri derrière lui. Se retournant, il vit une silhouette lui faire signe de l'autre côté de la route, sur le ponton. Un gros bateau à moteur et un voilier encore plus grand étaient à l'amarre. La silhouette qui se découpait à contre-jour le saluait.

— Erik ! Par ici ! Viens par ici !

Winter traversa la route, puis il descendit vers le ponton en passant par les rochers. L'homme n'avait pas bougé. Benny Boy. L'une des personnes au monde pour lesquelles il avait le plus d'aversion. Sans doute à cause de cette histoire avec sa sœur. Le salaud. Histoire, ou comment appeler ça ? Attaque. Viol. Agression. Hypnose.

Benny était en maillot de bain. Visiblement, il soignait sa musculature et son sourire étincelait de blancheur sur sa peau bronzée.

— Mon Dieu, Erik ! Fin octobre et on se croirait en plein été ! Ça ne te donne pas envie de faire trempette ?

— Non.

— J'ai des maillots dans la cabane.

— La cabane ?

— Ouais, la cabine de bain. Tu la vois ? Tu peux te changer à l'intérieur. Vas-y, bon sang ! Depuis le mois de mai, je nage tous les jours ici.

— Et ça te fait du bien, Benny ?

— Quoi ? Vas-y, mon gars ! Va te changer !

Pourquoi pas ? Ça lui éclaircirait peut-être les idées. L'histoire se répétait. La dernière fois qu'il avait vu Benny, plusieurs années auparavant, dans l'ancienne maison du gangster, en ville, il lui avait également emprunté un maillot de bain pour nager dans la piscine.

Ensuite, il avait essayé de noyer Benny dans le grand bassin.

Mais celui-ci n'était pas rancunier :

— Très bien ! lui lança-t-il en le voyant sortir de la cabine. Un petit plongeon maintenant !

Benny plongea, et Winter après lui. Le contact de l'eau lui donna d'abord un frisson glacial, puis une sensation délicieuse. Il nagea un moment, le visage tourné vers le soleil. Il sentait le sel sur ses lèvres. Il sentait en lui une clarté, une acuité nouvelle.

Vennerhag battait des pieds dans l'eau, à dix mètres devant.

— Je connais rien de meilleur, fit-il lorsque Winter l'eut rattrapé.

— Je te crois.

— Pourquoi tu ne viens pas me voir plus souvent, Erik ? (Vennerhag sourit de plus belle.) On pourrait fonder un club. Un club de baigneurs.

— J'ignorais que tu habitais dans le coin, Benny. Jusqu'à aujourd'hui.

— Ouais, c'est ce que tu me disais au téléphone. (Il commença à nager.) J'ai entendu que t'avais acheté un terrain à Billdal. Toujours pas construit, bien sûr.

— Ah bon ?

— Pas que je sache.

— Tu me fais surveiller ?

— Tu plaisantes ? Bien sûr que je te surveille. Une célébrité comme toi.

— On peut avoir d'autres raisons.

— Tu veux dire ?

— On surveille toujours ses ennemis.

— Enne... commença Vennerhag. (Il interrompit, et reprit, ses battements de jambes.) Qu'est-ce que tu racontes, Erik ? Toi et moi, des ennemis ? Pourquoi ça ? J'ai complètement changé de vie. Fini, mes erreurs de jeunesse. Tu le sais bien, Erik. Tu connais tout de mes erreurs de jeunesse.

Nouveau sourire. Il n'a pas peur, songea Winter. Je pourrais le noyer.

— Dis bonjour à Lotta quand tu la verras, continua Vennerhag avec un sourire épanoui.

— Non, lui répondit Winter en revenant vers le ponton.

— Tu te refroidis, Erik ? entendit-il derrière lui.

Il ne répondit pas.

*

Ils se séchèrent au soleil, sur les planches de bois. Vennerhag avait cherché deux bouteilles de bière légère dans le frigo de la cabine de bain. Winter hésitait à boire, mais il en aurait sans doute pour un moment. Par-delà le fjord d'Askim, le soleil scintillait au-dessus des rochers. Les rochers de l'archipel sud. Il les voyait aussi depuis sa propre plage, un peu plus au sud. Il pensait à Beatrice. Avait-elle jamais pu faire son dernier tour à la nage ? Ou bien lui avait-il, justement, coûté la vie ? Il était persuadé qu'elle était morte. Son corps devait se trouver quelque part. La poussière de son corps. Benny Vennerhag leva sa bouteille de bière pour trinquer avec lui. Il arborait un sourire béat. Il était pourtant loin d'être idiot. C'était peut-être un homme heureux, mais c'était aussi quelqu'un de dangereux. Le parfait exemple du sociopathe.

— Tu ne m'as pas l'air trop à plaindre, fit Winter en pointant la tête vers la maison, qui semblait flotter au-dessus des rochers dans la lumière de l'après-midi. Quand est-ce que tu l'as achetée ?

— Oh, trois ans, je crois.

— Tu l'as payée combien ?

— Vingt-sept millions.

— Pas plus ?

— Le mec était pressé de déménager. (Benny sourit de nouveau.) Il m'a fait un prix.

— Oui, on peut dire. (Winter prit une gorgée de plus. La bière était amère : une Jever.) Je suppose que tu l'as payée comptant.

— Naturellement. Sauf que c'était pas moi, c'était ma société.

— Laquelle ?

— Peu importe, non ?

— Un certain nombre de business vont bon train dans cette ville depuis quelques années, constata Winter.

Deux femmes passaient à vélo sur la route, en chapeau à large bord, la jupe flottant au vent. L'une d'elles leva la main en signe de salut. Elle avait un beau panier sur le guidon.

— Parfois j'invite une jolie passante à se joindre à la baignade. Elles peuvent même être deux.

— Tu n'as jamais songé à fonder une famille, Benny ?

— Si. (Benny le regarda droit dans les yeux.) Une fois. Mais elle ne voulait pas de moi. Au début, oui, mais après, non.

— Tiens, tiens.

— Ça aurait changé beaucoup de choses, Erik. (Vennerhag déposa sa bouteille.) Pense au bon temps qu'on aurait pu avoir, toi et moi. Partager une vie de famille et tout ce qui va avec.

— Mais on passe du bon temps en ce moment, Benny.

— Tu vois ! Enfin, est-ce que ça t'amuse tant que ça, Erik, la vie de famille ?

— Pourquoi cette question ?

— Tu m'as l'air de traîner assez souvent dans un des bars du centre-ville. À croire que tu cherches à avoir le beurre et l'argent du beurre.

— Tu me fais filer, Benny ?

Vennerhag se garda de répondre.

— Je disais qu'un certain nombre de business ont bien progressé ces dernières années.

— Y a pas mal de choses qui marchent en ce moment, confirma Vennerhag.

— Trafic d'armes ? De bagnoles ? Vol à main armée ? Prostitution ? Trafic de stupéfiants ? D'alcool ? Protection armée ? Meurtre ?

— Ça, c'est ta branche, Erik.

— Notre branche, Benny. Notre branche à tous les deux.

— Qu'est-ce qui me vaut cette gentille visite, Erik ? Naturellement, ça m'a fait très plaisir que tu m'appelles, mais tu...

— Avant tout, est-ce qu'on est d'accord qu'on travaille dans la même branche, Benny ? (Winter fit un large geste du bras.) Bon sang ! Regarde autour de toi. On est seuls. Tout seuls au monde. Je n'ai qu'un maillot de bain sur moi. Pas d'appareil enregistreur. Je suis venu faire un petit coup de natation et prendre une bière avec toi.

— Tu essaies de me dire que tout ça restera *off the record* ?

— Exactement.

— Tu sais bien que je suis pas un mouchard, Erik. Non pas que j'aie des trucs à mouch...

— Des pistolets, l'interrompit Winter. Tokarev, pour être plus précis. Un certain Tokarev, très exactement.

— Et alors ?

— Il fume encore.

— Ah oui ?

— Je veux le retrouver.

— Pourquoi ?

— Tu lis les journaux ?

— Assez rarement. Mais il m'arrive de lire les nouvelles en ligne.

— Le meurtre dans le parking, sous l'Institut Pédagogique.

— Aucune idée, Erik. Sur l'honneur. J'ai dû lire un article sur cette histoire, mais c'est tout.

— Il ne s'agit pas de te mettre en cause, Benny. Mais l'arme du crime avait déjà été utilisée deux fois. Ces deux autres cas pourraient être en lien avec cette affaire.

— Avec le meurtre dans le parking ?

— Oui.

— Alors, qu'est-ce que t'attends de moi ?

— Des infos sur l'arme.

— Tu sais combien y en a, des Tokarev, en circulation dans cette ville ?

— Je n'ai pas de chiffre exact.

— Y en a un paquet.

— Celui-ci a dû circuler un peu plus que les autres.

Vennerhag ne répondit pas.

— Il pourrait donc être plus facile à retrouver.

— Alors vous devriez vous en occuper vous-mêmes.

— C'est ce que je suis en train de faire en ce moment, Benny.

— Pourquoi je devrais t'aider ?

Winter resta silencieux. Il but une dernière goutte de Jever. Il en aurait bien pris une deuxième, mais il n'avait pas envie de laisser la voiture ici, à l'ombre du hangar à bateau de Vennerhag.

— La dernière fois qu'on s'est vus, t'as failli me noyer, Erik. Tu m'as foutu une drôle de raclée.

— Je ne te pensais pas si rancunier, Benny.

Vennerhag eut un rire bref qui résonna à travers le fjord jusqu'aux rochers de Brännö. Une bande de mouettes s'envola à grands cris des rochers voisins.

— Je t'aime bien, Erik. On est pareils au fond, on sait pardonner. OK, je vais essayer de t'aider. Je te promets rien, mais si je vois quelqu'un qui a vu quelqu'un qui a vu...

— Bien.

— Et maintenant, tu as quelque chose pour moi ?

— Pour toi ? Mais tu ne m'as pas l'air de manquer de quoi que ce soit, Benny.

— Il y a une chose, Erik.

21 h 55

Une mer d'huile sur tout le détroit. Elle sentait le vent dans ses cheveux. Il lui avait tout de suite lâché le bras. Ce n'était pas si méchant. Juste une petite blague.

Le bateau vira autour de l'îlot.

Celui qui était à l'avant se retourna.

— Il s'appelle comment ? cria-t-il.

— Svensholm, lui lança le gars assis derrière elle.

— Pas énorme.

— Non.

Ils poursuivirent leur course entre les îlots. Elle se retourna. Celui qui était derrière elle lui sourit. Il lui demanda quelque chose qu'elle n'entendit pas.

— Quoi ?

— Tu es déjà venue ici ? cria-t-il.

Elle secoua la tête.

Il fit un geste de la main.

— Faut se méfier des récifs.

— Quand est-ce qu'on fait demi-tour ? cria-t-elle.

— Bientôt.

Ils avaient une île plus grande sur la gauche.

— La grande Källö, fit-il avec un geste du bras.

Ils continuèrent plus bas dans le détroit. Elle voyait en face d'eux des maisons d'habitation, bungalows et villas. Elle savait que c'était Styrsö, car la colo avait fait une excursion là-bas. C'était sympa au début, mais très vite, elle avait dû s'occuper des petits : ils pleuraient de fatigue. Il n'y avait que deux animatrices et elles préféraient rester assises sur une couverture à fumer des clopes. Elle n'était pas d'accord : ils étaient trop jeunes pour se débrouiller tout seuls.

— Styrsö ! lança le gars derrière elle.

— Je sais ! cria-t-elle.

Le conducteur fit virer le bateau dans le détroit. Il se tenait derrière le volant, sans dire un mot. Il n'avait pas ouvert la bouche depuis qu'ils étaient montés à bord. Il ne l'avait pas regardée une seule fois quand ils étaient en mer, elle n'avait pas remarqué en tout cas. Mais elle l'avait vu venir à la colo plusieurs fois. Elle ne savait pas ce qu'il faisait. Des livraisons ? Des triporteurs venaient parfois livrer. Une fois, elle avait été tentée d'en prendre un pour aller sauter sur un ferry et rentrer à Göteborg, mais elle n'avait pas osé.

J'aurais mieux fait, pensait-elle maintenant.

Ils croisèrent un bateau à voile. Un garçon, à l'avant, tirait sur un cordage. Il leva les yeux vers eux. Tout à coup, il les salua de la main. Un salut qui lui était adressé, elle le sentait. Il la regardait, elle voyait ses yeux. Il avait son âge. Elle leva la main. Son peignoir se souleva comme un drapeau rouge, et le garçon à la proue la salua de nouveau. Il se tenait au mât. Le voilier roulait dans le sillage du bateau à moteur. Elle remarqua que son peignoir flottait toujours, comme un drapeau.

25.

Lars Bergenhem commanda un café standard, Winter un *caffé latte*. La silhouette trapue de l'église Masthugg se dessinait de l'autre côté du fleuve.

Ils étaient seuls à la terrasse de la Villa sur la place Eriksberg. Le soleil était encore chaud, mais la belle saison touchait à sa fin sur la berge nord du fleuve : ce soir on devait rentrer le mobilier d'extérieur.

La serveuse s'éloigna. Elle avait salué Bergenhem comme un habitué. Winter la suivit du regard. Elle ne lui était pas inconnue. Il rencontrait beaucoup de monde. Les visages des uns et des autres finissaient par se confondre.

— Je viens de temps en temps, expliqua l'inspecteur.

— Hmm.

— À l'époque où on est partis pour Torslanda, il n'y avait que le chantier naval dans ce quartier. Et encore, pas terminé.

— Eh oui, la ville change de visage.

— Ici, c'est sûr.

— Oui.

— J'ai quitté la maison, déclara Bergenhem. Hier.

La serveuse revenait avec un plateau dans les mains.

— Voici le café, annonça Winter.

Elle déposa les tasses devant eux et s'éloigna.

— Et tu t'es installé par ici ?

— Oui. Chez un ami. En attendant.

— Qu'en dit Martina ?

— D'après toi ?

Winter garda le silence.

— Je n'ai pas réussi à lui expliquer, reprit Bergenhem. Pas encore.

Le pont d'Älvsborg semblait se dissoudre dans la lumière du soleil. Winter cligna à peine des yeux qu'il s'évanouit pour de bon. La grande grue portique aussi. Tout disparut.

— Qu'est-ce que tu dois expliquer ? demanda-t-il en se tournant vers son collègue.

— Quelque chose que... je ne comprends pas moi-même.

— Comment s'appelle ton ami ?

— Pourquoi je devrais te le dire ?

Winter ne répondit pas. Deux hommes qui passaient à pied sur le quai du Moulin vinrent s'asseoir à une table de l'autre côté de la terrasse. Ils étaient de la même génération que Winter, celle d'avant Bergenhem. L'un d'eux était vêtu d'un costume sombre, de bonne facture. L'autre affichait un total look : pantalon et blouson de cuir noir. La boule à zéro, il portait des lunettes noires. Winter ne le reconnaissait pas, contrairement au premier.

— Christer Tiger.

Bergenhem suivit son regard.

— Le mec en costard ? Ouais, ça lui ressemble.

— C'est lui. Le plus grand bandit de la ville.

L'inspecteur laissa échapper un rire bref.

— Selon quels critères ?

— Il brasse gros, répondit Winter. Sans jamais forcer l'allure.

— Jamais ?

— Non.

— Il sait calculer, commenta Bergenhem.

Winter voyait bien que Tiger regardait de son côté. Il devait le reconnaître, mais ça ne signifiait pas grand-chose. Voici que Tiger le saluait d'un geste de la main. Le commissaire lui rendit son salut. Le crâne rasé à côté du gangster lui adressa un sourire. Tiger agita la main une dernière fois, puis il la rabaissa.

— Quel enfoiré !

— J'ai l'impression de l'avoir déjà vu traîner dans le coin, fit Bergenhem.

— Je crois qu'il habite le quartier. (Winter se tourna vers son collègue.) Vous êtes voisins maintenant !

*

Tiger et son copain s'étaient levés et se dirigeaient à présent vers le quai de Sörhall. Ils ne s'étaient pas retournés.

Une seconde, Winter avait cru qu'ils allaient s'approcher d'eux pour leur serrer la main. Benny Boy lui avait suffi. Il ressentait un certain malaise à l'idée de socialiser avec tous ces criminels. Mais il n'avait pas mal au crâne. Tiger était devenu un baron de la drogue. Un jour ou l'autre, les collègues de la brigade des stups finiraient par lui tomber dessus. Même si la tâche n'était pas facile. L'attente pouvait être longue. Il s'agissait de garder patience. Et Tiger en avait, de la patience. Le personnage paraissait très maître de lui. Mais il y avait quelque chose de malsain dans son calme. Et puis c'était un meurtrier. Winter détestait les meurtriers. C'était tellement fort chez lui, qu'il aurait pu frapper à mort un type comme ça. Il se demandait quelle sensation il en retirerait, sur le moment.

— Je ne sais pas quoi faire, dit Bergenhem.

— Parle avec Martina, lui conseilla Winter. Commence par là.

— Si tu savais, Erik, c'est facile à dire. Et puis, il y a Ada.

— C'est ton choix, Lars. Ton propre choix.

— Un choix ? Mais si j'avais le choix, qu'est-ce que tu crois que je préférerais ?

— Tu as quand même fait un choix, puisque tu es parti.

— Je peux rentrer à la maison.

— Oui.

— Tout de suite.

— Oui.

— Je le fais alors.

Winter garda le silence.

— Je quitte le métier, déclara Bergenhem.

— C'est une mauvaise idée.

— Non. Je ne suis pas fait pour ce boulot. Ça fait un moment que j'y pense. Il faut que je fasse autre chose.

— Mauvaise idée, Lars, répéta Winter.

— Non.

— Qu'est-ce que tu ressens pour ce garçon, Samuel ? Il compte, pour toi ?

— Il compte... beaucoup.

— Oui, tu as emménagé chez lui. Mais est-ce qu'il représente tout pour toi ? Dois-tu devenir un autre parce que tu as choisi de vivre avec lui ? Si c'est ce que tu as choisi.

— Je ne peux pas te répondre, Erik. Pas encore en tout cas.

— Et tu ne peux pas attendre d'avoir trouvé la réponse à cette question ?

— Bon sang, Erik ! Ça va commencer à jaser. Comment est-ce que j'oserais seulement me montrer au boulot ?

— Tu n'es pas seul.

— Pas seul ? Qu'est-ce que tu veux dire ? Que tu prendrais ma défense ?

— Non. Si, bien sûr. Mais ce n'est pas ce que je voulais dire.

— Tu veux dire qu'il y en a d'autres, des pédés, dans la police ?

— Si tu veux, oui, sourit Winter.

— J'en connais pas un seul, répondit l'inspecteur. Et je ne tiens pas à en rencontrer.

Le ferry pour le Danemark passait au milieu du fleuve. Le soir les navires et les bâtiments sur les berges scintillaient à qui mieux mieux. La ville s'embellissait la nuit.

Winter but une gorgée de *latte*. Le café avait refroidi. Il l'avait complètement oublié. Il avait un goût sirupeux. Il l'avala malgré tout.

— Je ne suis pas sûr que Sellberg était pédé, fit l'inspecteur.

Winter hocha la tête. Bergenhem avait retiré ses lunettes de soleil. Il plissa les yeux en regardant le ciel : un avion glissait silencieusement au-dessus de leur tête.

— J'ai parlé avec les gens. Il n'avait pas l'air de fréquenter ces cercles-là.

— OK.

— La question, c'est de savoir où il se situait.

— Sexuellement ?

— Oui.

— Et de faire le lien avec son meurtre ? enchaîna Winter.

— Oui.

— Même chose dans le cas de Jan Richardsson.

— De ce côté, ça s'est un peu éclairci, annonça Bergenhem.

— Alors ?

— On l'a déjà vu dans deux trois endroits. Une nuit ou deux.

— Ce qui signifie ?

— Qu'il ne peut pas s'empêcher de les fréquenter, je suppose.

— Parce qu'on devrait ?

— Non.
— Richardsson était-il plus sérieux dans la relation que Sellberg ? Plus impliqué ?
— Tu me poses la question, Erik ?
— Je me la pose plutôt à moi-même.
— Tellement impliqué qu'il l'a abattu ?
— Oui.
— J'espère que non.
— Pourquoi ?
— Des pédés meurtriers ? C'est pas bon pour nous, en tant que catégorie sociale. En tant que minorité.

Berit Richardsson appela Winter alors qu'il quittait le pont du fleuve Göta.
— Je ne crois pas qu'il soit encore en vie, Jan.
— Pourquoi cela ?
Winter slalomait entre les travaux de voierie autour de Nordstan. Il lui fallut stopper en plein rond-point : un taxi bloquait le trafic. Il ajusta le microphone à son appareil.
— Il nous aurait téléphoné, à moi, aux enfants. Il fait toujours ça.
— Que voulez-vous dire, Berit ? Il fait toujours ça ? Est-ce qu'il disparaît souvent ?
Elle ne répondit pas. Le taxi finit par bouger. Le conducteur lâcha son klaxon dans la voiture qui précédait celle de Winter. Le chauffeur de taxi lui fit un bras d'honneur et démarra sur les chapeaux de roue.
— D'où m'appelez-vous, Berit ?
— De la maison.
— J'arrive.

Le soleil découpait des ombres tranchantes sur Örgryte. Berit Richardsson attendait à la grille. Elle portait des lunettes noires, qui vous donnent toujours un air arrogant. C'était une forme de protection pour une femme qui n'avait rien d'arrogant. Elle retira ses lunettes, découvrant ses beaux yeux sombres, comme si le verre fumé avait déteint sur eux.
Qu'est-ce qui les liait, son mari et elle ? se demanda Winter. Qui est-elle ?
— On peut s'installer sur la terrasse, proposa-t-elle, en ouvrant la marche.

Winter la suivit à l'arrière de la maison. Le jardin paraissait toujours aussi fermé, derrière son épaisse haie. Ces gens-là préfèrent vivre à l'abri des regards. Ils n'ont pas pu échapper à mes visites.

— Voulez-vous boire quelque chose ?

— Non merci.

Elle s'installa sur une chaise de jardin.

— Vous ne prenez pas de siège ? s'étonna-t-elle en désignant d'un geste la chaise en vis-à-vis.

Winter s'assit.

Elle avait quelque chose à lui dire.

— Jan... disparaissait parfois. Il partait.

Winter hocha la tête.

— Ce n'est pas arrivé souvent.

Des circonstances atténuantes, Winter avait déjà vu ça. Le passé ne comptait pas, n'avait rien à voir avec l'avenir. Rien de ce qui avait pu se passer n'avait aucune conséquence. Voilà à quoi ressemblait l'un des plus grands mensonges de la vie, le plus grand peut-être.

— Pourquoi partait-il ?

— Je ne sais pas.

— Je ne vous crois pas.

Ses yeux étaient ailleurs maintenant. À l'endroit où se trouvait son mari ? Où il s'était déjà rendu avant ? Non. Elle n'y avait pas accès. Elle ne le désirait pas non plus. Winter avait déjà vu cela aussi. Elle ne voulait être nulle part dans ce monde. Il n'y avait aucun refuge possible nulle part.

— À quand remonte sa dernière fugue ?

— La dernière ? (Elle fixa Winter du regard.) Un an à peu près.

— Combien de temps s'est-il absenté ?

— Juste... une nuit. Deux jours, je crois.

— Que vous a-t-il dit en rentrant à la maison ?

— Qu'il avait... tourné en voiture. Roulé pour réfléchir.

— Pendant deux jours ?

— Oui.

— Il avait dormi dans sa voiture ?

— Je ne sais pas.

— Vous ne lui avez pas posé la question ?

— Non.

— Pourquoi ?

— Parce que je ne veux pas savoir ! fit-elle d'une voix plus aiguë.

— Que préférez-vous ignorer, Berit ?

— Vous ne pouvez pas vous taire ? Et me laisser tranquille !

Elle avait encore haussé le ton. Les voisins. Winter regarda le rempart de verdure. Que diraient les voisins ? Il n'avait pas parlé avec eux. La police n'avait pas encore recueilli d'information utile de leur part. Berit Richardsson semblait les oublier en ce moment. Oublier la honte : un mari en cavale. Tous étaient au courant, même si son nom n'avait pas été officiellement mentionné. Les enfants de Richardsson étaient au courant. Ils essayaient de se défendre. De se défendre contre leur vie, se dit Winter.

— Vous voulez que je parte ? (Il se leva.) C'est vous qui m'avez appelé.

Elle garda le silence. Il ne voyait pas son visage. Elle lui tournait le dos.

— J'ai envoyé des hommes interroger les gens de Brännö. Pour essayer de le retrouver.

Elle se retourna. Winter perçut quelque chose dans son visage. Une expression d'étonnement ? Non. Du désespoir ? Non, c'était bien de l'étonnement. Une forme d'étonnement.

— Croyez-vous qu'il puisse se cacher à Brännö ?

— Il n'y est pas retourné depuis trente ans. Au moins.

— Il vient de là-bas.

— Il n'y retournait pas. Nous... n'y sommes jamais allés.

— Pourquoi donc ?

— Il n'a plus de famille sur l'île.

— Que s'est-il passé ?

— Comment cela ?

— Que leur est-il arrivé ?

— Ils sont morts, répondit-elle avec un petit rire. Comme tout le monde. On meurt tous.

— Ses parents ?

Elle hocha la tête.

— Jan avait-il des frères et sœurs ?

— Pas que je sache.

— La maison existe toujours ? Celle où il a grandi.

— Je n'en sais rien. Je n'y suis jamais allée, comme je vous le disais. Il n'en parlait jamais. Je ne sais rien sur cette île. Je ne lui ai jamais posé de question. Il ne voulait pas.

— C'est difficile à comprendre.

Elle ne commenta pas.

— Il doit bien y avoir une raison.

— Est-ce qu'on peut toujours tout comprendre dans la vie ?

— Vous avez dit qu'il était mort, reprit Winter. Lorsque vous m'avez appelé.

— J'ai dit que je ne pensais pas qu'il soit encore en vie.

— Quelle différence ?

— Votre formulation est trop définitive.

— Qu'est-ce qui vous a poussée à me dire ça ?

— Le fait qu'il ne donne pas de ses nouvelles.

— Il l'a toujours fait avant ?

— Il passait au moins un coup de fil.

— Et cette fois, rien du tout ?

— Non.

— Voudriez-vous me suivre dans ma voiture un instant ?

— Pourquoi ?

— J'ai quelque chose à vous faire écouter.

— Je... ne voulais pas le faire.

— Pardon ? Je n'ai pas bien compris. Qu'est-ce que vous avez dit ?

— Je... ne veux pas le faire. Je ne veux pas ! Aidez-moi !

Elle regarda Winter. Son visage avait changé d'expression.

— Que voulez-vous que je vous dise ?

— Reconnaissez-vous cette voix ?

— Non.

Winter fit repasser la courte séquence. Il scrutait son visage. On aurait dit qu'elle ne voulait pas écouter. Qu'elle allait se plaquer les mains sur les oreilles.

Il ressortit le CD.

— Ce n'est pas Jan qui parle, si c'est ce que vous pensez.

— Non, je ne reconnais pas non plus cette voix. Vous ne l'avez jamais entendue ? Ce ne serait pas l'une de vos connaissances ?

— Non.

— OK.

— De quoi parle-t-il ? s'enquit-elle.

— Je n'en sais rien.

— Qu'est-ce qu'il ne veut pas faire ?

— Je n'en sais pas plus que vous.

Sa main remonta tout à coup vers sa bouche. Elle devint blême.

— C'est Jan.

— Comment ?

— Il va tuer Jan.

— Qu'est-ce qui vous le fait croire ? demanda le commissaire.

— Il n'y en a pas d'autre.

Elle avait saisi le bras de Winter et le serrait fortement :

— Écoutez-le ! Il faut que vous l'attrapiez !

— On essaie.

Son visage reprit des couleurs.

— Vous êtes vraiment sûre de n'avoir jamais entendu cette voix ?

Elle ne répondit pas.

26.

Ringmar paraissait avoir dormi dans ses vêtements de la veille. Dormi dehors. Il avait une barbe de deux jours.

— Comment vas-tu, Bertil ?

— Parfaitement bien.

Des dames se retournèrent sur son passage tandis qu'ils se dirigeaient vers leur table habituelle chez le pâtissier Ahlström.

— J'aurais dû prendre un napoléon, comme toi, fit-il en lorgnant l'assiette de Winter.

— Prends le mien.

— Mais non, tu n'aimes pas les tartes aux fruits.

— Si si. Et puis, avec cette chaleur... ces myrtilles me font très envie. Donne !

— OK, OK.

Ils échangèrent leurs assiettes. Les dames les regardaient faire. Des bourgeoises, comme souvent dans les salons de thé. Winter et Ringmar détonnaient quelque peu, surtout Ringmar, et surtout ce jour-là.

Ringmar fit un sourire aux dames : vous aussi, vous faites partie des habitués ?

— Alors, cette crise existentielle, Bertil ?

— Alors, ce mal de crâne, Erik ?

— Il va très bien, merci.

— De rien.

Winter contemplait son assiette. Les myrtilles avaient un parfum d'enfance, et d'innocence.

Il laissa retomber sa petite fourchette :

— Berit Richardsson a très peur.

— On dirait. (Ringmar tâchait d'entamer son millefeuille avec la fourchette sans briser tout le fond de pâte, mais en vain. Le gâteau avait l'air écrasé du poing.) Et merde !

— Qui peut-elle craindre ?

— Peut-être pas qu'une seule personne, répondit Ringmar.

— Mais qui ?

— Son mari. Ou celui qui l'a obligé à s'enfuir. Sellberg.

— Sellberg ?

— Ce qu'il représentait.

— À savoir ?

— Si on réussit à le savoir, on aura résolu cette affaire, Erik.

— Ce serait si simple que ça ?

Ringmar ne répondit pas. Il regardait son assiette d'un air sombre.

— J'ai massacré ton gâteau.

— C'est désormais le tien, Bertil. Assume.

Ringmar releva les yeux.

— Qui devons-nous écouter, Erik ? Elle a dit « Écoutez-le. » Elle devait faire allusion à la voix enregistrée.

— Oui.

— C'est qui, ce mec ?

— Tu crois qu'on le connaît ?

— Oui.

— Déjà ?

— Oui.

— Quelqu'un qu'on a déjà rencontré dans notre enquête ?

— Ça pourrait être Richardsson lui-même, suggéra Ringmar.

— Dans ce cas, il déguise vraiment bien sa voix.

— C'est si difficile ?

— Non.

— Elle a dit qu'« il n'y en a pas d'autre ». Quèsaco ?

— Qu'il n'y a personne d'autre à tuer. Que Richardsson est la prochaine victime.

— Tu crois ? Je ne suis même pas sûr que quelqu'un doive mourir.

— Moi si, répliqua Winter.

— Pour moi, c'est *presque* une certitude.

On sonnait à la porte d'Ademar. Il leva les yeux de son ordinateur. Devant la grille, une voiture inconnue. De son bureau, il voyait la moitié de la rue. Il était en train d'écrire sur le dernier été de Beatrice, avant qu'elle ne parte en colo sur l'île de Brännö. Ce n'était pas prévu au départ. Le séjour en colo était une suite de ce qui s'était passé un tout petit peu avant dans la famille. Sans cela, rien ne serait arrivé. C'était la vie. La mort. C'était comme ça.

La sonnette retentit une nouvelle fois. C'est mon heure, songea-t-il. Ha ! ha ! ha !

Il se leva.

Troisième coup de sonnette alors qu'il était dans le couloir.

Il ouvrit.

Le coup s'abattit sur lui avant même qu'il ait eu le temps de le voir venir.

Il se réveilla dans le noir. Il crut d'abord être en plein rêve, dans un monde qu'il allait bientôt quitter. Puis il essaya de bouger. Ensuite, il se souvint : un fragment de visage, un mouvement vif, la douleur. Surtout la douleur. Il avait vraiment mal maintenant. Sa tête cognait. Ce n'était pas un mal de tête ordinaire.

Il était allongé sur le sol, les épaules endolories, les mains derrière le dos. Il avait du mal à remuer les doigts. Comme s'il n'en avait plus. À l'odeur de poussière s'ajoutait un parfum sucré qu'il ne reconnaissait pas. Sur son visage, une sensation visqueuse.

— Tu m'entends ?

La voix venait de derrière lui. Étouffée, comme si l'homme tenait quelque chose devant sa bouche.

— Tu m'entends ?

Il essaya de remuer la tête. Ça cognait plus fort encore, boum-boum-boum. Une main sur son épaule. On lui tordit le bras. Tout le haut du bras le faisait affreusement souffrir. Il poussa un cri.

— Fais pas le con. C'est rien à côté de ce qui t'attend. Bientôt.

L'homme devait avoir dix ans de moins que lui. Il portait un costume sombre. Les cheveux paraissaient bruns, mais cela pouvait tenir à l'obscurité qui régnait dans la pièce.

Ademar était maintenant assis par terre, les mains attachées dans le dos. C'était son bureau. L'autre avait dû le traîner jusque-là après l'avoir frappé.

Il essaya de dire quelque chose. Aucun son ne sortit de sa bouche.

— Que... que voulez-vous ? finit-il par articuler.

— T'as pas compris ?

— Vous... vous pouvez prendre tout ce que j'ai. (Il pointa la tête en direction de sa table. Aïe ! Il fallait qu'il arrête de tourner la tête.) Vous pouvez prendre l'ordinateur. C'est tout ce que je possède.

— J'en ai déjà plein, des ordis. Plus qu'assez.

— Que voulez-vous ?

— Tu me prends pour un voleur ?

Ademar resta silencieux.

Christer Tiger s'assit brusquement sur les talons devant l'écrivain.

— Tu crois que je suis venu te voler ?

Nouveau silence. L'autre s'était rapproché. Il avait l'air calme. Rien de pire. Les psychopathes étaient de vrais agneaux avant de tronçonner leur petite maman. Et ils pouvaient se tordre de chagrin la minute après.

— Je... ne sais pas.

— Tu comprends pas pourquoi je suis là ?

— Non.

— Si je te dis rue Nordenskiöld ?

— Rue Nordenskiöld ?

— Ouais. Tu la connais, cette rue ?

— Oui...

— Y a un parking là-bas. Juste en face de la brasserie Manfred. Tu vois ?

— Manfred ?

— Ouais. Mais c'est surtout le parking.

— Que dois-je dire ?

Tiger le frappa sur la joue du revers de la main. Le bruit fut pire que le coup.

— Tu dois me dire que tu connais ce parking.

— Je le connais.

Un fou. Il se retrouvait avec un fou dans la maison. Cette rue avait été abandonnée de Dieu et vouée au Diable. D'abord le voisin, maintenant celui-ci. Il aurait dû partir immédiatement après sa dispute avec Sellberg. Il aurait dû quitter la ville. Depuis, son livre était resté au point mort de toute façon. Il y avait quelque chose dans le regard de ce type qui lui disait qu'il ne reverrait pas la prochaine aurore. Ce n'était rien de plus, mourir. Se masser le crâne pour la dernière fois. Ça fait mal, mais c'est toujours mieux que le grand sommeil. Est-ce qu'il va m'étrangler ? Me tirer dessus ?

Mais pourquoi ?

L'autre se releva.

Me rouer de coups ?

— Qu'est-ce qu'il a de spécial, ce parking ?

Ademar fixa les genoux du type. Il ne voulait pas voir son visage. Il commençait à avoir peur. Terriblement peur.

— Réponds !

— Ma... voiture, fit-il. Ma voiture est garée là-bas.

— Exact.

— Et... alors ?

— Je suis allé la voir, je l'ai examinée, ta bagnole. Une Saab, blanche en plus. Ça m'a facilité le boulot. Tu sais pourquoi ?

— Non. Non, je n'en sais rien.

— J'ai tout de suite vu ce qu'il restait de la peinture de ma bagnole sur la tienne.

Et l'autre lui donna un coup de pied dans la poitrine.

Il crut que son cœur allait cesser de battre.

— Tu m'entends, salopard ? T'es rentré dans ma bagnole !

Il reçut un coup de plus, sur la hanche cette fois. Il ne sentait plus rien. Il pensa à la mort, qui l'attendait pour bientôt. Il pensa à l'avenir, au-delà de la mort. Qu'est-ce qui l'attendait ?

— T'es rentré dans ma bagnole !

Un coup de plus. Dans le dos cette fois. L'autre lui était passé derrière. Il voulait le frapper sous tous les angles. C'était comme ça. Il finirait par le frapper à la tête. Il ne se rappelait pas ce qu'il portait comme godasses, ce con, mais elles étaient pointues.

— Attendez... attendez. Je ne suis pas rentré dans votre voiture.

— Ha ! ha ! ha !

Un coup de plus. Il essayait de les éviter, mais c'était inutile, bien sûr. Il ne sortirait pas vivant de cette pièce.

— Et t'as mis les bouts !

Encore un coup. Sur l'épaule. C'en serait bientôt fini. Il ferma les yeux. Pourvu que ça aille vite. Pourvu que je perde conscience immédiatement. J'ai fait quelque chose dont je ne sais rien. Je n'ai pas embouti de bagnole. Pas remarqué en tout cas. Ça se remarque, normalement. Est-ce que j'aurais frôlé quelqu'un en sortant du parking ? La semaine dernière ? Quand ? Est-ce que j'aurais reçu un appel au moment où je sortais ? Il se serait passé quelque chose pendant que je parlais au téléphone ? Une fausse manœuvre ? Peut-être. Je n'ai rien vu. Si je l'ai embouti. Je n'ai rien entendu. Qui est-ce qui m'a appelé ? Stefan ? Oui, il m'a bien appelé au moment où je sortais du parking. Je m'en souviens. Bon sang ! Il s'est peut-être passé quelque chose. Ce type qui sera bientôt un meurtrier s'était garé là. Un criminel, c'est évident. Dangereux à mort. Il m'a retrouvé. Sur les dizaines de milliers de bagnoles que compte cette ville, il fallait que je me prenne la sienne. Aucun souvenir. On dirait que je lui ai renversé père et mère. C'est pourtant qu'une bagnole, une connerie de bagnole. Mourir pour une bagnole ! Vraiment ?

— PARDON !

Il sursauta presque au son de sa propre voix. Il n'avait jamais parlé aussi fort. On aurait dit une sirène de bateau. Une corne de brume.

— PARDON !

— Il est trop tard pour demander pardon.

Il reçut un coup à l'épaule.

— Je ne pardonne jamais.

— C'était... c'était... je ne m'en souviens pas ! Je n'ai rien remarqué. Je vous le jure ! Sinon, je me serais arrêté. J'aurais laissé un mot !

— Ha ! ha ! ha ! Vraiment ?

Tiger le frappa de nouveau, toujours sur l'épaule.

— Vous... vous cherchez à me tuer ?

— Ouais !

— Vous... vous n'êtes qu'un lâche !

Ademar attendait le coup sur la tête. Il ferma les yeux. Il essayait de ne plus penser à rien. Juste une dernière explosion dans la tête et ce serait fini. Entièrement fini.

— Qu'est-ce que t'as dit ? Lâche ?

— Oui.

Il n'avait toujours pas reçu le dernier coup. Qu'est-ce qu'il attendait ?

— Qu'est-ce que vous attendez ? Allez-y frappez, puisque vous êtes lâche ! Frappez-moi !

Il frappa lui-même du pied contre le sol. Bong-bong-bong ! Un bruit sourd. Comme des coups dans la tête. Contre sa tête. Quelle figure pathétique il faisait ! Il était arrivé au bout d'une vie pathétique. Il avait déjà un pied dans la tombe. Il n'aurait jamais dû venir au monde. Il n'était une joie pour personne, ne l'avait jamais été. Il n'avait fait que des dégâts.

— Frappez-moi à mort !

Aucun coup ne vint. Il ferma très fort les yeux. C'était pire que les coups. Quand est-ce que ça viendrait ?

Il entendit un bruit de pas.

Des pas qui s'éloignaient.

Est-ce qu'il prenait son élan ?

C'était plus dur qu'il ne le croyait, ce salaud, de tuer un homme à coups de pieds. Ça demandait pas mal de force.

Il n'entendait plus les pas désormais. L'autre était quelque part derrière lui. Il ne savait pas où il se trouvait, lui-même, dans la pièce. On l'avait fait rouler comme un ballon de foot. Il ouvrit les yeux. Il était plus près de la porte. Le mec doit être à l'autre bout, côté bureau. Je ne vais pas essayer de me retourner. Je ne veux plus rien voir. Si je vois quoi que ce soit, je meurs.

Il entendit manipuler des feuilles de papier. L'autre doit être devant la table, en train de fouiller dans mon manuscrit. On dirait. J'ai tout une pile à côté de l'ordi. Le matin même, il avait imprimé tout ce qu'il avait écrit pour commencer à se relire.

Ses dernières lignes figuraient à l'écran. Il était en train d'écrire sur la Sente de l'Amour au moment où l'on avait sonné à la porte. Il y a quelques instants. Une éternité. Dans un autre monde, qui lui paraissait irréel maintenant, comme un rêve. Ce monde-ci était la réalité. Tout le reste n'était qu'illusion.

Il percevait toujours un bruit de feuilles. Des feuilles qui tombaient au sol, voletant comme des hirondelles. Fsshh ! Il entendit des pas. Voilà, c'est le moment. Les pas s'arrêtèrent.

— Qui t'es, toi ?

Il n'était pas sûr d'avoir entendu. Il attendait la mort. Il n'entendait rien. Il ferma les yeux.

— Qui es-tu ?

La voix s'était faite plus aiguë. Presque une exhortation. Il voulait savoir. Est-ce que je peux parler ? Je vais essayer de lui répondre. Je n'y arrive pas. J'essaie encore.

— Jac... Jac...

— Je le sais, que tu t'appelles Jacob, lui dit l'autre. Jacob Ademar. Comment tu crois que je t'ai retrouvé ? Mais qui t'es ?

— Qu'est-ce que... qu'est-ce que vous voulez dire ?

— Qu'est-ce que tu fais ? Qui es-tu ? Qu'est-ce que t'écris ?

Ademar était toujours allongé, le visage tourné vers la porte. L'autre ne faisait pas mine de bouger. Il restait immobile. Il attendait une réponse. Il était probablement dans une nouvelle phase. Il avait oublié pourquoi il était venu ici. Il s'en rappellerait bientôt.

— Je suis écrivain.

— Écrivain ? Qu'est-ce que t'écris ?

— De tout. Pour... pourquoi cette question ?

Quelle importance ? pensait Ademar. Mais si je le dis, il va se rappeler que ça n'a aucune importance et va se remettre à me tuer. Je ne me rappelle pas son visage. C'est comme s'il n'en avait pas.

— Qu'est-ce que t'écris ? C'est quoi, là, sur ton bureau ?

Ademar garda le silence.

— Et dans l'ordi ? Y a un texte dans l'ordi.

Une intonation différente dans sa voix. De la curiosité ? Non. Une autre forme de sadisme ? Non. Encore autre chose. Il était surpris ? Peut-être. Oui, surpris. Éberlué, même. C'était sans doute le mot. Éberlué.

— Vous... vous l'avez lu ?

L'autre ne répondit pas. Le bruit de papier avait repris.

— Tu sais quoi sur la colonie de Brännö ?

— Comment cela ?

Les pas revenaient, des pas rapides qui frappaient durement le plancher. Il se recroquevilla. Une main sur son épaule à nouveau. On le retournait. Mais pas avec la même brutalité qu'avant. Le visage de l'autre. Ses mains. Il avait une feuille du manuscrit dans la main. Il la lui tendait. Son visage exprimait encore la surprise.

— T'écris sur elle. Sur Beatrice.

— Co... comment ?

— T'écris sur Beatrice. Là-dedans !

— Oui. Et...

— Pourquoi ? l'interrompit Tiger.

— Vous la connaissiez ?

L'autre ne répondit pas. Il vérifia le nom sur la feuille de papier, puis il releva les yeux.

— Pourquoi t'écris sur Beatrice ?

Tiger leva son poing. Il empoigna l'écrivain par le col.

— Pourquoi t'écris sur elle ?

Il essaya de dire quelque chose, mais il avait l'impression d'avoir la gorge tranchée. Une sorte de râle finit par sortir. L'autre lâcha sa prise.

— Pourquoi ? Pourquoi t'écris un livre sur elle ?

Ademar émit un son rauque. Il toussa et se racla la gorge.

— Elle a disparu.

— Pourquoi t'écris sur elle ?

— En quoi ça vous intéresse ?

Tiger leva de nouveau le poing. Il frappa Ademar à la gorge. Ce n'était pas fini. Il en aurait encore pour un moment. Mais le coup ne fit que l'effleurer.

— POURQUOI ?

— C'était ma sœur !

L'homme face à lui changea de regard. Il avait maintenant les yeux écarquillés. Comme des billes.

— Ta sœur ? Ta SŒUR ? Non, non.

— Pourq...

Ademar fut interrompu par un nouveau coup au visage.

— Elle s'appelait pas Ademar. Beatrice ne s'appelait pas Ademar. C'était Kolland. Beatrice Kolland !

— Le nom de notre mère.

— Tu mens !

— NON !

L'autre recula comme sous la force de sa voix. La force était brusquement passée de son côté.

— Elle ne voulait pas garder le nom de papa. Elle préférait s'appeler Beatrice Kolland.

L'homme le regarda comme pour la première fois. Comme s'il cherchait quelque chose sur son visage. Quelque chose ou quelqu'un d'autre.

— T'es son frangin ?

— Oui.

— Son grand frère ?

— Oui.

L'autre le regarda de nouveau. Toujours aussi éberlué. Cherchant. Hésitant encore. Ses mains et ses pieds s'étaient immobilisés. Il n'en fera plus des armes, comprit Ademar.

— Dans ce cas, on s'est déjà rencontrés, articula-t-il lentement. Y a des années.

27.

Toute la famille sortit de voiture devant la maison de Lotta à Hagen – ce qui prit un certain temps. Lilly avait un pied coincé dans le siège pour enfant ; elle hurla au moment où Lotta ouvrit la portière.

— Lilly, Lilly ! cria Siv Winter. Qu'est-ce qu'on te fait, comme misère !

Elle arracha la petite aux bras de son père. Tout doux, ma cocotte ! Mamie est là ! Lilly se calma sur-le-champ. Angela secoua la tête. Lotta éclata de rire tandis que ses filles faisaient les folles avec Elsa. Winter se sentit brusquement de retour à la maison.

Lotta avait préparé un tartare de saumon avec une purée de raifort et des haricots verts additionnés de beurre fondant. En entrée, ils avaient mangé des crevettes fraîches, qu'on avait décortiquées soi-même avant de les tremper dans l'aïoli. Bim et Elsa Winter avaient préféré tremper leurs tartines dans du beurre de sardine. Pas de problème.

— Le raifort, je crois que c'est ce qui me manque le plus en Espagne, constata Siv.

Puis elle servit le vin. Un sancerre. Lotta pensait comme son frère : la vie était trop courte pour négliger les bons repas et les bons vins.

— C'est très suédois, acquiesça Winter.

— Mais les Allemands le pratiquent aussi, ajouta Angela.

— C'est bilingue ! conclut Elsa.

Winter goûta le vin. Rafraîchi, juste ce qu'il fallait. Il leva son verre à la santé de sa mère.

— À ton retour au pays !

Elle sourit.

— À ton retour au pays ! reprirent-ils à l'unisson.

Ils trinquèrent.

— Vous avez l'air de penser que je rentre pour de bon, sourit la reine mère en reposant son verre.

— Ce n'est pas le cas ? s'étonna Kristina.

— Ça te ferait plaisir, mon chou ?

— Oui.

— Mais la maison en Espagne, alors ? demanda Bim.

— On n'a qu'à y aller en vacances ! s'écria Kristina.

— Bonne idée, répondit Lotta.

— Une maison pareille, il ne faut pas la revendre, jugea Winter.

— Oh non ! fit Elsa.

— Oh non ! répéta Lilly.

Tous éclatèrent de rire.

— On verra, répondit Siv. Il faut d'abord que je trouve un logement à Göteborg.

— Mais tu loges ici.

— C'est provisoire.

— Pourquoi ? On a de la place. C'est aussi chez toi : tu as déjà vécu dans cette maison.

— Alors tu penses vraiment rester en Suède ? reprit Angela.

— Eh oui.

— C'est bien.

— Tu trouves ?

— Pourquoi ? Cela t'étonne ?

— Je pensais que vous déménageriez peut-être là-bas. Tu aurais pu occuper un poste permanent à Marbella.

— Je ne crois pas qu'Erik ait l'intention de prendre sa retraite tout de suite, répliqua Angela.

— Et pourquoi pas ? fit l'intéressé en reposant son verre. J'approche la cinquantaine.

— La retraite à cinquante ans ? s'étonna Bim. (Elle allait avoir dix-sept ans, on aurait pu croire qu'à cinquante ans pour elle, on était un vieux croulant.) Ce n'est pas un peu tôt ?

Winter eut un sourire.

— Tu as raison. Je vais travailler jusqu'à mes quatre-vingts ans. (Il leva de nouveau son verre.) Je trinque à cette grande nouvelle. Après avoir été le plus jeune commissaire du pays, je finirai comme le plus âgé !

— Bon courage ! fit Lotta en levant son verre.

— Ces steaks de poisson sont extraordinaires, commenta Siv.

— J'ai mis un peu de piment frais, précisa Lotta. Un soupçon seulement.

— Pour pas que ça fasse trop suédois, ironisa Bim.

— Tu te souviens de la colonie sur Brännö ?

Ils étaient installés dans le jardin. La cabane de jeux, à l'angle ouest, commençait à perdre ses couleurs dans le crépuscule : la maison d'enfance de Winter. Il y avait passé de nombreuses nuits quand il était gamin. Il sortait regarder les étoiles. L'air était le même à l'intérieur. Il ne changerait jamais. Il lui suffisait d'y plonger le nez pour que les souvenirs reviennent en foule. Il commençait à penser qu'il avait quitté tout ça beaucoup trop tôt.

— La colonie ? s'étonna sa mère.

— Oui. La colo de Brännö. Quand on louait sur Styrsö, il y en avait une, juste en face, dans la baie de Sandvik.

— Oui oui.

— Tu t'en rappelles ?

— Maintenant que tu le dis. Pourquoi tu me demandes ça ?

— Tu te rappelles la fille qui a disparu ? C'était en 1975. Elle était en colo.

— Une fille ? Une fille disparue ?

— C'était en juillet. Le 23 juillet.

— Mon Dieu, je suis incapable de me rappeler des dates pareilles !

— Non, non, c'est normal. Elle était sortie nager. Plus loin, vers Husvik, en fait. Mais elle a disparu. C'était le soir. On ne l'a jamais retrouvée.

— Jamais ?

— Non.

Siv Winter fit quelques pas sur la pelouse. Bengt et elle avaient emménagé dans cette maison au début des années soixante, avec leurs deux bambins, Erik et Charlotta. Ils pensaient rester pour toujours. Ils s'étaient dit ça. Et voici qu'elle revenait, pour toujours.

Elle se retourna vers son fils :

— Je m'en souviens. On en a pas mal parlé dans les journaux.

— Oui.

— Pourquoi tu me demandes ça ?

— Je ne sais pas, à cause d'une affaire sur laquelle on bosse en ce moment. Mais je ne suis pas sûr qu'il y ait un lien. Franchement, je n'en sais rien.

— Quel lien cela pourrait-il avoir avec ton affaire ?

Winter ne répondit pas. Il contemplait de nouveau la cabane de jeux, qui s'effaçait maintenant dans des tons gris et noir, comme les arbres du jardin, comme la pelouse. Le temps s'était rafraîchi : l'hiver se rappelait soudainement au bon souvenir de chacun. On n'avait pas eu d'automne cette année. On était passé sans transition de l'été à l'hiver.

— Je crois qu'il y en a un, répondit Winter. Les deux affaires sont complémentaires. Mais je ne sais pas en quoi. (Il se tourna vers elle.) Est-ce que j'en ai parlé, à l'époque ? J'avais quinze ans quand c'est arrivé.

— Non. Pas que je m'en souvienne.

— Tu ne crois pas que j'aurais dû, maman ? Ce n'est pas un peu bizarre ? J'aurais dû être touché qu'une fille de mon âge disparaisse à quelques centaines de mètres de la maison, non ?

— C'était plus loin que ça.

— Juste de l'autre côté du détroit.

— Oui oui.

— Je pouvais presque apercevoir la colo de chez nous !

— Tu en as sûrement parlé à la maison, mon chéri.

— Non, je ne crois pas. Et pourtant si ça se trouve, je l'ai vue. Je l'ai croisée.

— Quand donc ? Cet été-là ?

— Naturellement.

— Tu t'en rappellerais quand même. Si tu l'avais rencontrée.

— Justement. Je devrais m'en rappeler.

— Tu n'as sans doute rien à te rappeler, Erik.

— Pas sûr.

— On dirait que tu te sens coupable de ce qui est arrivé.

Il garda le silence.

*

— Je suis venu te donner une leçon.

Christer Tiger lui avait enlevé les menottes. D'où venaient-elles ? Le fer avait marqué la peau assez profond sur le poignet gauche d'Ademar, mais il ne saignait pas. Il se massa l'épaule. D'autres parties de son corps le faisaient également souffrir. En même temps, il était étonné que ce ne soit pas pire. Éberlué.

Il était toujours assis par terre, la chemise couverte de poussière. Voilà ce que c'était de négliger le ménage.

— Me rouer de coups, jusqu'à la mort ?

— Pas seulement.

L'autre avait l'air de sourire. Difficile de voir jusqu'au fond de la pièce. Plus aucune lumière ou presque. Le soir était maintenant tombé. Ils avaient goûté les joies du crépuscule ensemble. Durant quelques heures sûrement. Le temps passait parfois bien vite.

— Ça en valait vraiment la peine ? demanda l'écrivain.

— Oui.

— Pourquoi ?

— T'as déjà frappé quelqu'un comme ça ? répliqua Tiger.

— Non.

— C'est une sensation incomparable.

— J'imagine.

— T'y as déjà pensé, avoue-le ?

— Jamais.

— Je te crois pas.

— J'ai déjà envisagé la batte de base-ball, ou bien une arme à feu, mais jamais les coups de pieds.

L'autre souriait largement maintenant. Sa dentition luisait dans l'obscurité. Il avait de belles dents apparemment.

— T'as mal ?

— Juste quand je souris.

L'homme sourit pour la troisième fois.

— Tu me plais. Je suis content de ne pas t'avoir tué.

— Alors je peux y aller maintenant ?

— C'est chez toi. Tu restes. Je me casse.

— Merci.

— Pourquoi t'écris ce bouquin ?

Ademar tâcha de se relever. Sa hanche s'y refusait. Il avait reçu de sérieux coups de ce côté-là. Rien de cassé a priori, mais quelque chose n'allait pas. Il s'appuya sur sa main droite. Pas mieux.

— Pourquoi t'écris ça ? répéta Tiger.

— Pourquoi me posez-vous la question ? Qui êtes-vous, d'abord ?

— Tiger. Christer Tiger.

Ademar parvint à se redresser sur ses pieds. Il avait un peu le vertige. Mais tout à coup ce fut beaucoup plus simple. Il avait failli tomber. Quelque chose l'avait retenu.

Tiger s'était avancé de quelques pas. Il le tenait doucement mais fermement par les épaules et la taille, comme un infirmier. Il avait l'air de connaître son affaire. Ça valsait toujours sous son crâne. L'autre avait dit quelque chose. Il avait dit son nom.

— Je reconnais votre nom.

— Ah bon ?

— Je sais qui vous êtes, fit Ademar.

Tiger n'avait pas encore desserré son étreinte. Il le tenait même plus fort qu'avant.

— Ou plutôt qui vous étiez. Vous faisiez partie des enfants de la colo. Ou des ados.

— Oui.

— Vous vous demandez comment je le sais ?

— Y a sûrement des listes. Des archives.

— Oui. Vous y êtes. Tiger. Christer Tiger.

L'autre relâcha son étreinte.

— Tu peux tenir debout tout seul ?

— Je crois.

Tiger s'éloigna d'un pas.

— Ouais. Cet été-là, ma mère était malade et la commune m'a envoyé à Brännö. (Il avait esquissé un sourire. Un sourire qui ne remontait pas jusqu'aux yeux. C'était plutôt comme un réflexe, ou un tic.) On n'avait pas vraiment le choix, à l'époque. Les gosses de pauvres se retrouvaient parqués à la colo.

— Oui.

— Vous étiez pauvres ?

— Oui. Mon père nous a abandonnés. Ma mère n'avait pas de travail.

— Tu peux te traîner jusqu'à la chaise là-bas ? On dirait que t'as besoin de t'asseoir.

Il conduisit Ademar jusqu'à sa chaise de bureau et la retint pour qu'elle ne roule pas sous lui. L'écrivain fut presque aveuglé par l'écran de l'ordinateur. C'était la seule source de lumière à l'intérieur de la pièce. Un point phosphorescent.

— Alors, pourquoi t'écris ce bouquin ? De quoi ça parle ?

Ademar regarda l'écran. Le livre. Il était là. Mais il n'était pas fini. Il ne le serait sans doute jamais. C'était comme un puzzle, un puzzle beaucoup trop grand.

— Vous ne devinez pas ?
— T'écris sur sa disparition.
— Oui.
— Qu'est-ce que tu sais ?
Ademar ne répondit pas. Il continuait à fixer l'écran. Il n'avait pas de quoi répondre. Le problème, c'était qu'il manquait de données. Il y avait de grands trous dans le puzzle. Trop de pièces manquantes.
— Qu'est-ce que tu sais ?
— Et vous ? répliqua Ademar en relevant les yeux.
Tiger garda le silence.
— Vous avez quelque chose à me raconter ?
— Si je le faisais, faudrait que je te casse la gueule juste après.
— Je sais tenir ma langue.
— Peut-être, mais t'écris.
— Que s'est-il passé ? Que s'est-il passé cet été-là ?
— Je peux lire ce que tu as écrit jusqu'à maintenant ?
— Pourquoi ?
— Je peux ?
— J'apprécie que vous demandiez. Vous pourriez juste me tuer et piquer le manuscrit.
— Je ne suis pas un voleur.
— Ah bon ?
— Je prends que ce qui me revient. Et je ne parle pas de ce bouquin.
— Ce n'est pas encore un livre. Il n'y aura sans doute jamais de livre.
Tiger s'empara d'une feuille sur le bureau. Il la tenait dans sa main tout en fixant Ademar.
— Tu n'as aucune idée de ce qui a pu arriver, c'est ça ?
— J'essaie de deviner. C'est tout ce que je peux faire.
Tiger regardait le texte sans le lire. Il releva les yeux :
— Je suis en train de régler la question.
— Qu'est-ce que ça veut dire ? Régler la question ?
— Pour moi, ça veut dire quelque chose, répondit Tiger. Je suis très à cheval sur ce qui se fait et ce qui ne se fait pas. Parfois, il faut remettre les choses dans l'ordre.
— Et ça marche ?
— On peut toujours essayer.
— Vous vous y prenez comment ?
— Tu sais quoi sur ton voisin ?
— Comment ?

— Ton voisin. (Tiger pointait vers le mur côté sud.) Qui c'était ?

— Il est mort. Il a été abattu cette semaine.

Tiger hocha la tête.

— Tu sais quelque chose là-dessus ?

— J'ai vu les infos.

Ademar se pencha en avant. Il avait la nuque raide et comme une barre en travers de la poitrine. Mais il finit par se décrisper. Il leva un bras, qui pesait des tonnes.

Il arrêta l'appareil.

L'écran se fonça.

La pièce fut plongée dans l'obscurité.

— Pourquoi vous m'interrogez sur ce type ? Sur Sellberg ?

C'était comme s'il se parlait à lui-même, dans le noir.

— Tu le sais. J'ai eu le temps de le lire.

— Vous saviez que Sellberg travaillait à la colo, cet été-là ? Qu'il servait d'homme à tout faire ?

Tiger garda le silence. Ademar ne voyait plus de lui qu'une silhouette. Le réverbère dehors était éteint. L'autre avait dû le casser avant d'entrer dans la maison, à coups de pierres par exemple.

— Sellberg n'était pas seul, déclara Tiger.

— Que voulez-vous dire ?

Tiger ne répondit pas. Il se tourna vers la fenêtre, il n'était plus qu'une silhouette.

— Beatrice, c'était ma petite amie.

Siv Winter était rentrée dans la maison. Winter entendit fuser un rire de fille. Elles étaient sept filles. Contre un garçon !

Il retourna dans la cabane de jeux. Il ouvrit la porte et se glissa à l'intérieur. Il pouvait s'y allonger sans que ses pieds ne dépassent. Il ne se rappelait pas si elle existait déjà quand ils avaient emménagé ou si c'était son père qui l'avait construite. Probablement pas. Bengt Winter n'était pas un bâtisseur, mais un gestionnaire. Il gérait l'argent qui permettait d'acheter des choses. Acheter, ç'avait été une maladie chez Erik ; il s'était pas mal endetté dans le temps. Ça commençait à lui passer. Finalement il n'avait besoin de rien de plus que cette cabane. Il se sentait au calme, couché sur du coton, sur un nuage. Il s'endormait presque. Il rêvait de la mer. Une mer calme. Tout était calme. Le soleil se couchait derrière les rochers. C'était l'heure du grand calme, le temps du bonheur. *Happy hour*.

On lui parlait.

Il leva la tête.

— Oui ?

— Tu as dû t'endormir. Je t'ai entendu ronfler.

— Impossible.

— Ah bon ? (Elle vint s'allonger à côté de lui. Il y avait juste assez de place pour deux.)

— Ça faisait des années.

— Et pourtant tu vis ici.

— Depuis que les filles sont grandes, la cabane est désertée.

— C'est vraiment triste.

— Elle revit surtout avec tes gamines.

— Mmm.

— Et pourtant c'est toi qui es venu t'y cacher.

— Je ne me cache pas.

Lotta Winter posa la main sur le bras de son frère.

— Comment ça va, avec Angela ?

— Qu'est-ce que tu veux dire ?

— Ça n'a pas l'air d'aller très fort.

— Qu'est-ce qui ne va pas fort ?

— Tu sais très bien de quoi je veux parler, Erik.

— Ça va bien. Très bien.

— Si tu le dis.

— Pourquoi est-ce que ça n'irait pas ?

Il essaya de fixer son regard sur un trou au plafond. Un nœud du bois ? Mais ça luisait au travers.

— Ne fais pas de bêtise, lui dit-elle.

— Pourquoi ? Je ne fais jamais de bêtise.

— C'est dangereux de croire ça. Qu'on ne fait jamais de bêtise.

Il ne répondit pas. Un rayon de lune filtrait par le trou. C'était sûrement la lune.

— Ne fais pas de bêtise, répéta-t-elle.

— À propos, je suis allé le voir aujourd'hui.

— Qui ? Lui ? (Elle se redressa sur ses coudes.) Tu ne parles pas de Benny ?

— Si.

— Pourquoi ? Bon sang !

Elle se pencha en avant. Sous le rai de lumière, sa chevelure était de la même couleur que la sienne. Ils n'avaient pas beaucoup de cheveux blancs. Jamais on n'aura la tête blanche, sourit-il.

— Quelle connerie ! Je t'ai déjà dit de ne jamais faire ça !

— J'avais besoin de lui parler.

— Et pourquoi ?

— Il peut nous tuyauter. Et nous en avons besoin en ce moment.

— Mais merde ! Tu connais tous les gangsters de la ville. Pourquoi précisément celui-là ?

— Ce que tu peux être grossière !

— Je parle comme je veux.

— Chez une femme, c'est un peu dommage.

Elle lui donna une tape sur le front, ou la tempe. Une petite tape qui l'avait surtout étonné.

— Je ne veux pas entendre parler de ce type ! cria-t-elle. Tu m'avais promis de ne plus le voir.

— Oublions.

— Oublier ? Tu racontes d'abord et après, tu veux que j'oublie ?

— Désolé.

Elle gardait le silence.

— N'en parlons plus, fit Winter.

— Parce qu'il y avait autre chose à dire ?

Il ne répondit pas.

— Erik !

— Il voudrait te voir. Juste cinq minutes.

Elle lui asséna un coup de poing sur le front.

28.

Winter se servit un Glenfarclas mais laissa le verre sur la table sans y toucher. La paix régnait sur la place Vasa. Il ouvrit la porte-fenêtre et sortit sur le balcon. Le ciel était couvert d'étoiles par cette nuit claire. Il identifia la Grande Ourse et le Lion.

Il entendit Angela s'approcher derrière lui. Elsa n'avait pas voulu se coucher ce soir. Elle devait avoir un souci.

Le mal de tête était revenu dans les deux dernières heures. Il se promenait d'une tempe à l'autre, tout en conservant ses positions au-dessus de l'œil gauche. Il n'avait pas de nausée. Ça viendrait peut-être avec le whisky.

— Il commence à faire froid, fit-elle. Brrr.

Il ferma les yeux. Ça faisait du bien.

— Comment vas-tu, Erik ?

Il ouvrit les yeux. Pas d'éclairs, ni de coups de tonnerre.

— Tu prends bien tes comprimés ?

— Quand j'en ai besoin.

— Erik.

— Oui, qu'est-ce qu'il y a ?

Elle ne répondit pas.

— C'est le changement de temps. Tu l'as dit toi-même, ça se refroidit. Tu devrais le savoir qu'on est sensible aux variations de température quand on est mi...

Elle était déjà rentrée à l'intérieur.

*

Ademar était assis devant son ordinateur éteint. Le rallumerait-il un jour ?

Tiger était parti. Il avait tout simplement quitté la pièce, et la maison. Ademar l'avait vu par la fenêtre, sous le réverbère cassé. Il était parti sans finir sa phrase, comme lassé de tout. À moins qu'il ne s'agît d'autre chose. Il n'avait rien dit de plus au sujet de Beatrice. Juste qu'elle était sa « petite amie ». Qu'est-ce que cela pouvait signifier ? Il n'avait rien ajouté sur cet été-là, sur l'île. Ademar ne lui avait pas posé d'autre question. Il en dirait plus de lui-même ? L'écrivain n'était pas sûr d'avoir envie de savoir. Il se voyait dans l'écran noir. Est-ce que je pourrai continuer à écrire ? Il avait approché la mort de très près. Il ne doutait pas que Tiger était venu pour le tuer. Ce dernier avait parlé d'amour. C'était bien de ça qu'il s'agissait. Une forme d'amour. Peut-être avait-il parlé de vengeance, sans employer le mot. Le meurtre de Sellberg ? Il s'agissait de Beatrice. De sa disparition. De sa mort. Ademar n'avait jamais pensé à sa mort. Il ne voulait pas la voir, se la figurer. La mort n'avait pas sa place dans son livre. Son récit se terminerait à ce stade juste avant la mort. Personne n'était encore allé aussi loin. La police avait mis fin à l'enquête avant même qu'elle ait vraiment commencé. Il n'y avait rien à investiguer. Aucun indice. Aucune trace dans l'air, ni dans l'eau. Beatrice s'était évaporée. Ou alors elle avait coulé au fond de la mer. Ce commissaire… Winter… il n'irait pas bien loin. Son problème, c'était le meurtre. Est-ce que Tiger avait tué Sellberg ? Par vengeance ? Savait-il ce qu'avait fait Sellberg ? Sellberg était-il mort pour avoir fait du mal à Beatrice ? Ou parce qu'il savait quelque chose qu'il n'aurait pas dû savoir. Qu'il aurait porté en lui pendant toutes ces années. Mais je ne crois pas qu'il ait tué Sellberg. Il a fait faire le boulot à quelqu'un d'autre. S'il est impliqué là-dedans. Il se contente peut-être de vivre dans le souvenir de ma sœur. C'est tout. Ce serait tout. Elle aurait juste disparu. Tiger avait emporté le manuscrit. Il avait dit son nom, Tiger. Il en était fier.

Le téléphone retentit sur le bureau. Une sonnerie antique, qui résonnait dans le silence de la nuit. Elle continua à brailler, puis se tut, brailla de nouveau. Je sais que tu es là.

— Oui ?

Il avait fini par attraper le combiné, ce qui fit craquer son épaule.

Il perçut un ronflement de voiture.

— Qu'est-ce que tu foutais ! lui lança Tiger.

— Rien. J'essaie juste de recoller les différents morceaux de mon corps.

— Pardonne-moi ça.

Ademar ne commenta pas. Il voyait des phares de voiture dans la rue. Tiger ? Non, ce n'était pas sa Chrysler. Juste une petite cylindrée. Elle passa.

— Ç'aurait pu être pire, ajouta le gangster.

— Que voulez-vous ?

— Cette rencontre, ça reste entre nous. T'as pigé, hein ?

— Puisque vous le dites.

— Ouais, et je te le redis. Je t'ai jamais vu. T'as jamais parlé avec moi. J'ai rien à voir avec ce dont on a parlé. Ni avec la personne. OK ?

— Oui.

— Bien.

— Et maintenant, qu'est-ce qui se passe ?

— Rien. Je te donnerai de mes nouvelles. J'ai de la lecture devant moi.

— Je vais peut-être quitter la ville. Et même le pays.

— Pas encore.

— C'est une menace ?

— Pas plus que tout à l'heure.

— Quand est-ce que j'aurai des nouvelles ?

Mais la conversation s'interrompit brutalement. Il n'entendait plus qu'un bourdonnement. Ademar vit la petite voiture repasser dans la rue avant de disparaître. Il tenait toujours le combiné à la main. Cette dernière commença à trembler violemment. Le combiné tomba sur la table avec un bruit désagréable. On aurait dit un coup de pied dans la gueule.

*

Lars Bergenhem souleva le combiné. Il était seul dans l'appartement. Eriksberg était un désert de béton, le soir. Si quelqu'un passait dans la rue, ses pas résonnaient entre les immeubles comme un long appel. Ce n'était pas encore une véritable ville. Il faudrait du temps. D'une certaine manière, ça l'arrangeait. Il était en passe de devenir un autre. Il n'était rien pour l'instant. Un désert et c'est tout. Il composa le numéro. On lui répondit au bout de la troisième sonnerie.

— Oui ?

— C'est Lars.

— Oui ?

— Qu'est-ce que ça a donné ?

— Pas grand-chose.

— Il faut bien que quelqu'un soit au courant, bordel !

— Pas besoin de jurer, Lars.

Il ne supportait pas sa voix. C'était le pire. Il n'avait jamais supporté ce ton que prenaient la plupart d'entre eux. Un ton cent pour cent superficiel qui singeait l'autre sexe. Impossible de s'identifier à ces mecs-là.

— Il ne peut pas avoir disparu comme ça, sans laisser de trace, reprit l'inspecteur.

— Et pourquoi pas ? Ça arrive que les gens disparaissent.

— Il a bien dû parler à quelqu'un avant.

— Il n'en a peut-être pas eu le temps, Lars.

— Qu'est-ce que tu veux dire ?

— Il aurait pu lui arriver... un pépin, comme à l'autre.

— On aurait retrouvé le corps. Comme pour la première victime.

— Tu as dit « la première victime », Lars.

— OK, la victime.

— Hmm. Je vais continuer à poser des questions. Comment ça va, toi ?

— Moi ? Qu'est-ce que tu veux dire ?

— Qu'est-ce qu'ils en disent ?

— De qui tu parles ?

— Tu le sais très bien, Lars.

— Putain, mais arrête de m'appeler Lars tout le temps ! Va te faire foutre !

Silence au bout du fil. Puis un bourdonnement. La tonalité. Bergenhem raccrocha violemment. Que disent-ils ? Il n'en savait rien et préférait ne pas savoir. Il aurait voulu ne jamais, jamais en parler. Il se leva. Une sorte de fièvre le saisit : un fourmillement dans la nuque et le long du cuir chevelu. Je voudrais changer de peau. C'est ça. Qu'en disent-ils ? Ha ! Je le sais bien. Il a viré sa cuti. Foutue expression. Hier, on a fait silence quand je suis passé devant la salle des gardes à vue. Idem à l'accueil. Ils sont tous au courant. Les visiteurs aussi, tout le monde, du voleur de vélo jusqu'au juge. On a dû balancer des tracts aériens. Tout le monde ne parle que de ça.

Son portable se mit à sonner sur le lit. Il reconnut le numéro, mais ne répondit pas. Nouvelle sonnerie. Il consulta l'écran. C'était son numéro, son ancien numéro plutôt. Sa famille l'appelait. Ce pouvait être Ada. Non, il était trop tard. Martina. Mon Dieu, que la nuit se dépêche de passer pour que je me remette au boulot. Je me tire en bagnole. Ça vaudra mieux que de rester ici, beaucoup mieux. Cette sonnerie qui ne voulait pas s'arrêter.

— Oui ?

— C'est... moi.

Elle parlait à voix basse. Presque un chuchotement.

— Martina.

— Que fais-tu, Lars ?

Elle l'appelait Lars, mais c'était un tout autre Lars. Il s'y reconnaissait.

— Je ne fais rien.

— Tu es seul ?

— Oui.

Silence. Que pouvait-elle dire ? Et lui ?

— Comment va Ada ?

— Je... je ne sais pas, Lars. D'après toi ?

À lui de répondre. Mais c'était bien normal. C'était sa responsabilité, sa faute. Pas la leur. Jamais. C'était lui. Il avait fini par le comprendre, ces dernières semaines. C'était lui. Toi, toi, toi.

— Je l'appelle demain.

— Juste un coup de fil ?

— Bien sûr que non. On se voit bientôt.

— Quand ?

— Bientôt...

— Qu'est-ce que tu vas lui dire ?

Il ne répondit pas.

— Jusqu'à présent, tu n'as pas dit que tu partais. Elle n'a pas eu un mot d'explication. Moi non plus. Presque rien, en tout cas. Mais Ada...

Sa voix se brisa. Il reconnaissait le bruit des larmes. Il faillit lâcher le combiné.

— Je vais lui parler.

— Qu'est-ce que tu vas lui dire ?

— Je vais lui parler.

— Je ne lui ai rien dit. Je n'ai pas le courage.

— Je vais lui parler, répéta-t-il.

— Où ? Où est-ce que tu vas la voir ?

— Je... je ne sais pas. Quelle importance ?

— Elle dit que tu ne reviendras jamais à la maison.

Que pourrais-je lui dire ? C'est vrai que je ne reviendrai jamais à la maison. Pas dans la maison familiale. Mais il y en a d'autres. Pas celle-ci. Je suis chez Samuel. Mais je vais me trouver quelque chose à moi. Un jour. N'est-ce pas ? Si j'en suis capable. Ma propre maison ? Ha ! ha !

— Tu ne crois pas que j'ai compris ? ajouta-t-elle dans un sanglot.

*

Winter se leva à 6 h 30 après une nuit très courte. Pour Angela aussi. Ils avaient parlé tard dans la soirée. Quel chemin prenaient-ils ? Il s'était passé quelque chose, ils ne savaient pas quoi. J'ai peur, avait-elle dit. Il n'y a rien à craindre, avait-il répondu. Tu n'es pas le seul concerné. Qui peut se targuer de l'être ? avait-il répliqué. Tu n'es plus le même. Il n'avait pas répondu. Le mal de tête s'était dissipé comme une brume au petit matin. Il pouvait revenir. Ce n'était peut-être pas si compliqué : il avait changé de personnalité durant une brève période parce que son corps avait souffert. Et la raison en était que quelque chose n'allait pas bien. Quoi ? Était-ce de sa faute ? Était-ce son travail ? Ses responsabilités ? Mais rien n'avait changé pourtant.

Il avait sorti la photo de la petite croix trouvée dans la voiture d'Edwards. Winter ne l'avait toujours pas interrogé à ce sujet. Il avait voulu attendre qu'ils identifient l'objet. Ce qui n'était pas fait. Pas encore d'empreintes comparables. Ils n'avaient rien trouvé non plus qui ressemble à ce motif, mais ils n'avaient pas eu le temps de s'y consacrer sérieusement. Il pensait envoyer quelqu'un au musée de la Marine. Winter leva la photo de cette croix prise dans la lumière de l'aube. Elle avait quelque chose de familier. Cette étoile sur la croix, comme un blason de croisé. Et cet œil qui veillait au milieu de l'étoile. Une croix dans une voiture, au milieu d'un pont, au-dessus d'un fleuve qui se jetait dans la mer. Il se mit à penser aux croisés. Aux navigateurs. Une croix pour des marins. Il existait ce genre de croix dans les îles, en Suède. Vraiment ? Oui. Il en avait vu lui-même dans le sud de l'archipel à Göteborg. Il y en avait une à la frontière avec la mer du Nord, au sud de Vrängö. Une croix. Un amer. Cela marquait quelque chose : nous sommes passés par là. Quelqu'un est passé par là.

Ai-je vu cette scène ?

Il ferma les paupières. Dans l'une des chambres, il entendit l'appel de Lilly, tout juste réveillée. Ce n'était pas un cri, mais un appel, qui signifiait : Me voici ! J'existe ! Il y a quelqu'un à la maison ? Angela se réveillerait à son tour, constaterait qu'il n'était pas au lit ; elle consulterait l'heure pour vérifier s'il était encore là. Puis elle se roulerait sur le côté et le laisserait prendre son quart du matin.

Il sentit un brusque courant d'air en traversant le hall, comme si la porte d'entrée était restée ouverte. Le *Göteborgs-Posten* gisait sur le tapis, livré par la fente de la porte. Le meurtre de Sellberg avait rétrocédé de la première page à la page quatre, avant de disparaître des journaux. Il n'avait pas fallu longtemps, comme d'habitude. Aucun journaliste n'avait fait le lien entre la disparition de Richardsson et le meurtre. Peut-être n'y en avait-il pas. Ce pouvait n'être qu'une étrange coïncidence.

Lilly était déjà debout dans son lit.

— Papa, papa ! lança-t-elle. Voler, voler, voler !

Et c'est alors qu'il se rappela où il avait déjà vu la croix.

Le vent gonflait les voiles. Il soufflait fort mais la journée avait été belle. Ensoleillée de bout en bout. Le Maxi volait à la surface de l'eau. Ils avaient navigué le long de la côte ouest de Brännö, avec ses rochers, puis ils étaient remontés vers le fjord de Dana. Était-ce bien à l'ouest des îles Södholm ? Probablement. Cet été-là ? Possible.

Winter roulait sur la piste cyclable qui traverse le parc de Heden. Le vent s'était levé. Des nuages de terre tourbillonnaient au-dessus du terrain de foot. Le ciel était toujours aussi bleu, mais plus de cette incroyable teinte qu'il avait gardée toute la journée.

Ils naviguaient sur le voilier de Mats. Un sacré marin. Il s'était promis de faire le tour de l'archipel. Il n'en avait pas eu le temps. De quand datait son enterrement sur l'île ? Treize ans auparavant, douze ? Un mal qui vous fait mourir d'autres maladies ; il avait résisté longtemps, mais on n'avait pas encore de trithérapie à l'époque.

Winter remontait maintenant la rue de Bohus. Bertil avait également assisté à l'enterrement de Mats. Au retour, ils avaient parlé de lui sur le ferry. Il s'en rappelait au mot près.

— Tu ne m'avais pas dit qu'il pensait entrer dans la police quand il était jeune ? avait lancé Ringmar.

— J'ai dit ça ?

— Je crois bien.

— C'était peut-être à l'époque où j'entrais moi-même dans la carrière.

— Possible.

— Ça fait un moment.

— Il aurait été le bienvenu.

Ringmar avait ajouté :

— J'ai lu qu'on cherche à recruter des homos dans la police anglaise.

— Ils veulent affecter les policiers homos à de nouveaux postes ou former des homos à ce métier ?

— Qu'est-ce que ça change ?

— Désolé !

— Ils sont marrants les Anglais, avait commenté Bertil. C'est une société raciste et sexiste sur le fond, mais ils comprennent qu'il faut de tout, même dans la police.

— Oui.

— Nous aussi, on va peut-être en récupérer.

— Tu ne crois pas qu'on en a déjà ?

— Des pédés qui s'assument comme tels.

— Si j'avais été pédé, je l'aurais revendiqué haut et fort, avait-il lui-même déclaré.

— Hmm.

— Ce n'est pas sain de se cacher. C'est comme si tu portais une faute collective. Une autre forme de croix. Quelle connerie !

Le soir tombait, grisant le paysage, se souvenait Winter. Le pont prenait des teintes sourdes de charbon. Les rochers autour du bateau se confondaient avec le ciel. En un clin d'œil, on se retrouve au ciel, avait-il songé. Le temps de sauter du haut d'un rocher.

Il gara son vélo devant le commissariat, mais il n'avait pas envie d'y entrer. Il croisa Halders qui venait du parking :

— Faudrait que je m'y mette, moi aussi.

— Qu'est-ce que tu attends ?

— J'y pense tous les soirs et chaque matin, je change d'avis. En plus, j'ai les gosses à conduire à l'école. Pas évident. Bien sûr, ils pourraient prendre leur vélo. Mais quand il pleut… Enfin tu vois.

Winter hocha la tête.

— Non, Aneta n'est pas rentrée à la maison, ajouta Halders.

— Je ne t'ai pas posé la question.

— Juste pour que tu saches, répondit l'inspecteur en passant le porche.

Il semblait s'être affaissé depuis quelque temps, pas beaucoup, mais les épaules et le dos se voûtaient.

— Attends, Fredrik ! lui cria-t-il. On va faire un tour dans l'archipel.

Halders se gara devant le bureau de la police maritime près du Nouveau Chantier naval. Winter n'avait eu qu'à donner un coup de fil. Ils avaient de la chance. Quelques minutes après, ils étaient en route.

— Je ne suis pas un grand navigateur, lui avait confié Halders dans la voiture. Je serais incapable de la reconnaître, cette croix.

Ils avaient maintenant dépassé Asperö. Le ciel était toujours étonnamment bleu. Les rochers prenaient des reflets métalliques. Les mouettes tournoyaient comme des vigies au-dessus du détroit. La vedette prenait le chenal entre Brattholm et Långholm. Ils longèrent les Skarvorna.

— On pensait louer dans l'archipel cet été, dit Halders.

— Où ça ? Asperö ?

— Ouais, n'importe. Un été dans l'archipel, j'ai jamais fait ça. On est tout près de la mer, et c'est comme si on vivait en pleine cambrousse.

— Bonne idée. Ça ne devrait pas être difficile de trouver un coin sympa.

— Ouais, t'en sais quelque chose. T'habitais par ici, quand t'étais gamin.

— Oui, l'été.

— Mais bon, tout ça c'est fini, enchaîna Halders. Pour nous, je veux dire.

— Tu peux y aller seul, au pire des cas. Avec tes enfants.

— Ce serait pas pareil.

Ils passèrent au large de Sandvik.

— Le site de l'ancienne colonie de vacances, signala Winter.

Halders hocha la tête. Il se protégea les yeux du revers de la main.

— L'un des mystères impénétrables que la police n'aura pas élucidés.

— Si mystère il y a, répondit Winter.

Il vit des gens marcher sur les pontons aménagés pour la baignade autour du rocher. On aurait dit des passerelles vers un autre monde. La tour du plongeoir, il l'avait toujours connue. Gamin, il avait souvent sauté de là-haut.

Puis ce fut Husvik. La baie qui s'ouvrait devant les îlots des Södholm était calme et déserte. L'avait-elle traversée à la nage ? Pourquoi est-ce que personne n'en savait rien, personne ne l'avait vue ?

Parce qu'elle n'a pas nagé jusqu'ici, songea-t-il.

Elle n'en a pas eu le temps.

Ils se tournèrent vers le large.

— La croix se trouve par là-bas, leur indiqua le pilote en pointant du doigt.

29.

Le bateau vira lentement autour de la croix. Elle ressemblait à n'importe quel autre amer. J'ai dû passer plus près à l'époque, se dit Winter. Quand j'étais jeune. Mais je ne m'en rappelle pas. Tout ce que je me rappelle, c'est que j'ai vu cette étoile.

— On peut se rapprocher ?

Le pilote hocha la tête :

— On va jeter l'ancre.

Jeter l'ancre au pied d'une croix.

Quelques minutes plus tard, c'était fait.

La même étoile que sur la photo.

— D'où elle vient ? demanda Halders.

— Je ne sais pas.

— Quelqu'un doit bien savoir.

— Qu'est-ce qu'elle faisait dans la voiture ? reprit Winter en levant la croix devant ses yeux.

— On a pu la perdre.

— Ou la placer tout exprès.

Le pilote s'appelait Lars Gard. Il avait fait tellement de patrouilles de nuit, dans l'archipel, qu'on l'appelait Gard de Nuit.

— Ce genre de croix, on les installait à l'origine comme des amers dans le cadre des grandes explorations. Et puis, c'est devenu une tradition.

— Qui est-ce qui s'amuse à ce jeu ? demanda Winter.

— Aucune idée.

— Sûrement des originaux, Les Amis de la Flotte, fit Halders, ou Les Vieux Loups de mer. Y a pas des assoces dans le genre à Göteborg ?

— Ça pourrait aussi avoir un lien avec les expéditions pour les Indes orientales.

Winter examinait la croix sur son pieu. Les mouvements de l'eau faisaient qu'elle avait l'air d'être ballottée par les vagues comme une bouée. Tout à coup un rayon de soleil frappa l'œil au milieu de l'étoile. Il se réfléchit sur le visage de Winter. L'œil le fixait. Les vagues formaient un cercle autour de la croix comme si elle était douée d'une force centrifuge. Elles paraissaient suivre leur propre mouvement, indépendamment du reste de la mer.

— Est-ce qu'ils ont dragué par ici ? demanda-t-il en détournant le visage.

— Pardon ? fit le pilote.

— Je pensais tout haut, répondit Winter.

Ils rentrèrent avec le vent en poupe jusqu'à Saltholm. Le vent dans le dos et le soleil en plein visage. On était encore le matin.

Halders fit un grand geste de la main.

— C'est ici que je devrais m'installer en fait.

— Ah bon ?

— C'est plus sain.

— Pas pour tout le monde.

— Qu'est-ce que tu voulais dire avec cette histoire de dragage ? Tu pensais à son corps, à elle ?

Winter ne répondit pas. Une colonie de mouettes décolla de Pineskär pour s'envoler vers la terre ferme. On aurait dit un filet troué sur le ciel. C'était toujours comme ça avec les mouettes : des individus isolés ou des bandes mal organisées. Des bohémiennes de la mer.

— Si elle s'est noyée ici, elle ne peut pas être restée au fond de la mer, fit observer Halders. Il aurait fallu que le corps soit lesté.

— On a pu le lester.

Winter tomba sur Öberg dans le couloir. L'expert gardait son flegme. Sans doute une condition du métier.

— Si tu veux une empreinte de doigt, j'en ai. Quelques milliers.

— Dans la cabine téléphonique ?

— *Yes*.

— Autre chose ?

— Tu penses à un truc spécial ?

— Non.

— Dans ce cas je n'ai rien. Sinon le tout-venant : cheveux, tissu, mégots, tabac à priser, allumettes, poussière, perce-oreilles, préservatifs. Aucune trace d'ADN utilisable.

— Des préservatifs ?

— Tu crois que les gens vont dans les cabines pour téléphoner ? À propos, il n'y avait pas beaucoup de monnaie dans l'appareil. Sept couronnes, pour être plus précis. Les gens n'utilisent plus guère les téléphones à pièces. Ou alors, on venait de le vider.

— Des empreintes de doigts ?

— Sur la monnaie ? Difficile, presque impossible.

— OK.

— Donne-moi plutôt un pistolet, ajouta Öberg.

Il leva la main en signe d'adieu et poursuivit son chemin en direction des ascenseurs.

Aneta Djanali sortait de l'un d'eux. Elle aperçut Winter, le salua et se dirigea vers lui.

— J'ai appris que tu étais sorti en mer.

— *Yes*.

— Tu fais du Torsten.

— Ça m'arrive.

— Tu sais, cette croix, je pense avoir trouvé d'où elle vient. Ce qu'elle représente.

— On va dans mon bureau.

La pièce sentait le renfermé. Winter ouvrit les fenêtres. L'été indien se glissa à l'intérieur, un vent doux encore différent de celui qui soufflait sur la mer. Les feuilles formaient de gros paquets rouges dans le parc du commissariat. Idéal pour donner des coups de pieds. Ç'aurait fait une excellente thérapie.

Il se retourna.

— Assieds-toi, Aneta.

— L'ordre de Coldinu, dit-elle en prenant place de l'autre côté du bureau. (Winter avait fait remplacer le siège : de dur on était passé au semi-dur.) Ça te dit quelque chose ?

— Non.

— J'ai montré la croix à un type du musée de la Marine. Un conservateur à la retraite. (Elle consulta son bloc-notes.) Perners. Sven Perners. Il m'a dit c'était une croix de l'ordre de Coldinu.

— Mmm.

— Un ancien ordre de navigateurs qui remonte au Moyen Âge et qui concerne surtout la Méditerranée. Il avait pour vocation de dresser ces croix en différents points du globe. Une tradition qui se poursuit. (L'inspectrice feuilleta son carnet.) Il a été fondé par Henri le Navigateur, un prince portugais du XVe siècle. C'est lui qui a commencé à envoyer des expéditions dans le monde, oui, tu dois le savoir. (Elle leva les yeux.) Toutes les colonies portugaises. C'étaient les premiers à faire ça, les Portugais. Et ils installaient ces croix comme des amers, ou des marques destinées à montrer aux autres navigateurs que l'endroit avait déjà été exploré.

— OK.

— On appelait ça planter une croix. C'étaient d'abord des croix en bois, puis en fer.

— Et l'une d'elles s'est retrouvée en miniature dans une voiture volée sur le pont d'Älvsborg.

— C'est maintenant que ça devient vraiment intéressant, enchaîna la jeune femme. En 1760, on fonda un ordre de Coldinu en Suède, à Stockholm. Il y eut ensuite une branche à Göteborg.

— Non ?

— Si. L'ordre de Göta Coldinu. Une sorte de société secrète. Perners ne savait rien sur eux. Personne ne sait rien. Quant au sens de ce nom, Coldinu, il reste secret. Par ailleurs, la Suède est le seul pays dans lequel il subsiste encore.

— Il existe encore, ou c'est un secret ?

— Eh bien, on trouve un ordre de Göta Coldinu dans l'annuaire. Il aurait son siège à Haga, au 12 de la rue Bellmann. Ils ont même un numéro de téléphone. J'y suis allée, mais pas moyen de savoir exactement quel appartement ils occupent dans l'immeuble. Encore un secret. J'ai appelé plusieurs fois à ce numéro, mais on n'a jamais décroché. Pas de répondeur.

— Tu ne sais rien du nombre de ses membres ?

— Les derniers chiffres datent de 1906, sourit-elle. Deux mille membres en Suède.

— Cette bande-là n'est plus de ce monde. La question est de savoir s'ils ont de la relève.

— Une drôle de bande en tout cas.

— Les ordres, c'est toujours très fermé, fit observer Winter.

— Tu ne fais pas partie du Rotary ou d'une loge maçonnique ?

— Pourquoi donc ?

Il était sincèrement étonné.

— Tu n'as pas l'air de les apprécier.

— Je les méprise effectivement.

— Mais n'est-ce pas une question de statut social à Göteborg ? Les gens qui sont aux commandes appartiennent pour la plupart à ce genre de société. Tu n'as jamais été tenté d'y entrer ?

— L'idée ne m'a jamais effleuré, répondit le commissaire.

— Et si le Göta Coldinu venait à se manifester ?

— Là d'accord, ça resterait suffisamment caché. Personne ne saurait que j'en fais partie.

— Perners a ajouté quelque chose. Il ignorait si c'était sur l'initiative de l'ordre, mais une croix a été érigée du côté d'Eriksberg en 1997.

— Une croix de Coldinu à Eriksberg ?

— Oui. Le 18 août 1997 on a planté une croix, comme ils disent.

— « On » ? Qu'est-ce que ça veut dire ?

— Je n'ai pas de réponse.

Le 18 août 1997. C'était l'une des rares dates que Winter gardait en mémoire : le jour où l'on avait enterré son ami Mats.

— C'était sur le site de l'ancien Chantier des Navigateurs de l'océan Indien, à Eriksberg, précisa Aneta Djanali. Devant l'une des jetées. La Jetée 4, d'après Perners. (Elle consulta de nouveau ses notes.) À l'occasion, on a tiré une salve d'honneur de neuf coups de feu.

*

Winter entra sans frapper dans le bureau de son collègue. La porte était entrebâillée. Debout près de la table, son veston sur le dos, Ringmar semblait sur le départ.

— Tu sors ?

— Non, je viens de rentrer.

— Huit coups, fit Winter.

— Comment ?

— Tout est lié ! Il faut qu'on en parle. Tu ne veux pas retirer ta veste ?

— Tu m'as l'air bien excité.

— J'ai peut-être une bonne raison. Je ne sais pas exactement. J'essaie de voir le lien. Il faut que tu m'aides.

— OK, acquiesça Ringmar en retournant à la patère.

— Je viens de parler avec Öberg. On a huit coups de feu. Tous tirés avec le même pistolet, on en est maintenant certains. Une balle dans la voiture sur le pont d'Älvsborg, trois balles contre la baraque de Sellberg et dans son jardin, quatre balles tirées contre lui. Ça nous fait huit balles. Il en reste une.

— Il en reste une ? Tu veux dire ?

— Il reste un coup à tirer avec ce pistolet ! Un Tokarev ne loge que huit balles dans le chargeur, je le sais, mais on peut toujours le recharger.

— Là, j'y comprends plus rien, Erik.

Winter lui raconta l'histoire d'Aneta Djanali.

— Une salve de neuf coups, répéta-t-il.

— Tu ne crois pas que c'est un peu tiré par les cheveux ?

— Sans doute. Mais je... il y a bien une raison pour que cette croix se retrouve dans la bagnole. (Il sortit la photo de sa poche.) Ce n'est pas un hasard. C'est un message en quelque sorte.

— De qui ?

— Je ne sais pas.

— Du meurtrier ?

Winter garda le silence.

— Le meurtrier aurait quelque chose à nous dire ?

— Quoi donc, Bertil ?

— Je ne sais pas, Erik.

— Est-ce qu'il aurait peur ?

— De qui ?

— De son... commanditaire, répondit Winter.

— Comment ça ?

— Il aurait été obligé d'accomplir cette mission.

— Laquelle ?

— Le meurtre de Sellberg.

— Et les autres coups de feu ?

— Je ne sais pas.

— Il aurait laissé la croix dans la voiture ? compléta Ringmar.

— Ce n'est pas impossible.

— Cette bagnole, c'est un vrai mystère. Comment a-t-elle pu se retrouver sur le pont ? Pourquoi ? Qui la conduisait ? Et comment ces gens sont-ils repartis ?

— Lars n'en avait aucune idée.
— Non.
— Il aurait dû voir quelque chose.
— Pourquoi ? s'étonna Ringmar.
— Je ne sais pas.
— Là, je ne te suis plus.
— Oublions ça, proposa Winter. Considérons plutôt Roger Edwards. C'est sa voiture. Elle a été volée, à ce qu'il prétend. Ce pourrait être sa croix.
— Tu ne lui as même pas posé la question.
— Je préférais attendre.
— Attendre quoi ?
— Ce que je viens d'apprendre, justement : ces infos sur l'ordre de Coldinu.
— Il est peut-être membre de la société secrète.
— On va lui demander ça.
— Et s'il ne veut pas nous le dire ?
— Il serait temps d'aller le cueillir, jugea Winter.
— Sur quels motifs ?
— On verra. Il faut qu'on vérifie son ADN.
— Tu penses à la cabine téléphonique ?
— Oui, entre autres. Avec la croix.

Il reprit la photo. Elle avait perdu son brillant. La lumière n'était pas assez forte dans le bureau de Ringmar, qui donnait à l'est. Le soleil était passé de l'autre côté du bâtiment.

— Est-ce qu'on lance une perquisition chez lui ? demanda Ringmar.
— C'est sûrement une bonne idée.
— Avec un peu de chance, on trouvera un pistolet.
— Non.
— Ah bon ?
— Non. Il n'est pas là-bas.
— Où donc ?

Winter ne répondit pas.

— Tu penses qu'on s'en est débarrassé ?
— Non, pas encore.
— Pas encore ? On va finir par s'en débarrasser, mais pas tout de suite, c'est ça ?
— Oui. Il a encore un coup à tirer. Pour arriver à neuf.
— Contre qui ?
— Si on le savait, le puzzle serait résolu. Et on empêcherait un meurtre.

— On devrait le savoir, Erik ? L'anticiper ? Tirer ça de notre chapeau ?

— Non. Pas encore.

Aneta Djanali leva les yeux du clavier. Une ombre venait de tomber sur sa table.

— Tu veux que je fasse une demande de mutation ?

— Pourquoi cela, Fredrik ?

— Tu le sais bien !

Elle jeta un regard circulaire. Deux ou trois collègues, à l'autre bout du bureau paysager. Ils ne semblaient pas avoir entendu. Pour la plupart d'entre eux, les inspecteurs avaient été réunis dans cette vaste salle quand on avait entamé la rénovation du commissariat. Aneta Djanali commençait à s'y faire. On perdait en privauté, mais elle n'y tenait pas spécialement, au travail. Et surtout pas maintenant.

— Sortons, fit-elle en se levant.

— Ce n'est pas nécessaire.

— Je préfère.

Ils gardèrent le silence en traversant les couloirs de brique. Certainement les couloirs les plus laids du monde, mais s'il avait fallu les refaire aussi, les changer, tout l'immeuble se serait effondré. Ça n'aurait pas été plus mal. Le bâtiment n'avait rien d'intéressant. Parfois, c'étaient leurs occupants qui faisaient l'intérêt d'un lieu. Aneta y croyait vraiment. Une maison, c'est une partie de notre âme. Elle avait toujours gardé un siège qui lui venait de ses parents africains. Ce n'était pas une question de design ou de déco. C'était autrement important.

Désormais, elle n'avait même plus de maison.

Ses parents auraient dit qu'elle n'existait plus. Elle avait perdu une bonne partie d'elle-même.

Ils passèrent le porche et se dirigèrent vers le parc.

Halders commença à taper du pied dans les tas de feuilles :

— Pas mal, pour se libérer de son agressivité.

— Moi, je n'en ressens aucune.

— C'est bien ça, le problème.

— Qu'est-ce que tu veux dire, Fredrik ?

— Rien. Rien du tout.

— Si c'est comme ça, on peut aussi bien retourner au boulot.

Halders donna encore du pied dans un paquet de feuilles. Il aurait dû se méfier. C'était comme de taper dans le vide : aucune résistance. Mauvais pour les genoux.

Il s'arrêta.

— J'ai fait une sortie dans l'archipel, aujourd'hui. Dans le sud de l'archipel.

— J'ai cru comprendre. Avec Erik.

— Ne parlons pas de lui pour l'instant. Ce que je veux dire, c'est que j'ai eu la révélation. Je sais où on doit s'installer : près de la mer.

— Göteborg est une ville côtière. Tu veux dire très près de la mer ?

— C'est ça.

— Tu ne m'en avais jamais parlé avant, Fredrik.

— Elle date d'aujourd'hui, la révélation.

— Il y a un risque de se sentir isolé.

— Je souffre déjà d'isolement, répliqua-t-il.

Elle garda le silence.

— Reviens chez nous, Aneta.

À son tour, elle tapa dans un petit tas de feuilles. Un petit coup de pied insignifiant. Elle ne ressentait toujours pas d'agressivité.

— Viens au moins faire un tour avec nous dans l'archipel, ce week-end par exemple. Toi, moi et les enfants. Ils réclament après toi.

— OK.

22 h 15

Ils retournaient maintenant vers l'île. La Grande Källö se dessinait sur sa gauche. Le soleil était encore assez haut dans le ciel. Le soleil était encore là.

Elle voyait la colonie. On aurait dit une prison, avec ses murs d'enceinte. Personne aux alentours. Ils étaient tous rentrés se coucher. Envie ou pas, on n'avait pas le choix.

Mais il y avait quelqu'un, debout, à l'extrémité du ponton. De si loin, il ne pouvait l'apercevoir, ni la reconnaître.

Elle pouffa de rire. D'un mouvement irrépressible.

— Qu'est-ce qu'il y a ? fit celui qui se tenait à l'avant.

Le bateau allait plus lentement maintenant, le moteur faisait moins de bruit. On n'avait plus besoin de hausser la voix.

Elle ne répondit pas.

Il regardait au loin du côté de la colo et du ponton.

— Ils vont bientôt se mettre à ta recherche, sourit-il. C'est l'heure d'aller au lit, non ?

Elle garda le silence. Ils avaient dépassé la colo, en débordant au large du grand rocher. Elle vit les pontons. C'était là qu'elle aurait dû aller. Elle avait brusquement décidé de prendre à droite au lieu de la gauche. Elle était montée jusqu'au sommet. Cherchait-elle un autre chemin qui redescende ensuite vers la baignade ? Est-ce qu'elle n'était pas déjà passée par là ?

Et brusquement elle s'était retrouvée de l'autre côté de l'île. La mer s'offrait à elle, elle pouvait aussi bien se baigner là.

Il avait dit que c'était bien, plus bas dans la baie. Derrière le ponton. Il n'y a pas de danse ce soir. C'est tranquille.

Vas-y. Je te montrerai.

Et voici qu'elle se retrouvait maintenant sur ce bateau. Ils dépassèrent le plongeoir. Elle avait déjà plongé de tout en haut. On l'avait applaudie. J'oserais jamais, avait soupiré l'un des petits. Jamais ! Mais si, quand tu seras grand, lui avait-elle répondu. Elle se considérait elle-même comme une grande. Ce n'était pas difficile, à la colo. Il n'y en avait pas beaucoup, des grands, et ils étaient plutôt gamins.

Sauf un.

Tout à coup, elle aurait aimé qu'il soit assis à côté d'elle, sur le bateau.

Pourquoi ne lui avait-elle pas demandé de l'accompagner, ce soir ? Il serait venu.

Le bateau reprenait maintenant de la vitesse. Elle le sentait dans tout son corps. Il se dressa presque à moitié hors de l'eau.

Et tout à coup, elle comprit qui elle venait de voir sur le ponton.

C'était Christer.

Il la cherchait du regard.

30.

Winter passa deux fois devant la maison d'Edwards. Bien grande pour un homme seul. Ça n'avait peut-être pas toujours été le cas. Il était temps de le savoir.

Il se gara sur le trottoir. Aucune trace de la voiture. Il y avait un garage. Edwards avait pu la ranger à l'intérieur. Pourquoi avait-il dit qu'il ne désirait pas la récupérer ? Traumatisme post-vol ou autre chose ?

Winter sonna à la porte. La sonnerie résonna comme un gong. Il s'attendait à un bruit plus sec dans une maison de ce type. Il appuya de nouveau sur le bouton : un simple bouton en plastique, qui détonnait également.

La porte s'ouvrit. Edwards parut d'abord ne pas le reconnaître, mais en fait il regardait derrière son dos. Winter se retourna. Une voiture passait dans la rue, une Corolla. Il mémorisa le numéro d'immatriculation. Était-ce bien utile ? Il entrevit un homme et une femme, de profil, puis la voiture continua sa route en direction de l'école de Långedrag.

— Une connaissance ?

— Non.

Edwards ramena son regard vers lui.

— Que voulez-vous ?

— Vous auriez un moment ?

Le regard d'Edwards s'échappa de nouveau. Il n'errait pas, il cherchait une échappée.

— Non.

— Pardon ?

— Je n'ai pas le temps.

— Quelles obligations avez-vous ?

— Il faut que je m'en aille. Pour mes affaires.

Edwards était vêtu d'un short et d'une chemise de lin froissée. Il était pieds nus et mal rasé. Il sentait vaguement l'alcool, mais ne paraissait pas ivre.

— On arrête les conneries, déclara le commissaire. Tout le monde a du temps pour moi. Soit vous me laissez entrer et on parle un moment, soit vous me suivez au commissariat.

— Où ?

— Chez moi, bien sûr. Chez nous. Dans une salle d'audition du commissariat.

— Une salle d'audition ? Ça s'appelle comme ça maintenant ?

— Oui. Qu'en pensez-vous, Edwards ?

L'homme recula d'un pas. Winter franchit le seuil. Le hall était recouvert de plaques bleu clair. Sans doute un chauffage par le sol. Edwards n'avait pas l'air d'avoir froid aux pieds.

— Par ici.

Il fut invité à pénétrer dans une grande pièce qui communiquait avec la cuisine. Une porte-fenêtre donnait sur le jardin, pavé de dalles en pierre, sans guère de pelouse. Pratique quand on voyage beaucoup.

Edwards se tenait debout au milieu du salon. Son regard lorgnait vers le jardin, sans pouvoir accrocher un seul arbre, sur cette étendue minimaliste.

Winter sortit la croix, toujours enfermée dans son sac plastique. Il fit un pas en direction de son hôte et la souleva.

— C'est quoi, ce truc ?

Son regard avait du mal à se fixer sur la croix. Il fuyait encore.

— Prenez-la, fit Winter en la lui tendant. (Edwards la saisit d'un geste automatique.) Regardez-la bien.

Il l'examina, puis il dévisagea le commissaire.

— C'est quoi ?

— Je pensais que vous m'aideriez à le savoir.

— Désolé. Je n'en ai aucune idée.

Il chercha à rendre la croix mais Winter ne fit pas mine de la reprendre.

— C'est une croix.

— Oui, ça je peux le voir. Mais ce n'est pas ce que vous me demandez.

— Non.

— Qu'est-ce que vous attendez de moi ?

— Elle était dans votre voiture.

Edwards ne répondit pas.

— Nous l'avons trouvée à l'occasion d'un examen technique, ajouta le commissaire.

Edwards jeta hâtivement un œil sur la croix. Puis son regard parut filer à l'ouest, vers la mer. Elle n'était qu'à quelques centaines de mètres de distance à vol d'oiseau.

— Non, aucune idée de ce que c'est.

Il s'éloigna de quelques pas et posa la croix sur une table puisque Winter ne voulait pas la reprendre. À croire qu'elle lui brûlait les doigts. Il finit par mettre les mains dans les poches de son short.

— On a volé ma bagnole. Je suppose que l'un des voleurs l'a oubliée à l'intérieur.

— Il s'agit d'un ordre, déclara Winter.

— Comment ?

— La croix appartient à un certain ordre, l'ordre de Coldinu, représenté dans cette ville et qui est en rapport avec la mer.

— Ah bon ?

— Vous en avez déjà entendu parler ?

— Non.

— Vous n'êtes pas membre de l'ordre de Coldinu ?

— Pas que je sache.

Ça n'avait pas l'air d'une blague. Depuis le début, Edwards était bien loin de blaguer. Winter sentit qu'il récitait son rôle, des répliques toutes faites. Une impression qu'il avait déjà rencontrée dans sa carrière, quand la personne savait qu'il allait venir, ce qu'il allait dire, et demander.

— Vous en êtes peut-être sans le savoir, sourit-il. C'est une société extrêmement secrète.

— Vous vous moquez de moi ?

— Oui. Quelles sont vos relations à la mer, Roger ?

— Là, je ne comprends plus.

— La mer. Par là-bas. (Winter pointa la tête vers l'ouest.) Appartenez-vous à ce monde-là ? Faites-vous de la voile, par exemple ?

— Plus maintenant.

— Possédez-vous un voilier ?

— Non.

— Pourquoi avez-vous cessé de faire de la voile ?

— C'est quoi, cette foutue question ?

— Contentez-vous de me répondre.

— Pourquoi j'ai arrêté la voile ? J'en avais marre, c'est tout. Et vous, vous en faites ?

— Plus maintenant.

— Vous voyez.

— Quand j'étais jeune, j'ai pas mal sillonné le sud de l'archipel, poursuivit le commissaire. Nous avions une maison sur Styrsö.

Il fit une pause. Il n'était pas sûr qu'Edwards l'écoute. L'homme paraissait guetter autre chose. Comme si quelqu'un d'autre se tenait dans la pièce et lui parlait. Il entendait des voix ? Il dégageait presque de la démence : c'était cette lueur étrange dans ses yeux.

Elle s'était accentuée quand Winter avait mentionné le sud de l'archipel. Et son regard était retombé au sol. Un plancher de sapin bien poncé. Sûrement doux et chaud sous les pieds d'Edwards.

— Vous n'avez aucune attache avec l'archipel, Roger ?

Il ne répondit pas, se contentant de secouer la tête, tout en gardant les yeux rivés au sol. Étrange.

— Jamais vous n'en avez eu ?

Edwards releva les yeux. Il réfléchissait visiblement à ce qu'il devait répondre. Ce n'était pas aussi simple que « oui » ou « non ». Mais l'étrange lueur n'avait pas disparu de son regard.

— Je... je n'en ai jamais eu.

— De quoi parlez-vous ?

— C'est vous qui m'avez posé la question. Sur l'archipel.

— Vous aviez l'air d'hésiter.

— On oublie parfois. On ne peut pas se rappeler de tout.

— Qu'avez-vous oublié ?

— Quelle question ? On ne peut pas se rappeler ce qu'on a oublié, non ?

— Si, ça peut arriver, répondit Winter. Il peut arriver un moment où tout vous revient à la mémoire.

Edwards garda le silence. Il sait de quoi je parle, comprit Winter. Eh oui ! Il a fait partie de la bande. Dans son passé, il y a cette histoire-là.

Edwards avait l'air de souhaiter passer au travers des lames de son parquet maintenant. Son corps était voûté, comme s'il n'avait plus la force de se tenir droit. Ni de vivre ou de respirer, songea Winter.

— Brännö, fit-il.

Il ne put saisir le regard d'Edwards : il avait glissé sous le plancher. Winter doutait qu'il puisse refaire surface.

— Vous avez une quelconque relation avec Brännö ?

L'homme resta d'abord sans réaction, puis il secoua la tête. Tout à coup Winter voulut entendre sa voix. Elle avait changé depuis le début de l'entretien. De l'audition. Elle avait baissé, jusqu'à s'éteindre ou presque. Elle était partie ailleurs.

Winter l'avait déjà entendue.

Il sentit subitement un frisson lui parcourir le corps :

— Parlez-moi de Brännö.

— LAISSEZ-MOI TRANQUILLE ! s'écria Edwards.

Ce dernier n'avait toujours pas relevé les yeux. Il paraissait fin prêt pour la camisole, mais il ne bougeait toujours pas d'un cil. Et sa voix avait monté au lieu de descendre. Je suis allé trop loin, conclut le commissaire. Il va falloir faire demi-tour.

Il prit place sur le sofa, lequel devait provenir de chez House. La table aussi. Edwards avait de l'argent. Ou du moins, il en avait eu.

Il releva les yeux.

Il paraissait avoir retrouvé son calme. Retrouvé son état aux trois quarts mort.

— Excusez-moi.

— Vous êtes tout excusé. Ce n'est pas évident de tenir face à mes questions. Mes réflexions, devrais-je dire.

— C'est juste un petit coup de fatigue.

— Vous ne vous attendiez pas à cette visite, continua Winter. Au fait, où avez-vous garé la voiture ?

— Quoi ?

— Votre voiture, où est-elle ?

— Je l'ai vendue.

— D'accord.

— Je me débrouille très bien sans véhicule.

— Vous n'avez aucune idée de la personne qui a pu vous la voler ?

— Non.

— Que faisiez-vous ce matin-là ?

— Quel matin ?

— Le jour où elle a disparu, où mon collègue l'a retrouvée sur le pont d'Älvsborg.

— Je l'ai déjà raconté.

— J'avais oublié, sourit Winter.

— J'ai fait un petit tour dans le quartier. Ça m'arrive quand j'ai du mal à dormir.

Winter écoutait sa voix, la mélodie de sa voix, pour ainsi dire. Il ne la reconnaissait plus. Ça n'avait duré que l'espace d'un instant. Et puis, ça avait disparu. Ça n'avait peut-être jamais existé.

Son portable retentit tandis qu'il roulait vers le centre-ville. Il répondit. Il reconnaissait bien cette voix-là.

— On peut se voir quelque part ? lança Benny Vennerhag. Un endroit où j'aie pas la honte.

— Honte de quoi ?

— Ce serait con d'être vu avec toi dans un lieu public. Les gens se font vite des idées.

— Quelle sorte de gens ?

— Les Suédois, bien sûr. Tiens, je connais un endroit.

*

La pointe de Smithska. Winter se gara sur un parking désert. Il se dirigea ensuite vers le hangar qui faisait office de café pendant la belle saison. Un vélo de course, plutôt stylé, flambant neuf, était accoté au vieux mur de planches. Accroché au guidon, un casque à vélo rouge métallique.

Derrière le bâtiment, Vennerhag était assis, le visage offert au soleil, le dos appuyé contre le mur. Il était serré dans un justaucorps de cyclisme. À côté de lui, un sac de cuir souple. Il sourit à l'approche de Winter :

— C'est l'heure du goûter ! fit-il en se penchant vers le sac.

— Tu n'as vraiment pas l'air d'un homme pressé.

— Simple question d'organisation, Erik. Et puis, c'est calme en ce moment. (Vennerhag souleva un sachet.) J'ai acheté des mazarins et de la brioche viennoise. Tu n'es pas obligé de choisir entre les deux.

Winter garda le silence. Il s'assit à côté de Vennerhag sur un pliant. La porte du hangar était ouverte. Un petit trousseau de clés pendait à la serrure. Les sièges devaient venir de là. Si c'était le nouveau business de Benny, c'était calme pour le moment.

Vennerhag soulevait un thermos design.

— Café *latte.*

— Ça peut donner quelque chose ?

— Le progrès n'a pas de fin.

Il sortit deux mugs de porcelaine blanche et les plaça sur un plateau taché qui devait également sortir du hangar. Les mugs, eux, venaient de chez NK. Un contraste très tendance.

— Quel progrès, Benny ? Tu as quelque chose pour moi ?

— Du café et des gâteaux. (Il déposa les gâteaux sur le plateau.) Je t'en prie, mon cher. Dommage qu'on n'ait pas un nègre pour tenir le plateau.

Winter ne put s'empêcher de rire :

— Bon sang, Benny, tu auras beau faire des efforts pour avoir l'air stylé, le beauf n'est jamais loin.

Vennerhag desserra le couvercle de la bouteille thermos, sans réagir au commentaire.

— Tu devrais te mettre au vélo, Erik.

— J'en fais presque tous les jours quand le temps le permet.

— C'est pas une question de temps. T'as quoi, comme vélo ?

— Je ne m'en rappelle pas. Un Crescent, je crois, à trois vitesses. Dix ans d'âge.

Le gangster fit claquer sa langue contre son palais. Il dévissa le bouchon intérieur et versa le café dans les tasses. Le liquide était brun clair. Mulâtre, se dit Winter.

— Je vais te dénicher une vraie bécane, Erik. Tu peux pas garder cette merde. T'as vu la mienne. C'est ça qu'il te faut.

— Non merci.

— Allons !

Il tendit une tasse à Winter.

— Si tu continues, je ne vais même plus pouvoir accepter ton café, fit-il en prenant la tasse.

— T'as besoin d'exercice, Erik.

— Tu veux bien arrêter de m'appeler Erik ?

— C'est ton prénom, répondit Vennerhag, sans se laisser démonter. (Il avala une gorgée.) Aaah ! Il est resté bien chaud. Prends du sucre. Là. (Il pointa la tête vers le plateau, releva les yeux et lança un sourire à Winter.) Le vélo, y a rien de tel. Tu commences à bouffir.

— Tu veux mon poing dans la gueule ?

— C'est pas si grave, je voulais pas te vexer. Mais quand on prend de l'âge, ça fait du bien de bouger.

Je pourrais lui montrer que j'ai gardé de la pogne, se dit Winter, mais ce serait puéril. Et puis il a raison. Je ne peux pas continuer à marcher au vin et au whisky. Whisky et vélo, ça ferait une bonne combinaison, d'abord un verre, ensuite un coup de pédale.

— Qu'est-ce que tu as pour moi, Benny ?

Il but une gorgée de café. Pas mauvais.

— On parle d'une sorte de contrat.

— Un contrat ? Tu parles bien de meurtre ?

— Oui.

— C'est quoi ce bruit ?

— Un bruit, tu vois ce que c'est un bruit.

— Ça peut avoir un certain fondement. Tes bruits à toi, ils viennent d'où ?

— Tu ne penses quand même pas que je vais te répondre ?

— Et qu'est-ce qu'on dit ?

— Que le meurtre de ce... Sellberg, c'était sur commande.

— De qui ?

— Moi pas savoir.

— Et qui l'a fait ?

— Moi pas savoir.

— Qui peut savoir ?

Vennerhag reprit une gorgée. On était bien au calme contre ce mur. Il régnait un silence impressionnant, jusqu'à ces dernières minutes : un bruit de marteau commençait à se faire entendre derrière la butte rocheuse. Quelqu'un qui retapait sa maison de campagne. Un certain nombre de cabanons s'étaient discrètement transformés en villas. Les services municipaux ne s'aventuraient pas jusqu'ici pour contrôler ce genre de choses. Benny Boy possédait peut-être déjà toute la pointe de Smithska. La pointe noire.

— Est-ce que ça aurait un rapport avec la voiture sur le pont d'Älvsborg ? reprit le commissaire.

— Moi pas savoir.

— Arrête de faire le con !

— Calme-toi, Erik.

— Un contrat. Pourquoi ? Pourquoi commanditer le meurtre de Sellberg ?

— C'est pas rare.

— Si. Dans mon monde, si, Benny Boy. On tue rarement avec préméditation. Dans ton monde, c'est sûrement différent.

— On vit dans le même monde, Erik.

— Ta gueule.

Benny avait raison, bien sûr.

— Tu ne manges pas ta brioche, Erik ?

— Est-ce qu'il y a d'autres contrats en cours ?
— Possible.
— Possible ? Là, tu commences à m'intéresser.
— C'est juste un bruit.
— Le nouveau contrat aurait un lien avec le premier ?
— Je ne sais pas, Erik.
— Tu peux essayer de te renseigner là-dessus ?
— Trop dangereux. J'ai déjà pas mal questionné à droite à gauche.
— Dangereux ? Pour toi ?
— Ouais.
— J'ai du mal à le croire.
— Ce que je te dis, ça vient de... sources proches des gros bonnets.
— Comment ça, les gros bonnets ?

Vennerhag prit son mazarin, l'examina, et finit par le reposer.

— À côté, je suis qu'un petit joueur, crois-moi, Erik.
— Tu parles de stups, Benny ?

Vennerhag garda le silence, ce qui en soi constituait déjà une réponse.

— C'est dans ces cercles qu'on a dressé un contrat ?
— Je ne sais pas si c'est précisément dans ces cercles. Mais l'info vient de là.
— De qui ?
— Comment ça, de qui ? Je ne vends pas mes sources, tu le sais, bordel !
— Elles tournent autour de qui, ces infos ? Quel gros bonnet ? Le plus gros ?

Silence.

Winter reposa sa tasse. Il l'avait gardée longtemps à la main. Un muscle de son bras tressaillit. Il faillit la lâcher.

— Benny, je ne te demande pas de me dévoiler ta source. Ni qui a dressé le contrat. Ou qui...
— Je ne sais pas. Et je ne veux pas savoir.
— Non. Mais je voudrais savoir quel nom se trouve là-dessous. Il doit y en avoir un. Un nom innocent.

Vennerhag éclata d'un rire bien sonore dans le calme et le silence environnants. Les coups de marteau s'étaient arrêtés depuis un moment. Ils auraient pu se trouver sur la pointe la plus isolée du monde. Le même monde pour tous les deux.

Pour la première fois, Vennerhag manifesta une certaine nervosité. Il mordit dans sa brioche et commença à mâcher sans paraître lui trouver aucun goût. Quant à Winter, il n'avait pas le moindre appétit, sans compter que le *latte* avait dû refroidir. Une gorgée ou deux, ce n'était pas assez pour qu'il y ait corruption de fonctionnaire.

Le gangster avala sa salive.

— Pas besoin que je te donne un nom, Erik. Tu peux trouver tout seul.

— Il y a pas mal de noms dans ce monde, Benny.

— Beaucoup trop.

— Tu en fais partie ?

— Bordel, Erik !

— Tu m'as l'air de bien circuler dans ces eaux-là.

— Je regrette d'avoir pu te donner un coup de main. Et d'être venu ici. (Vennerhag versa le reste de son *latte* sur l'herbe.) Salut.

— J'apprécie ta collaboration, Benny.

— Et tu me remercies en me traitant de baron de la drogue ?

— Je n'ai jamais dit ça.

— C'était sous-entendu.

— Je retire ce que j'ai dit. Tu fais partie des gentils dans ce monde-là, Benny. Sinon, je ne serais pas en train de discuter avec toi maintenant. On a quelque chose en commun, toi et moi, que n'ont pas les autres.

— Elle est bien bonne !

— On peut peut-être les coincer cette fois-ci.

— Comment ?

— À cause du contrat.

— Ça n'a rien à voir avec la came.

— Ah bon ? Qu'en sais-tu ?

Vennerhag ne répondit pas. Encore une réponse.

— Et ce baron, qui est-ce ? continua Winter.

Le regard de Vennerhag s'échappa par-dessus la butte. Winter voyait le sentier qui menait à l'estacade. Un certain nombre de gens faisaient du naturisme. Il n'était jamais allé là-bas. Le naturisme, ça le dépassait. Les coups de marteau reprirent, plus régulièrement, comme si le menuisier avait fini par trouver son rythme.

— Tu as parlé avec Lotta ? demanda Vennerhag, le regard toujours rivé sur la paroi rocheuse.

— Oui.

— Alors ?

— Elle ne veut pas revenir sur le passé.

— On n'est pas obligé de le laisser entièrement derrière soi.

— Laisse tomber, Benny. Va de l'avant.

— Je ne suis plus le même, Erik. Tu le sais. Tu le vois. Je ne te parle pas seulement de ma ligne. Si seulement elle acceptait de me voir. Si je pouvais lui parler juste cinq minutes. Tu sais que je l'ai jamais appelée. Pas une seule fois. Je pourrais le faire. Mais je m'abstiens.

— Je ne peux pas l'obliger, Benny.

— Demande-lui encore une fois.

— Ce serait inutile.

— Juste une fois.

— Qu'est-ce que tu veux que je lui demande ?

— Si je peux l'appeler. Juste deux trois minutes. Quelques mots. Si ça ne marche pas, j'en parle plus. J'arrête et j'oublie. (Vennerhag se pencha en avant. Le justaucorps lui serrait les épaules, comme une seconde peau. Noire.) Tu sais que je tiens parole. Qu'est-ce qu'elle risque ? Juste deux trois mots.

— OK. Je lui demanderai. Mais ce sera la dernière fois. Et peut-être qu'elle ne voudra plus me parler après ça.

— Elle peut quand même pas renier son frère ?

— Je lui demanderai.

Vennerhag hocha la tête, puis il se leva.

— Tu ne goûtes pas une seule de ces délicieuses pâtisseries ?

— Trop sucré, Benny.

Winter se leva de son siège.

Vennerhag replia sa chaise et la remit dans le hangar. Winter suivit son exemple. Il flottait encore à l'intérieur un parfum de l'été passé. Le vrai été, non pas cet été indien. L'été passé. L'enfance.

Ils ressortirent. Vennerhag se retourna vers lui :

— Tiger, fit-il. Christer Tiger.

31.

Les plongeurs amorcèrent leur descente par une mer calme. Sur le pont de la vedette, Winter regardait le soleil se coucher derrière eux. La croix prenait des reflets rougeâtres. Un panneau d'interdiction ? Winter avait fait venir des plongeurs de la brigade de Surveillance côtière.

— Y a de la profondeur par ici ? demanda Ringmar.

— Non, on est encore à l'intérieur de l'archipel.

La surface de l'eau se referma sur les plongeurs. On n'aurait pas cru qu'elle pouvait receler des gens, morts ou vivants.

Winter alluma un Corps. Il expira la fumée qui s'envola du côté de l'île.

— Je pensais que t'avais arrêté.

— Pourquoi ça ?

— Je ne t'avais pas vu fumer depuis un moment.

Ringmar éclata d'un rire qui retentit comme un rire de mouette. Il y en avait pas mal au-dessus du bateau. Elles tournoyaient dans le ciel en attendant la suite, comme tout le monde à bord.

Ringmar leva le bras en direction de la croix. Elle avait perdu sa teinte rouge : le soleil était descendu d'un cran. Elle griffait l'horizon de ses branches noires.

— On va voir si ton intuition était la bonne.

— Bonne ou pas, il fallait le faire, Bertil.

— On se laisse peut-être emporter un peu loin, avec cette histoire de croix, Erik.

— Qu'est-ce que tu veux dire ?

— Supposons que tout ait été planifié.

— Planifié ?

— Oui, depuis le début. Par quelqu'un. Celui qui a mis la croix dans la voiture avait prévu les développements. Il savait qu'on comprendrait, ou qu'on saurait trouver ce qu'était cette croix. Et qu'on finirait par se pointer ici. Qu'on tirerait les conclusions qu'on a tirées.

— Lesquelles ? Je n'ai tiré aucune conclusion.

— Prends ces neuf coups de canon, répliqua Ringmar. Je m'en rappelle bien. Je crois même avoir entendu l'ordre de tirer. Ça m'avait un peu égayé, ce jour-là.

— Pourquoi ?

— Ça, je ne m'en rappelle pas.

— Et alors, ces neuf coups ?

— Est-ce que tu ne trouves pas ça un peu trop sophistiqué, qu'il s'agisse de neuf coups là aussi, dans cette affaire, ou ces affaires ? Et on serait censés les avoir comptés ?

— Ce n'est pas difficile de compter jusqu'à neuf. Enfin, huit.

— Je pense au rapprochement entre les deux séries de coups.

— Tu as dit toi-même que tout était planifié à l'avance, non ?

— Ce ne serait pas trop simple de n'avoir qu'à attendre un neuvième coup ?

— C'est peut-être aussi simple que cela.

— Ou alors, ils veulent qu'on se focalise là-dessus. Pendant qu'il s'agit en fait de tout autre chose.

Winter garda le silence.

— Tout autre chose, répéta Ringmar.

— On avance, même à tâtons, Bertil. C'est tout ce qu'on peut faire.

— On dispose les pièces, tu veux dire ?

— Oui. Cette histoire ressemble de plus en plus à un puzzle.

— Et l'une des pièces se trouverait au fond ? demanda Ringmar en pointant la tête vers l'eau.

La mer était toujours aussi terriblement calme. On aurait dit un plateau de fer ou de plomb.

Mais voici qu'elle se rompit. Une tête de plongeur apparut. Winter lui fit un signe de la main. L'homme secoua la tête.

Planter une croix. Planter un pistolet. S'ils devaient suivre le plan, il leur fallait maintenant draguer le lit du fleuve. Ils suivirent le plan. Le lendemain, Winter se tenait sur la Jetée 4 et contemplait les eaux noires du centre-ville. Ils n'avaient rien trouvé au fond de la mer. Il n'y avait pas tellement cru d'ailleurs, mais ça valait la peine d'essayer. Elle ne gisait pas à cet endroit-là, mais elle gisait quelque part ailleurs. La croix leur montrait une autre voie.

Halders respira largement.

— Aahhh ! Ça se rafraîchit. L'hiver n'est pas loin.

Winter hocha la tête. En roulant depuis Vasaplats, et surtout du haut du pont d'Älvsborg, il avait pu voir la ville comme poudrée de gel. Côté ouest, l'embouchure du fleuve commençait à se couvrir d'une pellicule de glace. La mer est partout présente, se dit-il, sous des formes différentes. Cette affaire a partie liée avec la mer.

Ils se tenaient à l'extrémité de la jetée. La croix de Coldinu était perchée sur un pieu qui avait été fondu dans une pierre suffisamment anguleuse pour pouvoir s'incruster dans le fond. Mais ici, en pleine ville, nul besoin d'amer pour les navigateurs. Lui était-il destiné ? Cette croix avait-elle pour but de lui indiquer le chemin ? Il inclina la tête vers le bassin. C'étaient les mêmes plongeurs. Cette fois, ils cherchaient un autre type de cadavre.

— Pourquoi pas ? fit Halders, en cherchant les gars du regard. (Leurs mouvements se devinaient, comme des ombres, sous l'eau.) Un bon endroit pour se débarrasser d'une arme.

— Pas encore, rectifia Winter.

— Quoi ?

— Ce n'est pas encore le moment. Le pistolet doit d'abord tirer son neuvième coup.

— C'est peut-être déjà fait.

— Non, on le saurait. Nous serons les premiers à le savoir.

— Ça ne me plaît pas, tout ça, Erik. C'est comme si t'étais dans la ligne de mire.

— Mais non, pas moi.

— En tout cas, nous voilà comme des cons à regarder dans l'eau.

— Je peux me tromper, admit Winter.

— Dans ce cas, on aura tiré le billet gagnant. Ce qui peut nous arriver de mieux, c'est que tu te trompes.

— Oui.

— Intéressant comme méthode.

— Je peux te l'apprendre, Fredrik.

— Et comme ça, je deviendrai commissaire.

— Tu le deviendras sans ça.

— Quand ? Non, j'ai manqué le train. (Il leva les yeux vers le fleuve. Le Rapido passait devant eux, en route vers Klippan.) Ou le ferry.

— L'année prochaine, à la même période, tu auras pour ainsi dire une étoile de plus sur les épaulettes, Fredrik.

— Tu crois ? Alors, ils tireront peut-être une salve en mon honneur.

— Évite juste de te mettre dans la ligne de mire.

— Stewe ! annonça Halders.

La tête du plongeur réapparut. L'eau coulait sur son masque. Il baissait le pouce.

— Ils ont leur local rue Bellman, les informa Aneta Djanali. L'ordre de Coldinu.

— Tu es allée faire un tour là-bas ? demanda Winter.

— Non. Mais j'ai réussi à joindre l'un des responsables. Bertil Quelque chose.

— Bien.

— Il n'a pas voulu me donner la liste des membres.

— Il y en a donc une.

— Oui. Ils sont assez nombreux apparemment.

— Ah oui ?

— Mais j'ai fini par obtenir une copie.

— J'y comptais bien, Aneta.

— La voici.

Elle lui tendit des feuilles de papier. Il y en avait trois ou quatre.

— Tu les as lues ?

— Oui. Je n'ai pas reconnu un seul nom.

— Ils s'inscrivent peut-être sous de faux noms.

Hans Norling appela une minute après qu'Aneta eut quitté le bureau de Winter. Le commissaire de la brigade des stups était une vieille connaissance. Ils avaient arpenté les rues ensemble quand la police patrouillait encore à pied. Depuis, Norling s'était amoché la jambe dans un accident de moto. Lui ne tapait jamais dans les tas de feuilles mortes.

— Tu me cherchais, Erik ?

— Oui. Qu'est-ce que tu as sur Christer Tiger ?

— Tiger ? Eh bien, à la fois beaucoup et pas grand-chose, je dirais. Il est impliqué dans pas mal de trucs, mais on en sait peu.

— Comment ça se fait ?

— Tu plaisantes ?

— Qu'est-ce qu'il a comme couverture ?

— Rien. Il ne donne prise à rien, tu vois.

— De l'import-export ?

— Si on peut dire. Il est d'une arrogance inouïe. Il sait qu'on sait, etc.

— Qu'est-ce qu'on sait, que vous savez plutôt ?

— Il est certainement impliqué dans la dernière déferlante d'héroïne.

— Tu l'as fait venir ?

— Plusieurs fois. Un vrai serpent : il te glisse entre les doigts. Affable et doux, mais probablement très dangereux. Tu sais combien de personnes ont été tuées dans le milieu de la drogue rien que l'année dernière ?

— Non.

— Quatre. Un mec ici et deux à l'étranger, si on peut considérer l'Allemagne et le Danemark comme des pays étrangers.

— Des proches de Tiger ?

— Personne n'est proche de lui, Erik. Il a l'air de détester tout le monde.

— Pourquoi ?

— La faute à la société, bien sûr. Elle a maltraité sa famille et maintenant, il lui rend la pareille.

— C'est lui qui le dit ?

— Oui.

— Directement, comme ça ?

— Absolument. Il semble en être fier.

— Fier d'être un criminel, reprit Winter, en pensant à Benny Vennerhag, Benny-le-cycliste.

— Oui. Encore une fois : il sait qu'on sait.

— Il a un bureau ou quelque chose comme ça ?

— Pas que je sache. Il tient sa cour à l'Hôtel 11, du côté d'Eriksberg.

— OK.

— Il habite dans le quartier. Passage du Timon. Au numéro 20 plus exactement. Je n'ai malheureusement jamais été convié là-bas.

— Tu aurais pu t'inviter tout seul.

— J'ai souvent été tenté de le faire. Mais on a placé un certain nombre de pions dans le coin, et bon, faudrait pas faire foirer tout ça.

— Des écoutes téléphoniques ?

— Qu'est-ce que tu crois ?

— Et alors ?

— C'est une anguille, comme je te disais. Un malin. Il a plusieurs lignes. Pas à son nom. Des téléphones cellulaires parfois. Ou alors, il n'appelle pas pendant des semaines.

— Vous l'avez fait filer ?

— Un peu. Des rendez-vous toujours innocents. Sauf que ceux qu'il rencontre ne le sont pas.

— Tu aurais une liste ?

— De ses contacts ? Oui, pour autant qu'on ait pu les repérer.

— Je pourrais l'avoir ?

— Bien sûr.

— Tu sais où il se trouve aujourd'hui ? À Göteborg ?

— Pourquoi est-ce que tu t'intéresses autant à lui ?

— Son nom est remonté à la surface à plusieurs occasions. Chez nous aussi.

— Une occasion particulière ?

— Le meurtre de Bengt Sellberg.

— Ouais, vous vous êtes manifestés à ce sujet. Mais il n'était pas connu chez nous.

— Contrairement à celui-ci.

— Alors Tiger serait impliqué dans ce meurtre ? Ça ne lui ressemble pas. Il ne prend pas de risques.

— Il était peut-être prêt à le faire, cette fois-ci.

— Pourquoi ?

— À mon avis, c'est une histoire personnelle, répondit Winter.

— Ah bon ?

— Dans ces cas-là, on est toujours prêt à prendre des risques.

— C'est vrai.

— Y a-t-il quelque chose de particulier que je devrais savoir sur Christer Tiger, Hans ? En dehors de son CV officiel ?

— Qu'est-ce que tu veux dire ?

— Quelque chose de personnel. D'ordre privé. Quelque chose qu'il garderait pour lui autant que possible.

— Tu vas aller le voir ?

— Je crois bien.

— Eh bien... pour ce qui est du privé... il n'a pas l'air de penser avec sa bite. Il ne prend pas de came. Il ne boit pas vraiment. Il ne joue pas. Il a l'air assez colérique mais il est capable de se retenir. Aucun problème avec les voisins.

— Un vrai petit saint en somme.

— Apparemment, il lui arrive de souffrir de maux de tête. Ça les a déjà mis dans la merde : obligés de renoncer à une transaction.

— Des maux de tête ?

— Des crises de migraine plutôt sévères.

Halders et Bergenhem pénétrèrent en même temps dans le commissariat. La salle d'accueil était pleine à craquer de la racaille habituelle : un mélange de magistrats, de voleurs et d'innocents.

Ils passèrent en zone réservée et se plantèrent devant l'ascenseur. Trois agents de police sortirent. De vagues connaissances.

— Salut, Halders.

— Salut, Matt.

Matt avait le sourire aux lèvres. L'inspecteur ne se rappelait pas les noms des deux autres. L'un d'eux avait un air narquois. Il marmonna quelque chose à son copain. Halders ne comprit pas. Ils étaient jeunes, quinze ans de moins que lui à peu près, vingt ans même, et dix quinze ans de moins que Lars. Le Narquois faisait un mètre quatre-vingt-dix. Nouveau ricanement.

— T'as envie de rire ? lui jeta Halders.

Le Narquois secoua la tête. Il se passa la main sur la bouche sans réussir à gommer cette foutue grimace. Ses grosses lèvres frémissaient.

— Dis-moi ce qui te fait rire !

Matt parut soudain inquiet. Il connaissait Halders.

— Ça te concerne pas, lui répondit le copain.

— Ah ouais, merci bien. De qui il s'agit, alors ?

Ils se tournèrent comme un seul homme vers Bergenhem.

— Vous vous foutez de la gueule de Lars ?

— On se tire, Fredrik, fit Bergenhem en appuyant sur le bouton de l'ascenseur, qui était reparti entre-temps.

Le Narquois marmonna de nouveau et Halders comprit cette fois de quoi il s'agissait. Il vit que Lars avait entendu.

La porte s'ouvrit. Lars s'apprêtait à rentrer à l'intérieur. Il y avait dans son regard quelque chose qu'Halders n'avait jamais vu. Pas de la peine, ni de la peur. De la terreur. Miss Lars, avait dit le Narquois. Miss Lars.

Le poing d'Halders toucha le Narquois dans les parties sensibles. Il blêmit soudain et son grand corps se plia en deux. Halders lui flanqua encore un coup dans le diaphragme. Le Narquois avait perdu le souffle. Il lui faudrait quelques secondes avant que la douleur passe.

— Fredrik !

Bergenhem était sorti de l'ascenseur. Il saisit son camarade par les épaules. Mais ce dernier s'était figé. Il n'avait pas l'intention de frapper davantage.

Matt et le troisième policier s'étaient agenouillés devant le Narquois, couché à terre, en position fœtale.

— C'est mon pote, le pédé ! lança Halders. Mon pote à moi !

Matt releva les yeux.

— Bon sang, Fredrik !

— Qu'on se le dise ! répliqua Halders. Qu'on se le dise !

Il jeta un regard de mépris vers le Narquois :

— Tu fais plus partie de la maison, petit facho de merde ! Si tu donnes pas ta dém, j'entame une procédure contre toi.

— C'est lui qui pourrait porter plainte, répondit le copain. Franchement, il devrait.

— Tu veux une raclée, toi aussi ?

Halders s'avança d'un pas vers lui.

Bergenhem le poussa dans l'ascenseur. Les portes se refermèrent. Ils commencèrent à monter.

Halders éclata de rire.

— Un champion de la cause homo ! Qui l'eût cru ?

— T'as fait le con, Fredrik.

— Non !

— Je peux me défendre tout seul.

— Je sais, Lars, mais j'ai pas pu m'en empêcher. (Il regarda sa main droite et se frotta le poing.) Ça fait plaisir de voir qu'on n'a pas perdu les vieux réflexes.

— Après cette histoire, c'est moi qui vais devoir donner ma dém, fit Bergenhem.

— Je ne comprends pas cet Edwards, constata Winter. C'était comme s'il me lançait des signaux bizarres.

— Des signaux ? s'étonna Ringmar.

— Oui. Il me signifiait quelque chose.
— Quoi donc ?
— Je ne sais pas. Je ne comprends pas.
— Une culpabilité ?
— C'est possible.
— De quoi serait-il coupable ?
— Il était là-bas, avança Winter. Sur le pont, dans sa bagnole. Et puis il s'est tiré. Lars est arrivé après. Edwards était déjà rentré chez lui.
— Tu en as parlé avec Edwards ?
— Absolument pas.
— Pourquoi ?
— Je n'y avais pas sérieusement pensé avant maintenant !
— Il a tiré ?
— Je vais lui poser la question.
— Tu crois qu'il a tiré sur quelqu'un ?
Winter ne répondit pas.
— Ou alors, il aurait juste tiré une balle à l'intérieur de sa propre bagnole ? s'interrogea Ringmar.
— Intéressant, n'est-ce pas ?
Ringmar se caressa les joues. La peau était rouge et couverte de petites coupures. Accident de rasage.
— Au fait, qu'est-ce que tu penses de cette histoire avec Lars et Fredrik ?
Ils venaient de l'apprendre une demi-heure auparavant. Les deux inspecteurs avaient quitté le commissariat. Pour Bergenhem, la question était de savoir s'il y remettrait un jour les pieds.
— Åhlander s'en est remis en tout cas, dit Ringmar. La victime.
— Il compte porter plainte ?
— Je ne sais pas, Erik. C'est quand même grave. Du Halders tout craché, mais c'est vraiment grave. (Bertil esquissa un sourire.) On ne peut pas accepter ça.
Winter garda le silence.
— Selon Matt, il y a eu provocation, continua Ringmar. Contre Fredrik et Lars. Ou plutôt contre Lars. Matt n'aurait pas menti. Åhlander a dû lui dire quelque chose.
— Quoi ?
— Matt n'avait pas entendu.
— Mais Fredrik oui ?
— Apparemment.
— On sait bien de quoi il s'agissait, fit Winter.

— Oui.

— Je m'inquiète pour Lars.

Ringmar hocha la tête.

— Il m'inquiète vraiment. On dirait qu'il va bientôt exploser.

Ringmar hocha de nouveau la tête.

— Parfois j'ai l'impression qu'on est tous sur le point d'exploser, ajouta Winter.

— Oui. Exploser ou imploser. Il y a quelque chose dans l'air. C'est ce boulot. C'est le temps. Ce satané soleil. Cette connerie de ciel bleu qui n'en finit pas d'être bleu.

— Mais Lars sera le premier à exploser, reprit Winter.

— Tu envisages de faire quelque chose ?

— Je vais lui parler. Encore une fois.

— Qu'est-ce que tu vas lui dire ?

— Je ne sais pas vraiment.

— Tu as parlé avec sa famille ?

— Non. Je vais le faire. Avec Martina. C'est une fille bien. (Winter se pencha vers sa boîte de Corps. Il avait besoin de sortir fumer pour réfléchir.) Cela relève de ma responsabilité.

32.

Qui était Jan Richardsson ? Qui est-il ? Mort ou vif, c'était l'homme de toutes les questions. La neuvième balle était-elle logée dans sa tête ? Trop simple.

Winter cherchait à connaître la jeunesse du politicien. Le ferry Vesta toucha Brännö Pierre Rouge à 11 h 27. Cette île s'est emparée de moi, songea-t-il. Elle reprend ses droits sur ma vie. Fut un temps, danser sur ce ponton signifiait beaucoup pour moi.

Il prit la route de la Pierre Rouge en direction de l'ouest. Richardsson avait grandi un peu plus loin sur la route d'Husvik. La maison était désormais occupée par une autre famille. Le commissaire quitta la route et monta vers le cimetière. Il regarda autour de lui. Un homme creusait la terre à cinquante mètres de là, près d'un muret de pierres. Le fossoyeur. Il donnait de grands coups de pelle énergiques. Winter se promena parmi les tombes. La plupart étaient très simples, comme si la mort ne méritait pas qu'on s'en enorgueillisse. Dans d'autres pays, les tombeaux monumentaux semblaient défier la mort. La mort était plus importante que la vie, plus noble. Elle existait avant nous, serait encore là après notre passage sur terre. Elle durait l'éternité. Et pour l'éternité, amen.

L'homme se releva. Il plissa les yeux face au soleil qui n'en finissait pas de briller. Il avait une allure de Vieux-Croyant – pas plus mal dans ce métier. Vu son âge, il avait dû mettre en bière pratiquement tout le village, au fil des années. Mais pour le moment, il ne creusait pas de tombe. C'était une plate-bande. La terre était entièrement retournée. Des plantations à la fin du mois d'octobre ? Ou alors, il venait de dépiquer : des roses gisaient sur l'herbe. On aurait dit des flaques de sang.

Winter se présenta à lui.

L'homme hocha la tête.

— Un bel endroit, fit Winter. Très paisible.

— La paix de la mort, répondit l'homme.

Il parlait comme un prêtre, un prêtre de l'archipel. Les mots roulaient comme des blocs de pierre. C'était peut-être le prêtre, en train de faire son jardin.

— À qui ai-je l'honneur ? demanda le commissaire.

— Boris Hjelm. Le sacristain.

— Je cherche à entrer en contact avec Jan Richardsson.

Boris Hjelm ne répondit pas. Il fixa d'abord sa pelle, puis il parcourut du regard le cimetière. Si c'est un rébus, j'ai compris, se dit Winter. Pelle, tombes : il a déjà enterré quelqu'un de la famille.

— Il vient d'ici, n'est-ce pas ?

— Lequel vous dites, de Richardsson ?

Hjelm s'était avancé d'un pas et il avait relevé sa tête du côté droit vers le visiteur. Sa meilleure oreille. Il est sourd. Winter se pencha un peu en avant.

— Jan Richardsson. Il est conseiller municipal à Göteborg. Un homme politique. Il a vécu ici quand il était jeune. Il a grandi sur l'île.

Hjelm hocha la tête. Il avait bien entendu cette fois.

— Vous l'avez vu ? reprit Winter. Vous l'avez vu récemment ?

— Non, non. Il est pas venu ici depuis un moment. (Hjelm se tourna brusquement vers le commissaire.) Pourquoi le m'sieur est après lui ?

— Juste une affaire de routine. Il faut que je lui parle.

— Ben... il habite en ville. C'est ce qu'on dit.

— Oui. Mais nous sommes à sa recherche.

— Il a décampé ?

— Pardon ?

— Il a décampé ? C'est pour ça que le m'sieur vient par chez nous ? Pour le chercher ?

— Pourquoi aurait-il décampé ?

Hjelm considéra de nouveau le cimetière.

— C'est ben comme ça qu'il fait, répondit Hjelm. Il décampe et il revient plus jamais.

Hjelm parlait d'autre chose, dans un autre temps.

— Il n'est jamais revenu ici ? demanda Winter.

— Jamais. (Hjelm pointait maintenant la tête vers l'autre bout du cimetière.) Son père et sa mère, y sont enterrés là-bas. Pouvez pas la voir, la tombe, mais c'est ben là-bas. Et il est même pas venu pour l'enterrement !

— Non ?

— Non. Comme s'il était... mort pareil. C'est horrible à dire, mais je l'ai senti comme ça. Et les autres aussi.

Winter hocha la tête.

— Qu'est-ce qu'il a fait ? s'enquit Hjelm.

Il n'avait plus de problème d'audition. Son visage s'était empourpré, mais ce n'était pas sous l'effet du soleil.

— J'aimerais lui parler, mais il a disparu.

— C'est ben ce que je dis.

— J'ai pensé qu'il était peut-être venu ici.

— Par chez nous ? Jamais il ferait ça. Pourquoi qu'il ferait ça ?

— Et pourquoi pas ?

Hjelm resta silencieux.

— Pourquoi ce départ ? Il avait apparemment décidé de ne jamais revenir ici.

— Je sais pas pourquoi.

— À quand est-ce que cela remonte ?

— Qu'il a dit le m'sieur ?

— Quand est-ce qu'il a décampé d'ici ? Quelle année ?

— Ça... pour ça, j'm'en rappelle pas. Un été, j'crois. Y a pas mal de temps.

Hjelm leva les yeux vers le ciel, vers le soleil, la marche du soleil, comme si le ciel pouvait lui fournir la réponse.

— Une jeune fille a disparu un été par ici, avança Winter. Disparu de la colonie dans le vallon de Sandvik.

— Ça, j'm'en rappelle.

— C'était cet été-là ?

— Qu'il a dit ?

— Cet été-là que Jan Richardsson a décampé de l'île ? C'était en 1975. C'est cette année-là qu'il est parti d'ici ?

— 1975 ? Ça se pourrait bien. Je m'en rappelle pas. Mais vous pouvez demander aux autres. Y en a qu'ont meilleure mémoire que moi.

Winter hocha la tête. Il n'avait pas besoin de poser la question. Il connaissait la réponse. Il était arrivé quelque chose et Jan Richardsson ne s'était plus jamais retourné sur son passé, plus jamais du côté ouest. *Young men going east.*

— Henry et Lina, ils sont par là-bas, fit Hjelm. Ses parents. Je vous montre le chemin ?

Deux grands chênes surplombaient la maison familiale des Richardsson, une vieille bâtisse en bois, comme on en trouvait tout le long de la route d'Husvik. Elle était située au croisement avec la Source aux Vœux – une ruelle, ou plutôt un simple sentier remontant vers l'escarpement rocheux qui constituait le sommet de l'île.

Winter contemplait la demeure où Henry et Lina avaient vécu jusqu'en 1997. Une année qui lui revenait en mémoire. Après la tombe des Richardsson, il avait rejoint une autre partie du cimetière. Quand est-ce qu'il s'était rendu pour la dernière fois sur la tombe de Mats ? Quelqu'un venait apparemment de déposer des fleurs. Parmi les amis de Mats, un bon nombre avaient péri pendant ces années-là, mais certains étaient encore en vie.

Il longeait maintenant la maison en remontant la Source aux Vœux. L'arrière-cour était manifestement dévolue aux enfants : trampoline, toboggan, balançoire, pelleteuse et autres grues miniatures. La maison revivait. Jan Richardsson, enfant unique, n'avait sans doute pas connu pareille animation.

Aurais-je pu le croiser ? songea tout à coup Winter. À l'époque. Je ne m'en rappelle pas. C'est étrange que j'aie si peu de souvenirs. J'ai toujours eu bonne mémoire, mais cet été-là, c'est comme s'il n'avait jamais existé. Winter fit demi-tour sur le sentier. Je ne veux pas me rappeler.

*

Il traversa le pont d'Älvsborg puis il obliqua en direction de Torslanda. Les citernes d'Arendal scintillaient doucement sous les rayons du soleil couchant. La nuit arrivait vite maintenant. L'été indien était sur sa fin même s'il ne voulait pas encore lâcher prise.

Le pavillon de Bergenhem avait un air lugubre, plongé dans l'ombre. Mais c'était sans doute un effet de son humeur à lui, Winter, car il était semblable à tous les autres pavillons mitoyens, dans ce lotissement. À quand remontait sa dernière visite ? Il ne s'en rappelait pas. Il n'était jamais venu ici.

Martina ouvrit la porte avant même qu'il n'arrive sur le perron.

En 1997 déjà, son mari avait disparu. On l'avait cru mort. Il aurait dû mourir. Martina avait accouché d'Ada sans savoir si le père de son enfant était encore en vie. Angela était restée auprès d'elle. Et Bergenhem s'en était sorti.

— Erik ! fit-elle en l'embrassant sur les deux joues.

— Martina !

— Entre donc.

Elle avait paru surprise en entendant sa voix au téléphone. Comme si elle ne s'y était pas attendue. Il en conçut un certain remords. C'est vrai que Lars s'était tenu à l'écart depuis quelques années, depuis un à deux ans. Sa vie privée, son travail l'avaient accaparé.

— Ada est chez sa grand-mère. (Ils n'avaient toujours pas franchi le seuil.)

— C'est les vacances ? (Stupide, comme question.)

— Non, mais elle avait envie de partir. Une petite semaine. Elle va quand même à l'école. Mes parents vivent à Backa. Son grand-père la conduit à l'école en voiture.

Winter hocha la tête. Beaucoup d'informations. Elle se sentait obligée de les lui donner à cause de cette foutue question.

— Tu as pu parler avec Lars ?

— Quand ça ? Sur quoi ? s'étonna-t-elle.

— Sur ce que vous allez faire.

— Qu'est-ce qu'il y a à faire ? Il a déménagé.

— On pourrait peut-être... entrer.

— Oui, excuse-moi...

Ils traversèrent le hall pour aller à la cuisine. Martina s'assit à la table.

— Je n'ai plus de café. Je croyais en avoir, et puis je n'ai pas eu le courage de sortir faire des courses après ton coup de fil.

— On se passera de café, répondit Winter.

Il s'installa en face d'elle.

Tout à coup il ne savait plus quoi dire. Ce qu'il devait dire. Il ne pouvait ni prendre la défense de Lars, ni condamner sa décision. Il ne pouvait que s'inquiéter pour lui, et pour elle. Pour la suite.

— J'ai peur qu'il lui arrive quelque chose, lui confia-t-elle.

— Qu'est-ce qui pourrait lui arriver ?

— Il risque de faire une bêtise. (Elle fixa des yeux Winter.) Il en est capable. Il... il ne sait pas où il en est. Ce qu'il fait. Il n'a pas appelé. Il avait promis de le faire cet après-midi. Et il ne l'a pas fait. Il n'a toujours pas parlé avec Ada.

— De quoi deviez-vous discuter ?

— Il devait juste appeler.

— Vous vous appelez tous les jours ?

— Non. (Elle parut furieuse tout à coup, il avait dit les mots qu'il fallait éviter.) Tu crois qu'il est heureux en ce moment ? Vous croyez ça, au commissariat ? Eh bien, non ! Il n'est pas heureux. Pas du tout.

— Je n'aime pas beaucoup ce mot, répondit Winter. Le bonheur, je n'y crois pas.

— Moi si. J'y ai toujours cru. Si on n'y croit pas, c'est qu'on a un problème.

Winter se gara devant la maison d'Ademar. Il crut apercevoir l'écrivain par la fenêtre. Une vision fugitive.

Mais personne ne répondit à son coup de sonnette. Il sonna plusieurs fois. Il fit le tour de la maison et cogna à l'une des vitres. Après quelques secondes, Ademar ouvrit la fenêtre. Il avait un œil au beurre noir.

— Qu'est-ce qui vous est arrivé ?

— Je suis tombé dans ma cuisine. J'avais bu.

— Pourquoi ne m'avez-vous pas ouvert quand j'ai sonné à la porte ?

— Pas entendu. J'étais aux toilettes.

— Vous n'êtes pas ivre en ce moment ?

— Non.

— Laissez-moi entrer.

Winter retourna sur le perron. Ademar lui ouvrit. Il avait du mal à se déplacer. Il avait pour ainsi dire la moitié du corps paralysée.

— Sacrée chute. Sacrées chutes au pluriel, je dirais.

— Oui.

— Vous avez dû tomber violemment.

— Je ne supporte pas l'alcool.

— Qui vous a fait ça ?

— Personne. Je suis un vrai danger pour moi-même.

— Celui qui vous a fait ça vous met sérieusement en danger, Jacob. Sérieusement. Que s'est-il passé ?

Ademar garda le silence. Il traversa le hall en boitillant. Winter le suivit.

L'ordinateur était allumé dans le bureau, diffusant une lumière grise.

— Au moins vous pouvez encore écrire, constata Winter.

— Ça ne donnera rien.

— Comment cela ?

— Il n'y aura pas de livre.

— Vous ne pouvez pas abandonner ce projet, Jacob. De même que je ne peux pas abandonner mon enquête.

— Il y a une différence.

— Non.

— En tout cas, je n'écrirai pas un mot de plus.

Ademar se laissa tomber sur sa chaise de bureau. Il jeta un regard hâtif sur l'écran. Un regard aussi vide que l'était l'écran. La table était nue.

— Je ne vois pas votre manuscrit.

— Quel manuscrit ?

— Ne vous payez pas ma tête ! La dernière fois que je suis venu ici, il y avait un paquet de feuilles ici. (Il pointa du doigt le plateau de la table.) Elles n'y sont plus.

— Vous avez l'œil.

— Où votre livre est-il passé ?

Ademar garda le silence.

— À qui l'avez-vous donné ?

— Pourquoi êtes-vous là ?

— À qui ?

— C'est sans importance.

— Je ne pense pas, répliqua Winter. C'est d'une grande importance pour votre livre. C'est peut-être essentiel. Vous n'allez pas vous arrêter d'écrire. Au contraire, vous en savez désormais davantage qu'avant. Qui vous a rendu visite ? Pour moi aussi, c'est important. Si vous en savez plus, il faut que j'en apprenne également. (Winter avança d'un pas.) Vous comprenez, Jacob ? Je fais partie de votre bouquin ! Vous ne pouvez pas le terminer sans moi ! Il faut que vous me racontiez tout. Sinon, vous ne pourrez pas poursuivre. Et moi non plus. On ne s'en sortira pas si vous gardez le silence. En tout cas, moi, je ne sors pas de cette pièce avant. L'histoire doit trouver sa fin, ici et maintenant.

— Vous êtes devenu dingue, Winter ?

— Qui vous a passé à tabac ?

— Dites-moi d'abord pourquoi vous êtes ici.

Winter se rapprocha. Il n'était plus qu'à deux pas d'Ademar. Il voyait que l'écrivain souffrait physiquement. Sans doute une côte fêlée, entre autres blessures. Son visage était aussi gris que l'écran de l'ordi. Aucun rayonnement. Ademar était bon pour l'hosto. Il le conduirait là-bas. Mais d'abord...

— Je suis allé sur Brännö, répondit le commissaire. Pour essayer d'en savoir un peu plus sur Richardsson. Il a sans doute quitté l'île l'été où Beatrice a disparu. Je n'ai pas encore pu le vérifier, mais j'en suis persuadé. Il n'y est pas même retourné pour l'enterrement de ses parents. Vous vous rendez compte de ce que ça signifie ? Quelque chose est arrivé qui l'a coupé de cette île pour toujours.

Ademar hocha la tête.

— Êtes-vous parvenu jusque-là dans votre livre, Jacob ? Ou cela constituera-t-il le prochain chapitre ?

— Je n'en sais rien. Il n'y aura pas de chapitre suivant.

— Est-ce une personne de ce temps-là qui a débarqué chez vous ?

— De quand ?

— Vous savez très bien ce que je veux dire. Un personnage de votre livre. Venu du passé. De cet été-là. Il n'est pas encore dans votre livre, mais il a sa place dans vos pages. Et pour cette raison il a emporté le manuscrit. Et vous a interdit de continuer à écrire. Mais ce n'est pas possible, Jacob. Ce serait comme si on m'interdisait de continuer mon enquête.

— Il n'est pas venu pour ça, rectifia Ademar.

— Si. Il est venu pour effacer son nom de votre bouquin. Pour tout effacer dans ce bouquin.

— Non, il n'est pas venu pour ça.

— Pour quelle raison alors ?

— J'avais embouti sa bagnole.

— Pardon ?

— J'ai embouti sa connerie de bagnole ! Je n'avais même pas remarqué. Il a réussi à remonter jusqu'à moi. Grâce à une histoire de laque. Vous devriez l'embaucher, Winter. Dans la brigade technique. Il m'a retrouvé.

— Je n'y crois pas, à votre histoire.

— C'est pour ça qu'il m'a roué de coups. Il allait me tuer.

— Pour si peu ?

Ademar ne répondit pas.

— Vous dites qu'il a failli vous tuer. Pourquoi s'est-il arrêté avant ?

Ademar jeta un œil à son écran d'ordinateur. C'était une réponse suffisante.

— Il a un rapport avec le livre, conclut Winter. Il y est et il l'a découvert. Nous nous retrouvons donc au point de départ. Il en est mais il ne veut pas y figurer.

L'écrivain se pencha en avant et éteignit l'ordinateur, comme pour lui faire comprendre que tout était fini désormais, puis relevant les yeux vers Winter :

— Il me tuera s'il apprend que je vous ai parlé de ça.

— Le mal est presque fait. Il vous a laissé pour mort.

— Je ne peux pas rire, Winter, ça me ferait trop mal.

— Je ne plaisantais pas. Qui est-ce ?

— Je vous l'ai dit : il me tuera, ou il m'achèvera, si vous préférez. Croyez-moi. Si vous l'interrogez, il comprendra que j'ai parlé. Ça vous fera un meurtre de plus dans cette affaire. Vous n'avez pas besoin de ça, non ? Même si vous savez qui l'a commis.

— Est-ce lui qui a tué Sellberg ?

— Je ne sais pas. Il n'en a rien dit.

— On ne mentionnera pas votre nom.

— Vous allez me faire pouffer.

— Je vais vous dire un nom, répliqua Winter. Je vous le dis et vous pouvez me répondre en pleurant, si vous voulez. Mais il existe un nom. J'en ai déjà un. Vous n'avez donc pas à vous inquiéter, n'est-ce pas ? Je pensais déjà explorer cette voie. Ce sera juste une confirmation.

— De quoi ?

— Que j'ai raison.

— À quel sujet ?

— On verra. Occupons-nous d'abord de ce nom.

— Je préférerais pas.

— Tiger, lança Winter. Christer Tiger.

— Qui est-ce ?

— Un bandit local. Tiger.

— Il... il ne m'a pas donné son nom, fit Ademar.

— Je ne vous crois pas. Arrêtez de me mentir, Ademar ! Vous n'êtes plus dans la fiction. Tiger n'est pas du genre timide. Il vous dirait son nom même sans avoir l'intention de vous tuer après.

Ademar hocha la tête.

— Vous le connaissiez peut-être déjà avant.

Ademar garda le silence.

— Que va-t-il faire maintenant ? demanda le commissaire.

— Vous voulez dire ?

— Que va-t-il faire du manuscrit ?

— Rien, pour autant que je le sache.

— Vous, qu'allez-vous faire ?

— Rien, répondit Ademar. Et vous-même ?

— Moi, je ne vais pas rester les bras croisés, répliqua Winter en tournant les talons.

Les pelouses d'Örgryte se parsemaient de feuilles rouges. Les branches d'arbres étaient bien dénudées en comparaison des jours passés. L'hiver avait repris ses droits sur l'été indien. La froidure attendait en coulisses. Winter pensa soudain aux fins d'après-midi d'octobre, à Marbella. On était bien loin des gelées. Le sang vous coulait sans problème à travers les veines. Tout coulait.

Personne n'avait pris la peine de ratisser les feuilles dans le jardin des Richardsson. Les persiennes étaient baissées. Ils avaient déjà commencé à faire leur deuil, depuis longtemps, songeait Winter en descendant de sa Mercedes.

Le gravier crissait sous ses semelles tandis qu'il se dirigeait vers la porte. Pas de voiture dans l'allée. Les enfants n'étaient peut-être pas rentrés de l'école. Il n'arrivait plus à se rappeler leurs prénoms sur le moment.

Une sonnerie de téléphone retentit à l'intérieur de la maison. Elle se prolongea encore et encore, puis s'interrompit avant de reprendre à nouveau. Quelqu'un qui ne pouvait pas croire qu'il n'y ait personne à la maison.

Winter appuya sur la sonnette. Les sonneries se confondirent. Cernés, pensa-t-il. Il entendit bouger derrière lui et se retourna : le gamin était à la grille. Il avait l'air tout près de s'enfuir en courant. Il avait reculé d'un pas. Il portait un sac de sport à l'épaule.

Le commissaire le salua d'un signe de la main. Un geste amical. Le garçon se figea sur place. Winter dévala les marches du perron pour le rejoindre dans l'allée. Le gamin attendait.

— Bonjour.

— Bonjour.

— Je suis de la police. Tu m'as déjà vu ici.

Le garçon hocha la tête. Winter se rappelait le visage effrayé qu'il avait surpris de l'autre côté de la vitre. Et puis la fois où le petit avait descendu l'escalier pour venir au secours de sa famille. Sa mère et sa sœur. Le père n'était plus là. Mais peut-être l'enfant le protégeait-il aussi.

— Je m'appelle Erik, dit Winter.

Le gamin hocha la tête. Tout à coup Winter se rappela son prénom.

— Toi aussi, je crois.

— Oui.

Il y avait un nom de club estampillé sur le sac en blanc et bleu.

— Tu ne joues pas dans l'équipe du quartier ?

Le gamin secoua la tête.

— C'est aussi mon équipe, fit le commissaire en pointant la tête vers le nom du club.

— Vous jouez au foot ?

— J'ai joué dans le temps, oui.

— Où ça ?

— Dans différents clubs. Mais surtout pour les Sandarna.

— Les Sandarna BK ? Ils sont quatrièmes, non ?

— Je crois bien. Tu suis le championnat ?

Hochement de tête.

— Pas terrible en ce moment.

— L'IFK peut encore remonter à la troisième place, répliqua le jeune supporter.

— Il ne reste plus que deux matchs. Et ils vont avoir du mal.

— Ils vont y arriver.

— Bien. Je te crois, dit Winter.

— Vous recherchez papa ?

Le gamin avait laissé tomber son sac à terre. Il paraissait léger. Les chaussures de foot ne pesaient plus beaucoup, elles n'étaient même plus en cuir.

— Oui, nous essayons de le retrouver.

— Et… s'il ne veut pas, alors ?

Winter garda le silence.

— S'il ne veut pas qu'on le retrouve, vous n'êtes pas obligés de le chercher, non ?

— Parfois, on a besoin de parler avec les gens, Erik. Nous avons besoin de lui parler.

— De quoi ?

— Je ne peux pas te le dire. Des secrets de police, tu vois. Mais ce serait bien qu'on puisse parler avec ton papa. Chaque jour nous parlons avec des tas de gens. C'est toujours comme ça. C'est mon travail, en fait. Et maintenant, on voudrait parler avec ton papa mais on n'y arrive pas, malheureusement.

Le gamin reprit son sac. Il regarda du côté de la maison. Il n'avait pas l'air d'être sûr de vouloir rentrer.

— Tu as parlé avec ton papa ? demanda Winter. Depuis qu'il a... disparu.

— Non.

— Il n'a pas appelé ?

— Non.

— Tu as une idée de l'endroit où il peut être ?

— Non.

— Si toutefois il est parti loin d'ici, ajouta le commissaire.

Le garçon avança d'un pas vers la grille que Winter avait laissée ouverte.

— Il est mort, déclara-t-il.

33.

Tandis qu'il roulait vers le centre-ville, Winter avait encore en tête la phrase du petit. Des mots sans réplique. Mais qui pouvaient se prendre en des sens très différents. Il n'y avait pas qu'une forme de mort. Winter avait essayé de faire préciser au gamin ce qu'il entendait par ces mots, mais il avait seulement secoué la tête, avant de rentrer à l'intérieur de la maison. Winter ne l'avait pas suivi.

Il songeait dans la voiture à ce que l'enfant pouvait savoir, à ce qu'il avait peut-être subi. Il semblait porteur de certains secrets. Les partageait-il avec sa mère ? Winter en doutait. Il n'était pas sûr non plus qu'elle l'aurait écouté. Elle vivait en quelque sorte dans un monde parallèle. Peut-être circulait-elle entre ces mondes, comme lorsqu'il l'avait vue conduire sur la route Danoise en direction de la rue Lovisa. Serait-il possible de joindre son mari par son intermédiaire à elle ? Où les conduirait-elle s'ils la faisaient suivre ? Elle n'avait pas encore fait l'objet d'une filature en bonne et due forme.

Dans Allén, le soleil brillait entre les arbres, ce qui lui donna mal à la tête. Une variante plus douce de mal de tête. Il avait réussi à tenir à distance la douleur depuis un moment, et sans cachets. Les cachets restaient sans effet. Quand la chape de béton s'abattait sur lui, il n'y avait rien à faire. C'était effrayant. Une migraine ? Mon œil ! Ce n'était pas une tumeur de l'hypophyse, soit. Mais alors, une hémorragie cérébrale non détectée ? Dont il aurait souffert depuis dix ans ? C'était le prix à payer pour ce boulot. Des fuites de sang. C'était ça qui lui causait des douleurs. Le sang identifiable à la douleur. Son cerveau finirait par être noyé dans le sang. Alors, il n'aurait plus du tout mal. Il serait vidé de ses pensées qui faisaient mal, elles aussi.

Mieux valait boire, comme les commissaires à la retraite. Parfois ils s'y mettaient avant...

Dans l'ascenseur, sa tête cognait au même rythme que les soubresauts de l'antique appareil.

Une fois sur le palier, il entendit une voix d'enfant.

Quand il entra dans l'appartement, Lilly se jeta dans ses bras. Un petit bloc de béton. Angela sortait de la cuisine. Il reposa l'enfant par terre.

— Et Elsa ? demanda-t-il.

— Chez Clara.

— Elle a quitté la maison ?

Angela secoua la tête, ce qui pouvait se comprendre de différentes manières.

— Bon sang, mais elle est chez eux plus souvent qu'ici !

Angela garda le silence.

— Quoi ?

— Comme si tu pouvais le remarquer, Erik.

— Qu'est-ce que tu insi... fit-il avant de s'interrompre.

La tête levée vers lui, Lilly le fixait du regard. Elle ne le reconnaissait pas. Il avait changé de visage. Il se frotta le sommet du crâne.

— Tu as tes cachets ? s'enquit Angela.

— Ils sont quelque part.

— Erik.

Elle avait pris un ton chagrin, comme si elle s'adressait à un enfant qui ne veut pas se corriger, obéir, et qui ne veut pas reconnaître ce qui est bon pour lui.

Il perçut un raclement venant de la cuisine, une chaise qu'on tire sur le plancher.

— Siv est passée nous voir, lui dit Angela en tournant les talons.

Jacob Ademar considérait sa voiture comme un parent éloigné. Elle était longtemps restée au garage et il se rappelait à peine à quoi elle ressemblait. Il aurait préféré ne plus la revoir. Elle lui avait causé trop de souffrances. Il s'en était bien rendu compte lorsqu'il avait essayé de se plier en deux pour entrer dans le taxi. Le chauffeur avait eu l'air inquiet, comme s'il craignait que son client réclame de l'aide pendant le voyage. Ademar sentait la sueur lui couler sur le front.

Il avait marmonné l'adresse donnée par Tiger.

Et le taxi avait aussitôt démarré.

Sur la route Danoise, le vent faisait voler des feuilles mortes d'un trottoir à l'autre. Il retrouvait la notion du temps. Il avait eu l'impression de vivre hors du temps ces derniers... temps. Comme un funambule, sans corde. J'ai peur.

Le taxi traversa à toute vitesse le rond-point de la place Sankt Sigfrid. Il se sentit tout près de faire un malaise. Il avait la poitrine serrée.

— Vous pourriez vous arrêter un instant ? demanda-t-il à la hauteur du Palais des Expositions.

— Qu'est-ce qui se passe ?

Le chauffeur avait le regard anxieux dans le rétroviseur. Un genre d'Arabe. Ou alors un Perse. Un Kurde. Ademar n'en avait rien à foutre pour le moment. Tout ce qu'il voulait, c'était sortir de là. Alors qu'il s'extrayait péniblement de la banquette arrière, il fut pris de vertige. Il se serait cru dans la peau d'un nonagénaire. Il était maintenant debout sur le trottoir. L'impression de malaise se dissipait progressivement, comme des vagues qui diminueraient à mesure. Un couple de passants le regarda. Le chauffeur gardait le moteur allumé, à croire qu'il allait se sauver d'une seconde à l'autre. Délit de fuite. L'écrivain essayait de fixer son regard sur la façade vitrée du bâtiment de l'autre côté de la rue. Il avait déjà fait deux trois conférences devant le public indifférent de la Foire du Livre : on les avait fait patienter avec un Ademar en attendant quelque grand bateleur de foules. Lui ne serait jamais un grand bateleur. Il avait fini de jongler, mais il n'avait été qu'un petit joueur de toute façon. Il tâchait maintenant de se concentrer sur ces mots de joueur et jongleur, tandis que le malaise disparaissait peu à peu. Le taxi l'attendait toujours. Un mec fiable. Ademar retourna à la voiture et remonta péniblement à bord. Il fit un signe de tête au chauffeur qui le regardait de ses grands yeux noirs dans le rétroviseur. Vous pouvez continuer.

Siv Winter refusa le second verre de vin que lui proposait son fils. Lui se resservit. Le vin, remède universel. Moins que le whisky, bien sûr. Siv rentrait d'un pays où le vin coulait à flots, le gin tonic dans son cas. Winter pensait le retour provisoire.

Angela s'était excusée, puis elle avait quitté la table avec une Lilly endormie dans les bras. Siv les avait suivies du regard.

Ils entendaient maintenant des bruits d'eau dans la salle de bains.

— Qu'est-ce que ça te fait de revenir à Göteborg ?

— La ville a bien changé, répondit-elle.

— En bien ou en mal ?

— Je ne sais pas encore. (Elle pointa la tête vers la bouteille.) Je reprendrais bien un verre finalement.

Il lui versa du vin.

— Et puis vous n'êtes plus tout à fait pareils, ajouta-t-elle. Angela et toi.

— Ah bon ?

— Non.

— Je ne sais pas dans quel sens le prendre.

— Vraiment ?

— Non.

— Alors tu te fais plus bête que tu n'es, Erik.

— J'ai mal à la tête. Peut-être que je suis atteint d'un cas d'idiotie non encore détectée.

— Je pense que tu devrais te ressaisir.

Il garda le silence. C'était le privilège d'une mère de dire ce genre de choses à son fils. Il finit son verre de vin. Le riesling n'avait plus le même goût. On aurait dit de l'eau ! Il avait besoin d'un whisky.

— Angela m'a l'air triste, reprit Siv.

— De quoi est-ce que vous avez parlé ? Sois franche.

— De rien.

— Rien ? N'essaie pas de me berner. (Il se leva.) Excuse-moi.

Il passa dans le séjour, prit une bouteille de whisky sur la desserte et se versa un doigt de deux trois centimètres. Il but une gorgée et regagna la cuisine, son verre à la main.

— Tu veux un gin tonic ?

— Je ne veux plus rien.

Elle regarda le verre de whisky, mais ne fit pas de remarque.

Il se rassit.

— C'est un peu dur ces derniers temps. Entre ce mal de crâne et puis... le boulot.

— Le boulot, il a toujours existé, non ?

— Angela trouve que je ne suis jamais à la maison.

— Et toi ?

— Je suis là, comme tu le vois maintenant.

Il prit une nouvelle gorgée. Ça, ça avait du goût. Et c'était bon pour tout. Le whisky, c'était la boisson du diable, mais pourvu qu'on contrôle le Malin, c'était le meilleur remède du monde. Et il était capable d'endiguer le Mal en lui.

— Il faut vraiment que vous en discutiez entre vous, déclara Siv. Vous êtes des gens raisonnables. Mûrs. Tu auras bientôt cinquante ans, Erik. Tu ne peux pas te conduire comme un jeune homme.

— Comme un jeune homme ? Moi ? De quoi tu parles ?

— Il t'a fallu du temps avant de fonder une famille. J'ai toujours été un peu inquiète à ce sujet. C'était comme si tu manquais de maturité. Je ne comprenais pas vraiment.

— On aura tout entendu !

— Je n'en dirai pas plus.

— Mais si, ne te gêne pas. Angela ne va pas tarder à revenir. On pourra se faire une thérapie de groupe.

— Là, tu deviens bête, Erik.

Il but de nouveau. À son grand étonnement, le verre était vide. Il se leva et retourna dans le séjour pour se verser un doigt de plus avant de reprendre sa place. Il se sentait apaisé. Tout s'arrangerait. C'était naturel qu'une mère se fasse du souci pour son enfant. Pas de quoi s'alarmer. Tout était OK. L'hiver allait bientôt vous pincer la peau, et c'était normal. Trop de soleil, ce n'était jamais bon. La preuve, Siv ne le supportait plus. Lui, pas sur une trop longue période. Six mois sur la Costa del Sol comme l'an passé, c'était sa limite. Pensait-il. D'un autre côté...

Il se rassit.

— Je suis peut-être bête, admit-il.

Elle sourit.

— Juste de temps en temps. En vérité, tu es loin d'être bête.

*

Le taxi empruntait maintenant le rond-point de Mariaplan. Ademar vit une femme sortir de la librairie. Il avait été invité à y parler d'un de ses livres quelques années auparavant. Il se rappelait des propriétaires, des gens très bien. Il n'y était jamais retourné. Plus aucun sentiment de malaise désormais. La voiture poursuivit sa route, dépassa une pâtisserie, ensuite un marchand de vélos en face de l'arrêt du tram, puis elle entra dans l'une des petites rues qui longeaient l'école de Kungsladugård, tourna à gauche et enfin à droite. Le chauffeur guettait les panneaux indiquant les noms de rues.

— Rue du Repos, répéta Ademar.

— Vous y êtes.

Le chauffeur se gara devant la façade d'un de ces immeubles dits « Préfecture » typiques du vieux Göteborg. Ils comportaient un rez-de-chaussée en pierre, mais pour le reste, avec leurs voûtes, tourelles et clochetons, ils évoquaient un vaste château de bois, couvrant tout le quartier jusqu'au cimetière de l'Ouest.

Ademar régla la course et sortit de la voiture.

Il entendit une fenêtre s'ouvrir au-dessus de lui et leva les yeux.

Christer Tiger lui fit un signe de tête, deux étages plus haut. Il pointa du doigt le portail. Ademar constata qu'il était ouvert. Il monta les escaliers. La porte de l'appartement était ouverte, elle aussi. Il franchit le seuil et traversa le couloir de bout en bout jusqu'à la pièce où Tiger se tenait de dos.

— Tu pourrais refermer la porte derrière toi, dit le gangster, sans se retourner.

Ademar fit demi-tour et s'exécuta.

L'appartement était vide. Pas de meubles, pas de rideaux. Il y régnait une odeur de poussière et de renfermé, malgré la fenêtre ouverte par Tiger.

Ademar le rejoignit dans la pièce du fond.

À travers la vitre, on distinguait, au loin, quelques grues des chantiers navals d'Hisingö. Sur la gauche, s'étendait l'immense tablier du pont d'Älvsborg. Ce dernier scintillait de rouge et de vert dans le soir tombant.

— J'aime bien cette vue, lui confia Tiger, sans quitter des yeux la fenêtre.

— Oui.

— J'ai grandi dans cet appartement. Quand j'étais gamin, je restais à regarder les grues en attendant que mon père rentre du travail. Je me plantais là, en rentrant de l'école. Je savais qu'il était sur une de ces grues.

Ademar hocha la tête.

— Et puis un jour, il n'est pas rentré.

— Que s'est-il passé ?

— Devine. Ces salauds l'ont tué, bien sûr.

Tiger n'avait toujours pas détaché son regard du paysage. Les silhouettes noires des grues faisaient penser à des animaux préhistoriques. Elles dataient de la haute époque des chantiers navals.

— Il n'avait pas une chance de s'en sortir, reprit Tiger. (Il se tourna vers Ademar.) Parfois, je reste là pour penser à tout ça. Ça me fait du bien d'y penser.

— Vous en êtes sûr ?

Tiger eut un petit rire.

— Tu me plais toi, l'écrivain.

Ademar passa la main sur un des murs de la pièce.

— Vous comptez emménager ici ?

— Non.

— Déménager alors ?

— Non, sourit Tiger. Ça reste comme ça.

— Vous louez l'appartement ?

— Il m'appartient. Depuis un bon moment.

Ademar hocha la tête. Tiger avait voulu faire de ces pièces vides le musée, ou le mausolée, de son enfance. Pourquoi pas ? C'était un peu dingue, mais bon.

— Je possède tout l'immeuble, précisa Tiger.

— Et les autres appartements sont également vides ?

Cette fois, Tiger éclata de rire. D'un rire qui résonna dans l'appartement, comme au-dessus d'un ravin. Le précipice qui avait englouti les chantiers navals, songea Ademar.

— Bon sang, qu'est-ce que tu me plais !

— Pourquoi m'avoir fait venir ? Ce n'est quand même pas pour me dire ça ?

— Je voulais te montrer la vue, répondit Tiger.

— Magnifique.

— Ils me l'ont enlevée, cette vue. Mais je l'ai reprise.

— Effectivement.

— J'ai repris tout ce qu'ils m'ont enlevé, continua le gangster. Et un peu plus.

— Je comprends.

— Sauf le paternel. J'ai pas pu le reprendre. La mère non plus. Ils me l'ont enlevée, elle aussi. Et puis ils m'ont envoyé sur l'île.

— L'île ?

— Sur Brännö. En colonie. Ils m'ont envoyé là-bas. C'est ce qui s'appelle bannir les gens.

Ademar hocha la tête.

— C'est là que j'ai rencontré ta sœur, ajouta-t-il en se tournant vers Ademar.

— Je vous crois.

— Et puis ils me l'ont enlevée, elle aussi.

— Qui donc « ils » ? De qui parlez-vous ? Ce ne sont pas les mêmes ?

— Non. Mais c'est la même saloperie. Tous les salauds se ressemblent, non ? T'es pas d'accord ?

— Le monde est plein de salauds, je suis d'accord avec vous. Mais quel genre de salauds y avait-il sur Brännö ?

Tiger ne répondit pas. Il déporta son regard vers la fenêtre. Ademar aussi. C'était la même scène de mort, pour ainsi dire. Ou de vie. Les grues des chantiers navals étaient mortes mais elles restaient en place. Et la berge nord du fleuve revivait maintenant. Des dizaines de milliers de gens avaient emménagé là-bas, songeait l'écrivain. Älvsborg les voit passer en masse toute la journée. Il pouvait observer les éclairs de lumière renvoyés par les voitures sur toute la longueur du pont.

— J'ai lu ton bouquin.

— Ce n'est pas un bouquin. Il n'est pas terminé.

— Là, je suis d'accord.

— Il n'y aura jamais de livre.

— Qu'est-ce que tu veux dire ? (Tiger planta son regard dans le sien. Il vibrait d'une lueur de démence, à moins qu'il ne s'agît d'autre chose.) Qu'est-ce que tu me racontes, bordel ? Pas de bouquin ?

— J'ai perdu l'envie. Je n'irai pas plus loin. Et votre visite n'a pas précisément arrangé les choses.

Tiger lui saisit les épaules.

— Cette visite, c'était la meilleure chose qui pouvait t'arriver, tu comprends pas ça ? Une vraie Providence ! Cette histoire de bagnole ? La main de Dieu. Elle m'a dirigé vers toi. Elle nous a réunis !

— Vous êtes croyant ? s'étonna Ademar en cherchant à se dégager des mains de Tiger.

Ce ne fut pas difficile : le gangster avait juste voulu signifier sa présence, et sa souffrance. Il y avait de la souffrance dans son regard.

— T'as pas compris, répondit Tiger en lâchant les épaules d'Ademar. Je vais t'aider à le finir, ton bouquin.

Winter nageait en pleine mer. Il ignorait quelle distance il avait pu parcourir. Autour de lui, il n'y avait que la ligne de l'horizon, qui formait une sorte de cercle. Il était au milieu de la mer. Il pouvait choisir de nager de n'importe quel côté. Tout était possible. Ce qui signifiait qu'il n'en avait pas terminé avec la vie. Il le devinait. C'était un signe. S'il nageait vers l'est, il verrait le pont. Il lui suffirait de nager un peu plus loin pour le voir s'étendre d'un bout à l'autre de l'horizon. C'était le pont le plus long du monde. Il recouvrait tout l'hémisphère nord. Il avait été fabriqué à Göteborg, en plusieurs sections différentes qu'on avait ensuite réunies, pour le jeter au-dessus des berges nord du fleuve. Il avait redonné du travail aux vieux chantiers. Winter nageait au-dessous du pont et il savait qu'il pouvait le toucher quand il voulait, il lui suffisait de tendre la main. Penché sur le parapet, quelqu'un lui cria après. Ce cri résonnait comme un mugissement. Un mugissement continu et tremblant comme une sirène de bateau. Un bruit familier. Presque toute sa vie d'adulte, il avait vécu au milieu des bruits de sirène. Et voici qu'il était sur un bateau à voile et qu'il voyait une tête flotter à la surface de l'eau. Quelqu'un l'avait relayé en bas dans l'eau. C'était une jeune fille et elle nageait en direction des îlots qui, de l'ouest, s'étaient déplacés jusqu'à eux. Tu veux monter à bord ? lui cria-t-il. Elle ne le voyait pas, elle ne faisait que nager, nager encore plus loin. La sirène continuait à hurler sur la mer. On aurait dit des cris d'enfant. Winter entendit crier son nom. Il ne voulait pas abandonner le voilier. Il pointa du doigt vers un autre Erik. Prends celui-là. Il vit la tête de la jeune fille s'éloigner entre les îles. Puis elle disparut. Il entendit son nom. Un cri. Son nom à lui.

— Erik ! Erik !

Il sentit une main sur son épaule. Dans la réalité.

Il ouvrit les yeux. La lumière était suffisamment forte pour qu'il puisse apercevoir le visage d'Angela suspendu au-dessus de lui :

— Quelqu'un cherche à te joindre.

— Qui est-ce ?

Il se redressa sur son lit.

— Il ne dit pas son nom.

— Bordel... mais c'est un numéro privé.

Angela parut effrayée. Comme si quelqu'un était entré par effraction chez eux. Winter lui prit le combiné des mains.

— Allô ? Allô ? Qui est-ce ?

Il entendit un bruissement. Peut-être un bruit de respiration, qui paraissait venir de loin.

Quelqu'un était en train d'écouter. Il entendait quelqu'un écouter.

— Qui êtes-vous, bordel ?

Le bruissement continuait. Plus personne, comprit-il. La communication s'interrompit.

Il fixa le combiné, puis il tourna les yeux vers Angela. Le réveil sur sa table de chevet indiquait 3 h 30 du matin. Le fil du téléphone traînait encore sur le lit depuis la tablette. Il entendit du bruit dans le couloir. Siv s'était réveillée au bruit de cette conversation nocturne, qui n'avait rien d'une conversation.

— Qu'est-ce qu'il a dit ?

— Il a juste demandé à te parler, répondit Angela. Il a demandé Erik Winter.

— Et qu'est-ce que tu lui as dit ?

— Je lui ai demandé de quoi il s'agissait, bien sûr.

— Alors ?

— Il n'a rien dit de plus.

— On va voir si on peut retrouver l'auteur de cet appel, mais il y a peu d'espoir. (C'était quasiment impossible.) Et tu n'as pas reconnu cette voix ?

— Non, mais je dormais à moitié. Je ne sais pas... qui c'était.

Angela considérait le téléphone avec l'air de ne plus jamais vouloir le décrocher. Le cauchemar était devenu réalité dans sa propre chambre à coucher.

— Ce doit être un dingue, fit Winter. Un faux numéro très probablement.

— Tu crois ça ?

— C'est possible.

— Si c'était un faux numéro, on ne dirait pas ton nom, objecta Angela.

— Tout peut arriver.

— Il savait très bien où il appelait. Je ne suis pas stupide à ce point.

— Que se passe-t-il ? Qui était-ce ?

La question venait de la porte. Winter vit se découper la silhouette de sa mère.

— Un faux numéro.

34.

— Que cherchons-nous ? demanda Winter.

Ils étaient assis chez Ahlström. La rue de la Croix, sur laquelle ouvraient les fenêtres du salon de thé, grouillait de gens qui démarraient leur week-end par un tour de shopping, en cette froide journée d'hiver.

— Un meurtrier, répondit Ringmar en enfonçant sa fourchette dans son budapest.

— Un crime, rectifia Winter. Le meurtre en est un.

— Parmi d'autres.

— Que savons-nous de Sellberg ?

— Pas grand-chose.

— Il menait une vie plutôt paisible.

— Sauf quand il se fâchait avec le voisin, rectifia Ringmar.

— C'est la version du voisin.

— Tu ne lui fais pas confiance à l'écrivain, Erik ?

— Il vit peut-être dans un autre monde. Il pourrait avoir tout inventé.

— Il n'a pas l'air cinglé pourtant.

— C'est un écrivain. Il écrit des trucs sérieux, à ce que je comprends, précisa Winter.

— Et dans ce cas, il faut avoir un grain, tu penses ?

— Oui.

Ringmar eut un sourire, puis il fourra dans sa bouche un morceau de gâteau.

— Mmm ! Ça, c'est du sérieux.

— Si Sellberg a été tué, c'est qu'il y avait une raison, continua Winter. Ce n'était pas une affaire de vol. Le meurtrier l'attendait sur le parking. Il savait qu'il devait arriver.

— Qu'il devait arriver à cette heure-là, tu veux dire ?

— Oui.

— Comment pouvait-il savoir ?

— Il le savait.
— Oui, mais comment ?
— Sellberg le lui avait dit, supposa Winter.
— Ou alors c'est le meurtrier qui lui a fixé le rendez-vous.
— Oui. Un rendez-vous dans ce parking.
— Avec la voiture de Richardsson.
— Exact.
— Richardsson lui a dit de prendre sa bagnole, déduisit Ringmar.
— Oui.
— Richardsson l'attendait sur le parking.
— Pas nécessairement.
— Dans ce cas, où se trouvait donc Richardsson ? s'étonna Ringmar. Il devait bien avoir envie de récupérer sa bagnole.
— Pas dans le parking.
— Qui l'attendait alors ?
— Quelqu'un d'autre.
— Qui ?
— Quelqu'un qui était au courant, dit Winter.
— Qui aurait surpris leur conversation, quand Richardsson a demandé à Sellberg de le retrouver dans le parking ?
— Quelqu'un qui l'a suivi, rectifia Winter.
— Nous savons que Sellberg a appelé Richardsson à son bureau. Ça s'est peut-être produit à ce moment-là.
— À moins que le meurtrier ne se soit contenté de le suivre.

Ringmar reposa sa fourchette.

— Tu ne manges pas ton napoléon ?

Winter garda le silence. Il regardait par la baie vitrée. Une femme lui renvoya son regard avec un sourire. Ça y ressemblait en tout cas. On était vendredi après-midi. Elle était gaie.

Il finit par se tourner vers Ringmar.

— Le deuxième coup de fil que j'ai reçu, était-ce vraiment quelqu'un qui appelait à l'aide ?
— Je n'en sais rien, Erik. C'était plus simple d'aller te voir au commissariat.
— Non, trop visible. L'homme est sous surveillance.
— Pourquoi ne pas parler clairement au téléphone alors ?
— Je ne sais pas. Probablement pour la même raison.
— Ou alors, on se fout de nous, Erik. Quelqu'un est en train de se foutre de notre gueule.
— Oui.

— Tu parlais de puzzle. Si ça se trouve, un type est en train de jouer à ça. Sauf qu'il nous devance. On est des pièces dans son jeu, nous aussi.

— N'est-ce pas toujours le cas ?

— Non, assura Ringmar. On n'est jamais des pions. C'est nous qui les gérons, les morceaux de puzzle, normalement. Mais là, c'est le contraire.

— Qui ?

— Richardsson peut-être.

— Non, Bertil. Il a peur. Tellement peur qu'il se cache de tout le monde. Même de sa famille.

— C'est peut-être lui le meurtrier.

Winter resta silencieux. Un couple d'un certain âge quitta la table voisine. Le monsieur salua froidement Winter d'un signe de tête. Peut-être le reconnaissait-il, à cause de ses apparitions dans les médias, radio et télévision. Mais ça n'arrivait plus tellement depuis que les responsables de la police du Ouest Götaland s'étaient enfin assuré les services d'un porte-parole. C'était mieux pour les gens : toujours le même visage à l'antenne. Cela pouvait dédramatiser les choses : tous les crimes se valent.

— Il n'a laissé aucun indice derrière lui, reprit Ringmar.

— Non.

— Là, je parle du meurtrier. Celui qui a tué dans le parking de l'Institut Pédagogique.

— Aucun indice, jusqu'à présent, souligna Winter.

Les passants se faisaient moins nombreux dans la rue. La nuit commençait à tomber. Ringmar prit une dernière bouchée et finit son café :

— Tu fais quoi, ce week-end, Erik ?

— Je ne sais pas. On va peut-être faire un tour sur notre terrain de Billdal.

— Votre plage privée.

— Hmm.

— Quand est-ce que tu construis enfin ?

— Une plage privée, ce n'est déjà pas si mal.

— Mais vous croyez qu'elle le reste, quand vous n'y êtes pas ?

Winter se leva.

— Et toi qu'est-ce que tu as prévu ?

— Rien de spécial.

— Tu es seul ?

— Oui.

— Passe chez nous demain.

— Je verrai.

— Je t'appelle demain matin, promit Winter.

Ils sortirent. La nuit s'abattait sur la rue de la Croix.

— Ça commence à sentir l'hiver, fit observer Ringmar.

— Enfin !

— Je croyais que t'adorais la chaleur ? Tu veux que je te raccompagne en voiture ?

— Non, je préfère rentrer à pied.

— Tu dois t'arrêter aux halles ?

— Pour ne rien te cacher.

— Bon, eh bien salut alors !

— Viens avec moi.

— J'ai déjà fait mes courses, mec.

— Ne bois pas trop ce soir, Bertil.

— J'appelle ça de la projection.

— Et moi j'appelle ça de l'empathie. Le souci de son prochain.

— Qu'est-ce que tu cuisines ce soir ? s'enquit Ringmar.

— Des raviolis, je crois. Avec de la ricotta, des herbes et des zucchinis grillés.

— Des courgettes, quoi.

— Les zucchinis, c'est plus petit. (Winter commença à marcher en direction de la cathédrale.) Ensuite, quelques côtelettes d'agneau. Avec de la purée d'oignons rouges.

— Purée d'oignons rouges, répéta Ringmar. Voilà ce que je vais leur réclamer au kiosque à saucisses de Mariaplan ce soir.

— Tu fais suivre d'une salade de crevettes.

— Je n'y manquerai pas.

— Tu n'es pas obligé de t'infliger cette vie-là, Bertil.

— Bye, Erik.

Il regagna le commissariat avec ses courses : rien de bien lourd.

Une fois arrivé à l'étage de la brigade, il stoppa net au son d'une voix. Une voix bouleversée résonnait à travers le corridor vide et il la reconnut.

Elle s'interrompit alors que Winter s'apprêtait à prendre le corridor. Il entendit quelqu'un raccrocher bruyamment.

Bergenhem se rua hors du bureau.

Il sursauta en voyant le commissaire.

— Bonjour, Lars.
— Bon... bonjour.
— Comment ça va ?
Bergenhem ne répondit pas. Il reprit sa marche. Winter posa une main sur son épaule au passage. L'inspecteur s'arrêta.
— Tu parlais avec Martina ?
Toujours pas de réponse. Bergenhem eut un sursaut, comme s'il voulait se libérer de l'emprise de Winter. Se libérer de sa hiérarchie.
— Où vas-tu, Lars ?
— Je... je rentre à la maison. J'ai fini de bosser pour aujourd'hui. On est vendredi soir.
Il avait constamment évité le regard de Winter. Pourquoi ?
— J'ai parlé avec elle, lui dit le commissaire.
— Ah bon ?
— Elle s'inquiétait pour toi. Tu ne lui avais pas donné de nouvelles.
— C'est fait.
— J'ai cru comprendre ça.
— Ce n'était pas Martina.
Bergenhem fixait le mur. Un mur de briques jaune pisseux.
— D'aaaccord.
— Je peux y aller maintenant ?
— Reprends-toi, Lars.
— Comment ?
— Pourquoi est-ce que tu n'aurais pas le droit de t'en aller ?
— OK, OK, fit l'inspecteur en s'éloignant.
Winter se retourna et faillit ajouter quelque chose mais il préféra renoncer.
Il se dirigea vers son bureau. Le téléphone était en train de sonner.
Un message d'Aneta Djanali : Jan Richardsson était membre de l'ordre de Coldinu, sous le nom de Jansson. Richard Jansson. Simple comme chou. Ça ne relevait même plus de l'astuce.
L'ordre de Coldinu.
Il se dirigea vers le coffre-fort d'où il retira la croix. Elle paraissait désormais insignifiante – du moment qu'ils avaient découvert le lien avec Richardsson.

Winter retourna à sa table pour appeler Aneta Djanali sur son mobile :

— Oui, bonjour, Erik à l'appareil.

— Tu as eu mon message ?

— Oui. Je t'appelle du bureau.

— J'ai essayé sur ton mobile aussi.

— Je l'avais éteint.

Elle ne lui demanda pas pourquoi. Il l'avait fait au moment où ils étaient entrés chez Ahlström. Ringmar avait un appareil, ça devait suffire. Et il avait oublié de rallumer en sortant de la pâtisserie. Complètement oublié.

— Il y a encore une chose.

Winter parvint à joindre Bergenhem alors que celui-ci était à mi-chemin de la rue de la Croix. Il entendait la rumeur du trafic en bruit de fond. Et puis, des rythmes de rock.

— Je veux te voir ici au plus tard dans dix minutes.

— Qu'est-ce qui se passe ? J'ai...

— Tu te ramènes, bordel !

Il fit claquer l'appareil. À peu près comme Lars une heure auparavant. Winter regrettait son juron. Mais il lui avait échappé. Bergenhem était adulte, il pouvait comprendre. C'était le genre de choses qui pouvait arriver.

Il marchait maintenant de long en large dans le bureau. Au dehors, sur Stampgatan, un tramway transperçait l'obscurité.

Les wagons jetaient des faisceaux de lumière bleu électrique. Le tram allait vite. Pressé en ce vendredi soir. Le soir de tous les possibles. Il pouvait se prolonger assez tard. Winter alla ranger ses sacs de course dans le frigo de l'étage. Il avait également acheté quelques huîtres et des langoustines. Son portable se mit à sonner. Il l'avait rallumé.

— Tu ne devais pas faire les courses pour ce soir ? s'enquit Angela.

— Je suis en train de les ranger.

— Je pensais que tu serais déjà rentré à cette heure-ci.

— Un imprévu. Ça ne me prendra pas longtemps.

— Où es-tu ?

— Au commissariat. Il faut juste que je parle avec Bergenhem.

— Comment va-t-il ? Il s'est encore passé quelque chose ?

— Oui.

— Que dit Martina ? Que fait-elle ?

— Ce n'est pas ça. Pas directement en tout cas.

— Quoi alors ?

— On en parle tout à l'heure. Il va arriver d'un moment à l'autre.

— Est-ce que je fais manger les enfants ? Tu en as pour combien de temps ? Combien d'heures ?

— J'en sais rien, bor... (Il s'interrompit. Reprends-toi, idiot.) Ma petite Angela, j'arrive dès que possible. Pardonne-moi. J'ai acheté des huîtres, des langoustines et des côtes d'agneau. Tant pis pour les raviolis. Je préparerai un aïoli pour les langoustines.

On va gentiment rentrer à la maison avec des huîtres, se répéta-t-il.

Elle lui avait déjà raccroché au nez, en faisant claquer le combiné. Il reconnut le bruit.

Il jeta les sacs dans le frigo. L'un d'eux tomba par terre. Il le ramassa et le fourra au fond entre les vieux bricks de lait et les pots de confiture barbus, mais il était percé. L'eau des langoustines commençait à couler par terre. Il referma la porte, alla chercher du papier dans le rouleau d'essuie-tout, au-dessus de l'évier, et revint essuyer le sol.

Quand il se pencha, la tête lui cogna comme le tram de Stampgatan, boum-boum-boum. Il retourna ensuite à l'évier pour rincer ses mains poisseuses. Elles sentaient la mer. Comme il n'y avait pas de torchon, il reprit un bout de papier. La tête lui cognait comme si elle balançait d'un bord à l'autre, d'un horizon à l'autre. Le rêve de la nuit lui revint en mémoire. Il ne l'avait jamais quitté.

Dans le corridor, il passa devant une photo panoramique du commissariat, construit sur un modèle géométrique, mais qui faisait penser à un bonhomme sautant à pieds joints, les bras levés et les jambes tendues. Il secoua la tête.

Les portes de l'ascenseur s'ouvrirent sur Bergenhem.

Winter le rejoignit sur le palier et le fit rentrer dans la section réservée à la brigade criminelle.

— On va dans mon bureau.

— Qu'est-ce qu'il y a ? s'étonna Bergenhem.

Winter ne daigna pas répondre.

Ils rentrèrent dans le bureau du commissaire. Ils étaient seuls à l'étage. Leurs pas résonnaient dans le vide.

Winter ferma la porte derrière eux.

— Je viens de parler avec Aneta, fit-il.

Bergenhem garda le silence. Il était toujours debout à la porte. Winter ne lui avait pas offert de s'asseoir.

— Tu connaissais Richardsson avant qu'on s'intéresse à lui ?

Le sang battait dans sa tempe gauche. Ce n'était ni un mal de tête, ni une migraine, ni une méningite. C'était une tension d'un autre type, qu'il ne pouvait identifier. Il sentait son sang couler à travers ses veines.

— Comment ça... connaissais... répondit Bergenhem. (Il jeta un œil à la fenêtre et suivit du regard un deuxième tram. Le ciel était maintenant d'un bleu foncé.)

— Tu n'as pas compris ma question ?

— Calme-toi.

— Me calmer ? Parce que tu es calme, toi ? Tu as toujours gardé ton calme, c'est ça ? Est-ce que tu te rends compte de ce que tu as fait, Lars ?

Bergenhem resta silencieux.

— Tu as fait de la rétention d'information, l'accusa Winter. C'est comme ça que ça s'appelle.

— Non.

— Tu as nui à cette enquête. À mon enquête.

Winter avança d'un pas en direction de Bergenhem, toujours à la porte.

— Quand est-ce que tu as fait la connaissance de Richardsson, Lars ?

35.

— Je n'y suis pas allé très souvent. C'est Samuel qui connaissait cet endroit.

— Samuel ?

— Mon ami, Samuel.

Bergenhem avait pris place sur la chaise en face du bureau. Winter se tenait debout, à la fenêtre. Il aurait été incapable de rester assis.

— Celui chez qui tu habites en ce moment ?

— Oui. Pour le moment.

— Richardsson fréquentait cet endroit, comme tu dis ?

— Apparemment.

— Et tu n'as rien dit.

— Je... je ne savais pas que c'était lui, à l'époque.

— D'accord, mais après ! Après, Lars !

Bergenhem esquissa un hochement de tête.

— Tu savais qu'il était déjà venu dans ce foutu club, Lars ! Ce club où tu allais toi-même ! Tu le savais, mais tu n'as rien dit !

— Je vou...

— Tu ne voulais pas être démasqué, toi non plus, le coupa Winter. Je peux comprendre. Ou plutôt non, je ne comprends pas ça.

Winter sentit passer un courant d'air dans son cou : il avait ouvert la fenêtre. La soirée était fraîche.

— Tu rentrais de là, cette nuit où tu as trouvé la bagnole sur le pont d'Älvsborg ?

Bergenhem secoua la tête.

— Je n'ai pas entendu, Lars.

— Non, je ne revenais pas de là-bas, répondit ce dernier, à voix basse

— Comment puis-je te croire ? répliqua Winter. (Il s'éloigna de la fenêtre de quelques pas.) Comment te croire désormais, quoi que tu dises, Lars ? Après ça ?

Winter n'avait pas encore vraiment réussi à dévisager Bergenhem. Maintenant si. Il était très pâle sous cet horrible néon. Son visage était vide d'expression.

— Mon Dieu, Lars, on enquête sur le passé de Richardsson, et voilà qu'on en découvre sur toi par la même occasion.

Le visage qui avait été celui de Bergenhem se tourna vers le commissaire Erik Winter. Ils ne jouaient plus le même rôle désormais. Ils n'étaient plus les mêmes. Rien ne serait plus comme avant. Winter le sentait aussi bien qu'il sentait ce souffle d'air de plus en plus glacial.

— Ce n'est pas la peine d'en rajouter, répondit Bergenhem. J'ai compris.

— Compris ? Quoi donc ?

Bergenhem garda le silence.

— Tu sais autre chose, Lars ? Est-ce que tu nous caches encore autre chose ?

— Non. Il n'y a rien d'autre.

— Comment te croire ?

L'inspecteur se leva.

— Qu'est-ce que tu fais ? lui demanda Winter.

— Je m'en vais.

— Tu ne vas nulle part.

Bergenhem eut un rire étrange, froid comme ce vent du soir. Non, froid n'était pas le mot. C'était autre chose. Winter n'arrivait pas à dire quoi exactement. Il essaya. Ce rire allait avec le nouveau visage de Bergenhem. Ce n'était plus un rire.

— Tu m'arrêtes, Erik ?

Il se disposait à sortir.

— Où vas-tu, Lars ?

Bergenhem ne répondit pas. Il était déjà à la porte. Il se retourna :

— À la prochaine, Erik.

Puis il franchit la porte et disparut dans le couloir.

Winter entendit ses pas résonner dans ce foutu couloir, comme dans un désert de pierres. Il se sentait pétrifié. Il n'aurait pas pu courir après Bergenhem : il l'avait vu dans le regard du jeune inspecteur. S'il l'avait seulement touché, l'un d'eux se serait retrouvé à l'hôpital.

Au premier regard, Angela comprit que c'était grave. Il se tenait immobile dans le couloir. Puis il souleva de terre Elsa et la serra tendrement dans ses bras :

— Alors, la princesse est à la maison ce soir.

— Tu nous fais des raviolis, papa ?

— Des raviolis ? Pas ce soir, ma chérie. Mais on va faire griller des côtes d'agneau. Et tu vas pouvoir goûter des langoustines.

— Chouette !

Elsa adorait les langoustines, surtout avec l'aïoli de papa.

Angela lui caressa la nuque :

— Comment ça va, Erik ?

Il redéposa la gamine.

— Et la petite sœur ? Déjà au lit ?

— Elle fait dodo, confirma Elsa. Quand est-ce qu'on mange ?

— Je ne savais pas quoi faire, Angela. (Il tendit la main vers son verre de vin.) Si j'avais raison ou pas de rester planté là. Et même si j'avais eu raison de lui parler.

— Tu étais bien obligé de le faire.

— Oui, mais peut-être pas à ce moment-là, ce soir.

Ils étaient assis à la table de la cuisine. Elsa avait subitement piqué du nez et Winter l'avait portée jusqu'à son lit. Elle avait été dispensée de brossage de dents.

— J'étais peut-être la mauvaise personne au mauvais endroit, continua-t-il. Tu te souviens dans quel état j'étais, quelques minutes seulement auparavant. Quand tu as appelé.

— Complètement oublié, sourit-elle.

— Pas moi. Un vrai con. (Il leva son verre pour inspecter la robe du vin rouge, un ripassa qu'il avait acheté un peu plus tôt dans la semaine. Heureusement qu'il était encore capable de ne pas se tromper.) Un vrai con.

— Parfois.

— Mais ça n'arrivera plus.

— Pourvu que tu prennes tes cachets.

— Promis. Mais tu crois que ça suffira ?

— Oui.

Winter eut un sourire, puis il finit son verre de vin. Le ripassa était plus fort en tout : en alcool, en couleur, en arôme. Boire ce vin, c'était se rendre un peu moins con.

— Que va faire Lars, maintenant ?

Winter redéposa son verre.

— Comment ça ?

— Qu'est-ce qui va lui arriver ?

— Je n'en sais rien, Angela. On va voir. Je vais voir. C'est la première fois que je me retrouve face à pareil cas.

— Ce n'est pas ce que je veux dire, Erik. Je pense à... ce qu'il doit ressentir. (Elle se leva et se dirigea vers la porte-fenêtre, l'ouvrit, puis se retourna vers lui.) Que peut-il bien faire en ce moment ? Est-ce qu'il t'a dit où il allait ?

— Non. J'ai appelé sur son mobile quelques minutes après son départ. Et j'ai rappelé de la voiture.

— Essaie encore.

— Maintenant ? Tu crois ?

— Oui. Cette histoire m'inquiète beaucoup.

Winter se leva, passa dans le couloir et se saisit du vieux combiné en bakélite. Il composa le numéro de portable de Bergenhem, attendit que le répondeur s'enclenche :

— Bonsoir, Lars, c'est Erik à l'appareil. Appelle-moi dès que tu as ce message. Il faut qu'on parle de façon plus sereine. Salut.

Il retourna dans le séjour. Angela était sortie sur le balcon.

— Ça s'est rafraîchi, dit-il en la rejoignant dehors.

— Tu n'as pas réussi à l'avoir, j'imagine.

— Non.

— On appelle Martina ?

— Je ne sais pas, Angela. À quoi... je ne sais pas.

— Moi non plus.

La nuit était claire tout autour. Les silhouettes d'immeubles se découpaient comme des motifs de bande dessinée : des teintes et des lignes bien tranchées. Winter pensait à Donald-ville, dans son journal de Mickey. Sauf qu'on n'était pas dans le même monde. Encore à l'époque où il débutait dans la profession... mais maintenant c'était plutôt *Gothell...* ça n'était plus riant du tout.

Un tramway cliquetait en bas dans la pénombre, comme un ver luisant tapageur. Il vit des gens monter et descendre. La place Vasa formait un rectangle de lumière froide et limpide. L'obélisque à l'angle nord pointait son unique doigt contre le ciel rouge. Un rire remonta jusqu'à leur balcon. Le rire de Bergenhem dans son bureau, quelques heures auparavant, lui revint à l'esprit. Et il trouva à quoi ce rire lui avait fait penser : de l'air exprimé par un corps sans vie. La première fois qu'il l'avait entendu, il avait manqué de s'évanouir. Sous le coup de la terreur. C'était dans un appartement de Johanneberg. Il n'avait pas de collègue avec lui. Un homme baignait dans son sang sur le sol de la cuisine. Et tout à coup, il avait eu ce rire.

11 h 10. En ce samedi matin, Fredrik et Magda Halders montèrent à bord du Fröja en compagnie d'Aneta Djanali à Saltholm. Quelque dix-huit minutes plus tard, ils débarquaient à Brännö Pierre Rouge. Hannes n'avait pas voulu se joindre à eux, à cause d'un entraînement de foot exceptionnel : il était en bonne voie pour San Siro, Camp Nou ou bien Old Trafford. Halders lui avait transmis tout son savoir en la matière.

Le temps était incroyablement beau, le soleil toujours chaud. Le vent soufflait assez fort mais ils l'avaient à peine senti en traversant le détroit.

— Il y a encore des gens qui font de la voile, avait constaté Magda en pointant du doigt sur l'eau. On se croirait en été.

Halders gardait cela sur la conscience à vrai dire : il avait promis depuis longtemps aux enfants qu'il achèterait un bateau. Deux voiliers cinglaient vers le large. Bordel ! Il n'était pourtant pas trop tard. Il n'avait pas cinquante ans. Il lui restait la moitié d'une vie. La moitié d'une vie et la mer en entier.

Combien ça pouvait coûter un engin pareil ? Aucune importance, ça ne coûtait rien d'emprunter. Il pouvait toujours mettre une hypothèque sur la maison. Faudrait en parler avec Aneta. Ça ferait un sujet de conversation. Une perspective sympa.

Mais ce qu'ils vivaient maintenant était tout aussi sympa.

Ils prirent la route d'Husvik vers le sud. Pas un bruit dans les jardins, comme si tous les habitants avaient quitté les lieux. Peut-être pour l'église, dont ils avaient entendu sonner les cloches en débarquant. Sur beaucoup de ces pelouses, les feuilles étaient toujours là, comme un dernier salut venant de l'automne. On était en même temps en été, en automne et en hiver. L'air marin leur piquait le nez.

Il y avait plusieurs endroits où se baigner, des plages minuscules entre les rochers. Beaucoup de pontons paraissaient neufs, comme datant de l'été. Le plongeoir était plus ancien. Quand est-ce que je suis venu ici pour la dernière fois ? s'interrogea Halders. Si je suis déjà venu.

— On est déjà venus ici ? demanda Magda.

Il s'en rappela tout à coup : c'était un jour comme celui-ci, mais plus tôt dans l'année, en été pour de vrai.

— Oui, quand tu étais petite, ma chérie. On est venus deux trois fois.

— Avec maman ?

— Oui, ma chérie.

Une brume légère voilait le soleil : quelque chose de la mer s'était élevé dans le ciel et gagnait cette île, comme les autres plus loin. Halders prit sa fille par la main. Il avait cru voir son regard se voiler. Comme le sien. Margareta aimait beaucoup l'archipel. C'était son idée à elle, d'acheter une maison par ici, et pas forcément une maison d'été.

Ils s'installèrent sur les rochers.

Aneta Djanali commença à déballer le pique-nique.

— On mange déjà ? s'étonna la fillette.

— Tu n'as pas faim ?

— Si... mais je préfère attendre encore un peu. J'ai envie de faire un tour, pour admirer le paysage.

— OK, répondit Halders. On attend. Tu es d'accord, Aneta ?

— Bien sûr.

Magda se dirigea vers le plongeoir. On aurait dit qu'elle bondissait. Elle avait joué au handball, et puis elle avait arrêté. Elle ne voulait plus faire aucun sport. Halders ne l'avait pas embêtée à ce sujet. Elle passait le plus clair de son temps à lire tranquillement dans sa chambre. Elle lisait de tout. Depuis le départ d'Aneta, elle s'était faite encore plus silencieuse. Halders avait essayé de lui parler, mais ses paroles ne l'atteignaient pas, du moins c'est ainsi qu'il le ressentait. Il ne savait pas quoi lui dire, ni comment. De toute façon il ne savait pas ce qui les attendait. Aneta seule le savait.

— On est bien, fit-il.

— Oui.

— Tu pourrais vivre sur une île, Aneta ?

— Ici ? Sur cette île ?

— Oui, par exemple. Dans l'archipel.

— À l'année ?

— Oui. Qu'en dis-tu ?

Elle ne répondit pas. Elle suivait des yeux Magda. La fillette commença à grimper sur la tour du plongeoir, mais elle se ravisa. Elle leur lança un regard, accompagné d'un sourire, semblait-il. Halders agita la main et elle lui rendit son salut. Aneta leva la main à son tour.

— Elle devient une grande fille, constata-t-elle.

— Oui.

— J'ai l'impression qu'elle a grandi depuis... tout ce temps.

Halders posa la main sur son bras.

Il surprit des larmes dans les yeux de la jeune femme.

— Mon Dieu, pourquoi est-ce que je dis ça ?

— Aneta, comment on va faire ?

— On pourrait se balader un peu, nous aussi, répondit-elle en se relevant.

Bergenhem avait dévalé l'escalier. Il était pressé de sortir de là, il avait déjà été saisi par l'obscurité qui régnait dans le corridor, une fois passé les portes battantes, à l'aller. Il savait ce qui l'attendait s'il revenait encore. Il avait la respiration coupée. Il continuerait à étouffer tant qu'il n'aurait pas quitté ce bâtiment. Il dépassa le bureau d'accueil au pas de course, sous le regard étonné de la collègue de service. Elle cria quelque chose et une autre personne se retourna pour dire deux trois mots, deux mots plutôt. Il n'avait pas entendu lesquels. Il était enfin dehors et l'air lui pénétra à grands flots dans ses poumons. Il buvait littéralement l'air du soir, après avoir tenu dix minutes sans respirer – un record du monde.

Une fois dans sa voiture, il attendit. Il se sentait au calme dans l'habitacle. Il était pratiquement seul sur cette section du parking. Le vent caressait les arbres, sans bruit. Il mit un CD dans l'autoradio mais, incapable de se concentrer, il finit par éteindre la musique. Winter sortit du commissariat. Sous la lumière du réverbère, il avait l'air de porter une auréole sur la tête. Il disparut de l'autre côté du bâtiment, sans doute pour chercher sa bagnole. Bergenhem appuya son front contre le volant. Il n'arrivait pas à réfléchir. Pas plus qu'à écouter, ni voir. Je ne sais plus du tout où j'en suis. Lorsqu'il releva la tête, il voyait très bien où il allait.

Il fit lentement le tour de la gare centrale. Ce n'était pas un problème de rouler à petite vitesse, car il était seul dans les parages en ce début de soirée. Les gens étaient rentrés chez eux, après avoir couru les rues de la ville pendant l'après-midi ; quant aux fêtards, ils n'avaient pas encore fini de se préparer. On était dans une heure creuse, une sorte de *vacuum* où rien ne pouvait arriver.

Il hésita à prendre la voie d'accès pour le pont du fleuve Göta. De l'autre côté, se trouvait Hisingen. Il serait chez lui, dans l'une ou l'autre maison. Il préféra obliquer vers le parking nord de la gare et là, il arrêta la voiture. Devant lui, une file de taxis attendait le prochain convoi. La gare aussi, elle attendait. On ne voyait personne pour l'instant. Il consulta l'heure. Dans dix minutes, le X2000 de Stockholm glisserait sur ses rails avant de déverser ses centaines de passagers. Son portable bipa. Il put lire à l'écran : Appelle maintenant.

Mais Bergenhem n'appela pas. Il redémarra la voiture et sortit du parking, prit la voie rapide, et s'engagea ensuite dans Gullbergsvass. Il emprunta le quai de Gussberg, le long duquel s'alignaient les épaves rouillées, et cela jusqu'au gazomètre à cloche de Marieholm. Il fit demi-tour à la hauteur du Cash. Nouveau bip de SMS. Le portable était sur le siège-passager, luisant encore d'une lumière verte. Il le souleva : Appelle à la maison.

Il éclata de rire. Appelle à la maison !

Il se gara devant le gazomètre, sans doute le bâtiment le plus laid de tout Göteborg. Si l'on pouvait appeler ça un « bâtiment ». On parlait de le transformer en appartements. Bonne chance !

— Tu voulais que j'appelle.

Il avait l'oreille collée à l'appareil. Bien sûr, il avait fini par appeler. Sans l'oreillette, ce qui lui faisait un peu drôle.

— Où es-tu, Lars ?

— Dans la voiture.

— Ce n'était pas ce que je voulais dire. Où exactement ?

— Euh... Gullbergsvass. Sous le gazomètre.

— Qu'est-ce que tu fais là-bas ?

— Je ne sais pas.

— Tu ne sais pas ? Que s'est-il passé ?

— Rien. Rien de nouveau. (Il appuya l'appareil un peu plus fort contre son oreille.) Pourquoi tu voulais que j'appelle ?

— Ada t'attend depuis 18 heures.

— Depuis 18 heures ? Il est quelle heure ?

— 19 h 30.

— Je devais venir la chercher ?

— Tu avais oublié ?
— Non... oui, j'avais oublié.
— Lars.
— Je peux lui parler ?
— Elle est partie. Elle passe la soirée chez une copine, Lisa.
— Bordel !
— Pas besoin de jurer.
— Je l'appelle.
— Elle n'a pas pris son portable.
— Elle ne voulait pas que j'appelle.
— Je ne sais pas, Lars.
— Dis-lui... dis-lui...
— Quoi ?

Une voiture surgit, les phares braqués sur lui, mais sans l'éblouir. Le portable, lui, appuyait trop fort contre sa tempe. Il le pressa encore. Il voyait maintenant rougeoyer les feux arrière. Au loin scintillait le pont, magnifique, le plus beau spectacle qui s'offrait ici à sa vue.

— Qu'est-ce que je dois lui dire ? répéta Martina.
— Dis-lui... juste... que je l'embrasse.
— Qu'y a-t-il, Lars ? Qu'est-ce que tu fais ? Tu as une voix bizarre.

Il pressa encore ce foutu mobile contre sa tempe, à s'en imprimer la marque.

— Tu peux... passer, si tu veux.

Il ne répondit pas. Le pont semblait s'être rapproché. Il scintillait encore et encore. Un navire circulait sur le fleuve. En direction de la mer. Le pont ne se rapprochait pas, c'était une illusion d'optique.

Il lâcha l'appareil.

Il grondait encore dans son oreille. La voix de Martina lui parvenait encore, de loin, de très loin.

Winter attendait près du téléphone : Bergenhem ne répondait pas. Il entendit Angela dans la salle de bains. Quelqu'un sifflait en bas dans la cour. Il avait laissé ouverte la fenêtre de la cuisine. Le concert prit fin. L'acoustique était infernale dans cette cour. Et rien n'était pire que les sifflotements.

Il composa un autre numéro.

Il n'eut pas besoin d'attendre longtemps. Une demi-sonnerie, à peine.

— Oui ?

Martina semblait essoufflée.

— C'est Erik, Erik Winter.

— Erik ? Qu'y a-t-il ?

— Est-ce que tu as parlé avec Lars ce soir ?

— Oui. À l'instant. Il... il s'est passé quelque chose ?

— Non, non. J'étais juste un peu inquiet.

— Pourquoi ?

— Comment allait-il ?

— Que s'est-il passé ? Que s'est-il encore passé ?

Encore. Que lui dire ? Il ne voulait pas lui dire. Pas ce soir, et pas à Martina. Il voulait juste savoir comment allait Lars.

— Où est-il ?

— Il... il était en voiture. Garé près du gazomètre. Pas loin de la fabrique de tabac à chiquer. Je ne sais pas pourquoi. Il ne m'a pas dit. Et puis, tout à coup, on a été coupés.

— Coupés ?

— J'ai essayé de rappeler, mais il ne répond pas.

— Non ? OK.

— Qu'est-ce que je dois faire ?

Winter réfléchit. Il revoyait le visage de Bergenhem ce soir-là. Un visage sans expression.

— Il travaille ce soir ? demanda Martina. Il est de service ?

— Non. J'envoie une patrouille là-bas, répondit Winter. Au gazomètre.

22 h 30

Ils glissèrent le long du ponton. Il régnait un calme étonnant. La mer était un vrai miroir. Pas un brin de vent. La surface de l'eau était comme un parquet poli et transparent. On aurait pu marcher jusqu'au Danemark.

Elle pensa au garçon qu'ils avaient croisé, celui qui se tenait à la proue. Avec son voilier, il aurait pu naviguer jusqu'au Danemark, et même plus loin.

Quand elle serait plus grande, elle ferait de la voile. Avec un voilier, on allait partout. Pas de mur sur la mer. On pouvait faire le tour de la terre. Elle aussi, en tout cas, elle voyagerait. Dans tous les pays du monde. Elle voulait tout voir.

Et maintenant, elle avait envie de retourner à la colo. Au moins, là-bas, elle avait un lit. Ils pouvaient bien l'engueuler tant qu'ils voulaient, Christer serait là pour la défendre. Elle commençait à avoir froid. Au large, le vent soufflait ou plutôt le bateau générait son propre vent en quelque sorte. Il n'était pas grand, mais ils avaient conduit très vite. Il serait capable d'aller jusqu'au Danemark. Au moins.

Le gars de devant sauta sur le ponton. Il se saisit d'une amarre.

— Il est temps de descendre, fit le garçon qui était assis derrière elle.

Il s'était levé. Il s'installa à côté d'elle.

— Je veux rentrer.

Il ne répondit pas.

— J'ai froid.

— Je pensais qu'on pourrait faire un petit tour à la nage.

— À la nage ? Je n'ai pas envie de nager. Il fait trop froid maintenant.

— Mais non, tu verras, tu n'auras pas froid. Laisse-moi te montrer.

— Je ne veux pas. Je veux rentrer à la colo.

— Je croyais que tu n'aimais pas cet endroit.

— Qu'est-ce que vous en savez ?

— Tu t'es bien enfuie, non ?

— Non, je ne me suis pas enfuie. Je suis juste allée me baigner.

— C'est ce qu'on dit.

— Mais qu'est-ce que vous voulez dire ?

Soudain elle reçut un coup à l'épaule. Elle l'avait ressenti comme un coup. Elle ne s'y attendait pas.

Elle se retourna. C'était le garçon qui conduisait le bateau.

— Tu descends, ordonna-t-il. Tu descends sur le ponton.

Elle n'avait pas encore entendu sa voix.

— Je veux rentrer !

— Calme-toi, lui dit l'autre. Il faut bien commencer par débarquer, non ?

Elle trébucha en descendant sur le ponton. Elle vit le ciel tournoyer au-dessus de sa tête. Il s'était assombri, il avait pris une teinte bleu foncé.

Celui qui était déjà sur le ponton la retint.

36.

Bergenhem démarra la voiture. Il aperçut des faisceaux lumineux au-dessus de Ringö, sur la berge opposée. On aurait dit des signaux. C'était probablement le cas. Une affaire de contrebande sur le point de se conclure. Tous les trafics, légaux ou pas, passaient par les containers. La berge nord en était couverte. La came arrivait en container ; les hommes aussi. Un sacré bordel. Son portable se remit à sonner. Il consulta l'écran : Erik Winter. Erik le Probe. Qu'est-ce qu'il voulait encore ? Est-ce qu'il faut que je lui rapporte ma plaque et mon arme ? C'est tout juste s'il ne m'a pas arrêté, et foutu en prison. Pour obstruction à son enquête. Il fallait que je raconte. Mais il n'y avait rien à raconter. Je l'avais à peine vu, ce type. J'allais lui dire, mais je n'ai pas eu le temps. Je bossais. Qui a trouvé la bagnole sur le pont ? C'est ce qui a tout enclenché. On ne sait pas ce qu'elle faisait là, mais c'est moi qui l'ai trouvée. Cinq minutes plus tard, elle aurait peut-être disparu. Il y avait quelqu'un tout près, je le sentais. Sous la voiture ? J'ai pas pensé à regarder. Ou alors quelqu'un aurait pu se suspendre au parapet, ça s'est déjà vu. C'est possible de se cacher. Sous la bagnole. Pourquoi j'ai pas vérifié ? Cet Edwards, au courant de rien, il en sait plus qu'il ne le dit. Je devrais l'interroger une seconde fois. Je peux le faire mieux que Winter. Qu'est-ce qu'il me veut ? Voici qu'il m'appelle encore. Je ne suis pas obligé de répondre. Je ne suis pas en service. Je suis moi-même en ce moment. Je me barre. Bien sûr, la voiture est déjà en marche. Je viens de commettre une infraction : j'ai laissé tourner le moteur à vide plus d'une minute. Mais je l'ai fait en tant que personne privée.

*

— Magda ? Magda ! cria Halders. (Il ne voyait plus sa fille, alors qu'une minute auparavant elle était en train de grimper sur la tour du plongeoir.) Magda !

— Je suis là, papa.

Elle sortit de derrière un rocher.

— Tu t'étais cachée ?

— Non.

— On visite les alentours ? lui proposa Halders.

— Je n'ai pas très envie. On a déjà beaucoup marché.

— OK.

— Vas-y, Fredrik. Moi je reste ici avec Magda.

Aneta Djanali lui passa son bras autour des épaules. Bien frêles, pensa-t-elle. Magda n'a plus que la peau et les os. De quand est-ce que ça date ?

Magda parut contente.

— Les filles restent ici, lui sourit la jeune femme.

— Je ne serai pas long, promit Halders. On cassera la croûte à mon retour.

— Bien sûr.

— Aneta ?

— Oui ?

— C'était... c'était... (Il s'interrompit.) On pourra reprendre notre conversation avant de revenir en ville, Aneta ?

Elle hocha la tête.

— Je... je peux chan...

— Vas-y maintenant, Fredrik.

Halders remonta la route de Ramsdal jusqu'au croisement avec la Sente de l'Amour, qui se prolongeait de l'autre côté de l'escarpement rocheux. Il prit à gauche, en descendant vers la route d'Husvik, puis il emprunta cette dernière jusqu'à la Source aux Vœux. C'était aussi le nom d'une ruelle qui montait en pente raide. Il la suivit jusqu'à ce qu'elle se transforme en un sentier conduisant au sommet. Beaucoup d'arbres avaient déjà perdu leurs feuilles, mais la végétation était dense à cette hauteur. Une vraie forêt vierge, qui bouchait la vue sur l'archipel. Il aperçut un genre de cabanon sur la droite et s'en approcha. En fait, c'était plutôt un bungalow. Il avait sérieusement besoin d'un coup de neuf. Rénové, t'achètes ça pour deux cent mille balles, calcula-t-il. On doit voir la mer depuis le toit.

Il grimpa sur la terrasse. Les planches craquaient. Elles avaient souffert les sévices du temps et le manque d'entretien. C'est comme les humains, sourit-il. Si tu conjugues les effets de l'âge avec une mauvaise hygiène de vie, à la fin, t'en peux plus.

Il jeta un œil à travers l'une des fenêtres. Au moins, elles avaient l'air en bon état. Il faisait noir à l'intérieur, les masses qu'il voyait se dessiner pouvaient correspondre à tout et n'importe quoi. Un lit, une table sans doute. Il appuya sur la poignée de porte. Pourquoi ? Simple curiosité. Si quelqu'un le voyait, il pourrait toujours dire qu'il était de la police. Ou alors, agent immobilier. Qui pouvait bien posséder un truc pareil ? C'était spécial, comme site, pour une maison de vacances. À moins qu'on ait construit le cabanon pour surveiller la mer : une annexe d'une des maisons situées plus bas, dans la ruelle. Un cabanon de pêche, finalement. Ce n'était pas si absurde. Un jour elle monterait jusqu'ici, la mer. D'ailleurs, il y avait déjà de l'eau. Entre les arbres, Halders voyait scintiller une mare, à vingt mètres de là. Ça aussi, c'était bizarre. Le clapotis de l'eau n'était pas censé se faire entendre au sommet d'une île, plutôt à ses pieds. Sauf qu'elle ne clapotait pas. C'était une eau calme, comme morte, toute noire – une nuit sans réverbère. Il n'y avait pas d'oiseaux, pas de bruit, rien. La mare était plus grande qu'il ne croyait. Elle devait être profonde, une crevasse dans la roche, qui descendrait droit dans les entrailles de la terre. Une tombe marine. Il se tenait tout au bord. La surface de l'eau faisait penser à du goudron. Il aurait pu marcher dessus. Marcher sur l'eau. Il suivit le bord jusqu'à l'autre côté de la mare, puis il escalada l'escarpement. De là-haut, la vue était imprenable. À l'ouest, la pleine mer : quelques porte-containers en partance, avec leurs Legos sur le pont, un ferry tout blanc, sans doute celui de Frederikshavn. Il voyait également la baie d'Husvik en contrebas, et même le ponton, et puis au loin des îles et des îlots en nombre infini. On aurait dit que les terres l'emportaient sur la mer, qui les cernait pourtant.

Il apercevait la remise améliorée, du côté du sentier. On n'aurait pas dit qu'elle se reflétait à la surface de la mare ? Apposant là son empreinte ? Presque, mais c'était impossible, trop loin.

Une fenêtre scintilla en bas, un éclat d'une seconde à peine. Halders leva les yeux vers le ciel. Le soleil n'avait pas bougé : ce gros prétentieux n'était pas pressé de se retirer. Pas un nuage. Et pas d'oiseaux ni d'avion tout là-haut.

Alors, pourquoi la fenêtre avait-elle scintillé ?

Elle avait bougé. Ce n'était pas le soleil, c'était la fenêtre qui avait bougé.

Winter était monté à bord de la voiture de patrouille et ils roulaient vers le gazomètre. Le policier au volant, pas plus que son collègue, ne lui avait posé de question. Ce n'était pas la première fois qu'ils passaient prendre le commissaire devant chez lui.

— Qu'est-ce qu'on cherche ? demanda le conducteur.

— Arrêtez-vous là, se contenta de répondre Winter.

Il mit pied à terre et suivit la promenade rocheuse. Pas de voiture dans le coin, uniquement des vieilles coques à différents stades de délabrement. Winter traversa la route en direction du parking. Des trois voitures en stationnement, aucune n'était celle de Bergenhem. Le gazomètre jetait son ombre sur le terrain, noir sur noir. Le bâtiment circulaire était éclairé de derrière par l'échangeur autoroutier de la ville.

Winter regagna la voiture et reprit sa place sur la banquette arrière.

— Vous pourriez me déposer à Eriksberg ?

— No problemo, fit le conducteur.

Il démarra et le véhicule quitta le bas-côté de la route. Un garçon bien jeune, songea Winter. Plus jeune que je ne l'étais à son âge. On dirait un lycéen. L'autre avait l'air d'un étudiant.

— La soirée n'a pas encore commencé, fit l'étudiant.

— On ne dirait pas, effectivement, répondit Winter.

— Mais ça pourrait bien chauffer d'ici peu, continua le lycéen.

— Sûr, fit l'étudiant. Et dans deux semaines, le week-end de la paie, aïe aïe aïe...

— Aïe aïe aïe ! répéta le lycéen.

— On ne devrait peut-être pas filer leur paie aux gens avant mais après le week-end, continua l'étudiant. Pour qu'ils la dépensent sur les jours de semaine.

— Bonne idée, approuva son collègue.

— Comme ça, ils ne seraient pas tous obligés de payer leur tournée le même soir.

— Pourquoi personne n'y a pensé avant ? Tu devrais en parler avec un ministre, lui conseilla le lycéen. Le ministre de l'emploi.

— Celui de la paie.

— Je crois pas que ça existe.

Winter était atterré par leur verbiage. Ironie ou pure connerie ? Les gars répétaient sans doute ce discours au mot près pour la centième fois, comme de mauvais comiques, des clowns pathétiques. Ce soir-là, c'était lui qui faisait le public, un autre soir ce serait quelqu'un d'autre, un voyou, un quelconque délinquant. Une façon de tuer le temps pour ces policiers débutants, mais aussi de tenir leur peur à distance.

Ils traversèrent ensuite le pont du Fleuve Göta, une version maussade et dépassée de celui qui l'avait remplacé plus bas vers l'ouest. Il n'était plus guère emprunté que par le tram et les bus. Les gens des Chantiers Navals de Göteborg aussi. Mais la plupart des automobilistes préféraient faire la queue au tunnel de Tingstad ou passer sur le pont d'Älvsborg.

Le conducteur enfila le boulevard de Lundby en direction de l'ouest, jusqu'au tunnel du même nom. Il aurait pu le quitter bien avant. Il devait aimer les tunnels, ces couloirs géants, complètement dépouillés. Ils étaient seuls à l'intérieur. Le tunnel n'en finissait pas. Il y régnait une lumière bleu acier. Winter n'avait pas souvenir qu'il était si long. Il connaissait mal Hisingen. Mais il aurait sûrement l'occasion d'y revenir. Le quartier était sur la voie ascendante pour tous les trafics, légaux ou non. Cet activisme faisait d'Hising Island un vrai paradis fiscal.

Ils étaient enfin sortis du tunnel. Le lycéen obliqua en direction d'Eriksberg.

— On va où ? demanda-t-il en se retournant une seconde vers son passager.

— Quai aux Navires. Je ne sais pas exactement où ça se trouve, répondit Winter, mais on ne doit pas être loin.

— Faut redescendre par le Moulin, fit l'étudiant.

— Je sais, répliqua son acolyte.

Ils continuèrent en direction de ce nouveau quartier. Les immeubles devenaient de plus en plus hauts. Une enfilade de gratte-ciel.

Quand ils passèrent devant, Winter leva les yeux sur le vieux moulin cylindrique. C'était comme une forteresse, une citadelle qui témoignait des temps anciens, des temps plus nobles que le nôtre.

— Ils l'ont converti en apparts, déclara l'étudiant. Des lofts branchés.

— Une de mes connaissances vit là-dedans, enchaîna le lycéen.

— Non ? Qui ça ?

— Tu connais pas. C'est une fille.

— Une fille ? Tu fréquentes ce genre de minettes, toi ?

— Positif.

— Excusez-moi de vous interrompre, fit Winter, mais l'un de vous sait-il où commence le quai aux Navires ?

— Quoi... ben... juste un peu plus loin, répondit le lycéen en ponctuant son propos d'un hochement de tête.

Il ralentit sur les derniers mètres.

— Voilà, fit-il ensuite en pointant du doigt. (La voiture s'était maintenant immobilisée.) C'est tout près. Vous descendez jusqu'au quai. Le quai de Sörhall, je crois bien.

— Vous connaissez bien les environs, apprécia le commissaire.

— La fille du Moulin, ironisa l'étudiant.

— Arrête ton char, fit le lycéen.

— Ne m'attendez pas, leur dit Winter en s'extrayant de la banquette arrière.

— Vous ne voulez pas qu'on vous accompagne ? proposa l'étudiant.

— Je ne peux pas vous retenir plus longtemps, répondit le commissaire. (Il jeta un œil à sa montre.) Le week-end bat son plein désormais.

— Qu'est-ce que vous cherchez ? insista l'étudiant.

— Je ne sais pas vraiment.

— Et ça vous arrive souvent ? De ne pas savoir ? Quand on bosse pour la brigade criminelle, on part enquêter... comme ça ?

— Ça arrive. Mais en général, on conduit soi-même.

— Et pourquoi vous n'avez pas pris votre voiture, ce soir ?

— La faute à quelques verres d'un délicieux valpolicella, expliqua Winter en refermant la portière derrière lui.

*

Halders scrutait la maison, la fenêtre. Plus rien ne bougeait. Plus d'éclat de lumière, plus de reflet. C'était peut-être une illusion d'optique. Il clignait des yeux toutes les trois secondes car il avait oublié ses lunettes de soleil. La lumière était aveuglante dans l'archipel, surtout sur l'eau. La mer était comme du papier d'argent un jour comme celui-là.

Il redescendit en se taillant un chemin le long d'une ravine. La mare avait l'air d'une fosse noire. Le soleil avait dû se déplacer de deux trois mètres dans le ciel... l'eau paraissait encore plus sombre.

Voici qu'il retrouvait la terrasse, si on pouvait l'appeler comme ça : une plate-forme à claire-voie de deux mètres sur deux hissée sur quelques marches. Halders appuya de nouveau sur la poignée, mais comme la première fois, elle résista. Avec les fenêtres, c'était la seule chose qui paraissait un peu solide dans cette baraque. Pourtant, c'était ce qui risquait le plus d'être enfoncé ou cassé par les voyous. Ils n'avaient peut-être pas de voyous sur Brännö. On avait dû les déporter sur Asperö et Styrsö.

Il essaya de faire le tour du bâtiment, mais les mauvaises herbes, les roseaux et autres formes de végétation sauvage rendaient la chose impossible. Il s'y mêlait toutefois quelques rosiers, montant la garde autour des fenêtres. La maison était adossée à la roche : pas plus de trente centimètres entre le mur du fond et la paroi bien lisse. L'architecte avait choisi un drôle de site. L'inspecteur glissa de nouveau son regard à travers la fenêtre. Voilà pourquoi il faisait si sombre là-dedans : la lumière ne pénétrait que par un côté. Il voyait toujours se dessiner les mêmes contours. On n'avait pas refait l'aménagement intérieur depuis son dernier passage. De toute façon, qui pouvait bien se cacher ici ? Et puis, en quoi ça le regardait ? C'était sans doute un jeune, un voyou. Ou un ivrogne. Après tout, on était samedi.

— Ohé ? cria-t-il. Y a quelqu'un ?

Pas de réponse, comme il s'y attendait.

Ses yeux avaient dû lui jouer un tour.

Il aurait pu fracturer la porte mais il n'en vit pas la nécessité. Il n'était pas venu sur l'île pour ça ce jour-là. C'était pour essayer de reconstruire sa relation avec Aneta. Elle lui avait paru aussi mal en point que la cabane, mais il n'en était plus si sûr, ou si incertain. Il y avait peut-être un espoir. Il redescendit les marches de la « terrasse ».

Un enfant de six ans jouait avec une balle rouge dans le jardin de la maison située à l'angle de la Source aux Vœux et de la route d'Husvik. Halders le salua d'un signe de la main.

Le gamin fixa sur lui des yeux terrorisés, puis il se dépêcha de disparaître derrière la bâtisse. Ils n'étaient peut-être pas habitués à voir des étrangers ici, du moins en cette saison. Ou alors l'enfant était retardé. Après tout, on était sur une île. Il perçut des voix, mais personne ne se montra. Ils devaient tous être embusqués : père, mère, enfant, grands-pères et grands-mères des deux bords. Mieux valait déguerpir.

Aneta et Magda l'attendaient, sagement assises sur la couverture. Le pique-nique était servi.

— Où tu étais, papa ?

— Je suis monté jusqu'au sommet de l'île.

Il pointa du doigt le chemin qu'il avait pris puis il les rejoignit sur la couverture.

— C'était haut ?

— Y avait de quoi avoir le vertige.

— Je pourrai y aller ?

— Aucun intérêt, ma puce. On est beaucoup mieux ici, près de la plage.

— J'ai trempé les pieds dans l'eau !

Et elle leva ses petits petons. Halders constata qu'elle était pieds nus.

— Pas trop froide ?

— Non !

— Moi aussi je me suis trempé les pieds, fit Aneta, en lui montrant les siens. Elle était bonne.

— Il ne me reste plus qu'à vous imiter, répondit Halders.

Il retira ses chaussures, ses chaussettes et descendit jusqu'à l'eau.

Même pas froide.

Il avait chaud dans le ventre aussi, et dans le cœur. Sans compter la tête qui chauffait. Il avait cru voir sourire Aneta. Encore un tour de ce satané soleil. Il releva les yeux. Il lui riait à la face, le con ! Il se sentait plus serein qu'il n'aurait dû.

Winter se tenait devant la porte d'entrée du numéro 3, quai aux Navires. Il ne savait pas vraiment quoi faire maintenant. Il sortit son portable et appela chez Bergenhem. Il tomba sur une voix anonyme. D'où venaient-elles, ces voix aseptisées ? Des voix électroniques ? Ou alors existait-il des gens pour parler comme ça ? Celle qui assurait l'accueil sur le répondeur de la Swedbank avait sûrement travaillé comme présentatrice du JT ou comme speakerine.

Son portable sonna.

— Oui ?

— Tu l'as retrouvé, Erik ?

— Non.

— J'ai appelé Martina, lui apprit Angela. Il y a quelques minutes à peine.

— Alors ?

— Je lui ai dit que je voulais juste savoir comment elle allait. Que j'étais au courant.

— Bien.

— Elle n'a pas eu de nouvelles de Lars ce soir.

— Tu lui as posé la question ?

— Oui, je lui ai dit que tu voulais parler avec lui.

— Bien.

— Où es-tu ?

— En ce moment, je suis devant l'immeuble de Lars, à Eriksberg. Enfin celui où vit son « ami », comme il l'appelle.

— Qu'est-ce que tu vas faire ?

— Je ne sais pas vraiment, Angela. Repartir.

— Tu ne peux pas l'appeler ? À l'appartement ? Tu verras s'il y est ou pas.

— Je... j'avais envie de lui parler. De ce qui s'est passé ce soir. Ou plutôt cet après-midi.

— Essaie de ne pas t'attarder.

— Non.

— Nous aussi, il faut qu'on parle, Erik.

— Parler de quoi ?

— Erik...

— De quoi est-ce qu'il faut qu'on parle, Angela ?

— De... on en parlera à ton retour. Ce n'est... tu n'es plus le même depuis quelques temps... (Elle s'interrompit.) On ne va pas parler de ça au téléphone. Rentre à la maison, Erik. Ne tarde pas trop.

— Je fais mon possible. Salut.

Il raccrocha et s'adossa au mur de briques.

Un homme lui passa devant. Il composa le numéro du digicode, puis il poussa la porte et se retourna :

— Je peux vous aider ?

Winter secoua la tête.

Il fallait qu'il reparte. Il avait pris sa décision.

— Vous cherchez quelqu'un ?

L'homme paraissait méfiant désormais. Il lâcha la porte et la laissa se refermer, sans pénétrer dans le hall d'immeuble.

— Non, non, répondit Winter.

Il commença à s'éloigner.

— Qui êtes-vous ?

Winter ne répondit pas.

— Hé ! entendit-il dans son dos. Hé, vous !

37.

L'église de Masthugg ressemblait à une forteresse, sur la berge opposée du fleuve : une défense érigée contre les mauvais esprits. Les phares qui balayaient sa façade encore tard dans la nuit traçaient ensuite un chemin lumineux pour tout ce qui était bon dans le monde. Du temps où Winter, gamin, suivait ses parents à l'église, il avait entendu le pasteur parler du bien et du mal, des bons, des méchants, comme s'il était marchand de bonbons, sauf qu'il n'y avait pas de sucreries dans l'histoire. À la rigueur du vin, qu'il avait trouvé bien sucré la première fois. Quant à l'hostie, elle lui était restée collée sur le palais. Il avait continué à se rendre dans la Maison de Dieu. Il fallait bien croire à quelque chose. Sans ça, le terrain restait libre pour le Malin. Il avait pu le mesurer au mètre carré près.

Il se tenait sur le quai de Sörhall. La voix qui l'appelait avait fini par s'éteindre derrière lui tandis qu'il continuait son chemin sur le quai aux Navires. L'homme n'était pas allé jusqu'à le suivre. Winter ne voulait pas en savoir plus. Il n'avait pas envie de pénétrer dans l'appartement qu'occupait Bergenhem. Provisoirement, disait-il. Lars vit dans le provisoire. Voilà à quoi ressemble sa vie maintenant. *Sa* vie. Si je mets les pieds là-bas, ça ne fera qu'empirer les choses. J'ai déjà mis mes gros sabots dans sa vie professionnelle. Et puis, je l'ai appelé à ce numéro de fixe. Personne. Lars aurait répondu s'il avait été là.

Il marcha en direction de l'ouest. À deux kilomètres de là, en habit de lumière, le pont d'Älvsborg jouait son Golden Gate Bridge : le Portail Doré de la ville.

Un groupe de fêtards en goguette le dépassa pour rejoindre le River Café sur le quai des Docks. Des rires fusaient tandis qu'ils s'avançaient le long de la jetée. Quelques silhouettes se dessinaient, en attente près de l'arrêt du ferry. Le Rapido approchait lentement. Les lumières du restaurant éclairaient la jetée assez loin. La petite troupe éclata d'un grand rire collectif. Le ferry accosta. Winter jeta un œil plus loin, du côté de la place Eriksberg. Il aperçut l'enseigne de l'Hôtel 11.

Bergenhem roulait à travers les rues de Långedrag. Comment était-il arrivé jusqu'ici ? Il n'en savait rien. Il se rappelait avoir quitté Gullbergsvass. Il avait encore dans les narines les émanations de l'usine de tabac. Après, il avait traversé le tunnel du Göta. Désert. Ensuite, il ne se rappelait plus rien. Il revenait maintenant de Saltholm. Il avait dû conduire jusqu'au bout de la presqu'île avant de faire demitour sur la rue de Saltholm.

Il la quitta deux cents mètres plus loin pour embrayer à gauche et continua encore sur quelques centaines de mètres dans cette rue sinueuse. Il s'arrêta devant la maison. C'était là. C'était là qu'il était venu le matin où tout avait commencé. Il faisait chaud, ce jour-là comme les autres. Un matin ou plutôt un petit matin. Qu'annonçait-elle donc, cette aurore-là ?

Il sortit de voiture. Il y avait de la lumière à deux fenêtres du premier étage. Et pas de voiture garée devant la porte. La rue respirait le calme.

L'homme qui lui ouvrit ne semblait pas le reconnaître. L'inspecteur avait entendu un bruit de pas dans les escaliers après son coup de sonnette. Des pas bien sonores, comme si la maison n'avait pas encore d'isolation phonique.

— Oui ?

— Vous me reconnaissez ?

— Quoi ? Qui êtes-vous ?

Mais il l'avait désormais reconnu, Bergenhem le voyait à sa façon de se tenir. Les mots ne signifiaient rien.

— Je peux vous parler un instant ?

— J'ai déjà parlé, répondit Roger Edwards. Je n'ai plus rien à dire. J'ai parlé avec votre collègue, l'autre jour. Le commissaire.

— Winter.

— C'est ça, Winter. Je n'ai plus rien à dire. Qu'est-ce que vous me voulez maintenant ? Aussi tard le soir...

— Il n'est pas tard.

— Qu'est-ce que vous voulez ?

— Je peux entrer un moment ?

— Alors vous allez chez les gens comme ça ? N'importe quand ?

— Oui.

Edwards prit le temps de la réflexion. Finalement, il ouvrit la porte.

— Bon, entrez, mais je ne supporterai pas de vous garder longtemps.

— Pourquoi ?

— Quoi ?

— Pourquoi vous ne supporteriez pas ?

— C'est une blague ?

— Non.

— Finissons-en le plus vite possible. Entrez.

Bergenhem le suivit dans le séjour, dépouillé de tout meuble. Edwards était sur le point de déménager, ou alors d'emménager.

— Vous déménagez ?

— Quoi ? Oui... je déménage. J'ai vendu la maison.

— Quand ?

— Quand est-ce que je déménage ?

— Oui.

— Dès qu'on aura signé la vente. D'ici un mois, si tout va bien. J'ai déjà commencé à m'installer.

— Où ?

— Quelle importance ?

— Une enquête est en cours, répondit l'inspecteur. Vous devez déclarer votre nouvelle adresse.

— Stockholm. Un camion de déménagement est déjà parti là-bas. Rörstrandgatan. Je ne me rappelle plus le numéro. Au cinq, je crois.

Bergenhem hocha la tête.

— Vous aviez autre chose à me demander ?

— Vous y étiez, non ?

— Quoi ?

— Sur le pont. Ce matin-là. Votre voiture. Vous y étiez.

— J'y étais ? C'est vous qui le dites. Vous m'avez vu ?

— Non, mais ça n'empêche rien.

— Où j'aurais bien pu être ?

— Sous la voiture ?

Edwards ne répondit pas. Il regarda par les grandes fenêtres, une baie vitrée. Comme s'il y avait quelqu'un. Il avait lorgné plusieurs fois de ce côté-là.

— Il y a quelqu'un dehors ?

— Quoi ?

— Vous n'êtes pas seul ici ?

— Là, je ne comprends plus rien.

— Que s'est-il passé sur le pont ? insista Bergenhem.

— J'en sais pas plus que vous. Vous le savez mieux que moi. Vous y étiez. Pas moi.

— Si. (Bergenhem pointa le menton vers la porte, celle qui donnait sur la rue.) Quand je vous ai vu arriver à pied, ce matin-là, je n'ai pas compris. Mais maintenant, si. Vous reveniez de là. Vous saviez très bien de quoi il s'agissait. Vous connaissiez la raison de ma visite.

Edwards jeta un nouveau regard par la vitre. Bergenhem voyait le jardin, mais il n'était qu'un rectangle noir et vide. Edwards avait dû l'emballer avec le reste pour le camion de Stockholm. Peut-être comptait-il l'installer sur le toit de Rörstrandgatan. C'était à Vasastan ? Ou à Söder ? Bergenhem se rappelait une soirée dans un bar de Vasastan. C'était avant Martina. Avant tout ça. Avant Ada.

— Vous vous sentez mal ?

Il percevait la voix d'Edwards dans le lointain, comme si l'homme était sorti et lui parlait depuis le jardin.

— Vous avez dit ?

— Vous n'avez pas l'air... en forme. Vous n'êtes pas malade ?

— Je vais très bien, merci.

— Vous n'en avez pas l'air. Votre chef est au courant de votre visite ?

— On ne travaille pas comme ça.

— Bien sûr que si. Pour autant que j'y comprenne quelque chose, à vos méthodes, dans la crim'. Vous ne vous barrez pas n'importe où, comme ça. Trop dangereux.

— Dangereux ? Pourquoi ? Contentez-vous de me répondre.

— Je ne veux plus répondre à aucune question.

— Vous n'osez pas ?

— Je veux que vous partiez, maintenant. Vous avez intérêt à partir.

Edwards jeta encore un œil sur le jardin.

Bergenhem traversa la pièce et ouvrit la porte-fenêtre.

— Ne sortez pas par là, prévint Edwards.

Négligeant de répondre, Bergenhem posa le pied sur le carré de pelouse.

Il ne sentit pas venir le coup. Tout devint rouge, puis noir.

Winter pénétra dans le bar du lobby, tapissé de cuir, ou de moleskine, rouge et noir. Une combinaison de couleurs un peu agressive. Le Quality Hotell 11 était complet ce soir-là, si l'on en jugeait par la bousculade au bar.

Il se dirigea vers le comptoir où il dut faire la queue avant de pouvoir commander une pression. Il avait soif. Il paya et repartit avec sa chope de bière. En se retournant, il aperçut Christer Tiger, assis à une table, sur la gauche de la porte, près de la fenêtre donnant sur l'atrium. Tiger le fixait du regard. Il sourit et leva son verre en sa direction. Un verre de martini. Winter ne lui rendit pas son salut. Il regagna le comptoir pour boire sa bière. Autour de lui, on parlait, on riait, on jurait. Les gens commençaient à s'enivrer sérieusement. Ici, c'était sans doute jour de paie tout le mois. On était vendredi soir. Vendredi toute la semaine. Les gens étaient sortis du pressoir pour un moment. Que leur restait-il à faire sinon boire et oublier ? Payer sa tournée aux copains. Il était entouré d'un troupeau de fêtards. Avec quelques femelles, dont l'une le gratifiait d'un gentil sourire. Qu'il ne lui rendit pas. Elle se tourna vers une comparse et lui dit deux mots. Elle semblait chuchoter. Toutes deux partagèrent un sourire. Winter leur tourna le dos. Il ne saurait bientôt plus où se tourner.

Le serveur se pencha pour lui parler.

— Comment ? (Winter se pencha en avant.) Vous avez dit ?

— *Mister Tiger would like you to join him at his table*, répéta le serveur.

Il avait un accent irlandais. Ils étaient nombreux à travailler dans les pubs et les bars de Göteborg. Il avait aussi le physique, brun, carré, la peau blanche comme s'il ne s'était jamais exposé au soleil.

Le serveur pointa discrètement du menton vers la table du gangster. Une table d'habitué. Winter se retourna : Tiger lui fit un signe de tête amical. Il ne levait pas son verre cette fois-ci. Toutes les tables étaient occupées mais Tiger était assis tout seul à la sienne. Il restait trois chaises vides.

— *Tell him I've other things to do*, répondit Winter en se retournant vers le comptoir.

Le serveur regarda son verre, qui était encore à peu près plein. Le client préférait boire seul. OK. Mais Mister Tiger risquait de ne pas apprécier.

— *I would advise you to accept his invitation.*

— *And if I don't ? Will he kill me ?*

— *Probably*, sourit le garçon. (Il avait de bonnes dents : le niveau de vie s'était bien amélioré en Irlande.) *Shall I get you anything else ?*

— *No*, répondit Winter. *I brought my own gun.*

Il prit sa chope à la main et tâcha de se frayer un chemin jusqu'à la table de Tiger. Il réussit à ne pas renverser sa bière. Le gangster s'était levé à son approche. Il l'invita d'un geste à prendre l'une des chaises vides. Noire et rouge. C'était bien du cuir, et non de la moleskine. Plus difficile à entretenir, mais plus élégant. Les sièges semblaient refaits à neuf. On avait dû rénover l'ensemble du bar.

Tiger lui tendit la main. Winter la serra comme par réflexe. La poignée de main était chaude et vigoureuse. L'homme ne manifestait pas la moindre trace de nervosité.

— Vous n'étiez pas obligé de porter votre verre vous-même.

— Je n'ai pas l'habitude de faire travailler les autres à ma place, répliqua Winter.

Tiger sourit :

— Je me demandais pourquoi on s'était jamais croisés.

— C'est de ma faute.

— De la faute de personne, rectifia Tiger. C'est comme ça.

— Pourtant vous m'avez reconnu.

— Qui ne vous reconnaîtrait pas ? Une célébrité comme vous.

— Vous en êtes une, vous aussi.

— Y a pas à dire, Winter, si vous n'aviez pas existé, il aurait fallu vous inventer. Vous feriez un bon héros de roman. Faudrait que ce soit du polar, bien sûr.

Comme par hasard, il me parle de bouquin. Winter souleva son verre, tout en observant Tiger du coin de l'œil. Il n'avait pas prévu de le voir maintenant, et pas comme ça. Quoique... c'était peut-être ce qui l'avait conduit ici. Il ignorait ce que savait Tiger de ce qu'il savait, lui. Tiger n'en avait peut-être rien à foutre. Ou alors, il se réjouissait que Winter soit au courant. De ce bouquin.

— Qu'est-ce qui vous amène ici ? l'interrogea le gangster.

— On m'a dit qu'il y avait du monde, le vendredi soir. J'ai voulu vérifier par moi-même.

— Et vous avez bien fait. C'est très sympa, comme ambiance.

— Je vois que vous êtes seul à votre table.

— Plus maintenant.

— Vous n'avez pas d'amis, Tiger ?

— Maintenant, si.

— Vous vous plaisez, dans ce bar ? continua Winter en levant son verre.

— Je suis comme chez moi.

— Ce n'est pas infernal pendant la journée ? Tout le quartier est en chantier. Ce doit être difficile de se détendre.

— Non.

— Ça ne vous donne jamais mal à la tête, ce fracas ?

— Pourquoi cette question ?

— Tout ce qu'il y a de plus naturel.

Tiger lui jeta un regard glacial :

— Ici, c'est ma ville. J'ai rien contre le fait qu'elle reprenne vie. Elle est longtemps restée morte. Elle peut bien gronder un peu.

— Vous entretenez une relation privilégiée avec ce quartier, si je comprends bien. Avec cette ville nouvelle.

— Nouvelle ? Mon paternel bossait ici, répliqua Tiger. C'est ici qu'il est mort.

— Un accident ?

— Non, c'était un meurtre.

Winter garda le silence. Le niveau sonore avait encore augmenté à l'intérieur du bar. Un homme avait essayé de prendre l'une des deux chaises libres à la table de Tiger ; ce dernier avait levé le bras en esquissant un geste de karatéka, si bien que l'autre avait préféré renoncer.

— Sans lui, la ville existerait pas, ajouta Tiger. Et là, je parle de toute cette Gotherie...

— Je n'en doute pas, répondit Winter.

— Qu'est-ce qu'il faisait, votre paternel ?

— Il jouait au golf.

— Ça ne m'étonne pas.

— Pourquoi ?

— Vous sentez le green à cent mètres à la ronde, Winter.

— Je n'ai jamais fréquenté les terrains de golf.

— Aucune importance, sourit Tiger. C'est une question de classe sociale.

— Et vous avez quitté la vôtre.

— D'une façon. Et pourtant, non.

— Ah bon ?

— J'oublie pas.

— Quel est votre domaine d'activités, Tiger ?

Le gangster, qui levait son verre, interrompit son geste et reposa le martini sur la table.

— Vous le savez très bien, Winter.

— Qu'aurait dit votre père s'il avait pu le savoir ?

— Revanche. Il aurait appelé ça une belle revanche.

— Contre qui ?

— Contre les salauds qui l'ont assassiné.

— C'est à eux que vous vendez ?

— Vendre ? Je ne vends rien. C'est pas mon boulot.

— Les chefs. Le grand capital. Les notables. Est-ce à eux ?

— Je ne suis pas un vendeur.

— Ne serait-ce pas à des gamins, Tiger ? Des jeunes. Sans fric. Parmi les plus pauvres. Les plus fragiles. Des immigrés qu'on a dépouillés de leurs biens. Des femmes violées. Des femmes ou des enfants violentés.

— C'est loin de ta classe d'origine, tout ça, Winter.

— C'est la réalité que je côtoie tous les jours.

— Que sais-tu de la réalité ?

— J'en suis plus proche que vous, Tiger.

— Je ne vends rien. Et puis j'ai envie de profiter de ce martini encore un petit moment.

— Je cherche un pistolet.

— Vous n'en avez pas ? J'avais cru le voir à votre taille quand vous vous êtes assis.

— Un Tokarev, continua le commissaire. Il a servi à tuer un homme, il y a peu de temps.

— Le type du parking ? (Tiger secoua la tête.) Sale histoire. Une sale histoire, vraiment.

— Oui. Vous comprenez que nous avons besoin de retrouver l'arme du crime.

— Parfaitement. Mais pourquoi la chercher ici ?

— Nous cherchons dans toute la ville.

— Comme par exemple dans le lobby de cet hôtel un vendredi soir ?

— Par exemple.

— Pourquoi me raconter cette histoire, Winter ? Cette histoire de pistolet.

— C'est vous qui m'avez posé la question. Et j'espère que vous pourrez m'aider.

— Évidemment. Si j'apprends quelque chose, je vous appelle tout de suite.

Winter prit son portefeuille dans sa veste. Il en sortit une carte de visite.

— Vous avez un stylo ?

— Naturellement, répondit Tiger en extirpant de sa poche intérieure un stylo plume en argent.

— Je vous écris un autre numéro de portable au dos.

— Une marque de confiance, sourit le gangster.

— C'est un numéro confidentiel, bien sûr. À ne pas divulguer.

— Vous pouvez compter sur ma discrétion.

De retour sur l'esplanade, Winter aperçut un nouveau ferry, tout près de quitter le quai des Docks. Il piqua un sprint. C'était mieux que le taxi. Il avait besoin de sentir le vent contre son visage.

Sur le pont, il respira de grandes bouffées d'air marin. Il était seul. Quelques jeunes étaient descendus s'asseoir au salon. Il vit l'un d'eux lever une canette de bière. Des rires éclataient. Un vendredi soir sur la mer.

Lorsque le ferry les débarqua à Klippan, il vit les lumières du Magasin de la Mer. Ça faisait longtemps qu'il n'avait pas mangé là-bas. Une fois bouclée cette enquête, il emmènerait toute la famille au restaurant, et il oublierait le reste du monde.

La sonnerie de son portable retentit. Winter consulta sa montre. 22 h 30. Il n'identifiait pas le numéro à l'écran, mais il reconnut immédiatement la voix.

— Tu es dingue ou quoi ?

— Qu'y a-t-il, Lotta ?

— Tu as encore parlé avec Benny ? Tu m'avais promis de ne plus le faire !

— D'où tu m'appelles ?

— Je suis chez une amie. Qu'est-ce que tu crois, bon sang ? Tu crois que j'ai envie de rester dans cette baraque ? Et les filles ? On s'est réfugiées ici.

— Que s'est-il passé ?

— Benny a appelé. Benny le Mafieux.

— Que voulait-il ?

— Ce n'est pas le problème.

— Il t'a menacée ?

— Le simple fait qu'il m'appelle, c'est déjà trop. Mon Dieu, Erik, j'espérais ne plus jamais entendre sa voix. Tu comprends ! Tout est gâché maintenant.

— Qu'est-ce qui est gâché ?

Elle ne répondit pas. Il l'entendit qui haletait, mais elle finit par s'apaiser.

— Qu'a-t-il dit, Lotta ?

— Il a dit qu'il voulait « juste me dire trois mots ». Tu sais ce que c'était, ces trois mots ?

— Tu n'es pas obligée de les répéter.

— Il m'a dit qu'il pensait que tu m'avais déjà parlé de ça. Me parler de lui ! Qu'est-ce que tu lui as promis, Erik ?

— Rien. Absolument rien.

— Vous avez parlé de moi ?

— Oui...

— Tu ne vaux pas mieux qu'eux.

Et elle lui raccrocha au nez.

QUATRIÈME PARTIE

38.

Le ciel était clair en ce samedi matin. Angela avait ouvert la fenêtre dans la chambre avant d'aller s'occuper des enfants et du petit déjeuner. Winter s'emplit les poumons d'air frais. Certes, ce n'était pas l'air de la mer, mais c'était le bon air qu'il connaissait depuis toujours. Il repensa à la mer, ce qui réveillait maintenant des angoisses chez lui.

— Alors, tu es réveillé ?

Il se redressa sur le lit. Angela arrivait avec un plateau. Il n'en méritait pas tant.

— Papa, papa ! cria Lilly en sautant sur le matelas.

Elsa se contenta de s'asseoir juste au bord. Elle n'était plus un bébé ! Angela déposa le plateau par terre. Il dégageait une odeur de café et de croissants frais.

— Elsa est descendue à la boulangerie, expliqua sa maman.

— Noon ! fit Winter en s'emparant d'un croissant. Merci, Elsa. (Il huma.) C'est fantastique !

Sa fille avait l'air fière, mais ce n'était pas si extraordinaire. Ça faisait un moment qu'elle allait faire des courses toute seule. De la part de Lilly, là, ç'aurait été fantastique.

— Un petit déjeuner au lit ! s'extasia-t-il.

— Tu es rentré tard hier, lui dit Angela.

Tout à coup Elsa parut inquiète. Il le voyait à son regard qui fixait maintenant sa mère. Pourquoi tu lui dis ça ? Il va se mettre en colère.

— Je n'ai pas regardé l'heure, fit-il d'une voix légère.

— Tu mérites bien de te faire servir, sourit-elle.

Elsa sourit aussi. Lilly sauta parterre et détala de la chambre.

— J'ai oublié le jus, soupira Angela. Tu peux aller le chercher, Elsa ? Le brick est sur l'évier.

L'aînée glissa du lit.

— Ce n'est pas indispensable, répliqua Winter.

De drôles de bruits leur parvenaient de la cuisine mais, heureusement, rien qui ressemble à du bris de verre.

— Je vais voir ce que fabrique la petite ! lança Elsa.

Elle déguerpit à son tour, pieds nus, sur le plancher. Ses pas résonnaient à peine. Angela avait ouvert les rideaux et les rayons de soleil coloraient le sol d'une teinte ambrée.

— Je n'ai pas réussi à le retrouver, dit Winter.

— Il est peut-être chez lui, à l'heure qu'il est.

— Qu'est-ce que tu entends par « chez lui » ?

— Je ne sais pas. (Elle pointa le menton vers le sol.) Bois ton café au lait avant qu'il ne refroidisse.

— Je ne suis pas monté à l'appartement d'Eriksberg. (Il souleva la tasse de porcelaine.) J'aurais peut-être dû.

— Que s'est-il ensuite passé ?

Ils distinguèrent la voix rassurante d'Elsa, qui consolait sa petite sœur. Lilly racontait quelque chose. Un rire. Pas de catastrophe, apparemment.

— J'ai rencontré un type assez dangereux.

— Dangereux ? Pour qui ? Pour toi ?

— Pour tout le monde.

Et il raconta.

— Il est impliqué dans le meurtre sur lequel vous enquêtez ? demanda Angela.

— Je ne sais pas. Sans doute pas directement. Mais il a pu fournir l'arme. Lui ou l'un de ses subalternes. Il en a un paquet.

— Et un type comme ça se balade librement dans la nature ? Tu dois te montrer plus prudent, Erik.

— Je suis toujours prudent.

— Jamais.

— Cette fois, tu peux y compter.

— Et Lars, il fait attention, lui ?

— À quoi ?

— À sa vie.

— Je ne sais pas, Angela. C'est ce qui m'inquiète.

— Il serait suicidaire ?

— Je n'en sais rien. Je ne l'ai peut-être pas compris.

— Tu as essayé.

— Sans doute. En tout cas, j'ai essayé de le retrouver. Mais je ne l'ai pas retenu, quand il est sorti de mon bureau.

— Il ne voulait pas rester.

— J'aurais pu l'empêcher de sortir.

— Comment ? Par la force ?
— Non. Avec des mots. Je n'ai pas su trouver les mots.
— Quand est-ce qu'il est censé retourner au travail ?

Bergenhem ne se présenta pas au commissariat pour prendre sa garde, à midi. Möllerström qui, lui, était bien présent, appela Ringmar à son domicile car il était de réserve. Ringmar appela Winter. Il était un peu plus de midi. Winter attendait ce coup de fil. Il avait lui-même essayé de joindre Bergenhem. Angela avait téléphoné chez Martina. Personne ne répondait à Torslanda non plus.
— Envoyez des hommes à Eriksberg, demanda Winter.
— J'y vais moi-même, répondit Ringmar.
— Moi aussi.
— Que dit la famille ?
— On gérera plus tard.
C'est ce week-end, se dit Winter après avoir raccroché. C'est ce week-end que tout va se décider et ensuite, ce sera fini.

— Il peut être n'importe où, fit Ringmar.
— Ou bien nulle part.
— Est-ce qu'il s'est tiré ? Est-ce qu'il s'est tué ?
— Oui.
— Un suicide ?
— Oui.
— Tu y crois ?
— Non.
— On lance un avis de recherche ?
Le téléphone se mit à sonner sur le bureau de Winter.
— Oui ?
Il écouta et raccrocha.
— Bergenhem n'a pas couché à l'appartement d'Eriksberg cette nuit. Je viens de parler avec celui qui l'héberge.
Le téléphone sonna de nouveau. C'était Angela :
— J'ai réussi à joindre Martina. Elle n'a pas de nouvelles de Lars depuis hier.
— Merci, Angela.
— Qu'est-ce que vous allez faire ?
— Le chercher. On va le trouver.
— J'ai peur, Erik.
— Moi aussi.

— Je vais peut-être emmener les filles à la mer.

— J'essaierai de vous rejoindre là-bas. Je t'appellerai. À bientôt.

Il raccrocha.

— Par quoi on commence ? demanda Ringmar.

— Le pont. Le pont d'Älvsborg. C'est là que tout a commencé.

— Comment ça ?

— En rentrant de Dieu sait où, un endroit de perdition, je suppose, Lars a trouvé la bagnole sur le pont. Qu'est-ce qu'il fait ? reprit Winter.

— Il va chez son propriétaire, Roger Edwards, à Långedrag.

— Oui.

— Et ensuite ? s'étonna Ringmar.

— Il y est peut-être retourné. Pour résoudre lui-même cette affaire. C'est pour ça qu'il était pressé de quitter mon bureau. Il ne voulait plus m'entendre, mais sortir se mettre au boulot. En reprenant tout à zéro.

— Pour retrouver son honneur, compléta Ringmar. Ou alors il est parti dans la forêt se pendre à un arbre.

— Dans quelle forêt ?

Ringmar regarda par la fenêtre : pas de forêt, mais un frêne, trois érables et deux bouleaux, les branches presque entièrement dénudées. La ville aurait bientôt fini son effeuillage d'automne.

— De la forêt, il n'y a que ça, dès qu'on sort de cette ville. Forêts et rochers.

— Plus mer, glissa Winter.

— Il est peut-être allé faire un tour au bord de l'eau.

— Peut-être, s'il allait là-bas.

— Comment ça ? fit Ringmar.

— S'il est allé à Långedrag.

— On commence par là ?

Ringmar retourna dans son bureau chercher sa veste. Winter hésitait devant son téléphone. Il finit par le prendre et composa un numéro qu'il connaissait par cœur depuis son enfance.

Bim répondit. Elle avait à peu près la même voix que Lotta :

— Salut, Bim.

— Salut, tonton Erik.
— Comment allez-vous ?
— Ça va... plutôt bien. Tu veux parler à maman ?
— Si elle est d'accord.
— J'en suis sûre. Je vais lui dire. Salut.

Il attendit tout en considérant son Panasonic, posé à même le sol. L'appareil était resté muet ces derniers jours. Il n'avait pas écouté de musique, il ignorait pourquoi. Ça lui manquait tout à coup.

— Erik ?
— Bonjour, Lotta.
— Désolée pour hier. Pour cette... indignation.
— Pas de problème.
— Je n'ai pas pu m'empêcher d'avoir peur. Ça remuait trop de mauvais souvenirs.
— Il m'avait promis de ne pas t'appeler avant qu'on en ait parlé ensemble, Lotta.
— Mais pourquoi cet appel, de toute façon ? Je te l'ai déjà dit, je ne veux plus jamais avoir affaire avec lui. Je ne veux pas que tu le voies non plus. Ce n'est pas sain. Ça pourrait mal se terminer pour toi, Erik.
— Il faut que je lui en parle. Ce n'est pas possible, qu'il t'appelle comme ça.
— Non.
— Je vais lui en parler.
— Tu crois que ça pourra aider ?
— Oui.
— Qu'est-ce qu'il a comme moyen de pression sur toi ?
— Il n'a aucun moyen de pression, répondit Winter. Personne d'ailleurs.

La rue Eckra était bien calme en ce samedi après-midi. Les gens étaient restés chez eux en dépit du beau temps. Les travaux de jardin étaient terminés pour la saison. Winter entendit un aboiement qui s'interrompit d'un coup.

— Elle n'a pas l'air habitée, fit Ringmar en pointant la tête vers la maison.
— La dernière fois non plus.
— Pas de rideaux. Il vit seul ?
— Oui.
— Et sa bagnole, tu la vois ?
— Non. De toute façon, on y va.

— Qu'est-ce que tu vas lui dire ?

Winter garda le silence.

Ils sortirent de la Mercedes. Winter aperçut un visage à la fenêtre chez les voisins. Une femme. Elle le fixa des yeux un instant avant de disparaître.

Winter appuya sur le bouton et la sonnerie résonna encore plus fort que la fois d'avant. Comme si la maison était vide. Il sonna de nouveau. Ringmar se dirigea vers l'une des fenêtres sur la gauche. Les lattes des stores étaient suffisamment disjointes pour qu'il puisse passer le regard.

— Pas la peine de sonner.

— Comment ?

— Peu de chances de trouver quelqu'un. On a viré les meubles.

Winter se posta à son tour à la fenêtre : la pièce était vide. Le parquet était propre, on avait tout enlevé, tout balayé.

— Allons voir de l'autre côté.

Les grandes baies vitrées qui donnaient sur le jardin étaient fermées par de larges stores. On ne voyait pas derrière. Winter leva les yeux. La voisine réapparut à sa fenêtre. Elle tressaillit et disparut.

— Nous sommes surveillés, dit-il en pointant la tête vers la maison voisine, une demeure en bois, à l'ancienne.

— Il a filé, le con, commenta Ringmar. Il va falloir qu'on lance un avis de recherche.

— Mais d'abord, on entre.

— On entre ? Maintenant ? Par effraction ?

— Oui.

— La dame d'à côté risque de nous dénoncer.

— Tant pis.

Le rideau bougeait à la fenêtre où se tenait la dame, où elle se tenait sans doute encore.

— Je lui montre ma carte professionnelle ? sourit Ringmar.

Winter garda le silence. Il baissa les yeux. La pelouse ne faisait guère plus de quelques mètres carrés. L'herbe était piétinée à l'endroit où ils se trouvaient, devant la porte qui ouvrait sur la pièce. Winter poussa la poignée. Elle céda.

— Merde alors ! lança Ringmar.

— Nous n'aurons pas besoin de commettre une infraction.

Il poussa la porte.

Pratiquement plus rien ne restait, sauf une table et un fauteuil au beau milieu de la pièce.

— Il a déménagé, constata Ringmar. En tout cas presque entièrement.

— Mais quand ? Ça ne doit pas faire longtemps.

Ils pénétrèrent plus avant.

— On a des infos sur une mise en vente de la baraque ? demanda Ringmar.

— Non. Il faudra vérifier.

Ringmar se pencha vers le sol. Il passa le doigt sur le plancher et l'examina ensuite à la lumière du dehors :

— Pas mal de poussière. Et tu as vu dans le coin ? Des moutons énormes.

— Mieux vaut un peu de merde dans les coins qu'un enfer de propreté.

— Je n'en suis pas sûr, Erik.

— Faisons le tour.

— On va laisser des traces sur ce tapis de poussière.

— Bien. Comme ça, on est sûr que c'est les nôtres.

Ils traversèrent la pièce, l'un derrière l'autre, traçant leur chemin.

Dans la cuisine : une table et trois chaises.

— Pourquoi trois ? s'étonna Ringmar.

Winter ouvrit le frigo. Il n'était pas entièrement vide : un pack de lait, une barquette de margarine, un bout de fromage, quelques pots de confiture et de cornichons. Peut-être l'ordinaire d'un frigo de célibataire.

— Il a déménagé, oui ou non ? s'interrogea Ringmar.

— Si c'est non, on s'est introduits par effraction.

— Ça ne me plaît pas, tout ça.

— Rassure-toi, Bertil, la voisine ne va pas appeler la police.

— C'est pas ce que je veux dire. (Ringmar balança les mains vers les murs, le sol, le toit, les quelques meubles.) Je n'aime pas l'ambiance qui règne dans cette baraque.

Winter ne répondit pas.

Il retourna dans le séjour. Il se plaça dans l'encadrement de la porte-fenêtre et regarda l'herbe à ses pieds.

— L'herbe est très tassée, fit-il en se tournant vers Ringmar qui le rejoignait.

— Il devait passer par là pour entrer et sortir de chez lui.

— Hmm. C'est plus marqué que ça.

Winter sortit sur la pelouse et s'assit sur ses talons. Il examina de plus près les brins d'herbe, qui commençaient à perdre leur couleur avec l'arrivée de l'hiver. Il put ainsi apercevoir de petites taches.

— Quelque chose a coulé sur ces brins d'herbe, dit-il en se relevant.

— Qu'est-ce que tu comptes faire ?

— Appeler les techniciens.

— Maintenant ?

Il entendit un bruit et leva les yeux. La femme à la fenêtre était sortie dans son jardin par la porte de derrière qui donnait sur une petite véranda. Elle venait vers eux.

Ringmar s'avança de quelques pas dans sa direction. Elle s'arrêta. Le commissaire ouvrit son portefeuille pour en extraire sa carte professionnelle.

— Nous sommes de la police, déclara-t-il en lui tendant la carte. Commissaires de la brigade criminelle Ringmar et Winter.

— Ils n'ont pas arrêté de la nuit, répondit-elle.

— Pardon ?

La femme paraissait plus âgée à cette distance-là. Elle avait les cheveux gris. Sans doute une de ces retraitées qui passent leur temps à la fenêtre.

— Leur déménagement ou je ne sais quoi, continua-t-elle. Un camion est arrivé au milieu de la nuit.

— Ah bon ? À quelle heure ?

— Vers 3 heures, 3 h 30. Le vacarme m'a réveillée. (Elle se passa la main sur la joue.) Je dormais déjà. Mais j'ai le sommeil léger. Depuis le décès de mon mari.

— Que s'est-il passé ? intervint Ringmar. Cette nuit.

— Ils sortaient des choses, des meubles je crois.

Ringmar hocha la tête.

— Déménager comme ça, au milieu de la nuit, soupira-t-elle.

— Combien étaient-ils ? reprit Winter.

— Je ne sais pas. Il faisait trop sombre. Le réverbère est placé trop loin, ajouta-t-elle en pointant du doigt vers la rue. Quand il fonctionne. La plupart du temps, ils sont cassés et personne ne vient les réparer. Je l'ai dit à...

— Deux personnes ? l'interrompit Winter. Trois ? Quatre ?

— Je ne sais pas. Au moins deux. Je n'en ai vu que deux. C'étaient peut-être les mêmes à chaque fois.

— Vous avez reconnu quelqu'un ?

— Non. Il faisait trop noir.

— Vous n'avez pas reconnu Roger Edwards ?

— Qui ?

— Roger Edwards, le propriétaire. Celui qui vit ici.

— Non. Alors, c'est comme ça qu'il s'appelait ? Non, je ne l'ai pas reconnu. Pas cette nuit. Ni lui, ni sa femme.

— Sa femme ?

— Oui, sa femme.

— Il est marié ? (Winter consulta Ringmar du regard, avant de revenir à la voisine.) Comment le savez-vous ?

Elle parut soudain gênée. Jusque-là, elle exprimait surtout de la colère.

— Je ne sais pas... je l'ai vue plusieurs fois ici. J'ai cru que c'était sa femme. Je me suis trompée ?

39.

L'étage n'était pas plein à craquer, mais pas vide non plus. Dans l'une des chambres, un lit défait. Les pièces paraissaient à moitié habitées, guère plus.

— Qu'est-ce qu'ils ont bien pu déménager finalement ? s'interrogea Ringmar.

— Bergenhem, répondit Winter.

— Où est passé Edwards ?

— Très bonne question.

— Et qui étaient les autres ?

Winter garda le silence. Il considérait le lit. Il se rapprocha.

— Il y a du sang sur cet oreiller.

Les techniciens se présentèrent sur les lieux un peu avant la tombée de la nuit. Elle arrivait vite maintenant et ça n'irait pas en s'améliorant, vu la saison. Il ne leur restait plus beaucoup de temps non plus. Peut-être pas même un jour de plus. Winter savait qu'il fallait agir tout de suite. Ce week-end. Ce samedi-dimanche.

Ils avaient emmené Bergenhem, il en était persuadé. Pourquoi ? Pourquoi ne pas l'avoir laissé sur place ?

Avaient-ils également emmené Edwards ?

Qui étaient-ils ?

Se réduisaient-« ils » au seul Edwards ?

Qui était sa « femme » ?

Il n'eut pas besoin de demander aux experts quoi chercher.

Ils allaient tout chercher.

Ensuite il apprendrait à qui le sang appartenait. Ou avait appartenu.

Du sang séché, mort : une trace, un indice qui les mettrait peut-être sur la voie. La voie vers la mort, songea-t-il. Ce con de Lars. Ce con de Winter. C'est moi qui l'ai envoyé là-dedans. C'est de ma faute. Il fallait qu'il prenne sa revanche. J'aurais dû ravaler ma bile et l'obliger à s'asseoir. J'ai failli à mon devoir. Tout ça me restera sur la conscience.

Winter jeta les yeux sur le lit. Les draps avaient une teinte jaunâtre qui ne devait rien à la lumière du soleil couchant. Le soleil était rouge, de la même couleur que le sang séché.

— La voiture de Lars doit être garée dans le coin, dit-il en relevant la tête. (Ringmar se tenait à la fenêtre.) Je ne pense pas qu'ils aient eu le temps de l'abandonner à des kilomètres d'ici.

— Tout dépend combien ils étaient. Va falloir causer de ça avec la vieille.

— La voisine, le corrigea Winter. C'est notre unique témoin, qui mérite en cela tout notre respect.

— Tu me connais.

Il pointa le doigt par la fenêtre :

— Les nouvelles vont vite.

— Comment ça ?

— Voici venir Fredrik et Aneta.

— On était sur Brännö, expliqua Halders. En rentrant par la rue de Saltholm, j'ai aperçu nos voitures sérigraphiées.

— Il était curieux de savoir, compléta Aneta Djanali.

— Tu peux parler, répliqua-t-il.

Ils se tenaient sur le trottoir, près de la voiture d'Halders. Winter était descendu. Il avait fait bonjour à Magda, restée assise sur la banquette arrière. Elle lui avait renvoyé son salut avec un pâle sourire.

— Je pense que Lars est passé ici, leur annonça-t-il.

— C'est bien la maison d'Edwards ? s'enquit l'inspectrice.

— Oui.

— Passé ici ? s'étonna Halders. Qu'est-ce que tu veux dire ?

— Je pense qu'il était ici hier soir, ou cette nuit.

— Tu as pu lui parler ?

— Il a disparu, répondit Winter. Depuis hier soir.

— Pas moyen de le joindre ? reprit Halders.

— Non.

— Il n'était pas de garde ce week-end ?

— Si.

— Bordel !

— Tu crois qu'il lui est arrivé quelque chose dans cette maison ? demanda Aneta Djanali.

— Oui. Et je pense qu'on l'a emmené ailleurs.

— Qui ?

— Je dirais d'abord Edwards. Mais il n'était pas seul.

— Comment tu le sais ?

— La voisine a vu au moins deux personnes cette nuit. Ils transportaient quelque chose.

— Mon Dieu ! s'écria Aneta Djanali. (Elle tourna la tête vers la fillette à l'arrière de la voiture.) Il faut ramener Magda, Fredrik. Elle ne peut pas rester ici. Je m'en charge ?

— C'est pas de refus, merci.

— Et Hannes ? Il est tout seul à la maison en ce moment.

Halders la fixa du regard : elle venait de dire « à la maison », comme sans y penser. Il se garda bien de l'interroger à ce sujet.

— Je t'appelle de la maison, lança-t-elle en contournant le véhicule pour aller se mettre au volant.

Winter aperçut son visage qui avait comme pâli, plus pâle maintenant que le sourire de la petite fille.

— Je t'appelle, répéta-t-elle en claquant la portière.

Puis elle démarra. Magda leur fit de nouveau un petit signe. Winter pensa à la fille de Bergenhem. Ada et Magda avaient à peu près le même âge.

— Tu me comptes dans le personnel de garde, déclara Halders. On va le retrouver. Et ces salauds avec.

— On mobilise tout le monde. Toute la baraque, confirma Winter.

— J'espère bien.

— Vous étiez sur Brännö ?

— Oui. L'idée m'est venue le jour où on a fait notre expédition tous les deux. Une petite escapade, quoi.

Winter hocha la tête.

Son portable sonna.

— Oui ?

— Je fais un tour dans le quartier, le prévint Halders.

— On n'a pas trouvé d'agence immobilière qui ait mis en vente la maison d'Edwards, lui apprit Möllerström.

— Continuez à chercher.

— Naturellement.

— Vérifiez s'il n'a pas acheté autre chose en ville. Ou ailleurs dans le pays. Acheté ou loué.

— Ailleurs ? On commence par où ?
— Stockholm.
— OK.
— Qu'est-ce que ça donne, cette liste de membres pour le club gay fréquenté par Bergenhem et Richardsson ?
— Tu appelles ça une liste ? Dix noms. Ils font dans la discrétion. Tu as vu les noms. Il devrait s'en ajouter d'autres. Un homme politique haut placé, je crois. Un modéré, cette fois.
— Il peut être trotskyste, ou adventiste du septième jour, je n'en ai rien à faire, répliqua Winter. Mais je voudrais bien que le Grand Maître de l'Ordre de Cordinu se manifeste. Qu'est-ce qu'il attend, celui-là ?
— Aucune idée. Je vais vérifier. Comment ça se passe de votre côté ?
— On va voir ce que trouvent les gars d'Öberg. Mais je n'ai pas l'impression qu'on reverra Lars de sitôt.
— C'est terrible. Les collègues sont très inquiets. J'en ai plein qui ont appelé pour se porter volontaires.
— Bien.
— Qu'est-ce que tu comptes faire maintenant, Erik ?
— Contacter le Milieu.

Il rappela de la voiture, sans lâcher le volant. Benny ne répondait pas. Il y était, dans sa villa tapageuse de Järkholm, mais il ne voulait pas répondre. Il était lâche. Un trait distinctif chez les gangsters, aussi étonnant que ça puisse paraître.

Winter se gara sur la piste cyclable. Quelques cochons de capitalistes jouaient au golf sur une pelouse impeccable. Il pensa à son père qui avait possédé sa carte de membre permanent au golfe de Hovås. Winter, lui, n'avait jamais mis les pieds sur un green ou sur un fairway. Aux conversations insipides qu'il avait pu surprendre devant le clubhouse, en allant chercher Bengt Winter, il avait très vite senti que ce monde-là n'était pas fait pour lui.

Vennerhag, debout sur son propre gazon, tenait en mains un club de golf. Il paracheva son swing tandis que le commissaire montait les belles marches de pierre. La balle siffla à quelque vingt centimètres de ses oreilles avant d'aller s'écraser dans la mer, de l'autre côté de la piste cyclable.

Vennerhag releva la tête.

— Eh bien ! Je suis pas passé loin ! Tu m'excuses.

Winter s'avança vers lui et lui retira la canne des mains. Il la jeta sur l'herbe.

— Qu'est-ce qui me vaut ta visite ?

Winter saisit Vennerhag par le bras, assez costaud, mais Winter n'était pas une asperge non plus. Il aurait pu lui refaire le portrait, Benny le savait bien. C'était déjà arrivé une fois et il y avait de la crainte dans le regard du gangster. Il n'avait pas envie d'une raclée. Personne n'aime ça.

— Je voulais pas, Erik ! Mais j'ai pas pu m'en empêcher. Tu ne m'appelais pas. J'ai attendu. Je t'avais refilé un nom...

— Il ne s'agit pas de Lotta, répondit le commissaire. En tout cas, ce n'est pas ma priorité. (Il desserra sa prise.) Je vais te parler franchement. Nous avons perdu un de nos hommes. Il a sans doute été kidnappé, peut-être assassiné. Il a disparu.

Vennerhag se frotta le bras, marqué d'empreintes rouges sous la pression des doigts de Winter.

— Bon Dieu, mais calme-toi ! Je comprends que tu sois secoué, mais faut te calmer.

— On n'a pas le temps. Pas le temps de se calmer.

— Est-ce que tu vas te pointer chez moi pour me frapper chaque fois qu'un de tes enquêteurs disparaît ? répondit Vennerhag.

— C'est déjà arrivé une fois, et tu avais la réponse. Est-ce que tu sais quelque chose aujourd'hui ? Est-ce que tu as une réponse ?

— Une réponse ? T'as encore rien demandé !

Winter perçut un bruit de pas dans son dos.

— Benny ? Tu fais quoi ? C'est qui, avec toi ?

Winter se retourna. Une femme se tenait au bord de la pelouse. L'air mal réveillée, elle se présentait à eux vêtue d'une sorte de robe de chambre, même si la matinée était largement dépassée. Il allait faire nuit. Le ciel au-dessus de la mer était marbré de rouge et d'un bleu de glace. Winter ne pouvait distinguer les traits de son visage, ni deviner son âge. Brune, elle affichait un vague décolleté et portait des mules à talons.

— C'est rien, répondit Vennerhag en lui faisant signe de s'éloigner. Rentre à la maison.

— Mais c'est...

— Tu rentres ! cria le gangster. Tu rentres et tu fermes ta gueule !

La femme tourna les talons sur-le-champ et remonta les larges marches pour rentrer dans la maison. Elle claqua la porte derrière elle.

Vennerhag regarda Winter, qui avait reculé d'un pas.

— Je vois pas de quoi tu parles, Erik. Putain, mais je sais rien sur cette histoire de policier disparu ! Comment tu veux que je sois au courant ?

— Tu étais au courant pour Tiger, objecta Winter.

— Au courant ? C'était juste un nom que j'avais entendu, comme ça. Connerie de pistolet. Moi, j'avais juste entendu un nom. Tiger. C'est ton job de faire des liens s'il y en a.

— Roger Edwards ?

— Quoi ?

— Tu l'as déjà entendu, ce nom ?

— Edwards ?

— Roger Edwards.

— Non.

— Jan Richardsson ?

— Non.

Vennerhag secoua la tête.

— Jacob Ademar ?

— C'est quoi ce nom ? Il est espagnol, le mec ?

— Tu le reconnais ?

— Non.

— Bengt Sellberg.

— Non... enfin si, c'est celui qui s'est fait flinguer.

— Berit Richardsson ?

— Encore Richardsson ?

— Berit. Berit Richardsson.

— Jamais entendu.

— Beatrice ?

— Quoi ?

— Beatrice, Beatrice Kolland. Ou alors Beatrice Ademar.

— C'est qui ?

— Une fille qui a disparu.

— Quand ?

— En 1975.

— Disparu ? Comment elle a disparu ?

— Elle était en colonie sur Brännö. Elle est sortie nager et on ne l'a jamais revue.

— Qu'est-ce qu'elle a à voir avec tout le reste ?

— Je ne sais pas encore, Benny. Quand je le saurai, je saurai tout.

— Tu parles comme si c'était un putain de puzzle.
— Tiger est concerné par cette affaire.
— Ah bon ?
— Comme tous ceux dont je t'ai énuméré les noms. Et d'autres encore. Bergenhem. Il a sans doute disparu à cause de ce qui s'est passé durant cet été 1975.
— De quelle manière il est impliqué, Tiger ?
— Je pense qu'il y était, répondit Winter.
— Là-bas ? À cette époque-là ? Quand la fille a disparu ?
— Oui.
— C'est lui qui aurait fait le coup ?
— Fait quoi ?
— J'en sais rien, moi. Elle a bien disparu, non ? Et tu as dit qu'il était impliqué.

Winter jeta un regard sur la mer : l'horizon était plus bleu que rouge désormais. Benny avait sûrement droit à trois cents couchers de soleil par an, juste devant ses fenêtres. Il y avait de quoi vous changer un homme, vous donner à penser sur le sens de la vie.

— Roger Edwards, reprit Winter. Si tu as déjà entendu ce nom-là, je voudrais que tu me le dises, Benny.
— C'est qui ?

Vennerhag avait suivi le regard de Winter filant le long du fjord d'Askim. Il le passait au crible comme s'il le voyait pour la première fois. Un bateau quelconque, en route vers le sud, faisait ronfler son moteur à petit bruit.

— Il possède une maison à Långedrag, ajouta Winter. C'est un architecte. Nous pensons que Bergenhem lui a rendu visite cette nuit.
— Pourquoi ça ?
— Il y a des chances, Benny, crois-moi.

Vennerhag se tourna vers Winter.

— Edwards, répéta le commissaire.
— Tu crois qu'il est dans une mauvaise passe, ton collègue ? Berg... Berg...
— Bergenhem. Oui, dans une très mauvaise passe.
— Je connais pas d'Edwards, répondit Vennerhag.

Il avait maintenant le regard fixé sur un point, derrière Winter. Celui-ci se retourna. Il vit la femme à la fenêtre du premier étage. Il était toujours aussi difficile de discerner les traits de son visage.

— Je n'ai pas été gentil avec elle, commenta le gangster. J'ai fait le con. Elle mérite mieux que ça.

— Je ne t'ai pas demandé si tu connaissais Edwards, Benny, mais si tu avais déjà entendu ce nom.

Leurs regards se rencontrèrent. Puis Vennerhag laissa de nouveau dériver le sien vers la mer.

— Une fois.

— Une fois ? Qu'est-ce que ça veut dire ? Dans quelles circonstances ?

— Une histoire de bagnole...

— Oui ?

— Sa bagnole était impliquée dans un truc. Je me souviens plus du nom de la marque...

— Comment est-ce que tu as entendu parler de sa voiture, Benny ?

Vennerhag négligea de répondre.

— Tu as entendu ? Que sais-tu ?

— C'était sur le pont d'Älvsborg. Y aurait eu de la mitraille.

— Oui ?

— C'est tout.

— Comment le nom d'Edwards est-il sorti ?

— Ben, c'était sa bagnole.

— Comment le sais-tu ?

— J'en sais rien, moi. C'est ce que j'ai entendu dire.

— Où ?

— Quoi ?

— Comment tu l'as appris ?

— Comment... c'est des trucs qui traînent.

— Qui vous a raconté ça ?

— Aucune importance, Erik. Crois-moi, ça n'a aucune importance.

— Comment le nom de Tiger est-il sorti ?

— Là, je te suis plus.

— La dernière fois, tu m'as livré le nom de Tiger. Comment est-il arrivé à tes oreilles ?

Vennerhag ne répondit pas, mais Winter lisait la réponse dans son regard.

— Le nom de Tiger est arrivé dans la conversation en même temps que celui d'Edwards ?

Vennerhag hocha lentement la tête.

— Je n'ai pas entendu, Benny.

— C'était à propos de la bagnole. Celle d'Edwards.

Winter attendit la suite.

— Ça m'embête qu'il ait des soucis, ton collègue. Bergenhem.

— Tu sais où il peut se trouver maintenant ?

— Bien sûr que non, bordel ! Tu me prends pour qui, Erik ? Je te cacherais ça, moi ?

Jacob Ademar s'était remis à écrire. Il avait essayé de suivre si loin le dernier été de sa sœur que sa vie finissait par se fondre en un seul été. Trop court. Il ne pouvait pas l'accepter. C'était ce qui le motivait à écrire. Ces derniers temps, c'était comme écrire à la surface de l'eau. Avant que ça ne plonge au fond de la mer. Je n'irai pas plus loin. Tout s'arrête après la Sente de l'Amour. Personne ne sait rien de plus. Personne ne veut savoir.

Il leva les yeux de son ordinateur. Il venait d'entendre un bruit. Une voiture devant la maison. Il n'avait pas vu de phares trouer la pénombre.

Qu'avait-il entendu ?

Le soir avait fini de tomber. Cela faisait plus d'une heure maintenant qu'il avait allumé dans le bureau.

Il se leva et gagna le hall. Il éclaira le perron, mit ses bottes et sortit. Le froid le saisit. C'était plus qu'une promesse d'hiver désormais. Dans quelques semaines, il commencerait à neiger. Tant mieux. Il en avait plus qu'assez de cet interminable été, de tous ces étés-là.

Encore un bruit.

En provenance du terrain voisin.

La baraque était restée vide depuis la disparition du voisin. Sa disparition… Depuis qu'il s'était fait tirer dessus.

Avant lui, c'est moi qui me suis fait tirer dessus. Je pense qu'on me visait. Ou alors, c'était un pur hasard ? La mauvaise personne au mauvais endroit ?

Des brindilles cassées. Qu'on foulait au pied. Quelqu'un était en train de faire le tour de la maison sur la pelouse desséchée. On n'avait pas eu de pluie depuis des semaines. Une vraie savane.

Il entendit le téléphone sonner derrière lui.

Il y avait quelqu'un sur le terrain ? Là, était-ce un buisson ou une silhouette humaine ?

Est-ce que ça me regarde ?

— Ohé ! Il y a quelqu'un ? Ohé !

Le téléphone s'était tu.

Ademar se rapprocha de la haie. Non, c'était un buisson. Il entendit du bruit de l'autre côté du bâtiment. Une porte qu'on ouvrait. Ça y ressemblait, en tout cas. Quelqu'un était en train de s'introduire à l'intérieur. Ce n'était pas son affaire. Il n'était pas de la police. Il aurait pu appeler la police, mais ce n'était pas non plus son affaire.

Le téléphone recommença à sonner. Quelqu'un de têtu.

Il jeta un dernier regard sur la maison du voisin, plongée dans le noir, et regagna le perron. Il avait laissé la porte ouverte derrière lui. Le téléphone hurlait dans le hall.

— Oui ? Allô ?

— J'ai besoin de toi, maintenant.

— De quoi s'agit-il ?

— Ne me pose pas de question. Fais ce que je te dis.

— Que s'est-il passé ? insista Ademar

— C'est parti en vrille. Ton bouquin, je lui donnais pas cette suite-là.

40.

La Chrysler de Tiger. La cause de notre rencontre. C'est la première et la dernière fois, j'espère, que je me retrouve assis dans cette bagnole.

Ils stationnaient à la Pierre Rouge. Une pierre en l'occurrence peinte en jaune, mais la nuit, toutes les pierres sont rouges, songea Ademar.

Tiger s'était garé à un mètre du fleuve. Le terrain de parking désert formait comme un champ sombre derrière eux. La silhouette noire du pont d'Älvsborg se détachait sous l'éclairage électrique. La grue portique, de l'autre côté du fleuve, éclatait d'un jaune vif, grotesque sous les feux des énormes projecteurs. Des membres d'acier tordus. En tendant la main, je pourrais presque la toucher, sourit Ademar. Pas question de tendre la main, d'aucune façon.

Le gangster vivait juste sur la droite de la grue. Passage du Timon. Autour de l'engin, une ville entière était en train de pousser. Des immeubles à moitié finis. Comme si la guerre avait interrompu leur construction ou comme s'ils avaient été victimes de bombardements. Sous cette lumière, tout prenait un air de ruines.

Tiger n'avait pas décoincé la bouche de tout le trajet. Il était passé chercher Ademar place Sankt Sigfrid. Je vais pas jusqu'à chez toi, avait-il expliqué, la maison risque d'être sous surveillance.

— Vous êtes paranoïaque ? lui avait demandé Ademar.

— Seulement quand j'ai de bonnes raisons.

— Dans ce cas, ce n'est plus de la parano, c'est sûr.

Tiger avait eu un rire froid avant de raccrocher.

— Il est revenu, cet enquêteur de merde, lui annonçait-il maintenant.

— Qui ? Winter ?

— Le jeune. Il fait partie de la bande à Winter.

— Revenu où ?

— Aucune importance pour toi. Mais ça complique tout. Pour toi comme pour moi.

— Pour moi ? Qu'est-ce que j'ai à voir là-dedans ?

— T'es pas en train de finir ce bouquin ? (Tiger se tourna vers Ademar. Il avait posé une main sur le volant et le fit tourner de quelques centimètres.) C'est pas ce qu'on est en train de faire ? Je t'ai promis de t'aider, non ? Pour qu'il ait une vraie fin !

Ademar vit passer dans les yeux de Tiger cet éclair de démence. L'homme était fou. C'était bien plus que de la paranoïa.

— Tu me l'as promis, confirma-t-il.

— Tu vois. Je te l'ai promis. Et puis voilà que ce con vient se mêler de tout ça.

— Qui ?

— Le flic ! C'est de lui que je te parle. Qu'est-ce qu'il venait foutre là ? Hein ?

— Pourquoi est-ce que vous… tu ne peux pas me dire où ça s'est passé, où il est allé ?

Tiger lâcha le volant. Il fixa l'écrivain de son regard allumé, qui tirait maintenant sur le rouge et le noir.

— J'y viens. Ça concerne ton bouquin. Je ne veux pas dévoiler la fin trop vite.

— Tu connais la fin ?

— Oui.

— Alors tu peux la rédiger toi-même.

Tiger éclata de nouveau de ce rire glacial.

— Tu me plais, Ademar. Mais moi, je ne sais pas écrire. Je peux juste te raconter.

Il jeta un regard rapide sur le pont, au-dessus d'eux. On aurait dit qu'il était près de tomber d'une seconde à l'autre : il s'était rapproché et se trouvait maintenant juste au-dessus de leurs têtes. Une toile d'araignée faite de poutres de fer. On est en plein film d'horreur, se dit Ademar. Ou dans un roman fantastique.

— Je vais te montrer, fit Tiger. Je vais te montrer.

Nouveau sourire.

— Qu'est-ce que tu vas me montrer ?

Tiger ne répondit pas. Il parut tout à coup avoir oublié ce qu'il venait de dire. Les nombreux détours du cerveau d'un psychopathe. Une vraie toile d'araignée. Je préfère ne pas voir. Je ne veux pas voir ce qu'il a à me montrer. Après ça, il me tuera, comme il les tue tous. Il va tuer tout le monde dans cette histoire.

— Pourquoi voulais-tu me voir ?

— Qu'est-ce que je vais faire de lui ? soupira Tiger.

— Faire de lui ?

— Qu'est-ce que je fais du flic ? Lui aussi, il fait partie de l'histoire. Qu'est-ce que j'en fais ?

— Où est-il ?

— Dans un endroit secret, répondit Tiger avec cet affreux sourire. Un endroit spécial.

Ademar sentit un frisson lui parcourir le dos. Il avait épouvantablement froid.

— Un endroit spécial pour nous.

— Pour nous ?

— Pour toi et moi. Et pour Beatrice.

— Tu ne vas rien faire de ce flic.

— Rien du tout ?

— Il vit encore ?

— Bien sûr qu'il est encore en vie ! Je te demande pas où larguer le cadavre. Ça viendra après.

— Si tu dois larguer le corps, pourquoi me demander conseil ?

Tiger garda le silence.

— Tu ne dois pas larguer quoi que ce soit, Tiger. Tu ne dois pas amocher davantage ce policier. Je devine qu'il est déjà en mauvais point. Tout ce que tu dois faire, c'est le laisser quelque part, dans un endroit sûr. Les urgences. Pas de largage. Il t'a vu ?

— Il a rien vu du tout.

— Mais maintenant, je suis au courant.

— T'es au courant de rien. Je t'ai rien raconté, t'as rien entendu.

— Si je vais voir la police, ils risquent de me croire.

— Qu'est-ce que tu leur diras ? Mais t'iras pas. Je sais que t'iras pas le voir, le commissaire Winter. Sinon, tout ça se finira beaucoup trop vite. (Tiger sourit de nouveau.) Beaucoup trop tôt.

— Libère-le, Tiger.

— Je crois pas.

— Il n'est pas dans notre bouquin, insista Ademar.

— C'est pas à toi de décider.

— On n'en a pas besoin. Il n'a rien à voir avec notre bouquin.

Tiger ne répondit pas. Il semblait contempler la grue. Toute sa vie tournait autour de cet engin qu'il n'avait jamais abandonné.

— Et puis, le livre existait déjà avant que tu n'entres dedans, ajouta l'écrivain.

— C'est là que tu te trompes. Depuis le début, j'y étais.

Sur Avenyn, Winter et Ringmar slalomaient entre les jeunes éméchés. *Saturday Night Fever !* La racaille descendait des faubourgs par bandes entières pour venir parader en ville. On refusa de laisser passer la Mercedes : les gars restaient plantés au milieu du passage-piétons, en leur faisant des gestes obscènes. L'un d'eux montra son cul.

— Tu lui fais son compte ? suggéra Ringmar.

— Bien volontiers, répondit Winter en mettant les gaz.

Les gars se jetèrent sur les côtés. Ringmar perçut leurs cris, Winter rien du tout.

— Un beau jour, je finirai par en renverser un.

— Un beau soir.

Il se dirigea tout droit vers Heden. D'autres fêtards du samedi soir durent se ranger sur son passage.

— J'ai toujours rêvé de le faire, constata-t-il une fois qu'ils eurent quitté le centre-ville pour obliquer vers le commissariat. Enfin, avant, c'était surtout les vélos qui me tentaient.

Il se gara juste devant l'entrée.

— Faudrait quand même pas qu'on fasse payer à tout Göteborg la disparition de Lars, observa Ringmar.

Winter garda le silence.

Ils sortirent de voiture, pénétrèrent dans le bâtiment. Durant tout le trajet en ascenseur, pas un ne dit un mot.

Le portable de Winter se mit à sonner.

— Oui ?

La communication était mauvaise.

— Attends, je sors de l'ascenseur.

Une fois dans le corridor, il put reconnaître la voix de Mark Bergtoft. Un nouveau dans la brigade. Plus jeune encore que Bergenhem. Winter l'avait envoyé à Eriksberg avec Lynn Karlsson, une bleue, elle aussi. Il en venait tout le temps, des nouveaux. Renouvellement du personnel. Bye-bye les anciens. Mais il n'était pas encore sur la touche, Bertil non plus, comme aucun dans leur bonne vieille bande. Lars encore moins. Il refusait de voir les choses comme ça : il avait juste disparu.

— Pas de lumière dans l'appartement depuis qu'on est arrivés, l'informa Bergtoft.

La voiture de patrouille stationnait devant le domicile de Tiger, les collègues assis à l'intérieur ou postés dehors, il n'en savait rien et s'en moquait pas mal.

— Pas de circulation dans la rue ?

— Non, c'est tranquille.

— Sa voiture ?

— Elle n'est pas au parking, en tout cas.

— OK.

On cherchait Tiger dans toute la ville. C'était lui, la pièce-clé désormais. Une pièce du puzzle. Il ne savait sans doute pas ce que Winter savait, ou croyait. Il n'était pas au courant de ses relations avec Benny Boy. Ou alors il s'en foutait complètement. À moins qu'il ne cherche à y remédier. Winter avait prévenu Benny de faire attention, mais celui-ci lui avait ri au nez.

— Est-ce qu'on entre dans l'appart ? lui demanda Bergtoft.

— Non. Restez devant l'immeuble. Vous appelez dès qu'il se passe quelque chose, répondit Winter, avant de raccrocher.

— S'il se passe quelque chose, ironisa Ringmar.

— Ce sera le cas. La fièvre du samedi soir, tu vois.

Ils pénétrèrent dans les locaux de la brigade criminelle. Möllerström sortait de son bureau.

— J'ai retrouvé les parents d'Edwards, annonça-t-il.

— Ne nous dis pas qu'ils vivent à Sydney.

— Quoi ? Non, ils habitent à Kungälv.

*

Ils habitaient plus précisément à Ytterby, le long de la route de Marstrand.

Winter prit le tunnel de Tingstad qui grondait furieusement. Le trafic s'était densifié à mesure que les rois et reines de la soirée voyaient leur détresse augmenter dans les bars et les clubs du centre-ville. On approchait lentement de minuit. Trop vite pour certains. La plupart des véhicules, dans le tunnel, étaient des taxis. Des courses aller-retour désespérées. Des amours sans lendemain, des amours du samedi soir. Le vendredi, le mardi, le dimanche : des amours vaines aussi.

Sur l'autoroute, la circulation était nettement plus calme.

Ils n'avaient pas appelé pour prévenir de leur visite. Une voiture de police était juste passée devant la maison des parents : oui, il y avait de la lumière aux fenêtres.

— Bergenhem sonne à la porte d'Edwards et se fait assommer, fit Ringmar en regardant le fleuve qui roulait ses eaux noires le long de l'autoroute.

Une péniche se mouvait au ralenti. Quelques fanaux bien vains luisaient lugubrement le long des plats-bords.

— Et ensuite, on l'a emmené ailleurs, continua-t-il.

— On dirait, acquiesça Winter.

— Edwards le frappe, et ensuite il appelle du renfort ?

— Bergenhem ne se serait pas fait surprendre par un type comme Edwards.

— Alors, c'est qu'il y avait déjà quelqu'un sur place, conclut Ringmar.

Winter ne répondit pas. Il traversa la rivière du Nord et se prépara à tourner en direction de Marstrand.

Son portable retentit.

— Une patrouille a retrouvé la caisse de Bergenhem du côté de Hinsholm, lui apprit Möllerström. Entre les voiliers, sur le chantier naval. C'est pas loin de la rue Eckra.

— Je sais.

— Les techniciens viennent de la récupérer.

— OK.

— Rien pour l'instant concernant le sang qu'on a retrouvé sur les brins d'herbe, ajouta Möllerström.

— C'est celui de Lars, déclara Winter. Merci Jan. (Il raccrocha.) Tu as bien entendu, Bertil.

Ce dernier hocha la tête :

— Il y avait donc quelqu'un qui faisait le guet chez Edwards.

— Pourquoi ?

— Lars a dû le surprendre. Il a vu quelque chose qu'il ne devait pas voir, continua Ringmar.

— Quoi donc ?

— Un visage.

— Celui de ?

— Tiger.

— Possible, admit Winter. Mais pourquoi est-ce qu'Edwards se fait la malle ?

— Il savait qu'on allait venir chercher Lars.

— Il pouvait jouer la comédie. Ça n'aurait pas été la première fois.

— Il n'a pas osé.

— Pourquoi ?

— Le risque était trop grand, déclara Ringmar.

— Oui.

— Alors où peut-il être, cet Edwards, en ce moment ?

— À Ytterby ?

— Non, on n'y va pas pour ça.

— Effectivement, reconnut Winter. On n'y va pas pour ça.

Le pavillon était plongé dans une pénombre bien silencieuse. La voiture de patrouille s'était discrètement garée à quelques dizaines de mètres de là. Winter descendit de la sienne et s'approcha.

— Ils ont éteint il y a environ une demi-heure, lui dit le policier en tenue, un homme du même âge que Winter.

Ce dernier hocha la tête et regagna sa Mercedes :

— Je crains qu'on ne soit obligés de réveiller les vieux.

Ils quittèrent le véhicule pour traverser la rue. Le verrouillage des portières était trop sonore, bien sûr.

Au bout de quelques minutes, une lampe s'alluma à l'étage. La fenêtre s'ouvrit avec un grincement.

— Qu'y a-t-il ? fit une voix de vieillard, qui grinçait tout autant. Qu'est-ce que vous voulez ?

— Police, annonça Winter. Nous voudrions vous parler.

— Maintenant ? La police ? Qu'est-ce... qu'est-ce qui se passe ? Vous ne pouvez pas revenir demain ? Nous sommes couchés. Vous nous avez réveillés. (Le vieil homme fit une pause. Winter perçut une autre voix dans la chambre.) Ma femme n'est pas en bonne santé.

— Non, nous devons vous parler tout de suite. Excusez-nous, mais descendez nous ouvrir, merci.

Le visage disparut.

Ils attendaient sur le petit escalier de béton, devant le jardinet, lui aussi plongé dans le noir. La voiture des collègues était toujours garée dans la pénombre de l'autre côté de la rue. On ne pouvait pas savoir. Le fils aurait pu chercher refuge chez ses vieux parents. Un refuge contre quoi ? Winter avait son Sigsauer à la main. Il était sûr que Ringmar se tenait prêt.

Une lumière s'alluma dans le hall. Elle leur parvenait à travers la vitre en verre dépoli de la porte. Celle-ci finit par s'ouvrir.

L'homme était vêtu d'une robe de chambre qui devait bien remonter à deux cents ans. Il s'appuyait sur une canne, mais semblait avoir conservé l'essentiel de sa chevelure d'un blanc de craie. Ils avaient sans doute un air de ressemblance, son fils et lui. Winter était incapable d'en juger pour l'instant, car ce n'était pas le visage de Roger Edwards qu'il avait à l'esprit, mais un autre visage. Un visage qui venait de lui traverser la mémoire l'espace d'une seconde. Qui était-ce ? La vision avait disparu.

— Oui... je vous en prie, entrez.

Winter se présenta.

— Karl Edwards, fit le vieillard.

Le commissaire lui serra la main. Une main fraîche et ferme. Ringmar le salua à son tour.

— Mon épouse ne va pas très bien... Est-ce qu'elle doit se joindre à nous ?

— Je ne crois pas que ce sera nécessaire, le rassura Winter.

Ils étaient toujours debout dans le hall.

— De quoi s'agit-il ? demanda Edwards.

Il était de grande taille ; dans sa jeunesse en tout cas, il devait passer pour spécialement grand tandis que son fils était plutôt d'un gabarit moyen.

— Est-ce que nous pourrions nous asseoir quelque part ?

— Oui, je vous en prie. (Edwards leur indiqua le séjour. Il avait déjà allumé un lampadaire.) Installez-vous.

Ils s'exécutèrent. Karl Edwards resta debout. Winter se releva.

— Quand avez-vous reçu des nouvelles de votre fils pour la dernière fois, monsieur Edwards ?

— Mon fils... mon fils ? Vous parlez de Roger ?

— Avez-vous plusieurs fils ?

— Euh... non. C'est Roger.

— Quand avez-vous eu de ses nouvelles pour la dernière fois ?

— Je ne m'en rappelle pas vraiment. Il m'arrive d'avoir des problèmes de ce côté-là. Boel a meilleure mémoire que moi. C'est ma femme.

— Est-ce que cela date de cette semaine ? intervint Ringmar. Vous en rappelez-vous, monsieur Edwards ?

— Oui, je suis sûr que ce n'était pas cette semaine. Cela fait plus longtemps, un mois peut-être.

— Pourriez-vous poser la question à votre épouse ?

— Maintenant ?

— Nous vous en serions reconnaissants.

Edwards hocha la tête et sortit de la pièce, penché sur sa canne. Il marchait bien. Winter l'entendit monter l'escalier. La canne frappait contre le bois des marches comme un troisième pied.

Ils attendirent dans un silence ponctué par le tic-tac d'une horloge que Winter finit par découvrir le long du mur, derrière Ringmar. Elle indiquait minuit moins le quart. On était passé de samedi à dimanche. Des pas se firent à nouveau entendre dans l'escalier, Edwards reparut dans le séjour.

— C'était la semaine dernière, annonça-t-il. Vendredi de la semaine dernière.

— Lui avez-vous parlé, monsieur Edwards ?

— Oui, bien sûr.

— De quoi avez-vous discuté ?

— Je... je ne m'en rappelle pas. Pas vraiment. Rien de particulier.

On va peut-être devoir tirer madame du lit, songea Winter.

— Il pensait déménager, dit Edwards. Je m'en rappelle.

— Ah bon ? Vous a-t-il appris où ?

— Stockholm, je crois. Oui, Stockholm. Il avait postulé pour un emploi là-bas. Je ne sais pas s'il l'a obtenu. Il est architecte.

Winter opina de la tête.

— Pourquoi m'interrogez-vous sur Roger ? Il lui est arrivé quelque chose ?

— Nous cherchons simplement à entrer en contact avec lui, répondit Winter. Mais il n'était pas chez lui ce soir.

— Est-il marié ? s'enquit Ringmar.

— Comment ? Marié ? Non. Je n'aurais pas pu oublier. Il n'a jamais été marié. Pourquoi cette question, monsieur... ?

— Ringmar. Juste pour savoir. Lui connaissez-vous une fiancée ? Une compagne ? Vit-il avec quelqu'un ?

— Non, pas que je sache.

— Une femme s'est régulièrement rendue chez lui ces derniers temps, insista Ringmar.

— Oui... c'est... je ne sais pas. Je ne sais pas tout de sa vie privée. Je n'en sais pas grand-chose, à vrai dire. Mais avez-vous interrogé sa sœur ? Ce pourrait être elle.

— Sa sœur ?

— Ils se voient pas mal. Et elle vient ici plus souvent que Roger. Vous pouvez lui poser la question. Elle vit également à Göteborg. À Örgryte.

— Comment s'appelle-t-elle ? demanda Winter.

— Berit. Edwards de son nom de jeune fille, mais elle est mariée et elle porte le nom de son époux. Richardsson.

41.

Berit Richardsson. Winter regarda Ringmar qui regarda le vieillard, le père.

— Berit Richardsson est votre fille ? demanda Winter.

— Oui. (Il parut dévisager son interlocuteur.) Vous la connaissez ?

— Quand avez-vous vu votre fille pour la dernière fois ?

— Cela fait un certain temps. Je ne pourrais pas vous le dire.

— Votre fille vous a-t-elle informé de ce qui s'est passé ?

— Ce qui s'est passé ? Que vous... que vous ne parveniez pas à joindre Roger ? Non, elle ne m'en a rien dit. Elle ne pouvait pas. Ça date de ce soir, n'est-ce pas ? De maintenant ? Ce soir ? Ou cette nuit ?

— Je voudrais que votre femme descende ici un petit moment, monsieur Edwards.

— Mais elle est malade. Elle n'est pas habillée. Elle est au lit.

— Pourrions-nous monter la voir, alors ? Nous voudrions juste l'interroger sur votre fille. Sur Berit. Nous pouvons rester à la porte.

— Un instant, fit-il avant de quitter à nouveau la pièce de son pas boitillant.

Il marchait plus difficilement maintenant. L'escalier résonnait, sur un rythme à trois temps. Ils perçurent un bruit de voix à l'étage, puis un appel, assez faible :

— Ohé... Ohé ?

— Oui ?

Winter sortit du séjour et vit Edwards se pencher vers eux du haut des marches :

— Oui... je vous en prie. Vous pouvez l'interroger là-haut.

Ils montèrent.

La femme était assise dans son lit, appuyée contre une quantité d'oreillers.

Son visage avait un air de familiarité. C'étaient les yeux. Très beaux.

— Pardonnez-nous de vous déranger, madame Edwards. Je voudrais juste vous demander quelque chose.

Elle hocha la tête.

— Quand avez-vous vu votre fille, Berit, pour la dernière fois ?

— Ce doit être la semaine dernière, répondit-elle avec une voix étonnamment forte, plus forte que celle de son mari. Quel jour sommes-nous ? C'était... s'interrompit-elle pour consulter le réveil posé sur la table de chevet. Nous sommes bien dimanche à présent. C'était sûrement il y a une semaine, je dirais.

— Berit vous a-t-elle parlé de son mari ? De Jan ?

— Non, qu'aurait-elle eu à nous dire ? Nous... je ne crois pas lui avoir posé de question sur lui.

— Il a disparu, déclara Winter. Dimanche dernier, il avait déjà disparu. (Il ne voulait pas leur dire depuis quand et puis, sur le moment, il ne s'en rappelait plus.) Elle ne vous en a pas parlé ?

— Non. Jamais.

— Jan aurait également disparu ? demanda Karl Edwards.

— Que s'est-il passé ? reprit sa femme.

— Nous ne savons pas. C'est la raison de notre visite, expliqua Winter. Nous cherchons à réunir le plus d'informations possible.

— Nous ne savons rien, fit Edwards.

Il paraissait sincèrement bouleversé. Winter était venu en pleine nuit, semer la tempête dans la vie de ces paisibles vieillards. C'était une nécessité. La tempête soufflait déjà dehors.

— Auriez-vous des liens avec Brännö ? continua-t-il.

Aucun des deux ne répondit. Ils avaient déjà de quoi réfléchir. De quoi être choqués. Mais c'était dans ce genre de circonstances qu'il fallait poser les questions essentielles. Winter essayait de faire le lien. De voir quelles relations entretenaient les différents protagonistes du drame. Tout tenait à cela. Cette nuit-là, il s'était rapproché de la vérité. Il devait continuer. Brännö était au centre de ce drame. Non pas Göteborg, ni Lunden ou Långedrag, mais cette drôle d'île qui ne ressemblait à rien.

— Avez-vous des liens familiaux avec l'île de Brännö, dans l'archipel sud ?

— Pourquoi nous demandez-vous cela ? s'étonna Karl Edwards.

— Avez-vous des liens avec cette île ? répéta Winter. N'importe quel lien. Est-ce que vous connaissez des gens sur l'île ?

— Jan. Jan vient bien de là. Jan Richardsson.

— Effectivement, répondit Winter. Pas d'autre relation ?

— Vous le saviez ? fit Boel Edwards.

— Oui. Vous n'avez jamais eu affaire à Brännö, en dehors de cela ?

Aucun ne répondit. Edwards jeta un regard à sa femme. Regard qu'elle esquiva en fixant le mur. Un non-dit circulait dans la pièce, Winter le sentait. Ils ne voulaient pas parler de ce qui était pour eux un objet de honte. Une blessure reconnaissable pour le commissaire, de celles qui ne cicatrisent pas. Ces vieillards l'emporteraient avec eux dans la tombe.

— Et Roger ? demanda-t-il.

Boel Edwards tressaillit.

— Quelles relations a-t-il avec Brännö ?

Karl Edwards secoua la tête. Sa femme était comme pétrifiée dans son lit. Son visage avait pris l'apparence d'un masque de cire exprimant la peine, à ce qu'on pouvait en deviner.

— Nous n'irons pas plus loin pour l'instant, dit Karl Edwards.

— Que s'est-il passé avec votre fils ? insista Winter. Qu'a-t-il fait ?

Le vieil homme garda le silence.

— Qu'a-t-il donc fait ?

La femme sursauta, comme si le commissaire l'avait frappée d'un coup de canne.

— Il... n'a rien fait, répondit Karl Edwards. Ce n'était pas lui.

— Qu'est-ce qu'il n'a pas fait ? De quoi parlez-vous ?

— Il n'avait rien à voir avec cette fille. Rien du tout. (Edwards tourna la tête vers sa femme. Elle s'était affaissée dans le lit. Elle n'en sortirait plus.) Il nous l'a dit. Il nous a dit la vérité.

— Cette fille ? (Winter sentit un frisson lui passer dans la nuque, comme si le fil d'un couteau venait de l'effleurer.) De qui s'agit-il ?

— Il n'avait rien à voir avec ça. Il n'y était même pas, ce soir-là. Il était parti en ville avec le bateau. C'est ce qu'il nous a dit. Il n'y était pas !

Le vieillard avait haussé la voix, c'était presque un cri.

— Votre fils Roger travaillait-il pour la colonie de Brännö, cet été-là ? demanda Winter, sans autre précision, car tous, dans cette chambre, savaient de quel été il s'agissait.

— Juste un mois, répondit Karl Edwards. Même pas tous les jours. (Il fit un pas en direction de Winter et leva sa canne d'une vingtaine de centimètres, ce qui devait représenter un certain effort.) Ce n'était même pas son bateau !

Sur le trajet du retour, Winter ressentait toujours cette tension dans la nuque qui l'avait saisi quand il se tenait dans l'embrasure de la porte. Quant à Ringmar, posté derrière lui, il avait tout entendu :

— Comme ça, le fiston bossait aussi pour la colo à ses heures perdues...

— Oui.

— Et les parents auraient occulté toute l'histoire ?

— Seulement pour la partie qui concernait leur fils.

— Mais il n'était pas impliqué ?

— Pas selon eux. Pas selon lui. Toujours d'après leur témoignage.

— Et la vérité ?

— Il n'y a que lui qui la connaisse, répondit Winter. Et la jeune fille sans doute. Beatrice. Un autre encore peut-être.

— Qui ?

— Nous y arrivons, Bertil. Nous sommes en train d'y arriver.

— Mais le nom d'Edwards ne figure pas dans le rapport d'enquête sur la disparition de la petite, objecta Ringmar.

— Non.

— Pas grand-chose dedans, de toute façon.

— Non. Ils n'ont pas interrogé beaucoup de monde. Aucun des enfants de la colo. Ou alors, ils n'ont rien trouvé de suffisamment intéressant. Personne n'avait rien vu, je suppose.

— Une enquête avortée.

— Oui.

Backa. Les centre commerciaux se succédaient, prenant une dimension fantomatique à cette heure où ni hommes ni véhicules ne circulaient sur les grands parkings. C'était comme une zone morte. Un néon géant criait ATTENTION ! mais il n'y avait vraiment pas de quoi.

— Tu penses que c'était Berit Richardsson, chez Roger Edwards ? demanda Ringmar. La femme dont parlait la voisine.

— Oui. Sans doute.

— Que faisait-elle chez lui ?

— C'était son frère.

— De quoi ils causaient d'après toi ?

— J'aimerais bien le savoir, répondit Winter.

— On va lui poser la question.

Winter entrait dans le tunnel de Tingstad. Ils étaient pris dans un flot de taxis. Le week-end faisait toujours rage. La soirée était largement dépassée, mais on n'avait pas détrôné la nuit.

— L'interroger maintenant ? reprit Ringmar.

— Encore une visite de nuit.

Winter prit l'E6 à la hauteur de Gårda.

Il la quitta par l'échangeur d'Örgryte.

Le feu était au rouge sur la place Sankt Sigfrid. La vieille église d'Örgryte, tapie dans l'ombre, faisait penser à une ruine ou un couvent abandonné. On ne l'éclairait pas. Ils étaient seuls au carrefour. Winter grilla le feu.

Il se gara à cinquante mètres de chez Richardsson. Le dernier étage de la maison émergeait au-dessus de la haie. Pas une lumière allumée, dans les villas voisines non plus.

— Est-ce qu'on lui a dit pour son frère ? demanda Ringmar. Qu'il figurait dans notre enquête.

— Non.

— Hmm. Non, il n'y avait pas de raison. Mais on doit la réveiller en pleine nuit pour lui raconter ça ? En terrorisant les enfants ?

— Ils sont déjà terrorisés, rétorqua Winter, si l'on peut employer le mot.

— Ouais. On le serait à moins. Enfant ou adulte.

— Mais il ne s'agit pas que de la disparition de leur père. Il y a encore autre chose.

— Qui aurait à voir avec Edwards ?

— Je pense.

— Le frangin aura fini par lui dire. Elle n'avait pas besoin de nous.

— Oui. Et puis il reste la question de ce qui s'est passé sur l'île, cet été de 1975, ajouta Winter. Le 23 juillet 1975. Maintenant que nous savons qu'ils sont frère et sœur.

— On a donc une bonne raison d'aller la voir. Mais on pourrait remettre ça à demain matin, non ?

— Et Bergenhem, tu crois qu'il peut attendre jusqu'à demain ?

— Non. Bordel ! Non, Erik.

Mais Winter hésitait. Il ferma les yeux. Il pensait à ce drame. Aux personnes impliquées dans ce drame. Qui tirait les ficelles ? Quel rôle faisait-on jouer aux autres ? Pour sa part, il n'avait qu'un rôle à jouer : le premier rôle. Pas d'hésitation.

Il démarra soudain la voiture.

— Il y a quelqu'un d'autre qu'on pourrait réveiller d'abord, fit-il en tournant à l'angle de la rue. Pas loin d'ici.

Il suivit la route Danoise en direction du nord, dépassa l'Institut Catholique. Dans cette ville, il y en avait pour toutes les croyances. Chacune son temple.

La rue Lovisa était toujours aussi calme. Un coin de campagne en pleine ville. Winter devinait les silhouettes des arbres et des buissons sur le terrain communal, juste en face.

La maison d'Ademar était tout aussi sombre que les autres dans l'impasse.

Ils sortirent de la voiture.

Une fois sur le perron, Winter jeta un regard sur le jardin voisin. Fantomatique désormais. La mort vivait là. La mort de Sellberg s'était presque effacée de sa mémoire. Il s'était passé tant de choses entre-temps. Le meurtre de Sellberg lui paraissait maintenant comme l'événement le moins important dans cette affaire. Qu'est-ce qui était important ? Quelles étaient les réponses urgentes ? Il leur fallait toucher juste durant ces quelques heures. Ils n'avaient guère plus de temps. Encore un matin et ce serait trop tard.

Il frappa à la porte. Plus efficace qu'un coup de sonnette. Il frappa de nouveau.

Une lumière s'alluma dans le hall.

— Qu'y a-t-il ? Qui est-ce ?

Malgré l'épaisseur de la porte, il reconnaissait la voix d'Ademar.

— Winter. Accompagné du commissaire Ringmar. Nous voudrions vous parler.

— Maintenant ?

— Exactement. Ouvrez-nous.

— En pleine nuit ?

— Ouvrez cette porte !

La porte s'ouvrit. Ademar était en T-shirt et caleçon. Il clignait des yeux sous la lumière du hall.

— Fermez derrière vous. Il fait froid.

Ils entrèrent. Ringmar referma la porte.

— Venez dans la cuisine.

Les précédant, Ademar alluma au-dessus de la cuisinière.

— Pas de café pour nous, dit Winter. Quand avez-vous parlé avec Tiger pour la dernière fois, Jacob ?

— Quoi, c'est... vous ne vous asseyez pas ?

Ademar s'occupait d'installer des chaises autour de la table.

— Quand lui avez-vous parlé pour la dernière fois ?

— Pourquoi cette question ?

— Répondez, un point c'est tout !

— Calmez-vous. Que se passe-t-il ? Que vou...

— On a un collègue disparu dans cette histoire, l'interrompit Winter. Un disparu de plus. Mais pour l'instant, Lars Bergenhem est notre priorité. Je sais que vous êtes en contact avec Tiger. S'il a quoi que ce soit à faire là-dedans, je veux le savoir. (Winter s'avança d'un pas vers lui.) Vous devinez à quel point c'est important pour nous.

— Nous pensons que Tiger est un homme dangereux, ajouta Ringmar.

— Nous ne le pensons pas, nous le savons, reprit Winter.

— Vous a-t-il mentionné Bergenhem ?

— Je... je ne sais pas comment il s'appelle, répondit Ademar.

— Quoi ? (Winter fit un pas de plus.) Qu'est-ce que vous dites ?

— Il m'a dit quelque chose.

Ademar vit cette expression sur le visage de Winter, résolu, compact. Il ne le reconnaissait plus. On aurait dit Tiger. Il fallait qu'il choisisse ses mots. Il risquait une seconde rossée et ça, il ne voulait plus en entendre parler. Il avait encore du mal à marcher, du mal à respirer. Mon Dieu, il n'avait pas encore eu le temps de réfléchir. Ça datait de peu, de ce soir. Il avait besoin d'un temps de réflexion, comme tout le monde. L'enjeu était gros, avec ce psychopathe de Tiger.

— Il a dit quelque chose, Tiger ?

— Il a parlé de ce policier. Je suppose qu'il s'agissait de lui.

— Que dites-vous ?

Winter avança d'un pas. Il n'était plus qu'à vingt centimètres d'Ademar.

L'écrivain leva la main pour se protéger la face.

— Juste une allusion.

— Quand ?

— Ce soir. Il y a quelques heures à peine.

— Et vous ne nous avez pas contactés ?

— Je... ne savais pas... je ne compre...

Winter lui envoya son poing dans l'abdomen.

— Erik !

Ringmar se jeta en avant et lui saisit le bras.

— Où est-il ? Petit salaud ! Où se trouve Bergenhem ? criait Winter. (Ademar s'était plié en deux sous le coup de Winter.) Où est-il ? Qu'est-ce que Tiger a fait de lui ?

Ademar essayait de retrouver son souffle. Le coup n'avait pas atteint les côtes fêlées. Il pouvait respirer. Ç'aurait pu être pire. Il sentit un goût amer dans sa bouche. Il essayait vraiment de parler. Il aurait voulu cracher la bile qui lui remontait dans la gorge, mais pas sur Winter : il risquait encore de le frapper.

— Il... il m'a menacé, dit-il. De me tuer. De me tuer.

— C'est moi qui le ferai ! lâcha Winter.

Mais il ne put le frapper. Ringmar lui serrait les épaules comme dans un étau : l'ours retenant le lion rugissant.

— Où est-il ? Bergenhem. Est-ce que Tiger a dit où il pouvait se trouver ?

— Non, non, non, il n'a rien dit là-dessus. Il... il ne voulait pas en parler. Et c'est pour ça qu'il voulait me voir : il ne voulait pas entendre parler de lui. Il était irrité que Bergenhem soit... je ne sais pas où il a pu aller. Où il s'est retrouvé. Je ne sais pas.

— Nous, on le sait, répondit Winter. Tiger n'a rien dit de l'endroit où il a pu emmener Bergenhem ?

— Non. Non, je vous le jure. Il ne m'a presque rien dit.

— Bon sang ! fit Winter. Et puis lâche-moi, Bertil. Je ne toucherai plus cette petite ordure.

Il secoua ses épaules et Ringmar desserra sa prise.

Une ordure ! s'offusqua Ademar. Je ne suis pas une ordure, c'est injuste. Je n'ai pas les moyens de me protéger contre un dingue.

Winter se détourna de lui. Ils allaient partir. Évidemment ! Il ne leur était plus utile. Ils le méprisaient. Il n'était rien. Il avait peut-être contribué à la mort de leur collègue. Possible. S'il avait raconté ça avant. Pour eux, c'était dans l'ordre des possibilités. Il portait cette responsabilité. S'il leur avait dit tout de suite. S'il avait appelé tout de suite après.

Il était... une ordure.

Il ferma les yeux. Une douleur sourde lui comprimait l'abdomen. Mais ce n'était rien. Une image lui revint à l'esprit. Un pont, une grue et puis un chantier à l'abandon. Une vision de toujours, un souvenir incessant.

Un appartement vide dont les murs résonnaient.

Une enfance.

— Il y a bien un endroit, fit-il en rouvrant les yeux.

Winter sortait de la cuisine. Il tressaillit et se retourna. L'autre était déjà dehors.

— Qu'est-ce que vous voulez dire ?

— Il y a un endroit. Tiger m'a emmené là-bas. C'est l'appartement où il a grandi. Un appartement entièrement vide. (Il s'entendait parler. Du babillage. Il voulait se rattraper.) Il en est le propriétaire. Tout l'immeuble est à lui, d'après ce qu'il m'a dit.

— Où est-il situé ?

— Dans les quartiers ouest. Du côté de Mariaplan, je crois.

— À quelle adresse ?

— Rue du Repos. C'est le nom de la rue. Je ne connais pas le numéro. Mais j'y suis déjà allé.

Une rue bien paisible, effectivement. Ils longeaient un square équipé de son bac à sable. Toutes les fenêtres étaient noires le long des façades. Les immeubles accolés les uns aux autres évoquaient une ville fortifiée. Ils se prolongeaient d'une rue à l'autre, comme des colonnes en marche.

— Il possède tout ça ? fit Ringmar.

— C'est ce que j'ai cru comprendre, répondit Ademar.

— Quel escalier ? demanda Winter.

— Celui-là.

L'écrivain pointa du doigt à gauche du bac à sable.

Winter se gara vingt mètres plus loin sur le trottoir.

Ils sortirent de voiture. Winter et Ringmar avaient leur lampe-torche à la main.

Ils revinrent en arrière dans la rue.

— Ici, chuchota Ademar une fois qu'ils furent arrivés devant le porche.

Winter distingua les numéros inscrits juste au-dessus : 8-10. Un réverbère dispensait son halo lumineux dans la nuit de novembre.

Ils se dirigèrent vers la porte.

— Pas celle-là, les prévint Ademar en leur montrant une porte plus discrète, sur la gauche.

Winter pressa la poignée. Fermée. Il sortit un crochet. La serrure céda au bout de quelques secondes.

— Troisième étage, souffla Ademar.

Ils montèrent par l'escalier sans allumer, Winter en tête. Ils s'immobilisèrent devant la porte que leur désignait l'écrivain.

Les deux policiers se consultèrent du regard.

Winter fit signe à Ademar de rester plaqué contre le mur derrière eux. Le silence régnait sur le palier. Quelque part soufflait un bruit de ventilation.

Winter introduisit son crochet dans la porte. Ademar retenait son souffle. La serrure sauta dans un faible soupir. On aurait dit un soupir. Winter appuya sur la poignée. Signe de tête à son collègue, puis il poussa doucement la porte. Il faisait sombre à l'intérieur. Ademar ne percevait aucun bruit. Winter entra, silhouette qu'il voyait tremblotante. Comme l'autre, il avait maintenant l'arme au poing. Ils attendaient. La porte était ouverte. Qu'est-ce qu'ils guettaient ? Un bruit. Mais rien. Même la ventilation s'était tue.

Tout à coup Winter disparut ! Ademar avait dû cligner des yeux. Il était pourtant bien là, avec Winter. Avec l'autre qui tenait son pistolet collé le long de sa joue. Aucun bruit ne transpirait de l'intérieur de l'appartement.

Winter vit se découper des reliefs lumineux à travers les fenêtres de la pièce qui se trouvait au bout du couloir : les immeubles d'en face, la nuit. L'éclairage extérieur diffusait dans l'appartement une lumière douce, argent et or. Winter restait debout dans le couloir. Pas un bruit. Ce silence. Le silence de la mort. Reconnaissable entre tous. Il l'avait déjà entendu.

Il avança d'un pas, un autre encore. Il y voyait assez. Sa lampe-torche, éteinte, pesait à peine dans sa main ; dans l'autre, il tenait fermement son arme. Un pas de plus, quelques pas maintenant.

Il était arrivé dans le séjour. Pas de meubles. Comme chez Edwards, mais en plus vide encore.

Un corps gisait au sol. Une ligne argentée qui se dessinait à l'horizontale. Il était sur le ventre. On n'en voyait guère plus. Pas d'autres teintes que ce gris argenté. Winter distinguait le cou et la nuque, d'argent. Il avait la gorge serrée. Il crut reconnaître cette tête qui reposait à terre.

Il se décida. Il se hâta vers le corps, l'empoigna par l'épaule et le retourna.

Roger Edwards le fixait d'un regard vide. Il avait un trou au milieu du front. Comme un troisième œil.

42.

Winter entendit Ringmar pénétrer dans la pièce :

— Est-ce... est-ce que...

— Ce n'est pas Lars.

Ringmar le rejoignit.

— Edwards ! fit Winter en lui lâchant l'épaule.

C'était un corps de glace. Le cadavre conservait la position où l'avait laissé le commissaire. Le visage d'Edwards était de glace, un masque blanc aux traits figés, couvert de sang. Winter voyait maintenant le sang tout autour, de cette teinte gris argenté qui baignait toute la pièce.

— Tu l'as, ton neuvième coup de feu, lui dit Ringmar.

— Il lui était sans doute destiné depuis le début. Lars est venu interrompre quelque chose. (Winter était toujours penché au-dessus du corps, un genou par terre. Il leva les yeux vers son collègue.) Dans ce cas, le pistolet doit être dans le fleuve à l'heure qu'il est. Sous la croix de Coldinu, à Eriksberg.

— On dirait que tout était prévu dans cette histoire.

— Si l'on retrouve le pistolet, alors le meurtre d'Edwards était planifié depuis le début.

— Dès demain, on envoie un plongeur, déclara Ringmar.

— On est déjà demain. Il faudrait tout de suite appeler la Surveillance côtière.

— Et mettre des hommes en renfort à l'appartement de Tiger.

— Il n'y sera pas.

— Où peut-il être alors ?

Winter garda le silence.

— Pourquoi Edwards a-t-il été assassiné ici ? s'interrogea Ringmar en baissant les yeux vers le corps.

— Un rendez-vous peut-être. Un dernier rendez-vous.

*

Winter ne comptait pas se rendre à Eriksberg. Il reprit la direction du centre-ville. Il roulait à travers la nuit. Elle serait encore longue. Mais ce serait la dernière. Il redoutait l'aurore.

Tout était toujours aussi paisible dans la rue d'Örgryte, devant la villa des Richardsson. Rien de marquant ne s'était passé là-bas. Partout ailleurs, tout s'était déjà joué, songea-t-il.

En sonnant à la porte, il se rappela soudain le prénom de la petite fille, Tova. La pauvre, elle serait tirée de son sommeil pour entrer dans cet enfer. Le sommeil, tellement sécurisant. Et lui venait en messager de la mort. Comme souvent depuis qu'il faisait ce métier. Les enfants... Tova et Erik. Il ne pouvait attendre le lendemain matin. Ils seraient à la maison de toute façon, un dimanche. Mais tout cela était trop brutal. Il regarda Bertil qui fixait la porte d'un air morne. Winter sonna de nouveau. Il se retourna. La rue était vide. Seule sa voiture renvoyait des reflets agressifs sous un réverbère à l'ancienne. Le temps traînait des pieds à Örgryte, c'était souvent comme ça dans les beaux quartiers. Mais il les rattrapait maintenant.

Le hall s'éclaira. La vitre de la porte formait un petit rectangle de lumière. Une lueur fragile, qui vacillait telle une flamme de bougie. Winter consulta sa montre. On était dans les dernières heures de la nuit.

— Qu'y a-t-il ? Qui est-ce ?

La voix de Berit Richardsson. Winter n'avait pas vu de visage apparaître à la fenêtre. Une lampe s'alluma à l'étage. Tova et Erik s'étaient réveillés.

— Erik Winter, fit-il. Accompagné du commissaire Bertil Ringmar.

— Que... voulez-vous ?

— Veuillez nous ouvrir, s'il vous plaît, répondit Winter.

La lumière vacillait de nouveau à l'intérieur. Une lampe-torche. Une lampe de poche à garder près du lit, en cas de visite ? Nous ne sommes pas les premiers à la réveiller en pleine nuit.

La lumière se fit brusquement beaucoup plus forte derrière la vitre.

On déverrouilla la porte.

Winter observa le visage de la jeune femme : ces yeux-là, il les avait déjà vus cette nuit. D'abord à Ytterby. Puis à Kungsladugård. *Meet the family*.

— Qu'est-ce qui se passe, maman ?

Il reconnut la voix d'Erik, mais ne voyait pas le gamin.

— C'est... c'est la police, Erik. Ils... ils ont quelque chose à me dire. Ce n'est... remonte te coucher. Ce ne sera pas long.

— Mais...

— Va te coucher ! répéta-t-elle sur un ton cassant.

Winter perçut un bruit de pas dans les escaliers. Ce n'était pas non plus la première fois cette nuit. Mais c'étaient des pas plus légers et plus rapides que ceux du grand-père.

Elle leur ouvrit la porte :

— On est en pleine nuit.

— Je suis désolé, répondit Winter. Pouvons-nous nous asseoir un instant ?

— Que s'est-il passé ?

Son visage était pâle et beau sous la vilaine lumière du couloir. Il n'était pas de glace, comme celui de son frère, mais tout aussi blanc. Winter voyait à quel point ils se ressemblaient, maintenant qu'il savait. Pas d'hésitation.

— Que s'est-il passé ? répéta-t-elle. Je vois bien qu'il est arrivé quelque chose !

— Pouvons-nous...

— Roger ! cria-t-elle. Il est arrivé quelque chose à Roger !

Winter hocha la tête.

— Qu'est-ce qu'il lui a fait ?

— Il ? De qui parlez-vous ?

— Mon Dieu ! Je lui ai dit... je lui ai dit qu'il allait... qu'il allait...

Elle faillit perdre l'équilibre. Winter lui posa un bras autour des épaules.

— Rentrons à l'intérieur.

Il connaissait le chemin. En relevant la tête il aperçut le visage de la petite. Tova. Elle se tenait dans l'escalier : le même visage, encore une fois.

Winter lui adressa un signe de la tête. La fillette fit demi-tour et remonta rapidement les marches. Elle portait une chemise de nuit blanche aux motifs bleu ciel.

Il conduisit Berit Richardsson jusqu'à un fauteuil dans le séjour. Elle s'affala dessus. Il s'assit juste en face. Ringmar restait près de la porte. Il devrait sans doute parler aux enfants. Oui, il le fallait.

— Je monte.

Winter hocha la tête.

— Il est mort ? demanda Berit Richardsson en relevant les yeux. Est-ce que Roger est mort ?

— Oui.

Elle enfouit son visage dans ses mains. Ses épaules tremblaient, comme si on venait de la frapper. Il attendit. Elle tressaillit de nouveau, puis elle écarta ses mains.

— Comment est-ce arrivé ?

— Nous l'ignorons. C'est pour cette raison que nous sommes venus vous voir. Nous avons retrouvé votre frère dans un appartement cette nuit. Victime d'un coup de feu.

— Un coup de feu ? Vraiment ?

— Quelqu'un l'a abattu, confirma Winter.

— Où ? Sur place ?

— Nous ne le savons pas encore. Je crois. (Pourquoi cette question ? songea-t-il.) Les experts sont sur les lieux en ce moment. Nous le saurons bientôt...

— Où l'avez-vous trouvé ? l'interrompit-elle. Où se trouve cet appartement ?

— Dans les quartiers ouest. Près de Mariaplan. Nous savons qu'il appartient à un homme du nom de Christer Tiger.

Elle hocha la tête. Elle avait hoché la tête !

— Vous connaissez cet homme ? demanda Winter.

Elle regardait le commissaire maintenant. Ce regard exprimait plus que du chagrin. Plus que la simple confusion, ou que la terreur. Elle savait quelque chose. Il ne pouvait deviner de quoi il s'agissait, mais elle s'attendait à ce qu'il vienne, avec ce message peut-être. Pas n'importe quel message.

— Je lui avais dit. (Elle fixait des yeux ses propres mains.) Je lui avais dit de s'enfuir.

— Comment cela ? Pour échapper à quoi ?

— À cet homme-là. C'est sûrement lui. Comment s'appelait-il ? Tiger ? C'est sûrement lui. C'est lui qui a... exposé Roger à cela.

— À quoi ?

Elle garda le silence.

— Vous avez déjà entendu ce nom de Tiger ?

Elle secoua la tête.

— À quoi Roger a-t-il été exposé ?

— Je... comment est-ce que ça s'appelle ? Chantage ? Non, c'était... c'était pire. Je ne sais pas comment on peut appeler ça.

— Il vous en avait parlé ?

Hochement de tête.

Des bruits leur parvenaient maintenant de l'étage. Des bruits de pas. Berit Richardsson leva les yeux. Winter perçut une voix, calme et posée. Puis une autre. Ringmar parlait aux enfants.

— Pourquoi a-t-il été exposé à ce chantage ?

Elle baissa les yeux.

— Je ne sais pas. Vraiment pas.

Elle parlait maintenant à ses mains qu'elle tenait devant elle comme un manuscrit. Comme si elle lisait dans la paume de ses mains. Des lignes de vie, songea Winter. Mais elle connaissait déjà leur trace. Elle savait.

— Ce que vous pouvez nous dire est de la plus grande importance. Nous avons... un collègue, de la police, qui a disparu. Nous pensons que Christer Tiger l'a emmené quelque part. Il est en grand danger. (Winter fit une pause.) Et il est probable que c'est ce Tiger qui a tué votre frère.

Elle tressaillit à ces derniers mots :

— Où est-il ?

— Qui ?

— Tiger, vous savez où il se trouve ?

— Non. Et vous ?

Elle secoua de nouveau la tête.

— Je suis désolé d'insister, continua Winter.

Elle continua d'étudier les lignes de sa main.

— Pourquoi votre frère a-t-il été menacé par Tiger ?

— Je ne sais pas. Je ne sais pas !

— Pourquoi a-t-il été soumis à ce chantage ?

Elle garda le silence.

— Je crois que vous le savez.

Elle secoua de nouveau la tête.

— Il doit y avoir une raison, fit Winter. Même si elle est fausse. Inventée.

— Arrêtez ! cria-t-elle. (Il discerna des larmes dans ses yeux.) Il a essayé de vous contacter !

— Il... il a essayé de me contacter ?

Quel choc ! Il ne pouvait que répéter ses paroles. Il pensa aux appels anonymes. Des appels à l'aide. Non, ce n'était pas possible. Ça ne pouvait pas être lui.

— Il a essayé, reprit-elle. Il n'osait pas. Il a essayé. Mais il... il croyait que quelqu'un était au courant de tout ce qu'il faisait. Finalement il a renoncé. Et il m'a interdit de le faire. Il disait que moi aussi, j'étais en danger.

— Pourquoi me contacter, moi précisément ?

— Je ne sais pas. Il avait dû entendre parler de vous. Je ne sais pas. Je pense que ça a commencé avec cette histoire de voiture. Quand... un de vos collègues est venu le voir chez lui. Quelqu'un de la brigade criminelle.

— Lars Bergenhem, précisa Winter. C'est lui qui a maintenant disparu. Kidnappé.

— Mon Dieu !

Elle leva les yeux de ses mains, qu'elle posa sur ses genoux. Winter l'observait. Il n'était pas fatigué. Il se sentait fébrile, la gorge sèche. Il n'avait pas mal à la tête.

— Tout aurait commencé avec la voiture. Que voulez-vous dire ?

— Ce policier, il a bien trouvé la voiture de Roger sur le pont, n'est-ce pas ? C'est là que tout a commencé.

— À savoir ?

— Le chantage !

— Qu'est-il arrivé dans la voiture ?

— Roger a reçu un pistolet, celui qu'il... qu'il devait utiliser.

— Pour quoi faire ?

— Pour...

Elle se tut. Les mains posées sur les genoux, elle fixait un point au mur. Winter suivit son regard : rien.

— Pour tuer Bengt Sellberg ?

Elle ne répondit pas. Comme si elle n'avait pas entendu.

— Il devait tirer sur Bengt Sellberg ? répéta Winter.

Elle hocha lentement la tête.

— Pourquoi ?

Silence. Elle avait déjà dit mille fois qu'elle ne savait pas, et pourtant Winter allait lui poser la question encore des milliers de fois.

— Le pistolet qui a tué Sellberg avait tiré au moins un coup dans la voiture, précisa-t-il. On a retrouvé une balle dans la banquette.

— Je ne sais rien de tout cela.

— Roger a-t-il essayé de tuer celui qui le menaçait ? À savoir Tiger ?

— Je ne sais pas.

— Il ne vous en a rien dit ?

Elle secoua la tête.

— Pourquoi a-t-il abandonné la voiture ?

— Ce... je ne sais pas.

— Est-ce parce que le coup est parti ?

— Je ne sais pas.

C'est de votre frère que nous sommes en train de parler, songea Winter. Il vient de se faire assassiner. Vous n'en savez vraiment pas plus ? Vous ne voulez pas en savoir plus ? Partagez-vous cette peur qu'il avait ?

— Roger était-il présent à l'arrivée de Lars Bergenhem ? Sur le pont.

Elle ne répondit pas.

— Il a bien dû vous le dire.

— Il... il s'est caché.

— Il y était ?

Elle hocha la tête, une tête tremblante. Bien. Il avait déjà vécu des auditions dans lesquelles on n'obtenait pas un signe, pas une parole.

— Pourquoi ?

— Il avait peur. (Elle releva les yeux.) Était-ce si étonnant ?

— Y avait-il encore une autre personne sur place ?

— Je ne sais pas.

— Il ne vous l'a pas dit, Roger ?

Elle secoua la tête.

— Sur qui a-t-il tiré ?

— Je ne sais pas !

Elle se cacha de nouveau le visage dans les mains. Puis elle dit quelque chose qui échappa à l'oreille du commissaire.

— Pardon, je n'ai pas entendu.

— Je n'en peux plus, entendait-il maintenant.

Les mots étaient étouffés sous ses paumes. Winter perçut des voix à l'étage. Il consulta l'heure. Il ne pouvait rester plus longtemps. Ils devaient avancer. Mais il n'était pas encore prêt à se lever : il avait d'autres questions à poser.

Il se pencha en avant. Il vit son propre reflet dans le plateau de verre de la table basse. Il était pâle comme un linge.

— Ce chantage... avait-il un rapport avec Brännö ?

Elle sursauta. Vraiment. Comme s'il avait subitement mis la main sur elle. Elle releva les yeux.

— Je ne comprends pas. Brännö ?

— Roger a travaillé comme livreur pour la colonie de Brännö pendant deux étés dans les années soixante-dix. Il faisait des allers-retours avec la terre ferme. Il y avait une colonie là-bas. Ça vous dit quelque chose ?

— Oui, mais elle n'existe plus.

— Une jeune fille a disparu dans l'été 1975.

— Une jeune fille ?

— Elle s'appelait Beatrice Kolland. Elle a disparu un soir de cet été-là. On ne l'a jamais retrouvée.

— Je... je ne sais rien de tout ça.

— Vous rappelez-vous cette période ?

— Non.

— Roger ne vous en a jamais parlé ?

— Roger ? Non. Pourquoi m'en aurait-il parlé ? Ça date de... si longtemps.

— Il était là-bas cet été-là. Que s'est-il passé ? A-t-il été impliqué dans la disparition de cette jeune fille ?

— Non, non. Il ne m'a jamais rien dit de tel. Jamais.

— Est-ce la raison pour laquelle il s'est vu soumis à un chantage ?

Elle secoua la tête. Cette fois, cela pouvait signifier non aussi bien que oui.

— Est-ce la raison pour laquelle...

— Assez ! l'interrompit Berit Richardsson sur un ton aigu, les yeux rougis. Partez maintenant ! Je n'en peux plus !

Winter se leva. Berit Richardsson s'affaissa de nouveau dans le fauteuil. Il se dirigea vers la baie vitrée, qui lui rappela celle qui se trouvait dans la maison du frère. L'ex-maison du frère. On restait frère et sœur, au-delà de la mort. Le ciel était d'un noir d'encre. Il ne ferait pas jour avant quelques heures.

Il se retourna. La sœur le regardait. Elle l'avait sans doute observé tout le temps qu'il était resté dos à la pièce.

Il regagna le coin canapé, se rassit. Elle paraissait plus calme. Elle savait que d'autres questions l'attendaient.

— Votre mari est-il également impliqué dans cette affaire ?

Elle ne répondit pas. Et ce n'était pas faute d'avoir une réponse, Winter était capable de le voir.

— Votre mari a rencontré Beatrice Kolland cet été-là, reprit-il. J'ai pu le vérifier sur l'île.

— On vous a menti !

— Mais il a gran...

— Il ne l'a pas rencontrée, l'interrompit-elle. Qui vous l'a dit ?

— Comment savez-vous qu'il ne l'a pas rencontrée ?

— Il me l'a... fit-elle.

— Il vous l'a dit ? Vous en avez donc parlé ?

— Non, non.

— Les événements récents ne renvoient-ils pas à cette fille, Beatrice Kolland ?

— Je n'en sais rien. Rien.

— Où se trouve votre mari en ce moment, Berit ? Où est Jan ?

— Je ne vous l'aurais pas dit, si je le savais ? Je serais déjà allée le chercher, vous ne croyez pas ?

— Peut-il se trouver sur Brännö ?

— Où donc ? Il n'y est pas retourné depuis... des années. Nous n'avons pas de maison là-bas, rien. (Winter acquiesça d'un mouvement de tête.) On ne connaît personne. (Elle se pencha en avant, vers Winter, à quelque vingt centimètres au-dessus de la table.) Vous avez cherché partout sur l'île, n'est-ce pas ?

— Pourquoi cette question ?

— Est-ce si étrange ?

— Vous ne saviez pas que nous avons fait des recherches ? (Elle secoua la tête.) Et pourtant si. Nous avons passé l'île au peigne fin. Comme le reste de l'archipel. Et toute la côte. Nous avons vraiment tout fait pour retrouver votre mari, Berit.

Elle hocha la tête.

— De même que, maintenant, nous sommes à la recherche de Bergenhem. Le temps presse. Savez-vous autre chose ? Voulez-vous nous aider, Berit ? Toute aide est la bienvenue.

Elle prononça quelques mots inaudibles.

— Que dites-vous ?

— C'est comme Roger, il avait besoin d'aide.

Elle s'était raidie dans la même position. Il y avait cependant quelque chose de changé sur son visage, dans ses yeux : sous l'abattement, une certaine flamme. Quelque chose de brûlant.

Winter vit soudain ce que c'était.

Glacé d'effroi, mais en proie à cette fièvre... d'avoir compris.

Ce qui l'avait retenu ici, cet acharnement à la questionner durant la dernière demi-heure, c'était à cause de ça.

— Vous avez aidé Roger, Berit ? demanda-t-il doucement.

Elle ne répondit pas. Aucun signe de tête non plus, ni dans un sens ni dans l'autre. Elle gardait cette posture figée, cette vibration dans le regard.

— Comment l'avez-vous aidé ?

Il ne savait pas si elle le voyait, pas plus qu'autre chose derrière lui. Il était transparent pour elle.

— Roger ne peut pas avoir abattu Sellberg, continua Winter. Il a un alibi pour cette nuit-là.

Hochement de tête.

— Il nous a dit qu'il était en conférence. (Le commissaire mentait. Il devait le faire. Pour un homme mort. Pour trouver son meurtrier.) Il n'aurait pas pu le commettre.

— Tant mieux pour lui, fit-elle.

Sa voix s'était affermie. Elle avait trouvé de nouvelles forces. Il pensa qu'elle s'était décidée. Enfin. Ce n'était jamais qu'une question de temps. Elle savait que Winter mentait et elle lui en savait gré.

— Il devait abattre Jan, expliqua-t-elle en le regardant droit dans les yeux. C'était sa prochaine… mission.

Winter hocha la tête.

— Mais il n'aurait jamais pu tirer sur quelqu'un. (Elle continuait à soutenir son regard.) Jamais.

— Il a pourtant tiré sur la maison de Sellberg.

Elle opina de la tête.

— Il n'est pas allé plus loin. Il en était incapable.

— Pourquoi n'a-t-il pas refusé de le faire ?

Des voix se firent entendre à l'étage pour la première fois depuis un moment. Winter croyait tout le monde endormi, Ringmar inclus.

Elle leva les yeux. Son regard se figea, au-delà du plafond, sur les enfants couchés là-haut dans leur chambre.

Winter sentit un froid glacial lui parcourir les membres. C'était pire que tout à l'heure. Il en avait les os glacés.

Elle le regarda.

Elle comprit qu'il comprenait.

Et tout à coup il avait devant les yeux cette scène : Bertil et lui dans ce même salon, la nuit où Sellberg avait été tué. Berit leur avait ouvert la porte, dans une robe de chambre rouge de style kimono, bien serrée à la taille. Et qui lui enveloppait tout le corps. Elle avait sans doute à peine eu le temps de le passer – sur ses vêtements d'extérieur.

— Il y a un proverbe qui dit que le sang pèse plus lourd que l'eau, dit-elle. Vous le connaissiez ?

— Oui.

— Vous me comprenez ?

— Oui.

— Vous me croyez ?

— Oui.

— Sellberg a fait quelque chose d'épouvantable.

— Qu'est-ce qu'il a fait ?

— Cette jeune fille... c'était lui.

— Soit, mais qu'a-t-il fait ?

Elle ne répondit pas. Dans son regard, la lueur s'était éteinte.

— Où est-elle, Berit ? Où est Beatrice ?

— Je ne sais pas. Je ne sais pas.

Elle tourna de nouveau les yeux vers lui.

— Je n'en sais pas plus. On m'a raconté que c'était ce Sellberg. J'ignore quoi. Et pourquoi.

— A-t-il agi tout seul ?

— Vous ne trouvez pas que ça suffit maintenant ?

Des voix se faisaient à nouveau entendre là-haut, un peu plus fortes. Ils voulaient savoir. Bientôt Erik et Tova allaient descendre au salon. Une dernière heure encore et pour Berit Richardsson, ce serait la dernière nuit avec ses enfants. Encore une tragédie dans les pas de Winter. Il aurait dû l'interroger sur la part qu'avait prise son mari dans la vie et la mort de Beatrice, mais il n'en avait pas le cœur sur le moment.

Des pas résonnèrent dans l'escalier.

— Qu'avez-vous fait du pistolet ?

— Je l'ai rendu à Roger, répondit-elle en se levant.

22 h 45

L'eau n'était pas froide. Non. Pourtant elle avait froid. Elle frissonna.

Il était debout dans l'eau à côté d'elle :

— On fait un concours ?

Elle avait maintenant terriblement peur.

Il y avait quelque chose dans son sourire.

Les garçons s'étaient placés autour d'elle, comme pour la surveiller. Comme si elle était prisonnière, vraiment prisonnière. Pas de la même façon qu'à la colo. C'était encore plus réel. Plus horrible. C'était horrible. Personne ne disait rien.

Ils avaient marché le long du ponton. Celui qui servait de piste de danse. Il y avait une boîte noire sur la petite estrade. Les musiciens d'hier avaient sans doute oublié un haut-parleur. Elle avait entendu la musique depuis la colonie, comme tout le monde, toute l'île sûrement. La plupart des gens descendaient au ponton. On entendait rire le long de la route de Sandvik.

Les enfants de la colo, eux, n'avaient pas le droit d'y aller, qu'ils soient petits ou grands. Ç'aurait été amusant d'aller danser sur le ponton, juste une fois. Une des animatrices aurait pu les accompagner. Quelques minutes seulement, une demi-heure.

Celui qui était assis derrière elle dans le bateau l'avait agrippée et l'avait entraînée vers la piste de danse !

— Maintenant on va danser ! avait-il lancé en la faisant tournoyer. Je suis bon danseur, non ?

Il avait éclaté de rire.

Il sentait l'alcool. Elle ne l'avait pas remarqué avant. Le vent de la mer avait soufflé toutes les odeurs, sauf celle du sel.

Elle avait essayé de se dégager.

— On remonte la Sente de l'Amour ?

Il serra plus fort ses poignets. Ça faisait mal.

— Aïïïe ! Lâchez-moi !

Il ne l'avait pas lâchée.

Elle avait essayé de lui donner un coup de pied dans le tibia. Elle avait peur, mais elle voulait se libérer, et c'était pire d'être retenue que d'avoir peur.

Il avait fini par la lâcher.

Avec un grand rire.

Il disait quelque chose maintenant. Elle n'entendait pas quoi. Ça grondait dans ses oreilles. C'était parce qu'elle avait peur. Ça grondait comme un orage dans sa tête.

— On fait un concours sous l'eau ?

— Un... un concours ?

— À celui qui peut rester le plus longtemps sous l'eau. On peut tous participer.

— Je... je... ne veux pas.

Elle claquait des dents, bruyamment. Elle entendit un oiseau de mer. Il poussait un long cri. C'était comme si la mouette se moquait d'elle.

— On y va ! lança-t-il. Mais il faut d'abord que tu retires ton maillot de bain.

— Qu... quoi ?

— On n'a pas besoin de maillot sous l'eau, non ?

43.

Un murmure lui parvenait du séjour où Berit Richardsson attendait avec ses enfants, Tova et Erik. Le garçonnet lui avait lancé un regard au passage.

Ringmar et lui attendaient dans la cuisine. Dans quelques minutes, une patrouille de la brigade criminelle viendrait la chercher. Les services sociaux s'occuperaient des enfants. Il faisait encore nuit, mais ce serait bientôt l'aurore. Quelqu'un pleurait à côté.

— Tu viens, bordel ? fit Ringmar.

Il aperçut les phares au-dehors. Il se leva.

Winter avait coupé le moteur. Ils restaient silencieux, sur le parking du commissariat. Un bus passait dans la rue de Scanie. Le premier ou le dernier de la nuit.

Le commissaire pointa la tête vers une place à dix mètres de là :

— C'est celle de Lars.

Ringmar ne répondit pas.

— Si elle est occupée, il fait un tour avant de revenir. Il doit être superstitieux, je suppose, continua-t-il.

— Je suis content que tu ne parles pas de lui au passé.

— Il n'y a pas de passé. Le seul temps qui compte, c'est le présent. (Il regarda Ringmar.) J'y vais.

— Où ?

— Sur l'île.

— On a déjà tout fouillé sur Brännö, Erik. On a interrogé tout le monde. Et on a vérifié chaque maison.

— Je sais. Mais j'ai besoin de réfléchir. Là-bas. C'est là-bas que tout a commencé. Il faut que j'y retourne.

— Tu veux que je t'accompagne ?

— Non, Bertil. On a besoin de toi ici. Nous devons retrouver Lars. Nous devons le chercher partout.

Ringmar bâilla.

— Pardon.

— Rentre te coucher deux trois heures, Bertil.

— Tu n'es pas fatigué, Erik ?

— Non.

Mais il avait besoin de sentir le vent marin sur son visage. Il fut servi sur le détroit de Källö. Les embruns lui fouettaient les joues. Il avait un goût de sel dans la bouche, qui lui ôtait celui du café offert par le capitaine du bateau de la Surveillance côtière, un café bien fort tout juste sorti du thermos. Winter sentait ses yeux se clarifier sous l'effet du vent. Peut-être agirait-il aussi sur ses pensées. Un ciel de nuit recouvrait toujours l'archipel, mais le petit matin n'était plus très loin.

Au moment où il mettait le pied sur l'embarcadère de Brännö, son téléphone mobile se mit à sonner.

— J'ai appris que t'étais parti pour l'île, fit Halders.

— Je viens de débarquer.

— J'ai appelé Bertil. J'étais réveillé. En fait, j'ai pratiquement pas dormi. Il m'a tout dit.

Winter remontait la rue depuis l'embarcadère. Il entendait encore le grondement des vagues.

— Quand on était là-bas, hier, je me suis fait une balade, continuait Halders. Ce... ce n'est rien, mais quand même. Quand j'ai appris que tu partais là-bas... il y a une sorte de ruelle qui grimpe le long de l'escarpement, au-dessus d'Husvik. La Source aux Vœux.

— Je sais, répondit Winter. J'y suis presque arrivé.

— OK, j'ai fait l'ascension because le panorama. T'as une mare au sommet. Et j'ai aperçu une remise pas loin de la mare. Une cabane. C'était sûrement le soleil qui se reflétait dessus, mais j'ai eu l'impression qu'une fenêtre avait bougé.

— Une fenêtre avait bougé ?

— Je suis sûr que c'était le soleil. Je suis allé voir la remise, et toutes les fenêtres étaient fermées. La porte idem. Il n'y avait personne. J'ai regardé à l'intérieur.

— Je crois me rappeler avoir lu sur cet endroit dans le dossier, répondit Winter. On l'a inspecté.

— Oui. Je te le disais juste comme ça, puisque t'es sur place.

Winter avait obliqué dans la ruelle de la Source aux Vœux :

— Je vais y jeter un coup d'œil.

— C'était juste comme ça. Si tu veux, je peux te rejoindre.

— Je fais simplement un petit tour, histoire de réfléchir, répondit le commissaire.

— Ouais, dans ce cas, t'as pas besoin de moi.

— Le bateau revient me chercher dans une demi-heure.

— À bientôt, Erik. Moi, je vais pister Lars.

— Essaie d'attraper le Tigre par la même occasion.

— Tu peux compter sur moi, bordel. Salut.

Winter rangea son portable dans la poche de son manteau. Il se trouvait maintenant au pied de l'escarpement. Le chemin qui montait là-haut était envahi de buissons, de fougères et d'arbres. Il commença à grimper à travers cette jungle. À mi-chemin, il vit la surface noire de la mare, mais c'était parce qu'il savait qu'elle se trouvait là. L'eau luisait sous un dernier rayon de lune. Winter leva les yeux. La lune était maintenant bien pâle. Il crut voir des étoiles.

De là-haut, il voyait la mer, les îles et les îlots. Il était sur l'un des points culminants de l'archipel. Il voyait tout. La mer au-dessous de lui avait des reflets d'argent, les îles étaient plaquées d'argent. Terre et mer se confondaient. Il se retourna pour regarder en contrebas. La mare était comme une gorge creusée dans la roche. Un œil noir. Elle était entourée de la même jungle qu'il avait traversée pour parvenir jusque-là. On aurait dit qu'elle n'était accessible que par les airs. Personne n'avait dû pouvoir s'en approcher ces dernières décennies. Il ne distinguait pas de chemin conduisant à l'eau.

En redescendant, il glissa sur une racine apparente et dut prendre appui sur sa main pour ne pas s'étaler par terre. Il s'était fait mal au poignet. Bon sang ! Tout le poids du corps sur la main ! Il se releva lentement et se massa le poignet. La douleur s'apaisa. Le ciel commençait à s'éclaircir. Winter continua prudemment dans la dernière portion qui menait à la clairière au-dessus de la Source aux Vœux. Il prit à gauche et traversa un nouveau massif d'arbustes. Il restait quarante à cinquante mètres avant la maison. Remise ou baraque, une cabane. Elle était noire, tout autant que la mare et la jungle. Il palpa la porte. Fermée. À qui appartenait cette merde ? Il avait dû lire ça dans le rapport d'enquête préliminaire. Elle avait peut-être été habitée, mais pour l'heure, elle ressemblait plutôt à une cabane à outils. Il se dirigea vers l'une des deux fenêtres de devant et appuya le visage contre la vitre. Elle était fraîche contre son front. Il fut tenté d'y plaquer son poignet endolori. Ce dernier ne le faisait plus souffrir que de loin en loin. Il n'était pas cassé, foulé sans doute. Et puis, c'était sa main gauche, il lui restait la droite.

À travers la pénombre qui régnait à l'intérieur, il voyait se dessiner les contours des meubles, une chaise, une table sans doute. Impossible de distinguer un détail. Sur la gauche se détachait, noir sur noir, un rectangle un peu plus étroit que la surface du plancher. En relief en bas, ce devaient être des pieds de lit, à l'ancienne. Sur la droite, une fenêtre laissait pénétrer la frêle lumière de l'aube qui se hâtait maintenant, comme si elle avait fini par se décider. La nuit avait été longue. Sur le bateau, le café l'avait ranimé, l'air de la mer aussi. Mais il ressentait le contrecoup de cette nuit de veille, et de ces événements. Il réprima en vain un énorme bâillement et se sentit tout bête, bouche ouverte et le front collé à la vitre ; cette dernière était toujours fraîche, une sensation agréable. De l'autre côté du bâtiment, la fenêtre donnait sur la roche. On avait dû adosser la baraque à la paroi pour la protéger du vent. Tout à coup, un rayon de soleil se faufila le long du mur. Il brillait comme de l'or sur de l'argent. Cette fenêtre-là donnait à l'est. Le soleil, qui se levait de l'autre côté de l'escarpement, dévalait en même temps la paroi rocheuse. Winter pouvait suivre le parcours du rayon jusqu'à la fenêtre qu'il traversait ensuite : il rencontrait la chaise dont il avait vu les contours auparavant, puis la table, c'en était bien une. Le petit faisceau de lumière se déplaçait lentement sur le sol tandis que le soleil se levait loin, bien loin à l'est pour éclairer cet endroit situé aux confins ouest de la Suède.

Le plancher à l'intérieur prenait une teinte d'ambre jaune. Le rayon frappa l'un des pieds de lit, en forme de coupole à bulbe. Puis ce fut l'autre pied de lit. Le bas du lit était maintenant visible. Puis ce fut la partie supérieure.

Un homme était allongé sur le lit.

Winter sursauta. Il se cogna le front contre la vitre. La douleur au poignet ressurgit immédiatement. La vitre ne s'était pas cassée. Il avait toujours la figure plaquée dessus.

L'homme le regardait droit dans les yeux.

Jan Richardsson.

Il était allongé dans la position d'un mort, les bras le long du corps, mais il n'était pas mort. Il clignait des yeux, mais son regard fixait le commissaire.

Il a dû rester tout ce temps à m'observer. Il espérait que je finirais par partir. Et je serais parti sans ce lever de soleil. Il devrait pourtant le savoir, cet automne, on est gâtés avec la météo.

Richardsson ne bougeait toujours pas. Winter ne distinguait ni corde ni chaînes. Il leva sa main blessée et lui fit signe à travers la fenêtre. La porte. Lève-toi et ouvre la porte. Winter tenait déjà son Sigsauer dans la main droite. Richardsson remua la tête, regarda sur le côté : vers la porte. Il se redressa et s'assit sur le lit. Puis il se leva, tremblant sur ses jambes, avant de retrouver l'équilibre. Il regarda de nouveau Winter qui pointait du doigt la porte. Il hocha la tête puis il disparut de son champ de vision. Tout était maintenant éclairé. En décollant le front de la vitre, Winter put constater que le jour était là. C'était un tout autre endroit désormais.

Il se détacha de la fenêtre. Il franchit les trois quatre mètres qui le séparaient de la porte. Le pêne crissa dans la gâche. Winter s'était plaqué contre le mur, le pistolet au poing. La porte s'entrouvrit. Derrière, il entendait bouger Richardsson.

— Pas un geste !

L'autre s'immobilisa.

— Avancez-vous !

Richardsson fit un pas et Winter le vit apparaître sur le perron.

Il se planta devant lui. L'homme n'était pas armé. Mal habillé, d'une chemise sale, d'un pantalon en toile et de grosses chaussettes en laine, il avait une barbe de plusieurs jours et les cheveux en bataille. Plus rien à voir avec le politicien soigné.

— Que faites-vous ici ? lui demanda le commissaire.

— Per... permettez-moi de vous retourner la question.

Winter lui décocha un direct du gauche dans l'abdomen. La douleur lui remonta dans le bras jusqu'au coude. Il avait oublié. Richardsson tituba et retomba lourdement sur le plancher.

— Salaud ! cria Winter.

Il se tenait maintenant au-dessus de lui et tâchait de contenir sa douleur à l'avant-bras en le pressant de sa main droite, qui tenait le pistolet. Richardsson fit mine de se protéger en levant le bras.

— Je ne vais pas vous frapper davantage. Que faites-vous ici ?

— Je... je suis ici.

— Que faites-vous donc ?

— Rien. Je ne fais rien.

— Comment êtes-vous arrivé ?

— Par bateau.

Richardsson paraissait effrayé. Il ne faisait pas le malin : on ne pouvait accéder à l'île autrement qu'en bateau.

— Quand êtes-vous arrivé ?

— C'était... quel jour sommes-nous...

— Dimanche. Dimanche matin.

— Hier. Tôt dans la journée d'hier. Ou alors, très tard dans la nuit de vendredi...

— Levez-vous, lui dit Winter.

Il fit deux pas en arrière. Richardsson se redressa prudemment.

— Qui vous a emmené ici ?

— Je... je suis venu tout seul.

— Bordel !

Winter avança d'un pas. Il avait toujours le pistolet en main. L'homme paraissait attendre un nouveau coup, ou même pire. Ce doit être l'expression de mon visage. Je ne me reconnaîtrais sans doute pas moi-même si je me voyais dans la glace en ce moment. Mais lui me reconnaît. Inutile de me présenter.

— Qui vous a caché ici ? Tiger ?

Richardsson ne répondit pas, mais Winter lut la réponse dans son regard.

— Si c'est lui, vous avez intérêt à me le dire. C'est la dernière personne sur qui vous pouvez compter. Il a déjà tué Roger Edwards.

Richardsson tressaillit. Il ne chercha pas à le dissimuler. Au-delà d'une certaine limite, on ne peut plus mentir. Il l'avait déjà dépassée depuis longtemps. Du moins depuis qu'il était arrivé sur l'île. Chez lui. Plus difficile de mentir une fois rentré chez soi.

— C'est la vérité, reprit Winter. Il l'a abattu.

— Comment... comment le savez-vous ?

— Nous le savons.

— Vous... vous l'avez attrapé ? Tiger ?

— Non. Mais il a cinquante policiers aux trousses. Et vous pouvez aussi nous aider.

Richardsson jeta un œil sur le tabouret près du lit. Un téléphone portable était posé dessus.

— Il est... il a dit qu'il allait venir.

— Qui ? Tiger ?

Richardsson hocha la tête.

— Quand ça ?

— Comment ?

— Quand doit-il arriver ?

— Bientôt... (Richardsson consulta sa montre.) Ce matin.

— Quand vous a-t-il appelé ?

— Cette nuit.

— Pourquoi doit-il venir ?

— Il devait m'aider à partir.

— C'est juste, répondit Winter. Il va vous faire faire le grand voyage. Vous assassiner. (Il avança d'un pas.) Il vient vous tuer.

— Qu'en... qu'en savez-vous ? Non, ce n'est...

— Il avait donné l'ordre à Edwards de vous assassiner.

— Comment ?

Richardsson parut voir un fantôme. Il fixait Winter des yeux mais il voyait quelqu'un d'autre.

— Edwards n'était pas capable de vous tuer. Pas plus que de tuer Sellberg.

— Mais qui... qui l'a fait ?

— Vous ne le savez pas, Jan ?

— Non.

— Pourquoi vous êtes-vous enfui ? Pourquoi avez-vous disparu ?

— Il m'a dit que c'était ce que j'avais de mieux à faire. Tiger.

— Mon Dieu, c'est incroyable que vous soyez encore en vie.

Richardsson baissa les yeux au sol.

— Il y a une autre personne disparue, continua Winter. Mon collègue Lars Bergenhem. Inspecteur de la brigade criminelle. Vous l'avez déjà rencontré. Lars Bergenhem. Où est-il ?

— Je ne sais pas. (Richardsson avait toujours les yeux rivés au sol. Il ne paraissait plus vraiment écouter.) Je ne sais pas.

— Est-ce que Tiger vous a parlé de lui ?

— Non.

— Où est Bergenhem ?

— Je ne sais pas !

Richardsson releva les yeux. Il écoutait. Tremblant de tous ses membres.

— Où étiez-vous jusque-là ?

— Un peu partout... J'étais sur une autre île.

— C'est Tiger qui vous a aidé ?

— Non... oui... il m'a retrouvé. Il m'a contacté.

— Comment ?

Richardsson garda le silence.

— Pourquoi devait-il vous aider ?

Même silence.

— Vous ne comprenez pas qu'il avait une raison de vous installer précisément sur cette île ?

Richardsson secoua la tête.

— Quelqu'un d'autre est-il au courant de votre présence ? demanda Winter.

— Quelqu'un d'autre ? Qui cela pourrait-il être ?

— Un vieil ami.

— Je n'ai pas d'amis sur l'île.

Un grincement derrière Winter. Il se retourna. La porte battait au vent. C'était le matin maintenant, le matin d'un jour nouveau. Une végétation épaisse grimpait vers le sommet de l'escarpement. Toujours verdoyante. Un bateau se faisait entendre. Le moteur devait être assez puissant.

— Quand est-ce que Tiger devait venir ?

— Comme je vous l'ai dit... maintenant, ce matin.

— À quelle heure ?

— Je ne sais pas.

— Il devait venir seul ?

— Aucune idée.

Richardsson fit un pas en avant. Son regard croisa celui de Winter.

— Où est ma femme ? Que lui est-il arrivé ?

— Pourquoi cette question ?

Winter soutint le regard de Richardsson, un regard fiévreux. Il avait peut-être de la fièvre. Il avait l'air malade, le visage blême, aussi sombre que cette pièce dans laquelle il avait couché.

— Pourquoi me posez-vous cette question maintenant ?

Richardsson regarda le téléphone posé sur le tabouret.

— Le crédit est épuisé, expliqua-t-il. Je ne peux pas appeler.

— Votre femme a-t-elle appelé ici ? Berit.

— Non.

— Pourquoi ?

— Elle... ne savait pas. (Richardsson le fixait toujours.) C'est vrai. Elle n'est pas au courant. Je ne voulais pas lui dire. Et Tiger... Tiger...

— Quoi, Tiger ?

— Il a... Mon Dieu ! Lui a-t-il fait du mal ? Et les enfants ?

C'était comme si Richardsson retrouvait enfin l'usage de sa tête, après le premier choc. Comme s'il reprenait conscience.

— Non, répondit Winter. Elle est désormais hors d'atteinte pour lui.

— Comment le savez-vous ?

— Elle est chez nous.

— Chez vous ? Pourquoi ?

Winter s'abstint de répondre. Richardsson attendait une réponse. Il s'était rapproché, son corps dégageait une odeur aigre après ces quelques jours sans toilette.

— Vous ne le savez pas ?

— Savoir quoi ? De quoi parlez-vous ?

Il n'était pas au courant, c'était évident. Il ignorait encore beaucoup de choses. Mais il en savait, il en avait beaucoup fait aussi. Ce dont il s'était rendu coupable expliquait la situation d'aujourd'hui. Une faute majeure. Il n'y avait plus de passé : il était enclos dans ce moment présent et Winter ne comptait pas le lâcher. Tout se ramenait à ce matin-ci, le dernier matin.

— Savoir quoi ? répéta Richardsson en élevant le ton.

— Votre femme a tué Sellberg.

— Non ! (Richardsson était livide.) Non ! Ce n'est pas... ce n'est pas vrai !

— Je ne vous mentirais pas sur un sujet pareil.

— Mon Dieu ! Mon Dieu !

Richardsson était tombé à genoux. Il se tournait maintenant vers Dieu. Mais Dieu ne l'écoutait pas. Il était trop tard. Depuis toujours peut-être. Winter savait que Richardsson avait rejoint une communauté religieuse après avoir quitté l'île, des années auparavant. Avait-il la foi ? Sans doute pas plus que l'essentiel des gens qui l'entouraient.

— Mon Dieu ! Mon Dieu ! criait-il, faisant résonner ces mots dans la petite pièce. Mon Dieu !

— Elle l'a fait à la place de son frère, continua Winter. Il n'en était pas capable. C'est elle qui l'a fait. (Winter s'accroupit, en s'appuyant au sol sur sa main blessée. Des élancements jusqu'à l'épaule maintenant. La main toujours au sol, il tâcha de capturer le regard du politicien.) Elle l'a fait pour Roger. Et pour vous.

Richardsson garda le silence.

— Pour vous, Richardsson ! Elle a tué un homme à cause de vous.

Richardsson releva les yeux de ses mains nouées. Il était toujours sur les genoux.

— C'est de votre *faute*, insista Winter. Quelle faute avez-vous commise, Jan ? À quoi ressemble-t-elle ? Votre faute. La faute de Roger. Celle de Sellberg.

— Non, non. (On aurait dit un gémissement. Richardsson se tordait les mains comme s'il voulait les sceller pour toujours, dans une prière éternelle à son Dieu.) Non, non, non !

— Racontez-moi. Jan, racontez-moi tout. Ici et maintenant ! Qu'avez-vous fait ? Qu'avez-vous fait à Beatrice Kolland ?

— NON !

C'était un hurlement. Winter sentit passer la rafale. Tout à coup, Richardsson lui agrippa les épaules. Il avait enfin détaché ses mains l'une de l'autre. La Source aux Vœux, on y est, songea Winter. Ici et maintenant. Il tâcha de se dégager, mais les doigts de Richardsson s'enfonçaient dans sa chair. Il avait horriblement mal à l'épaule gauche.

— NON !

Sur le tabouret, l'appareil fit entendre un signal perçant. On aurait dit un coup de feu.

44.

Ce cri paraissait remonter des profondeurs de l'enfer, mais le choc résultant de la sonnerie fut encore plus grand. Richardsson toisa le téléphone comme s'il espérait ainsi le faire taire. Puis il tourna son regard vers Winter.

— C'est lui, fit ce dernier. C'est Tiger.

Richardsson ne répondit pas.

— Il vous a donné cet appareil, n'est-ce pas ?

Richardsson hocha la tête.

Le portable sonna de nouveau. Le signal faisait penser à un avion sur le point d'atterrir. Ou alors un puissant bateau à moteur à l'approche du rivage. Du ponton de Brännö. Un bruit qu'on venait d'entendre, suivi d'un silence. Le meurtrier était en chemin, remontant l'escarpement. Winter sentait le pistolet contre sa poitrine, le froid de l'acier. Son corps, lui, était chaud, bouillant.

— Répondez, il le faut. Prenez l'appareil.

— Pourquoi ?

— Pour qu'il sache que tout est normal.

— Ce n'est pas le cas.

— Répondez !

Richardsson sursauta. Il se traîna jusqu'au tabouret, sur les genoux. On aurait cru un rituel religieux, un rite de purification. Il se libérait d'une souillure. Ses genoux laissaient leur trace sur le plancher recouvert d'une épaisse couche de poussière. Des décennies de poussière, Winter le sentait au picotement dans ses narines, il avait plusieurs fois manqué d'éternuer. La poussière s'envolait maintenant par la porte ouverte. Il regarda dehors. Un beau dimanche matin, qui s'était maintenant bien établi. Le soleil régnait sur tout. Il y avait même des ombres. Winter voyait l'ombre portée du toit sous lequel il se trouvait. Elle tomberait sur le meurtrier lorsqu'il déboucherait du sentier.

— Allô ? Allô ?

Il entendait la voix de Richardsson derrière lui.

— Allô ?

Winter se retourna.

— Il a raccroché, fit Richardsson.

Le portable sonna de nouveau.

— Allô ?

Winter perçut une voix dans l'appareil, comme un bruit de moteur. Aucune parole, seulement un grondement montant et descendant.

— Je suis là, dit Richardsson. (Il écoutait son interlocuteur.) Je dormais. (Nouveau silence.) Je suis... épuisé. (Silence.) D'accord. (Silence.) Je vous ouvre.

Richardsson remit le portable sur le tabouret comme s'il lui avait brûlé la paume des mains. Il tourna les yeux vers le commissaire :

— Il arrive. Il est au ponton.

— Seul ?

— Il ne m'en a rien dit.

Winter consulta sa montre. Une demi-heure encore avant l'arrivée de la vedette des garde-côtes. Il sortit son portefeuille et vérifia un numéro avant de le composer.

Aucune tonalité.

Il composa le numéro direct de Bertil. Aucune tonalité. Halders. Rien. Chez lui. Non plus.

Richardsson le suivait du regard :

— Difficile d'avoir la communication. À cause de la roche derrière la maison. C'est pratiquement impossible d'appeler d'ici.

— Ah bon, qui avez-vous cherché à joindre ?

— Tiger.

— Quand ?

— Quand... quand je suis arrivé. Quand... il est parti.

— Pourquoi ?

— Il... il ne m'avait pas dit combien de temps je devais rester.

— Vous mentez, répondit Winter, en avançant d'un pas dans sa direction. C'est une question de vie et de mort, Jan. Vous devez tout me raconter. Un assassin est en train de monter ici. Pour vous tuer. Il essaiera de me tuer. Je ne peux pas appeler de renforts. (Winter le fixa du regard.) Qui avez-vous contacté ?

— Un... ami.

— Quel ami ? Où donc ?

— Ici...

— Sur l'île ? Vous avez appelé quelqu'un sur l'île ?

Richardsson hocha la tête.

— Vous lui avez dit que vous étiez ici ? Sur Brännö ?

Pas de réponse. Richardsson tendait l'oreille. Ils ne pourraient pas l'entendre arriver. Au mieux ils le verraient surgir au débouché du sentier. Mais Tiger avait peut-être son propre chemin. Il glisserait le long de la roche derrière la maison ou déboulerait d'un point cardinal encore inconnu.

— Qui est au courant de votre présence ici, Jan ?

— Boris.

— Boris ? Qui est-ce ?

— C'est... le gardien du cimetière.

— Boris ? Boris Hjelm. Mais oui ! Je l'ai rencontré. Que lui avez-vous dit ?

— Rien...

— Rien ? Vous appelez après trente ans de silence et vous ne dites rien ?

— J'ai juste dit que j'étais là.

— Pourquoi ?

— Je ne sais pas. J'avais peur. J'avais peur !

— Que vous a-t-il répondu, Boris ?

— Il... ne m'a pas dit grand-chose. Il n'est pas très causant. Et puis il n'y avait pas grand-chose à dire.

— Il est venu ici ?

— Non.

— Doit-il venir ?

— Non... nous n'en avons pas parlé.

— Vous lui avez parlé de Tiger ?

— Non. Je voulais juste... que quelqu'un sache ma présence dans cette maison.

— Lui avez-vous donné ce numéro ? demanda Winter en pointant vers le portable.

— Non, je n'ai pas osé.

Winter jeta un regard par la porte. Il aurait pu sortir au soleil, grimper au sommet de l'escarpement et tâcher de donner l'alerte. Faire des moulinets avec les bras, comme un sémaphore, pour attirer l'attention d'un navire en bas. Mais il ne survivrait pas à l'opération. Dans quelques minutes,

Tiger serait sur place, prêt à se frayer un chemin à travers la jungle pour le rattraper. Les tigres, ça connaît la jungle, non ? Sauf que Tiger n'est pas vraiment chez lui. Qui se sentirait chez lui dans un endroit pareil ? Dans ce ravin. Avec cette mare. Une vraie tombe. Il retourna la formule dans son esprit.

Une tombe.

Il regarda Richardsson. L'homme était terrorisé d'être ici. Justement ici. Près de cette tombe. Si c'était le cas. Se trouvait-il à proximité d'une sépulture ?

— Pourquoi cet endroit ? demanda-t-il.

Richardsson ne répondit pas. Il avait le regard fixé sur la porte, qui était restée ouverte. Winter alla la fermer. Il se dirigea ensuite vers la fenêtre la plus proche et se posta sur le côté. Avec un peu de chance, il pourrait passer inaperçu de l'extérieur. Il se retourna vers le politicien.

— Pourquoi cette maison ? Cet endroit ?

Richardsson secoua la tête. La pire des réponses possibles. Dans le sud de l'Inde, c'était un signe d'acquiescement, ailleurs ça voulait dire non. Entre les deux, ce geste pouvait offrir bien des interprétations.

— Qui est le propriétaire ?

— Je ne sais pas.

— Tiger ?

— Je ne sais pas.

— Lorsque vous étiez jeune, lorsque vous viviez sur cette île, qui possédait ce terrain ?

Richardsson ne répondit pas.

— Était-ce vous ? Votre famille ?

Richardsson hocha lentement la tête, ce qui signifiait peut-être « non » en grec, ou Dieu sait dans quelles contrées. Winter était sûr de la réponse cette fois.

— Tiger est au courant ?

— Il... il ne me l'a pas dit. Je ne sais pas.

Richardsson regarda brusquement autour de lui dans la pièce, comme s'il la voyait pour la première fois. Mais ce n'était pas le cas, loin de là. C'était la dernière fois, Richardsson le savait. La dernière, quoi qu'il puisse arriver.

Qu'était-il arrivé, l'avant-dernière fois ? Car il était arrivé quelque chose ici même. Pas seulement à Sandvik, Husvik, la mer, la colo, mais ici. Dans cette baraque infernale. Le pan de roche juste au-dessus. Cette mare. La jungle. Ce devait être la jungle déjà à l'époque. Une forêt primitive.

Tiger le savait. Il savait ce qui s'était passé, ou alors il avait deviné. Il a conduit ici Richardsson. Il avait peut-être prévu d'emmener Edwards, lui aussi. Pour confronter les deux hommes, qui n'en seraient pas à leur première rencontre. Mais il avait perdu patience. Un incident. À savoir Lars Bergenhem. Winter eut soudain l'impression qu'on lui enfonçait un coin au-dessus de l'œil gauche. En pensant à Lars. Comme si la douleur au bras gauche avait remonté vers la tête. Elle gagnait par petites vagues, encore lentement, comme un bruissement sur la plage. Ce n'était pas Lars. C'était la tension accumulée ces derniers jours. Le manque de sommeil, de nourriture et de boisson. De tout. L'attaque reprit, une vague plus forte. Il ferma les paupières. Elle le recouvrit entièrement avant de se briser sur le rivage qui se présentait maintenant sous la forme de rochers coupants. Il pouvait à nouveau respirer. Il sentit sur lui le regard de Richardsson. Il ouvrit les yeux.

— Qu'y a-t-il ?

— Ce n'est rien.

— Vous allez bien ? On ne dirait pas.

— Je vais bien. (Il jeta un œil à la fenêtre. Rien ne bougeait dehors. La vague restait tapie sous son crâne, mais elle ne bougeait pas non plus.) Je vais bien. (Il se retourna vers Richardsson.) Pour quelle raison pensez-vous que Tiger vous a emmené ici ?

— Je ne sais pas.

— Vous le savez ! Répondez, bordel !

La deuxième vague s'abattit sur son crâne comme une barre de métal, l'assommant quelques secondes. Il faillit perdre l'équilibre et chercha un appui. Ce devait être le mur. Le vide. Il tomba. La chute lui parut longue. Il se rattrapa sur sa main gauche. OOUUAAÏE ! La douleur fusait de partout, des taches rouges lui passaient devant les yeux. Saisi d'une envie de vomir, il essaya de reprendre son souffle. Il respirait difficilement mais parvint à endiguer la nausée. Il sentait maintenant le sol sous son corps. Il chercha le mur à tâtons.

Une fois debout, il ouvrit les yeux qui lui piquaient sous l'effet des larmes, salées, comme s'il avait nagé sous l'eau.

— Mon Dieu ! s'écria Richardsson. Vous êtes malade.

Winter secoua la tête. À son tour. Il voulait dire « non » mais c'était un « oui ».

— Il faut vous allonger.

La bonne personne au bon endroit, songea-t-il. Le bon malade au bon rendez-vous. Tiger n'aurait plus qu'à lui mettre le thermomètre dans la bouche.

— Ça... ça va passer, fit-il en s'appuyant contre le mur de la main droite.

La gauche était maintenant inutilisable. Il avait sans doute réussi à la casser.

Il tâcha ensuite de régler sa vue. Il voyait double. Il referma un instant les paupières. Les choses se clarifiaient. Ces lieux se réunissaient en un. Tout était calme, en cette merveilleuse matinée d'automne. La végétation débordait de vie, paraissant ne devoir jamais périr. S'il avait pu se sentir dans le même cas !

Il fixa Richardsson :

— Que s'est-il passé ici ?

Le politicien le faucha du regard.

— Que vous a dit Tiger ?

Richardsson avait cessé de le voir. Les yeux rivés sur la fenêtre, il s'était complètement raidi. Il pointa du doigt. Winter se retourna lentement.

Jacob Ademar avançait à petits pas entre les arbres.

45.

Richardsson se tenait à côté de Winter. L'homme dégageait une odeur qui devait plus à la terreur qu'au manque d'hygiène. Elle était familière à Winter, mais il ne l'avait jamais sentie aussi forte que maintenant.

La puanteur chassa le mal de tête qui partit s'enfoncer dans le sol. L'angoisse émanant d'un autre soulageait la douleur. À faire savoir aux migraineux. Il n'était pas malade. Il avait Ademar dans son champ de vision. L'écrivain tournait les yeux de tous côtés, tel un chasseur. Il restait immobile, sans doute à l'affût d'un bruit suspect. Puis il se retourna du côté d'où il était venu : une zone envahie par la nature sauvage.

— Vous le reconnaissez ? chuchota Winter.

Richardsson ne répondit pas. Lui aussi furetait du regard, comme s'il soupçonnait Ademar de n'être venu qu'en éclaireur.

— Dites-moi si vous le reconnaissez, répéta Winter.

— Non, je ne le connais pas. Qui est-ce ?

Ademar regardait maintenant tout droit en direction de la fenêtre. Il s'était figé sur place, comme s'il avait repéré quelque chose, un mouvement.

— Il nous voit, dit Richardsson d'une voix chancelante.

Winter lui agrippa l'épaule de sa main gauche. Le poignet était aussi sensible que ses tempes migraineuses. Il avait des élancements dans tout le bras gauche, mais il tenait le pistolet dans la main droite. Richardsson parut se ressaisir. Ce ne pouvait pas être une feinte. Rien de ce qu'il faisait n'était joué. Winter avait envisagé de l'attacher. Ou de le bâillonner. Mais il n'en aurait pas eu le temps de toute façon. Le problème maintenant, c'était Ademar. Et ce qui ne pouvait manquer de suivre derrière lui.

Winter vérifia son portable. Mort. Il surprit du coin de l'œil un mouvement.

La vitre se brisa !

Il avait entendu le coup de feu avant de voir partir la vitre en morceaux. Pas toute la vitre : la balle n'avait emporté que la partie supérieure. Winter sentit un courant d'air lui passer sur le visage. Derrière Ademar, le vent agitait les branches d'un bouleau presque mort. L'écrivain semblait un point d'interrogation sur pieds. Sa bouche remuait. Il paraissait chercher des mots qu'il ne trouvait pas sur le moment. Un écrivain privé de mots. Il fixait du regard la vitre. Il se retourna.

Tout cela dans l'espace d'une seconde.

— À terre ! cria Winter. Jetez-vous par terre !

Richardsson obtempéra. Winter restait debout, appuyé contre le mur. Son champ de vision se trouvait réduit de moitié. Il tâcha de voir derrière Ademar. Rien ne bougeait.

Un nouveau coup de feu !

La balle siffla à travers la fracture de la vitre, franchit la pièce, brisa la fenêtre de l'autre côté avant d'entamer la roche. Winter avait suivi sa course, comme il aurait suivi un ralenti.

— Mon Dieu ! Mon Dieu ! gémissait Richardsson sur le plancher.

Winter baissa les yeux vers lui : il faisait mine de s'agenouiller.

— Couchez-vous !

Dieu ne peut pas t'aider en ce moment, songea Winter. Nous aider. Nous seuls pouvons faire quelque chose. Quoi ? Il fit un rapide tour d'horizon. Rien d'intéressant : quatre murs et deux fenêtres cassées, une porte fermée, et c'était tout. Tiger pouvait très bien se faufiler entre la maison et la paroi rocheuse pour ensuite ouvrir le feu à travers la fenêtre brisée. Il pouvait continuer à tirer sur la façade. Il n'était peut-être pas seul. C'était lui en tout cas, pas un autre. Ils étaient assiégés. C'était complètement fou. Comment ai-je pu atterrir là-dedans ? Et Ademar ? Il restait là, dans la clairière, comme pétrifié. Sous les rayons du soleil, on aurait cru voir une statue dorée à l'or fin. Il paraissait attendre le prochain coup de feu, et qu'il le touche dans le dos.

— Winter !

Le commissaire pensa d'abord que c'était Ademar qui l'avait appelé. Mais ce dernier se retourna, après le cri, vers la jungle. Winter ne voyait rien derrière lui.

— Winter ! Je sais que tu es là !

C'était la voix de Tiger.

— Lâche ce pistolet !

— C'est lui ! fit Richardsson, toujours par terre, en relevant la tête. Il va nous tirer dessus ! Ne lâchez pas votre arme !

Si je devais le faire, ce serait pour te la donner, songea Winter. Mais ce ne serait pas une bonne solution. Richardsson ne serait pas l'homme de la situation dans un échange de coups de feu.

— J'ai lâché le mien ! cria Tiger. Il a fini son travail !

Winter tâchait de percevoir d'où venait la voix à défaut de pouvoir visualiser la scène.

— Que voulez-vous ? lança-t-il.

Richardsson avait sursauté au son de sa voix, comme s'il avait tiré une balle. Winter serrait le pistolet dans sa main. Il lui assurait une sécurité toute relative. Il pensa à la vedette de la Surveillance côtière. Elle devait être en train d'accoster à l'appontement de Brännö. Il était sans doute trop tard pour tirer un coup de feu. On n'entendrait rien à bord, avec le bruit du moteur. Que feraient-ils en ne le voyant pas venir ? L'attendraient-ils ? Appelleraient-ils des renforts ? Débarqueraient-ils pour aller à sa rencontre ? Cela pouvait leur prendre un certain temps avant de remonter la Source aux Vœux. Ils commenceraient peut-être par le reste de l'île. Le vallon de Sandvik. Il était plus probable qu'ils le cherchent par là. Du côté de la colonie disparue.

— Winter ! Comment vas-tu ! cria Tiger. Comment allez-vous ?

Le commissaire ne répondit pas. En marchant sur les genoux, il tâcha d'éviter l'obstacle de la fenêtre et gagna l'autre côté. Il crut voir bouger quelque chose derrière un gros tronc noueux. Il aperçut... Était-ce un bras, ou alors une branche agitée par le vent ? Le soleil brillait toujours aussi fort et le ciel n'en finissait pas d'étaler ce crétin de bleu, mais le vent avait forci. Winter pensa à une voile. Il se revit plus jeune sur un voilier. Il avait navigué dans le détroit. L'été 1975. Était-ce donc ici sa destination ? Était-ce ici que l'aventure allait s'arrêter ? Ademar restait toujours figé dans la même position au milieu de la clairière. Comme enfermé dans ce cercle de verdure. Était-ce ici que son livre allait se conclure ?

Winter jeta de nouveau les yeux sur Richardsson. Comment allait-il ? Comment allons-nous ? Relativement bien pour la circonstance. Ils avaient au moins un toit au-dessus de leur tête. Il regarda par la fenêtre. La vie respirait largement en ce beau jour d'automne. Un courant d'air vif passait par la fenêtre cassée. Un air plein de senteurs marines et salées. Fleur de sel, beurre fondu sur des pommes de terre bouillies avec de l'aneth, l'espace d'une seconde il se prit à rêver d'une belle assiette. Sauf que ce n'était pas la saison des patates nouvelles. Je voudrais revivre ça encore une fois. Des pommes de terre chaudes, des matjes, et de l'aquavit. Ce salopard dehors ne va pas m'en empêcher. Pas question de mourir, pas avant la Saint-Jean en tout cas.

— BIEN ! JE VAIS BIEN !

On l'entendrait peut-être de l'embarcadère. Pourvu qu'ils ne me prennent pas à la lettre. Les tempes lui battaient. Il avait crié trop fort. Mon Dieu ! Si tu existes, laisse-moi un répit pour l'heure qui vient. Après, je me range. Après, j'accepte tous les soins.

— Bien, répondit Tiger. J'y comptais bien.

Winter eut l'impression que la voix provenait de derrière le tronc d'arbre. Ils avaient dû se déplacer en même temps. Peut-être le gangster avait-il surpris une ombre portée dans la pièce.

— Je n'ai pas de compte à régler avec toi, Winter, lui lança Tiger. Tu peux te tirer quand tu veux.

— Que voulez-vous dire ?

— T'as qu'à filer. Je veux juste voir mon ami Richardsson. Il m'attend. Je vais l'aider à sortir d'ici.

L'aider à sortir. C'était le fou qui parlait. Winter regarda Richardsson, recroquevillé dans un coin de la pièce, loin de la fenêtre, contre le mur nord. Il avait levé la tête en entendant prononcer son nom.

— Donc, t'as plus qu'à y aller peinard, Winter.

— Ce n'est pas si simple, Tiger.

— Pourquoi ? Je te promets que je te ferai pas de mal.

— Il n'est pas question de faire du mal à qui que ce soit, Tiger.

— Non, c'est bien ce que je dis !

— Le mieux, c'est que vous retourniez en ville, lui cria le commissaire.

— Non, j'ai mieux à faire !

— Quoi donc ?

— Je te l'ai déjà dit, tu rentres en ville, Winter !

— J'emmène Richardsson. Et Ademar.

— Ademar n'a aucune envie de te suivre !

Winter regarda l'écrivain. Pourquoi rester planté là, bon sang ? Pourquoi ne se mettait-il pas à couvert ? Il pouvait au moins essayer.

— Je vais lui poser la question moi-même, à Ademar.

— Jacob et moi, on est ici pour finir un boulot ! hurla Tiger. On a un bouquin à finir.

— Où est Bergenhem ? cria Winter.

Il ne reçut pas de réponse. Ademar restait de marbre. Il paraissait aveugle, comme s'il avait choisi de ne rien voir, ou de ne rien entendre.

— Que s'est-il passé avec Bergenhem, mon collègue ? continua Winter. Où est-il ?

— Ça suffit, Winter. C'est de toi qu'il s'agit maintenant. C'est toi qui as intérêt à te tirer.

— Qu'avez-vous fait de lui ? De Bergenhem ?

Toujours aucune réponse.

— Qu'est-ce qu'on va faire ? chuchota Richardsson. Qu'est-ce que vous allez faire ?

— Attendre, répondit Winter. Nous n'avons pas d'autre choix pour l'instant.

— Attendre quoi ?

— Que quelqu'un vienne. (Il se tourna vers le politicien.) Votre ami Boris, le gardien du cimetière, par exemple. Ce serait possible ?

— Non...

— Pourquoi ?

— Parce que... je l'en ai dissuadé.

— Nous devons le retarder, reprit Winter. Gagner du temps en parlant avec lui.

— Et s'il n'en a plus envie ?

— Ils ont toujours envie de parler.

Il hurla :

— Pourquoi avoir tué Edwards, Tiger ?

Silence.

— Pourquoi l'avez-vous tué ?

— Il ne voulait plus collaborer. (Ce n'était plus la même voix, comme si Tiger était subitement devenu un autre homme. Elle était plus haute, plus tendue.) Il ne voulait pas rester jusqu'à la fin !

— Quelle fin ? cria Winter en retour.

— Celle-ci, bien sûr. On y est. En plein.

— Edwards était censé être ici avec nous ?

— Naturellement.

— Pourquoi ?

— Il fallait qu'ils soient tous là !

— Tous ? Que voulez-vous dire, Tiger ?

Nouveau silence. Winter ignorait où se trouvait le meurtrier. Il avait pu profiter du bruit de voix pour se déplacer. S'il en avait assez, il déchargerait son arme sur eux. Mais non. Peu de chance qu'il se lasse aussi vite. C'était pour lui un moment longtemps attendu. C'était la fin.

— Pourquoi l'avoir tué dans votre appartement de la rue du Repos ? Pourquoi précisément là ?

Tiger ne répondait toujours pas.

— Pourquoi ne pas l'avoir tué chez lui ? En même temps que Bergenhem ?

— Je ne l'ai pas tué, déclara Tiger.

Il avait une voix désormais plus posée, comme si les mots de Winter l'avaient calmé, lui donnant l'occasion de dire la vérité.

— Qui l'a tué ?

— Personne. Mais je vais te dire ce que c'était, cet Edwards. Une petite merde inutile, sans valeur, qui n'a rien fait de sa vie. Quelle importance qu'il soit mort ? Il aurait reçu sa punition de toute façon. Ils l'ont ramené de la rue du Repos sur mes ordres. Pour ton pote, c'était pas possible. Mais Edwards était capable de marcher tout seul. Je lui avais donné, soi-disant, une chance supplémentaire, pour qu'il exécute Richardsson ici, sur l'île. Mais c'était de la blague ! Je lui aurais pas confié d'arme, sérieusement. Je voulais juste me foutre de lui, et du salaud qui te tient compagnie là-dedans. Je voulais les faire souffrir le plus longtemps possible. Jusqu'à ce que je vienne en personne les faire souffrir encore davantage.

— Edwards pouvait marcher tout seul, vous avez dit ? Ce n'était pas le cas de Bergenhem ?

— Edwards, il voulait pas marcher, répondit Tiger, comme s'il n'avait pas entendu la dernière question. Il a refusé. Il avait déjà refusé pour Sellberg, j'avais bien compris. C'est pas lui qui l'a tué. Mais là aussi, c'était pas prévu ! Je voulais le voir ici, Sellberg, avec les autres ! Très précisément maintenant !

— Pourtant, vous avez donné à Edwards un pistolet chargé à balles réelles, rétorqua Winter.

— Il avait besoin de s'entraîner ! Et c'est ce qu'il a fait. Mais je pensais pas qu'il irait jusqu'au bout. Et j'avais raison ! (Tiger éclata de rire.) Je sais qui est le meurtrier. La meurtrière. Chapeau, la bonne femme !

— Où détenez-vous Bergenhem ?

— Edwards a donc reçu sa punition un peu plus tôt que ce salaud à côté de toi, Winter. Un geste impulsif, faut l'admettre, même si je commençais à me fatiguer de ce tas de merde. Malheureusement, c'est arrivé dans l'appartement de mon papa et ma maman. J'ai pas pu faire autrement.

— Vous ne pourrez plus retourner là-bas, Tiger, lui lança Winter. Vous ne pourrez plus retourner nulle part. Il faut abandonner la partie. Les jeux sont faits. C'est terminé. Vous l'avez eue, votre vengeance, Tiger. Sellberg et Edwards sont morts. Richardsson est à moitié mort, je peux vous le garantir. Alors, laissez tomber maintenant.

Pas de réponse.

— Vous êtes à la dernière page de ce bouquin.

Toujours pas de réponse. Il était sans doute en train de réfléchir, s'il avait écouté Winter. Ce dernier se tourna vers Richardsson qui avait toujours la tête du condamné en route pour son exécution. Les paroles du commissaire ne l'avaient pas apaisé. Elles n'avaient pas non plus apaisé celui qui les proférait. Sa tentative de gagner du temps pouvait avoir des effets contraires à ceux qu'il escomptait, une fois passé ce moment de détente et de confidence chez le meurtrier.

— WINTER !

Le commissaire tressaillit. Tiger avait haussé le ton. Avec un vent portant du bon côté, ce cri pourrait se faire entendre de l'autre côté de l'escarpement. Il y avait des gens qui vivaient en contrebas, au croisement de la Source aux Vœux et de la route d'Husvik. Ils n'étaient quand même pas sourds ? Où étaient-ils passés ? À l'église ? Ce n'était pas un bruit de cloches ? Si. Il les entendait sonner là-bas, vers le nord, nord-est de l'île. Pas maintenant ? Mais si, elles résonnaient le long de la paroi rocheuse derrière lui.

— Je t'ordonne de sortir de cette cabane, Winter. Sans arme. Tu sors les bras en l'air !

— Non, je ne sors pas.

Un coup de feu éclata !

Ademar sursauta.

Il poussa un cri.

Winter avait également sursauté.

Ademar tomba comme au ralenti.

Winter aperçut du sang sur son pantalon.

Ademar cria de nouveau. Il gisait à terre désormais, après être resté si longtemps debout que Winter l'avait presque oublié. Il avait fini par se fondre dans la nature.

— Sors de là ! hurla Tiger. Tu sors de là, Winter !

— Vous avez perdu la tête, Tiger ?

— Tu sors les mains en l'air, Winter ! Sinon je tire encore une balle sur Ademar !

Ademar s'était tu, pour mieux les écouter, probablement. À moins qu'il ne se soit évanoui sous le choc et la perte de sang. Il avait une jambe rouge, ou plutôt noire. Winter n'arrivait pas à distinguer si c'était la jambe droite ou la jambe gauche. Une bande d'ombre s'était abattue à la diagonale sur le corps de l'écrivain.

— Il est innocent ! cria Winter. Jacob n'a rien à voir dans cette histoire !

— Faux ! (Le ton n'était plus le même, à croire que Tiger regrettait son geste.) Mais je ne veux pas le tuer. Il doit m'aider avec ce bouquin. Enfin, c'est moi qui dois l'aider. Mais tu dois nous livrer Richardsson, Winter ! Sinon, y aura pas de livre possible !

— Ne tirez pas ! cria Winter.

— Livre-moi Richardsson !

— Ne tirez pas ! Ne...

La balle atteignit Ademar à l'épaule. Son corps fit un soubresaut. Un filet de sang coulait sous lui. Il ne criait pas. Mon Dieu, il est en train de mourir. Ce dingue le met à mort. Il a franchi la dernière limite. Il sait que je suis au courant, que nous sommes au courant pour Edwards. Il compte terminer lui-même ce foutu bouquin. Il sacrifie Ademar. Il sacrifie tout. Pourquoi ? Pour ce qui s'est passé l'été 75 ? Cela signifie tout pour lui en ce moment. C'est la raison de sa venue sur l'île. La mienne aussi. Mais il cheminait depuis longtemps. Il avait planifié quelque chose en cet endroit, à cette heure. Pour Richardsson, et pour Edwards, si Lars ne s'en était pas mêlé. Ademar devait lui servir de témoin et de... chroniqueur. Oui. Il n'avait pas compté avec ma présence. Malgré tout, *the show must go on*. Il avait prévu un show. Une messe des morts en plein soleil. Je le gêne. Du coup, Ademar devient une gêne, lui aussi. Exit Ademar. Exit tous ceux qui viennent se mettre en travers de son chemin.

Nouveau coup de feu !

Winter vit la terre remuer près de la tête d'Ademar. L'écrivain gisait immobile. Winter ne pensait pas qu'il soit déjà mort. Il fallait un peu plus de temps pour mourir si la balle vous traversait la tête. Tiger l'avait sans doute manqué. Ou alors il avait fait exprès de tirer à côté, pour la première et la dernière fois.

Il faut que j'improvise. Seconde après seconde.

C'est mon heure, à moi aussi.

— Arrêtez de tirer ! OK, je sors !

Silence.

— Je sors ! Je sors les mains en l'air !

Richardsson se redressa :

— Ne faites pas ça ! Il va vous tirer dessus ! (Il était debout maintenant.) Il va nous tuer tous les deux !

— C'est un risque à prendre, répondit Winter. Sinon il finira par tuer Ademar. (Il se dirigeait vers la porte.) Pour autant qu'il soit encore en vie.

— Dans ce cas, vous n'avez pas besoin de sortir.

— Je ne fonctionne pas comme ça. Si je ne sors pas tout de suite, il est certain qu'il va mourir. Et je ne peux pas l'accepter.

— Qu'est-ce que ça change s'il nous tue, maintenant ou plus tard ?

— On va essayer d'éviter ça.

Il entendait sa voix lui résonner dans les oreilles. Il parlait vite, relativement vite. Mais il avait très peur de ce qui allait suivre. Mettre le pied dehors, c'était peut-être faire le premier pas vers une exécution.

Il coinça son pistolet contre ses reins et resserra d'un cran sa ceinture.

Il ouvrit la porte.

— J'arrive, Tiger !

Ademar gisait à quinze mètres de là.

Winter franchit lentement le seuil.

Il sentit le vent dans ses cheveux.

Il leva les bras en l'air. Il contempla le ciel, plus vaste qu'il ne l'avait jamais vu auparavant. Plus bleu. Il avait l'impression d'être un prisonnier à ciel ouvert, dans une cellule infinie. Comment pourrait-il en sortir ?

— Bouge pas, Winter !

La voix de Tiger s'était rapprochée, mais il restait invisible, ce salaud. Il pouvait être n'importe où. Winter constata qu'il n'était pas caché derrière le tronc d'arbre.

— Je vais du côté d'Ademar ! cria Winter.

— Bouge pas !

— Si ! Il faut que je voie dans quel état il est. J'y vais.

Il se mit en marche. Il ferma les yeux, oui, je ferme les yeux, je me sentirai mieux, je crois. Il s'attendait à prendre une balle. L'entendrai-je siffler avant qu'elle ne me touche ?

Il continua à marcher. Il ouvrit les yeux. Il n'était plus qu'à quelques pas d'Ademar. Je marche encore. Je suis en vie. Me voici arrivé. Je vais me pencher sur le corps. Ademar avait les yeux fermés. Il paraissait enfoncé dans un sommeil compatissant, mais son visage était pâle, presque blanc. Ce ne fut pas un choc pour Winter : le sang avait cessé de couler de l'épaule ; la blessure n'était pas si grave. La jambe était plus amochée. Winter crut voir sortir un fragment d'os sous le genou. Il déchira son mouchoir et le noua très serré au-dessus du genou d'Ademar. Il se releva, ôta son manteau, puis son veston, enfin sa chemise. Il la découpa en bandes de tissu et tâcha de panser la jambe. Il palpa délicatement l'épaule d'Ademar, toujours inconscient, puis il la recouvrit de son veston. Elle avait saigné, mais pas trop. La balle avait dû effleurer la peau et poursuivre sa trajectoire dans la nature, ou dans le mur de la cabane. Quand tout ça serait fini, ils la retrouveraient comme celles qu'on avait tirées sur la maison de Sellberg des décennies auparavant. Il y a vraiment très longtemps, songea-t-il. Ç'aurait pu remonter à 75, et d'une façon, c'était le cas : ils vivaient l'année 1975. Le passé les avait rejoints. Il n'existait plus de passé. L'été 75, c'était tout pour Tiger. Pour les autres aussi, pour Ademar le premier, et cela risquait de lui coûter la vie. C'était pratiquement sûr. Le dingue allait tous les tuer. Où se cachait-il ? Winter l'avait gêné dans ses plans. Le commissaire s'était d'abord senti comme un acteur sur une scène de théâtre, mais cette première impression avait maintenant disparu.

Il releva les yeux.

Tiger était posté devant la porte.

En face de lui, Richardsson.

Winter vit l'arme dans la main de Tiger : un pistolet automatique. Il s'en doutait depuis le premier coup de feu. Même s'il pouvait servir de pistolet mitrailleur jusqu'à une certaine limite, ce n'était pas un Tokarev. Ce dernier, Tiger l'avait bien abandonné, comme il l'avait dit. Il repose dans le lit du fleuve, j'en suis sûr. Tiger savait que je finirais par comprendre. Cette piste de Coldinu, c'était une voie de garage, mais il fallait en passer par là. Sans doute voulait-il savoir. Ce dragage sous la croix dans le détroit. Il voulait savoir. Il voulait qu'on fasse le travail. Il ne sait pas tout. C'est pour ça qu'il est ici : pour savoir le reste.

Winter avait soudain compris !

Tiger voulait savoir, exactement comme lui. Il voulait savoir !

Il n'avait pas la réponse.

Richardsson, oui.

Il allait raconter.

Il raconterait sans doute et après, il mourrait.

Winter restait accroupi devant le corps d'Ademar. L'écrivain n'en savait pas plus que Tiger. Il n'avait pas réussi à aller plus loin, pas plus que Winter. Ils en étaient tous les trois au même point, même si Tiger fournissait un nouvel arrière-plan, plus large, à cette histoire. Car il en faisait partie, aucun doute là-dessus.

Et il voulait tout savoir. Ils sauraient tous bientôt. Je risque d'être tué juste après. Je ne vois pas comment je pourrais y échapper. Autant dire que je suis déjà mort.

Winter se redressa.

— Cet homme a besoin de soins, d'urgence.

— Je veux bien le croire, répondit Tiger. Les mains en l'air !

Winter s'exécuta.

Tiger frappa Richardsson à la gorge avec la crosse de son pistolet mitrailleur.

Le politicien tomba en avant, s'affaissa sur les genoux et glissa sur le flanc. Tiger releva les yeux :

— Tourne-toi.

— Pourq...

— Retourne-toi !

Tiger repéra la crosse. Si seulement j'avais eu un tricot de corps. J'ai retiré ma chemise, dans un geste de compassion.

Le gangster enjamba le corps de Richardsson, toujours à terre.

Winter sentit le pistolet glisser de sa ceinture.

— Ça pouvait pas marcher, commenta Tiger.

— Que comptez-vous faire ? M'abattre ?

— Non, non. On va faire une petite balade. Une escalade, pour être plus exact.

— Où donc ?

— T'es pas monté là-haut, Winter, curieux comme t'es ? Je peux pas le croire.

Winter reçut un coup à l'épaule. L'épaule droite.

— Demi-tour ! (Un deuxième coup.) On y va !

Le commissaire obéit. Richardsson se redressa. Il essaya de dire quelque chose. Les mots ne sortaient pas.

— Debout ! ordonna Tiger avant de lui frapper le bras gauche de sa crosse. Debout, bordel !

Richardsson essaya de se relever. Ses jambes se dérobaient, comme sur de la glace.

Il était maintenant sur ses pieds. Winter ne parvint pas à capter son regard : le politicien n'en avait plus. Il allait bientôt entamer cette drôle de promenade, *dead man walking*.

Tout était silencieux autour d'eux. D'un silence de mort. Les cloches avaient cessé de sonner. Aucun bruit, ni dans le ciel, ni sur la mer. Le vent s'était calmé. Pas d'oiseaux au-dessus de leurs têtes. Pas le moindre bateau de pêche pour faire entendre le ronflement de son moteur. Où sont-ils tous ? Winter tendait l'oreille. Mais rien. Il était oublié de tous. C'était donc ça. On finissait par n'être plus rien pour personne.

— C'est parti, déclara Tiger.

46.

Winter était ébloui par le soleil. Il marchait derrière Richardsson, qui ne se retournait pas. Tiger les suivait à quelques mètres de distance. Des petites branches lui piquèrent les joues : il ne les avait pas vues, sa peau le brûlait, ses yeux aussi.

Ils entamèrent leur ascension. Richardsson trébucha sur une crevasse dans le sol, puis il glissa en arrière. Winter le retint par les épaules : elles étaient frêles, comme si l'homme venait littéralement de fondre durant les dernières heures. Il y avait de quoi. Winter se sentait lui aussi complètement démuni, abandonné de ses forces. La peur avait cet effet-là. Le pistolet mitrailleur de Tiger. Deux fois, Winter avait senti le canon dans le bas de son dos. Winter avait peut-être sauvé la vie d'Ademar, mais c'était provisoire. L'écrivain allait mourir, comme eux tous. Cette partie d'escalade était la dernière. Winter posa la main sur la paroi rocheuse, humide dans la pénombre. Cette portion du sentier ne devait jamais recevoir le soleil. J'aurais dû emporter mes gants, songea-t-il. Enfin, quelle importance ? On n'imagine pas des condamnés à mort, en route vers leur exécution, évitant les flaques d'eau pour ne pas se mouiller les pieds.

— On s'arrête !

Ils étaient à mi-hauteur.

La jungle était épaisse autour d'eux.

Richardsson se retourna.

Il avait les pupilles dilatées. Il est déjà mort. Où ai-je déjà vu pareille tête avant ? Je sais. J'ai sûrement la même tête. Non. Ce que je vais faire, c'est que je vais me jeter sur le côté et créer cette confusion d'un dixième de seconde qui peut suffire à tout.

Mais Tiger était trop loin, à plusieurs mètres de là.

— Pas un geste !

Personne n'avait remué le petit doigt.

— Gauche ! Vous tournez à gauche !

Richardsson fixait tour à tour Winter et Tiger d'un air égaré. À gauche. Il n'y avait rien à gauche. On ne voyait qu'un mur épais de branches, de buissons, de troncs et de fougères, avec des roseaux remontant aux temps préhistoriques, lorsque la mer recouvrait l'île. Il n'en restait plus que la mare. Sur la gauche. Winter devinait les pâles reflets du soleil à sa surface. Quelque chose brillait là comme un œil noir, papillotait. C'était sans doute une illusion d'optique. En tout cas c'était de ce côté qu'ils se dirigeaient.

Il vit une ouverture dans le mur.

Une trace de passage. Quelqu'un avait frayé un nouveau sentier.

Il constata que Richardsson l'avait aperçu. Ainsi que Tiger :

— Par là !

Ce dernier continuait à parler fort. Winter sentait la tension dans sa voix. Lui aussi était en route vers la mare. Lui non plus ne savait pas tout.

Richardsson pénétra dans l'épaisseur de la jungle. L'herbe haute avait été écrasée. On aurait dit des traces fraîches, comme si l'on avait marché à cet endroit dans les jours ou les nuits précédents. L'herbe piétinée repoussait. Encore quelques jours et il n'y paraîtrait plus. Après nous non plus, songea Winter. C'est la dernière fois que nous prenons ce sentier.

Il apercevait maintenant la surface de l'eau, pareille à un sol goudronné, lisse. Il n'y avait pas un brin de vent. La végétation était haute d'au moins un mètre autour de la mare, comme un rempart. Mais le sentier conduisait jusqu'à l'eau, comme une percée dans la muraille. Une percée de deux mètres de large. Ils se tenaient juste devant maintenant, sur une terrasse en palier. Ils étaient arrivés. La mare s'enfonçait dans le sol, un demi-mètre au-dessous. Elle était plus vaste que Winter ne l'avait cru, depuis le sommet de l'escarpement. Elle ne devait pas être très profonde : il lui semblait deviner le fond près du bord. Tout était noir, même pas brun. Il crut voir quelques pierres au fond de l'eau. Des pierres, ou alors une grosse pierre. Elle luisait d'un reflet pâle. Winter leva les yeux vers le ciel, toujours bleu, mais sans soleil. Ce dernier avait choisi de briller au-dessus de la mer.

L'endroit où ils se trouvaient était désolé. Des ombres s'allongeaient sur la mare comme un linceul noir. Noir sur noir. Mais quelque chose avait renvoyé ce reflet de pierre blanche.

Ils étaient figés sur place. Richardsson baissait les yeux vers le gouffre. Tiger restait à l'arrière. Winter préférait ne pas se retourner. Le gangster attendait quelque chose. Ils attendaient tous. Un coup de feu allait subitement éclater. Puis un deuxième. Et ensuite le silence se refermerait.

— Nous y sommes, déclara Tiger.

Aucun d'eux n'esquissa le moindre geste.

— Tu reconnais ?

Richardsson remua vaguement la tête, qu'il tourna vers Tiger. Il savait que c'était à lui que s'adressait la question.

— C'est bien là que vous l'avez emmenée, hein ?

Richardsson garda le silence. Il ne paraissait pas écouter. Ses yeux dilatés regardaient du côté de Tiger, mais il aurait aussi bien pu les diriger vers les arbres derrière, le sentier, la mer, ou la vie qui continuait en contrebas.

— C'est ici que vous l'avez traînée, bande de salopards !

Tiger fit un pas en avant. Richardsson sursauta.

— Toi, Sellberg et Edwards. Tous les trois, c'est ici que vous l'avez traînée !

Richardsson secoua la tête.

Tiger leva son arme.

Winter se trouvait placé entre eux.

Je me jette dans la mare ? Il faut que je fasse quelque chose.

— Du calme, Winter !

— Je... je n'ai pas bougé.

Sourire de Tiger. Un sourire étincelant de blancheur, qui brillait comme de l'argent finement brossé parmi toutes ces foutues ombres.

— Dommage que t'atterrisses dans cette histoire, Winter. T'étais pas invité.

Winter négligea de répondre.

— Tu t'es invité à la fête. C'était pas la peine.

— Ce n'est pas la peine de faire ça, Tiger.

— De faire quoi ? Qu'est-ce que je n'ai pas besoin de faire ?

— De le tuer. Il est coupable. Mais vous n'êtes pas obligé de le punir.

— Ah bon ? Et qui le fera ? Toi ? La police ? Ha ! ha ! ha ! Y a prescription. Et puis ça n'est jamais arrivé. Qui pourrait le prouver ? (Il pointa du doigt le politicien.) Ce salaud nierait les faits. Comme maintenant. (Tiger le désigna du canon de son pistolet.) Tu nies ou bien t'avoues que tu l'as fait ?

— Fait... fait quoi ?

Richardsson parlait très bas, c'était moins qu'un chuchotement. Mais ils avaient entendu. On entendait tout dans ce silence de mort. Des voix normales résonnaient comme des hurlements.

— C'est toi. Tu l'as vue descendre la Sente de l'Amour et tu l'as suivie jusqu'à la baie. Après les autres t'ont rejoint.

Les yeux de Tiger étaient brillants... bon sang... brillants de larmes. Winter en vit couler une, puis deux.

— T'as vu ma Beatrice descendre le sentier.

— Non, non.

— Tu vois. (Tiger hocha la tête en direction de Winter.) Il continue à nier.

Tiger avança d'un pas supplémentaire. Il n'était plus qu'à deux mètres de Richardsson.

— Vous connaissiez l'existence de cette mare, et c'est ici que vous vous êtes débarrassés d'elle. C'est ici que vous l'avez coulée !

— Vous... vous n'avez pas compris.

— Quoi ? Pas compris ? Qu'est-ce que j'ai pas compris ?

Richardsson garda le silence.

— Y a rien à comprendre, reprit Tiger. J'ai pas besoin de comprendre. Trop tard pour ça maintenant.

Il fit un pas de plus et frappa Richardsson au visage de sa crosse.

Il tourna ensuite son arme vers Winter.

— Bouge pas !

— Je n'ai pas bougé.

Tiger se tourna de nouveau vers Richardsson.

— Tu vas dans l'eau !

— Co... comment ?

— À l'eau !

— Pourquoi avoir attendu si longtemps ? demanda Winter.

— Quoi ?

Tiger lui jeta un regard.

— Pourquoi avoir différé jusqu'à maintenant votre châtiment ? Vos châtiments. Cette histoire remonte loin.

— Je savais pas. J'ai appris ça y a pas longtemps.

— Comment l'avez-vous appris ?

Tiger ne répondit pas. Il dévisageait Richardsson comme s'il allait lui tirer dessus d'un moment à l'autre.

Puis il regarda de nouveau le commissaire :

— Qu'est-ce que ça peut bien foutre maintenant ?

— Je veux savoir. Comment l'avez-vous appris ?

— Je connais du monde.

— Comment cela ?

— Je connais des gens qui connaissent ce salaud, fit Tiger en pointant la tête vers Richardsson. Mais je l'ai appris que récemment.

— Comment ?

— Pense à une certaine croix. Vous l'avez trouvée, non ? Et les autres croix aussi. J'y comptais bien. Je pensais que vous pourriez m'aider à chercher. À chercher sous l'eau. (Il sourit en direction de Winter.) J'en étais pas vraiment sûr. Pas encore. Maintenant, oui. (Il se tourna de nouveau vers Richardsson.) Je connais du monde dans cette connerie d'ordre, tu comprends, Winter ? Richardsson en était. Sous le nom de Richard Jansson ! Il se croyait incognito là-bas, il parlait librement. C'est comme ça que j'ai fait sa connaissance. Sans le connaître vraiment. (Il fixa du regard le politicien.) Je te connaissais pas vraiment, n'est-ce pas ? Je savais pas quel salaud t'étais, à cette époque !

— C'est un malentendu ! cria Richardsson. Vous ne savez pas ce qui s'est passé !

— Ta gueule ! hurla Tiger. Ta gueule, salaud !

Il se tourna vers Winter, l'air subitement apaisé. Il pointa du doigt Richardsson.

— Richard Jansson. En face de nous. Ce tas de merde. Il croyait échapper à Brännö. Il a bien failli. Pendant des années, j'ai rien pu faire. D'abord, j'étais comme paralysé. On peut dire que ça n'allait pas fort. Et puis ensuite, quand j'ai commencé à me remettre, j'avais d'autres choses en tête. Mais un jour... un jour tout est revenu. Je savais que je devais faire quelque chose. Je dois vraiment faire quelque chose.

— Comment avez-vous retrouvé Sellberg ? demanda Winter.

— Par le club.

— Quel club ?

— Il fréquentait un club, très privé, là aussi. (Tiger eut un sourire effrayant.) Pour des gens qui veulent pas qu'on sache. Le patron est un copain à moi. Jamais mis les pieds là-bas : je déteste les pédés. Mais mon pote m'a raconté. (Nouveau sourire sardonique.) On avait de temps en temps un autre client, de ta connaissance.

— Où est-il ? s'écria Winter. Où est Bergenhem maintenant ?

Tiger ne répondit pas. Il fixa de nouveau le politicien, la tête penchée en avant, comme en attente.

— J'avais enfin retrouvé Richardsson et Sellberg. Sellberg était pas dur à identifier. Il avait aussi un pseudo je crois, mais ça n'avait pas d'importance. Il avait pas changé. Et ce salaud-là, il pétait de trouille devant Sellberg, ajouta-t-il en s'avançant vers Richardsson. C'est pas vrai ? T'étais son esclave, non ?

— Ce n'était pas... ce n'était pas lui. Pas nous. C'était Edw... c'était Edwards, bredouilla Richardsson. C'est lui qui...

— Ta gueule ! l'interrompit Tiger. Ta gueule ! Essaie pas de te défausser sur un autre, salopard ! (Il se tourna vers Winter.) Il essaie de sauver sa peau. Il met tout sur le dos d'Edwards. Comme si ça pouvait l'aider. (Tiger éclata de rire.) Personne peut plus l'aider maintenant. Mais tu ne sais pas comment j'ai retrouvé sa trace, non ? Je vais te raconter, comme ça, tout sera dit. Grâce à la frangine. Berit. La brave Berit ! Une fois que j'ai retrouvé Jansson, peu importe son nom, eh bien, j'ai retrouvé sa famille. Et sa femme, elle avait un nom de jeune fille qui m'était familier. Quand j'ai commencé, bien des années après, à me pencher sur ce qui s'était passé cet été-là, j'ai croisé ce nom-là. Et voilà que je le retrouvais dans les parages de Richardsson. Une coïncidence ? Je me suis renseigné sur son frère, qui vivait à l'étranger. Il y est resté un sacré temps. Et puis, il est rentré en Suède. Il pensait sûrement que tout ça, c'était oublié. Eh bien non ! (Il fixa de nouveau Richardsson.) J'avais pas oublié.

— Vous... vous vous trompez, dit Richardsson. Beatrice est...

— Ferme ta gueule ! cria Tiger. Tu la fermes une bonne fois pour toutes ! Tu dis son nom encore une fois et je t'explose la tête, fils de pute ! À l'eau j'ai dit ! À l'eau !

— Qu'allez-vous faire ? intervint Winter. Que voulez-vous faire ? (Il tâchait de garder un ton ferme. Impossible.) Que... que faites-vous ?

— Il va aller la chercher ! déclara Tiger. Il lui doit bien ça, ce gros dégueu ! Il va chercher ma Beatrice !

Nouveau coup au visage pour Richardsson. Sa bouche saignait déjà.

Il le frappa au-dessus de la hanche. Richardsson tomba cinquante centimètres plus bas, dans l'eau, avec un bruit étourdissant. C'est ce qui parut à Winter, on aurait dit une explosion, et il leva les yeux au ciel pour vérifier qu'il n'y avait pas d'éclairs au-dessus de leur tête.

Le visage de Richardsson réapparut à la surface. Il essaya de respirer, mais il semblait avoir du mal à faire entrer l'air dans ses poumons. Sa bouche ne cessait de s'ouvrir et de se refermer. Tiger le regardait tout en surveillant Winter.

Richardsson avait maintenant retrouvé son souffle. Mais il sanglotait. Il était apparemment à genoux dans l'eau. Winter ne voyait que le haut de son corps. La chute avait remué la vase et la boue. Peu à peu la surface redevint lisse. Richardsson cessa de pleurnicher. Il ne va rien chercher du tout, se dit Winter. Tiger va lui tirer dessus. Pas d'autre solution. Et après, c'est mon tour.

— Tu continues plus loin !

Richardsson le fixa de ses yeux rougis, tachés de sang. Il avait une incision qui lui barrait le front, et ses cheveux étaient plaqués sur son crâne.

— Debout !

Richardsson essaya de se relever. Il y était presque arrivé lorsqu'il perdit l'équilibre. Sa tête disparut sous l'eau. Winter distinguait ses jambes battant le fond. Richardsson retrouva un point d'appui et finit par émerger complètement. Il cherchait son souffle. Il tâcha de se remettre debout, balançant les bras, comme s'il avait voulu s'enfuir par les airs. Se projeter vers le ciel. Il poussa un cri. Winter l'entendait crier maintenant. Ce n'étaient plus des sanglots, mais des cris de démence. Richardsson fixait Winter, et non Tiger. Il le fixait d'un regard terrifié. Il frappa dans l'eau tout autour de lui, comme en lutte avec un adversaire imaginaire. Il cria de nouveau.

Il parut avoir attrapé quelque chose… dans l'eau ! Winter jeta un regard à Tiger, mais ce dernier ne bougeait pas d'un cil. Il avait relevé son pistolet mitrailleur qu'il tenait au niveau de sa taille. Richardsson émit un son nouveau. Winter le vit agripper ce qui se trouvait sous l'eau, à moins qu'il ne soit en train de l'enfoncer, de s'en débarrasser, de fuir cette chose !

Il tenait un bras. Richardsson tenait un bras ! Pas le sien. Il le lâcha, mais il resta visible, flottant comme un morceau de bois. Winter perçut autre chose, une grande ombre, un poisson géant, qui remontait lentement. Le bras en faisait partie. C'était un cadavre. Il finit par jaillir à la surface. Richardsson avait dû le libérer de sa gangue. Winter aperçut des cheveux, une nuque, une épaule, l'autre bras. Le corps se retourna dans l'eau, coula puis revint flotter de nouveau. Ce n'était plus qu'une grande pierre blanche, celle qu'il avait vue en arrivant près de la mare, rien d'autre qu'une pierre. Il ferma les yeux, il n'entendait plus les cris de Richardsson car il criait lui-même, il le comprit, alors qu'il n'y avait rien à comprendre. Rien à comprendre car rien n'avait plus de sens, tout était perdu, vide et passé, d'une pâleur de mort comme le visage de Bergenhem.

— Lars ! (Il percevait maintenant son propre cri.) Lars !

Juste un mot. Juste un bras que Richardsson avait tenu dans ses mains. Le reste était sous l'eau. Le visage de Bergenhem disparut de nouveau.

— Lars ! (Il se dirigea vers Tiger.) Pourquoi, Tiger ? Pourquoi ?

Pas de réponse. Tiger suivait le combat que Richardsson livrait au cadavre de Bergenhem. Un combat à forces égales. Richardsson parut glisser de nouveau, comme entraîné par Bergenhem. Un grotesque ballet aquatique.

Tout à coup Tiger vacilla. Il se prit la tête, se frotta les tempes, l'œil. L'arme tremblait dans ses mains. Il ferma les paupières une seconde. Il les rouvrit, chancela de nouveau. Le combat se poursuivait dans la mare. Tiger tâchait de fixer son regard dessus. Il secoua la tête, comme pour chasser la douleur. Winter pouvait l'identifier. Il se rappela que Tiger souffrait de migraine. C'était ça. La migraine. Parmi les nombreux facteurs déclenchants, le plus courant, c'était le stress. Tiger était tendu. Pas à cause du meurtre, celui qu'il avait commis. C'était un assassin, mais il n'était pas sans cœur, en tout cas maintenant. Il croyait se rapprocher de Beatrice. Le passé le rejoignait. Ici et maintenant. Il avait peut-être cru que Richardsson était tombé sur le corps de Beatrice. Non. Il savait que c'était Bergenhem, non ?

Tiger avança d'un pas chancelant.

Winter se jeta dans sa direction.

Ils étaient distants de trois ou quatre mètres.

Il vola.

Tiger le vit arriver. Il leva son pistolet mitrailleur et tira. La balle manqua le commissaire, mais il perçut l'impact, comme un tremblement de terre miniature sous ses pieds. L'arme était restée en position semi-automatique après les coups de feu sur la cabane. Il recula. Winter était toujours en suspens dans l'air, il n'avait pas atterri. Si Tiger tirait de nouveau, il continuerait à voler jusqu'au ciel. Il n'atterrirait plus jamais ; il serait assis ce soir, avec Bergenhem, à la table des dieux. Que demander d'autre ? Non. Pourquoi l'avait-il laissé quitter son bureau, le corridor, cette foutue brigade, ce foutu commissariat ? Le souvenir de ce moment prenait la forme d'un visage dans l'eau. Un visage blanc. Il aurait voulu tout oublier. Ne jamais se séparer en mauvais termes. Il revit Angela, Angela au lit. Ce serait la dernière image. Se séparer les meilleurs amis du monde. Une règle à toujours respecter, le dernier instant viendra. Maintenant. Ce dingue est en train de me tirer dessus. Il relève le canon de son pistolet. Il se redresse. Je ne vole plus. J'ai atterri au sol. Je n'ai pas réussi à m'envoler. Ce sera la mise en terre pour moi. Un enterr...

La tête de Tiger venait d'exploser devant ses yeux. Elle éclata en mille morceaux. Tout peut se démonter. Le visage de Tiger n'avait pas perdu ses yeux, qui regardaient dans tous les sens, en direction de Winter, Richardsson, Bergenhem, vers le ciel, la terre, la mare. Il restait figé, tenant encore l'arme mortelle. Mais elle ne lui servirait plus. Il fléchit lentement vers le sol. Il était scalpé, une vision atroce. Il était maintenant sur les genoux. Le pistolet mitrailleur lui tomba des mains. Toujours dans ce foutu ralenti. Tiger était mort, mais il remuait encore. Il tombait, encore et encore. Winter avait entendu claquer le coup de feu en même temps que la balle touchait Tiger à la tête. Ce devait être une arme colossale. On aurait dit qu'une bombe avait explosé. Winter gisait au sol. Son visage s'était enfoncé dans l'herbe au moment où il atterrissait. Il sentit le goût de la terre dans sa bouche. Un goût de sang. Un goût de fer. C'était du sang. Il cracha du sang. Il avait dû se blesser les dents, et se mordre la moitié de la langue.

— Erik ! Comment vas-tu ? Erik ? Erik ?

Il n'y en avait qu'un pour l'appeler de son prénom avec autant d'insistance.

Il releva la tête.

Benny Vennerhag se tenait à l'endroit même que venait de quitter Tiger. Il avait dans les mains une sorte de fusil lance-grenades.

— Erik ? Erik ?

Sauvé par la pègre... Il avait toujours un goût de terre dans la bouche. Il essaya de cracher encore une fois. Quelque chose remuait derrière Vennerhag, et finit par sortir de cette jungle. Ademar. Il rejoignit Benny Boy d'un pas boitillant. Il se tenait là, le soleil dans le dos, si bien qu'il était difficile de distinguer les traits de son visage, et sa blessure, mais c'était l'écrivain. Le livre est achevé, songea Winter. Ou presque.

23 h 00

Si elle pouvait savoir leurs noms, peut-être qu'ils n'oseraient rien lui faire. Parce qu'elle saurait leurs noms. Mais ensuite, elle se dit que ce serait pire de les connaître. Ce serait comme d'être kidnappée par quelqu'un qui enlèverait sa cagoule et vous montrerait son visage.

Il valait mieux ne pas leur demander comment ils s'appelaient. Il lui semblait que l'un d'eux s'appelait Bengt. Elle avait dû entendre prononcer son prénom. Cela pouvait signifier qu'elle... qu'ils s'en fichaient qu'elle sache parce qu'ils allaient...

Ou alors ils s'en fichaient parce que c'était juste un jeu.

Elle serait bientôt de retour à la colo.

Ils la raccompagneraient peut-être en bateau.

Il faudrait qu'elle invente une excuse, une fois là-bas.

Il lui demanderait peut-être. Demain. Oui, demain Christer lui demanderait sûrement. Il était resté sur le ponton, c'était bien lui.

— Le maillot !

Je ne veux pas. Non ! Non ! Si j'enlève mon maillot, ils feront ce qu'ils voudront. Je ne dois pas le faire. Je dois le garder sur moi !

— Je ne veux pas !

— T'enlèves ton maillot !

— Je ne veux pas ! Laissez-moi tranquille !

— On ne va...

Une autre voix, vite interrompue.

— Ta gueule ! Rends-toi utile plutôt !

Elle essaya de crier, elle se mit à crier. Tout s'entendait à des kilomètres dans un silence pareil. Le soleil était couché. On entendait les voix encore plus loin après le coucher de soleil.

— AU SE...

On lui plaquait maintenant une main sur la bouche. Ça faisait mal. Elle eut l'impression de perdre une dent. Elle essaya de se dégager. Elle lui mordit la main aussi fort qu'elle pouvait.

— AAÏÏE !

Elle sentit le goût du sang dans sa bouche. Son propre sang peut-être. La main lâcha sa bouche. Elle était tachée de sang. Presque noire de sang.

— Roger ! Tu m'aides, bordel !

Une autre main vint se plaquer sur sa bouche. Elle essaya de crier à nouveau, tout en ignorant si on pouvait l'entendre. Il y avait d'autres voix tout autour. C'était comme si les voix la tiraillaient. Tout le monde lui tirait dessus. Ils allaient la déchirer. Elle essaya de plonger sous l'eau. Ils étaient tous dans l'eau, debout dans l'eau. Si elle pouvait plonger, juste disparaître sous la surface de la mer. Lorsqu'elle se calma et tâcha de plonger, l'un d'eux lâcha prise et elle s'enfonça dans l'eau. Elle ne voyait plus que des jambes. Ils n'étaient pas en maillot de bain. Elle ne vit que des jeans mouillés. Elle touchait le fond maintenant. Elle essaya de nager. Elle vit le ponton, elle vit la baie. Et puis l'îlot juste en face, Svensholm, elle s'en rappelait. Elle pourrait le dépasser à la nage. Et une fois passé Svensholm, elle serait en sécurité. C'était une bonne nageuse, rapide. Il suffisait qu'elle passe entre leurs jambes. Ils n'arriveraient pas à la rattraper. Le bateau était trop loin. Elle pourrait se cacher derrière les îlots et les rochers. Il viendrait peut-être un autre bateau. Un bateau à voile. Elle repensa à ce garçon qui se tenait à l'avant du voilier qu'ils avaient dépassé. Il avait l'air seul à bord de ce petit bateau. Il la sauverait. Pourquoi n'avait-elle pas crié dans sa direction quand ils l'avaient croisé ? Elle avait pourtant peur. Pourquoi n'avait-elle pas sauté du bateau ? Elle aurait pu se jeter à l'eau, tout simplement ! Il l'aurait vue. Il aurait compris qu'elle avait besoin d'aide.

Quelqu'un l'agrippa, mais elle restait libre de ses mouvements. Elle pourrait peut-être nager jusqu'à Styrsö et se cacher là-bas. Il y avait du monde là-bas, elle pourrait courir se réfugier dans la première maison venue.

Elle se jeta entre l'une des paires de jeans. Personne ne la retint. Elle se mit à nager, elle nageait, nageait ! Elle revoyait maintenant le ponton, elle nageait ! Ils criaient après elle. L'un d'eux lui saisit le pied, mais elle battit des jambes et il finit par lâcher prise. Elle continua à nager ! Elle était en pleine mer ! Libre !

47.

Dix, onze, douze, Winter parvint à se relever à dix, onze, douze. Il avait l'impression d'avoir été mis KO plusieurs fois de suite en quelques jours.

Richardsson était toujours en bas dans la mare. L'eau lui arrivait à la taille. Le niveau paraissait avoir monté depuis que la surface était redevenue lisse. Le combat était fini. Bergenhem ! Mon Dieu ! Lars ! Winter revoyait son visage, bien qu'il ait replongé. Jamais il ne l'oublierait. On n'oubliait jamais ce qu'on voulait chasser de son esprit. Ce qu'on voudrait retenir, on le voit souvent disparaître pour toujours dans l'oubli.

Winter s'avança dans l'eau. Il ne la trouva ni froide ni chaude. Il en avait seulement jusqu'au genou. Jusqu'à la cuisse maintenant. Il continua en direction de Richardsson. L'homme ne bougeait pas. Winter sentait le fond : ses chaussures se prenaient dans cette vase immonde. Il était étonné de ne pas s'enfoncer dans la boue et les sables mouvants. Cette mare attirait tout vers le fond. Elle ne servait qu'à ça. Quand toute cette histoire serait terminée, il ferait combler cette merde. Mais ça ne finirait jamais. Il se rappellerait toujours ce visage vers lequel il se dirigeait maintenant. Il y était. Richardsson le regarda comme s'il venait pour le noyer. Plus tard peut-être. Ou alors il laisserait Benny l'abattre. Si Richardsson avait quoi que ce soit à voir avec la mort de Lars, c'était un homme mort. Winter jeta un œil sur Benny : il était agenouillé devant le corps de Tiger, comme un infirmier sur le champ de bataille. Il releva la tête et cria quelque chose. Winter n'entendit rien. Il était sourd. Richardsson parlait sans doute avec lui, sa bouche remuait. Mais je suis sourd. Dieu m'a donné d'être sourd en ce moment. Merci, mon Dieu. Ç'aurait été trop demander d'être aveugle.

Il plongea. L'eau lui dégoulinait sur la figure, elle sentait la bave. Elle puait de tout ce qui avait pu s'y décomposer depuis des milliers d'années. Cent ans. Trente ans. Deux jours. Il sentait maintenant le bras de Bergenhem, qui l'attendait. Puis son épaule, sa gorge, son visage. À l'attendre. Il attira le corps à lui. Ils étaient toujours sous l'eau, lui et son collègue depuis tant d'années. Son ami. C'était fascinant de rester là-dessous. La pénombre devenait plus douce tandis qu'il serrait Lars dans ses bras. Pas de problème de respiration puisqu'il n'éprouvait pas le besoin de respirer. Étrangement. Il était devenu poisson. Comme Lars. Ils allaient rester sous l'eau. Peut-être retrouveraient-ils Beatrice. Il ne savait pas où, mais il allait la retrouver. Il se rappelait maintenant. Tout lui revenait. Grâce au calme régnant ici. Il l'avait déjà croisée. Il lui avait fait signe quand elle l'avait dépassé à bord d'un bateau à moteur qui franchissait le détroit beaucoup trop vite. Elle lui avait rendu son salut. Elle avait les cheveux bruns. Lui avait des mèches blanchies par le soleil. Il les portait assez longs, elle non, plutôt courts. Elle avait fait un signe de la main. Il avait fait un signe. Il y avait trois autres garçons à bord. Il ne les reconnaissait pas. L'un d'eux peut-être. Un type qui faisait des trajets avec le continent, mais sur un autre bateau. Elle avait un peignoir rouge. On aurait dit un grand drapeau. Il voletait sous le vent de la course quand ils avaient dépassé son voilier. Il était seul à bord. Il essayait de régler un problème avec la voile, il avait oublié lequel. Mais il se rappelait d'elle. Il avait longtemps recherché ce souvenir. Maintenant qu'il l'avait retrouvé, il était trop tard. Trop tard pour tout. Lars ne pouvait plus croiser son regard, ses beaux yeux étaient fixés vers la surface. Quelque chose remuait sans doute au-dessus d'eux, qui dessinait comme une ombre. Quelle importance ? Winter se sentait fatigué. Il avait besoin de dormir ; après, il clôturerait cette enquête. Juste dormir un peu. Dormir. Je me...

Il sentit qu'on l'attrapait par l'épaule. Laissez-moi. Foutez le camp. *Go away*. On ne lâchait pas prise. Il commençait à lâcher le corps de Lars qui s'écarta. Il tâtonna après lui mais le corps s'éloignait dans l'obscurité. Je n'ai plus de force dans les doigts. Impossible de le retenir plus longtemps.

On le tira à l'air libre. Il sentit brusquement un souffle épouvantable sur le visage. Il avait horriblement mal à la gorge, dans la poitrine, loin dans les poumons. Horriblement mal depuis le bas-ventre jusqu'aux jambes. Il ne sentait pas ses pieds. La douleur cessait à la hauteur des chevilles. Il avait peut-être perdu ses pieds dans la vase.

— Erik ! Erik ! Erik, bordel !

Il avait retrouvé l'ouïe. Il n'était plus sourd. Il tâcha de voir. Il avait recouvré la vue. Il contempla le ciel bleu. C'était tout ce qu'il voyait, et c'était suffisant. Quelqu'un le tenait par le manteau et lui maintenait la tête hors de l'eau. La douleur à la poitrine était toujours forte, mais pas aussi épouvantable.

— Erik ! Erik ! Tu respires ? Respire, bordel !

Et puis explosion dans sa poitrine. Il respirait. L'air s'enfonça dans sa gorge comme une brochette de fer. Il s'entendit lui-même : un bruit atroce. Il avait la bouche pleine de bave, de vomi et d'eau. Il voulut immédiatement se rincer la bouche. Il essaya de saisir l'eau comme on empoigne un drap, mais ça lui faisait mal au poignet. Il se rappela. Il s'était blessé. Où et quand par contre...

Le ciel bascula au-dessus de lui. Il apercevait maintenant la surface de l'eau, et puis les arbres et les buissons. Il vit un homme allongé au sol. Quelqu'un était assis à côté de lui. Un autre le porta, on le souleva pour le tirer de la mare. Il essaya de se dégager mais il n'en avait pas la force, pas encore. Il y retournerait dès que possible. Ils ne pouvaient pas laisser Lars tout seul. Savent-ils seulement qu'il y est ? Il fallait vite qu'il leur pose la question, aussitôt qu'il aurait retrouvé l'usage de la parole.

Il perçut des voix. Il était allongé par terre. Non, il s'était redressé sur son séant.

Quelqu'un était assis près de lui :

— Erik.

Son prénom : il le reconnaissait.

Il reconnut l'homme accroupi à côté de lui.

— Benny.

— Bienvenue chez les vivants.

Winter avait un goût amer dans la bouche. Sa gorge le brûlait. Tout son corps était frappé de douleur, sauf la tête. Absolument pas mal au crâne.

— Qu'est-ce qui est arrivé ?

— Tout, répondit Benny.

— Comment tu t'es retrouvé ici ?

— T'occupe.

— Comment ? répéta Winter.

— Disons que je gardais un œil sur le Tigre.

Un œil sur le Tigre. Était-ce lui qui gisait à terre ? Vennerhag suivit son regard :

— Il n'est plus de ce monde.

Winter avala sa salive : un goût de fer.

— L'autre est toujours parmi nous. Pas mal amoché mais il s'en sortira.

— Comment ça, l'autre ?

— Celui qui était devant la maison, enfin la cabane, comment tu peux appeler ça ? (Vennerhag eut un sourire.) Jamais vu un endroit pareil.

Winter hocha la tête. Jamais vu un endroit pareil. Il remua de nouveau la tête. Il ne voyait pas trace d'Ademar.

— Où est-il ?

Vennerhag pointa du menton vers un gros tronc d'arbre. Winter aperçut une silhouette adossée, comme une excroissance ou des racines protubérantes. Une main se leva pour lui faire signe. Winter leva sa main droite et salua à son tour. Puis il regarda Benny :

— Il en manque un.

— Le gars dans l'eau ? J'ai dû le tirer de là, lui aussi. On aurait dit qu'il s'était momifié sur place.

Il tendit le doigt : Richardsson, assis au pied d'un autre arbre, avait les mains collées le long du corps d'une façon qui paraissait peu confortable. Winter aperçut la corde passée autour du tronc. Benny était équipé pour toutes les circonstances.

— Je l'ai attaché, j'ai pensé que c'était plus sûr, vu que je sais pas dans quel camp il est.

Dans quel camp. Winter ferma les yeux. Quel camp ? Il y en avait plusieurs. Plusieurs... À quel camp appartenait-il ? Et Benny ? Ademar ? Jan Richardsson ? Berit Richardsson ? Tiger ? Sellberg ? Edwards ? Deux camps différents ou alors des parties du même camp ? Non.

Il crut entendre d'autres voix, venant de loin. Un battement d'ailes dans le ciel. Il leva les yeux et vit un grand oiseau qui commençait à fondre au-dessus de leurs têtes. Les ailes tournaient comme une hélice. Des ailes d'acier.

— La cavalerie ! fit Vennerhag. Pas trop tôt.

— Qui les a prévenus ?

— Bibi bien sûr. (Vennerhag regarda du côté de Richardsson.)... Celui-là, il arrête pas de rabâcher que c'était un accident. « Un accident. » Quand t'étais dans la mare, là aussi. (Il se tourna vers le commissaire.) T'y comprends quelque chose, toi ?

Winter hocha la tête.

— Il parlait du cadavre ? Le cadavre... qu'est là-dedans ?

— Non.

— Ah bon ?

— C'est un autre cadavre. Mais il y est aussi.

— Un deuxième ?

— Oui.

Le gangster paraissait sur sa lancée pour l'interrogatoire, mais il se ravisa. Il regarda de nouveau du côté de Richardsson.

— Il a complètement perdu la boule. (Il se retourna vers Winter.) Erik, il y a encore une chose...

Winter leva les yeux au-dessus de son interlocuteur. L'hélicoptère grondait derrière la tête de Vennerhag. Mais le commissaire avait retrouvé presque toute son ouïe. Il perçut un bruit de voix remontant la Source aux Vœux, puis le long de l'escarpement, sur le petit sentier qui menait à la mare enfin. La voix de Bertil, celle de Fredrik, celle d'Aneta. La bonne vieille équipe. Ils ne savaient pas encore.

— Erik...

Il avait en face de lui le visage de Vennerhag. Après avoir caché son arme quelque part, le gangster s'était de nouveau accroupi à ses côtés.

— Oui, Benny ?

— C'est... Lotta. Tu sais... tu crois que tu pourrais lui parler encore une fois ? (Il embrassa d'un geste toute cette dévastation et cette catastrophe environnantes.) Lui parler de moi. Après tout ça. Tu pourrais lui dire que... je suis venu ici. Ce serait possible ? C'est tout ce que je te demande.

Winter n'eut pas le courage de lui répondre.

Remerciements

Un grand merci, comme chaque fois, au commissaire de la police criminelle Torbjörn Åhgren, chef de la brigade technique, police criminelle régionale de Göteborg. Un grand merci également à Peter Karlsson et à mon éditeur Stephen Farran-Lee.

Pour l'éditeur, le principe est d'utiliser des papiers composés de fibres naturelles, renouvelables, recyclables et fabriquées à partir de bois issus de forêts qui adoptent un système d'aménagement durable.

En outre, l'éditeur attend de ses fournisseurs de papier qu'ils s'inscrivent dans une démarche de certification environnementale reconnue.